TARA MOSS

Der Fetisch-Mörder
Freiwild

BÜCHER

Der Fetisch-Mörder

Sie ist jung, sie ist ledig, sie ist erfolgreich als Fotomodell – und Studentin der forensischen Psychologie. Soeben wurde ihre beste Freundin Opfer eines perversen Serienkillers. Makedde Vanderwall ist eigentlich wegen eines lukrativen Werbeauftrags nach Sydney gekommen. Doch nun weicht sie nicht mehr von Detective Andy Flynns Seite – denn nur gemeinsam können sie den Täter unschädlich machen. Immer tiefer verstrickt sich Makedde in ein tödliches Katz-und-Maus-Spiel. Und plötzlich wird ihr klar, wer das nächste Opfer des brutalen Fetisch-Mörders sein soll …

Freiwild

Makedde Vanderwall sagt für ein paar Wochen alle Foto-Shootings ab und will sich an ihrem Studienort Vancouver auf anstehende Prüfungen vorbereiten. Doch der Schein von Ruhe und Frieden auf dem Campus trügt, denn ganz Vancouver ist in Panik erstarrt: An der Uni lauert ein wahnsinniger Mörder – und seine bevorzugte Beute sind junge Studentinnen …

AUTORIN

Tara Moss ist Fotomodell und erfolgreiche Schauspielerin. Ihre wahre Liebe gilt jedoch dem Schreiben von harten Thrillern. Für ihre Kurzgeschichten hat sie bereits zahlreiche Preise eingeheimst. »Der Fetisch-Mörder« war ihr erster Roman, der nicht nur in Australien für Furore sorgte. Die gebürtige Kanadierin Tara Moss ist inzwischen australische Staatsbürgerin.

TARA MOSS

Der Fetisch-Mörder

Freiwild

Zwei Thriller in einem Band

Aus dem Englischen
von Bärbel und Velten Arnold
und Christine Heinzius

blanvalet

Die Originalausgaben erschienen 1999 bzw. 2002
unter den Titeln »Fetish« und »Split«
bei HarperCollins*Publishers*, Sydney

Für meinen Vater Bob

FSC
Mix
Produktgruppe aus vorbildlich
bewirtschafteten Wäldern und
anderen kontrollierten Herkünften

Zert.-Nr. SGS-COC-1940
www.fsc.org
© 1996 Forest Stewardship Council

Verlagsgruppe Random House FSC-DEU-0100
Das für dieses Buch verwendete FSC-zertifizierte Papier
Holmen BookCream liefert Holmen Paper, Hallstavik, Schweden

1. Auflage
Taschenbuchausgabe März 2010 bei Blanvalet, einem Unternehmen der
Verlagsgruppe Random House GmbH, München

Published by Arrangement with Tara Moss
Beide Werke wurden vermittelt durch die Literarische Agentur
Thomas Schlück GmbH, 30827 Garbsen
Redaktion: Marie-Luise Bezzenberger
Umschlaggestaltung: HildenDesign, München
Umschlagbild: © Hans Neleman / Stone+ / Getty Images
lf · Herstellung: SAM
Satz: Uhl + Massopust, Aalen
Druck und Einband: GGP Media GmbH, Pößneck
Printed in Germany
ISBN: 978-3-442-37370-3

www.blanvalet.de

TARA MOSS

Der Fetisch-Mörder

Roman

Prolog

Sie trug Stilettos – blank polierte, schwarze modische Stilettos, deren schmale Riemchen ihre schlanken weißen Knöchel einschnürten. Ihre Absätze klackerten über den winterlichen Bürgersteig, während sie alleine die Straße entlangging. Er spitzte die Ohren, um das Klacken besser zu hören, diese betörende Musik, die ihn so magisch anzog und auf ihn wirkte wie die verführerische Melodie des Rattenfängers.

Klack, klack, klack …

Er fuhr langsam an ihr vorbei und musterte die junge Frau mit den gierigen Augen eines hungrigen Raubtiers. Sie war jung und attraktiv, hatte rabenschwarzes Haar und trug einen kurzen schwarzen Rock, unter dem gertenschlanke nackte Beine zum Vorschein kamen. Ihre Winterjacke reichte bis zu ihren Oberschenkeln, doch sie war zu kurz, um ihre wohl geformten Beine zu wärmen; er sah, dass sie eine Gänsehaut hatte, und registrierte die bläuliche Tönung ihrer kalten, nackten Haut.

Klack, klack …

Er ließ ein paar Minuten verstreichen und fuhr ein weiteres Mal an ihr vorbei. Die Straße war nahezu menschenleer, doch sie nahm seine Gegenwart nicht zur Kenntnis. Stattdessen setzte sie ihren Weg unbeirrt fort. Sie schien sich verlaufen zu haben, doch ihr hübsches Gesicht strotzte vor Entschlossenheit.

Allein unterwegs.

Verloren.

Die Wolken über ihr waren bleiern und schwer, und es drohte jeden Moment zu regnen. Sie hatte keinen Regenschirm dabei. Wie lange würde sie noch weitermarschieren, wenn der Himmel seine Schleusen öffnete? Bestimmt wollte sie nicht nass werden und ihre Füße waren vom Gehen müde. Kein Zweifel, sie würde seine Hilfe brauchen.

Geduldig beobachtete er, wie sie einen Stadtplan aus ihrer schweren Umhängetasche zog. Während sie die Karte entfaltete und versuchte, sich in dem unübersichtlichen Gewirr aus Haupt- und Nebenstraßen und zahllosen Gassen zurechtzufinden, fiel pechschwarzes, seidiges Haar über ihr Gesicht. Beim Studieren des Plans kniff sie angestrengt die Augen zusammen, und als es schließlich anfing zu gießen und kalte Regentropfen auf sie herabprasselten, bedachte sie den verhangenen Himmel mit einem kurzen, ungehaltenen Blick und suchte die Straße nach einem Unterstand ab. Es waren keine Taxis zu sehen, keine Telefonzellen, und weit und breit weder ein geöffnetes Café noch irgendein Tante-Emma-Laden. Etliche Blocks weit nichts.

Es regnete immer heftiger.

Klack…

Die junge Frau setzte sich wieder in Bewegung, beschleunigte ihre Schritte und marschierte ziellos weiter. Die schwarze Tasche lastete schwer auf ihrer Schulter, den Stadtplan hatte sie ärgerlich in der Hand zerknüllt. Regentropfen zogen glänzende, gerade Bahnen an ihren glatt rasierten Beinen hinab.

Er fuhr näher an sie heran und hielt neben ihr.

Jetzt ist der richtige Zeitpunkt.

Er kurbelte das Fenster herunter und fragte: »Alles in Ordnung? Sie sehen aus, als hätten Sie sich verlaufen.«

»Danke, es ist alles okay«, erwiderte die junge Frau und blickte nervös die Straße entlang. Sie sprach mit einem ausländischen Akzent. Wahrscheinlich eine Amerikanerin, vielleicht war sie auch aus Kanada.

»Sind Sie sicher? Das hier ist nicht gerade eine Gegend, wo Sie alleine herumlaufen sollten.« Er tat so, als werfe er einen Blick auf die Uhr. »Meine Frau wartet zu Hause mit dem Abendessen auf mich, aber auf ein paar Minuten kommt es nicht an. Wohin wollen Sie denn? Ich kann Sie gerne kurz hinfahren.« Am Ringfinger seiner linken Hand glänzte ein goldener Ehering. Für Gelegenheiten wie diese hatte er ihn extra auf Hochglanz poliert.

Ihre Augen verweilten einen Moment lang darauf. »Ach was, nicht nötig. Ich komme schon klar …« Sie hatte wirklich ein hübsches Gesicht. So jugendlich und absolut makellos, ihr blasser Teint war vor Anstrengung ein bisschen rosig und strahlte Wärme ab wie eine Porzellanlampe. »Wissen Sie vielleicht, wo die Cleveland Street ist?«

»Ach, du meine Güte. Die Cleveland Street ist ganz woanders. Wir sind hier auf der Philip Street. Kommen Sie, ich zeige es Ihnen auf Ihrem Stadtplan.« Er winkte sie zu sich heran, und sie kam vorsichtig näher und lehnte sich gegen die Beifahrertür. Er roch den süßen Duft von jungem Schweiß. Ihr Gesicht glänzte vor Nässe, es war nur noch dreißig Zentimeter von seinem entfernt.

»Kommen Sie doch kurz rein. Sie werden ja ganz nass.« Er öffnete ihr die Beifahrertür.

Sie wich zurück und sah zu, wie die Tür des VW-Busses aufging. In ihrem Gesicht standen Zweifel und Unsicherheit. Einen Augenblick lang verharrte sie reglos, und er fragte sich, ob sie sein Hilfsangebot wohl annehmen würde. Er lächelte freundlich und riss sich zusammen, damit seine Ungeduld ihn nicht verriet. Schließlich zuckte die junge Frau, der die Regentropfen inzwischen über die Stirn rannen, mit den Schultern und ließ sich auf seinen trockenen Beifahrersitz gleiten.

Sie schien erleichtert zu sein, Schutz vor dem Regen gefunden zu haben. Sie reichte ihm den Stadtplan und bedachte ihn mit einem breiten, freundlichen Lächeln, das eine Reihe perfekter weißer Zähne offenbarte. Die Beifahrertür ließ sie offen; eines ihrer schlanken Beine blieb draußen und stand ausgestreckt auf dem nassen Bürgersteig.

Er zwang sich, seinen Blick von ihr abzuwenden. »Wir sind hier«, erklärte er und zeigte auf den Stadtplan. »Sie wollen zur Cleveland Street, die ist hier. Also müssen Sie erst diese Straße hochgehen, und dann …«

Ihr Duft überwältigte ihn. Honigsüße, feuchte Gerüche, die moschusartig und feucht zwischen ihren Beinen aufstiegen. Er spürte, dass ihr Herzschlag sich beruhigte. Sie entspannte sich für ihn, vertraute ihm. Er fuhr mit seinen Erklärungen fort, redete in beruhigendem, väterlichem Ton auf sie ein. Auf dem Stadtplan sah der Weg zu ihrem Ziel unglaublich weit aus, in seinen Worten klang die Entfernung, die sie zu bewältigen hatte, schier unüberwindbar.

In Wirklichkeit wären es nur ein paar Schritte gewesen.

Die Nacht überzog die Stadt mit einer undurchdringlichen, tiefschwarzen Decke. Die Wolken hatten ihre Regenlast abgeworfen und waren davongezogen, doch die Straßen glänzten noch immer vor Nässe, als der VW-Bus ruhig über sie hinwegglitt. Seine Augen hatten sich an die Dunkelheit angepasst. Er steuerte einen großen, einsamen Parkplatz an, schaltete die Scheinwerfer aus und ließ den Wagen ausrollen, direkt auf seinen speziell ausgewählten Platz unter ein paar hohen Feigenbäumen mit herabhängenden Zweigen.

Sein hübsches Mädchen wimmerte leise hinter ihm, wie es auch während der Fahrt hin und wieder aufgejammert hatte. Er holte ein Paar Handschuhe hervor und streifte sie über. Dann vergewisserte er sich noch einmal, dass Fahrer-

und Beifahrertür verschlossen waren und ging zu ihr nach hinten, wobei er darauf achtete, die schweren Vorhänge, die die Fahrerkabine vom hinteren Teil des Wagens trennten, sorgfältig zuzuziehen. Er knipste eine batteriebetriebene Lampe an und blinzelte einen Moment. Seine Augen mussten sich erst an das Licht gewöhnen. Während der Fahrt war die dicke schwarze Decke bis zum Bauch der jungen Frau heruntergerutscht. Ihre Arme nach wie vor über ihrem Kopf ausgestreckt, die Handgelenke an in die Wand eingelassenen Ketten gefesselt, lag sie flach auf dem Boden des Wagens. Ihr dünnes zartblaues Stricktop war an einigen Stellen mit Blutspritzern gesprenkelt – das gleiche sirupartige Blut, das auch um ihren Haaransatz glänzte. Auf ihrem blassen Nacken zeichnete sich ein dunkles Muttermal ab; es hatte in etwa die Größe eines Marienkäfers. Sie stöhnte erneut auf und rutschte ein wenig zur Seite. Ihre Augen waren halb geöffnet und voller salziger Tränen, die sich mit Wimperntusche vermischten und in schmierigen Rinnsalen über ihre Wangen rannen.

Völlig unbeeindruckt von ihrem Gewimmer und ihrem kläglichen Gezappel griff er nach seinen Utensilien. Er würde sie jetzt knebeln müssen. Seitdem er sie geschlagen hatte, war sie ruhig gewesen, doch womöglich würde sie Lärm machen, und das konnte er nicht einmal an diesem einsamen Ort riskieren. Ihre Augen folgten seinen Bewegungen, als er ihr den Knebel vors Gesicht hielt, und weiteten sich beim Anblick des roten Gummiballs mit den langen Lederriemen. Allmählich kam sie wieder zu sich. Das Timing war perfekt. Bewusstlose Opfer interessierten ihn schon lange nicht mehr.

»Es ist alles in Ordnung, ich tu dir nicht weh«, log er. Es nützte nichts, sie unnötig aufzuregen, bevor sie vollständig hilflos war.

Er riss ihr mit beiden Händen den Mund auf und stopfte

den Gummiball hinein. Die wässrigen blauen Augen der jungen Frau wurden riesengroß und starrten ihn entsetzt an. Während sie erstickte Laute des Protests hervorwürgte, legte er die Lederriemen fest um ihren Kopf und schloss die Schnalle am Hinterkopf. Dabei glitten seine Finger durch das klebrige Blut, das aus ihrer Kopfwunde sickerte.

Eines Tages würde er seinen eigenen schalldichten Raum haben. Oh, wie die Reaktionen seiner Opfer, die Schreie, ihn erregten! Doch fürs Erste musste er auf diesen besonderen Genuss leider verzichten.

Geknebelt und gefesselt, fing sie plötzlich an, sich überraschend heftig zu wehren. Rasch setzte er sich rittlings auf sie und verpasste ihr mit seiner behandschuhten Faust einen kräftigen Schlag direkt auf den Kiefer. Ihre Augen klappten zu, sie stieß einen erstickten Schrei aus, und die Tränen schossen nur so hervor. Ihr Körper zuckte unter heftigem Schluchzen, und er spürte, dass sich seine Erregung noch steigerte. Er zog die Decke von ihr weg. Ihre kleinen Brüste bebten unter ihrem leichten Top, und ihr Minirock war ihr bis zu den Hüften hochgerutscht, doch die schwarzen Stilettos saßen unversehrt an ihren zarten Füßen.

Er ließ sich an ihrem Körper hinabgleiten und zog ihr den rechten Schuh aus. *Reizend. Perfekt.* Ihre Zehen waren glatt und fein geformt; er war sehr zufrieden. Er ließ den Stiletto wieder zurück auf ihren Fuß gleiten und ergötzte sich noch mehr an seinem Anblick, nachdem er nun wusste, was für perfekte Zehen er beherbergte. Dann griff er nach seinem Messer und widmete sich wieder dem oberen Teil seiner jüngsten Eroberung. Sie blutete, war jedoch bei vollem Bewusstsein. Ihre blauen Augen waren wieder geöffnet und rollten in wilder Panik hin und her. Mit einer einzigen gekonnten Bewegung zog er die Klinge durch ihr dünnes Top und schlitzte es von der Taille bis zum Hals auf. Sie trug einen einfachen cremefarbenen BH. Er durchtrennte den Verschluss in der Mitte, und der BH schnappte auf und entblößte ihre blasse Brust. Als Nächstes schlitzte er ihren Rock und ihren Baumwollslip auf und legte beides ordentlich auf den Stapel mit ihren anderen Sachen.

Jetzt war sie nackt für ihn.

Völlig unbeeindruckt von ihrem erstickten Flehen und ihren inzwischen verzweifelt herunterströmenden Tränen machte er weiter.

Bei Tagesanbruch beschloss der Mann, dass es an der Zeit war, den Parkplatz zu verlassen. Obwohl er kein Auge zugetan hatte, war er hellwach. Er saß neben dem reglosen Körper der jungen Frau und fühlte sich ruhig und mächtig. Neugierig durchstöberte er die Habseligkeiten seines Opfers, bevor er sich ihrer entledigte. Er öffnete die große schwarze Tasche, die sie bei sich gehabt hatte, und entdeckte eine fünfundzwanzig mal dreißig Zentimeter große Mappe – ein Model-Portfolio. Er blätterte es durch. Die Fotos zeigten das Mädchen in verschiedenen vorteilhaften Posen: lächelnd, gehend oder stehend. Langweilig. Als Nächstes zog er eine Brieftasche mit einem kanadischen Pass hervor sowie ein Adressbuch und einen zerknitterten Brief, der an eine »Catherine Gerber« gerichtet war. Er faltete den Brief auseinander und las:

Liebe Cat,

ich freue mich schon sehr, dich bald wiederzusehen. Sechs Monate Trennung sind einfach zu viel! Danke noch einmal, dass du zur Beerdigung meiner Mutter gekommen bist. Sie hätte gewollt, dass du dabei bist. Sie hat immer gesagt, du wärst ihre dritte Tochter. Ich glaube, ich hätte das alles ohne dich nicht überlebt, und Dad hat sich auch gefreut, dass du bei uns warst.

Jetzt aber genug davon! Wie ich dir schon am Telefon sagte, komme ich am Donnerstagmorgen um 7.45 Uhr an. Ich fliege ab Tokio mit Japan Airlines, Flug Nummer JL771. Falls du nicht zu Hause bist, wenn ich komme, vergiss bitte nicht, mir irgendwo einen Schlüssel zu hinterlegen. Die Agentur hat mich schon für Freitag für ein erstes Shooting in La Perouse gebucht. Für Jetlag bleibt also keine Zeit. Danke, dass ich bei dir wohnen kann. Es gibt so viel zu bereden. Bis bald!

Deine auf ewig beste Freundin,

Mak

Ein Lächeln huschte über seine Lippen. Ein schönes Souvenir. Er sah die Brieftasche weiter durch und entdeckte zunächst wenig Interessantes, bis er auf ein Fach mit Fotos stieß. Die junge Frau mit ihrer Familie. Die junge Frau mit einem Mann. Die junge Frau mit einer Blondine.

Er starrte wie gebannt auf das Foto.

Die junge Frau mit der Blondine.

Sie sah faszinierend aus. Groß, mit schönem, dichtem platinblondem Haar, das über ihre Schultern hinabfiel. Wer war sie? Die Aufnahme sah aus, als wäre sie in einer Stadt im Ausland gemacht worden. Er drehte das Foto um und entzifferte die verwischte Handschrift: *Mak und ich kommen in München groß raus!* Er starrte noch eine Weile fasziniert auf das Foto und steckte es dann liebevoll in seine eigene Brieftasche, direkt neben das Foto von seiner Mutter.

Er las den Brief noch einmal.

La Perouse.

Das war nicht weit weg.

Er verstaute den Brief und das Adressbuch in seiner Aktentasche. Dann suchte er die Kleider seines Opfers zusammen und stopfte sie in eine große Mülltüte. Als er fertig war, setzte er sich hinters Lenkrad und fuhr ungesehen in den frischen, kühlen Morgen.

1

»Sorry, Leute, ich kann im Moment nicht rangehen«, verkündete die Kicherstimme auf dem Anrufbeantworter. »Aber ihr könnt mir eine Nachricht hinterlassen, und wenn ihr Glück habt, rufe ich zurück.«

Makedde Vanderwall schüttelte den Kopf und wartete auf den Piepton. »Hi, Cat, ich bin gerade gelandet und springe gleich in ein Taxi. Komm schon, ich weiß, dass du da bist.« Sie gab ihrer Freundin ein paar Sekunden, den Hörer abzunehmen. »Hmm. Falls du wirklich nicht da bist, hast du mir ja sicher einen Schlüssel dagelassen – hoffentlich irgendwo, wo ich ihn finde…«

Mak freute sich auf ein Wiedersehen mit ihrer Freundin. Beinahe genauso sehr freute sie sich darauf, endlich aus den Klamotten zu kommen, in denen sie die Nacht im Flugzeug verbracht hatte. Außerdem lechzte sie nach einer heißen Dusche. Ihrem schwarzen Rollkragenpullover sah man die lange Reise an, und ihre Lieblings-Levi's war mit dünnem Kaffee bekleckert. Eigentlich hatte der Kaffee in der Tasse eines Geschäftsmannes auf Platz 34J landen sollen, doch der sehr verlegene Steward hatte sein Ziel leider verfehlt, weil das Flugzeug plötzlich durchgesackt war. Oder hatte der Steward seine Augen woanders gehabt? Mak war sich nicht sicher.

Ihr Gepäck im Schlepptau, schritt sie durch das Flughafenterminal. Obwohl sie es nicht darauf anlegte, drehten sich einige Köpfe nach ihr um. Mit ihrem hellblonden Haar und ihren einsdreiundachtzig erregte sie Aufmerksamkeit, wo immer sie auftauchte; allerdings fiel ihr das inzwischen kaum noch auf. Nicht einmal ihre verwaschenen Jeans und ihr zerzaustes Haar hinderten die Leute daran, sich nach ihr umzudrehen.

Der Flug von Kanada war quälend lang gewesen, und sie fragte sich zum wiederholten Mal, ob der Umweg die Ersparnis von fünfhundert Dollar wirklich wert gewesen war. Wenn sie gewusst hätte, dass Catherine sie nicht am Flughafen erwartete, hätte sie die lange Wartezeit am Zoll nicht ertragen. Wenigstens waren es nach ihrer über vierundzwanzigstündigen Reise nur noch dreißig Minuten bis zu ihrem freudigen Wiedersehen. Sie schleppte sich zum Taxistand vor dem Flughafengebäude und reihte sich in die lange Schlange der erschöpften, zerknitterten Reisenden ein.

Die Straßen und Fußwege glänzten im Winterregen. Vielleicht war der Juli nicht gerade der beste Monat, um nach Australien zu reisen, doch Mak konnte sich den Zeitpunkt nicht aussuchen; sie musste die vorlesungsfreie Zeit zwischen ihren Psychologieseminaren nutzen. Ihre Tage als Model waren gezählt, und noch konnte sie die Summe ihres Banksaldos an sechs Fingern abzählen, die Dezimalstellen eingeschlossen. Sie hoffte auf einen Arbeitsurlaub mit jeder Menge Aufträgen und auf eine dringend notwendige Geldspritze. Ein Taxi fuhr vor, der Kofferraum sprang auf, und kurz darauf brauste Mak durch den Regen in Richtung Bondi Beach.

Zwanzig Minuten später fuhren sie die steile Bondi Road hinauf, und als sie das Waverley Oval passierten, rissen die Wolken auf. Goldene Sonnenstrahlen reflektierten auf dem funkelnden grünen Rasen des ovalen Kricketfeldes, und als sie das obere Ende der Campbell Parade erreichten, waren die Wolken komplett verschwunden. Es schien, als hätte Bondi eine Sondervereinbarung mit den

Wettergöttern getroffen. Der spektakuläre Anblick des in der Sonne glitzernden Sandes und der Brandung hob ihre Stimmung. Vor ihr lagen zwei ganze Monate, in denen sie die herrliche Küste genießen und mit ihrer besten Freundin zusammen sein konnte. Eine kleine Reise und ein Wiederbeleben ihrer Modelkarriere waren vielleicht genau das Richtige, um ihrer gedrückten Gemütsverfassung neue Lebenskräfte einzuhauchen.

Makedde stand auf der Campbell Parade vor einem verwitterten, dreistöckigen Wohnhaus aus rotem Backstein und sah noch einmal nach, ob die Adresse stimmte. Das Taxi fuhr davon. Sie klingelte bei Nummer sechs und wartete. Als sich nichts tat, versuchte sie, ob sich die Tür öffnen ließ. *Wahrscheinlich hat Cat eine lange Nacht gehabt*, dachte sie ein wenig ungehalten. Das Schloss war kaputt, und die Haustür ließ sich problemlos aufschieben. Dahinter war eine schäbige verfallene Holztreppe. Wie es aussah, musste sie ihre Taschen allein hinaufschleppen und an Catherines Wohnungstür hämmern, bis sie aufwachte.

Makedde wuchtete ihr Gepäck die Treppe hinauf und verfluchte all die Bücher und Wintersachen, die eine halbe Tonne zu wiegen schienen. Wohnung Nummer sechs war erst auf den zweiten Blick als solche zu erkennen; eine kleine metallene »6« hing an einem lockeren Nagel auf dem Kopf und sah aus wie eine Neun. Sie klopfte an die Tür.

Nichts.

»So ein Mist!«, fluchte sie zunehmend verärgert.

Sie ließ ihre Taschen auf dem Treppenabsatz stehen und ging wieder nach unten, um zu sehen, ob Cat im Briefkasten eine Nachricht oder den Schlüssel hinterlassen hatte. Als sie Briefkasten Nummer sechs bis auf die Speisekarte eines thailändischen Lieferservices leer vorfand, machte sie sich erste Sorgen und langte noch einmal tief in den Kasten. Vielleicht hatte sie ja etwas übersehen. Doch sie hatte kein Glück. Der Kasten war definitiv leer.

Es war Donnerstagmorgen kurz nach neun. Die meisten Bewohner des Hauses waren um diese Zeit vermutlich bei der Arbeit oder beim Wellenreiten. Also ging sie wieder zu Nummer sechs hinauf und hämmerte wie eine Wilde gegen die Tür, doch vergebens.

In der Wohnung rührte sich nichts.

Sie sank vor der Tür zusammen und stützte den Kopf in die Hände. *Beruhige dich!*, ermahnte sie sich. *Beruhige dich und such dir ein Telefon!*

In der Hoffnung, dass sich niemand die Mühe machen würde, ihr sperriges Gepäck wegzuschleppen, trat sie hinaus auf die Straße und entdeckte nur einen Block weit entfernt eine orangefarbene Telefonzelle. Sie eilte darauf zu und kramte einen zerknüllten Fetzen Papier aus ihrer Tasche. Das Telefon schluckte ihre Münzen mit einem hastigen, metallenen Gurgeln. Es klingelte mehrmals, bis jemand abnahm.

»Book Model Agency.« Die Stimme klang monoton und desinteressiert.

»Hi, hier ist Makedde Vanderwall. Würden Sie mich bitte mit Charles Swinton verbinden?«

»Er ist gerade beschäftigt.«

»Wie lange noch?«

»Soll ich ihm etwas ausrichten?«

Mak schloss die Augen. »Ich komme aus Kanada und bin gerade gelandet. Jetzt stehe ich mit meinen Koffern vor einer Ihrer Modelwohnungen, und es ist niemand da, der mich reinlässt oder mir einen Schlüssel geben kann. Ich muss wirklich dringend mit Charles sprechen.«

»Augenblick.«

Es klickte ein paarmal in der Leitung, dann meldete sich eine männliche Stimme.

»Hallo Charles, hier ist Makedde Vanderwall…« Sie setzte ihm so höflich wie möglich, aber bestimmt, ihre Situation auseinander.

»Wir haben hier noch einen Ersatzschlüssel für die Bondi-Beach-Wohnung«, erwiderte Charles. »Am besten kommst du kurz vorbei.«

»Ich stehe hier mit zwei verdammt schweren Koffern. Kannst du nicht jemanden bitten, den Schlüssel einem Taxifahrer in die Hand zu drücken und ihn herzuschicken?«

Achtundzwanzig Minuten später kam ein Taxi vorgefahren, und Makedde schloss die Wohnungstür mit dem Extraschlüssel auf. Sie war äußerst bescheiden – die typische Unterkunft für reisende Models: ein Studio mit zwei identischen Einzelbetten, einer winzigen Küche und einem ebenso kleinen Bad. Das Bett schien zu kurz für sie. Ihre Füße würden wahrscheinlich überhängen, doch schon beim Anblick des Bettes verspürte sie augenblicklich Lust, sich in die Horizontale zu begeben. Catherine wohnte erst seit einem Monat in dem möblierten Apartment, doch Mak registrierte, dass ihre Freundin der spärlichen Unterkunft bereits ihren persönlichen Stempel aufgedrückt hatte. Das karge Dekor war um eine Auswahl diverser Ausrisse aus Hochglanz-Modemagazinen bereichert worden – Anzeigen für Gucci, Chanel, Calvin Klein sowie für die australischen Modedesigner Morrissey und Lisa Ho, die an sämtliche Wände gepinnt waren und eine beeindruckende Collage atemberaubender Haute Couture bildeten. Sie konnte sich vorstellen, wie der Vermieter beim Anblick der etlichen Meter Klebeband aus der Wäsche gucken würde, mit denen die Fotos festgeklebt waren.

Gefolgt von mindestens hundert mit Wimperntusche betonten ausdruckslosen Augenpaaren nahm Makedde die kleine Wohnung in Augenschein – das beengte Badezimmer, die dürftige Kochnische mit dem Kühlschrank von der Größe einer Hotelminibar und das große Fenster, das einen umwerfenden Blick auf den südlichen Bondi Beach bot. Gegenüber dem Fenster standen die beiden Einzelbetten. Sie waren mit nicht zueinander passender Bettwäsche versehen und in jedem lag ein extrem dünnes Kissen, das sehr unbequem aussah.

Zwischen den Betten stand eine winzige Kommode im Stil der siebziger Jahre. Darauf, direkt neben dem Telefon, lag ein Notizblock. Makedde hob ihn auf und überflog die hastig hingekritzelte Notiz.

JT Terrigal
Beach res
16
14

Damit konnte sie nichts anfangen. Sie hatte irgendeine flüchtige Entschuldigung für die Abwesenheit ihrer Freundin erwartet, doch die Botschaft schien weder an sie noch an jemand anderes adressiert zu sein. Catherine hatte etwas von einer eventuellen Verabredung an diesem Wochenende gesagt, doch sie hatte sich geweigert, zu verraten, mit wem sie sich treffen wollte. Ob die Notiz mit der Verabredung zu tun hatte? Sie sah aus, als sei sie ziemlich hastig hingekritzelt worden. Vielleicht hatte Catherine Hals über Kopf irgendwohin aufbrechen müssen?

Etwas ratlos und enttäuscht machte Makedde sich daran, das Apartment gründlicher zu inspizieren. Die Kühlschranktür, die sich am ehesten für das Hinterlassen von Nachrichten angeboten hätte, war mit den Speisekarten aller möglichen Bringdienste übersät, doch von irgendwelchen Notizzetteln keine Spur. Am Anrufbeantworter blinkte das rote Lämpchen, das den Eingang neuer Mitteilungen anzeigte. Makedde drückte den Abspielknopf. Die ersten beiden Nachrichten bestanden lediglich aus Wähltönen, dann verkündete eine Stimme: »Hallo Catherine, hier spricht Skye von Book. Bitte ruf mich an!« Es klickte ein paarmal, unterbrochen von kurzen Pausen, dann hörte sie ihre eigene Stimme: »Hi, Cat, ich bin gerade gelandet und springe gleich in ein Taxi…«

Vermutlich würde Catherine irgendwann im Laufe des Tages anrufen, sich tausendmal entschuldigen und ihr aufgeregt erzählen, wie ihr heimlicher Romeo sie stehenden Fußes auf einen skandalösen Kurztrip entführt hatte.

So viel zur Begrüßungsfeier.

Makedde beschloss, es sich gemütlich zu machen, und das Erste, was auf ihrer Liste stand, war die lang ersehnte heiße Dusche. Leider erwies sich das Badezimmer als noch enger, als es auf den ersten Blick ausgesehen hatte. Es handelte sich entweder um ein völlig verfehltes Design zur Ausnutzung des minimalen Raums oder schlicht um die illegale Umwandlung einer Abstellkammer. So etwas hatte sie auch schon in etlichen anderen Modelwohnungen gesehen. Um in die Bade- und Duschwanne zu gelangen, musste sie auf die Toilette steigen, denn das Waschbecken hing über der Toilettenschüssel und dazwischen war nicht genug Platz. Sie kniete sich zuerst auf die Toilette und putzte sich die Zähne, dann zwängte sie sich herum und stieg in die Wanne.

Sie duschte ausgiebig und genoss den erfrischenden heißen Wasserstrahl, der die Klebrigkeit der langen Reise von ihrem Körper spülte. Anschließend trocknete sie sich gründlich ab und kroch, immer noch schön warm, mit einem T-Shirt und Boxershorts bekleidet, die sich ihre Zuneigung länger bewahrt hatten als ihr ursprünglicher Besitzer, ins Bett. In den vergangenen Monaten hatte sie schlecht geschlafen, und auch während des langen Fluges hatte sie kein Auge zugetan. Deshalb konnte sie vor Müdigkeit nicht einmal daran denken, wach zu bleiben, damit ihr biologischer Rhythmus sich allmählich an die Zeitumstellung gewöhnte. Stattdessen stellte sie den Wecker auf halb sechs Uhr nachmittags, um bei der Agentur Book anzurufen und die Einzelheiten für das geplante Foto-Shooting am nächsten Tag zu besprechen. Außerdem hatte Catherine ja vielleicht bei der Agentur irgendeine Nachricht für sie hinterlassen. Der Schlaf übermannte sie sofort, doch ihre Ruhe wurde von beunruhigenden Alpträumen gestört.

Catherine streckt die Hand nach ihr aus …

Catherine, immer wieder Catherine. Sie schwebt durch die Schichten einer verschwommenen Traumwelt. Ihr hübsches Gesicht ist vor Entsetzen verzerrt. Sie wird weggezogen, immer weiter weg, in ein geheimnisvolles, ausgedehntes schwarzes Nichts. Ihr geisterhaftes, bleiches Gesicht weitet sich zu einem stummen Schrei. Ihre Augen werden immer größer und runder und blicken immer entsetzter, je weiter sie weggezogen wird. Schließlich wird sie langsam von einer dicken, leblosen schwarzen Masse verschlungen. Sie bettelt und fleht, bis sie vollends verschluckt wird.

Nichts wird sie zurückbringen.

Das Telefon klingelte.

Makedde schreckte hoch. Dicke Schweißperlen bedeckten ihr Gesicht. Der Wecker zeigte 17 Uhr 22.

»Hallo?«

Es war Charles Swinton, ihr Booker, der ihr die Einzelheiten für das für den kommenden Tag geplante Foto-Shooting am Strand von La Perouse durchgab. Das Shooting sollte in aller Frühe beginnen, und es würde ein langer Tag werden. Obwohl es noch vor kurzem geregnet hatte, hielt man einen letzten Wettercheck am nächsten Morgen für nicht erforderlich. In der Agentur vertraute man darauf, dass es aufklaren würde.

»Ach, Charles, was ich noch fragen wollte – hat Catherine vielleicht irgendeine Nachricht für mich hinterlassen?«

»Nein. Ich nehme an, sie hat sich einfach vorzeitig ins Wochenende verabschiedet. Ach, übrigens, wir haben dich auch für die Präsentation der Becky-Ross-Kollektion vorgesehen. Wir müssten morgen die Bestätigung bekommen.«

»Becky Ross?«

»Ein Soap-Star. Ist im Moment absolut angesagt. Sie will ihre eigene Kollektion auf den Markt bringen. Dürfte dich groß rausbringen.«

»Klingt super. Lass mich wissen, ob es klappt.« Makedde bedankte sich noch einmal für den Schlüssel und verabschiedete sich. Sie lag im Bett und wartete darauf, dass das Telefon klingelte. Hoffentlich hatte Charles Recht. Vielleicht war Catherine, bis über beide Ohren verliebt, mit jemandem verschwunden, von dem sie felsenfest überzeugt war, dass es diesmal ihr Märchenprinz mit Porsche war. Es wäre nicht das erste Mal.

Es war erst halb sechs, doch in Kanada war es schon nach Mitternacht. Sie versuchte mit aller Kraft, sich wach zu halten, doch um zehn waren ihre Reserven endgültig erschöpft, und ihre Augenlider klappten zu. Mit einem Exemplar von *Mindhunter* in der Hand, das voller Eselsohren war, schlief sie ein.

2

Der nächste Morgen war bitterkalt, und ein scharfer Südwind peitschte gegen die Küste. Das Wohnmobil zitterte und ächzte wie ein fiebernder alter Mann. Makedde stand in der offenen Tür und genoss die letzten warmen Momente.

Es war schon sehr eigenartig, dass Catherine weder angerufen noch irgendeine Nachricht hinterlassen hatte. Selbst wenn sie sich ein paar freie Tage genehmigt hatte und irgendwo ein romantisches Wochenende genoss, hätte sie wenigstens anrufen können. Überhaupt, was war das wohl für ein Typ, der ihr so den Kopf verdreht hatte? Mak hoffte, dass es nicht der namenlose Mann war, mit dem sie sich nun schon seit fast einem Jahr traf, aber aller Wahrscheinlichkeit nach war es so. Cat hatte ein paar Hinweise fallen lassen – angeblich war er sehr reich, überaus einflussreich und lebte in Australien. Zweifellos war er der Grund, weshalb sie es vorgezogen hatte, ihre Modelkarriere auf der südlichen Halbkugel fortzusetzen. Makedde hatte den starken Verdacht, dass er verheiratet war, doch als sie das Thema zur Sprache gebracht hatte, hatte Cat nur schuldbewusst gegrinst. Offenbar hatte der Mann sie »unter Androhung der Todesstrafe« – so Cats Worte – schwören lassen, über seinen Namen und die näheren Umstände ihrer Affäre absolutes Stillschweigen zu bewahren.

Makedde hatte den richtigen Namen dieses Typen nie aus ihrer Freundin herausbekommen, also hatte sie ihm kurzerhand selbst einen verpasst. Wann immer Cat mit einem neuen protzigen goldenen Schmuckstück erschienen war, hatte Makedde einfach gefragt: »Und – wie geht's *Dick*?« Sie hätte auch so unverfroren sein können zu fragen »Wie geht's denn *deinem* Dick?«, doch ein Mann, der eine so tolle Frau wie Catherine geheim hielt, konnte offensichtlich keineswegs als »ihrer« bezeichnet werden.

Makedde sah den Fotografen und sein Gefolge, in dicke Parkas und lange Hosen gekleidet, über den Strand zum Wasser gehen und schauderte. Als der Fotoassistent ihr zuwinkte, verflüchtigten sich ihre Gedanken. Es war so weit. Sie musste an die Arbeit.

Sobald sie das warme Wohnmobil verließ, sträubte sich

ihr Körper gegen die Kälte und wurde von oben bis unten von einer Gänsehaut überzogen. Der Wind pfiff scharf durch die rotkarierte Picknickdecke, in die sie sich gehüllt hatte. Sie sah, wie die Mitglieder der Fotocrew unten am Wasser ihre Plätze einnahmen, und an ihrer angespannten Körperhaltung war deutlich zu erkennen, dass es keinerlei Schutz vor dem kalten Wind geben würde.

»Ich bin zu alt für diesen Job«, murmelte Makedde vor sich hin. *Ich bin fünfundzwanzig. Sollte ich nicht mein Psychologiestudium beenden? Und Kinder kriegen wie meine Schwester?* Sie vertrieb die Gedanken ebenso schnell, wie sie aufgekommen waren, und unterdrückte den Schmerz, der abrupt in ihr aufgestiegen war. Dann rückte sie die Wärmflasche zurecht, die sie strategisch geschickt am Rücken unter ihren Badeanzug geschoben hatte, und eilte hinab, um mit den Aufnahmen zu beginnen.

Minuten später posierte sie elegant. Der winterliche Ozean umspielte ihre Füße, ihr blondes Haar flatterte hinter ihrem Kopf im Wind. Einen Moment lang konzentrierte sie sich ausschließlich auf ihren Körper – darauf, wie ihre Füße ausgerichtet waren, damit sie trotz ihrer Schuhgröße einundvierzig nicht so riesig wirkten; auf die Haltung ihrer Hüften, den Winkel ihrer Schultern sowie die anmutige Stellung ihrer Hände, all das genau auf die Position der Kameralinsen abgestimmt. Als sie mit ihrer Pose rundum zufrieden war, erlaubte sie ihren Gedanken abzuschweifen.

Sie war dankbar, dass sie am Abend zuvor keinen Appetit gehabt hatte, denn ihr Bauch wirkte ein bisschen flacher als sonst. Einige Models waren dafür bekannt, vor einem sogenannten »body shoot« mehrere Tage lang fast keine Flüssigkeit zu sich zu nehmen, doch so weit ging Mak nur selten. Gerüchteweise hatte sie auch schon von Abführmittelmissbrauch gehört, aber wozu? Selbstverschuldeter Durchfall? Normalerweise wurde sie wegen ihres gesunden Aussehens und ihrer vorteilhaften Kurven gebucht, weshalb sie sich eher Sorgen wegen ihrer abendlichen Fresslustattacken auf Schokolade machte als wegen ein paar Schlückchen Wasser. Außerdem, wenn sie einen Hungerknochen gewollt hätten, hätten sie ja eines der zahllosen Teenagermodels buchen können, die sich ausschließlich von Kaffee und Zigaretten ernährten.

Die Fotocrew taxierte sie schweigend. Makedde streckte sich, spannte ihre Bauchmuskeln und nahm eine wohl einstudierte Pose ein, die sowohl ihre weibliche Figur als auch den aquamarinblauen Bikini optimal zur Geltung brachte. Die beiden Repräsentanten des Badebekleidungsherstellers, die jeden einzelnen Zentimeter ihres Körpers mit Luchsaugen ins Visier nahmen, schienen mit dem Sitz ihres winzigen Kleidungsstücks zufrieden zu sein.

Als die Polaroidaufnahme fertig war, huschte Mak schnell zu ihrer Decke, die sie ein paar Meter entfernt in den Sand hatte fallen lassen, hüllte sie um ihren bibbernden Körper und hüpfte ein paarmal auf und ab, um gegen die Kälte anzukämpfen. Die anderen nahmen keine Notiz von ihr.

Tony Thomas, der Fotograf, war mit den Lichtverhältnissen nicht zufrieden. Er brüllte seinem Assistenten Befehle zu, die mit den Windböen gedämpft an Maks Ohren vorbeirauschten. Sie bemühte sich, nicht zu lachen, als der Assistent einen großen goldenen Aufheller hervorholte, tapfer damit gegen den Wind ankämpfte und versuchte, ihn auszurichten. Der Auftraggeber und der Artdirector beobachteten das unbeholfene Treiben mit versteinerten Gesichtern.

»Es muss nach *Sommer* aussehen«, beharrte einer von ihnen. »Können Sie nicht irgendetwas mit ihrem Haar machen, Joseph?«

Joseph war ein zerbrechlich aussehender Mann, der beim Schminken eines Gesichts so behutsam vorging wie ein Maler mit seiner Leinwand; er trug ein Tüpfelchen auf, trat einen Schritt zurück, musterte sein Werk, fügte dann ein weiteres Tüpfelchen hinzu, und so weiter. Heute jedoch wirkte er verhärmt und äußerst unzufrieden. Er ging zu Mak, wobei er sorgfältig darauf achtete, dort, wo die Aufnahmen gemacht werden sollten, keine Spuren im Sand zu hinterlassen, und versuchte, ihre Mähne hinten festzustecken. Der Wind machte ihm prompt einen Strich durch die Rechnung: Ein paar Nadeln landeten im Wasser, die übrigen baumelten an ihren Haarspitzen.

Natürlich hatte sie gewusst, dass in diesem Teil der Erde gerade Winter herrschte. Was sie jedoch vorübergehend vergessen hatte, war, dass dies ihre Kunden nicht im Geringsten interessierte. Die neue Sommermode wurde immer im Winter fotografiert, bevor sie ein halbes Jahr später auf den Markt kam, und das galt auch für Badebekleidung. Als gerade niemand hinsah, drückte sie sich die Wärmflasche gegen die Brust. Ein ideales Mittel gegen aufgerichtete Brustwarzen.

Der eisige Tag zog sich hin. Das Mittagessen bestand aus einem eher spärlichen welken Salat, den der Fotoassistent holen musste. Makedde hätte schwören können, dass der Fotograf eine Focaccia mit Käse und ein Bier verputzt hatte, als er sich für einen Augenblick unbeobachtet wähnte. Gegen fünf war sie fast erlöst. Es fehlten nur noch die Aufnahmen für das letzte Outfit: ein provozierend hoch geschnittener, leuchtend gelber Badeanzug mit Frontreißverschluss – eine Ode an das Jahrzehnt, in dem man mit »Christy« noch Christy Brinkley meinte und nicht Christy Turlington. Wie immer musste gegen Ende hin alles schneller gehen, weil der Auftraggeber darauf drängte, fertig zu werden, um bloß nicht mehr als zwanzig

Minuten zu überziehen. Das war nämlich die magische Grenze, ab der den Models die Bezahlung einer Überstunde zustand. Es war erstaunlich, wie viele Shootings exakt neunzehn Minuten nach der vereinbarten Zeit endeten.

Da Zeit kostbar war, wurde Makedde genötigt, sich direkt am Strand hinter einem Handtuch umzuziehen, das der verlegene Fotoassistent vor ihr hochhielt. Er bemühte sich, woanders hinzusehen. Zehn Jahre Arbeit als Model hatten Makedde von jeglichen romantischen Vorstellungen von Schamgefühl geheilt; sie zog sich schnell aus und wechselte professionell ihr Outfit. Danach hüllte sie sich erneut in ihre dicke Decke und drückte ihre treue Wärmflasche fest gegen ihren Körper, während die anderen nach einem geeigneten Hintergrund für die letzten Aufnahmen suchten. Da sie unter Zeitdruck standen, hatte sie den Drang ihrer Blase seit der Mittagspause ignoriert, doch jetzt konnte sie es nicht mehr aushalten.

»Ich muss mal kurz verschwinden!«, rief sie, drückte die Knie aneinander und trat von einem Fuß auf den anderen – das international gebräuchliche Zeichen für »Ich muss mal«. Der Einzige, der lachte, war Joseph.

Sie drehte sich um und lief, hinauf in das hohe gelbe Dünengras, erleichtert, dass sie gleich Erlösung finden würde. Die trockenen Grashalme kratzten an ihren Schienbeinen, während sie sich auf der Suche nach einem Plätzchen mit besonders hohem Gras, das ihr wenigstens den Anschein von etwas Intimität bieten würde, von der Gruppe entfernte. Plötzlich stieg ihr ein merkwürdiger Geruch in die Nase, dann bemerkte sie etwas, das halb unter dem hohen Gras verborgen war.

Ein Schuh?

Sie sah sich nach den anderen um. Zum Glück waren sie immer noch damit beschäftigt, nach einem guten Platz für die nächsten Aufnahmen zu suchen. Sie bahnte sich einen Weg durch das Gras. Als sie sich der Stelle näherte, riss sie vor Schreck die Augen weit auf. Unwillkürlich öffnete sich ihr Mund zu einem Schrei, den ihre Ohren jedoch nicht hörten.

Blut schoss ihr in den Kopf und pochte gnadenlos in ihren Schläfen. Nur verschwommen nahm sie Rufe und vom Strand herbeieilende Schritte wahr. Schaurige Bilder drehten sich vor ihren Augen: dunkle Flecke auf bleicher Haut, dunkles, blutverklebtes Haar, menschliches Fleisch in fürchterlichem Zustand – und fehlende Körperteile! Entlang eines nackten Rumpfes klafften lange, rote Wunden und gaben den Blick auf Fleisch und Organe frei, doch am schlimmsten war, dass das dunkle, blutverklebte Haar Teile eines Gesichts freiließ, das ihr nur allzu bekannt vorkam.

Auf einmal schlangen sich Arme um sie, die sie durch das Gras zogen, weg von dem schrecklichen Gemetzel, weg von dem Gestank, der in ihrer Nase haftete, als hätte sie sich gerade übergeben. Sie versuchte zu sprechen. Zuerst brachte sie keinen Laut heraus. Um sie herum herrschte Chaos. Schließlich hörte sie entsetzt die Worte, die über ihre eigenen Lippen kamen.

»Oh, mein Gott, *Catherine*. Oh, mein Gott!«

Mak registrierte verschwommen eine junge Frau, die mit einer dampfenden Tasse in der Hand neben ihr saß. Am fernen Horizont glimmte der letzte Schein eines tiefroten Sonnenuntergangs und erleuchtete den Himmel wie ein Höllenfeuer. Um sie herum herrschte hektische Aktivität. Stimmengewirr und von Störgeräuschen verzerrte Satzfetzen aus den Polizeifunkgeräten drangen an ihr Ohr. Die uniformierte Frau neben ihr betrachtete sie schweigend. Sie waren ein Stück weit von der Szenerie entfernt. Ein paar Meter weiter war der Fundort der Leiche mit weißem Polizei-Absperrband gesichert. Mehrere Scheinwerfer tauchten die grasbewachsene Düne in helles Licht und verwandelten die zusammengedrängten Gesichter in starre, bleiche Masken. Hände in Latexhandschuhen kritzelten auf Polizeidienstblöcken und erinnerten Makedde an das Notizbüchlein ihres Vaters, dessen Einband so offiziell aussah. Sie hatte sich immer gefragt, was für hinterhältige Brutalität es wohl gesehen hatte und was für entsetzliche Taten in ihm aufgezeichnet waren.

Die scharfe Brise schnitt ihr eisig ins Gesicht, und obwohl sie in mehrere schwere Decken gehüllt war, zitterte sie. Sie blickte sich um und sah Strahlen von Taschenlampen durch die herabsinkende Dunkelheit huschen wie ein Schwarm Glühwürmchen. Sie erkannte den Visagisten, Joseph, der in Begleitung eines uniformierten Polizisten in Richtung Parkplatz verschwand, und weiter unten am Strand sah sie Tony Thomas hitzig mit einem hoch gewachsenen Mann im Anzug diskutieren. Der Mann stand ganz ruhig da und hielt etwas in der Hand, das aussah wie Tonys Kamera. Seine Körperhaltung strahlte Autorität aus, während Tony, der wütend vor ihm herumfuchtelte, noch kleiner wirkte, als er mit seinen einsachtundsechzig ohnehin schon war.

Tonys Kamera? Was wollen sie denn damit?

Als die Diskussion beendet schien, sah Mak, wie Tony mit gesenktem Kopf an ihr vorbei zu den Autos auf dem Parkplatz geführt wurde, auf dem hektisches Treiben herrschte. Der Polizeiarzt, der Pathologe, Spezialisten der Spurensicherung, Kriminalbeamte – alle waren vor Ort, begutachteten den Fundort der Leiche und machten mit ihrem jeweils eigenen Blick für jedes Detail ihre Aufzeichnungen und nahmen ihre Messungen vor. Aus der Kamera des Polizeifotografen schossen immer wieder unvermittelt Blitze und zuckten durch die zunehmende Dunkelheit.

Jeder Einzelne erledigte seinen Job mit einer vertrauten, unbeirrbaren Professionalität.

Andere Gesichter, aber dasselbe morbide Geschäft.

Sie dachte an die Kollegen ihres Vaters. Unter diesen neuen, entsetzlichen Umständen sah sie deren Jobs auf einmal in einem völlig anderen Licht. Streifenpolizisten, Detectives, Pathologen – soweit sie sich zurückerinnern konnte, hatten sie sozusagen zur Familie gehört. Einige waren sogar zu Besuch in das Krankenhaus gekommen, in dem ihre Mutter während ihrer Erkrankung gelegen hatte. Ihr Vater hatte sich geweigert, das Krankenzimmer zu verlassen. Drei Monate hatte sie dort gelegen, und er hatte Nacht für Nacht in einem unbequemen Klappbett neben ihr ausgeharrt.

»Wie geht es Ihnen?« Eine leise Stimme riss sie aus ihren Gedanken. »Ich bin Constable Karen Mahoney. Ist Ihnen inzwischen ein bisschen warm geworden? Brauchen Sie vielleicht einen Arzt?« Ihre Stimme war sanft und beruhigend, ihr rundes Gesicht verständnisvoll. Makedde fragte sich, wie diese Frau Tag für Tag solch unbeschreibliches Leid sehen und dabei ruhig und gefasst bleiben konnte.

»Nein, mir geht es so weit gut. Ich brauche keinen Arzt. Ich glaube, ich…« Ihre Stimme versagte für einen Moment. »Haben Sie sie gesehen? Ich meine die Frau?«

»Ja. Hier, nehmen Sie. Ein bisschen Kaffee wird Ihnen gut tun.« Sie reichte Makedde eine dampfende Tasse. »Sie kennen das Opfer womöglich? Ist das richtig?«

Catherine.

Ihr lief ein Schauer über den Rücken. Eine Leiche. Blutverschmiert, verstümmelt, mausetot. Konnte das wirklich Catherine sein?

»Ich… Es könnte tatsächlich sein, dass ich sie kenne. Ich bin nicht sicher. Ich glaube, sie war es – Catherine Gerber. Ich wohne bei ihr, aber sie ist bisher nicht aufgetaucht…«

Die Worte kamen als zusammenhangloses Gestammel heraus.

»Schon gut. Ich weiß, wie schwer das für Sie sein muss. Sie haben die Leiche gefunden, nicht wahr?«

Makedde nickte wie in Zeitlupe.

»Wir werden Ihnen ein paar Fragen stellen müssen. Und zu einem späteren Zeitpunkt müssen wir Sie vielleicht bitten, das Opfer zu identifizieren. Würden Sie das tun?«

Wieder nickte Makedde langsam. Nichts und niemand hatte sie auf so etwas vorbereitet. Manchmal hatte sie einen sechsten Sinn, was irgendwelche Ereignisse anging, eine Art Intuition, die sie warnte. Aber diesmal hatte sie nichts gespürt.

Vielleicht habe ich mich ja geirrt. Vielleicht war es nur dieser Traum…

Der Traum.

Im Wachzustand bekam sie die Details nicht mehr zusammen, nur noch Fragmente des furchtbaren Albtraums waren ihr bewusst. Wie einzelne Filmausschnitte aus einem Horrorfilm, die sinnlos und austauschbar frei vor ihrem inneren Auge umherschwirrten. Da war ein Gefühl blanken Entsetzens, es hatte etwas mit dem Verlust von Catherine zu tun, doch es war alles zu abstrakt, um es in einen sinnvollen Zusammenhang zu bringen und zu verstehen. Die Trennlinie zwischen Albtraum und Wirklichkeit war nahezu bis zur Unkenntlichkeit verwischt.

In einem Anfall von verzweifeltem Optimismus kam Mak zu dem Schluss, dass sie sich geirrt haben musste. Dass sie nur wegen des Albtraums gedacht hatte, bei der Leiche handele es sich um Catherine. Und was das schwarze Haar anging – es gab jede Menge schwarzhaarige Menschen. Cat würde anrufen. Bestimmt. Sie blickte auf und sah einen hoch gewachsenen Mann in einem Anzug, der sich wie ein Riese vor ihr aufgebaut hatte. Es war derselbe Mann, den sie zusammen mit Tony Thomas gesehen hatte. Die hellen Scheinwerfer, die ihn von hinten anstrahlten, machten ihn zu einer beindruckenden, gesichtslosen Silhouette.

»Miss Vanderwall, ich bin Detective Senior Sergeant Andrew Flynn. Das Ganze muss ein ziemlicher Schock für Sie sein.« Er hatte eine tiefe Stimme, sprach mit einem angenehmen australischen Akzent und klang, angesichts der Umstände, merkwürdig ruhig. Als sie nicht antwortete, fuhr er fort: »Wenn ich richtig verstanden habe, haben Sie die Leiche gefunden und wären auch imstande, das Opfer zu identifizieren. Ist das richtig?«

»Ja, also … Ich habe sie gefunden, das stimmt, aber ich bin nicht sicher, ob es wirklich Catherine ist.«

»Catherine?« Er notierte den Namen auf seinem Block. »Können Sie mir den vollen Namen nennen?«

»Catherine Gerber. Sie ist eine gute Freundin von mir. Sie ist Model, wie ich, und kommt auch aus Kanada. Das heißt, wenn sie es ist. Ich weiß es nicht.« Sie spürte, wie sich ihre Kehle zu einem schmerzenden, bitteren Knoten zusammenschnürte, genau wie ihr Herz.

Der Detective fuhr ruhig und professionell fort: »Es wäre hilfreich, wenn Sie sich sicher sein könnten. Wären Sie bereit, die Leiche irgendwann morgen früh zu identifizieren?«

»Selbstverständlich …«

»Ich würde Ihnen jetzt gerne ein paar Fragen stellen, wenn Sie nichts dagegen haben. Danach bringt Constable Mahoney Sie nach Hause.«

Sie beantwortete jede seiner Fragen, und er machte sich geduldig Notizen. Ihre Gedanken trieben durch eine surreale Welt aus Angst und Verwirrung, und sie ärgerte sich, dass es ihr so schwer fiel, in dem Ganzen irgendeinen Sinn zu erkennen. Mitunter waren ihre Antworten etwas verworren, doch der Detective ging unbeirrt darüber hinweg und versuchte behutsam, so viel wie möglich aus ihr herauszubekommen.

»Ich bin Kanadierin. Ich bin gestern angekommen und habe ein Arbeitsvisum für drei Monate. Ich wohne zusammen mit Catherine in Bondi, in einer Wohnung, die unsere Agentur für Models angemietet hat. Dies ist mein zweiter Aufenthalt in Australien.«

»Sie haben Catherine also bei Ihrer Ankunft gesehen?«

»Nein, das ist es ja. Ich bin direkt zu ihrer Wohnung gefahren, aber sie war nicht da. Ich hatte gehofft, gestern noch von ihr zu hören – oder spätestens heute.«

»Und? Haben Sie sich gewundert, dass Ihre Freundin nichts von sich hat hören lassen?«

»Und wie!«, erwiderte sie ein wenig energischer.

Der Detective nickte. »Wann haben Sie Ihre Freundin zum letzten Mal gesehen?«

Ihre Gedanken wanderten zurück zu dem Tag, an dem ihre Mutter beerdigt worden war. Sie hatte sich für immer von ihrer eigenen Mutter verabschiedet. Wie hätte sie wissen sollen, dass es auch das letzte Mal sein sollte, dass sie ihre beste Freundin lebend sah?

»Vor fast sechs Monaten. Sie war in Kanada, zur Beerdigung meiner Mutter.«

»Oh, das tut mir Leid.« Er machte eine Anstandspause. »Wie gut kennen Sie Tony Thomas, den Fotografen von Ihrem heutigen Shooting?«

»Ich habe heute erst zum zweiten Mal mit ihm gearbeitet.«

»Ist Ihnen, bevor Sie die Leiche gefunden haben, irgendetwas aufgefallen? War bei dem Shooting irgendetwas anders als sonst? Hat sich jemand ungewöhnlich verhalten? Irgendwelche Andeutungen?«

»Nein, mir ist nichts Außergewöhnliches aufgefallen.«

»Wissen Sie, wer die Location für das Shooting ausgewählt hat?«

Mak dachte einen Augenblick nach. Einige der Fragen kamen ihr merkwürdig vor.

»Ich nehme an, dass Tony die Location ausgewählt hat.«

»Wusste er von Ihrer Beziehung zu Catherine? Ich meine, abgesehen davon, dass Sie über die gleiche Agentur gebucht werden?«

»Ich wüsste nicht, woher er es hätte wissen sollen. Es sei denn, jemand hat es ihm erzählt.«

»Vielen Dank, Miss Vanderwall. Sie haben mir sehr geholfen. Constable Mahoney wird Ihre Aussage aufnehmen und Sie dann nach Hause bringen. Wir sehen uns morgen Vormittag. Hier ist meine Karte. Falls Sie noch Fragen haben oder Ihnen noch etwas einfällt, selbst wenn es Ihnen noch so unwichtig erscheint – bitte zögern Sie nicht, mich anzurufen.«

Sie hielt seine Karte in ihren tauben Fingern und sah ihm nach, als er auf die Scheinwerfer zuging und sich unter die weißen, ausdruckslosen Gesichter der Männer und Frauen mischte, deren Job es war, Tag für Tag mit Gewalt konfrontiert zu werden.

Die junge Polizistin fuhr Makedde zu ihrer Unterkunft in Bondi Beach, verabschiedete sich mit dem vorhersehbaren »Wie geht es Ihnen jetzt? Kann ich noch irgendetwas für Sie tun?« und ließ sie allein. Beim Betreten der Wohnung überkam Makedde ein seltsames Gefühl. Catherines Anwesenheit war allgegenwärtig; außerdem flackerten vor ihrem inneren Auge ständig die Bilder der verstümmelten Leiche auf.

Makedde schauderte.

Sie ging ans Fenster, legte die Hände um die Augen und sah nach draußen. Eine andere Welt: Lachende Paare schlenderten sorgenfrei und unbeschwert den Strand entlang. Plötzlich erschien ihr alles so fremd. Erschöpft zog sie die Jalousie herunter und tauchte die Wohnung in Dunkelheit. Sie war emotional am Ende und unfähig, sich auszuziehen oder das dicke Make-up zu entfernen, das Joseph ihr aufgetragen hatte. Sie ließ sich aufs Bett plumpsen und hatte, als sie bereits längst auf der Matratze lag, noch lange das Gefühl, zu fallen. Das dunkle Zimmer drehte sich in einer Nebelwolke über ihr.

Es war alles nur ein furchtbarer Traum.

Wir reden morgen, Catherine.

Es schienen nur ein paar Minuten vergangen, als das hartnäckige Klingeln des Telefons erbarmungslos ihre Trommelfelle attackierte. Beim dritten Klingeln hatte sie den Hörer am Ohr, ihr Verstand befand sich noch im Tiefschlaf.

Endlich … Catherine.

Die Stimme am anderen Ende der Leitung sprach mit ihr. »Wie bitte? Entschuldigen Sie …«, krächzte sie. Die Worte, die sie hervorbrachte, glichen eher einem Räuspern.

»Hier ist Detective Flynn. Spreche ich mit Makedde Vanderwall?«

»Ja.«

»Wir wären Ihnen sehr verbunden, wenn Sie das Opfer heute Morgen im Leichenschauhaus in Glebe identifizieren könnten.«

Schlagartig und mit entsetzlicher Klarheit und Schärfe wurde sie in die Wirklichkeit zurückkatapultiert.

Es war bereits neun Uhr.

»Ja. Ich komme.«

Als sie aufgelegt hatte, fiel ihr Blick auf den gegenüber vom Bett angebrachten Wandspiegel. Sie saß in voller Montur aufrecht im Bett und sah furchtbar aus. Während der Nacht war ihr dunkles Make-up in dicken Schlieren über ihren Wangen verlaufen. Sie versuchte es mit ihrer kajalverschmierten Hand wegzuwischen und machte es nur noch schlimmer.

Es wollte einfach nicht weggehen.

3

Ein Taxi setzte sie vor einer Reihe trister brauner Türen mit der Aufschrift »Gerichtsmedizinisches Institut von New South Wales« ab. Sie fragte sich, wie viele Menschen wohl regelmäßig an der unscheinbaren Fassade vorbeigingen und nicht die geringste Ahnung hatten, dass sich dahinter das Leichenschauhaus verbarg.

Gestern war Mak ohnmächtig geworden, und sie hatte nicht die Absicht, erneut umzukippen. Schließlich sah sie nicht zum ersten Mal einen Toten. Als Heranwachsende hatte sie ihren Vater häufig ins Leichenschauhaus begleitet. Er war damals der angesehenste Kriminalinspektor von Vancouver Island gewesen und hatte freie Hand gehabt, seine Tochter überallhin mitzunehmen. Bereits in jungen Jahren hatte sie eine außergewöhnliche Vorliebe für die makabren Seiten des Berufes ihres Vaters gezeigt. So wie andere Kinder nach einer Barbiepuppe oder einem Extra-Taschengeld verlangen, hatte sie ihren Vater angebettelt, dass er sie auf die Polizeiwache oder ins städtische Leichenschauhaus mitnehmen sollte. Die entsetzlichen Anblicke hatte er ihr natürlich erspart. Stattdessen hatte sie fleischlose Skelette von Leichen gesehen, die Jahre nach ihrem Tod irgendwo im Wald gefunden worden waren, oder die glatten, friedlichen Leichname von natürlich Verstorbenen.

Makedde hatte noch nie einen Toten gesehen, der so brutal und grauenvoll tot aussah und *roch* wie die Leiche der jungen Frau, die sie am Vortag entdeckt hatte. Irgendwo hinter den imposanten braunen Türen lag eine hübsche junge Frau, die vielleicht Catherine gewesen war, kalt und leblos im Schiebefach eines Gefrierschranks. In nicht einmal sechs Monaten hatte sie zwei der Menschen verloren, die ihr am wichtigsten gewesen waren. Es waren nicht ihre Ausflüge ins Leichenschauhaus gewesen, die ihr die wahre Dimension des Todes vor Augen geführt hatten. Unbeabsichtigt hatte ihr erst ihre Mutter diese bittere Lektion erteilt, und jetzt sollte Catherine es womöglich ein weiteres Mal tun.

Mit einem flauen Angstgefühl im Magen nahm Makedde all ihren Mut zusammen und schritt durch die Eingangstür. *Ich kriege das hin*. Eine hoch an der Wand angebrachte weiße Uhr zeigte an, dass es halb elf war. Detective Flynn hatte sie hereinkommen sehen und kam auf sie zu. »Guten Morgen, Miss Vanderwall«, begrüßte er sie ruhig. »Danke, dass Sie gekommen sind. Es dauert bestimmt nicht lange. Kommen Sie bitte hier entlang.«

Sie folgte ihm durch eine Tür mit der Aufschrift »Wartezimmer für Angehörige« und schenkte ihm kaum Beachtung. Stattdessen war sie mit ihren Gedanken voll und ganz bei dem entsetzlichen Anblick, der sie im Besichtigungsraum erwartete. Detective Flynn schloss die Tür hinter ihnen, und sie nahmen in den grauen Polstersesseln Platz. Das Wartezimmer war bewusst angenehm gestaltet. Die Wände waren in warmem, gebrochenem Weiß gehalten, hier und da hingen nichts sagende Bilder, und ein paar Pflanzen lockerten das Ganze auf. Der Raum erinnerte sie an das Betreuungszimmer im Vancouver General Hospital, wo ein paar Sozialarbeiter ihr und ihrer Familie nach Kräften dabei zu helfen versucht hatten, mit Jane Vanderwalls langem und schmerzhaftem Kampf gegen den Krebs zurechtzukommen.

Direkt vor ihnen befand sich eine weitere Tür, die verschlossen war. Dahinter regte sich etwas, und als sie das Quietschen metallener Räder hörte, schlug ihr das Herz bis zum Hals.

Sie liegt auf einer kalten metallenen Rollbahre; vollkommen hilflos.

Einige Minuten später kam ein rothaariger Mann, der laut seinem Namensschild Ed Brown hieß, ins Wartezimmer geschlurft und teilte ihnen mit, dass sie »fertig« sei. Er öffnete die Tür zum Besichtigungsraum, und Makedde trat wie in Trance ein.

Es war völlig anders, als sie erwartet hatte. Sie hatte sich darauf eingestellt, vor einer Art Fenster zu stehen, hinter dem ein Mitarbeiter im Dienstkittel das Tuch von der Leiche zurückschlug, doch stattdessen gab es zwischen Makedde und ihrer toten Freundin nichts als eine kleine hölzerne Trennwand.

Der Mitarbeiter des Leichenschauhauses sprach mit sanfter, beruhigender Stimme. »Ich habe extra einen Arm heraushängen lassen, falls Sie sie noch einmal anfassen wollen. Wenn Sie wollen, können Sie auch eine Haarsträhne bekommen und mitnehmen. Scheuen Sie sich nicht, darum zu bitten. Sie glauben gar nicht, wie viele Menschen auf so ein Andenken Wert legen.«

Sie anfassen.

Makedde starrte schweigend auf die Bahre hinab.

»Ich lasse Sie jetzt allein. Nehmen Sie sich so viel Zeit, wie Sie brauchen.«

Mit diesen Worten verließ der Mann den Raum und ließ Makedde und Detective Flynn allein – allein mit einer stummen, kalten Porzellanpuppe.

Es wäre naiv von Makedde gewesen, nicht zu akzeptieren, dass es Catherine war, deren einst so vor Leben sprühendes Gesicht hier nur wenige Zentimeter entfernt vor ihr lag. Es hatte jede Farbe verloren. Ihr Körper war in mehrere grün-weiß gemusterte Decken gehüllt, über ihren Schädel war eine Kapuze gezogen und bedeckte ihn wie ein Tschador. Der Gestank des Todes, der sich am Abend zuvor so aufdringlich über das Gras gelegt hatte, war nicht mehr ganz so intensiv, doch der scharfe, penetrante Geruch von Teebaumöl vermochte ihn auch nicht völlig zu überdecken.

Eine Hand hing schlaff von der Bahre hinab und verlangte geradezu danach, angefasst zu werden. Um das Handgelenk zogen sich tiefe rote Schnürspuren.

Fass sie an.

Detective Flynn legte ihr sanft eine Hand auf die Schulter. »Alles in Ordnung?« Makedde antwortete nicht. »Ist dies die Leiche von Catherine Gerber?«

»Kann ich ihr Haar sehen? Sie hatte wunderschönes, langes schwarzes Haar. So eingehüllt sieht sie irgendwie anders aus.«

»Ich fürchte, ihr Kopf wurde rasiert. Mordopfern rasiert man immer den Kopf. Außerdem hat sie ziemlich große Kopfwunden.« Er klang, als müsse er sich dafür entschuldigen.

»Oh.«

»Können Sie bestätigen, dass es sich bei dieser Leiche um Catherine Gerber handelt?«

Makedde zögerte einen Moment und starrte schweigend auf die menschenähnliche Gestalt hinab, die sich unter den Decken abzeichnete. »Ja«, brachte sie schließlich hervor. Im selben Moment brach sie in Tränen aus. Sie versuchte sie zurückzuhalten, doch sie quollen unaufhaltsam hervor und rollten ihr über die Wangen.

»Vielen Dank, Miss Vanderwall. Wenn Sie wollen, können Sie noch ein wenig bleiben. Es besteht kein Grund zur Eile. Ich warte vor der Tür auf Sie.«

Makedde hörte, wie hinter ihr die Tür zugezogen wurde. Sie wich so weit wie möglich von der Leiche zurück. Dabei stieß sie gegen einen Sessel und ließ sich hineinsinken. Ihre verheulten Augen bemerkten einen Fernsehschirm in der oberen rechten Ecke des Besichtigungsraums. Es schien ihr ein äußerst befremdlicher Ort für einen Fernseher zu sein. Einen Moment lang stellte sie sich vor, wie Catherine die Augen aufschlug und sich irgendeine Show ansah – wie ein Patient, der nach einer Narkose in einem Krankenhauszimmer aufwacht. Makedde vermutete, dass der Fernseher für die Fälle bereitstand, in denen die Leiche so entstellt oder verwest war, dass man ihren direkten Anblick niemandem zumuten konnte und sie in einem separaten Raum aufbahrte. Catherines Innereien waren überall im Gras verstreut gewesen, und die Tiere und Insekten hätten ihre Überreste schnell vertilgt. Es hätte nicht viel gefehlt, und zum Zeitpunkt ihrer Entdeckung wäre nicht mehr viel von ihr übrig gewesen.

Hatte ihr Mörder es darauf angelegt? Wenn ja, hätte er irgendeinen unzugänglicheren Ort gewählt. Nein, er hatte bewusst schockieren wollen. Er wollte, dass die Leiche schnell gefunden wurde.

Sie erhob sich und ging zu Catherine Gerbers Leichnam hinüber.

Zu *der Hand.*

Fast gelähmt vor Trauer raffte Makedde all ihren Mut zusammen, griff nach der Hand, umfasste sie und hielt sie liebevoll fest.

Sie war kalt.

»Adieu, meine liebe Freundin«, sagte sie leise. Bevor sie losließ, flüsterte sie noch ein paar letzte Worte. »Ich verspreche dir Gerechtigkeit. Ich *verspreche* es.«

Sie verließ den Raum in dem Bewusstsein, dass ihre Freundin jetzt fort war. Sie lag nicht auf einer Rollbahre im Besichtigungsraum des Leichenschauhauses. Über ihr wurde nicht gleich der Reißverschluss eines Leichensacks zugezogen, und sie wurde nicht in ein kaltes Gefrierfach gerollt.

Sie war irgendwo anders … an einem besseren Ort.

Makedde stellte ihr Gehirn auf den professionellen Modus ein und versuchte, die entsetzliche Realität, mit der sie konfrontiert war, so wenig wie möglich an sich heranzulassen. Das Leichenschauhaus strahlte eine sterile Kälte aus, die sich umso tiefer in ihre Knochen fraß, je länger sie sich dort aufhielt. Es drängte sie, diesen schaurigen Ort schleunigst zu verlassen, doch sie musste erst noch das Identifizierungsformular P443 ausfüllen. Außerdem hatte sie noch ein paar Fragen an Detective Andrew Flynn.

Mit zugeschnürter Kehle fragte sie: »Wann bekommen ihre Pflegeeltern sie zu sehen? Nach Kanada ist es ziemlich weit.«

Er antwortete mit unpersönlicher, in vielen ähnlichen Fällen eingeübter Anteilnahme: »Die Leiche wird so früh wie nur irgend möglich freigegeben und an ihre Pflegeeltern überstellt.«

Mak kannte Catherines Pflegeeltern. Sie würden sich mit Sicherheit nicht ins Zeug legen, damit alles reibungslos und angemessen über die Bühne ging. Irgendwann würden Catherines sterbliche Überreste in einem unscheinbaren Standardsarg über die Kontinente fliegen, wo eine schlichte und vor allem nicht zu teure Beerdigung auf sie wartete.

Makedde las das Formular.

Die folgende Erklärung, die ich nach bestem Wissen und Gewissen abgebe, dient als Beweis und kann gegebenenfalls von mir als Zeugin vor Gericht bestätigt werden.

»Muss ich für den Prozess hier bleiben?«, fragte sie.

»Sie müssen hier sein, wenn der Prozess stattfindet, aber Sie müssen nicht bleiben, *bis* er stattfindet. Die Ermittlungen können einige Zeit in Anspruch nehmen. Falls erforderlich, organisieren wir Ihre Anreise aus Kanada und kümmern uns um einen Flug.«

»Ich habe nicht die Absicht, gleich wieder abzureisen«, stellte sie entschieden klar.

»Gut.«

Sie ging weiter das Formular durch.

Mein Verhältnis zu dem/der Verstorbenen …

Freundin. Beste Freundin.

Ihre Gedanken wanderten zurück zu der schlaffen, kalten Hand. »Mir ist aufgefallen, dass sie Schnürspuren an den Handgelenken hatte.«

»Ja.«

Sie bedachte ihn mit einem Blick, der eindeutig nach weiteren Informationen verlangte. Als er trotzdem schwieg, fuhr sie fort: »Er hat sie gefesselt, nicht wahr?«

»Wir vermuten, dass sie irgendwo festgebunden war.«

Festgebunden.

»Womit?«, hakte sie nach. »Das sah nicht nach einer Schnur oder einem Seil aus.«

Der Detective schaute sie seltsam an, und ihr wurde klar, dass ihre Worte für jemanden, der nicht wusste, dass sie Kriminalpsychologie studierte und in einem Haus aufgewachsen war, in dem das Verbrechen alltägliches Gespräch am Abendbrottisch gewesen war, ziemlich eigenartig klingen mussten, ja, sie sogar verdächtig erscheinen lassen konnten.

Sie wechselte das Thema. »Brauchen Sie noch jemand anderes, der die Identifizierung der Leiche bestätigt? Ich fürchte, ich bin das, was einem Angehörigen von ihr am nächsten kommt. Ihre Pflegeeltern waren nicht besonders …« *liebevoll.* Sie suchte nach den passenden Worten, um es einigermaßen taktvoll auszudrücken. »Sie standen ihr nicht besonders nahe.«

»Im Moment können wir nur auf Sie zurückgreifen. Wir wissen Ihre Kooperation sehr zu schätzen.«

»Das Ganze sieht mir nicht nach einem alltäglichen Mord aus«, stellte sie in dem Versuch fest, ihn zu einer Reaktion zu bewegen. »Ich könnte mir vorstellen, dass sie diesen Grad der … *Gewaltanwendung* nicht bei jedem normalen Mord in Sydney zu sehen bekommen.«

Detective Flynn wandte sich mit ernster Miene zu ihr um und sagte: »Es gibt bei keinem Mord irgendetwas Normales, Miss Vanderwall. Diese Ermittlung hat bei mir oberste Priorität.«

Das war er Catherine schuldig.

Etliche Stunden später war Makedde zurück in dem Apartment in Bondi Beach, doch sie war nicht allein.

»Noch einmal – es tut mir wirklich Leid, aber wir haben keine andere Wahl«, versicherte Detective Flynn, während sich ein kleines Team von Spurensicherungsexperten über ihre Unterkunft hermachte. »Ich hoffe, Sie haben keine Einwände. Es ist wirklich wichtig, dass wir dies so schnell wie möglich erledigen.«

»Mir ist klar, dass die Umstände etwas ungewöhnlich sind.«

Sie waren in der Tat ungewöhnlich. Mak stand dem Opfer nicht nur näher als jeder andere, sie hatte die Leiche auch entdeckt und wohnte darüber hinaus in der Wohnung der Ermordeten.

»Suchen Sie nach Fingerabdrücken?«

»Ja.«

Das ganze Apartment würde sich in Windeseile in ein einziges Chaos verwandeln. Schwarzes Rußpulver zum Sichtbarmachen von Fingerabdrücken ließ sich nur schwer wieder entfernen. Auf dunklen Oberflächen wurde Lanconide verwendet, das genauso hartnäckig jedem Putzmittel trotzte, aber es war wenigstens weiß und deshalb nicht so auffällig. Mak hatte es schon oft am Schauplatz irgendwelcher Verbrechen gesehen, doch sie hätte nie gedacht, dass sie eines Tages in einem Zimmer würde schlafen müssen, das über und über mit Lanconide eingestäubt war. Mit einem unbehaglichen Gefühl sah sie zu, wie sich einer der uniformierten Beamten mit einer Videokamera vor Catherines Collage aus den Zeitschriftenausrissen stellte und zu filmen begann. Während er Catherines heimliche Ambitionen auf Video bannte, lehnte er den Kopf etwas nach hinten.

Plötzlich merkte Makedde, dass ihre Augen glasig wurden, und im gleichen Moment spürte sie die Hand von Detective Flynn an ihrem Ellbogen. Er stützte sie und führte sie zum Sofa. »Setzen Sie sich.« Sie hatte gar nicht gemerkt, wie schwach sie sich fühlte.

»Mir geht es gut, wirklich«, versicherte sie ihm wenig überzeugend und ließ sich auf das Sofa sinken. »Muss ich während der Spurensuche hier sein? Ich bin mir nicht sicher, ob ich das möchte.«

»Normalerweise legen wir Wert darauf, damit es nicht irgendwelche … *Missverständnisse* gibt.«

»Ich habe nicht vor, irgendjemanden zu verklagen, weil er in meiner Unterwäsche herumwühlt, und Wertgegenstände gibt es hier sowieso nicht.« Sie wollte keiner Durchsuchung beiwohnen, die die Intimsphäre ihrer verstorbenen Freundin derart verletzte, und war erleichtert, als der Detective ihr vorschlug, sich in ein benachbartes Café zu setzen und dort zu warten, bis sie fertig waren.

»Es dürfte nicht allzu lange dauern«, versprach er. »Die Wohnung ist ja nicht besonders groß. Möchten Sie, dass Ihnen jemand Gesellschaft leistet?«

»Nicht nötig«, erwiderte sie ein bisschen zu schnell. »Ich, äh… ich muss wirklich dringend ein bisschen allein sein.«

Sie ging schnurstracks zur Tür und sah sich nicht mehr nach den Beamten um, die unbeirrt ihrer Arbeit nachgingen. In dem Bewusstsein, dass sie ziemlich durcheinander und von dem Schock noch immer wie benommen war, stieg sie äußerst vorsichtig die Treppe hinab. Als sie die Eingangstür aufstieß und auf die Straße trat, begrüßte sie der eisige Winterwind mit einer Ohrfeige kalter Realität.

4

Die Sonntagszeitung verschaffte Makedde keinen Trost. Weder gab es ein anspruchsvolles Kreuzworträtsel noch konnte sie sich mit der interessanten, wenn auch leidenschaftslosen Lektüre über das Leben irgendeines Stars oder Politikers auf andere Gedanken bringen. Stattdessen schrie ihr gleich auf der Titelseite die schockierende Schlagzeile entgegen: MODEL ERMORDET. Ein Foto von Catherine begleitete diesen feinfühligen Titel; die makabre Bildunterschrift lautete: *Catherine Gerber, in diesem Monat bereits das dritte Opfer eines brutalen Mordes in Sydney*. Auf dem Foto strahlten Catherines feine Gesichtszüge eine glamouröse Distanz aus. Sie wirkte glückselig und schien nicht im Geringsten zu ahnen, welches Schicksal ihr bevorstand.

Mak fragte sich, ob die Agentur Book der Presse das Foto zur Verfügung gestellt hatte und ob Catherine wohl damit einverstanden gewesen wäre. Sie sah darauf hinreißend aus, und zweifellos wurden die Augen sämtlicher Leser an diesem öden Sonntagmorgen von diesem anrührenden Bild in den Bann gezogen. Mak faltete die Zeitung in der Mitte zusammen und legte sie mit dem Foto nach unten auf die winzige Kommode, die neben dem Bett stand. Sie hatte keine Lust mehr, die Zeitung zu lesen. Sie hatte zu gar nichts mehr Lust.

Der hartnäckige Geruch des Todes haftete ihr immer noch in der Nase. Sie schnupperte ein paarmal, und da war er, der unverkennbare, morbide Gestank nach verwesendem Fleisch. Sie hob ihren nackten Unterarm und roch an ihrer Haut.

Tod.

Der Geruch des Todes in ihren Poren.

Den Tränen nahe, sprang sie vom Bett auf und stürmte schwer und schnell atmend ins Bad. Wenn sie die Dinge zu nahe an sich heranließ, verlor sie die Kontrolle. Sie musste dagegen ankämpfen.

Ganz ruhig.

Ruhig.

Sie drückte sich etwas Zahnpasta mit Pfefferminzaroma auf den Zeigefinger und strich sich erst ein wenig davon in das eine Nasenloch und dann in das andere – ein Trick, den sie vor Jahren von einem Pathologen gelernt hatte. Der Geruch einer Leiche kann sich an den Nasenhärchen festsetzen, so dass plötzlich alles nach dem Toten riecht. Sie wusch sich die Nase mit Wasser aus, und zurück blieb nur der frische Pfefferminzduft der Zahnpasta. Beim Atmen schien es ihr jetzt, als ob die ganze Welt nach Pfefferminz duftete. Sie verließ das Bad, ging auf direktem Wege zu dem kleinen Kühlschrank und nahm eine große Tafel Marzipanschokolade heraus. Als sie das knisternde Papier an einer Seite aufgerissen hatte, hielt sie schuldbewusst inne, und obwohl ihr das Wasser schon im Munde zusammenlief, legte sie die Tafel zurück in den Kühlschrank. *Tu das nicht.* Sie wandte sich von der Küchenzeile ab, doch dann drehte sie sich um und beugte sich erneut zum Kühlschrank hinab. In Windeseile war das Papier entfernt, und ihr Blutzuckerspiegel schnellte in die Höhe.

Dann fiel ihr Blick auf den alten Fernseher, der ihr gegenüber stand. Der kleine Kasten verlangte förmlich danach, eingeschaltet zu werden, also tat sie es, doch er war so laut gestellt, dass ihr beinahe das Trommelfell platzte. Die uralte Fernbedienung war fast so groß wie ein Ziegelstein, und die Batterien waren so gut wie leer, so dass es ihr nicht auf Anhieb gelang, den Fernseher leiser zu stellen. Ein lächelnder Moderator erinnerte sie dröhnend daran, dass an genau diesem Tag im Jahr 1969, also noch bevor sie überhaupt gezeugt gewesen war, der erste Mensch den Mond betreten hatte. Es folgte ein Umschnitt von dem lächelnden Moderator auf altes Filmmaterial, auf dem Neil Armstrong zu sehen war, wie er in seinem aufgeblähten Raumanzug triumphierend auf die staubige Mondoberfläche hinuntertrat. »One small step for me, one giant leap for mankind« – »Ein kleiner Schritt für mich, ein großer Schritt für die Menschheit.«

Man-kind.

Die Kombination dieser beiden Worte erschien Makedde unpassend und pervers.

Als sie den Fernseher noch leiser stellte, hörte sie, dass das Telefon klingelte. Sie nahm ab und meldete sich mit einem täuschend fröhlichen »Hallo?«

Klick.

Die Leitung war tot.

Einen Augenblick lang starrte Mak den Hörer an und legte dann auf. Wie unhöflich. Sie wandte sich wieder dem inzwischen stumm gestellten Fernseher zu und starrte entsetzt in das Gesicht von Catherine. Panik stieg in ihr auf, und kalter Schweiß brach ihr am ganzen Körper aus. Hastig griff sie nach der Fernbedienung und drückte den Aus-Knopf, doch das Ding funktionierte wieder nicht. Im Fernsehen war jetzt die Eingangstür der Book Model Agency zu sehen, als Nächstes kam das Absperrband ins Bild, das das lange, platt getrampelte Gras umgab. Makedde drückte immer wieder auf den Aus-Knopf.

Verdammt! Geh endlich aus!

Schließlich gehorchte der Apparat, und der Bildschirm wurde schwarz.

Mit klopfendem Herzen und Tränen in den Augen legte sie sich aufs Bett und starrte die abblätternde Farbe an der Decke an. Sie atmete tief durch und versuchte sich zu entspannen.

Denk an irgendetwas anderes. An irgendetwas, nur nicht an Catherine.

Als Kind hatte sie oft stundenlang die Stuckdecke in ihrem Zimmer angestarrt und sich gefragt, wie es wohl wäre, wenn die ganze Welt auf dem Kopf stände. Wenn die Menschen statt auf dem Boden über die Decke gingen, über Kronleuchter und Rauchmelder hinwegstiegen und nach oben langen müssten, um in der Küche die Wasserhähne aufzudrehen, und ihnen das Wasser direkt in den Mund fließen würde. Sie versuchte sich in ihre Kindheit zurückzuversetzen, sich erneut in den Bann ihrer Fantasien ziehen zu lassen, doch es gelang ihr nicht.

Ich brauche eine Freundin. Ich brauche jemanden, der mir hilft, dieses Jahr zu überstehen.

Sie öffnete ihre Brieftasche und kramte ein paar zerknitterte Fotos hervor. Liebevoll betrachtete sie jedes einzelne, und als sie das in der Hand hatte, das sie eigentlich gesucht hatte, strich sie es behutsam glatt und knickte die umgeklappten Ecken wieder in ihre ursprüngliche Position. Cat hatte ebenfalls einen Abzug von diesem Foto gehabt und hatte es mit den optimistischen Worten versehen: *Mak und ich kommen in München groß raus!* Sie musterte die lächelnden Gesichter, ihr eigenes und das von Catherine; sie posierten auf dem Marienplatz. Cat sah so jung aus. Mit schwimmenden Augen betrachtete Mak in dem Spiegel gegenüber dem Bett ihr eigenes Gesicht. Die Frau, die ihr entgegenblickte, sah deutlich älter aus, als die auf dem Foto.

Es hatte eine Zeit gegeben, da hatten Mak und Catherine es toll gefunden, stundenlang vor einem Spiegel zu sitzen und mit Make-up herumzuspielen. Makedde hatte damals bereits als Model gearbeitet und besaß eine von schillernden Farben und Pudern überquellende Tasche voller Schminkutensilien. Sie hatte Cat beigebracht, wie man sie richtig anwendete; ein Kajalstrich hier, ein paar Tupfer Lipgloss da, dann ein wenig Eyeliner für einen dramatischen Effekt, und dazu tiefrote Lippen. Brigitte-Bardot-Augen oder frostige Madonna-Lippen. Auf dem Gesicht der damals dreizehnjährigen Cat sah einfach alles toll aus. Absolut alles. Sie hatte wunderschöne glatte Gesichtszüge. Dasselbe Gesicht hatte Makedde jetzt, sechs Jahre später, von einer Leichenbahre angestarrt; misshandelt und zerstört.

Morgen würde sie Catherines Sachen zusammenpacken und die Collage aus den Zeitschriftenfotos von der Wand reißen. An einem besonderen Platz in der Wohnung würde sie allerdings ein Bild von ihrer Freundin aufstellen; vielleicht das Foto von ihnen beiden in München. Das war doch ganz normal und rational, oder etwa nicht? Ein ganz normales Foto aus besseren Zeiten, ihrer Freundin zu Ehren. Sie musste der Wohnung ihren eigenen Stempel aufdrücken, denn sie würde noch eine Weile in Sydney bleiben – so lange, bis die Polizei Catherines Mörder gefasst hatte.

Ihr fiel ein, dass sie in ihrem Koffer noch ein paar Postkarten und Briefe hatte, die Cat ihr in jüngster Zeit geschrieben hatte. Einen der Briefe hatte sie aus Bondi Beach geschickt. Vielleicht hatte sie beim Schreiben genau da gesessen, wo sie jetzt selber saß. Mak gab sich dem Gefühl des Verlusts hin, ging zu dem kleineren der beiden Koffer und zog die Briefe und Karten aus einem der äußeren Reißverschlussfächer. Beim Anblick der vertrauten, beschwingten Handschrift tat ihr das Herz weh.

Liebe Mak,

viele Grüße vom anderen Ende der Welt! Es ist schon fast Juli, und es dauert nicht mehr lange, bis wir beide uns hier bei den Kookaburras und den Aussies amüsieren. Hier ist es sogar im Winter sonnig, wie im kanadischen Frühling. Glaub mir, es ist super! Ich kann es kaum erwarten, dich endlich wiederzusehen.

Ich bin glücklich, dass ich jetzt endlich in der Nähe meiner großen Liebe wohne. Er hat zwar immer sehr viel zu tun, und wir halten unsere Liebe immer noch geheim, aber wenigstens trennen uns jetzt nicht mehr ganze Kontinente. Er ist wirklich toll, außerdem hat er Klasse. Er wird dir gefallen. Bald ist es kein Geheimnis mehr. Dann wirst du ihn kennen lernen, und wir werden gemeinsam über diese ganze Heimlichtuerei lachen!

Ihr Herz setzte einen Schlag aus, als sie an den mysteriösen Liebhaber ihrer Freundin dachte. Warum musste sie so ein Geheimnis um diesen Mann machen? Makedde vermutete, dass er verheiratet war, und hatte gehofft, dass Catherine irgendwann zur Vernunft kommen und die Beziehung beenden würde. Doch das hatte sie nicht getan. Das ganze letzte Jahr noch hatte sie sich nach diesem schwer greifbaren Romeo verzehrt.

Mit wachsender Wut im Bauch malte Makedde sich aus, mit welchen Worten er ihr wahrscheinlich den Kopf verdreht hatte. »*Ich lasse mich von meiner Frau scheiden und heirate dich, das verspreche ich dir. Aber im Augenblick würde sie eine Scheidung nicht verkraften. Noch nicht. Ich liebe dich, und bald sind wir für immer zusammen. Gedulde dich einfach noch ein bisschen!*« Wie oft diese Worte in der langen Geschichte heimlicher Liebschaften wohl schon ausgesprochen worden waren?

Unbändige Neugier und das Gefühl, etwas Konkretes tun zu können, drängten ihre Trauer zurück. Sie zog Detective Flynns Visitenkarte aus ihrer Brieftasche und wählte seine Handynummer. Sie hatte völlig vergessen, der Polizei von Catherines Affäre zu erzählen. Was, wenn das wichtig war? Sie würde dem Detective das wenige mitteilen, was sie über den namenlosen Liebhaber wusste. Nein… sie würde ihn persönlich aufsuchen und ihm die Briefe zeigen. Das würde ihn überzeugen, diese Spur zu verfolgen.

Es klingelte ein paarmal, dann meldete er sich.

»Detective Flynn, hier ist Makedde Vanderwall.«

»Hallo, Miss Vanderwall, was kann ich für Sie tun?«

»Sie haben doch gesagt, ich solle Sie anrufen, wenn mir noch irgendetwas einfällt. Ich weiß, es ist Sonntag, aber vielleicht kann ich trotzdem kurz bei Ihnen auf dem Revier vorbeikommen. Ich habe etwas, das Sie interessieren dürfte.«

»Ja, okay. Ich muss später sowieso noch ins Büro. Gegen vier Uhr in der Mordkommission, passt Ihnen das?«

»Vier Uhr ist okay.«

»Dann bis später.«

Zu wissen, dass der Detective sogar am Sonntag an Catherines Fall arbeitete, beruhigte sie ein wenig, und sie war froh, später persönlich mit ihm reden zu können. Sie sah aus dem Fenster, registrierte zum ersten Mal den blauen wolkenlosen Himmel und beschloss, einen Strandspaziergang zu machen und ihr eigenes kleines Leben mit all seinen Tragödien an der Unermesslichkeit der Natur zu messen. Das ließ ihre Probleme immer viel weniger gravierend erscheinen.

Sie zog ihre verwaschene Jeans an, dazu ihr geliebtes Betty-Page-T-Shirt, einen warmen blauen Pullover und bequeme Laufschuhe. Ihr Verstand arbeitete auf Hochtouren, als sie losmarschierte; sie rief sich jedes einzelne Detail in Erinnerung, das Catherine je über ihren geheimnisvollen Liebhaber hatte fallen lassen.

5

Durch die geschlossenen roten Vorhänge fielen schwache Sonnenstrahlen und tauchten den Raum in tiefrotes Licht. Er lag nackt auf den zerwühlten Laken, seine schweißbedeckte Haut glitzerte in dem unheimlichen, blutroten Licht. Als er mit der Fingerspitze das glänzende schwarze Leder berührte, entwich seiner Kehle ein leiser, unverständlicher Laut. Mit geschlossenen Augen streichelte er liebevoll den Schuh, vor allem den langen, dünnen Absatz mit der schmal zulaufenden, schon ein wenig abgenutzten Spitze. Dann fuhren seine Finger zärtlich die Ledersohle entlang. Er atmete schneller.

Ihre Zehen.

Mit quälender Bedächtigkeit betastete er das schmale Knöchelriemchen; an der kleinen Metallschnalle hielt er inne und presste den Finger gegen die scharfe Kante.

Ihre Knöchel.

Es bereitete ihm groteskes Vergnügen, zuzusehen, wie die Schnalle sich in seine Haut bohrte und ein winziger Tropfen Blut seinen Finger hinabrann.

Hure.

Er rollte sich auf seinen entblößten Bauch und drückte seinen steifen Penis fest in die Matratze. Dann hielt er sich den Schuh vors Gesicht und inhalierte tief den scharfen Geruch. Seine nackten Gesäßbacken zuckten und wanden sich krampfhaft.

Er spürte, wie seine Gier immer größer wurde. Enttäuschung, Wut, Gewalt und Lust kochten in seinen Adern.

Gefesseltes Fleisch.

Blut.

Einzelne Szenen liefen erneut vor seinen Augen ab, er erinnerte sich an jeden Schlag, jeden Schnitt. Doch jedes Mal fand er weniger Erfüllung, weniger Genuss. Er brauchte mehr, viel mehr. Er stieß den Schuh nach unten, zur Quelle seiner Erlösung, und auf dem Gipfel seiner Erregung füllte er den Stiletto mit einem Schwall milchiger Wut.

Mehr.

6

Stunden später wartete Makedde geduldig vor dem Büro der Mordkommission. Verschwommen war sie sich der anzüglichen Blicke etlicher gelangweilter junger Detectives bewusst, doch sie war nicht in Stimmung für so etwas. Da sie wusste, dass ein Studenten-Outfit in der Regel nicht gerade dazu beitrug, ernst genommen zu werden, hatte sie ihre Jeans gegen weniger legere Kleidung vertauscht. Sie trug eine maßgeschneiderte, enge schwarze Hose, eines ihrer Lieblingsstücke, das sie schon auf vielen Reisen begleitet hatte. Dazu ein weißes Männerhemd, das sie auf der Londoner King's Road erstanden hatte, und einen Kaschmir-Blazer aus New York, ein bequemer und zu jedem Anlass passender Klassiker.

Die Minuten verstrichen. Sie warf einen Blick auf die Uhr. Es war bereits viertel nach vier. Eine weitere Viertelstunde später wartete sie noch immer. Detective Flynn war offenbar beschäftigt.

Ein Streit im Nebenzimmer ließ sie aufhorchen. Stimmen drangen durch die geschlossene Tür und durch die Wände und wurden immer lauter – zu laut, als dass man sie hätte ignorieren können. Die einzelnen Worte konnte Makedde zwar nicht verstehen, doch die Tonlage verriet, dass die Streitenden ziemlich aufgebracht waren. Es hörte sich an wie ein hässlicher Ehestreit, und Mak war es peinlich, unfreiwillig Zeugin dieser Auseinandersetzung zu werden.

Schließlich drang eine Frauenstimme so laut durch die Wand, dass jedes Wort zu verstehen war. »Die Lebenden kommen bei dir offenbar an zweiter Stelle! Ich hab das endgültig satt!« Dem Ausbruch folgte ein donnerndes Krachen in dem Zimmer. Ein paar der Detectives blickten besorgt auf. Es krachte erneut; diesmal hörte es sich an, als würde irgendetwas Schweres wiederholt gegen die Wand geschmettert.

Ein junger Mann sprang von seinem Stuhl auf, rannte auf die Tür zu, und hätte sie beinahe ins Gesicht bekommen, als sie unerwartet aufflog. Im Türrahmen erschien eine hübsche, zierliche schwarzhaarige Frau mit hochrotem Kopf. Sie drehte sich noch einmal um und schrie verbittert: »Du bist das Letzte!« Mit diesen Worten schritt sie erhobenen Hauptes an den Schreibtischen vorbei und ignorierte die betretenen Blicke der schweigenden Detectives. Sie trug ein schickes Kostüm und marschierte mit finsterem Gesicht und vor der Brust verschränkten Armen auf den Fahrstuhl zu. Als sie hinter den zugleitenden Türen verschwand, bedachte sie die Männer mit einem höhnischen, überheblichen Blick. Sie schien unversehrt, also war nicht sie das Objekt gewesen, das gegen die Wand geschmettert worden war.

Kaum war sie verschwunden, brach der ganze Raum in nervöses Gelächter aus. Detective Flynn schoss mit geballten Fäusten und finsterer Miene aus der Tür. Er sah aus, als sei er bereit zu töten.

Einer der Detectives rief scherzhaft: »Weißt du, was Cassandra auf Griechisch bedeutet?«

»Nein, Jimmy«, schoss Detective Flynn wütend zurück. »Keine Ahnung.«

»Es bedeutet Männerverwirrerin.«

»Ach ja? Danke. Wo warst du eigentlich vor vier Jahren, als dein weiser Rat mir noch was genützt hätte? Scheißfrauen!«

Der Raum brach erneut in Gelächter aus, und sogar über Detective Flynns Gesicht huschte ein grimmiges Lächeln.

»Und ich dachte, Sie treffen immer ins Schwarze!«, rief ein anderer, jüngerer Detective immer noch lachend.

Doch Detective Flynn war nicht mehr zum Spaßen zumute. »Überspannen Sie den Bogen nicht, Hoosier!«, raunzte er seinen Untergebenen an und nahm ihn mit finsterer Miene ins Visier. Was hatte diese Frau getan, um ihn derart aufzuwühlen? Und was war das für ein Geräusch gewesen?

Er drehte sich um und entdeckte Makedde, die immer noch auf ihn wartete. Augenblicklich schoss ihm das Blut in die Wangen. »Oh, Miss … Miss Vanderwall!«, brachte er stammelnd hervor. Makedde lächelte. Es war ihr peinlich, dass sie ihn so in Verlegenheit brachte.

»Tut mir Leid, dass Sie warten mussten«, fuhr er fort und fasste sich rasch wieder. Seine Stimme nahm denselben höflich-distanzierten Ton an wie am Tag zuvor. »Darf ich Sie noch einen Augenblick um Geduld bitten?«

Sie nickte, und er verschwand erneut in dem mysteriösen Raum. Eine Minute später kam er sichtlich ruhiger zurück. »Sie haben Informationen für mich?«

Mit ausgestrecktem Arm geleitete er sie zu dem freien Raum. Makedde erkannte sofort, dass er für Verhöre benutzt wurde. Er war kahl, und in der Mitte stand ein abgenutzter Resopaltisch. Ihr fiel auf, dass die Tischbeine mit dicken Schrauben im Boden verankert waren, und sie fragte sich, wie viele Polizisten wohl damit angegriffen worden waren, bevor man diese Vorsichtsmaßnahme ergriffen hatte. Als Detective Flynn die Tür hinter ihnen schloss, sorgte die vorangegangene Szene bei einigen Detectives der Mordkommission immer noch für Heiterkeit. Makedde hielt es für klug, nicht darauf einzugehen. Flynns Privatangelegenheiten gingen sie nichts an.

Er bedeutete ihr, Platz zu nehmen, doch als sie einen Stuhl unter dem Tisch hervorzog, meinte er: »Entschuldigen Sie bitte, diesen nicht.« Eines der Metallbeine war stark verbogen. Sie nahm einen anderen, unversehrten Stuhl, und er ließ sich ihr gegenüber nieder.

Makedde musste an die wenigen Verhöre denken, die sie durch einen Einwegspiegel hatte beobachten dürfen. Der Spiegel hatte so ähnlich ausgesehen wie der, vor dem sie jetzt saß. Ihr Vater war ein exzellenter Vernehmungsbeamter gewesen. Zuerst hatte er immer eine Verbindung zu seinen Verdächtigen aufgebaut, hatte sie dazu gebracht, sich zu entspannen und sie dann mit ihren eigenen Worten in die Falle gelockt. Eine etwas andere Taktik als mit Stühlen zu werfen. Doch der Gerechtigkeit halber musste sie Detective Flynn zugute halten, dass die Frau von vorhin eindeutig keine Verdächtige gewesen war.

Mak fragte sich, wie es wohl um Detective Flynns Vernehmungsgeschick bestellt war, und hoffte, dass er ein Profi war. Sie war sicher, dass einige seiner Kollegen zum Vernehmungsraum herübergekommen waren, als er die Tür geschlossen hatte. Nachdem sie sie schon im Wartebereich angestarrt hatten, glotzten sie jetzt bestimmt erst recht. Immerhin war es Sonntagnachmittag, und sie waren zweifellos müde und langweilten sich. Sie spürte die neugierigen Blicke. Sollte sie sie wissen lassen, dass sie Bescheid wusste? Ach was! Warum sollte sie ihnen den Spaß verderben?

Detective Flynn machte es sich auf seinem Stuhl bequem; er war immer noch damit beschäftigt, nach dem Streit wieder zur Ruhe zu kommen. Allein mit ihm in dem stillen Raum, ohne jegliche Ablenkung, fiel Makedde auf, dass er eigentlich recht attraktiv war. Er hatte dichtes, dunkles Haar, das er sehr kurz trug. Der Haarschnitt betonte sein ausgeprägtes kantiges Kinn. Seine Zähne waren gerade und seine Lippen ebenmäßig und irgendwie so geformt, dass sie auf eigenartige Weise sinnlich wirkten. Gut aussehend war vielleicht nicht das richtige Wort, um Detective Flynn zu beschreiben. Seine Nase war ein wenig krumm und seine Ohren ein bisschen zu groß. Unter seinen dunklen Brauen machten seine grünen Augen einen abgeklärten, skeptischen Eindruck. Doch alles zusammen wirkte durchaus attraktiv, erst recht, wenn man auch noch seine stattliche Größe dazunahm. Jedenfalls fand das Makedde.

Gib's zu, deshalb wolltest du ihn persönlich sprechen; du findest ihn attraktiv.

Sein Gesicht war immer noch ein bisschen rosig, und sie hätte schwören können, dass sie die Hitze spüren konnte, die sein Körper seit dem Streit ausstrahlte. Makedde fuhr fort, Andy Flynns Erscheinung bis ins Detail in Augenschein zu nehmen – die kleine Narbe an seinem Kinn, die sie am liebsten betastet hätte. Plötzlich musste sie an die Handschellen denken, die er als Detective mit Sicherheit am Gürtel trug, und sie verspürte ein Kribbeln sexueller Erregung. Doch dabei fühlte sie sich so unbehaglich, dass sie sich fragte, ob es am Mond lag oder ob ihre Hormone verrückt spielten.

»Zuerst möchte ich mich dafür entschuldigen, dass ich am Freitag nicht imstande war, die Leiche eindeutig zu identifizieren«, begann Makedde. »Offenbar war ich völlig durcheinander. Gestern im Leichenschauhaus sah sie so *anders* aus … aber trotzdem, ich –«

Er fiel ihr herablassend ins Wort. »Die Autopsie war schon durchgeführt worden, bevor Sie die Leiche identifiziert haben. Das wird bei verdächtigen Todesfällen immer so gemacht. Tote sehen immer anders aus, Miss Vanderwall, sie …« Er verstummte und gestikulierte mit den Händen, um die Unerfreulichkeit posthumer Körperfunktionen anzudeuten.

Auf Makeddes Nacken sträubten sich die winzigen Härchen. Zog Flynn hier eine Show ab, um seinen hinter dem Spiegel zusehenden Kollegen zu imponieren? Wollte er zeigen, dass er einer Frau überlegen war?

»Ich bin nicht völlig blöd, Detective«, entgegnete sie mit ruhiger Stimme, denn sie war es gewohnt, unterschätzt zu werden. »Die Autopsieverfahren sind mir durchaus bekannt, ebenso die Leichenstarre und das unansehnliche Anschwellen, welches Sie mir gerade mit solchem Vergnügen zu demonstrieren versucht haben. Mein Vater war Detective Inspector, und …«

»Ach, tatsächlich?« Sie glaubte in seinen Augen einen Anflug von Interesse zu erkennen. »Und jetzt ist er pensioniert?«

»Ja, aber darum geht es nicht. Ich habe Sie nicht um eine Lektion in Obduktionsmethodik gebeten. Ich möchte lediglich klarstellen, dass ich die Leiche eindeutig identifizieren konnte. Und jetzt zu meinem eigentlichen Anliegen: Ich glaube, ich habe Informationen für Sie, die für Ihre Ermittlungen von entscheidender Bedeutung sein könnten.« Flynn beugte sich ein Stück vor. Endlich schien er ihr seine volle Aufmerksamkeit zu widmen. Was sollte sie sagen? Vielleicht war Catherines geheimnisvoller Liebhaber ja nichts weiter als ein ganz gewöhnlicher Ehebrecher.

»Catherine Gerber hatte eine Affäre«, begann sie. »Eine, die sie geheim zu halten geschworen hatte.«

Detective Flynn beugte sich noch weiter vor. Eine derartige Intensität ging von ihm aus, dass sie es ein wenig mit der Angst zu tun bekam, vor allem, wenn sie sich vorstellte, wie er den Stuhl gegen die Wand geschmettert hatte. Unauffällig schob sie ihren Stuhl ein paar Zentimeter zurück.

Sie schluckte einmal schwer. »Catherine hat mir vor etwa einem Jahr zum ersten Mal von dieser Affäre erzählt. Nicht dass sie irgendwelche Details preisgegeben hätte – sie hat lediglich fallen lassen, dass der Mann älter sei als sie, und außerdem reich und mächtig. Da sie ja selber erst neunzehn war, gehe ich davon aus, dass er um einiges älter war. Außerdem glaube ich, dass er verheiratet war. Jedenfalls haben sie die ganze Geschichte streng geheim gehalten.«

Flynn hatte sich wieder ein Stück zurückgelehnt. Seine Körpersprache ließ deutlich erkennen, dass er mehr erwartet hatte.

»Gut, wir werden der Sache nachgehen.« Er bedachte sie mit einem herablassenden, starren Lächeln. »Haben Sie mir sonst noch etwas zu sagen?«

Makedde konnte kaum fassen, dass sie so abgespeist wurde. Sie blieb sitzen, musterte ihn noch ein paar Sekunden und versuchte zu analysieren, wie er die Dinge sah.

Ich hätte warten sollen, bis ich mehr in der Hand habe; einen Namen, Daten, Orte, an denen sie sich getroffen haben.

Sie fühlte sich gedrängt, das unangenehme Schweigen zu brechen. »Ich weiß nicht, warum ich geglaubt habe, das würde Sie interessieren. Aber Sie haben mich schließlich selbst aufgefordert, mich an Sie zu wenden, wenn …«

»Es interessiert mich ja. Es interessiert mich insofern, als jegliche Information wichtig ist. Selbst ein auf den ersten

Blick vollkommen unbedeutendes Detail kann dazu beitragen, das große Ganze zu erkennen.«

»Unbedeutend?«, wiederholte Makedde ungläubig. Sie wusste, dass sie einfach gehen sollte, dass es nichts brachte, mit ihm zu diskutieren, doch sie konnte sich nicht zurückhalten. »Darf ich Ihnen vielleicht kurz ein mögliches Szenario vor Augen führen, damit Sie noch einmal darüber nachdenken, wie *unbedeutend* diese Information ist? Nehmen wir mal an, der Mann ist verheiratet. Und nehmen wir ferner an, dass für ihn mehr auf dem Spiel steht als nur seine Ehe… vielleicht ist er Politiker oder sonst irgendjemand Hochkarätiges. Und dann bekomme ich diese Briefe hier.« Sie schob ihm die ordentlich gefaltete Korrespondenz hin. »Catherine schreibt mir darin: ›Es wird nicht mehr lange ein Geheimnis bleiben.‹ Was ist, wenn sie *ihm* das gesagt hat? Wenn sie gedroht hat, das Geheimnis zu lüften? Wäre das nicht vielleicht ein Mordmotiv?«

Detective Flynn erhob sich mit unbewegter Miene. Dass er ihr nicht einmal antwortete, brachte Makedde noch mehr auf die Palme. Er wandte ihr den Rücken zu und ging zu dem großen Spiegel hinüber. Wahrscheinlich verdrehte er für seine Kollegen die Augen. Sie empfand eine Mischung aus Wut und Erniedrigung. Offenbar hatte sie ihre Zeit verschwendet.

»Miss Vanderwall, wir gehen nicht davon aus, dass es sich um einen einzelnen Rachemord handelt. Ob Sie es glauben oder nicht, wir glauben, dass der Kerl, den wir suchen, diese Verbrechen begeht, weil es ihm Freude macht. Ich danke Ihnen nochmals für die Information, und nun überlassen Sie alles Weitere den Profis.«

»Heißt das, Sie haben einen Verdächtigen?« fragte sie überraschend ruhig. »Jemanden, auf den Sie sich schon eingeschossen haben?« *Und der alle anderen ausschließt? Oh, es tut mir ja so Leid, dass ich Ihre Ermittlung mit einer neuen*

Spur zu verkomplizieren drohe, Detective Hitzkopf. Doch sie hielt den Mund.

»Können wir die Briefe behalten?«

»Ich hätte gerne Kopien. Und die Originale hätte ich gerne so schnell wie möglich zurück«, antwortete sie entschieden.

»Das lässt sich einrichten.«

Er geleitete sie mit übertriebener Höflichkeit aus dem Raum und führte sie zum Fahrstuhl. »Vielen Dank für Ihre Hilfe, Miss Vanderwall.«

Beim Verlassen des Gebäudes kochte sie vor Wut. Sie kam sich bescheuert vor – und unterschätzt. Dabei gab es für sie nichts Schlimmeres. Sie *hasste* es, unterschätzt zu werden. Ein Blick auf ihr blondes Haar und ihre Model-Figur, und schon hörten die Leute ihr nicht mehr zu. Sie konnte über Quantenmechanik referieren, doch sie starrten nur ihre Brüste an, und ihre Worte gingen ihnen zum einen Ohr rein und zum anderen wieder heraus. Ob die Detectives nach ihrem Abgang ebenfalls in Gelächter ausgebrochen waren? Mit Sicherheit. »Scheiß auf die Frauen«, hatte er gesagt. *Für ihn war ich wohl einfach nur eine nervige Zicke mehr.* Es war nicht gerade eine viel versprechende Begegnung mit dem Mann gewesen, der mit Catherines Fall befasst war.

Das Taxi schlängelte sich langsam durch die Stadt. Hin und wieder sah Makedde flüchtig die Silhouetten bekannter Gebäude vor der bereits tief stehenden Sonne aufragen. Direkt vor ihr schwebte still ein riesiger Vollmond. Der Fahrer warf ihr im Rückspiegel verstohlene Blicke zu. Ungehalten drängte sie ihn, aufs Gas zu treten, und wenig später erreichten sie Bondi Beach und das offene Meer.

Sie betrat die verlassene Wohnung, schmiss die Schlüssel

auf den Tisch und äffte sich selber nach: »Ich glaube, ich habe noch Informationen für Sie ... blah, blah, blah. *Idiotin*.«

Das leere Zimmer antwortete ihr mit Schweigen.

7

Am Montagmorgen schrillte der Wecker mit militärischer Autorität. Auf der Digitalanzeige leuchteten in aufdringlichem Neonrot die Ziffern 4.45 Uhr. Eine unmenschliche Zeit, um wach zu sein, aber eine günstige Zeit für billige Auslandstelefonate. Außerdem würde Makedde zu dieser Stunde ihren Vater erwischen, bevor er sich zu seinem allwöchentlichen sonntäglichen Mittagessen mit seinen ehemaligen, ebenfalls pensionierten Kollegen aufmachte.

Sie machte es sich bequem, nahm das Telefon, das neben dem Bett stand, und wählte die endlos erscheinende Nummer für die Verbindung nach Kanada. Nach diversen Klicks und Pausen hörte sie das Freizeichen. Es klang leicht zeitversetzt, und in der Leitung war ein statisches Rauschen zu hören. »... Makedde?«

»Hi, Dad.«

»Du klingst, als wärst du über eine Million Kilometer entfernt. Wie war der Flug?«

»Ganz okay. Der Service war hervorragend. Vor allem der grüne Tee war köstlich, aber insgesamt hat es ein bisschen lange gedauert.«

»Mich könntest du mit keinem Geld der Welt dazu bringen, mir so einen Flug anzutun.«

Da hatte er vermutlich Recht. Ihr Vater liebte die Vertrautheit der Stadt, in der er sein ganzes Leben verbracht hatte. Selbst wenn er Urlaub machte, hatte er keine Lust mehr, weit wegzufahren. Jeden zweiten Sonntag rief sie ihn an, ohne Ausnahme, wohin auch immer ihre Reisen sie führten. Seit dem Tod ihrer Mutter achtete sie noch mehr darauf, dieses Ritual einzuhalten.

»Und? Wie geht's meiner Tochter?«

»Mir geht es gut. Na ja ... so einigermaßen, darüber reden wir gleich. Jedenfalls bin ich wohlbehalten hier angekommen. Und wie geht es dir?« Ihr war klar, dass sie um den heißen Brei herumredete. Sie hasste es, ihm schlechte Nachrichten zu überbringen.

»Bestens«, erwiderte er. »Gleich gehe ich mit den Jungs Mittag essen ...«

»Das habe ich mir schon gedacht.«

»Teresa wird immer runder«, fuhr er fort. »Sie ist schon fast im achten Monat.«

»Ich weiß. Wir haben uns erst letzte Woche gesehen.« Irgendwie fühlte Makedde sich immer ein wenig schuldig und minderwertig, wenn die Rede auf ihre Schwester kam. Ihr gesetztes verheiratetes Dasein hatte etwas so Lobenswertes. Es war so beschaulich und angenehm und verlief in geordneten, vorhersehbaren Bahnen, wohingegen ihr eigenes Leben ... na ja, so ziemlich das Gegenteil von all dem war. Wenn demnächst auch noch ein munter glucksendes, strahlendes Baby da war, würde sie sich nur noch mieser fühlen.

»Du solltest deine Schwester gelegentlich mal anrufen.«

Mak verdrehte die Augen. »Ja, Dad. Ich ruf sie an, ich versprech's.«

»Sie haben beschlossen, dass sie nicht wissen wollen, ob es ein Junge oder ein Mädchen wird.« Er machte eine Pause. »Wirklich jammerschade, dass Jane es nicht mehr erleben kann, wie ihre Töchter Kinder kriegen.«

Kurz nachdem bei ihrer Mutter Krebs diagnostiziert worden war, hatte Makedde sich mit einem jungen Mann aus ihrer Heimatstadt verlobt. Sie war damals gerade zwanzig gewesen, doch ihr war ziemlich schnell klar geworden, dass die Absicht, Mrs. Purdy zu werden, nur ein verzweifelter Versuch war, ihre Familie glücklich zu machen. Es hatte nicht lange gehalten. Sie hatte an einer Supermarktkasse Schluss gemacht und den Ring, den er ihr geschenkt hatte, zu den Milchtüten und den Baked-Beans-Dosen in seine Einkaufstüte geworfen.

Der Richtige war ihr nicht mehr rechtzeitig über den Weg gelaufen, damit ihre Mutter ihn noch hätte kennen lernen können, und für Kinder und Großmutterfreuden hatte es erst recht nicht gereicht. Es war ihre Schwester gewesen, die ihre Eltern mit ihrer Hochzeit in Weiß und ihrer Schwangerschaft glücklich gemacht hatte. Ihre perfekte Schwester.

»Dad, ich muss dir was Furchtbares sagen…« Sie erzählte ihm von Catherine. Wie sie erwartet hatte, war er entsetzt und tief betrübt. Er hatte Catherine ebenfalls aufwachsen sehen.

»Ich hoffe, du setzt dich ins nächste Flugzeug und kommst nach Hause. Du willst ja wohl nicht in einer Stadt bleiben, wo ein verrückter Killer sein Unwesen treibt, der es ausgerechnet auf Models abgesehen hat.«

»Mir passiert schon nichts, Dad. Ich kann auf mich aufpassen. Du weißt genauso gut wie ich, dass Catherine sonst niemanden hat. Ich kann auf keinen Fall abhauen, bevor der Fall geklärt ist.«

»Du musst jetzt vor allem an dich selber denken, Makedde. O Gott, es ist ja so furchtbar. Hat jemand ihre Pflegeeltern verständigt?«

»Ja.« Der Gedanke an die Unwins machte Mak wütend. Sie hatten ihre Vormundschaft nicht besonders ernst genommen, und die meiste Zeit ihres Lebens hatte Catherine versucht, sich ihnen zu entziehen. »Die sind bestimmt insgeheim erleichtert, dass sie sich nicht länger um sie kümmern müssen. Wahrscheinlich sorgen sie nicht mal für eine anständige Beerdigung.«

»Wie kannst du nur so etwas sagen!«

»Du weißt genau, dass ich Recht habe.«

»Ich möchte, dass du nach Hause kommst, Makedde.« Er machte eine Pause. »Du kannst weiterstudieren oder von mir aus auch für ein oder zwei Monate hier als Model arbeiten. Nach dem, was passiert ist, willst du ja wohl nicht weiterhin darauf bestehen, dein Studium aus eigener Tasche zu bezahlen. Ich übernehme das.«

»Ich will dich ja nicht in deinem Stolz verletzen, Dad, aber ich weiß, dass du dir das nicht leisten kannst.« Die tödliche Krankheit ihrer Mutter war langwierig und schmerzhaft gewesen, und die Krankenhausrechnungen waren noch lange nicht alle bezahlt. Multiple Myelome waren äußerst selten und traten normalerweise meist bei gebrechlichen alten Männern auf, weshalb die Krankheit nicht besonders häufig behandelt wurde. Doch Jane war noch jung gewesen, und so hatten die Ärzte im Laufe der Jahre jede nur denkbare Therapie ausprobiert, einschließlich einer Chemotherapie, und als alle Behandlungsmethoden ausgeschöpft waren, war nur noch eine Knochenmarktransplantation übrig geblieben. Gestorben war sie letztendlich an einer Lungenentzündung, als nicht einmal mehr ein Sauerstoffzelt ausgereicht hatte, um ihr geschwächtes Immunsystem zu schützen.

»Aber wie auch immer«, fuhr sie fort und versuchte das Bild ihrer kahlköpfigen, mit unzähligen Schläuchen an irgendwelchen Maschinen hängenden Mutter zu verdrängen, »ich bin ja gerade erst angekommen. Ich glaube nicht, dass ich den langen Rückflug so bald schaffe. Und selbst wenn du die Gebühren bezahlen könntest, weißt du genau, dass ich das nicht zulassen würde. Außerdem geht es sowieso nicht darum, ob und wie man noch irgendwo etwas Geld zusammenkratzen kann. Ich kann hier nicht weg, solange Catherines Mörder frei herumläuft.«

Sie hörte ihn »Dickkopf« murmeln, ehe er deutlicher fragte: »Kann ich von hier aus irgendetwas tun?«

»Nein. Bitte unternimm einfach gar nichts. Ich hasse es, wenn du dich einmischst.«

Er ignorierte ihren Hinweis. »Warum gehst du nicht wenigstens eine Zeit lang woandershin? Neuseeland ist doch nicht weit, und da werden sicher auch Models gebraucht.«

»Vergiss es. Ich muss hier bleiben, und das weißt du ganz genau. Catherine war immer für mich da, und für sie ist hier niemand da – außer mir.«

Ein kaum hörbarer Seufzer verriet ihr, dass sie fürs Erste gewonnen hatte. Gegen ihre Sturheit war er noch nie angekommen, und ihr Kampf darum, wer seinen Willen durchsetzen konnte, reichte weit zurück. Obwohl er seine wahre Freude daran gehabt hatte, mit welch uneingeschränkter Aufmerksamkeit sie schon als Achtjährige seine Polizeigeschichten verschlungen hatte, hatte ihr brennendes Interesse für Verbrechen ihm doch einige Sorgen bereitet, genauso wie dem Rest der Familie. Als sie mit vierzehn angefangen hatte zu modeln, war er seltsam erleichtert gewesen. Vielleicht wurmte es ihn deshalb jetzt umso mehr, dass sie auf einmal unbedingt Kriminalpsychologin werden wollte. In seiner Generation waren die Frauen Hausfrauen und Supermuttis gewesen, nicht irgendwelche Karriereweiber mit Doktortiteln, die sich ausgerechnet für die Psyche von Kriminellen interessierten.

»Sei bitte vorsichtig, Makedde. Und versprich mir, dass du keine Risiken eingehst.«

»Mir passiert nichts, das verspreche ich dir«, versicherte sie. »Außerdem bin ich eine Amazone. Ein Psycho wäre verrückt, sich mit mir anzulegen.«

»Die *sind* verrückt, Makedde. Das ist ja das Problem.«

»Im rechtlichen Sinne nicht. Psychopathen haben vielleicht eine räuberische, manipulative und gewalttätige Prädisposition, aber vor dem Gesetz gelten sie nicht als geistesgestört.«

»Hör auf.«

Sie lachte. »Ich wollte dir nur ein bisschen auf die Nerven gehen. Ich ruf dich bald wieder an und lasse dich wissen, wie der Fall sich entwickelt. Ich hab dich lieb, Dad.«

»Ich dich auch.«

Makedde legte auf und fiel noch einmal in einen unruhigen Schlaf.

Sie träumte, dass sie in hohem Gras stand und auf die blutbeschmierte nackte Leiche einer jungen Frau hinabsah. Das Gesicht der Leiche war von Haar bedeckt, und als sie es zurückstrich, blickte sie in ihre eigenen leblosen Züge.

»Makedde«, flüsterte der Wind, *»ich komme und hole dich.«*

Makedde stieg die Treppe zu der riesigen, verglasten Doppeltür der Book Agency hinauf, wobei sie kurz innehielt und in der verspiegelten Wand des Treppenhausschachts ihr Aussehen überprüfte. Trotz des Make-ups hatte sie müde Augen, und ihre Haut wirkte blass und gestresst. Sie setzte ein Lächeln auf und war erleichtert, dass es einen erfreulichen Effekt hatte. Auf einmal sah sie gesund, glücklich und zuversichtlich aus. Blicke können täuschen und vertuschen.

Vor der Tür zögerte sie erneut einen Moment und fragte sich, ob sie es durchstehen würde, das erfolgreiche Model zu spielen, dem die persönliche Tragödie nichts anhaben konnte. Es hatte keinen Sinn, die anderen wissen zu lassen, dass sie in Wahrheit am Boden zerstört war; sie würden dann nur darauf bestehen, dass sie sich eine Auszeit gönnte, doch davon konnte sie ihre Rechnungen bestimmt nicht bezahlen. Sie straffte sich, zog den Bauch ein, setzte ein unverwüstliches Lächeln auf und betrat die Agentur. Die Empfangsdame begrüßte sie mit einer unverbindlich hochgezogenen Augenbraue; offenbar konnte sie mit ihrem Gesicht nichts anfangen. Doch Makedde hatte keinen Grund, beleidigt zu sein. Sie hatte auch keine Ahnung, wie die Empfangsdame hieß.

»Ist Charles Swinton da?«, erkundigte sich Makedde.

»Ja, gehen Sie nach hinten durch.« Die namenlose Empfangsdame widmete sich wieder der *Vogue*, die vor ihr auf dem Tresen lag.

Makedde umklammerte ihre Modeltasche und schritt zielstrebig in den hinteren Bereich, wo zehn Buchungsagenten, auch »Booker« genannt, um einen langen ovalen Tisch saßen, diverse Telefonate erledigten und sich mit den jungen hoffnungsvollen Mädchen befassten, die um sie herumscharwenzelten. Jeder Booker hatte vor sich einen Computerbildschirm und eine Tastatur, und ein junges Model starrte hoffnungsvoll auf den Schirm, während er oder sie auf die Tasten drückte, um zu checken, wer noch frei war und wer nicht.

An sämtlichen Wänden stapelten sich auf Haltern die Sedcards. Von jeder Karte strahlte ein unvorstellbar makelloses Gesicht, darüber stand in fettem Schriftzug »Book Model Agency« und ganz unten der Name des jeweiligen Models. Offenbar waren die Sedcards nach bestimmten Kriterien sortiert. An der einen Wand waren die »Linda«-, »Christy«- und »Claudia«-Typ-Karten untergebracht, während die »Anna«-, »Louise«- und »Makedde«-Typ-Karten sich an einer anderen Wand befanden. Vielleicht waren sie danach sortiert, wer sich gerade in der Stadt aufhielt und wer nicht, aber Makedde vermutete eher, dass man an der Aufteilung ablesen konnte, wer bereit war, für weniger als zehntausend Dollar aus dem Bett zu kommen, und wer nicht.

Sie versuchte vergeblich, Charles auf sich aufmerksam zu machen. Während der nächsten fünfzehn Minuten war er in ein Telefonat nach dem anderen verwickelt und ließ sich durch nichts ablenken. Er war ein Profi – ein gewiefter Schönredner, der seinem Gesprächspartner Honig um den Bart schmierte, doch wenn es ans Verhandeln ging, war er knallhart. Er stand in dem Ruf, über Wohl und Wehe einer Modelkarriere entscheiden zu können. Ihm wurde so viel Einfluss zugeschrieben, dass ihm etliche Topmodels von einer großen angesehenen Agentur gefolgt waren, als er dort gekündigt und zusammen mit einem mysteriösen Geschäftspartner die »Book Model Agency« gegründet hatte. Mak war sich noch nicht sicher, ob Book wirklich eine gute Wahl für sie war, doch ihre Mutteragentur – so bezeichnete man die Agentur in der Heimatstadt eines Models – hatte ihr begeistert zugeraten. Es war quasi eine Ehre, mit Charles arbeiten zu können, denn er kümmerte sich ausschließlich um Top-Models. Wahrscheinlich hatten ihm ihre alten Cover von *ELLE* und *Vogue* gefallen.

Schließlich wandte er sich ihr zu, ohne jedoch das Telefon vom Ohr zu nehmen. »Ah, Makedde! Wie ist es am Freitag gelaufen?«

Das war nicht gerade die Frage, die sie erwartet hatte.

»Äh, prima. Abgesehen davon, dass ich meine Freundin tot im Gras gefunden habe. Ansonsten war's ein Kinderspiel.«

»Oh.« Er schien ein wenig verlegen. »Stimmt ja. Arme Catherine. Es ist wirklich eine Schande. Sie wäre noch ganz groß rausgekommen. Ach, übrigens, *Sixty Minutes* will dich interviewen. Hier ist die Nummer.«

»Danke«, erwiderte Mak wenig begeistert. Sie nahm

den Zettel entgegen und warf ihn in den Papierkorb, als Charles sich einen Moment lang umdrehte.

»Der Auftraggeber ist übrigens nicht besonders glücklich«, fuhr er fort. »Angeblich muss ein neues Shooting angesetzt werden, und sie machen uns Ärger wegen der zusätzlichen Kosten.«

Sie spürte, wie die Wut in ihr aufstieg. *Catherine ist tot, und die denken nur an ihre kostbaren Fotos!*

Charles widmete sich erneut seinem klingelnden Telefon.

Eine Bookerin gesellte sich zu Mak. »Ist es nicht furchtbar! Ich konnte es erst gar nicht glauben, als ich davon gehört habe. Sie war so ein süßes Mädchen.«

Mak hielt ihr die Hand hin. »Ich bin Makedde.«

»Skye.«

»Ich wollte euch gerade miteinander bekannt machen«, mischte Charles sich abwesend ein und telefonierte weiter.

Mak bedachte ihn mit einem ausdruckslosen Lächeln und wandte sich wieder Skye zu. »Du hast eine Nachricht auf dem Anrufbeantworter meiner Freundin hinterlassen. Warst du Catherines Bookerin?«

»Ja.«

»Was wolltest du denn von ihr?«

»Sie war nicht bei ihrem vereinbarten Casting im Studio von Peter Lowe . Ich wollte einen neuen Termin mit ihr ausmachen.«

»Hat irgendjemand sie zu dem Casting aufbrechen sehen?«, hakte Makedde vorsichtig nach. »Hat sie vielleicht jemand mitgenommen?«

»Das hat mich die Polizei auch schon gefragt. Ein paar Leute haben gesehen, wie sie das Saatchi's verlassen hat. Wahrscheinlich hat sie den Bus genommen.«

»Hattest du viel mit ihr zu tun?«

»Eigentlich nicht. Wenn sie wegen ihrer Buchungen hier vorbeikam, haben wir meistens ein paar Worte gewechselt, außerdem hat sie alle paar Wochen ihren Scheck bei uns abgeholt. Sie war immer ziemlich redselig, aber über ihr Privatleben hat sie nie viel erzählt.«

»Hat sie je was von einem Freund gesagt?«

»Nein. Aber wir gehen davon aus, dass sie einen hatte.«

Mak horchte auf. »Warum?«

»Na ja, sie hat nie viel mit den anderen Mädchen unternommen. Außerdem hatte sie sehr schönen Schmuck. Ich weiß nicht, es ist nur eine Vermutung.« Die ganze Geschichte schien Skye noch ziemlich zu belasten. »Hast du schon gehört, dass die Polizei Tony Thomas im Visier hat? Wahrscheinlich wegen seiner Ausstellung. Die ist ja auch ganz schön heavy.«

»Welche Ausstellung?«

»Seine S&M-Fotoausstellung. Ich war bei der Vernissage. Mein Geschmack ist es nicht, aber es soll ja Leute geben, die so etwas für Kunst halten.«

Ach, tatsächlich? »Läuft sie noch?«

»Ja, im Space in Kings Cross. Noch ein paar Wochen.«

Makedde beschloss, sich die Ausstellung anzusehen.

Es kostete sie weitere zehn Minuten, Charles' Aufmerksamkeit lange genug auf sich zu lenken, um zu erfahren, was für den nächsten Tag anstand. Wie sich herausstellte, hatte sie keinen Termin, doch plötzlich fiel ihm ein, dass gerade ein Fax von ihrer Mutteragentur *Snap! Models* daheim in Kanada für sie eingegangen war. Er zeigte auf einen vollen Ablagekorb, der neben dem Gerät stand.

Sie ging hin und suchte das Fax heraus. Ihr Name stand in großen Buchstaben oben auf dem Deckblatt. Barbara, die Inhaberin der Agentur, sprach ihr ihr Beileid aus. Eine nette Geste, aber wie konnte sie so schnell von Catherines Tod erfahren haben?

»Hat ihr jemand erzählt, was mit Catherine passiert ist?«, fragte Makedde verwirrt.

»Nein«, erwiderte Skye. »Wurde sie nicht von einer anderen Agentur betreut?«

»Ja.« Wie konnte Barbara es also erfahren haben?

Dad.

Wahrscheinlich verbreitete er die furchtbare Nachricht bereits unter den entsprechenden Leuten und kümmerte sich auf seine Weise um die Angelegenheit. Passte aus der Ferne auf seine Tochter auf, sammelte die verfügbaren Ressourcen und hielt wahrscheinlich auch ein Auge auf sie.

Makedde nahm das Fax und ging zur Tür. Sie wusste, dass man als Model quasi unsichtbar wurde, wenn man nicht entweder Zehntausend-Dollar-Aufträge bekam oder auf dem Titel einer der jüngsten *Vogue*-Ausgaben zu sehen war. Allenfalls in einigen ihrer Lieblingsagenturen wurde das anders gehandhabt. Nachdem sie sich noch einmal Richtung Bookertisch bedankt hatte, verließ die unsichtbare Frau leise die Agentur.

8

Catherine Gerbers Liebhaber war erleichtert, als er am Mittag die Tür hinter sich schließen und den Hörer neben das Telefon legen konnte. Er musste nachdenken. Sein Mittagessen, das er sich jeden Tag kommen ließ, stand unberührt auf dem Schreibtisch. Er konnte keinen Bissen herunterbringen – nicht vor Trauer, sondern aus Wut. Sie hatten ihm nicht exakt das Essen gebracht, das er bestellt hatte – ein Roggenbrotsandwich mit geräuchertem Lachs, Kapern, Meerrettich und Salat. Er hatte ausdrücklich *Roggenbrot* gesagt, nicht *dunkles Mischbrot*. Das war doch wirklich nicht schwer zu verstehen, und an jedem anderen Tag hätte er sich wegen des falschen Brotes heftig beschwert, doch heute war ihm beim Blick in die Morgenzeitung sowieso der Appetit vergangen. Er konnte beim besten Willen nicht ans Essen denken. Seine Gedanken kreisten um das Foto.

Catherine Gerber.

Seitdem diese Makedde Vanderwall am Freitag Catherines Leiche gefunden hatte, war jeden Tag in der Zeitung über den Mord berichtet worden. Das war ja auch in Ordnung. Es war auch gar nicht der Artikel selbst, der ihm solches Kopfzerbrechen bereitete. Es war das Foto.

Dummes kleines Miststück!

Er war immer so vorsichtig gewesen und hatte mit peinlicher Sorgfalt darauf geachtet, dass nichts ihn mit Catherine Gerber in Verbindung bringen konnte. Er war absolut sicher, dass niemand Bedeutendes sie je zusammen gesehen hatte. Und jetzt wurde dieses elende kleine Flittchen zu einer solchen Bedrohung. Das war doch verrückt!

Er nahm die Zeitung, schlug Seite drei auf und starrte das große Foto an, das den Artikel begleitete. Die Bildunterschrift lautete: *Kanadisches Model – Drittes Opfer des Stiletto-Mörders.* Da war sie, aufgenommen bei irgendeinem gesellschaftlichen Ereignis. Sie trug ein tief ausgeschnittenes Kleid und lächelte unschuldig in die Kamera. Um ihren Hals hing an einer feinen Kette ein Männer-Diamantring.

Sein Ring.

Verlogene kleine Schlampe!

Er hatte geglaubt, dass er ihn verloren hatte, aber da hatte er sich offensichtlich gründlich geirrt. Es musste passiert sein, als er sich im Herbst während des Ärztekongresses auf Fidschi mit ihr getroffen hatte. Wie immer hatte er äußerste Vorsicht walten lassen und ihr für das Flugticket Bargeld in die Hand gedrückt. Sie waren in verschiedenen Hotels abgestiegen, und abends hatte er sich unbemerkt zu ihr gestohlen. Nach ihrem letzten Treffen musste er den Ring auf ihrem Waschbecken vergessen haben. Ihm war erst Tage nach dem Kongress aufgefallen, dass er ihn nicht mehr hatte, doch als er sie danach gefragt hatte, hatte sie geschworen, sie hätte ihn nicht gesehen.

Hinterhältige, heimtückische Hure…

Es war ein wichtiger Ring. Sein Vater hatte eine Hand voll Topkräfte in der Firma mit einem solchen Schmuckstück ausgezeichnet, und er selber hatte auch einen bekommen. Es war ein Zeichen der Anerkennung und bedeutete, dass er sich bewährt hatte. Anders als seinem schmarotzerhaften Bruder stand ihm eine glänzende Zukunft bevor. Eines Tages würde alles ihm gehören, und der Ring war der Beweis dafür.

Der Ring…

Er hatte sogar in dem Hotel angerufen und gebeten, ihn überall zu suchen. Als seinen Kollegen aufgefallen war, dass er ihn nicht mehr trug, musste er sich mit einer Notlüge behelfen. »Ich habe ihn beim Sporttauchen auf Fidschi verloren«, hatte er ihnen erzählt. »Erzählt es bloß nicht Dad.«

In Wahrheit habe ich ihn in einem Hotelbadezimmer abgenommen, um mir die Hände zu waschen, und das kleine Flittchen hat ihn sich unter den Nagel gerissen.

Ein Schweißtropfen rann über seine pochende Schläfe. Sein Puls jagte. Jeder würde den Artikel mit dem Foto sehen. Wenn irgendjemand etwas genauer hinsah, würde er den Ring erkennen. Was, wenn dieser Jemand die Verbindung zu ihm erkannte? Und die Polizei. Was, wenn sie den Ring unter Catherines Habseligkeiten entdeckten?

Meine verdammten Initialen sind in den Ring eingraviert!

Sein Blutdruck schnellte in die Höhe, und er wischte sich den Schweiß ab.

Es musste etwas geschehen. Er musste sich den Ring unbedingt wiederbeschaffen.

9

Makedde kam zu dem Schluss, dass es so etwas wie eine »unaufdringliche« Durchsuchung nicht gab. Die Wohnung wirkte immer noch wie der Schauplatz eines Verbrechens. Die Beamten hatten sich zwar alle Mühe gegeben, sie so zu hinterlassen, wie sie sie vorgefunden hatten, doch was auch immer sie in die Hand genommen hatten, stand nicht mehr an seinem Ursprungsplatz, sondern ein paar Zentimeter verrückt. Der dunkle Couchtisch war noch mit Resten des weißen Lanconides verschmiert, und die cremefarbenen Küchenschränke waren vom Rußpulver noch ganz schwarz. Makedde war froh, dass es nicht ihre Wohnung war. Dann wäre es noch viel traumatischer gewesen, sie wieder sauber zu bekommen.

Sie machte sich daran, Catherines Sachen zusammenzupacken und das Apartment umzugestalten. Als Erstes nahm sie sich die Wände vor und riss die Modelporträts eins nach dem anderen herunter. Das Klebeband löste sich mit lautem Ratsch und hinterließ hässliche Klebespuren auf den Wänden; die Hochglanzgesichter der strahlenden Models verwandelten sich in nichts sagende bunte Papierschnipsel.

In ihrer Naivität hatte Catherine danach gestrebt, ein »Supermodel« zu werden. Von den zahllosen Models, die das gleiche Ziel hatten, hielten sich nur wenige länger auf der internationalen Bühne, und nur die Allerwenigsten schafften den ganz großen Durchbruch. Mak war einmal von der italienischen Ausgabe der *Vogue* zum Model des Monats gekürt worden, und als bekanntes Gesicht zahlreicher Mode- und Kosmetik-Werbekampagnen hatte sie sich schon häufiger für kurze Zeit vorübergehender Berühmtheit erfreut, doch als »Supermodel« galt sie trotzdem nicht.

Mit Ausnahme von Carmen, und vielleicht noch Lauren Hutton, die beide noch Jahrzehnte nach ihrem Einstieg in die Modelszene ein gelegentliches Shooting absolvierten, war eine Modelkarriere extrem kurz. Die Verwandlung von einer jugendfrischen Vierzehnjährigen in eine abgespannte Fünfundzwanzigjährige ging blitzschnell, und damit war es für die meisten mit dem Modeln auch schon vorbei. Makedde hatte zahllose Mädchen kommen und gehen sehen. In ihrer kurzen Zeit als Model opferten einige mehr als andere, und einige brachten es auch zu mehr als ihre Konkurrentinnen, doch allen war gemeinsam, dass ihre Zeit begrenzt war und sie in der hektischen, unbeständigen Welt der Modemacher gnadenlos fallen gelassen wurden, wenn sie abgelaufen war. Der Trick bestand darin, in der kurzen Zeit so viel Geld wie möglich zu scheffeln und es beiseite zu legen, doch nur die wenigsten der jungen Mädchen begriffen das.

Makedde langte nach oben und riss ein weiteres Gesicht von der Wand.

Als Catherine mit fünfzehn die einsachtzig-Marke erreicht hatte, wollte sie es unbedingt auf dem internationalen Parkett als Model versuchen. Mak hatte die Ambitionen ihrer Freundin mit gemischten Gefühlen begleitet. Vom Dasein als Model machten sich alle ein völlig falsches Bild, und das würde wohl auch immer so bleiben; dafür sorgten schon Filme wie *Prêt à Porter* oder *Unzipped,* die den Modebetrieb ungefähr so realistisch darstellten wie *Pretty Woman* den Job einer Prostituierten. Die Welt der internationalen Modeszene konnte für einen Teenager rau und verwirrend sein, und die Kombination aus einer falsch geplanten Karriere und einer irregeleiteten Seele konnte verheerende Folgen haben. Jeder kannte irgendeine Horrorgeschichte von Sechzehnjährigen, die im Heroinrausch apathisch über den Laufsteg schwebten, von magersüchtigen Hungerknochen, die sich ausschließlich von Zigaretten und Kaffee ernährten, von Bulimikerinnen oder Mädchen, die permanent Diätpillen schluckten, Abführ- oder harntreibende Mittel nahmen, sich mit Aufputschmitteln oder Tranquilizern volldröhnten oder alles mögliche schluckten. Und dann die Castingcouch. Für junge Mädchen ohne Begleitung mit schwach ausgeprägtem Selbstbewusstsein oder geringer Selbstbeherrschung konnte das Ganze zu einem unüberwindbaren, furchtbaren Hindernisparcours werden.

Andererseits hatten viele Models das Glück, jede Menge interessante Erfahrungen zu machen. Sie reisten in der Welt umher, kamen mit fremden Kulturen und anderen Weltanschauungen in Kontakt, lernten neue Sprachen und interessante Menschen kennen und verdienten, zumindest in einigen Fällen, einen Haufen Geld.

Wenn man all das im Hinterkopf hat – was soll man tun, wenn jemand, den man gut kennt, es darauf ankommen lassen und es versuchen will?

Was Makedde anging, so half sie ihrer Freundin, so gut sie konnte, und versuchte ihr beizubringen, den Fallstricken und Fußangeln aus dem Weg zu gehen. Mit ihrem sechsjährigen Alters- und Erfahrungsvorsprung weihte sie Catherine in die erforderlichen Tricks und Finessen ein und half ihr, sich in dem bizarren Labyrinth des internationalen Modebetriebs zurechtzufinden. Sie hatte ihr mehrfach aus der Patsche geholfen, doch als es wirklich darauf angekommen wäre, war sie nicht für sie da gewesen.

Sie war einen Tag zu spät gekommen.

Sie zerknüllte die Überreste der Zeitschriftenfotos, stopfte sie in einen großen Müllsack und ging zu dem ordentlichen Kleiderstapel mit Catherines Sachen. Die Unwins, Catherines Pflegeeltern, hatten klar zu verstehen gegeben, dass sie keine Verwendung für die Sachen hatten.

Da die Polizei sie auch nicht benötigte, würde Mak sie einer Wohltätigkeitseinrichtung für Frauen überlassen und Catherines sonstige Habseligkeiten nach Kanada zurückschicken.

Catherines leibliche Eltern hatte sie nie kennen gelernt, und sie war dankbar, dass es ihnen erspart geblieben war, ihr einziges Kind derart zugerichtet kalt und leblos auf der Bahre eines Leichenschauhauses sehen zu müssen. Mit geschlossenen Augen stopfte sie die Kleidungsstücke in einen Müllsack. Sie wollte keine ihr bekannten Sachen mehr sehen. Der flüchtige Anblick eines moosgrünen Pullovers hatte genügt, jede Menge Erinnerungen in ihr aufsteigen zu lassen – Erinnerungen an eine lächelnde und ausgelassene Catherine in München, die soeben ihre erste große Shampoowerbung gelandet hatte und sich dafür mit einer ausgiebigen Shoppingtour belohnte.

Als sie sämtliche Kleidungsstücke transportfertig in Tüten verstaut hatte, widmete Makedde sich dem reich verzierten, antiken Schmuckkästchen, das neben dem Spiegel stand. Catherines geliebtes Schmuckkästchen. Es war in Feinarbeit aus Holz geschnitzt und aufwändig mit filigranen Mustern und funkelnden Halbedelsteinen verziert. Für Catherine war es ein emotionsbeladenes Erinnerungsstück an ihre leibliche Mutter gewesen, eines der wenigen fassbaren Dinge, die ihr von ihr geblieben waren. Es war klein und hatte sie auf all ihren Reisen begleitet. Alison Gerber hatte es ihrer Tochter nur wenige Monate vor ihrer verhängnisvollen Reise geschenkt. Catherines Eltern waren den Malahat Highway hinaufgefahren, um einen Freund zu besuchen. Der Malahat Highway zieht sich über endlose Kilometer in engen steilen Windungen durch die Berge von Vancouver Island. Auf dem Heimweg waren sie irgendwann im Laufe der Nacht auf Glatteis geraten. Der Wagen war von der Straße abgekommen, hundertfünfzig Meter einen Abhang hinuntergestürzt und schließlich in einer Pinienschonung gelandet. Beide Eltern waren gestorben, bevor das Autowrack entdeckt worden war. Catherine war zu Hause von einem Babysitter betreut worden. Sie war damals fünf Jahre alt gewesen.

Makedde setzte sich im Schneidersitz auf den harten Holzboden, hielt das Schmuckkästchen auf dem Schoß und öffnete es. Es war klein und enthielt nur wenige Stücke: einige dünne Silber- und Goldkettchen, die sich ineinander verheddert hatten, und darunter ein Paar elegante, mit Diamanten besetzte Ohrstecker sowie einen Silberring mit einem Türkis. Doch es war der auffällige Diamantring, der ihr sofort ins Auge fiel.

Sie nahm den Ring heraus. Er war ziemlich klobig, mit einem Quadrat aus Diamanten; ganz eindeutig gehörte er auf eine Männerhand. Das Gold war glatt und makellos. Er konnte unmöglich Catherines Vater gehört haben, dafür war er zu neu. Aber wie hätte sie sonst an einen solchen Ring kommen können?

Der Liebhaber.

Der Ring ihres Liebhabers. Eine Art Souvenir. Sie drehte ihn, um zu prüfen, ob etwas eingraviert war, und konnte ihr Glück kaum fassen.

JT.

Die Initialen waren in die Innenseite des Rings eingraviert. Mak fiel die hingekritzelte Notiz ein, die sie bei ihrer Ankunft vorgefunden hatte.

JT Terrigal
Beach res
16
14

Sie schob sich den Ring auf den Daumen. Das Schmuckstück war ein handfester Beweis für Catherines Liebesbeziehung, doch Mak war sich nicht mehr sicher, ob sie Detective Flynn einweihen oder ihren Fund diesmal lieber für sich behalten sollte. Sie stellte das Schmuckkästchen auf den Nachttisch und lehnte ihr Lieblingsfoto dagegen, von dem ihr ihr eigenes Gesicht entgegenstrahlte. Daneben lächelte glücklich eine lebendige Catherine.

10

Er leckte sich gierig die Lippen und krallte langsam die Finger der einen Hand zusammen und streckte sie wieder. In der anderen hielt er das Foto.

Makedde Vanderwall.

Makedde.

Mak.

Sie war die Blondine auf dem Foto. Ausgesprochen hübsch. Etwas ganz Besonderes. Sie war diejenige, die den Brief geschrieben hatte. Diejenige, die sein Werk am Strand entdeckt hatte. Ihre Augen waren hell, doch auf dem Foto konnte er nicht erkennen, ob sie grün oder blau waren. Ihre Nase war schmal und gerade, ihr Körper kurvenreich, und sie kam ihm schon *so* vertraut vor.

Und ihre Haut erst. Ihre Haut war einfach … perfekt.

Absolut perfekt.

Zu seinem Ärger konnte er auf dem Foto nicht sehen, wie ihre Füße aussahen. Sie war nur bis zur Hüfte abgebildet. Doch neben Catherine wirkte sie so groß, dass er überzeugt war, dass sie hohe, rote Stilettos trug. Ihre Füße waren bestimmt genauso perfekt wie der Rest von ihr, dessen war er sich sicher.

Ihre Vertrautheit zog ihn magisch an; sie wirkte auf ihn wie ein Magnet. Sie war etwas ganz Besonderes, viel bedeutender als irgendeines seiner anderen Mädchen.

Makedde war die Richtige.

Er fuhr langsam mit dem Finger über das Gesicht auf dem Foto. Das Schicksal hatte ihm die dunkelhaarige Hure zugeführt. Und mit ihr hatte das Schicksal ihm Makedde gebracht.

11

Makedde stand vor dem großen Spiegel, hielt sich einen schwarzen Rock vor und überlegte, was sie für ihren Ausflug in den Nachtclub The Space anziehen sollte. Sie legte den Kopf schief und taxierte die Länge.

Zu kurz?

Nein. Wenn sie blickdichte Strümpfe dazu trug, war er okay. Mit einem Minirock und ihrem schimmernden, tiefblauen Top war sie für die nächtliche Club-Atmosphäre bestens gekleidet. Sie zog die dunklen Strümpfe über ihre nackten Beine, achtete sorgsam darauf, nicht mit den Fingernägeln hängen zu bleiben, und zerrte den knappen Rock über ihre Hüften. Zur Krönung ihres Outfits wählte sie ein Paar bequeme, bis zu den Waden reichende Schnürstiefel mit halbhohen Absätzen. Dann zog sie ihren Mantel an, sah nach, ob sie genug Geld in der Tasche hatte, und machte das Licht aus. Allein durch die Nacht zu laufen, machte sie ein wenig nervös. Am liebsten hätte sie eine schöne große Dose kanadisches Bärenspray dabei gehabt, doch das war in Australien leider verboten. Also musste sie sich im Notfall auf ihren schnellen Verstand verlassen oder blitzschnell und gekonnt zutreten.

Der Club war leicht zu finden; sie folgte einfach der dröhnenden Dance-Musik, die einen ganzen Block weit zu hören war. Sie erreichte das Space um kurz vor Mitternacht, als der Schuppen sich gerade zu füllen begann und es richtig losging.

Die Hippen und die Nachtschwärmer hatten ihre Schlupfwinkel verlassen, um sich wild und ausgelassen zu amüsieren. Im Moment schienen gerade Leder, PVC, Supermini und Netzstrümpfe angesagt, so dass sich Mak in ihrem sorgfältig ausgewählten Outfit ziemlich bieder und langweilig vorkam.

Vor dem Eingang wartete eine Schlange von etwa dreißig Leuten auf Einlass. Makedde hatte sich gerade hinten angestellt, als ein schwerfälliger Testosteron-Riese mit Bürstenschnitt sie nach vorn rief. Sie sah sich um, ob er wirklich sie meinte, was offenbar der Fall war. Also schlenderte sie zur Tür und bedachte ihn mit einem aufreizenden Lächeln. Warum sollte sie sich hinten anstellen, wenn sie es auch einfacher haben konnte?

»Bist du Model?«, grunzte er. Er stank nach Zigaretten und billigem Rasierwasser.

»Ja.«

Er musterte sie wohlgefällig. Mak bekam eine Gänsehaut, doch sie lächelte unbeirrt weiter.

»Bei welcher Agentur?«

»Book«, antwortete sie.

Kaum waren die magischen Worte gesprochen, öffnete er die Tür. Während sie vorsichtig in den verqualmten Nightclub trat, murmelte er irgendetwas Unverständliches und schloss die schwere Tür hinter ihr. Sofort wurden ihre Sinne von einem dröhnenden, hämmernden Dance Mix und einer schwitzenden Menge im Takt wogender Körper attackiert. Hinter einer langen, von Neonröhren beleuchteten Theke bedienten vier unentwegt hin- und hereilende, offenbar mit Steroiden vollgepumpte Barmixer in knappen schwarzen Lederwesten. Mak überlegte einen Augenblick, ob sie womöglich auf einer echten S&M-Party gelandet war, doch ein Blick auf die Tanzenden beruhigte sie. Leder schien einfach nur angesagt zu sein, und sie musste nicht befürchten, jeden Augenblick weggezerrt zu werden und sich eine Tracht Prügel einzufangen.

Sie blinzelte durch den Rauch und entdeckte, weswegen sie gekommen war – die Fotos. Im hinteren Teil des Clubs waren große Schwarzweißbilder ausgestellt. Sie bahnte sich einen Weg durch die zuckenden Leiber. Als sie kurz nach unten sah, um ihren Rock ein wenig herunterzuziehen, krachte ein fremder Ellbogen gegen ihren Kiefer. Sie wusste nicht, wer der Übeltäter war; bei den zahlreichen, wild umherwirbelnden Extremitäten hätte es jeder sein können, und es erwischte sie noch ein paar weitere Male. Sie hob die Fäuste vor ihr Gesicht wie ein Boxer in Verteidigungsstellung und schob sich weiter. Schließlich hatte sie sich über die volle Tanzfläche gekämpft und erreichte den hinteren Teil des Clubs, wo etliche weitere Gäste an Tischen saßen und sich zu unterhalten versuchten, doch ihre Kommunikation beschränkte sich gezwungenermaßen auf Gesten mit Händen und Füßen. Sie war erleichtert, dem Gedränge entronnen zu sein, und blieb einen Moment stehen, was sie jedoch sofort bereute.

Irgendjemand packte sie an der Schulter.

Völlig perplex holte Makedde einmal tief Luft, schoss herum und blickte in das Gesicht eines Mannes hinunter. Da sie nicht wusste, was sie erwartete, war ihre Faust zum Angriff geballt und ihr ganzer Körper angespannt. Sie brauchte ein paar Sekunden, bis sie den Grapscher erkannte.

»Ach, du bist es, Tony! Wie geht's?« Sie hoffte, dass er ihr nicht anmerkte, wie sehr sein plötzliches Auftauchen sie erschreckt hatte.

»Gut. Und selber?«, versuchte er das ohrenbetäubende Gestampfe zu übertönen. Seine Bierfahne stieg Mak in die Nase.

»Ich bin okay. Ich habe von deiner Ausstellung gehört. In der Agentur sind sie ganz hin und weg davon.«

»Ach ja?« Sein Gesicht hellte sich auf. »Hast du dir schon alles angesehen?«

»Nein. Ich bin gerade erst gekommen.«

»Dann zeige ich sie dir.«

Makedde brachte ein Lächeln zustande, und er nahm sie bei der Hand und geleitete sie zu dem ersten seiner Fotos. Sie fühlte sich definitiv unwohl. Zwar wollte sie herausfinden, warum Tony sich mit seiner Ausstellung verdächtig gemacht hatte, auf eine persönliche Führung legte sie jedoch bestimmt keinen Wert.

Sie zermarterte sich das Hirn nach einer Ausrede. *Meine Freunde warten auf mich? Ich habe morgen in aller Herrgottsfrühe einen Fototermin? Ich bin allergisch gegen Zigarettenrauch?* Aber warum war sie dann hergekommen? *Gute Frage.*

Ihre Fragen zu der Ausstellung waren bereits mit dem ersten Bild beantwortet. Es zeigte eine junge nackte Frau, die mit einem dicken Seil gefesselt war. Ihr langes brünettes Haar war nach vorne gebürstet und fiel ihr übers Gesicht; weitere Seile, die um ihren Kopf gebunden waren, hielten ihre Mähne an Ort und Stelle. Der gesichtslose Körper war so straff gefesselt, dass das Seil der Frau tief ins Fleisch schnitt.

Makedde wusste nicht, was sie sagen sollte.

»Das ist Josephine«, erklärte Tony stolz. »Eine Profi-Tänzerin.«

Sie beantwortete seinen fragenden Blick mit einem neutralen Lächeln. Er führte sie zum nächsten Foto.

»Das ist auch Josephine.«

Er starrte Makeddes Gesicht an, während sie das Foto eingehend betrachtete. Zu sehen war der gleiche gesichtslose Frauenkörper mit hinter dem Rücken gefesselten Händen, diesmal in einer extrem engen Lederkorsage und unglaublich hohen Stilettos. Die Füße der Frau wurden durch die hohen Absätze derart nach oben gebogen, dass es aussah, als krümmten ihre Fußknöchel sich über ihren Zehen. Ihre Brüste wurden aus dem Lederoberteil gequetscht, und das Fleisch an den nackten Hüften quoll aus dem winzigen Korsett hervor. Ihr eingeschnürter und verrenkter Körper schien sich in einem verzweifelten, stillen Kampf gegen die ihn einzwängenden Fesseln zu wehren. Auf Makedde wirkte das Foto nicht erregend, sondern eher beängstigend. Mit ein bisschen Bondage hatte sie keine Probleme. Doch diese aufdringliche Zurschaustellung absichtlich zugefügten Schmerzes fand sie einfach nur abstoßend.

Sadistische Fantasien. Wie weit geht er im richtigen Leben?

»Raffiniert, wie du die Bilder entwickelt hast«, stellte sie vage fest. »Die Sepia- und Tabaktöne schaffen eine außergewöhnliche Stimmung …«

»Danke«, entgegnete Tony stolz. »Ich dachte, so bringe ich die Struktur des Leders am besten zur Geltung.« Er lallte ein wenig, sagte »Stuktur« statt »Struktur« und machte sich nicht die Mühe, sich zu verbessern.

Offenbar hatte die Polizei gute Gründe, Tony ins Visier zu nehmen. Er war es gewesen, der La Perouse als Location für das Shooting ausgewählt hatte, und möglicherweise wusste er auch, dass Makedde und Catherine befreundet gewesen waren. Ganz offenkundig hatte er eine Vorliebe für abnormale sexuelle Praktiken. Sie musste mehr über ihn herausfinden.

Auch die übrigen, kunstvoll in Szene gesetzten Fotos der Ausstellung zeigten Fesselszenen, Dominapraktiken und sadomasochistischen Sex. Als sie alle gesehen hatte, ließ sie sich mit Tony an einem Tisch nieder. Mit einem neuen Bier in der Hand verkündete er laut, dass die Polizei »Kunst nicht einmal dann erkennen würde, wenn sie ihnen das Hosenbein hochkriecht und sie in die Eier beißt«.

»Sag mal, Tony«, wagte Mak sich beiläufig vor, »du hast dich doch mit einem Polizisten gestritten, als Catherine gefunden wurde. Ich erinnere mich, dass er deine Kamera in der Hand hatte. Worum ging es da eigentlich?«

»Dieses Arschloch! Detective Wynn …«

»Flynn?«

»Ja, genau. Dieser Wichser hat all meine Filme von dem Shooting als Beweismaterial eingesackt. Der Auftraggeber hat vor Wut geschäumt.«

»Das gibt's doch nicht! Was will er denn mit den Filmen?«

Tony war offensichtlich immer noch fuchsteufelswild. »Keine Scheißahnung. Was für ein aufgeblasenes Arschloch!« Sein Gesicht zuckte beim Sprechen.

Was verheimlichst du, Tony?

»Sitzt dir die Polizei immer noch im Nacken?«

»Ja.« Er wechselte abrupt das Thema. »Du bist aus Kanada, *eh*?«

»*Eh*. Volltreffer.« Hätte sie jedes Mal einen Dollar kassiert, wenn jemand in ihrer Gegenwart einen Witz über einen kanadischen Ausdruck riss, wäre sie längst steinreich. »Hast du Catherine häufiger gesehen, bevor sie … vor ihrem Tod?«

»Nein. Bist du allein hier?«

Makedde hatte es kommen sehen.

»Allein«, antwortete sie ehrlich.

»Hmm«, murmelte er. Sie sah, wie es in seinem angetrunkenen Hirn langsam Klick machte. »Hast du Interesse an einem Probeshooting? Wir könnten machen, was du willst – Kopfaufnahmen, Körperaufnahmen, wozu du Lust hast.«

»Nein, danke. Ich habe im Augenblick genug gute Fotos in meinem Portfolio. Trotzdem, vielen Dank.« Sie schob ihren Stuhl zurück. »Ich glaube, ich muss jetzt los. Ich … ich habe morgen ein Shooting – ganz früh.«

»Wollen wir uns ein anderes Mal treffen? Vielleicht …«

»Ich bin bereits liiert«, fiel sie ihm schnell ins Wort.

Mit mir selbst.

»Wir könnten doch mal einen Kaffee zusammen trinken oder so«, drängte er weiter.

»Nein, danke!«, wiederholte sie im Gehen.

Hinter sich hörte sie ihn rufen: »Verdammt noch mal, ich hab die blöde Zicke nicht umgebracht!«

Makedde drehte sich um, sah ihn scharf an und fauchte: »Ich gehe jetzt!« Sie bahnte sich erneut einen Weg durch die tanzende Menge. Hinter sich hörte sie Tony brüllen: »Tut mir Leid, Macayly! Ich hab's nicht so gemeint! Entschuldigung!«

»Ich heiße *Makedde*, du Arsch!«, murmelte sie und schob sich durch die wippende Masse. »Ma-kay-dee.«

Sie stürmte hinaus und sog die frische klare Nachtluft ein. Der kalte Wind, der durch die Straße fegte, war eine angenehme Abkühlung. Sie schüttelte den Kopf und winkte das nächste Taxi heran. Innerhalb weniger als einer Stunde hatte Tony es geschafft, sich auf Makeddes ständig länger werdender »Arschlochliste« auf Platz eins zu katapultieren.

Um kurz nach zwei hielt das Taxi vor dem Häuserblock auf der Campbell Parade. Makedde gab dem Fahrer ein Trinkgeld und hievte sich aus dem Wagen. Sie grübelte immer noch über Tonys flapsige Bemerkung nach, doch sie war zu müde, einen klaren Gedanken zu fassen. Ob es am Jetlag lag oder an der späten Stunde – ihr Akku war leer, wie bei einem batteriebetriebenen Spielzeug, das seinen Geist aufgab.

Während sie die Haustür öffnete und hineinging, roch sie den widerwärtigen Gestank kalten Zigarettenqualms, der ihr in den Haaren hing. Erschöpft stapfte sie die Treppen hinauf und freute sich auf ihr warmes Bett.

Moment mal! Ich habe doch das Licht nicht angelassen!

Automatisch trat sie einen Schritt zurück, stolperte fast über ihre eigenen Füße und blieb wie angewurzelt an der Wand stehen. Irgendjemand war in ihrer Wohnung. Sie hörte Bewegungen. Lautlos hob sie die Hand und legte sie auf ihren Mund, als könnte sie so ihren Atem geräuschlos machen. Sie lauschte.

Irgendjemand war definitiv in der Wohnung.

Der Killer.

Oder wer sonst? Sie kam schnell zu dem Schluss, dass sie dem Eindringling auf keinen Fall allein begegnen wollte, und schlich so leise wie möglich auf Zehenspitzen die knarrende Treppe wieder hinunter. Was, wenn er sie gehört hatte? Was würde er ihr antun? Ging er davon aus, dass sie zu dieser nächtlichen Stunde unterwegs war, oder hatte er gehofft, sie schlafend im Bett vorzufinden?

Sie rannte los.

Voller Panik stürmte sie hinaus auf die Straße und lief weiter in die Richtung, in der sich die öffentliche Telefonzelle befand. Dort angekommen, überlegte sie es sich anders und rannte weiter; die Zelle war zu nah an ihrer Wohnung.

Am äußeren Nordrand von Bondi Beach hielt sie inne und wählte nervös die Handynummer von Detective Flynn. Sie hatte nicht die geringste Lust, ihre Lebensgeschichte irgendeinem Notruf-Operator auf die Nase zu binden, aber vielleicht gefiel es ihr auch einfach, einen Grund zu haben, Detective Flynn in den frühen Morgenstunden aus dem Bett zu scheuchen. Es klingelte zweimal, bis er an den Apparat ging. Einen Augenblick war keine Stimme zu hören, dann ertönte ein heiserer, schlaftrunkener Laut.

»Flynn.«

»Tut mir Leid, Sie zu wecken, Detective Flynn.« *Oder auch nicht.* »Sie müssen mir helfen. Ihre Leute sind doch nicht wieder in meiner Wohnung, um die Spurensuche fortzusetzen, oder?«

»Wie bitte? Nein.« Er hielt inne. »Makedde? Sie sind es doch, oder?«

»Ja. Das hatte ich mir schon gedacht. Wieso sollte man auch um diese Uhrzeit eine Wohnung durchsuchen?« Ihr Geplapper kam ihr auf einmal ziemlich blöd vor. »Irgendjemand ist in meine Wohnung eingebrochen. Wer auch immer es ist, ist in diesem Augenblick dort.«

Der Detective klang auf einmal hellwach. »Wo sind Sie? Ist Ihnen was passiert?«

»Nein. Ich bin ja nicht reingegangen. Als ich vor ein paar Minuten nach Hause kam, brannte in meiner Wohnung Licht. Ich bin sofort auf die Straße gelaufen, zur Telefonzelle.«

»Das haben Sie absolut richtig gemacht. Jetzt sagen Sie mir genau, wo Sie sind. In ein paar Minuten ist eine Polizeistreife bei Ihnen.«

Mak beschrieb ihren Standort und legte auf. Dann ließ sie sich an der Wand der Telefonzelle hinabsinken und setzte sich auf den kalten Betonboden. Ihre dunklen Strümpfe hatten eine Laufmasche, die bis zum Oberschenkel reichte. Unter ihren Fingernägeln hafteten Rußreste, die sich bereits in ihre Haut gefressen hatten.

Wenige Minuten später fuhr ein Polizeiwagen vor. Die Fahrerin war eine Frau mit scharfen Gesichtszügen, kurz geschnittenem blondem Haar und dünnen Lippen. Ihr

Partner war ein bulliger junger Mann mit einem runden Gesicht. Stehend glich er einem Furcht einflößenden Riesen, was Makedde unter den gegebenen Umständen ein Gefühl der Sicherheit vermittelte.

Sie nahm auf der Rückbank Platz, und die Beamten fragten sie, was passiert sei. Sie beschrieb ihnen kurz, was sie erlebt hatte, und erwähnte ihre Verbindung zu dem Mordfall Gerber.

Makedde sah sich nach allen Seiten um. Die Straßen waren wie leer gefegt, was in einer Montagnacht um kurz nach zwei mitten im Winter kein Wunder war. Während der Fahrt zu ihrer Wohnung drückte sie sich tief in den Sitz des Polizeiautos. Als sie näher kamen, sah sie, dass das Licht immer noch brannte.

»In welcher Wohnung wohnen Sie?«

»In der einzigen, in der Licht brennt. Nummer sechs.«

»Würden Sie uns bitte Ihre Schlüssel geben, Miss?«

Makedde reichte den beiden Polizisten ihren Schlüsselbund. Sie verriegelten den Wagen und überquerten die Straße. Mak sank noch tiefer in den Sitz und drückte sich am Fenster die Nase platt, während sie beobachtete, wie die beiden Polizisten das Gebäude betraten. Hinter dem erleuchteten Fenster war weder jemand zu sehen noch hörte sie irgendwelche Kampfgeräusche. Nach einer Weile ging die Haustür auf, und die Polizistin kam zurück zum Auto. Makedde stieg aus.

»In Ihrer Wohnung ist niemand, Miss. Es ist allerdings möglich, dass sie durchwühlt wurde, das können wir nicht beurteilen.«

Makedde wäre es fast lieber gewesen, sie hätten jemanden entdeckt. So stand sie ein bisschen betreten da, als hätte sie womöglich vor Müdigkeit vergessen, ob sie das Licht ausgemacht hatte oder nicht. Aber sie hatte doch eindeutig Geräusche gehört. *Oder etwa nicht?*

Erschöpft stieg sie die Treppe hinauf und merkte, dass die Laufmasche in ihren Strümpfen noch etliche Zentimeter länger geworden war. Die Tür zu Wohnung Nummer sechs stand offen. Makedde wollte sich gerade ernsthaft vorwerfen, dass sie wohl überreagiert hatte, als sie einen Blick auf das Innere ihrer Wohnung erhaschte.

Sie war vollkommen auf den Kopf gestellt worden.

Sämtliche Kleidungstüten, die sie zusammengepackt hatte, waren ausgekippt worden, der Inhalt lag auf dem Boden verstreut. Die Betten waren aufgeschlitzt, alle Schubladen und Schränke aufgerissen. Catherines Schmuckkästchen lag umgekippt auf dem Boden und schien zerbrochen zu sein. Überall verstreut lagen Pullover, Jeans und Unterwäsche. Dazwischen Papiere und der Inhalt des Schmuckkästchens.

»Haben Sie nicht gesagt, Sie sind nicht sicher, ob bei mir eingebrochen wurde?«, fragte Mak ungläubig.

Die blonde Polizistin wandte sich zu ihr um und erwiderte: »Woher sollten wir das wissen? Sie würden sich wundern, wie es bei manchen Leuten aussieht.«

12

Als Detective Flynn in ihrer Wohnung eintraf, fand er Makedde Vanderwall auf dem Fußboden hockend vor. Sie trug einen Minirock und lehnte völlig ungeniert mit leicht gespreizten Beinen an der Wand. Ihre Augen waren geschlossen, in den Händen hielt sie ein kleines Schmuckkästchen.

»Miss Vanderwall?«, fragte er vorsichtig.

Als sie ihren Namen hörte, schlug sie die Augen auf, und er sah das verlaufene dunkle Make-up. Sie wirkte nicht mehr so unnahbar, wie sie ihm am Sonntag auf dem Revier erschienen war. Wie sie da auf dem Fußboden saß, inmitten des Chaos ihrer durchwühlten Wohnung, sah sie einsam und verletzlich aus. Er bereute, dass er sie so knapp abgefertigt hatte. Vielleicht hatte sein Partner Jimmy ja Recht, und seine Frau hatte aus ihm, was den Umgang mit Frauen anging, tatsächlich ein ziemliches Arschloch gemacht.

»Hi«, begrüßte sie ihn mit belegter Stimme. »Tut mir Leid, dass ich Sie mitten in der Nacht aus dem Bett geworfen habe, aber das hier hat mich wirklich kalt erwischt, als ich nach Hause kam. Ich bin einfach durchgedreht.«

»Nein, nein. Es war absolut richtig, dass Sie mich angerufen haben. Jetzt erzählen Sie mir, was passiert ist.«

Niedergeschlagen und bedrückt berichtete sie von ihrem Abend.

»Haben Sie schon festgestellt, ob irgendetwas fehlt?«

»Bisher noch nicht, aber ich habe auch noch nicht richtig nachgesehen.«

»Wir gehen im Moment nicht davon aus, dass der Einbruch etwas mit dem Tod Ihrer Freundin zu tun hat ...«

»Mit dem Mord.«

»Wie bitte?«

»Sie ist nicht einfach gestorben, sie wurde ermordet.«

»Stimmt. Jedenfalls gehen wir nicht davon aus, dass das eine etwas mit dem anderen zu tun hat. In der Gegend hier wird ständig eingebrochen, vor allem in den älteren Häusern.« Er wollte sie nicht noch mehr verängstigen. Außerdem war es höchst unwahrscheinlich, dass der Mörder hinter ihr her war.

»Den Fernseher oder etwas in der Art haben sie jedenfalls nicht mitgenommen. Na ja, den Schrotthaufen hätte ich wahrscheinlich auch stehen lassen.« Sie verzog das Gesicht zu einem schmallippigen Grinsen und sah dann auf das Schmuckkästchen in ihrem Schoß hinab.

Ein dicker Diamantring auf ihrem Daumen fiel ihm ins Auge. Soweit er sich erinnerte, hatte sie ihn bei ihrem Besuch auf dem Revier nicht getragen. »Ein schöner Ring«, stellte er fest. »Woher haben Sie ihn?«

Sie blickte ihn misstrauisch an, und er hatte das komische Gefühl, dass sie ihn prüfte und um eine Entscheidung rang. Als sie nicht antwortete, fuhr er fort: »Falls ich Sie am Sonntag etwas patzig behandelt haben sollte, möchte ich mich dafür entschuldigen.«

Sie sah ihn scharf an. »Sie waren in der Tat ziemlich patzig.«

Ihre Direktheit verschlug ihm für einen Augenblick die Sprache. »Sie sehen müde aus«, sagte er schließlich. »Können Sie den Rest der Nacht irgendwo anders verbringen?«

»Nein. Ich bleibe hier. Bei dem Polizeiaufgebot kommen die Einbrecher mit Sicherheit nicht noch einmal zurück. Außerdem dürften sie haben, was sie wollten.« Er zog eine Augenbraue hoch. Was glaubte sie, hatten die Einbrecher? »Entweder waren es gewöhnliche Diebe, oder jemand, der hinter einem Souvenir von Catherine her war.«

Detective Flynn war ein wenig überrascht. Vermutlich hatte sie Recht, aber derartige Schlussfolgerungen hätte er ihr nicht zugetraut.

»Wir könnten Ihnen helfen …«

»Nein danke, ich brauche Ihre Hilfe nicht«, fiel sie ihm ins Wort. »Ich bleibe heute Nacht hier.« Sie warf einen Blick auf ihre Uhr. »Oder besser gesagt, den Rest der Nacht. Es ist ja schon fast Morgen, und in weniger als vier Stunden wollte ich sowieso aufstehen.«

»Wie Sie wollen. Ich schicke dann morgen jemanden vorbei, um noch die eine oder andere Frage zu klären. Außerdem fürchte ich, dass wir noch einmal nach Fingerabdrücken suchen müssen.«

»Ich glaube nicht, dass sie welche hinterlassen haben.«

Detective Flynn sah sie neugierig an. Sie reagierte merkwürdig. Wusste sie irgendetwas? »Wie kommen Sie darauf, Miss Vanderwall?«

»Die ganze Wohnung ist doch noch mit dem Pulver Ihrer Spurensucher eingestäubt. Jeder, der auch nur ein bisschen Grips im Kopf hat, würde Handschuhe tragen. Um darauf zu kommen, muss man wirklich kein Detective sein.«

»Sie gehen davon aus, dass der Einbrecher etwas im Kopf hat.« Mit diesen Worten drehte er sich um und ging zur Tür. »Dann bis morgen.«

Sie überraschte ihn, indem sie ihm nachrief: »Schlafen Sie gut.«

»Sie auch«, entgegnete er und meinte es ehrlich. Ihre scheinbare innere Gefasstheit ging ihm ein wenig auf die Nerven. Oder gab sie sich nur so störrisch, weil er sie so unhöflich behandelt hatte?

Wie auch immer, es war schon nach halb vier und höchste Zeit, die junge Frau in Ruhe zu lassen.

Am nächsten Morgen fand Detective Flynn bei der Ankunft in seinem Büro ein riesiges, vierzig mal fünfzig Zentimeter großes Foto von Makedde Vanderwall vor, das an die Anschlagtafel gepinnt war, und auf dem sie nichts weiter trug als einen knappen aquamarinblauen Bikini. Jemand hatte mit einem knallroten Filzstift ihre Brüste umkringelt und Brustwarzen eingezeichnet. Andy Flynn blieb vor dem Foto stehen und starrte es mit verquollenen Augen an. Hinter sich hörte er ein unterdrücktes Glucksen.

»Also, das ist …« Er suchte nach Worten, »das ist ja echte Kunst.« Er bewunderte das Zeugnis pubertärer Unreife einen weiteren Moment lang und begann das Foto abzunehmen.

»Kommt nicht in Frage!« Jimmy erhob sich von seinem Stuhl und kam auf ihn zu. »Die bleibt hängen.«

Jimmy Cassimatis war seit vier Jahren Andys Partner. Darüber hinaus war er auch ein Freund. Die »Stiletto-Morde«, wie der Fall inzwischen intern hieß, waren für sie beide die größte Herausforderung ihrer gesamten Polizeilaufbahn. Bisher hatten sie es mit drei Morden zu tun, und angesichts des ungeheuren Drucks, der auf ihnen lastete, erwies sich Jimmys abgründiger Sinn für Humor immer wieder als willkommene Ablenkung. Er war dafür bekannt, selbst im Leichenschauhaus den gröbsten Unfug anzustellen; dagegen war seine Herumkritzelei auf einem Foto gar nichts.

Andy Flynn nahm seine Karriere bei der Polizei etwas ernster. Er war ehrgeiziger. Er war in einem der behüteten Vororte von Parkes groß geworden, wo die Leute Verbrechen nur aus dem Fernsehen kennen. Das Schlimmste, was einem dort passieren konnte, war, dass ein anderes Kind einem das Dreirad klaute, wenn man es im Vorgarten hatte stehen lassen. Den meisten wäre es niemals in den Sinn gekommen, dass gleich nebenan womöglich ein Mörder wohnte oder dass in der Grundschule ein pädophiler Lehrer unterrichtete.

Die örtliche Polizei hatte zwar keinen großen Kampf gegen das Verbrechen zu führen, doch Andy registrierte sehr wohl, wie viel Anerkennung den Beamten in dem kleinen Städtchen zuteil wurde. In dem Feinkostladen an der Ecke arbeitete ein hübsches Mädchen, und das freundlichste Lächeln hatte es immer für Sergeant Morris reserviert. Alle Kinder waren scharf darauf, einen Blick auf seine Waffe zu werfen, und seine Uniform flößte höchsten Respekt ein. Schon damals hatte die Polizei es Andy angetan, doch es war ein sensationeller Fall im Jahr 1972, der seinen Traum, Polizist zu werden, letztendlich Form annehmen ließ. Drei Männer waren ermordet worden, und der in Schottland geborene Archie »Mad Dog« McCafferty wurde geschnappt und vor Gericht gestellt. Er behauptete, die Stimme seines toten, im Alter von sechs Wochen gestorbenen Sohnes habe ihm befohlen, sieben Männer zu töten, damit er selber wieder leben könne. Die Öffentlichkeit war zugleich fasziniert und entsetzt, und auch der elfjährige Andy war von dem Fall schwer beeindruckt. Ihm kam es so vor, als ob die Polizisten und die Mörder jeweils ihr eigenes Spiel spielten. Es ging um so viel, und die Handlungen und Schachzüge der Beteiligten waren so bedeutend, dass er unbedingt dazugehören und mitmischen wollte. Also ging er gleich nach seinem Schulabschluss zur Polizei und landete schließlich in der Großstadt, wo es wirklich zur Sache ging.

»Ich hoffe, du hast nicht vor, dich lange damit zu amüsieren«, warnte er seinen Kollegen und zeigte mit dem Finger auf Makeddes Bauchnabel. »Die echte Makedde Vanderwall wird nämlich irgendwann hier hereinspazieren, und ich bin sicher, dass sie mich auf der Stelle kastriert, wenn sie das sieht.«

»Mach dir nicht in die Hose!«, grölte Jimmy und verhinderte Andys halbherzige Versuche, das Foto abzunehmen. »Stehst du etwa nicht auf Mädchen?«

»Sie hat eine ziemlich heftige Nacht hinter sich – bei ihr ist eingebrochen worden.«

»Das nächste Mal soll sie *mich* anrufen, wenn sie mitten in der Nacht Hilfe braucht«, entgegnete Jimmy mit einem Augenzwinkern. »Ich helfe ihr gern. Allerdings wäre Angie vermutlich ausgerastet. Vor allem, wenn sie mitgekriegt hätte, dass es um ein Model geht.«

Da hatte Jimmy wohl Recht. Angie Cassimatis reagierte allergisch auf solche Dinge, allerdings nicht ohne Grund. Jimmy war zwar kein Brad Pitt – davon war er weit entfernt –, doch er hatte es trotzdem vor nicht allzu langer Zeit geschafft, etwas mit einer jungen Beamtin anzufangen.

Angie hatte über die Freundin einer Freundin Wind von der Affäre bekommen; zufällig war sie die Cousine der jungen Frau, mit der Jimmy sich eingelassen hatte. Was dann kam, war filmreif. Als Angie von dem Seitensprung ihres Mannes erfuhr, gab es ein Riesentheater, und wahrscheinlich ging mehr Porzellan zu Bruch als auf dem Polterabend vor ihrer Hochzeit. Die junge Beamtin wurde auf wundersame Weise nach Melbourne versetzt, und Jimmy erschien mit einem mysteriösen blauen Fleck auf der Wange bei der Arbeit, der die Größe und Form von Angies Hand hatte.

Jimmy schien Andys Gedanken zu lesen. »Schau mich nicht so an! Ich bin ein einziges Mal schwach geworden. Ein einziges Mal! Willst du mir etwa weismachen, dass du ein Heiliger bist? Ich weiß genau, dass das nicht stimmt!«

»Nein, das bin ich nicht. Und jetzt Schluss damit! Versprich mir einfach, dass du das Foto abnimmst, bevor die falsche Person es zu Gesicht bekommt.«

Jimmy antwortete nicht, doch ein spitzbübisches Grinsen huschte über sein Gesicht.

»Woher hast du das überhaupt?«

»Wir haben doch den Film von dem Shooting konfisziert, erinnerst du dich nicht?«

Andy schüttelte missbilligend den Kopf.

»Ich war übrigens gerade in der Gerichtsmedizin«, fuhr Jimmy fort und kam wieder zur Sache. »Wie es aussieht, haben wir es in allen drei Fällen mit dem gleichen Mörder zu tun. Keine Nachahmer. Vielleicht können wir Kelley damit überzeugen.«

Detective Inspector Kelley hatte ihre Bitte um Verstärkung bisher abgelehnt – selbst dann noch, als mit Catherine das dritte Opfer gefunden worden war. Zum Glück hatten sich alle drei Verbrechen in ihrem Zuständigkeitsbereich ereignet, so dass die Verbindung schnell hergestellt werden konnte. Hatten sie erst einmal herausgefunden, dass hinter den Verbrechen ein bestimmtes Schema steckte, ließ sich eine Aufstockung der Ressourcen viel einfacher begründen. Anfragen, ob es in anderen Staaten ähnliche Morde gegeben hatte, liefen bereits, doch bisher war noch nichts Durchschlagendes dabei herausgekommen.

»Derselbe Hammertyp«, fuhr Jimmy fort. »Und die gleiche Täterhandschrift, wie du gesagt hast. Auch wenn es noch inoffiziell ist, sind wir alle der Meinung, dass wir es hier mit einem psychopathischen Serienmörder zu tun haben.«

Andy nickte und überlegte. *Ein psychopathischer Serienmörder*. Kein DNA-Beweismaterial der Welt würde ihnen helfen, wenn jeder nach außen normal erscheinende Mensch der Killer sein konnte, wie es bei Mördern, die bei ihren Taten eine spezielle Handschrift erkennen ließen, oft der Fall war. Man konnte nur hoffen, dass es zwischen den Mädchen irgendeine Beziehung gab, irgendetwas, was sie miteinander verband.

»Roxanne Sherman; achtzehn, Prostituierte. Cristelle Crawford; einundzwanzig, Prostituierte und Stripteasetänzerin.« Während er sprach, betrachtete Andy die Fotos der Opfer. Ihre Augen starrten ihn an, als wollten sie ihm irgendetwas mitteilen, doch er konnte ihre Botschaft nicht entziffern.

»Wie waren diese Frauen?«, fragte er, ohne jemand Bestimmtes anzusprechen. »Waren sie aggressiv? Waren sie passiv? Was hatten sie, das den Killer gereizt hat?«

Andy hatte die Angewohnheit, gelegentlich Selbstgespräche zu führen, worüber man sich in der Mordkommission ein wenig lustig machte. Wahrscheinlich hatte es damit zu tun, dass er als Kind geschlafwandelt und eine blühende Fantasie entwickelt hatte, doch bei Brainstormings wie diesem oder allgemein, wenn es darum ging, schwere Verbrechen zu lösen, fand er es äußerst hilfreich, seine Gehirnakrobatik in Worte zu fassen. Es kam sogar vor, dass er von seinen Mitarbeitern auf etwas angesprochen wurde, von dem er gar nicht wusste, dass er es gesagt hatte.

»Attraktiv«, murmelte er vor sich hin, während er immer noch die Fotos anstarrte. Schöne Fotos von hübschen, strahlenden jungen Frauen und daneben die Bilder, wie sie ermordet aufgefunden worden waren – Fotos von Blut und Verstümmelung. Von Verfall. Von weggeworfenem Fleisch und weggeworfenen Leben.

»Manche hätten sie sicher gern unter ihre Fittiche genommen, aber der Mann, den wir suchen, wollte sie verstümmeln.« Er dachte über seine Worte nach. Die Opfer waren praktisch noch Kinder. Stark geschminkte Kinder. Er sprach jetzt sowohl mit sich selbst als auch mit seinem Partner. »Sie waren in etwa im gleichen Alter und hatten ähnliche Berufe. Von knapp unter zwanzig bis knapp über zwanzig. Und dann greift er sich ein ausländisches Model. Ist deine Nuttenhasser-Theorie damit endgültig geplatzt?«

»Wir haben die Kleider immer noch nicht gefunden«, entgegnete Jimmy. »Abgesehen von den Schuhen. Vielleicht war das Model besonders sexy angezogen, und er dachte, sie geht anschaffen. Vielleicht hat sie ihn abblitzen lassen – und *wham!*« – er klatschte in seine kräftigen Hände, um sein Lieblingswort zu unterstreichen –, »der Malaka schnappt sich die Kleine.«

Andy ließ sich dieses Szenario durch den Kopf gehen. »Sie ist allein, als er sie sich schnappt. Niemand sieht irgendetwas Verdächtiges. Die anderen beiden haben ihn vielleicht freiwillig irgendwohin begleitet, weil sie ihn für einen ganz normalen Freier gehalten haben. Catherine Gerber nicht. Sie war jung und fit. Wenn sie sich gewehrt hätte, hätte womöglich jemand etwas gehört oder gesehen. Aber an ihrer Leiche wurden keine Hinweise auf einen Kampf gefunden, nur die Schnürspuren an ihren Handgelenken und Knöcheln. Offenbar konnte er sie also ohne größere Probleme fesseln. Sieht aus, als müssten wir nach einem Mann in einer Vertrauensstellung suchen.« Er griff nach seinem dampfenden Becher mit schwarzem Kaffee – sein zweiter an diesem Morgen. »Oder nach einem charmanten Typen wie Ted Bundy. Ist Colin am Fundort der Leiche irgendjemand aufgefallen?«

»Nein, nur ein paar Anwohner. Leute, die ihren Hund ausgeführt haben, nichts Ungewöhnliches.«

Er war enttäuscht. Sie hatten gehofft, der Killer würde zurückkehren, um den Mord noch einmal zu durchleben.

»Gehen wir mal davon aus, dass der Mörder die Opfer nicht kannte«, schlug Jimmy vor. »Warum, zum Teufel, hat er sich von all den Miezen, die hier herumspazieren, ausgerechnet diese drei ausgesucht?«

»Die Schuhe?«

»Jede Menge Frauen tragen Schuhe mit hohen Absätzen«, wandte Jimmy ein.

»Frag mal bei der Modelagentur nach, ob Catherine sich gerne in Nachtclubs, Bars oder irgendwelchen Läden dieser Art herumgetrieben hat. Vielleicht hat er sich seine Opfer in so einem Schuppen ausgesucht, ist ihnen nach Hause gefolgt und hat den richtigen Moment abgepasst. Vielleicht hat er auch ein bestimmtes Jagdrevier, und Catherine ist einfach nur die falsche Straße entlanggegangen.«

»Ich tippe auf Kings Cross. Da ist auch das Space.«

»Möglich.«

Jimmy kritzelte ein paar Notizen in sein Notizbuch und sah Andy mit außergewöhnlich ernster Miene an. »Glaubst du, es gibt noch mehr Opfer?«

»Er ist von Mal zu Mal gewalttätiger vorgegangen, die Verstümmelungen sind immer schlimmer geworden, und es scheint kein Schema zu geben, an welchen Tagen er zuschlägt. Vielleicht ist er auf einem Mordtrip. Es würde mich nicht wundern, wenn er schon früher Frauen umgebracht, aber seine Spuren besser verwischt hat. Es gibt genug vermisste Frauen, die in sein Opferschema passen.«

»Er wird nicht aufhören.«

Andy nickte bedrückt. »Es sei denn, wir schnappen ihn rechtzeitig.«

13

Makedde rückte sich auf dem Bett zurecht. Nicht im, sondern *auf* dem Bett. Sie war weder unter die Decke gekrochen noch hatte sie ein Auge zugetan. Als die Polizisten vor ein paar Stunden gegangen waren, hatte sie sich in voller Montur auf die Bettdecke gesetzt und dort regungslos verharrt. Unfähig, oder auch nicht willens, zur Ruhe zu kommen.

Sie ist tot.

Im Moment sah es so aus, als gäbe es auf der ganzen Welt keinen sicheren Ort. Keine Festung, kein Zimmer, keinen Winkel, keinen Quadratzentimeter Sicherheit.

Entweder erwischt einen ein Mörder oder eine Krankheit. Der eigene Körper bringt einen um. Zerfrisst sich selbst.

Vielleicht war das der Grund, weshalb sie keinerlei Bedürfnis verspürte, nach Hause zu fliegen oder umzuziehen. Was würde das ändern? Die Welt wäre immer noch dieselbe, wo auch immer sie war. Sie hatte beschlossen, ihrem Vater nichts von dem Einbruch zu erzählen. Er machte sich auch so schon genug Sorgen. Es war genau, wie die Polizisten gesagt hatten: Der Einbruch hatte nichts mit dem Mord zu tun. Ein unglücklicher Zufall. Einfach nur ein weiterer Versuch der bösen Welt, sie aus ihrem sorgsam behüteten Dasein zu reißen.

Nein, das lasse ich nicht zu. Ich werde nicht durchdrehen.

Indem sie stundenlang so auf dem Bett gesessen und in das dunkle Zimmer gestarrt hatte, hatte sie sich vielleicht doch ein bisschen zu sehr gehen lassen. Sie gab sich einen Ruck. Es war bereits Morgen, die Sonne stand schon am Himmel, und am besten ging sie hinunter zum Strand und joggte ein wenig. Das würde ihren Kreislauf auf Touren bringen, und dann würde sie schon klarkommen, wie sie mit allem anderen klargekommen war. Ihr blieb gar nichts anderes übrig.

Es war ein wundervoller stiller Morgen am Bondi Beach, und Makedde rannte schnell und zog entschlossen ihre befreiende Spur durch die morgendliche Einsamkeit des Strandes. Ihre Füße fraßen das Pflaster unter ihr, und sie lief schneller und schneller, als könne sie der Welt, die um sie herum zerfiel, auf diese Weise entkommen. Ihr war, als hätte sie alle vertrauten Menschen verloren – alle außer ihrem Vater. Jemand war in ihre Privatsphäre eingedrungen. Sie wusste nicht, was sie tun oder denken sollte, aber eins wusste sie genau: Sie wollte nicht davonrennen.

Keine offensichtlichen Spuren eines gewaltsamen Eindringens.

Diese Tatsache gab ihr zu denken. Es schien zwar merkwürdig, aber die Polizisten hatten ihr versichert, dass es ein Kinderspiel sei einzubrechen, ohne Spuren zu hinterlassen. Bei den billigen Schlössern an ihrer Tür sei das kein Problem, hatten sie gesagt. Aber warum sollte sich jemand die Mühe machen einzubrechen und dann nichts mitnehmen? Es ergab einfach keinen Sinn, es sei denn, es war tatsächlich ein Souvenirjäger gewesen. Irgendein Verrückter, der ein ziemliches Risiko einging, um an ein Stück von Catherine zu kommen. Frische, salzige Luft füllte ihre Lunge, als sie die letzten Meter ihrer Laufstrecke von Bondi Beach nach Bronte spurtete. Schließlich erreichte sie Mark's Park und wurde für ihre Anstrengung mit einer umwerfenden Aussicht belohnt. Trotz ihres Schlafmangels gehorchte ihr Körper ihr einwandfrei. Laufen war wie eine Art Meditation. Es machte den Kopf frei, und man konnte klar denken und wenigstens versuchen, den kleinen Geheimnissen des Daseins auf den Grund zu kommen.

Sie war sicher, dass der versoffene Fotograf Tony Thomas irgendetwas zu verbergen gehabt hatte, als sie sich im Space unterhalten hatten. Ob ein Mann, der junge Frauen umbrachte und verstümmelte, seine Obsessionen in aller Offensichtlichkeit öffentlich ausstellte? In einem Krimi wäre Tony für jeden erfahrenen Leser bestimmt nicht der Hauptverdächtige; dafür drängte er sich einfach zu offensichtlich auf. Andererseits waren viele Verbrecher im richtigen Leben sehr viel weniger clever als in den Krimis. Sei es aus Dummheit oder aus Mangel an Disziplin, aber viele hinterließen tatsächlich die sprichwörtliche Blutspur, die direkt bis vor ihre Haustür führte. Sie sollte sich jedenfalls vor Tony in Acht nehmen.

Und was war mit Detective Flynn? Am Sonntag hätte sie ihm am liebsten den Hals umgedreht, doch inzwischen kam er ihr doch nicht mehr wie ein so ausgemachtes Arschloch vor. Wie viel würde er wohl über den Fortgang der Ermittlungen preisgeben?

Makedde lief am »Bondi-Icebergs«-Schwimmverein vorbei, bog dann scharf nach links ab und überquerte die Campbell Parade. An diesem Dienstagmorgen herrschte nur wenig Verkehr, und der kühle Wintertag hatte lediglich eine Hand voll eingefleischte Surfer an den Strand gelockt.

Sie drosselte ihr Tempo und ging mit schnellen Schritten

weiter, wobei sie die Arme streckte und weit ausholende kreisende Bewegungen machte. Es war ein gutes Gefühl, die Frustration auszuschwitzen – und die Angst. Sie schloss die Tür zu ihrem Apartmentblock auf und stieg, immer zwei Stufen auf einmal nehmend, hinauf zu ihrer Wohnung, wo sie von einem unentwegt blinkenden Anrufbeantworter begrüßt wurde.

»Oohhhh«, schnaufte sie schwer atmend, »irgendjemand liebt mich.«

Sie wischte sich den Schweiß aus den Augen, drückte den Abspielknopf und ging gemächlich im Kreis, um ein wenig abzukühlen. Die erste Nachricht bestand lediglich aus ein paar undefinierbaren Geräuschen und endete mit dem Auflegen eines Hörers. Ein Piepton kündigte die zweite Nachricht an, die sich genauso anhörte. Das Ganze wiederholte sich noch ein paarmal, bis schließlich doch eine Stimme ertönte.

»Hallo Makedde, ich bin's, Charles. Jemand von der Zeitschrift *Weekly News* hat versucht, dich zu erreichen – wegen eines Exklusivinterviews. Wenn du Interesse hast, ruf Rebecca auf ihrem Handy an …«

Arme Catherine, dachte sie traurig. *Du treibst die Auflage immer noch in die Höhe.* Der Anrufbeantworter piepte und spulte die nächste Nachricht ab.

»Makedde Vanderwall? Hier ist Tony Thomas.«

Oh, nein!

»Hey«, ging es weiter, »ich wollte nur sagen, dass es mir Leid tut wegen gestern Abend. Wenn ich ein paar Drinks intus habe, rede ich manchmal dummes Zeug …«

Wie ist er an meine Nummer gekommen?

Im nüchternen Zustand klang er kein bisschen weniger aufdringlich. »Wollen wir nicht heute zusammen Mittag essen? Bitte! Ich weiß, dass du heute frei hast.«

»Danke, Charles«, schnaubte Makedde wütend.

»Wir müssen reden. Ich bestehe darauf. Ich komme dann um halb zwei vorbei und hole dich ab.«

Was?!

Ärgerlicherweise hatte er keine Telefonnummer hinterlassen, so dass sie nicht zurückrufen und ihn zurechtstutzen konnte.

Sie war stinksauer. Wie konnte die Agentur es wagen, einfach ihre Telefonnummer herauszurücken und Tony wissen zu lassen, wo sie wohnte? Sie riss sich die Laufschuhe von den Füßen und schleuderte sie quer durchs Zimmer. In diesem Moment klingelte das Telefon. Als sie den Hörer abnahm, schäumte sie regelrecht vor Wut.

»Für wen, zum Teufel, hältst du dich eigentlich? Sich einfach dreist selbst einzuladen, ist ja wohl...«, sie hielt inne, da ein leiser Zweifel in ihr hochkroch. Am anderen Ende der Leitung herrschte Schweigen. »Äh, mit wem spreche ich bitte?«, fragte sie schließlich mit einer Spur von Verlegenheit in der Stimme.

»Hier ist Detective Flynn.«

Jetzt war sie wirklich verlegen.

»Ich hatte mit jemand anderem gerechnet.«

»Das hoffe ich doch inständig«, erwiderte er und lachte. »Ich wollte mich nur noch einmal dafür bedanken, dass Sie mit Ihren neuen Informationen hier vorbeigekommen sind. Außerdem wollte ich mich erkundigen, wie es Ihnen nach dem Schreck gestern Nacht geht.«

Wem oder was habe ich denn diesen plötzlichen Rückwärtssalto zu verdanken? »Oh, danke. Mir geht's gut. Ich bin nur müde, sonst ist alles klar. Gibt es was Neues?«

»Nein. Nichts Neues.«

Er klang ein bisschen zu freundlich, und eigentlich schien er nicht gerade eine soziale Ader zu haben. Sie hatte eine vage Vorahnung. »Sie wollen mir etwas mitteilen, das mir nicht gefallen wird.«

»Also – wir werden nicht noch einmal nach Fingerabdrücken suchen. Wir gehen davon aus, dass es ein ganz normaler Einbruch war. In letzter Zeit gab's jede Menge davon.«

»Aha.«

»Außerdem wollte ich Sie bitten, noch einmal vorbeizukommen. Wir brauchen Ihre Fingerabdrücke, damit wir sie mit den gefundenen Spuren vergleichen und ausschließen können.«

»Das hatte ich erwartet. Sie wollen mir also sagen, dass Sie Ihre Prioritäten anders setzen und der Frage, ob der Einbruch möglicherweise etwas mit dem Mord an Catherine zu tun hat, nicht einmal nachgehen. Ich bin begeistert. Mein Vertrauen in Sie wird jeden Tag größer.«

»Es ist höchst unwahrscheinlich, dass der Einbruch etwas mit dem Mord zu tun hat. Wir können sowieso nicht viel tun, und wenn man bedenkt, dass Ihnen offenbar keinerlei Wertgegenstände abhanden gekommen sind …« Er wechselte das Thema. »Könnten Sie es heute noch schaffen, vorbeizukommen? Ich werde ziemlich lange hier sein.«

»Ja, das müsste gehen. Am frühen Abend.«

»Großartig. Ich bin auf jeden Fall hier. Dann noch einmal vielen Dank …«

»Ich habe gehört«, fiel sie ihm schnell ins Wort, »dass Sie den Film aus Tony Thomas' Kamera beschlagnahmt haben?«

»Das stimmt«, erwiderte er vorsichtig.

»Haben Sie auf dem Film irgendetwas Außergewöhnliches gefunden?«

»Ich kann wirklich nicht über die Details unserer Ermittlungen sprechen, Miss Vanderwall.«

Makedde verdrehte die Augen. »Hören Sie, ich arbeite als Model. Ich muss mit diesem Typen zusammenarbeiten.

Wenn er also ein verrückter Triebtäter ist, wüsste ich das gerne. Außerdem habe ich noch etwas bei Ihnen gut. Quid pro quo, Detective.«

Es folgte eine längere Pause, dann entgegnete er mit einem heiteren Unterton: »Verstehe, Sie sind ein Fan von Thomas Harris. Nur bin ich leider nicht Hannibal Lecter. Ich kann nur weitergeben, was mir gestattet ist, und ich verlange dafür im Gegenzug auch nicht die Preisgabe Ihrer dunkelsten Geheimnisse. Es gibt da gewisse Vorschriften.«

»Vielen Dank auch«, erwiderte sie sarkastisch. »Ich muss jetzt übrigens los zu einem Shooting. Damenunterwäsche – mit Tony Thomas …« Sie machte eine Pause und wartete auf eine Reaktion.

In der Leitung war es still, dann sagte er fast im Flüsterton: »Er hat Fotos von der Leiche gemacht, bevor die Polizei eingetroffen ist.«

Makedde fiel die Kinnlade herunter. »Mein Gott.«

»Wir tun, was wir können«, fuhr Detective Flynn fort. Wohl wissend, dass er zu viel verraten hatte. »Das ist alles, was ich Ihnen sagen kann.« Es klang wie ein im Voraus aufgezeichnetes Statement. Sie wusste, dass sie seinen Panzer geknackt hatte, jedenfalls ein kleines bisschen, und sie wollte noch etwas weiterbohren.

»Mir geht es nur darum, dass dieser Kerl gestoppt wird. Wenn er vor Catherine schon zweimal gemordet hat, wird er es wieder tun.«

Sie vernahm einen kaum hörbaren Seufzer.

»Sie müssen nicht alles glauben, was in den Zeitungen steht. Im Moment wissen wir nichts mit absoluter Sicherheit.«

»Unsinn!«, erwiderte sie aufgebracht und versuchte ihn weiter aus der Reserve zu locken. »Sie wissen genau, dass er schon vorher getötet hat. Wahrscheinlich sogar öfter als zweimal. Derartige Verstümmelungen begeht niemand von heute auf morgen – es dauert Jahre, einen derartigen Hass aufzubauen. Es handelt sich eindeutig um einen Ritualmörder. Solche Typen hören nie einfach wieder auf; sie perfektionieren ihre Vorgehensweise und finden immer neue Mittel und Wege, sich Befriedigung zu verschaffen.«

»Könnte sein…« Er machte eine Pause. »Was für Bücher lesen Sie eigentlich in Ihrer Freizeit?«

Sie ignorierte seine Frage. »Catherine war meine Freundin. Ich habe gesehen, was ihr angetan wurde, und ich werde mich erst wieder sicher fühlen, wenn *Sie* diesen Typen geschnappt haben.« Danach war es in der Leitung still. Sie hatte seinen wunden Punkt getroffen.

Andy Flynn antwortete langsam und mit entschlossener Stimme. »Wir tun, was wir können.«

Sie wollte ihm glauben.

14

Was die »Stiletto-Morde« anging, so gab es mehrere Ungereimtheiten, und im Laufe der sich hinziehenden Tage analysierte Detective Flynn wie ein Besessener immer wieder die vorliegenden Anhaltspunkte und Beweisstücke und versuchte, seine Schlussfolgerungen daraus zu ziehen. Bei Ritualmorden konnte jedes gewalttätige, perverse Detail am Fundort der Leichen einen Einblick in die Persönlichkeit des Mörders liefern. Das Gleiche galt für die Auswahl der Opfer. Doch der Mörder von Catherine Gerber hatte kaum irgendwelche Spuren hinterlassen, und was er hinterlassen hatte, warf eher Fragen auf, als dass es Antworten lieferte.

Andy Flynn hatte den ganzen Morgen ein weiteres Mal über den Fakten gebrütet und vergeblich versucht, zwischen den drei bekannten Opfern irgendeine berufliche oder persönliche Beziehung herzustellen. Doch allem Anschein nach hatten sie es mit einem Killer zu tun, der seine Opfer willkürlich auswählte – die Sorte Mörder, die am schwersten zu schnappen war.

»Warum er wohl Kondome benutzt?«, fragte er wie aus heiterem Himmel, als sein Partner Jimmy mit seinem nach Knoblauch und Zwiebeln stinkenden Mittagessen an seinem Schreibtisch vorbeiging.

»Ich glaube, dieser Malaka fasst die Entscheidung, ein Mädchen umzubringen, in dem Moment, in dem er es sieht«, erwiderte Jimmy. »Für die Gummitüten wird er wohl seine eigenen Gründe haben.« Er blieb stehen, lehnte sich an Andys Schreibtisch und biss genüsslich in sein Gyros. Tsatsiki quoll aus dem Pittabrot und rann ihm über die Finger bis zu den Handgelenken, doch Jimmy merkte es nicht. »Wenn ich mit meiner Nuttenhasser-Theorie Recht habe«, sagte er mit vollem Mund, »hat er vielleicht Angst vor AIDS. Das könnte auch der Grund sein, warum er es auf so junge Opfer abgesehen hat.«

»Aber er richtet ein Blutbad an«, wandte Andy ein. »Wenn er Angst vor HIV oder irgendwelchen Geschlechtskrankheiten hätte, würde er auch andere Vorsichtsmaßnahmen treffen. Vielleicht tut er das ja auch. Ich vermute eher, er will kein Sperma zurücklassen, weil er mit den gerichtsmedizinischen Untersuchungsmethoden vertraut ist. Jeder zweite von diesen Burschen studiert im Knast Jura und Kriminalistik.«

»Yeah. Die wissen ihre Zeit eben sinnvoll zu nutzen.«

»Und unsere Steuergelder. Also glaubst du, er ist vorbestraft?«

»Möglich wär's.«

Die beiden Detectives standen einen Moment lang schweigend da.

»Wo erledigt er sie, Andy?«, fragte Jimmy schließlich. »Wenn er mit ihnen fertig ist, muss er aussehen wie ein Schlachthofarbeiter. Ich kann mir kaum vorstellen, dass zu Hause eine Frau auf ihn wartet.«

Andy starrte auf die Anschlagtafel, an der die toten Gesichter von Roxanne, Cristelle und Catherine hingen. Makeddes beeindruckende Figur drohte ihn völlig abzulenken. Der rote Filzstift auf ihren Brüsten sah auf einmal aus wie Blut. Er wandte sich ab.

»Er macht sich nicht die Mühe, ihnen den Schmuck abzunehmen, normalerweise ist das für Serienmörder ein beliebtes Souvenir. Außerdem nimmt er nur einen Schuh mit, nicht beide, also bringt er sie nicht seiner Frau oder wem auch immer als geschmackloses Geschenk mit. Wahrscheinlich hast du Recht, und er lebt allein. Aber sicher davon ausgehen können wir auch nicht. Der Rest der Kleidung ist verschwunden. Was macht er damit?«

Jimmy wusste keine Antwort.

»Es gibt ein paar Parallelen zu dem Fall Jerome Brudos«, fuhr Andy fort.

»Brudos?«

»Jerome Henry Brudos. Als Zehn- bis Zwölfjähriger hat er in den USA in Oregon mit vorgehaltenem Messer jüngere Mädchen entführt. Er hat sie auf den elterlichen Hof in eine Scheune verschleppt, sie gezwungen, sich auszuziehen, und Fotos von ihnen gemacht. Anschließend hat er sie in einen Schuppen gesperrt, ist verschwunden und ein paar Minuten später zurückgekommen und hat sich als sein Zwillingsbruder Ed ausgegeben. Er hat sich komplett umgezogen, sogar seine Frisur verändert, und den Mädchen vorgespielt, er wäre entsetzt, was sein geistesgestörter Bruder da angestellt hatte. Er hat eine große Show abgezogen und so getan, als würde er den Film aus der Kamera reißen und vernichten, und hat die Mädchen versprechen lassen, niemandem zu erzählen, was ihnen passiert ist.« Andy machte eine Pause. »In der Jugend unseres Mörders muss es irgendetwas geben, und mag es noch so geringfügig gewesen sein, das auf abnormes Verhalten hinweist. Es wundert mich, dass die Überprüfung von Tonys Vergangenheit nichts in dieser Richtung zu Tage gefördert hat.«

»Der beste Hinweis auf einen Hang zur Gewalttätigkeit ist Gewalttätigkeit in jemandes Vergangenheit«, bestätigte Jimmy. »Die meisten Leute haben natürlich keine Ahnung, wonach sie suchen müssten. Schlägereien nach der Schule erwecken eben mehr Aufmerksamkeit als heimlich Haustiere zu quälen und zu sezieren.«

Andy hörte Jimmys Magen knurren. »Jetzt iss endlich dein Sandwich auf.«

Jimmy biss ein faustgroßes Stück ab, woraufhin ihm das Tsatsiki erneut übers Kinn rann. Genussvoll kauend fragte er: »Und was ist aus diesem Brudos geworden, als er erwachsen wurde?«

»Der Stiletto-Mörder«, erwiderte Andy und grinste.

Jimmy lachte. »Verarschen kann ich mich selber.«

»Er hat tatsächlich per Anzeige Models gesucht – für Schuhe und Strumpfhosen. Alle, die kamen, endeten als Leichen, sorgfältig aufgehängt in seiner Garage. Er hat Fotos von ihnen gemacht. Nackt oder in Rüschenkleidern, und in hochhackigen Schuhen. Immer in hochhackigen Schuhen.«

»Da sind ja wirklich Parallelen. Unser Fotograf hat bestimmt jede Menge Miezen um sich rum. Die sind doch alle scharf darauf, von ihm fotografiert zu werden.«

»Genau. Nach dem Motto ›Vertrau mir, ich bin Modefotograf‹.«

Als Jimmy sich in Bewegung setzte, um an seinen Schreibtisch zurückzukehren, fuhr Andy fort: »Abgesehen von seinen offensichtlichen Macken war eins an diesem Brudos allerdings wirklich seltsam: Er *hatte* eine Frau. Sie hat die Garage nie betreten.«

»Wie Angie.«

»Er hat Souvenirs aufgehoben … Körperteile. Ich wette, unser Mann tut das auch, aber was macht er damit?«

Jimmy schüttelte den Kopf.

»Das beweist wieder einmal, dass man nie genau wissen kann, mit wem man zusammenlebt.«

Jimmy ging an seinen Schreibtisch und ließ Andy an seinem Laptop zurück. Er starrte auf den Monitor und studierte konzentriert seine Notizen:

Roxanne. Cristelle. Catherine.

26. Juni. 9. Juli. 16. Juli.

Schlimmere Qualen. Schlimmere Verstümmelungen.

Der Typ kommt immer mehr in Fahrt.

Um halb zwei stand Makedde am Fenster. Sie trug eine schwarze Hose und einen eleganten Wollpullover. Ihre Finger spielten geistesabwesend mit dem Diamantring auf ihrem Daumen.

JT?

Das zweibuchstabige Puzzle beschäftigte sie seit Stunden. Ihr fiel einfach kein JT ein, den sie kannte. Vielleicht standen die Buchstaben für einen Kosenamen oder waren eine Abkürzung. Aber wofür? Es hatte keinen Sinn, sich weiter das Hirn zu zermartern. Schließlich stand erst einmal Dringenderes an. Jeden Augenblick würde Tony Thomas vor der Tür stehen, und sie würde ihr Bestes geben müssen, um herauszufinden, ob er schuldig und wie gefährlich er war. Ihr Psychologiestudium konnte ihr sicherlich helfen, wenn sie ihn aufmerksam beobachtete, aber wenn Tony ein Psychopath war und sich verstellte, war er unmöglich zu entlarven.

Sie schob ein Schälmesser in ihre Handtasche. »Wünsch mir Glück, Jaqui!«, flüsterte sie in einem Anfall von Aberglauben. Jaqui Reeves war in Kanada ihre Selbstverteidigungstrainerin gewesen und zugleich ihre Freundin. Sie war Expertin für asiatische Kampfsportarten, wusste, wie man sich bei Überfällen zur Wehr setzte, kannte sich mit dem Gebrauch von Waffen aus und war eine begeisterte Lehrerin. Zudem war sie dafür bekannt, dass sie mit einigen Paragraphen des kanadischen Strafgesetzes auf Kriegsfuß stand, vor allem, was den Besitz gewisser Waffen anging. Neben diversen anderen Utensilien hatte sie immer ein kleines Klappmesser in ihrem BH versteckt, das sie scherzhaft ihre getarnte »Brustbombe« nannte. Da sie wusste, wie viel Makedde ihr Training bedeutete, hatte sie sie an Hanna verwiesen, die freitags nachmittags in Sydney unterrichtete. Wie es schien, hatte Mak ihr Training nötiger denn je, und sie freute sich schon auf ihre erste Stunde.

Mak hatte vor, mit Tony in ein gut besuchtes Café zu gehen. Sie würde ihn direkt konfrontieren und jede seiner Antworten genau hinterfragen. Und falls irgendetwas vollkommen schief ging, hatte sie ja das Messer. Sie würde sich nicht scheuen, es zu benutzen. Es war immerhin besser als gar nichts.

Sie drückte die Daumen.

Um zehn vor zwei hoffte sie, dass Tony seine Meinung geändert hatte, oder – noch besser – auf dem Weg zu ihr von einem Auto angefahren worden war. Doch vier Minuten später pochte es heftig an ihrer Wohnungstür.

Benutzt eigentlich niemand die Klingel unten am Eingang?

Sie lugte durch den Spion und sah Tonys rundes Gesicht zu ihr hinaufspähen. Durch das Glas wirkte seine Nase verzerrt und riesig. Er hatte einen Blumenstrauß im Arm. Die Handtasche mit dem Messer fest an ihre Seite gedrückt, öffnete sie die Tür.

Tony kam ohne Umschweife hereingepoltert. »Hast du eine Vase?«, fragte er und steuerte zielstrebig die Küche an.

»Tony …«

»Es tut mir Leid wegen gestern Abend!«, rief er quer durchs Zimmer. »Diese Bude ist ja kaum größer als ein Schuhkarton. Ein hübsches Mädchen wie du sollte in einer besseren Gegend wohnen«, fuhr er fort, während er herumging und alle möglichen Sachen anfasste. »Ist ja bestimmt ganz nett hier in Bondi Beach, aber …«

»Es ist völlig in Ordnung«, stellte Makedde in scharfem Ton klar.

Er war bereits dabei, ihre Küche unter die Lupe zu nehmen. »Deine Schränke sind ziemlich schmutzig, du solltest dir eine Putzfrau nehmen.«

»Das ist Rußpulver.«

»Was?«

»Egal.«

»Ich hätte eine Wohnung für dich«, insistierte er. »Ich vermiete sie hin und wieder an eines der Models. Sarah Jackson hat auch schon mal eine Zeit lang dort gewohnt – bevor sie groß rausgekommen ist.«

Sarah Jackson zierte den Titel der jüngsten britischen *Vogue*.

»Nein, danke.«

»Du solltest dir die Wohnung wenigstens mal ansehen.«

Sie bedachte ihn mit einem eisigen Blick.

»Weißt du, du hättest das Zeug zu einem richtigen Topmodel, wenn du dir die Lippen machen lassen würdest. Ansonsten hast du ein tolles Gesicht.«

»Danke für den Tipp. Können wir jetzt endlich gehen? Ich habe Hunger.«

»Moment noch. Erst müssen wir reden.«

»Wir können beim Essen reden«, beharrte sie.

Es war zwecklos. Tony ließ sich auf ihr Sofa plumpsen

und begann über die Polizei zu schimpfen, die ihn wie einen Verbrecher behandele. »Sie haben meine kompletten Arbeitsunterlagen auseinander gerupft und sämtliche Negative unter die Lupe genommen. Du musst mir glauben.«

»Was muss ich dir glauben, Tony?«

»Ich habe niemanden umgebracht. Ich schwör's.«

»Und was war dann auf dem Film?«

»Auf welchem Film?«, fragte er einfältig.

Sie sah ihn scharf an und sagte langsam und jede Silbe betonend: »Auf dem Film, den die Polizei beschlagnahmt hat.«

Er wurde rot. »Ich…«

»Warum hast du die Leiche von diesem armen Mädchen fotografiert?« Sie starrte ihn unverwandt an, während er tiefer und tiefer ins Sofa sank wie der Kopf eines Vogel Strauß im Sand. »Hast du gewusst , dass wir befreundet waren? Hast du gewusst, dass ich sie finden würde?«, bedrängte sie ihn weiter. Tony begann, unverständliches Zeug zu stammeln. »Warum hast du ausgerechnet diesen Strandabschnitt für das Shooting ausgewählt? Von all den Stränden, die es in Sydney gibt? Warum musste es *dieser* sein, und an *diesem* Tag? Warum?«

»Ich fotografiere immer an diesem verdammten Strand! Allein dieses Jahr war ich mindestens schon zwanzig Mal da! In La Perouse wird man nie von irgendwelchen Leuten belästigt und spart sich das Geld für die Genehmigung. Es kostet heutzutage ein kleines Vermögen, an einem der Strände zu fotografieren. Glaub mir, das ist die Wahrheit!«

Er war ein Bild des Jammers. Sie konnte nicht umhin, ihn zu bemitleiden, zumindest einen Augenblick lang.

»Sag mir einen einzigen guten Grund, weshalb ich dir glauben sollte.«

Wie sich herausstellte, konnte Tony ihr keinen Grund nennen. Ohne seine pathetische Don-Juan-Fassade wurde er so nervös, dass er sich eilig aus dem Staub machte und Mak bat, niemandem aus der Modelszene von den Leichenfotos zu erzählen. Es war ein bemitleidenswerter Abgang. Kein Alibi der Welt konnte so überzeugend sein wie sein dürftiges Jammern um Vergebung.

Später am Nachmittag saß Makedde allein an der Theke der Raw Bar, einem hervorragenden Sushi-Restaurant in Bondi Beach, und sah zu, wie die mit Wellenreitern in Neoprenanzügen gesprenkelten Wellen heranrollten, sich überschlugen und die Surfbretter samt Surfern in die Luft katapultierten. Als ein liebevoll dekorierter Teller mit Sushi vor sie gestellt wurde, lächelte sie. Der Salmon Onigiri zerschmolz ihr auf der Zunge, und die Californian Rolls waren frisch und köstlich und hatten einen Hauch von Wasabi-Schärfe. Ohne es zu merken, entwich ihr beim Essen ein leises »Mmm«.

Man sollte eine Vanderwall nie vom Mittagessen abhalten.

Sie konnte sich nicht vorstellen, dass Tony Thomas jemandem den Schädel einschlug, außer vielleicht, wenn er betrunken war. Geschweige denn, dass er jemandem den Bauch aufschlitzte und die Eingeweide herausriss! Das könnte er nie, da war sie ziemlich sicher. Er hatte Zugang zu schönen, leicht beeinflussbaren Mädchen, und das nutzte er offenbar schamlos aus. Aber war er ein Killer? Im Geiste strich Makedde ihn von ihrer Verdächtigenliste, doch sie ermahnte sich, nicht zu gutgläubig zu sein. Ein cleverer Psychopath konnte jede Rolle spielen, um die Welt glauben zu machen, dass er unschuldig war. Sie musste wachsam bleiben. Und sie musste herausfinden, wer dieser ominöse JT war.

15

Detective Flynn war in die Daten auf seinem Laptop vertieft, als einer seiner Kollegen laut und absichtlich hustete. Andy blickte auf und sah Cassandra, seine künftige Exfrau, mit einer Aktentasche und einem Stapel Papiere unter dem Arm ins Büro marschieren. Jimmy war hinter ihr und fuchtelte wild mit den Händen. Mit dem Mund formte er die Worte: »Das Foto! Reiß das Foto runter!«

Doch es war zu spät.

Sie blieb vor der Anschlagtafel stehen und musterte das postergroße Foto von Makedde mit finsterem Blick. Andy beobachtete mit ungutem Gefühl, wie sie Makeddes Busen anstarrte.

»Wie ich sehe, bist du erwachsen geworden, Andy«, fauchte sie ihn an und warf ihr dunkles Haar zurück. Wut war eine unattraktive Gefühlsregung, und er hatte sie in den vergangenen Jahren allzu oft so gesehen. Er versuchte nicht einmal, ihr mit einer Erklärung zu kommen.

»Was willst du?«, fragte er und lehnte sich mit verschränkten Armen gegen seinen Schreibtisch.

Sie sah ihn voller Verachtung an und knallte einen Stapel Papiere auf seinen Tisch. »Unterschreib das!«

Jimmy sah schweigend zu.

»Wollen wir das nicht lieber unter vier Augen regeln?«, schlug Andy vor und zeigte auf das Verhörzimmer.

Cassandra ging voraus und machte einen großen Bogen um das Foto. Andy folgte ihr. Bevor er die Tür schloss, blieb er stehen, zeigte Jimmy die geballte Faust und formte mit den Lippen die Worte: »Ich bring dich um.«

Sie setzten sich an den Tisch, und er begann das Anwaltskauderwelsch zu überfliegen.

»Unterschreib einfach«, beharrte sie.

»Das Auto?« Er sah sie an, doch sie wich seinem Blick aus.

»Ich brauche das Auto«, sagte sie.

Er merkte, dass er innerlich zu kochen begann. »*Du* brauchst das Auto? Wenn jemand das verdammte Auto braucht, dann ich. Im Moment hab ich nur diese verdammte Schrottkarre. Jeden zweiten Tag muss ich Jimmy bitten, mich abzuholen.«

»So ein Pech aber auch.«

»Pech?« Er versuchte sich zurückzuhalten. »Du hast doch ein Auto. Du hast zwei! Was ist mit dem Mazda?«

»Er ist ein alter Schrotthaufen. Ich will den Honda. *Du* kannst den Mazda haben.«

Er trommelte mit den Fingern langsam auf die Resopaltischplatte.

»Du weißt genau, wie sehr ich an dem Wagen hänge.«

Sie schwieg.

Er versuchte es mit Flehen. »Cassandra, du hast das Haus gekriegt. Du hast fast all unsere Möbel behalten. Ich will nur den Honda … bitte.«

Sie stand auf. »Wann hast du je auf meine Wünsche Rücksicht genommen? Während unserer ganzen Ehe ging es immer nur um dich, dich, dich! Deine Karriere! Dein Leben! Und?«, höhnte sie. »Bist du jetzt glücklich, als wichtiger Senior Sergeant mit dicker Polizeimarke und dicker Waffe und einem Haufen Versager, die gezwungenermaßen über deine infantilen Witze lachen?«

»Du wusstest, wie mein Leben aussieht, bevor wir geheiratet haben«, erwiderte er ruhig. Sie versuchte es schon wieder, drückte auf die richtigen Knöpfe, als legte sie es darauf an, ihn zur Weißglut zu bringen. Es war, als legte sie es darauf an, dass er sich vergaß. Doch er starrte entschlossen auf den Tisch und umklammerte dessen Beine, bis seine Fingerknöchel weiß wurden.

»Aber ich wusste nicht, wie *du* bist! Du kleinkarierter Scheißkerl!« Mit diesen Worten riss sie die Tür auf und stolzierte wie eine Primadonna an den schweigenden Detectives vorbei. Er saß immer noch da und umklammerte die Tischbeine. »Du hörst dann von meiner Anwältin!«, rief sie und verschwand auf dem Flur.

Er ließ den Tisch los und rammte die Faust mit voller Wucht gegen die Wand. Einmal. Zweimal. Drei Schläge.

Verdammtes Miststück!

Quer über seinen Fingerknöcheln war die Haut aufgeplatzt.

Wie ihn diese Frau in Rage bringen konnte! Warum war sie nur so verdammt gierig. Sie war einfach nie zufrieden zu stellen. Mit nichts. Während ihrer Ehe nicht, und jetzt auch nicht. Andy stürmte zurück an seinen Schreibtisch und brütete düster. Er war sich der schweigenden Anteilnahme seiner Kollegen bewusst. Diesmal lachten sie nicht; wahrscheinlich hatten die meisten schon Ähnliches durchgemacht. Berufsrisiko.

Sie hätten an ihrer Beziehung arbeiten und sie retten können, davon war er überzeugt. Doch sie wollte nicht. Während ihrer vier Ehejahre war Cassandra immer schlimmer geworden. Seit sie jetzt auch noch mit großem Erfolg als Immobilienmaklerin arbeitete, hatte sie es darauf angelegt, ihn aus ihrem Leben zu verbannen. Ja, er arbeitete wirklich viel. Ja, sein Job nahm ihn wirklich in Anspruch. Aber wenn in der Stadt ein Frauenkiller herumläuft, der seine Opfer vom Kopf bis zu den Zehen aufschlitzt, ist es schwer, sich darüber Gedanken zu machen, pünktlich zum Abendessen nach Hause zu kommen. Er streckte die Finger, und von den Knöcheln rann etwas Blut in seine Faust.

Ein frisch gebackener Constable, den Andy nicht besonders schätzte, sah es. »He, Sergeant, was haben Sie denn gemacht?«, fragte Hoosier und griff nach seiner Hand.

»Verpissen Sie sich«, fuhr Andy ihn an. »Verhaften Sie irgendwelche verdammten Fußgänger, die bei Rot über die Straße gehen, haben Sie verstanden?« Hoosier zuckte zusammen und schlich stumm davon. Andy drehte sich um, riss das Foto von Makedde von der Anschlagtafel und warf es in den Papierkorb. In seinen Adern pumpte es so heftig, dass ein wenig Blut in den Papierkorb spritzte. Es reichte ihm. Er hatte keine Lust, wegen Jimmys dummer Faxen noch einmal in die Scheiße geritten zu werden.

Makedde erschien wie vereinbart am frühen Abend auf dem Mordkommissariat. Sie hatte die Ärmel hochgekrempelt, um zum ersten Mal im Leben ihre Fingerabdrücke nehmen zu lassen. Der diensthabende Beamte am Empfang erwartete sie bereits und betrachtete sie wohlgefällig.

»Sie können gleich hochfahren, Miss Vanderwall.«

Sie stieg in den Fahrstuhl, der sie rumpelnd in den dritten Stock brachte. Als die Türen aufglitten, fiel ihr auf, wie still es war. Sie war überrascht. Die meisten Detectives waren bereits nach Hause gegangen oder auf irgendwelchen Einsätzen, doch Detective Flynn saß an seinem Platz vor dem Laptop, umgeben von Aktenordnern, Papieren und festgepinnten markierten Stadtplänen. Sein Jackett hatte er ausgezogen, die Krawatte gelockert und, wie sie, die Ärmel seines hellblauen Hemdes hochgekrempelt. Sie registrierte die hautfarbenen Pflaster, die seine rechte Hand zierten.

»Guten Abend«, sagte sie schlicht.

Sein Kopf schnellte hoch. Sie hatte ihn erschreckt. »Hallo, Miss Vanderwall. Schön, dass Sie es geschafft haben. Es dauert auch nicht lange.« Als er aufstand, war er ganz Polizeibeamter.

»Gibt es irgendetwas Neues in dem Fall?«

»Nein.«

»Aber Sie müssen mir doch *irgendetwas* zu erzählen haben. Sie hocken doch nicht wie gebannt vor Ihrem Laptop, ohne irgendeine Spur zu verfolgen.«

»Sobald wir Fortschritte machen, lasse ich es Sie wissen.«

Makedde glaubte ihm kein Wort.

Er setzte sich in Bewegung, und sie folgte ihm zum Fahrstuhl, wo sie ihm mit verschränkten Armen gegenüberstand. Sie fuhren mehrere Stockwerke hinab, und während der Fahrstuhl in dem ansonsten stillen Gebäude langsam hinabrumpelte, lächelte Andy sie matt an und schüttelte den Kopf über den Krach. Sie erwiderte seine Geste mit einem schmallippigen Lächeln. Die Türen glitten auf, und er führte sie in einen Bereich mit etlichen leeren Arrestzellen. An einer Wand waren die Utensilien zur Abnahme von Fingerabdrücken aufgebaut: das große schwarze Stempelkissen und die Klammern zum Festklemmen der Fingerabdruck-Formulare. Die hölzerne Tischplatte, auf der die Abdrücke genommen wurden, war von den Abwehrversuchen widerspenstiger Straftäter völlig verschmiert, und das große Waschbecken neben dem Tisch, das bestimmt einmal weiß gewesen war, war inzwischen nur noch schmutzig grau.

»Wie viele verschiedene Fingerabdrücke wurden denn in meiner Wohnung gefunden?«, erkundigte sich Makedde und legte ihren Mantel auf einen sauberen Tisch.

»Mehrere.«

»Mehrere, also … drei? Oder vier? Oder sechzehn?«

»Wir haben vier eindeutig unterschiedliche Abdrücke gefunden. Zufrieden?«

»Zufriedener. Aber ich wäre noch viel zufriedener, wenn Sie« *endlich aufhören würden, mich wie eine Vollidiotin zu behandeln* »mir mehr über den Fortgang der Ermittlungen erzählen würden.«

»Es war klug von Ihnen, sich die Ärmel hochzukrempeln«, ging er über ihre Bemerkung hinweg und griff nach ihrem Handgelenk. Dass er sie anfasste, kam für sie völlig überraschend, doch sie sträubte sich nicht und ließ sich bereitwillig von ihm zu dem Stempelkissen führen. Das Formular für ihre Fingerabdrücke war bereits festgeklemmt und lag bereit.

Er nahm ihr Handgelenk in die linke Hand und hielt ihren Daumen mit den Fingern der rechten. Dann drückte er den Daumen auf das Stempelkissen und rollte ihn sorgfältig hin und her, bis er fast vollständig mit Tinte eingefärbt war.

»Es ist wohl nicht unbedingt erforderlich …«, setzte Mak an.

»Wenn ich vernünftige Abdrücke haben will, muss ich es so machen.«

»Bin ich in Ihren Augen nicht eine äußerst kooperative Verbrecherin, Detective?«, fragte sie.

Sie registrierte eine Spur von Verlegenheit. »Mit Kooperation hat das nichts zu tun«, meinte er. »Ich musste schon unzählige Abdrücke noch einmal nehmen, weil beim ersten Mal gepatzt wurde.«

Er drehte ihren Daumen auf eine Seite, drückte ihn auf das Blatt und rollte ihn langsam zur anderen Seite, bis er einen perfekten Abdruck hatte. Dann schlurften sie gemeinsam zurück zum Stempelkissen, und er wiederholte die Prozedur mit ihrem Zeigefinger.

Ich könnte mir die Finger doch sicher auch selber einfärben.

»Wie kriegen Sie eigentlich richtige Straftäter dazu, das mitzumachen?«, fragte Makedde.

»Oh – da sind manchmal ein paar von uns nötig.«

»Und einige Überredungskunst, könnte ich mir vorstellen.« Er sah aus, als könne er sehr überzeugend sein, wenn er wollte. Sie sah seine Hände an, als er ihre Finger führte. Jetzt erst fielen ihr die Narben auf den Knöcheln seiner linken Hand auf, an der gleichen Stelle, wo auf seiner rechten Hand die Pflaster klebten. Ein beidhändiger Schläger?

»Haben Sie sich dabei die Hand verletzt?«, wollte sie wissen. »Beim Überreden?«

Er versteifte sich. »Das hat nichts damit zu tun.«

»Aha.« Klang nicht gerade überzeugend.

Während er ihren Mittelfinger, ihren Ringfinger und ihren kleinen Finger einfärbte und die entsprechenden Abdrücke nahm, schwiegen sie. Dann widmete er sich ihrer linken Handfläche. Dabei trat er näher an sie heran, so dass sich seine Brust gegen ihre Schulter drückte und sein Gesicht direkt vor ihr war. Sie erhaschte einen Blick auf seinen zerknitterten Hemdkragen und die glatte, dunkle Haut seines Halses und erinnerte sich daran, wie er an jenem verrückten Vollmondtag in dem Verhörzimmer auf sie gewirkt hatte.

Und daran, wie er sie abgefertigt hatte.

»Sie sind also die Tochter eines Detective Inspectors?«

»So ist es.«

»Und wie lange arbeiten Sie schon als Model?«

»Angefangen habe ich mit vierzehn. Und seit ein paar Jahren studiere ich Kriminalpsychologie.«

»Sie wollen mich wohl auf den Arm nehmen.«

»Nein, aber Sie ziehen an meinem.«

Er ließ sie los.

»Zur Zeit muss ich in den Semesterferien weitermodeln, um mein Studium zu finanzieren. Außerdem reise ich gerne.«

Er schluckte einmal schwer, dann lächelte er. »Eine Psychoklempnerin, wie?«

»Ich denke, Psychoklempnerin ist nicht die passende Bezeichnung. Aber ich bin noch keine ausgebildete Psychologin, nein.«

Er schien über ihre Worte nachzusinnen, und sie drückte ihren rechten Daumen selbst in das Stempelkissen und hielt ihn anschließend über das Blatt. Er ließ sie den Abdruck machen, fragte dann »Darf ich?«, und half ihr beim Abdruck des Zeigefingers.

Er beugte sich ziemlich dicht zu ihr vor. »Sie studieren also, um interessante Methoden zu finden, die Verbrecher, die ich schnappe, mit irgendwelchem hirnrissigen Psychogerede frei zu bekommen?«

»Sie haben zu viele Filme gesehen. Sie wissen genauso gut wie ich, dass nur wenige Straftäter auf vorübergehende Unzurechnungsfähigkeit plädieren, und dass noch weniger damit durchkommen und freigesprochen werden. Nein, ich interessiere mich mehr für die psychologische Betreuung des Polizeipersonals, damit ich Leute wie Sie davon abhalten kann, nach einem schlimmen Mord vom Dach zu springen.«

»Entzückend.«

Makedde lächelte.

Nachdem auch die Abdrücke ihrer rechten Hand genommen waren, ging sie zum Waschbecken und betrachtete die merkwürdig grobkörnige Seife, die genauso mit schwarzer Tinte besudelt war wie ihre Hand.

»Damit müsste das meiste weggehen«, meinte Andy.

»Wollen wir's hoffen«, entgegnete Makedde skeptisch und begann ihre Hände zu schrubben. »Flynn ist ein irischer Name, nicht wahr?«, fragte sie beiläufig.

»Ja. Meine Familie lebt zwar schon seit Generationen in Australien, aber ein bisschen irisches Blut fließt noch in meinen Adern. Schottisches übrigens auch.«

»Tatsächlich? Dann machen Sie doch mal auf Sean Connery!«

»Also, Miss Moneypenny…«, begann er mit rundem schottischem Akzent.

Makedde spürte, wie ihr die Knie weich wurden. Sie musste ihn stoppen, sonst wäre sie Wachs in seinen Händen. »Schöne Länder, Schottland und Irland«, brachte sie hervor und war froh, dass sie ihm den Rücken zukehrte. »Waren Sie schon mal dort?«

»Nein.«

»Wahrscheinlich ist es in Ihrem Job schwer, Urlaub zu machen.«

Er antwortete nicht.

Makedde schrubbte, bis ihre Hände sich rau anfühlten, und gab es schließlich auf, sie sauber zu bekommen. An einigen Stellen war die Haut rosig, an anderen immer noch schwarz. Ihre Fingernägel sahen aus wie nach einer French Manicure mit schwarzem Lack.

»Nachdem ich so kooperativ war, könnten Sie sich ja vielleicht noch ein bisschen mehr anstrengen, den Mörder zu finden«, sagte sie. »Ich weiß, Sie haben wenig Anhaltspunkte, aber ...«

»Ich versichere Ihnen, wir tun unser Bestes.«

»Keine neuen Hinweise auf seine Identität?« *Der Ring?*

»Nein.«

»Schade.« Sie wollte die Sache vorerst auf sich beruhen lassen. »Halten Sie mich bitte auf dem Laufenden.« Sie wusste, dass es sinnlos war, den Ring zu erwähnen, bevor sie weitere Informationen hatte. Bei der Durchsuchung ihrer Wohnung mussten sie ihn schließlich entdeckt und für belanglos gehalten haben. Sie nahm ihren Mantel und war dankbar, dass er schwarz war. Was der Detective als Nächstes sagte, ließ sie wie angewurzelt stehen bleiben.

»Hätten Sie Lust, irgendwann mit mir auszugehen?«

Einen Augenblick lang starrte sie einfach nur auf ihre Hand, die den Türknauf umklammerte.

»Fragen Sie das all Ihre Zeuginnen, oder nur die, die Models sind?«, konterte sie.

»Ich frage das zum ersten Mal. Ich dachte mir, Sie haben hier wahrscheinlich nicht viele Freunde.«

»Ich habe genug Freunde, danke«, log sie. »Und Sie auch, so wie's aussieht.«

Er grinste. »Ja, da haben Sie wohl Recht. Entschuldigen Sie die Frage.«

Höflich geleitete er sie zum Fahrstuhl.

»Danke für Ihre Hilfe, Miss Vanderwall«, verabschiedete er sich kühl, bevor die Türen zuglitten.

Makedde verspürte den Drang, sich für ihre Ruppigkeit zu entschuldigen, doch plötzlich war er weg. Er hatte sie mit seiner Frage total überrumpelt. Was hatte dieser Mann bloß an sich? Eben hatte sie noch Lust, ihm den Hals umzudrehen, und im nächsten Moment wollte sie ihn am liebsten küssen.

Sie zog sich ihren Mantel an und trat hinaus auf die Straße. »Fragen Sie das all Ihre Zeuginnen, oder nur die, die Models sind?«, äffte sie sich selber wütend nach. »Blablabla! *Idiotin.*«

16

Detective Flynn machte sich auf etwas gefasst. Er hatte gerade die Mittwochzeitung gelesen und wusste intuitiv, dass sein Chef nicht glücklich sein würde. Er rieb sich die rot geränderten Augen und betrat das Büro. Unter dem einen Arm hatte er die Akten, mit denen er sich die ganze Nacht beschäftigt hatte, unter dem anderen die Zeitung mit dem Stein des Anstoßes. An seinem Schreibtisch begrüßte ihn sein eifriger Partner. Er hatte sein schlimmstes, ausdrucksloses Sekretärinnen-Gesicht aufgesetzt.

»Detective Inspector Roderick Kelley wünscht Sie umgehend in seinem Büro zu sehen, Sir«, säuselte Jimmy.

»Hat er schon mit dir gesprochen?«

»Oh, ja, und überraschenderweise geht es diesmal um etwas Erfreuliches.«

Auf dem Weg ins Büro seines Vorgesetzten rückte Andy unbewusst seine Krawatte zurecht und fuhr sich mit der Hand durchs Haar.

Die Tür stand offen. Detective Inspector Kelley erwartete ihn bereits.

»Detective Flynn«, begrüßte er ihn und lehnte sich auf seinem Stuhl zurück. »Kommen Sie rein.«

Detective Inspector Kelley war ein schlanker grauhaariger Mann Anfang fünfzig. Er hatte schiefergraue Augen, dünne Lippen und ein kantiges, glatt rasiertes Gesicht. In allem, was er tat, war er äußerst rationell, und auch mit Worten ging er eher sparsam um. Er hatte eine sehr direkte Art und war extrem intelligent. Andy hatte enormen Respekt vor ihm. Die Morgenzeitung lag aufgeschlagen auf seinem Schreibtisch. Für Andy lag sie falsch herum, doch auch wenn die fette Schlagzeile auf dem Kopf stand, war sie problemlos zu lesen.

SERIENMÖRDER IN SYDNEY AM WERK – POLIZEI TAPPT IM DUNKELN.

»Was sagen Sie dazu?«, fragte Kelley herausfordernd, als Andy ihm gegenüber auf dem heißen Stuhl Platz genommen hatte.

Andy schwieg und suchte nach einer passenden Antwort. »Also, Sir, wir haben versucht, es unter Verschluss zu halten, aber irgendjemand hat Wind von der Sache gekriegt und es sofort rausgeblasen, was natürlich zu erwarten war. Wir haben einen Haufen Anrufe gekriegt, aber keiner hat uns weitergebracht.«

»Und *haben* wir es tatsächlich mit einem Serienmörder zu tun?«

»Wenn Sie mich fragen, ja.«

»Erzählen Sie mir von dem Fall.«

»Es sind ganz eindeutig Ritualmorde mit einer speziellen Handschrift – fast wie aus dem Lehrbuch, mit Verstümmelungen nach einem deutlich erkennbaren Muster. Leider ist es uns bisher nicht gelungen, irgendeine Beziehung zwischen ihnen herzustellen – wenn man davon absieht, dass sie alle etwa im gleichen Alter waren, ähnlich aussahen und so. Der Mörder hinterlässt nicht viele Spuren – außer der Sache mit den Schuhen.«

»Er hinterlässt Spuren, Flynn. Sie hinterlassen immer Spuren. Man muss sie nur finden und richtig deuten.«

Andy wusste, dass sein Chef unzufrieden mit ihm war, wenn er ihn »Flynn« nannte. »Natürlich …«, begann er.

»Und der Schuh, der zurückbleibt, ist immer ein Schuh des Opfers?«

»Cristelle wurde mit solchen Schuhen gesehen, als sie das Red Fox verlassen hat. Bei Roxanne und Catherine wissen wir es nicht.«

»Was haben Sie noch?«

»Alle Opfer weisen Kopfverletzungen auf, die ihnen mit einem schweren, stumpfen Gegenstand zugefügt wurden. Vermutlich handelt es sich um einen gewöhnlichen Allzweckhammer. Davon werden in Sydney Tausende verkauft.«

»Was noch?«

»Für die anderen Verletzungen muss sich der Täter Zeit genommen haben. Die Schnitte könnten auf einen Arzt oder Chirurgen hinweisen, aber genauso gut könnte es natürlich jeder andere Verrückte gewesen sein. Das wissen wir spätestens seit Jack the Ripper.«

»Ich bin ganz Ohr«, drängte Detective Inspector Kelley ihn fortzufahren.

»Am Fundort der Leiche von Catherine Gerber hat sich niemand Außergewöhnliches herumgetrieben«, fuhr Andy mit seinem Bericht fort. »Wie es aussieht, kehrt der Mörder nicht noch einmal an den Ort des Geschehens zurück. Ich habe immer noch diesen Fotografen in Verdacht. Dass wir den Film aus seiner Kamera beschlagnahmen wollten, schien ihn mehr aufzuregen als die furchtbar zugerichtete Frauenleiche. Er hat schon öfter mit Makedde Vanderwall gearbeitet, und vielleicht hat er alles so arrangiert, dass sie ihre ermordete Freundin findet. Als ultimativen Kick sozusagen.«

»Hat er ein Alibi?«

»Nein.«

»Und was ist mit diesem mysteriösen Mann, mit dem das letzte Opfer liiert war?«

Andy hasste es, mit Fragen konfrontiert zu werden, auf die er keine befriedigenden Antworten hatte. »Nach dem bisherigen Stand der Dinge könnte es jeder sein. Die beiden haben ihre Affäre geheim gehalten, und bisher hat sich noch niemand freiwillig bei uns gemeldet. Ich bezweifle aber, dass die Geschichte überhaupt etwas mit dem Mord zu tun hat.«

»Irgendwelche Indizien am Körper der Opfer?«

»Nichts, was auf einen spezifischen Verdächtigen hinweist. Der Mörder benutzt Kondome. Bei keinem der Opfer wurde Sperma gefunden, was ich bei der Brutalität, mit dem der Mörder vorgeht, ungewöhnlich finde. Entweder hat unser Killer Angst, sich irgendeine Geschlechtskrankheit einzufangen, oder er will, was ich für wahrscheinlicher halte, keine DNA hinterlassen. Dafür würden auch die Desinfektionsmittelrückstände sprechen, die wir auf den Leichen gefunden haben.«

»Also vielleicht jemand, der sich in der Gerichtsmedizin auskennt. Vielleicht hat er eine Weile gesessen. Oder er ist einfach nur ein Sauberkeitsfanatiker. Was haben Sie noch?«

»Wir haben auf allen Opfern dunkle Fasern gefunden,

die von einem dicken Stoff stammen, vermutlich von einer Decke. Jedenfalls sind es keine Teppichfasern.«

Detective Inspector Kelley starrte aus dem Fenster. »Etwas, worin die Leiche transportiert oder versteckt wurde?«

»Davon gehe ich aus. Außerdem wurden Haare in den Wunden gefunden.«

»Vom Mörder?«

»Als Miss Gerber gefunden wurde, war sie schon mindestens sechsunddreißig Stunden tot. Außerdem war es am Fundort ziemlich windig. Wie es aussieht, sind alle möglichen Fasern und Haare von woanders herangeweht worden. Jedenfalls haben wir völlig unterschiedliche Haare gefunden. Lange blonde, lange braune, kurze braune, rote, lockige – was immer Sie wollen. Im Moment sind die Haare bei der DNA-Analyse. Es gibt auch eine Theorie, nach der einige der Haare von den vorherigen Opfern stammen.«

Detective Inspector Kelley schwieg. Er wandte Andy den Rücken zu und starrte aus dem Fenster. Die Hände hatte er hinter dem Rücken gefaltet, und unbewusst knibbelte er an seinen Fingernägeln. Als Folge seines nervösen Ticks war die Nagelhaut wund. Auf seinem Schreibtisch tickte eine Uhr.

Schließlich ergriff er erneut das Wort. »Da wir nun also davon ausgehen können, dass wir es mit einem Mehrfachmörder zu tun haben, stelle ich Ihnen ab sofort mehr Leute zur Verfügung. Sie leiten ab jetzt eine kleine Einsatzgruppe. Ich gebe Ihnen Hunt, Reed, Mahoney, Sampson und Hoosier. Über Bradford können Sie ab sofort ganz verfügen, außerdem haben Sie den Rest Ihrer Truppe. Sie können also ab sofort problemlos in die Wege leiten, was immer Sie für erforderlich halten. Die Medien versetzen die Bürger dieser Stadt in Angst und Schrecken. Wenn da draußen wirklich ein Serienmörder herumläuft, will ich, dass er gestoppt wird.«

Andy war beeindruckt. Normalerweise war sein Vorgesetzter knauserig …

»Vielen Dank, Sir. Aber Hoosier … äh, ich bin nicht sicher –«

Inspector Kelley schnitt ihm das Wort ab. »Sie bekommen die Leute, die ich Ihnen zuweise.« Damit war das Thema erledigt. Wieder ging er zu seinem wohl verdienten Fenster hinüber. Andy wusste, wie viele Jahre harte Arbeit ihn diese herrliche Aussicht gekostet hatte. Ohne sich umzudrehen, beendete Inspector Kelley die Unterredung mit den Worten: »Gehen Sie jetzt an die Arbeit! Ach – und nehmen Sie das Pin-up-Girl von der Anschlagtafel! Es lenkt Sie von der Arbeit ab.«

»Jawohl, Sir.« Andy stockte. »Moment mal – hat es etwa jemand wieder aufgehängt?«

Andy trommelte sein Team zusammen. Es tat gut, grünes Licht für eine gründliche Ermittlung zu haben. Kürzungen im Polizeibudget hatten in den vergangenen Jahren die Arbeit eines jeden immer mehr erschwert. Hätte es sich bei den Opfern nicht um zwei Nutten und eine Ausländerin gehandelt, sondern um die Töchter wichtiger Politiker, wäre vom ersten Tag der Ermittlungen an ein Geldsegen vom Himmel gefallen, so ungerecht das auch war.

Andy wies das bisherige Team an, seine Recherchen fortzusetzen. »Beamte Hunt, Mahoney, Reed und Sampson – Sie überwachen den Fotografen. Zweiergruppen, Zwölf-Stunden-Schichten. Für eine Hausdurchsuchung haben wir nicht genug gegen ihn in der Hand, aber wir werden diesen Kerl im Auge behalten. Ich will, dass Sie Tony Thomas nicht aus den Augen lassen«

An Jimmy gewandt fuhr er fort: »Colin Bradford soll den Fundort der Leiche weiter überwachen. Man kann nie wissen, wer da aufkreuzt.«

»Ich rede mal mit unseren Leuten im Cross«, bot Jimmy über das allgemeine Gemurmel hinweg an, während sich die Gruppe zerstreute. »Falls dieser Malaka da sein Unwesen treibt, hat vielleicht jemand etwas gehört oder gesehen.«

»Gute Idee. Und check auch die Zeitungen nach Kontaktanzeigen, in denen Mädchen für Schuhwerbung gesucht werden.«

Jimmy überlegte einen Augenblick. »Bei dem Model kann ich mir eigentlich nicht vorstellen, dass es auf so eine Anzeige angesprungen ist.«

»Ich weiß. Aber vielleicht war Catherine Gerber ja die Ausnahme. Es kann doch sein, dass der Mörder normalerweise nach einem netten kleinen System vorgeht und das Model nur zufällig in seine Klauen geraten ist. Hier gibt's keine festen Regeln.«

»Ja, Sir. Ich kümmere mich darum«, versprach Jimmy.

Andy war überrascht, als sich aus dem hinteren Teil des Raums leise eine Stimme meldete. »Und was ist mit mir, Sir?«

Es war wieder einmal Hoosier.

»Fragen Sie Colin, ob Sie irgendetwas Nützliches tun können«, erwiderte Andy schroff und machte eine abwinkende Handbewegung, als wolle er eine Sommerschmeißfliege verscheuchen.

17

»Was soll das heißen, Sie haben ihn nicht gefunden?«, schrie JT in kaum verhohlener Panik.

Luthers Miene blieb unverändert, als er mit seiner üblichen tiefen und monotonen Stimme simpel feststellte: »Kein Ring.«

Luther war gebaut wie ein knorriger, unerschütterlicher zweihundert Jahre alter Baumstumpf. Seine Brust befand sich etwas oberhalb von JTs Augen, und sein Kopf, der steif auf einem dicken, muskulösen Hals zwischen seinen breiten Schultern saß, überragte jeden anderen. Sein glattes Haar fiel ihm über die Augen und war von den Schläfen bis zum Hinterkopf radikal abrasiert. Seine ledrige, vernarbte Haut sah aus wie eine Straßenkarte, und seine kleinen Augen ruhten starr und reglos in ihren Höhlen. Zum Glück hatte JT sich nur ein einziges Mal persönlich mit dem Mann treffen müssen. Luther war vermutlich der Beste, den er finden konnte, doch JT hätte eine rein geschäftliche Beziehung auf Distanz vorgezogen.

»Sie bestellen mich extra hier raus in diese vergammelte Kaschemme und kommen mir dann mit so einer Nachricht?«, versuchte JT seinen Standpunkt so klar wie möglich zu machen. »Ich will keine schlechten Nachrichten. Dafür bezahle ich Sie nicht.«

Luther schwieg.

Die dämmerige Kneipe war eine heruntergekommene Spelunke mit abgetretenen rotgemusterten Teppichen. Eine Fluchtburg für Alkoholiker, in der es nach Hopfen, Elend und Zigarettenqualm stank. JT sah sich verstohlen um und rümpfte angesichts des widerwärtigen Gestanks die Nase. An der hinteren Wand flimmerte eine Neonreklame für eine Biermarke. Es war nicht gerade die Art von Lokal, die er normalerweise aufsuchte, und ein himmelweiter Unterschied zu seinem Club in der Macquarie Street.

Der Barkeeper stellte ihm ein paar Erdnüsse hin, doch obwohl JT hungrig war, konnte er sich nicht mit dem Gedanken anfreunden, aus einer Schale zu essen, in der Gäste eines solchen Ladens herumgegrapscht hatten. Er stellte sich vor, wie jede Nuss mit Salmonellen und Hepatitis A verseucht war. Wieder wischte er sich die Hände an der Hose ab und hoffte, dass er sich nicht am Türgriff oder am Barhocker irgendeine widerliche Krankheit einfangen würde.

»Hören Sie, Luther«, sagte er nachdrücklich. »Ich will den Ring zurückhaben, und ich will, dass dieses Model von der Bildfläche verschwindet. Muss ich mehr zahlen?«

»Sie wollen, dass ich sie erledige?«, fragte Luther und sah ihn erwartungsvoll an, wobei er mit einem seiner riesigen, schwieligen Finger in einer seltsamen Geste über seine narbige Handfläche strich. Wie es JT schien, hätte es ihm große Freude bereitet, diesen Auftrag zu erledigen.

»Das ist nicht nötig. Machen Sie ihr ein bisschen Angst, setzen Sie sie unter Druck und sorgen Sie dafür, dass sie die Stadt verlässt.«

Luther nickte.

»Ich halte nichts von solchen persönlichen Treffen. Halten Sie mich auf dem Laufenden wie sonst. Und rufen Sie nur von öffentlichen Telefonzellen an. Verstanden?«

»Alles klar.« Er starrte auf JT hinab. »Und die Kohle?«

JT fingerte in seiner Tasche herum. Es widerstrebte ihm, so einen üppigen Betrag für eine so geringe Leistung zu übergeben. »Wenn alles erledigt ist, lege ich noch was drauf.«

Luther nahm den Umschlag, stopfte ihn in die Gesäßtasche seiner dunklen Jeans, schüttete den Rest seines Biers hinunter und verließ die Spelunke ohne ein weiteres Wort.

18

Makedde kam auf Zehenspitzen aus dem Bad. Sie war noch nass vom Duschen und summte den Hit mit, der gerade im Radio lief. Es kostete sie einige Mühe, die Überreste des schwarzen Rußpulvers zu ignorieren, die immer noch die meisten Oberflächen ihrer Wohnung zierten. Ihr Sonnenuntergangslauf hatte eine berauschende Wirkung gehabt, und sie fühlte sich verjüngt und endlich befreit von der schweren Last der Trauer. Spontan begann sie zu tanzen, und ihre sauberen, nassen Füße quietschten auf dem Boden. Sie wollte sich auf keinen Fall von Angst und Unglück unterkriegen lassen. Irgendwie musste es ihr gelingen, ihre innere Anspannung zu überwinden, wieder voll aufzudrehen und alles abzuschütteln.

Sie riss sich das Handtuch weg und nahm eine übertriebene Rockstar-Pose ein. Nachdem sie einen Moment grinsend im Evaskostüm dagestanden hatte, überkam sie ein Anflug von Verlegenheit, und sie ging, immer noch mitsummend, zum Kleiderschrank. Der Song machte gute Laune. Schließlich ertönte der letzte Refrain, und ein Radiomoderator erinnerte seine Zuhörer daran, dass sie Triple J. hörten. »*Und jetzt zu den Nachrichten*«, fuhr der Moderator fort. »*In Sydney wächst die Angst vor einem Serienmörder, der möglicherweise in der Stadt sein Unwesen treibt …*«

Sie machte kehrt und ging rasch zum Radio hinüber. Dabei rutschte sie auf dem nassen Boden aus und landete mit gespreizten Beinen mit einem dumpfen Aufschlag auf den harten Dielen. Ihre nassen Haare hingen ihr in wirren Strähnen übers Gesicht.

Der DJ fuhr fort: »*Das letzte Opfer, das neunzehn Jahre alte kanadische Model Catherine Gerber …*«

Makedde lag mit schmerzenden Prellungen auf dem Boden, das Lächeln war von ihrem Gesicht verschwunden. *Catherine.* Es gab kein Entkommen. Ständig und überall wurde sie an den Mord erinnert. Im Radio, im Fernsehen und auf den Titelseiten der Zeitungen. Sie strich sich das Haar aus den Augen und betrachtete ihren nackten Körper. Frisches Blut zog lange, rote Streifen über ihre Beine und hinterließ kleine dunkle Flecken auf ihrem Gesäß.

Jetzt sehe ich aus wie Catherine.

»*…dritte Frau, die brutal ermordet aufgefunden wurde…*«, fuhr der Moderator fort.

Makedde versuchte nicht hinzuhören. Ihr Gesicht war aschgrau. Kleine Blutflecken sprenkelten den Boden. Halb vom Radio übertönt, begann das Telefon zu klingeln, doch sie saß reglos da, wie gelähmt vom Anblick der roten Schlieren auf dem Boden. Ihr ganzer Körper war voll davon, überall um sie herum war Blut, und es roch scharf nach Metall und verwesendem Fleisch. Es war so entsetzlich rot, genauso wie das Blut, mit dem Catherines Leiche besudelt gewesen war. Makedde starrte an sich herab, als wäre sie in Blut gebadet, doch dann blinzelte sie noch einmal, und das Blut war schlagartig verschwunden. Nur ein paar harmlose Streifen waren noch da. Die Spur aus winzigen roten Tropfen führte direkt zur Dusche. »Diese verdammten Rasierer!«, rief sie, als ihr klar wurde, woher das Blut kam.

Beim fünften Klingeln schaffte sie es, aufzustehen und vorsichtig den Raum zu durchqueren. Doch das Telefon war ihr erst einmal egal. Vor allem musste sie sofort dieses grässliche Radio ausschalten.

»*… laut Angaben der Polizei…*«

Sie drehte den Sender weg und empfand es als Segen, die Stimme des Moderators nicht mehr zu hören. Da das Telefon immer noch klingelte, nahm sie schließlich den Hörer ab.

»Hallo?«

Klick.

Sie schleuderte den nervtötenden Apparat quer durch den Raum. Er flog durch die Luft und prallte mit einem Krach und einem kurzen Bimmeln gegen die gegenüberliegende Wand. Langsam und bewusst atmend langte sie nach dem Handtuch und trocknete sich die Füße ab; dabei achtete sie darauf, es nicht mit dem Blut von der Schnittverletzung an ihrem Knöchel zu beflecken. Als sich ihr Herzschlag gerade wieder einigermaßen normalisiert hatte, wurde sie von dem lauten, völlig unerwarteten Geräusch des Türsummers aufgeschreckt. Sie brauchte ein paar Sekunden, um das Summen zu identifizieren – immerhin war es das erste Mal, dass jemand die Gegensprechanlage benutzte.

»Hallo?«

»Hier ist Detective Flynn. Kann ich Sie vielleicht kurz sprechen?«

Detective Flynn? »Ich… Sie kommen etwas ungelegen.« Sie fühlte sich plötzlich sehr nackt.

»Sind Sie nicht allein?«

»Doch. Aber ich komme gerade aus der Dusche.« Sie warf einen Blick auf die Uhr. Es war fast neun. »Ist es nicht ein bisschen spät?«

Er zögerte. »Ich kann warten, bis Sie angezogen sind.«

»Gibt es etwas Wichtiges?«

»Ja.«

Hör endlich auf, dich dem Mann gegenüber wie ein Drachen zu benehmen, Makedde!

»Okay. Ich werfe mir schnell etwas über. Augenblick!« Sie hängte den Hörer der Sprechanlage ein und rannte zum anderen Ende des Raums, um das Telefon aufzuheben. Sie stellte es zurück an seinen Platz und hastete ins Bad, wo sie hektisch ein wenig Toilettenpapier anfeuchtete und die Blutspuren von ihren Beinen wischte. Als Nächstes schlüpfte sie in ihre Levi's und kramte ein Sweatshirt aus der Kommode neben ihrem Bett hervor. Auf dem Rückweg zur Sprechanlage knöpfte sie den letzten Knopf ihrer Jeans zu.

»Sind Sie noch da?«, fragte sie in den Hörer.

»Ja«, kam Detective Flynns Stimme zurück.

»Kommen Sie rauf.«

Erst jetzt dachte sie daran, einen schnellen Blick in den kleinen Wandspiegel zu werfen. Sie musterte die Reste ihres Make-ups und ihr nasses Haar, das sie flüchtig zu einem Knoten zusammengebunden hatte. Ihr war anzusehen, dass sie geweint hatte, und ihr Spiegelbild war alles andere als schmeichelhaft, doch sie sah bei weitem nicht so furchtbar aus, wie sie sich fühlte. Sie öffnete die Tür, und Andy lächelte sie an. Er trug einen attraktiven, wenn auch etwas verknitterten marineblauen Einreiher.

»Tut mir Leid, dass ich Sie störe. Aber ich war gerade in der Gegend und ich… äh…«

»Bitte, kommen Sie doch rein«, unterbrach sie ihn, trat einen Schritt zurück und drehte sich schnell um, damit er ihre verschwollenen Augen nicht sah. Er kam wirklich zum falschen Zeitpunkt. Sie wollte ihn nicht wissen lassen, dass sie geweint hatte. »Tut mir Leid, wenn ich auf Ihre Einladung gestern Abend ein bisschen schroff reagiert habe«, sagte sie über ihre Schulter hinweg und steuerte die Kochzeile an.

»Das war nur eine Dummheit, die mir einfach so rausgerutscht ist. Völlig unangebracht. Bitte entschuldigen Sie.«

»Ist schon okay. Freut mich, dass wir… äh, dass wir uns also verstehen.« Sie ging zur Arbeitsfläche und tat so, als räume sie das Geschirr weg. »Also, was kann ich für Sie tun?«

Andy schlenderte zum Küchenbereich und lehnte sich an die Wand. »Na ja, wie gesagt – ich war gerade in der Gegend und wollte noch die eine oder andere Frage loswerden. Tony Thomas hat vor Ihrer Tür herumgelungert. Mich interessiert zum Beispiel, ob er Sie belästigt hat.«

»Nicht wirklich«, erwiderte sie und wandte ihm immer noch den Rücken zu.

»*Nicht wirklich*? Wie soll ich das verstehen?«

Sie schwieg.

»Hey – alles in Ordnung?«

Sie stützte sich mit den Händen auf der Arbeitsfläche ab und wandte sich zu ihm um. »Nicht wirklich«, sagte sie schlicht.

Als ihre Blicke sich trafen, schmolz der professionelle Ausdruck aus Andys gefasster Miene. Er trat zu ihr und legte behutsam die Hand auf die ihre. »Ist ja gut. Sie halten sich wirklich toll.«

»Da bin ich mir nicht so sicher«, entgegnete sie und ärgerte sich, dass ihre Lippen bebten und sie nichts dagegen tun konnte.

»Glauben Sie mir, ich weiß, wovon ich rede. Ich habe schon abgebrühte Polizisten wegen so etwas zusammenbrechen sehen. Sie sind wirklich tapfer.«

Sie war völlig durcheinander, und ihr Körper drängte sie, Dinge zu tun, die ganz und gar nicht angebracht waren. Am liebsten wollte sie sich in seine Arme schmiegen, sich von ihm festhalten lassen, zu ihm aufblicken und seine Lippen schmecken.

»Ich, äh…« Sie kämpfte gegen die Versuchung an und entwand sich seiner tröstenden Hand. »Mir geht es gut, wirklich. Was wollten Sie sonst noch von mir wissen?«

Andy reagierte auf dieselbe Weise. Er trat zurück und steckte die Hände in die Taschen seines Jacketts. »Makedde, was wollte Tony Thomas von Ihnen?«

»Na ja…«

Sein Gesicht wurde ernst. »Makedde.«

»Na schön«, gab sie sich geschlagen, »wenn Sie es unbedingt wissen wollen. Er hat sich gestern selber zum Mittagessen mit mir eingeladen, kam mit einem billigen Blumenstrauß hier hereingeschneit, hat seinem Ruf als schmieriger Kotzbrocken alle Ehre gemacht und ist heulend wieder abgezogen.«

»Heulend?« Andy wirkte geschockt. »Mein Gott, Makedde. Er ist Verdächtiger. Was auch immer Sie vorhaben, hören Sie sofort damit auf. Ich will nicht, dass Sie in diese Sache verwickelt werden.«

»Bitte? Glauben Sie wirklich, dass ich *nicht* in diese Sache verwickelt bin?«

»Handeln Sie sich einfach keinen Ärger ein.«

Mak streckte sich ein wenig, so dass sie ebenso groß war wie er, trat dicht an ihn heran und stellte mit neu gewonnenem Selbstbewusstsein klar: »Ich kann sehr gut auf mich aufpassen, Detective.«

Er bedachte sie mit einem langen, festen Blick, dem sie unbeirrt standhielt.

»Und?«, fragte er schließlich. »Haben Sie irgendetwas herausgefunden?«

»Es schien ihm ziemliche Sorgen zu bereiten, dass die Polizei seine Unterlagen durchsucht hat. Außerdem hat er zugegeben, dass er die Location für das Shooting ausgesucht hat, aber er hat behauptet, er hätte diesen speziellen Strandabschnitt nur deshalb gewählt, weil er sich dort die saftige Gebühr sparen konnte, die anderswo fällig wäre.«

»Das ist alles? Kein Geständnis?«

Sie warf ihm einen vernichtenden Blick zu.

»Falls Sie je vorgehabt haben sollten, Detective zu werden, vergessen Sie's«, sagte er geradeheraus. »Das ist kein besonders glamouröser Beruf.«

»Sind Sie bloß vorbeigekommen, um mich zu unterschätzen, oder haben Sie auch irgendetwas Sinnvolles zu sagen?«, fauchte sie zurück.

»Mischen Sie sich einfach nicht in die laufenden Ermittlungen ein und halten Sie sich von den Verdächtigen fern.«

»Danke für Ihre guten Ratschläge«, entgegnete sie unverblümt. »Einen schönen Abend noch. Oder wollten Sie mich noch etwas fragen?«

»Nein. Das war's«, erwiderte er, doch seine Augen sagten etwas anderes. »Tony könnte sich als sehr gefährlich erweisen. Wenn er sich noch einmal mit Ihnen in Verbindung setzt, lassen Sie es mich bitte umgehend wissen.« Er setzte seine Maske professioneller Distanziertheit wieder auf und fuhr fort: »Vielen Dank, dass Sie sich die Zeit genommen haben, Miss Vanderwall.« Mit diesen Worten wandte er sich zum Gehen, doch dann fiel ihm im Wohnzimmer etwas auf, und seine Augen wurden groß. Er ging hinüber.

»Auf Ihrem Boden sind Blutspuren.«

Sie folgte ihm aus der winzigen Küche und merkte, dass sie errötete. »Ach, das ist nichts weiter… Frauenprobleme.« Im selben Moment wurde ihr bewusst, wie sich das anhören musste.

Er verzog das Gesicht und trat einen Schritt zurück.

»Nein, nein. Nicht *solche* Frauenprobleme«, beeilte sie sich zu versichern. »Ich habe mich beim Rasieren am Knöchel geschnitten.«

»Ach so!«, sagte er und lachte. »Schlimm?«

»Nein, überhaupt nicht. Es hat nur ein bisschen geblutet, wegen der heißen Dusche. Der Schnitt ist winzig. Nicht der Rede wert. Und wie geht es Ihrer Hand?«

»Oh, gut.« Er sah hinab auf die Pflaster, die seine Knöchel zierten. »Tut schon gar nicht mehr weh. Also… ich gehe dann.«

Für einen Augenblick hing unbehagliches Schweigen in der Luft, doch in der nächsten Sekunde löste sich der kurze Moment betretener Intimität in nichts auf, und er drehte sich um und ging zur Tür. Sie verabschiedete sich und sah ihm nach, als er die Treppe hinabstieg und auf der Straße verschwand.

19

Er brauchte nicht im Telefonbuch nachzuschlagen. Die Nummer war unauslöschlich in seinem Gedächtnis gespeichert, genau wie ihr Name. Er wählte langsam und mit Bedacht und kostete jeden einzelnen Klick und Wahlton aus wie ein Liebhaber das Vorspiel. Es war so einfach, sie zu erreichen, und was immer sie gerade tat – sie würde es für ihn unterbrechen.

»Hallo?«

Sie klang müde. Offenbar war sie immer noch allein in ihrer Wohnung.

»Hallo? Ist da jemand?«

Er lauschte ihrem Atem, wie er ihre Kehle, ihren Mund und ihre weichen Lippen passierte und an sein Ohr drang.

»Ich lege jetzt auf…«, sagte sie verärgert.

Hörte er einen Anflug von Enttäuschung in ihrer Stimme? Wollte sie, dass er zu ihr kam? Oder sollte er noch warten?

Als sie auflegte, legte er ebenfalls auf und ging zur anderen Seite seines Bettes, wo im Licht seiner Lampe eine dünne Klinge blitzte.

Heute Abend?

Nein. Sie war etwas ganz Besonderes. Er durfte nichts überstürzen.

Morgen ist der richtige Zeitpunkt.

Er wollte ihren Atem noch einmal hören. Die kalte Klinge in der Hand, wählte er mit ihrer rasiermesserscharfen Spitze erneut ihre Nummer.

20

Auf dem Weg zu dem riesigen Kaufhaus an der Elizabeth Street kam Makedde ein stetiger Strom gehetzter Geschäftsleute entgegen. Sie musterte die Menge mit müden Augen und wünschte sich nichts sehnlicher, als sofort wieder zurück in ihr Bett zu kriechen. Ein verrückter Anrufer hatte ihr Telefon bis spät in die Nacht immer wieder klingeln lassen und sie ein weiteres Mal um ihren kostbaren Schlaf gebracht. Sie hätte sich die Mühe sparen sollen, das Telefonkabel wieder einzustecken. Irgendwann hatte sie den verdammten Hörer neben die Gabel gelegt und war schließlich doch noch eingeschlummert.

Mehrere Schaufenster des Kaufhauses waren einzig und allein der Becky-Ross-Werbung gewidmet und zeigten überlebensgroße Poster des einundzwanzigjährigen Soap-Stars und alle möglichen weiteren Informationen zu ihrer Modepräsentation. Jede Kleinigkeit an Beckys sorgfältig gepflegtem Image war ein gefundenes Fressen für die australische und englische Klatschpresse – was sie trug, welchen Schönheitsoperationen sie sich angeblich unterzogen hatte und, natürlich, mit wem sie gerade schlief. Als sie vorübergehend mit einem berühmten Rugbyspieler zusammen gewesen war, hatten die Medien Kopf gestanden, doch sobald die nächsten heißen Neuigkeiten auf den Markt gekommen waren, hatten sie das Interesse an der Affäre verloren. Wenig später hatte Becky dem Rugbyspieler unrühmlich den Laufpass gegeben.

Becky hatte eine Vorliebe für grell gefärbte Haare – platinblond, dann rot, dann wieder platinblond –, gewagte Dekolletés und durchsichtige Designerstücke, was sie zum absoluten Liebling der Paparazzi und Klatschmagazine machte. Seit Makedde in Australien war, hatte sie Becky auf unzähligen Zeitschriftentiteln und in etlichen Fernsehwerbespots für Fastfood gesehen. Irgendwie war es ihr gelungen, die konservative Führungsmannschaft des Kaufhauses davon zu überzeugen, dass sie ein Werbeträger für Modeartikel war.

Erschöpft stieß Makedde die eleganten Türen auf. Ihre schwarze Modeltasche hing schwer auf ihrer Schulter. Es war ihr erster Job seit dem grausigen Fund am Freitag, und sie fühlte sich ihm eigentlich nicht gewachsen. Einige Kunden drehten sich um und sahen ihr nach, wie sie zielstrebig durch das Kaufhaus schritt. Sie steuerte die Rolltreppe an, vorbei an Kosmetikständen, an denen in allen Farben schillernde Lippen- und Lidschattenstifte in makellos geputzten Glasvitrinen auf silbern und golden schimmernden Auslageflächen aufgereiht waren wie Lutscher in den Regalen eines Süßwarengeschäfts. Das ganze Erdgeschoss war von einem aufdringlichen, blumigen Duft durchdrungen – einer Mischung aus Hunderten verschiedener Parfüms und Kosmetika.

Nachdem sie siebenmal die Rolltreppe gewechselt und sich während der endlosen Besichtigungsfahrt durch die Kaufhausetagen gefragt hatte, warum sie nicht gleich den Aufzug genommen hatte, fand sie schließlich den Salon für die Modeschauen. Über dem Kopfende eines langen, schmalen T-förmigen Laufstegs war ein riesiges Banner mit Beckys Namen und diversen, etwa einen Meter großen Hochglanzfotos ihres Schmollmundgesichts aufgespannt. Auf dem Foto wirkte sie modisch streng, und Makedde war nicht sicher, ob das zu Becky passte. Zu beiden Seiten des Laufstegs warteten mindestens zweihundert leere Stühle auf die Paparazzi, die Reichen und Berühmten und das sonstige Modevolk, das jeden Moment eintreffen würde. Wie nicht anders zu erwarten gewesen war, hatten die Klatschkolumnisten bereits wild über Beckys fragwürdige Eignung zur Modedesignerin spekuliert, doch Makedde bemühte sich, dem Ganzen aufgeschlossen gegenüberzustehen.

Rechts neben dem Laufsteg war die Tür zum Ankleideraum, und als Makedde den Raum betrat, wurde sie augenblicklich von allen Seiten von Kopf bis Fuß taxiert. Etwas überrascht sah sie sich um, blickte in sieben hübsche, ihr unbekannte Gesichter mit gerunzelten Stirnen und dachte, *das kann ja heiter werden.* Sie lächelte höflich und musterte die Kleidungsstücke an den zahllosen Ständern, die in den winzigen Raum gestopft worden waren.

»Entschuldigung«, wandte sie sich an eine angenehm durchschnittlich aussehende Frau, die ihrem Namensschild zufolge Sarah hieß. »Ich bin Makedde. Kannst du mir vielleicht sagen, was für mich vorgesehen ist?«

Die junge Frau, wahrscheinlich eine freiwillige Ankleidehilfe, führte sie zu einem Kleiderständer, an dem ein Zettel mit der Aufschrift »Macayly« haftete. Obwohl ihre Sedcard mit Foto ebenfalls an den Ständer geheftet war, hatten sie es geschafft, ihren Namen falsch zu schreiben.

Zuerst ging sie bei sämtlichen Kleidungsstücken die Schildchen mit den Größenangaben durch. Die Standardgröße für Models war normalerweise sechsunddreißig, doch einige Designer präsentierten ihre Muster auch in Größe vierunddreißig. Was ihre eigene Größe betraf, gab sich Makedde keinen Illusionen hin. In Größe vierunddreißig könnte sie sich nicht einmal hineinzwängen, wenn ihr Leben davon abhinge. Als ihr ein Spitzenrock mit dem gefürchteten Etikett in die Hände kam, biss sie sich auf die Lippe. Verstohlen versuchte sie, sich den Rock über die Hüften zu zerren, doch der Stoff war nicht besonders elastisch. Die Spitze sah nicht so aus, als würde sie das Gezerre aushalten, und in der Tat bekam sie das verdammte Ding nur bis auf Halbmast.

»Der Rock ist mir zu eng«, wandte sie sich kleinlaut an die Ankleidehilfe. In einem Raum voller Elfen glich dies in etwa dem Geständnis, einen Mord begangen zu haben.

»Wir haben manchmal Probleme mit den Größen«, sagte die Ankleidehilfe. »Am besten tauschen wir dein erstes Outfit gegen das von jemand anderem.« Sie nahm die anderen Models ins Visier und zeigte auf ein besonders dünnes Mädchen. »Sie ertrinkt fast in diesem Jerseystretchkleid. Du füllst es bestimmt viel besser aus. Warum tauscht ihr nicht einfach?«

Das war wirklich eine Erleichterung. Normalerweise würde die Stylistin sie angewidert anstarren und etwas sagen wie: »Du meine Güte, du hast aber wirklich gewaltige Ausmaße. Hast du gerade deine Periode?«

Die Konfektionsgröße und die Schönheit anderer Models schüchterten Makedde oft ein, und wenn dazu noch die Sachen, die sie tragen sollte, nicht richtig saßen, machte sie das nur noch unsicherer. Natürlich wusste sie, dass sie keinen Grund hatte, so zu empfinden, aber sie konnte nicht umhin, jedes perfekte Paar Lippen, jedes Paar große Augen, jede schlanke Taille und jeden winzigen Po zu bemerken. Üppiger zu sein als alle anderen Models im Raum, konnte bei ihr an schlechten Tagen dazu führen, dass sie sich wie eine Missgeburt vorkam. In so einer Atmosphäre erschien ihr ihr Fleisch neben den zierlichen Körpern, die nur aus Haut und Knochen zu bestehen schienen, geradezu sündig. Es erschien ihr wie ein Zeichen von Hemmungslosigkeit, eine üppige Oberweite oder runde Hüften zu haben. Ja, sie hatte Größe sechsunddreißig, war gut in Form und auf keinen Fall zu dick, erst recht nicht, wenn man ihre Körpergröße berücksichtigte. Doch wie sollte sie sich wohl fühlen, wenn ein Kleidungsstück nicht richtig saß? Besonders, wenn sie in einer Stunde so viel verdiente wie die meisten Leute in einer Woche. Vermutlich fühlten sich die extrem schlanken Models genauso, wenn sie einen Büstenhalter nicht richtig ausfüllten. Es war wirklich verrückt.

Als sie gerade das getauschte Kleid anprobieren wollte, betrat ein bekanntes Gesicht den Raum. Loulou, eine Visagistin, mit der Makedde schon öfter gearbeitet hatte, kam durch die Tür gerauscht wie ein Tornado. Sie trug einen riesigen Make-up-Koffer, auf dem Aufkleber aus aller Welt prangten, sowie mehrere grellbunte Einkaufstüten, aus denen Lockenwickler, Klettverschlussbänder und Haarbänder hervorquollen. Ihre dramatisch nachgezogenen Augenbrauen schienen unentwegt »Wow!« zu rufen, ihr gebleichtes Kraushaar sah aus wie eine Sturmfrisur, und ihre Fingernägel glitzerten blau.

»Makedde!«, rief Loulou, als sie sie erblickte. Sie umarmte Makedde so stürmisch, dass diese fast keine Luft mehr bekam. Loulou war ein richtiger Wirbelwind und ein echtes Original. Sie nahm nie etwas übermäßig ernst, und selbst wenn sie stillstand, schien sie vor lauter Energie zu vibrieren. Sie war eine unverbesserliche Optimistin; und mithin genau das, was Makedde jetzt brauchte.

»Loulou! Wie geht es dir?«

»Großartig! Und selber? Du siehst göttlich aus. Ich habe schon gehört, dass du in Sydney bist.« Ihre Begeisterung war ansteckend, und Makedde hatte auf der Stelle Lust zu kichern und loszuprusten und alle Leute »Schätzchen« zu nennen.

»Wie lange haben wir uns nicht mehr gesehen?«, fragte Mak, während sie in das ausgetauschte Jerseystretchkleid schlüpfte. »Zwei Jahre?«

Loulou dachte einen Moment nach. »Ist das schon wieder so lange her? *Süße*, du warst doch wohl nicht die ganze Zeit hier in Sydney, oder?«

»Um Himmels willen, nein. Als wir uns damals getroffen haben, war ich nur für einen kurzen Auftrag hier. Nur für eine Woche.« Sie zog den Reißverschluss zu, so weit sie konnte, und fragte: »Sitzt es einigermaßen?«

»Göttlich, Süße. Einfach göttlich.«

»Okay, das ist gut genug für mich. Warst du im Ausland?«

»Ja, ich war in Paris. Es war *sagenhaft*!«

»Und wann gehst du zurück?«

Sie stockte plötzlich, und von ihrer lebhaften Art war für einen Augenblick nichts mehr zu spüren. »Ach, ich weiß noch nicht …«

Paris war ein harter Markt, und Makedde vermutete, dass Loulou eine von vielen gewesen war, die mit ihrem dortigen Verdienst nicht einmal die Reisekosten hatte bezahlen können.

»Hast du noch irgendwo anders gearbeitet, als du in Europa warst?«, erkundigte sie sich.

»Ja, in Deutschland. Das war einfach *toll*.«

Göttlich. Sagenhaft. Toll. Das Wort »okay« existierte in Loulous Wortschatz nicht. Ihre Meinung zu Deutschland konnte Mak nachvollziehen. Die deutschen Kataloge waren zwar öde und langweilig, doch man konnte dort eine Menge Geld verdienen. Es war ein idealer Ort, um sein Bankkonto aufzustocken.

Loulou sah sich um und lächelte. »Und was hältst du von diesen Klamotten?« Sie zeigte auf ein winziges rotes Kleidchen mit Spaghettiträgern und gewagtem Ausschnitt. »Bei deinem Dekolleté sieht das bestimmt super aus.«

Makedde lachte. »Einen BH kann man unter diesem Fummel jedenfalls nicht tragen. Ich sehe mich schon, wie ich auf dem Laufsteg einen sehr peinlichen Unfall habe.«

»Lass doch einfach alles raushängen, Schätzchen! Die Fotografen werden dich dafür lieben!« Loulou hielt inne und machte ein ernstes Gesicht. »Das mit deiner Freundin tut mir wirklich Leid. Ich bin ihr nie begegnet, aber hier sind alle total geschockt. Wie furchtbar!«

»Ja, das kann man wohl sagen.« Mak fragte sich, ob Loulou ihr vielleicht helfen konnte, Cats Freund zu identifizieren. »Kennst du eigentlich zufällig jemanden mit den Initialen JT?«

Loulou legte den Kopf schief und dachte nach. »JT? Nicht dass ich wüsste. Mir fällt nur der Schauspieler J. T. Walsh ein.«

»Nein, den meine ich nicht.«

»Dann kann ich dir auch nicht weiterhelfen. Jetzt fange ich wohl besser mal an. Wir reden später weiter, Süße.«

»Alles klar.«

Die Modenschaukoordinatorin, eine große, schlanke Frau, die aussah wie ein ehemaliges Model, drängte die Mädchen aus der Umkleide. Der weiße, glänzend polierte Laufsteg erhob sich ungefähr einen Meter über dem Boden – gerade genug, um Makedde nervös zu machen, da sie den für Models üblichen Stringtanga trug und ziemlich kurze Röcke zu präsentieren hatte.

»Okay«, begann die Koordinatorin, »ich möchte, dass ihr heute besonders seriös wirkt. Kein Lächeln. Es gibt vier Durchläufe, jedes Model präsentiert sieben Outfits.« Ein paar der Models, unter anderem Makedde, kramten kleine Blöcke hervor und machten sich Notizen, während die Frau weiterredete. »Beim ersten Durchlauf betreten vier Mädchen zum Takt der Musik den Laufsteg, dann geht jede einzeln, und am Ende kommen versetzt noch einmal alle vier.« Makedde notierte sich die verwirrenden Choreographieanweisungen, denen sie eine Menge Striche und Pfeile hinzufügte.

Während sie dastand und schrieb, hatte sie plötzlich das unangenehme Gefühl, beobachtet zu werden. Die winzigen Härchen auf ihrem Nacken richteten sich auf, und sie drehte sich um und ließ ihren Blick durch den großen Raum schweifen. Die Schwingtür pendelte leicht, doch es war niemand zu sehen. Die anderen Mädchen machten sich alle eifrig Notizen und hörten aufmerksam zu; außer einigen in modischem Schwarz gekleideten Damen, die angelegentlich über das Bühnenbild diskutierten, war der Raum noch leer.

»Das Finale beginnt mit einem Einzellauf zum Ende des Laufstegs«, fuhr die Koordinatorin fort, »darauf folgt eine halbe Drehung, dann der Gang bis zur Mitte des Laufstegs, dort eine halbe Drehung und schließlich die Schlusspose und der Abgang.«

Die Schlusspose?

Auf die Frage, ob alles klar sei, nickten alle Models, und die Probe begann. Eine imposante Stereoanlage erfüllte den Raum mit einem dröhnenden Dance-Rhythmus, und die erste Gruppe Models betrat den Laufsteg. Innerhalb weniger Sekunden herrschte absolute Verwirrung; die Mädchen stießen zusammen und schafften es in ihren Stöckelschuhen kaum, das Gleichgewicht zu halten. Die nächste Gruppe gab sich mehr Mühe, die festgelegten Schritte und Figuren genau einzuhalten; sichtlich nervös schlurften sie hintereinander her und aneinander vorbei. Die Koordinatorin raufte sich die Haare. Nach einer Stunde vergeblicher Liebesmüh wurden die Bewegungsabläufe der einzelnen Durchgänge verkürzt und vereinfacht.

Und all das für eine einzige Präsentation von zwanzig Minuten.

Schließlich erklärte die Koordinatorin die Probe für beendet und scheuchte die Mädchen zurück in die Umkleide. Loulou tobte. Sie hatten überzogen, so dass ihr bis zum Beginn der Modenschau nur noch fünfundvierzig Minuten blieben, um acht Models zu schminken und acht elegante Hochsteckfrisuren zu kreieren. Loulou arbeitete allein und konnte nicht auf den kaufhauseigenen Schönheitssalon und das dort arbeitende Personal zurückgreifen.

Exakt vierzig Minuten später vergewisserte Makedde sich nach einer perfekt durchorganisierten Schmink- und Frisieraktion gerade, dass auch keine Lippenstiftreste ihre Zähne verunzierten, als Becky Ross in einem tief ausgeschnittenen Cutaway in die Umkleide stolzierte. Heute war ihr Haar sehr lang und hellblond. Makedde vermutete, dass sie es sich hatte verlängern lassen. Becky sah fantastisch aus, auch wenn sie für ihren Auftritt vor den unzähligen Kameras ein bisschen zu aufgedonnert war. Ohne jeden Zweifel hatte sie Stunden mit ihren persönlichen Make-up- und Hairstylisten zugebracht.

Sie schwebte durch die Garderobe, betrachtete die geschminkten, für die Präsentation hergerichteten Models mit ihren Hochsteckfrisuren und sagte, ohne mit der Wimper zu zucken: »Können wir die Haare bitte herunterlassen? Ich möchte *langes* Haar sehen.«

Die Koordinatorin wurde leichenblass, und Loulou wurde noch bleicher. Die Schau sollte in fünf Minuten beginnen. In aller Eile wurde das Haar der acht Models wieder gelöst, und innerhalb einer Viertelstunde waren sie zum zweiten Mal hergerichtet. Becky posierte auf der Bühne, um den Beginn der Präsentation anzukündigen.

Makedde war die Erste, die auf den Laufsteg hinaustrat, und während sie ihn im gleißenden Scheinwerferlicht entlangschritt, wurde sie von den unsichtbaren Zuschauern genau und kritisch beobachtet. Sie war von stattlicher Statur und ragte in ihren hochhackigen Schuhen mit ihren einsachtzig weit über dem Publikum auf.

Wie immer herrschte hinter der Bühne das reinste Chaos. Bis zum Extrem epilierte Models, die nichts am Leib trugen als ihre fleischfarbenen Stringtangas, rannten umher wie aufgescheuchte Hühner, begleitet von hektischen Ankleidehilfen, die in panischer Hast versuchten, sie rechtzeitig in ihr nächstes Outfit zu zwängen. Einmal hatte Mak nur eine Dreißig-Sekunden-Pause; drei Ankleidehilfen zerrten gleichzeitig an ihr herum wie ein Team beim Tauziehen, um sie in ihre schwarze Strumpfhose zu stopfen, den Reißverschluss ihres Kleides zuzuziehen, sie zu kämmen und herzurichten. Am Ende der Präsentation schritten Makedde und die sieben anderen Models in zwei eleganten Reihen auf die Bühne und spendeten auf die seltsame, nur bei Modenschauen anzutreffende Weise Beifall, bei der die Handflächen aneinander gedrückt bleiben und nur die Finger klatschen. Die Fotografen lächelten, denn sie waren voll auf ihre Kosten gekommen, doch die Modeelite spendete nur verhaltenen Beifall. Obwohl man weder Zeit noch Mühe oder Kosten gescheut hatte, hatte Makedde den leisen Verdacht, dass das Ganze mehr ein Werbegag als eine erfolgreiche Modepräsentation gewesen war.

Später, als die Zuschauer sich zerstreuten, hörte man, wie Becky Ross einer Schar von Fernsehreportern wortreich ihre Designs schönredete. Sie war zwar erst einundzwanzig, doch ging mit der Presse um wie ein Profi; sie versorgte die Fernsehreporter mit knappen Einzeilern und präsentierte sich den sabbernden Fotografen in gewagten Posen.

Da Makedde keine Lust hatte, den Geiern von der Boulevardpresse in die Arme zu laufen, die scharf darauf waren, ein paar intime Details über Catherine aus ihr herauszukitzeln, entfloh sie der Meute, indem sie einem Kellner durch eine dem Personal vorbehaltene Tür folgte. Sie lief vorbei an Tabletts mit winzigen, servierbereiten Vorspeisehäppchen in Form von Ziegenkäse, Kanapees und Prosciutto, und fünf Minuten später hatte sie ihren Weg durch das Labyrinth der Gänge gefunden und trat hinaus auf die Straße.

21

Geduld.

Während er darauf wartete, dass sein Mädchen durch die Doppeltür kam, verbarg er seine wachsende Erregung so gut wie möglich. Er bewegte sich wie eine Raubkatze auf der Jagd, wohl überlegt, bedächtig und kaum wahrnehmbar bis zum letzten Moment. Er stellte sich ihr stark geschminktes Gesicht vor, ihre anmutigen Kurven und diese schlanken Füße, die speziell zu seinem privaten Vergnügen in Stilettos steckten. Sie würde sich allein auf den Nachhauseweg machen, und dann konnte er im geeigneten Moment zuschlagen. Es *würde* einen geeigneten Moment geben. Er wusste es. Das Foto, das er in Catherines Portemonnaie gefunden hatte, war Schicksal, genau wie der Brief, der ihn aufgefordert hatte, Catherines Leiche, *sein Meisterwerk*, zur Schau zu stellen, damit Makedde es am Strand entdeckte. Und jetzt war sein großer Preis in sexy Kleidern und Hurenschuhen über den Laufsteg stolziert, *einzig und allein für ihn.* Bald würde er sie haben. Die Zeit des Wartens war endlich vorbei.

Nach und nach kamen die anderen Models lachend und plaudernd durch die Doppeltür; einige knabberten wie Hamster an winzigen Snacks. Makedde war nicht darunter. Das war gut. Er wollte, dass sie alleine kam.

Weitere zwanzig Minuten verstrichen, bevor ein erster Anflug von Zweifel in ihm hochkroch. Alle Models und sämtliche Gäste hatten den Salon bereits verlassen. Wo aber war sein großer Preis? Er spähte durch die Türen. Der Soap-Star stand noch neben der Bühne und redete auf eine Hand voll Reporter ein, doch sonst war niemand mehr da. Wo war Makedde? Wie hatte sie ihm entwischen können?

Bittere Enttäuschung stieg in ihm auf und schlug um in blinde Wut. Noch länger warten? *Nein!* Er wollte auf keinen Fall noch länger warten. Alles in ihm lechzte nach Befriedigung. Er entfernte sich von den Türen, verschwand zwischen Kleiderständern mit importierten Designerstücken und zwang sich, seine Wut zu zügeln und für einen späteren Zeitpunkt zu bewahren. Dann kniete er sich so, dass ihn niemand sehen konnte, auf den Teppich und hielt sich den pochenden Kopf.

Ein paar Minuten später verließ Becky Ross den Salon, gefolgt von zwei jungen Männern. Sie warf ihr platinblondes Haar zurück und gurrte: »Die Show war ein Riesenerfolg! In L.A. werden sie mir jetzt auch zu Füßen liegen, ich spüre es.« Mit diesen Worten tippelte sie mit verführerisch schwingenden Hüften Richtung Fahrstuhl; ihr gebräunter Körper schwankte über ihren hohen Stilettos.

Er würde seine Befriedigung finden.

Ganz mit sich selbst beschäftigt, stiegen Becky Ross und ihre kleine Entourage in den Aufzug und achteten kaum auf den Mann, der im letzten Moment zu ihnen in die Fahrstuhlkabine huschte.

22

Später an diesem Nachmittag machte Makedde es sich auf dem Sofa bequem und legte die schmerzenden Füße hoch. Unwillkürlich fing sie an zu grübeln und musste plötzlich darüber nachdenken, wie es wohl sein würde, nach Kanada zurückzukehren. Sie stellte sich ihre Familie vor, die zu Besuch kommen würde, um Teresas Baby zu sehen und ihre Schwester zu beglückwünschen und zu umarmen. »Wie schön«, würden sie sagen, »sie hat es richtig gemacht.« Und dann würden sie sich Makedde zuwenden und die Köpfe schütteln. »Weder Kinder noch einen Mann, keine Mutter, und jetzt auch noch keine beste Freundin mehr. Armes Mädchen.« Was für eine deprimierende Vorstellung. Makedde drehte sich der Magen um, wenn sie nur daran dachte, wie sie bemitleidet und ständig an die furchtbaren Ereignisse erinnert werden würde.

Aus diesem Grund hatte sie auch kaum jemandem von Stanley erzählt.

Stanley war der Fremde mit dem gefährlichen Klappmesser, der Mann, der seinen Penis als Waffe eingesetzt und sie vor achtzehn Monaten vergewaltigt und ihr Grundvertrauen erschüttert hatte. Es war nicht so sehr die Scham gewesen, die sie dazu getrieben hatte, das Ganze unter Verschluss zu halten; sie hatte vor allem nicht mehr an das furchtbare Erlebnis denken wollen. Nur ihr Vater wusste Bescheid – und die Polizei. Und natürlich Catherine, die ihr danach so hilfreich zur Seite gestanden hatte. Als Makedde genötigt worden war, die ganze Geschichte bis ins letzte Detail einem weiteren Kriminalbeamten aus Vancouver zu erzählen – zum dritten Mal –, hatte Catherine ihre Hand gehalten. Ob die Opfer von Straßenräubern auch mit so vielen Fragen gelöchert wurden? Mit so intimen Fragen? Warum war sie sich vorgekommen, als stünde sie vor Gericht? Letztendlich konnte der Täter allein aufgrund ihres Falls nicht für schuldig befunden werden. Sie wusste, dass das Verfahren anders ausgegangen wäre, wenn die Gesetze anders und es zulässig gewesen wäre, verschiedene Anklagen zusammenzufassen und gemeinsam zu verhandeln.

Mak wollte nicht, dass ihre Familie davon erfuhr. Es war besser, Geheimnisse zu haben, als Mitleid über sich ergehen lassen zu müssen. Sie hasste Mitleid.

Inzwischen war Stanley im Gefängnis, wenn auch nicht für das, was er ihr angetan hatte.

Tante Sheila würde bestimmt wieder versuchen, sie mit irgendeinem Zahnarzt oder Buchhalter zu verkuppeln, wenn sie zurückkam. Es war, als hätten es alle darauf angelegt, sie unter die Haube zu bringen. »Warum ziehst du immer wieder alleine los? Und wozu willst du unbedingt Psychologin werden? Du bist doch ein hübsches Mädchen – warum suchst du dir nicht einfach einen netten Mann, der für dich sorgt?« Sie konnten einfach nicht verstehen, warum sie schnell in die andere Richtung gelaufen war, als ihre Schwester den Brautstrauß in die Menge geworfen hatte.

Glücklicherweise klingelte das Telefon und riss sie aus ihrer trübseligen Grübelei. Sie zögerte einen Moment, bevor sie abnahm, und stellte sich darauf ein, dass sich wieder niemand meldete, doch zu ihrer Erleichterung hörte sie die Stimme von Detective Flynn.

»Entschuldigen Sie, dass ich Sie schon wieder störe, Makedde. Äh…« Es folgte eine kurze Pause, während der ihr bewusst wurde, dass es ihr gefiel, wie er ihren Namen aussprach. »Ich bin ein bisschen in Sorge«, fuhr er fort. »Ich möchte einfach nicht, dass Sie weiter in diese furchtbare Geschichte hineingezogen werden.«

Mak fand es geradezu lächerlich schön, seine Stimme zu hören, und sie spürte, dass die unpersönliche Förmlichkeit, die ihre Kommunikation am Anfang so belastet hatte, sich in Luft aufgelöst hatte. Bei ihrem letzten Zusammentreffen musste irgendetwas die Wende bewirkt haben.

»Hat Tony Sie noch einmal belästigt?«

»In letzter Zeit nicht mehr.«

Es entstand eine weitere Pause. Im Hintergrund hörte sie Telefone klingeln.

»Gut…« Er hielt erneut inne. »Dann gehe ich jetzt wohl nach Hause. Ich wollte mich nur vergewissern, ob mit Ihnen alles in Ordnung ist.«

Sie vermutete, dass das nicht der wirkliche Grund seines Anrufes war. »Mir geht es bestens«, versicherte sie ihm.

»Fein. Dann bis demnächst.«

»Tschüss.«

Makedde legte auf und verschränkte die Arme. Das merkwürdige Gespräch ohne jeden erkennbaren Anlass hatte sie ein wenig verwirrt. Das Telefon klingelte erneut, und sie hoffte, dass es noch einmal Andy war. Er war es.

»Ich habe noch etwas vergessen«, sagte er. »Was macht Ihre Schnittwunde?«

»Ach, nicht der Rede wert. Nichts als eine kleine Fleischwunde, wie man so schön sagt.«

»Und Ihre Wohnung? Alles wieder in Ordnung?«

Makedde lachte. »Bestens, danke. Das Lanconide ist spurlos verschwunden, und das Rußpulver verschwindet nach und nach.«

»Lanconide«, wiederholte er. »Sie sind der erste Mensch, den ich kenne, der ›Lanconide‹ sagt und nicht ›dieses weiße Pulver‹. Selbst die Hälfte meiner Kollegen weiß nicht, wie das Zeug heißt.«

»Das habe ich wohl der Tatsache zu verdanken, dass ich die Tochter meines Vaters bin.«

Er lachte. »Äh … ich wollte Sie fragen …«, begann er unsicher und verstummte.

Sie konnte nicht mehr an sich halten und platzte heraus: »Wollen wir Freitagabend zusammen ausgehen?«

»Gern!«, antwortete er überrascht. »Wobei, eigentlich … Nein. Ja. Nein, alles klar. Ja, wirklich, das wäre nett.«

»Sie klingen ja nicht gerade überzeugt. Ist doch kein Staatsereignis.« *Uups.*

»Doch, doch. Ich würde mich freuen. Also Freitagabend?«

»Ja, Freitagabend. Ins Fu Manchu?«

»Wie bitte?«

»Ins Fu Manchu. Das ist ein Restaurant an der Victoria Street in Darlinghurst. Ganz zwanglos. Das Essen ist gut. Gegen sieben?«

»Wunderbar. Soll ich Sie abholen?«

»Ja, gern. Bis dann.« Als sie den Hörer auflegte, pochte ihr Herz. Sie kam sich albern vor, war nervös und aufgeregt.

O Gott. Was habe ich mir da eingebrockt?

23

Becky Ross lebte allein in einer schicken Maisonette-Wohnung mit Blick über den North Bondi Beach, von Makedde Vanderwalls bescheidenem Apartment aus gesehen genau am anderen Ende von Bondi. Er beobachtete, wie Becky in ihrem Schlafzimmer auf- und abging, ihre Sachen zusammensuchte und sie in mehreren großen Koffern verstaute, die geöffnet auf ihrem Bett standen.

Sie fährt nirgendwohin.

Er hielt sich auf einem dunklen Straßenabschnitt verborgen, an einer Stelle, an der ihn niemand sehen konnte. Die Bewohner des Viertels hatten sich in ihre Wohnungen zurückgezogen, und die Balkone, auf denen im Sommer Grillpartys und Feste gefeiert wurden, waren verwaist und sahen aus wie verlassene Beobachtungsstände.

Becky hatte sich nicht die Mühe gemacht, die Vorhänge zuzuziehen, und jeder, der es darauf anlegte, konnte ihr zusehen.

Er erreichte ein neues Level.

Eine Berühmtheit.

Ruhm.

Er beobachtete sie eine Weile und genoss das außergewöhnliche Vorspiel, das sie ihm bot. Er würde neue Methoden ausprobieren. Er konnte experimentieren. Und für Makedde üben.

Ich werde dich so gut behandeln.

Der Motor seines VW-Busses surrte leise, als er in Beckys Einfahrt bog. Er parkte so dicht wie möglich bei der Tür, schaltete das Licht aus und öffnete die Seitentür, wo ein Strauß billiger, blutroter Rosen bereitlag. Er klingelte und trat einen Schritt zurück, um durch die hell erleuchteten Fenster ihre Reaktion zu beobachten. Sie schien nicht überrascht, lief aber sofort zum Spiegel und prüfte, ob ihre Frisur richtig saß und ihr Make-up in Ordnung war. »Ich komme gleich!«, rief sie und zog sich die Lippen noch einmal mit seinem rot glänzenden Lieblingslippenstift nach .

Schließlich öffnete sie die Tür und bedachte die Rosen mit einem angewiderten Blick. Sie duftete nach einem teuren, blumigen Parfüm und war barfuß. Ihre Fußnägel waren vollkommen geschmacklos lackiert: bräunlich-pink. Er würde sie einer sorgfältigen Pediküre unterziehen.

Becky nahm weder seine Lederhandschuhe noch seine einfache Kappe zur Kenntnis. Sie sah ihm nicht einmal ins Gesicht. »Von wem ist der Strauß?«

»MDM-Öffentlichkeitsabteilung. Haben Sie etwas zu schreiben da? Ich brauche Ihre Unterschrift.«

»Warten Sie«, murmelte sie.

Becky ging zurück in die Wohnung und verschwand in einem Raum, der vom Flur abging. Er schloss die Tür hinter sich und hielt den Knauf fest umklammert, bis sie mit einem kaum hörbaren Klick zugeschnappt war. Er legte seine Papiere auf die Anrichte und sah sich im Flur um.

Becky Ross hatte ein Paar Stilettos für ihn neben die Tür gestellt.

Für ihn.

Der Soap-Star kehrte mit einem Stift in der Hand zurück

und beugte sich über die Papiere. »Moment mal«, sagte sie verwirrt, »da steht ja gar nichts drauf.«

Mit einer schnellen Handbewegung zog er den Hammer aus dem Hosenbund an seinem Rücken und hob ihn über ihren Kopf. Im nächsten Moment krachte er mit einem dumpfen Schlag auf ihren Schädel und vergrub sich in ihrem glänzenden blonden Haar. Ihr Gesicht knallte mit einem Knirschen auf die hölzerne Anrichte. Sie stöhnte laut auf und stürzte rückwärts zu Boden, wobei ihre Augen nach hinten in ihre Höhlen zurückrollten.

Während Becky betäubt dalag, zog er ihr die Stilettos an und bedeckte ihre hässlichen Fußnägel. Dann packte er sie von hinten unter den Armen, trug sie ohne große Anstrengung zur Rückseite seines bereits geöffneten Wagens und legte sie auf den Boden. Mit eiskalter Präzision fesselte er sie an den Handgelenken, legte ihr eine Decke über den Kopf und schloss und verriegelte die Schiebetür. Dann ging er zurück in ihre Wohnung, nahm die Rosen und die leeren Seiten an sich und schloss die Tür. Er legte seine Utensilien auf den Beifahrersitz, streifte die Handschuhe ab und ließ den Motor an. Er war sehr zufrieden mit sich. Seitdem er bei ihr geklingelt hatte, waren keine zwei Minuten vergangen.

24

»He!«, rief Andy Flynn durch die verrauchte Kneipe. »Kannst gleich noch eins hinstellen!«

Jimmy drehte sich auf seinem Barhocker um und grinste breit, als er seinen Partner erblickte. »Ah, Malaka!«, rief er freudig und wandte sich wieder zum Barkeeper um. »Noch ein Boags Strongarm für meinen Kumpel, Phil.«

Im Handumdrehen stand ein zweites Bier auf der dunklen Mahagonitheke. Andy machte es sich auf seinem Stammplatz bequem und warf sein Jackett auf den Hocker neben sich.

»Alles klar, Alter?«, fragte Jimmy.

»Ja, ja, alles okay.«

»Hatte mir schon gedacht, dass du hier aufkreuzt.«

»Dieser Scheißfall macht mich fertig«, knurrte Andy.

»Kann ich verstehen.« Sie hoben ihre Flaschen und stießen an. »*Cheers*.«

Mehrere Beamte vom Zeugenschutzprogramm spielten in einer Ecke Billard, am anderen Ende der Theke hockten die üblichen Stammkunden von der Einheit zur Bekämpfung von Gewaltverbrechen und kippten ein paar Biere. Wie fast immer war die Kneipe eine frauenfreie Zone, und im Moment war dies genau das, was Andy brauchte.

Er sah zu, wie Jimmy ein paar tiefe Züge von seinem Bier nahm, und sagte: »Ich habe versucht, Cassandra zu erklären, dass Bier dazu da ist, aus der Flasche getrunken zu werden. Meinst du, sie hat das kapiert? Fehlanzeige.«

»Klar muss man Bier aus der Flasche trinken.«

»Das schreibt einem doch schon die Form des Flaschenhalses vor, und der Druck, mit dem es rauskommt. Bier aus Gläsern zu trinken, ist ein Sakrileg.«

»Genau, ein Sakrileg.«

Sie sinnierten einen Moment über diese simple wissenschaftliche Erkenntnis. Warum konnten Frauen das bloß nicht begreifen?

Dann stellte Jimmy die falsche Frage: »Hast du sie gesehen? Ich meine Cassandra?«

»Nein, seit ihrem Auftritt am Dienstag nicht mehr. Aber lass mich bloß damit in Ruhe.«

»Schon gut, Alter. Weiber, was?« Er schüttelte den Kopf. »Aber diese Makedde ist trotzdem 'ne tolle Mieze. Hab ich dir schon erzählt, dass ich sie in der *Sports Illustrated* gesehen habe?«

»Echt?« Andy war fest entschlossen, ein Exemplar aufzutreiben.

»Oh, ja. Mann, so ein Täubchen hätte ich auch gerne mal, wenn du verstehst, was ich meine. Ein echter Feger.«

Andy nickte schweigend. Er war versucht, seinem Partner anzuvertrauen, dass er am nächsten Abend mit Makedde zum Essen verabredet war, doch wenn er das ausplauderte, setzte er sich nur in die Nesseln. Sich als Polizist privat mit einem der wichtigsten Zeugen zu treffen, war ein absolutes Unding.

Jimmy redete immer noch. »Ich habe übrigens den Bericht über die Fingerabdrücke bekommen. Mit einigen können wir nichts anfangen – wahrscheinlich stammen sie von irgendwelchen Models. Aber wir sind auf einen wirklich interessanten Namen gestoßen.«

»Du willst mich doch wohl nicht noch länger auf die Folter spannen, oder?«, drängte Andy ungeduldig.

»Nein«, erwiderte Jimmy, doch er ließ ihn noch eine Weile zappeln, nippte in aller Seelenruhe an seinem Bier und leckte sich die Lippen, bevor er schließlich fortfuhr: »Also gut, wir haben Abdrücke entdeckt, die von einem vorbestraften Sexualstraftäter stammen. Rick Filles. Fotograf. Vor zwei Jahren wegen sexueller Nötigung verhaftet.«

»Was genau hat er getan?«

»Irgendein Mädchen ist zu ihm auf die Bude gegangen, um sich von ihm fotografieren zu lassen. Hinterher hat sie behauptet – und jetzt hör genau zu –, dass er sie, bis auf ihren Schlüpfer völlig nackt, gefesselt, so fotografiert und anschließend auch noch begrapscht hat. Er hat geschworen, dass alles im gegenseitigen Einvernehmen passiert sei, und sein Anwalt hat für ihn eine Bewährungsstrafe herausgeholt. Er ist glimpflich davongekommen, aber jetzt tauchen seine Fingerabdrücke in der Wohnung eines ermordeten Mädchens auf. Ich würde sagen, seine Glückssträhne ist zu Ende.«

»Ich will den Bericht sehen.«

»Hab ich mir schon gedacht.«

»Den Burschen knöpfen wir uns vor«, sagte Andy. »Ich will alles über ihn wissen. Wie er jeden einzelnen Dollar verdient hat und was er für Strafzettel bekommen hat. Und wenn er sich am Arsch kratzt, will ich wissen warum.«

»Wir kümmern uns gleich morgen früh darum.«

Andy starrte ihn an.

»Was ist?«, wollte Jimmy wissen. »*Wir kümmern uns morgen früh darum.*«

»Wo ist dieser verdammte Bericht?«

»Das kann doch wohl nicht wahr sein! Du willst doch nicht etwa jetzt …?«

»Wo?«, fragte Andy stur.

»Im Büro.«

Sie griffen gleichzeitig nach ihren Mänteln. Jimmy schüttelte den Kopf. »Weißt du, warum Kelley mich zu deinem Partner gemacht hat? Damit du endlich ein bisschen umgänglicher wirst.«

Andy lachte. »Das ist gelogen! Mir hat er erzählt, dass er einen letzten verzweifelten Versuch wagen wollte, dir beizubringen, wie man Ordnung in seine Arbeit und sein Leben bringt.«

Sie stürzten ihre Biere hinunter und wünschten Phil eine gute Nacht.

Andy schlürfte gerade seinen zweiten brühheißen schwarzen Kaffee, als Jimmy sich ins Büro schleppte. »Guten Tag«, murmelte Andy, ohne aufzusehen.

Jimmy kam an seinen Schreibtisch und stützte sich darauf wie auf eine Krücke. »Scheißmunterer Malaka! Es gibt Leute, die gelegentlich mal schlafen müssen.«

Andy hielt seinen Kaffeebecher hoch. »Das Leben unzähliger unschuldiger Frauen in dieser Stadt hängt von diesem Gebräu ab.«

»Auch Koffein hat Grenzen.«

»Kein Wunder, dass du nie zur SPG wolltest.«

»Für die Weicheier hab ich viel zu viel Pfeffer im Arsch, Kumpel«, entgegnete Jimmy, ohne ein Hehl aus seiner Verachtung für das ultrafitte, perfekt eingespielte Team der State Protection Group zu machen, das früher unter dem Namen Tactical Response Team bekannt gewesen war.

»Ich habe Mahoney gebeten, diesen Filles unauffällig zu überprüfen«, fuhr Andy fort. »Irgendwas können wir ihm bestimmt anhängen.«

»Klingt gut«, entgegnete Jimmy müde. »Angie war übrigens noch auf, als ich nach Hause kam. Sie hat im Stockfinstern in diesem großen grünen Sessel am Fenster gehockt und auf mich gewartet. Ich hätte fast eine Herzattacke gekriegt und hab sofort meine Knarre gezogen, aber dann habe ich sie zum Glück erkannt. Sie dachte, ich hätte mich bis vier Uhr morgens herumgetrieben und sie betrogen; sie hat sogar darauf bestanden, an meinem Kragen zu schnüffeln.«

»Du hättest sie anrufen sollen.«

»Ich hätte nach Hause gehen sollen. Sie hätte mir beinahe eins mit der Pfanne übergebraten.«

»Wenn du willst, rufe ich sie an und sage ihr, dass es meine Schuld war«, bot Andy an. Er wusste nur zu gut, wie schnell Beziehungen in ihrem Beruf zerbrechen konnten.

»Nein. Sie weiß, wie Männerfreundschaften funktionieren, und würde dir sowieso kein Wort glauben.«

25

Zum Krüppel machen. Zuschlagen. Zutreten. Die flache Hand vorschnellen lassen, Finger in die Augen bohren, Knie ins Gesicht rammen. Los, Makedde, ran…

»Fertig und… eins!«

»Neiiiin!«, schrien die Kämpferinnen wie aus einem Mund und ließen die rechten Hände mit aufgerichteten Handflächen und aneinandergedrückten Fingern vorschnellen.

»… zwei!«, zählte die Trainerin weiter, und alle fuhren die Finger aus wie eine Katze ihre Krallen und stießen sie in die Augenhöhlen der imaginären Angreifer.

»… und drei!«

Im Gleichklang hoben alle Kursteilnehmerinnen die linke Hand, packten mit beiden Händen den Kopf des imaginären Angreifers, rissen ihn herunter und ließen gleichzeitig ihre Knie hochschnellen, um ihm das Gesicht zu zerschmettern.

»Reiß vom Baum die Kokosnuss und verpass ihr 'nen Pferdekuss…

Makeddes Herz pumpte, auf ihrer Oberlippe perlten Schweißtropfen. Der freitagnachmittägliche Selbstverteidigungskurs war genauso gut, wie Jaqui es versprochen hatte, vor allem, als die Sandsäcke zum Einsatz kamen, doch Makedde war mit ihren Gedanken bei Andrew Flynn.

»Makedde!«

Der Klang ihres Namens schreckte sie auf. Sie wirbelte herum und blickte ihrer Trainerin Hanna, einer kräftigen, robust gebauten Blondine mit Bürstenschnitt, ins Gesicht. Hanna hatte den schwarzen Gürtel in Karate und gab seit mehr als zehn Jahren Selbstverteidigungskurse.

»Wo bist du mit deinen Gedanken?«, wies Hanna sie zurecht und schüttelte missbilligend den Kopf. »Genauso gut kannst du versuchen, deinen Angreifer zu Tode zu lecken.«

Makedde spürte, dass sie unter ihrer Schweißschicht errötete. »Tut mir Leid. Du hast Recht. Ich war mit meinen Gedanken gerade bei etwas anderem.« Bei *jemand* anderem. »Ich versuch's noch mal.«

Im gleichen Augenblick erschien vor ihrem geistigen Auge ein unerwünschtes, aber deutliches Bild von Stanley. Sein Gesicht schwärte in den Schatten ihres Verstandes und wartete nur auf eine Gelegenheit, sie daran zu erinnern, dass sie bei weitem nicht unverwundbar war. Sie rief sich in Erinnerung, dass er wegen einer Serie brutaler Vergewaltigungen im Gefängnis saß. Zu wissen, dass sie nichts von ihm zu befürchten hatte, machte es ihr erheblich leichter, ihn als mentalen Punchingball zu benutzen. Eine hilfreiche Therapie.

»Und … eins!«, begann die Trainerin.

»Neiiin!«, schrie Makedde. Sie ließ ihre flache Hand gegen Stanleys Kehle vorschnellen, stieß ihre langen Fingernägel in seine unheimlichen hellblauen Augen, packte mit beiden Händen seinen dicken Kopf und riss ihn mit aller Kraft herunter auf ihr hochschnellendes Knie. Sie konnte regelrecht spüren, wie sein Gesicht abprallte und sein Körper auf den Boden der Trainingshalle krachte. Als Nächstes würde sie seinem Kopf einen Tritt verpassen und auf ihm herumtrampeln und …

Makedde registrierte, dass die anderen sie anstarrten.

Hanna lächelte. »Viel besser. Und jetzt mit dem Sandsack.« Sie reichte einer der anderen Teilnehmerinnen den großen quadratischen Sandsack, die die Hände durch die an der Rückseite angebrachten Haltegriffe schob und ihn sich seitlich an ihre Hüfte hielt.

»Okay, Makedde. Ich will zehn Schläge sehen – in zehn

Sekunden, und jeder Schlag an einer anderen Stelle. Und nicht wie ein Waschlappen zuschlagen. Fertig – und… eins!«

Makedde sah den grinsenden Stanley, wie er ihr mit seinem zerzausten braunen Haar und halb offener Hose mit offenem Schnappmesser den Weg nach draußen versperrte.

»EINS!«, schrie Makedde und trat Stanley mit voller Wucht in die Eier. »ZWEI!« Sie rammte ihm das Knie in den Leib. »DREI!« Ein Schlag mit der Handfläche gegen die Kehle. »VIER!« Sie stieß ihm die Finger in die Augen. »FÜNF!« Sie riss seinen Kopf herunter und rammte ihn in ihr rechtes Knie. »SECHS!« Ein Kopftreffer mit dem rechten Ellbogen. »SIEBEN!« Der gleiche Schlag mit dem linken Ellbogen. »ACHT!« Ellbogenrückschlag. »NEUN!« Mit voller Wucht mit der Faust in die Leistengegend. »ZEHN!« ZERQUETSCH IHM DIE HODEN!

Als sie fertig war, hörte sie auf zu schreien, trat einen Schritt zurück und schnappte nach Luft. Schweißperlen tropften von ihrem Kinn auf ihr T-Shirt. Diesmal starrte sogar Hanna sie wortlos an. Nach einem Moment des Schweigens fragte jemand: »Hast du schon mal Selbstverteidigungsstunden genommen?«

»Nein«, erwiderte Makedde ein wenig verlegen. »Ich habe einfach nur eine ziemliche Wut im Bauch.«

Um halb sechs war Makedde wieder in ihrer Wohnung und warf sich, immer noch schweißgebadet, in ihren Sportsachen aufs Bett. Als das Telefon klingelte, ließ sie den Anrufbeantworter anspringen.

»Hallo, Sweetie, ich bin's, Loulou«, hallte es nach dem Piepton durchs Zimmer. »War toll, dich gestern mal wieder gesehen zu haben. Kannst du das mit Becky Ross' Verschwinden glauben? Es geht das Gerücht um, dass sie mit diesem Rugbyspieler durchgebrannt ist, aber die Polizei befürchtet ein Verbrechen. Im Ernst! Dieser Typ ist ja so furchtbar… Ach, was fasele ich da wieder für ein Zeug. Ruf mich an.«

Makedde musste lächeln. Loulou war eine unverbesserliche Klatschbase. *Becky Ross' Verschwinden?* Sie musste sich gleich nach der Modepräsentation davongemacht haben. Klang ganz nach einem weiteren Werbegag. Vielleicht hätte Mak einen Blick in die Zeitungen werfen sollen; bestimmt gab es irgendwo einen Artikel über die Präsentation mit ein paar ironischen Kommentaren über Beckys neues Betätigungsfeld. Sie würde Loulou am nächsten Morgen anrufen. Bestimmt würde sie ganz scharf darauf sein, etwas über ihr geheimes Date herauszufinden.

Um sieben Uhr ist er hier, sagte sich Mak zum hundertsten Mal. Der Gedanke an sein Erscheinen trieb sie wieder auf ihre müden Füße und in die winzige Badewanne. Die Wanne war nicht besonders tief und viel zu kurz, so dass sie nicht hineinpasste, doch sie badete trotzdem, indem sie sich aus einem übergroßen Messbecher mit warmem Wasser übergoss und ein paar Tröpfchen duftendes Vanilleöl hinzugab. Anschließend rasierte sie ihre senkrecht aus der Wanne ragenden langen Beine von den Knöcheln bis zu den Oberschenkeln, wobei sie sorgfältig darauf achtete, sich nicht wieder zu schneiden. Als sie fertig war, fuhr sie sich mit der Hand über die Beine, stellte zufrieden fest, dass sie makellos glatt waren, und begann mit einer sorgfältigen Pediküre. Sie lackierte sich die Zehennägel in »French Nude«, wie der Farbton hieß, und hielt die Zehen zum Trocknen in die Luft, bis ihre Füße aufgrund der mangelnden Durchblutung zu kribbeln anfingen. Da sie Stiefel tragen würde, würde man ihre Zehen ohnehin nicht sehen, doch es tat ihr wohl, sich ein wenig zu verwöhnen.

Sie verließ das dampfende Badezimmer und fühlte sich so gut wie schon seit Tagen nicht mehr. Es schien, als sei wenigstens ein Teil ihrer Sorgen mit dem Badewasser den Abfluss hinuntergerauscht. Ein *Date!* Sie würde über die furchtbaren Ereignisse hinwegkommen und wieder nach vorn blicken, dessen war sie sich sicher.

Als sie sich für einen Augenblick hinsetzte, fielen ihr zwei Kratzer auf dem Holzfußboden ins Auge. Das Sofa. War es verschoben? Es schien weiter von der Wand weg zu sein. Hatte sie es etwa unbemerkt über den Boden gerückt? Sie schob es zurück an Ort und Stelle und staunte, wie schwer es war. Seltsam. Vielleicht spielte ihr Verstand ihr einen Streich. Immerhin war sie ein bisschen durcheinander – kurz vor ihrem Rendezvous mit dem entzückenden und unwiderstehlichen Detective Andrew Flynn. Gleich würde er da sein! Sie durchstöberte ihren Kleiderschrank nach etwas, das gleichzeitig salopp und attraktiv aussah, jedoch nicht den Eindruck erweckte, dass sie es darauf anlegte, attraktiv zu wirken. Das hinzubekommen, war eine Wissenschaft für sich, und sie brauchte eine ganze Weile. Schließlich entschied sie sich für ihre gerade geschnittene schwarze Lieblingshose und einen tiefblauen taillierten Pullover, der die Farbe ihrer Augen betonte.

Da es erst halb sieben war, zwang sie sich, sich hinzusetzen und die letzten paar Kapitel ihrer abgegriffenen Ausgabe von *Mindhunter* zu lesen, einem Buch über Verbrechen, die sich tatsächlich ereignet hatten.

Um eine Minute vor sieben verkündete der Türsummer Andys Ankunft.

Makedde sprang aus dem Sessel und katapultierte das Buch in die Luft. Sie hatte gerade über Robert Hansen gelesen, den Jäger aus Alaska, der etliche Prostituierte und Tänzerinnen brutal ermordet hatte, und war so nervös, dass sie beim leisesten Geräusch zusammenzuckte.

Sie warf einen Blick in den Spiegel, zog ihren Pulli ein wenig herunter und strich die schwarze Hose glatt. Ihr Haar hatte sie bewusst ein wenig in Unordnung gelassen, schließlich wollte sie nicht den Eindruck erwecken, sich stundenlang zurechtgemacht zu haben. Sie nahm ihren langen Mantel, holte ihre Lederstiefel mit den Blockabsätzen hervor und hockte sich neben dem Kleiderschrank auf den Boden, um sie anzuziehen. Während sie mit den Stiefeln kämpfte, fielen ihr auch hier Kratzer im Fußboden auf – genau wie neben dem Sofa. Sie inspizierte die tiefen Einkerbungen, die die kurzen Holzbeine des Schranks im Boden hinterlassen hatten. Doch die Beine des Schranks standen mindestens fünf Zentimeter neben den Dellen. Vielleicht hatte die Polizei bei der Spurensuche ein paar Möbel verrückt, und sie hatte es bisher nicht bemerkt.

Sie stand auf, freute sich über jeden Zentimeter, den die Stiefel sie größer machten, knipste das Licht aus und schloss ab. Während sie die Treppe hinabstieg, zwang sie sich, sich zu entspannen. Andy stand gegen das Geländer gelehnt vor der Haustür. Er trug Levi's, ein weißes Baumwollhemd und eine abgetragene Lederjacke. Und ein hinreißendes Lächeln.

»Hi.«

Makedde versuchte möglichst cool und ungerührt zu wirken und nicht zu zeigen, dass sie auf einmal Schmetterlinge im Bauch hatte.

Andy deutete auf ihr Outfit. »Sie sehen bezaubernd aus.« Die Bemerkung reichte, um Makeddes distanzierte Fassade zum Bröckeln zu bringen. »Das darf ich doch sagen, oder?«, fuhr er fort. Offenbar rechnete er schon damit, ein weiteres Mal den Kopf gewaschen zu bekommen.

»Warum nicht? Wer hört so etwas nicht gern? Vielen Dank. Sie auch. Sie sehen auch gut aus, meine ich. So ohne Anzug.«

Was quassele ich denn da? Hör sofort auf, so einen Mist zu reden!

»Erzählen Sie das bloß nicht meinen Kollegen, sonst verstehen die das noch falsch.« Mak lachte. »Ach, übrigens«, fuhr er fort, »ich möchte Sie bitten, meinen Kollegen gar nichts von unserem privaten Treffen zu erzählen. Ich würde mächtig was zu hören bekommen, wenn sie Wind davon bekämen. Okay?«

»Meine Lippen sind versiegelt.«

Während der Fahrt von Bondi nach Darlinghurst herrschte beklommenes Schweigen im Auto. Sie fing an, sich zu fragen, was sie hier eigentlich tat, und sie vermutete, dass es ihm ähnlich ging.

»Vielen Dank, dass Sie mich aus meinen vier Wänden geholt haben«, sagte sie schließlich in dem Versuch, die Bedeutung ihrer Verabredung herunterzuspielen. »Sie haben ja Recht, ich kenne in der Stadt wirklich nicht viele Leute. Nett, mal mit jemandem auszugehen, der sich auskennt.«

»Ja, es tut in der Tat gut, mal ein bisschen rauszukommen.«

Erneutes Schweigen.

Mak musterte das Armaturenbrett und registrierte, dass der Holden Commodore, in dem sie fuhren, über ein ausgeklügeltes Funksystem verfügte. Zu ihren Füßen lag außerdem eine große viereckige Taschenlampe, und als sie sich umdrehte, sah sie auf dem Rücksitz ein Blaulicht liegen.

»Ein Streifenwagen, was?«, fragte sie, hob die Taschenlampe auf und betrachtete sie von allen Seiten.

»Fragen Sie lieber nicht«, entgegnete er ernst. »Wenn die Lampe Sie stört, können Sie sie nach hinten legen.«

»Ich fahre gerne im Streifenwagen«, versicherte sie. »Schalten Sie doch mal die Sirene ein, dann kommen wir schneller durch den Verkehr.«

»Das würde Ihnen gefallen, was?«

Sie warf ihm einen verschmitzten Blick zu. »Ja. Kommen Sie schon!«, forderte sie ihn heraus.

Vor ihnen schickte sich ein Teenager gerade zu einer verbotenen Hundertachtziggradwendung an, als Andy für den Bruchteil einer Sekunde die Sirene aufheulen ließ. Der Junge brauste mit quietschenden Reifen davon. Das Ganze half, das Eis zwischen ihnen zu brechen und sie für ein paar Minuten abzulenken.

Auf der Victoria Street herrschte reges Treiben, und sie mussten ein paar Runden um den Block drehen, bis sie schließlich einen Parkplatz in der Nähe des Restaurants fanden. Vor dem Fu Manchu wartete eine Schlange von Leuten auf ihr bestelltes Essen zum Mitnehmen, und Mak und Andy waren erleichtert, als sie einen Blick durchs Fenster warfen und sahen, dass es drinnen noch ein paar freie Tische gab. Sie wählten einen aus und setzten sich. Während exotisch duftende asiatische Speisen an ihnen vorbeigetragen und den wartenden Gästen serviert wurden, breitete sich zwischen ihnen erneut ein angespanntes Schweigen aus. Es duftete nach Räucherkerzen, und leise chinesische Klänge erfüllten den Raum, doch in dem allgemeinen Gemurmel der sich angeregt unterhaltenden Gäste ging die gedämpfte Musik in dem gut besuchten Restaurant nahezu unter.

»Und?«, fragte sie schließlich. »Was meinen Sie?«

»Es ist toll. Wie haben Sie dieses Restaurant entdeckt?«

»Ich esse gerne«, sagte sie grinsend.

»Ziemlich ungewöhnlich für ein Model.«

»Das kann man wohl sagen. Wenn Sie mögen, suche ich etwas für Sie aus«, bot sie an und zeigte auf die handgeschriebene Speisekarte an der Wand.

Einen Augenblick lang schien ihr Angebot ihn zu überraschen, doch er klang auch ein wenig erleichtert, als er schließlich erwiderte: »Gern.«

Eine Kellnerin kam an ihren Tisch. Sie hatte sich den Kopf rasiert, trug Birkenstocksandalen, und ihren Fußrücken zierte ein tätowierter Schmetterling.

»Als erste Vorspeise hätten wir gerne Sang Choi Bao. Anschließend Entenröllchen mit reichlich Hoi Sin, und als Hauptgericht Tintenfisch in Salz und Pfeffer mit gedämpften Auberginen, bitte.« Sie wandte sich an Andy. »Ist das in Ihrem Sinne?«

Er nickte.

»Darf ich fragen, wie es mit dem Fall vorangeht?«, erkundigte sie sich zögernd, als die Kellnerin gegangen war.

»Natürlich. Nur darf ich Ihnen dazu leider nichts sagen.«

Sie lächelte.

»Glauben Sie mir, der Fall ist in guten Händen, und sobald sich etwas Wichtiges ergibt, lasse ich es Sie wissen.«

»Das will ich hoffen.« Sie würde es später noch einmal versuchen, vielleicht nach ein paar Drinks. Makedde war erleichtert, dass die erste Vorspeise ziemlich bald aufgetragen wurde. Sie bedankte sich bei der Kellnerin und meinte, das Essen sähe köstlich aus.

»Äh, stimmt«, bestätigte Andy. Er betrachtete das Arrangement aus Salatblättern und Hackfleisch nervös und fragte: »Wie heißt das noch mal?«

»Sang Choi Bao.«

Unsicher griff er nach seinem Wasserglas und sah unauffällig zu, was Mak als Nächstes tat.

»Ich liebe dieses Restaurant. Mögen Sie asiatisches Essen auch so gerne?« Sorgfältig stellte sie sich ihren ersten Bissen zusammen, und er folgte ihrem Beispiel, indem er das Fleisch in die Mitte eines Salatblatts legte und es darin einrollte.

»Ja«, beantwortete er schließlich ihre Frage. »Vor allem Chinapfanne und solche Sachen. Meistens lasse ich es mir ins Büro oder nach Hause kommen.« Aus seinem Eisbergsalaträllchen quoll etwas Fleisch hervor und landete auf dem Tisch aus rostfreiem Stahl. Er errötete.

Unser erstes Date, und schon habe ich ihn in Verlegenheit gebracht.

»Schmeckt es Ihnen?«

»Ja, es ist wirklich lecker… sofern ich etwas davon in den Mund bekomme.«

»Dann bin ich ja beruhigt. Hier wird auch nur das beste Hundefleisch und das ausgewählteste Affenhirn verwendet. Viel besser als weiter unten an der Straße.«

Andy begann zu husten.

»Das war ein Witz! Ich habe nur Spaß gemacht!«, stellte sie rasch klar. »Wirklich! Tut mir Leid, ich weiß auch nicht, was heute Abend in mich gefahren ist. Es ist Schweinehack, Gewürze und Zwiebeln, ich schwöre es.«

»Aha.«

»Ehrlich gesagt ist es das einzige Schweinefleischgericht, das ich überhaupt esse. Die Vegetarierversion von Sang Choi Bao ist einfach nicht so gut. Normalerweise esse ich vor allem Früchte und Gemüse«, plapperte sie weiter drauflos, »dazu gelegentlich etwas Fisch oder Hühnchen. Manche nennen es Semi-Vegetarier. Aber ich kann auch richtige Vegetarier verstehen. Gemüse schreit eben nicht so laut, wenn es klein gehackt wird.«

»Ja, so ist das wohl«, meinte er ausweichend, und es entstand eine bedeutungsschwangere Pause. »Und?«, fragte er schließlich. »Was haben Sie heute so gemacht?«

Ein weiteres heiteres Gesprächsthema. Makedde sah sich die Finger in Stanleys Augenhöhlen stoßen und seine Weichteile mit vernichtenden Tritten bearbeiten. »Das wollen Sie bestimmt nicht wissen, glaube ich«, erwiderte sie schließlich.

Andy sah sie neugierig und ein bisschen beunruhigt an. »Und wenn ich es doch wissen will.«

»Ich habe mit unsichtbaren Eiern Squash gespielt«, sagte sie schließlich im Flüsterton. Diesmal sah ihr Begleiter sie nicht nur neugierig und ein bisschen beunruhigt an, sondern regelrecht verwirrt.

»Ich habe heute im Bondi Community Centre mit einem Selbstverteidigungskurs angefangen. Er findet jeden Freitagnachmittag statt. Aber ich verspreche Ihnen, die Griffe, die ich dort lerne, nicht bei Ihnen anzuwenden – außer im absoluten Notfall natürlich.«

»Oh… gut. Man kann nie vorsichtig genug sein. Und, haben Sie schon ein bisschen von Sydney gesehen?«

»Na ja, ich bin ja schon zum zweiten Mal hier. Abends bleibe ich allerdings meistens zu Hause. Ich kenne hier ja kaum jemanden, wie Sie schon richtig vermutet haben.«

»Ich gehe auch nicht oft aus. Die Arbeit kann einen ganz schön auffressen.«

Makedde dachte an den Streit in seinem Büro, den sie mitangehört hatte, und bevor sie sich zurückhalten konnte, waren die Worte auch schon herausgerutscht: »Wer war die Frau neulich in Ihrem Büro? Sie war sehr hübsch.«

Sie glaubte, Schmerz in seinen Augen aufflackern zu sehen, bevor er antwortete: »Ach, das war Cassandra. Meine Exfrau. Fast-Exfrau, um genau zu sein. Wir sind gerade dabei, uns scheiden zu lassen.«

Makedde schämte sich furchtbar. »Oh, tut mir Leid. Ich wusste ja nicht…«

»Ist schon gut. Wir leben bereits seit über einem Jahr getrennt. An dem Tag, an dem Sie sie gesehen haben, ist sie bloß mit neuem Papierkram von ihrer Anwältin gekommen. Es ging um die Gütertrennung. Keine große Sache. Zum Glück sind keine Kinder im Spiel. Nur ein bisschen Eigentum und ein Auto.«

»Ein Auto?«

»Nicht so wichtig. Ist eine lange Geschichte.«

Die Entenröllchen wurden serviert, und Andy schien erleichtert, dass sie über etwas anderes reden konnten als über Cassandra. Doch als er sah, was da vor ihnen auf dem Tisch stand, nahm sein Gesicht vorübergehend einen völlig entgeisterten Ausdruck an. Auf einem großen Teller lagen fächerförmig angeordnet Entenfleischscheiben und Gurken- und Chilischeibchen, daneben standen eine pilzfarbene Soße und ein geheimnisvolles dampfendes Bambuskörbchen. Mit schlechtem Gewissen beugte Mak sich vor und bot Andy an, ihm zur Hand zu gehen.

»Lassen Sie mich das machen.«

Sie öffnete behutsam das Bambuskörbchen und nahm etwas heraus, das wie ein kleiner platter Pfannkuchen aussah. In der Mitte der pfannkuchenartigen Scheibe arrangierte sie etwas Entenfleisch, ein Stückchen Gurke, auf das sie etwas Chili legte, träufelte ein wenig Hoi-Sin-Sauce darüber und rollte das Ganze zusammen. Dann schob sie Andy den Teller hin, wobei sie versehentlich seine Hand streifte. Es war, als würde sie von einem Stromstoß durchzuckt. Als sie aufblickte, sah sie, dass Andy sie mit der gleichen Intensität ansah, die sie gerade gespürt hatte.

Makedde wich seinem Blick aus und errötete. »Sie … äh, Sie brauchen das nicht mit den Stäbchen zu essen«, brachte sie hervor. »Nehmen Sie lieber die Hände.«

Ihre Hände.

O Gott, dachte sie. *Wenn das mal gut geht.*

Auf der anderen Seite der Straße stand, verborgen im Schatten einer kaputten Straßenlaterne, ein einzelner Mann und beobachtete das intime Abendessen. Er war hochrot vor rasender Eifersucht und kochte vor Wut.

26

Am späten Samstagvormittag rauschte Andy mit einem Becher Kaffee in der Hand in sein Büro. Jimmy erwartete ihn bereits. Er saß an seinem Schreibtisch und grinste wie eine Katze, die soeben den Kanarienvogel verspeist hat. Als Andy nahe genug herangekommen war, stellte er mit sichtlicher Befriedigung fest: »Du machst also mit dem Pin-up-Model rum.«

Andy spuckte einen Mundvoll Kaffee aus. »Was?«

»Ich habe mit Robertson gesprochen, unserem Kontaktmann in Kings Cross. Ich wollte wissen, ob dieser Malaka vielleicht bekannt ist, dieser Rick Filles, du weißt schon, und was sonst so in dem Viertel los ist. Und was glaubst du, was er mir erzählt hat?« Jimmy machte eine Pause und zog eine Augenbraue hoch. »Er sagt, eigentlich sei nichts Besonderes los, außer dass Detective Flynn in einem Restaurant an der Victoria Street eine Puppe angebaggert hätte. Da hockst du also mit dieser Vanderwall-Mieze direkt am verdammten Fenster, und ihr starrt euch in die Augen wie zwei verliebte Teenager.«

»Hast du uns gesehen?«

»Skata. Jeder könnte euch gesehen haben. Ist dir eigentlich gar nicht klar, dass du dich in dem Laden zur Schau stellst wie in einem verdammten Aquarium? Genauso gut kannst du dich in ein Schaufenster hocken.«

»Scheiße.«

»War sie wenigstens gut?«

»Hey – ich war der perfekte Gentleman.«

»Dass ich nicht lache!« Jimmy grinste.

»Ich habe sie nach dem Essen vor ihrer Wohnung abgesetzt und bin nach Hause gefahren. Im Übrigen geht dich das sowieso einen Dreck an.«

»Mann, Andy! Du willst mich doch wohl nicht hängen lassen! Seit gestern Abend bist du eine Legende. Ein paar von den anderen wollen dich bitten, dass du ihnen ein Autogramm von ihr besorgst. Sie bringen ihre alten *Sports Illustrated*-Ausgaben mit.«

»Hör auf, mich zu verarschen! Du hast es doch niemandem erzählt, oder?«

»Ich brauchte es niemandem zu erzählen! Sie haben euch doch mit eigenen Augen gesehen! Du riskierst ganz schön was, aber ich kann's dir nicht verübeln. So eine Gelegenheit würde ich mir auch nicht durch die Lappen gehen lassen. Aber vermassel darüber bloß nicht unseren Fall. Das ist 'ne Riesensache für uns beide, vergiss das nicht.«

Andy schüttelte den Kopf. »Das reicht. Also, was hast du herausgefunden?«

»Wir haben die Kleinanzeigen unter die Lupe genommen, und es gibt nur überraschend wenige, in denen Models gesucht werden. Die Anzeigen in der Rubrik mit den Stellenanzeigen sind alle in Ordnung, aber da, wo ›Domina Chantal‹ und die ›freche, vollbusige blonde Barbie‹ werben, haben wir etwas Interessantes gefunden. Eine nette kleine Anzeige. Subtil, aber sehr effektiv. Weißt du, zum Teil ist der ganze Scheiß in dieser Rubrik ja ganz unterhaltsam. Ich frage mich, ob das, was da in den Anzeigen alles versprochen wird, physisch überhaupt möglich ist…«

Andy fiel ihm ins Wort, bevor er noch weiter abschweifte. »Was steht in der Anzeige?«

»Hier.« Jimmy reichte ihm eine zusammengefaltete Zeitungsseite. Eine der Anzeigen war mit dem gleichen roten Filzstift umkringelt, mit dem auch die geschmackvollen Kritzeleien auf Makeddes Foto entstanden waren. Die Anzeige lautete: *MODELS – Fotograf sucht attraktive weibliche Models im Alter von 16 bis 25 Jahren. Gute Bezahlung.*

Interessierte wurden aufgefordert, »Rick« anzurufen.

Andy sah auf. »Das kann doch wohl nicht wahr sein. Reden wir hier über den gleichen Rick?«

Jimmy nickte, blätterte sein Notizbuch durch und sagte: »Die Anzeigenrechnungen gehen an ein Postfach in Kings Cross, das ein Mr. Rick Filles eingerichtet hat.«

»Bingo. Dann können wir ihm ja mal auf den Zahn fühlen. Ich rede mit Kelley, und du kümmerst dich darum, dass Mahoney bei Filles anruft und ein Foto-Shooting arrangiert.«

»Gute Idee. Allerdings weiß ich nicht, ob sie da mitspielt.«

»Wird schon klappen.«

Keine zwei Stunden später meldete sich Constable Karen Mahoney an Andys Schreibtisch. Sie trug ihre makellos gebügelte Uniform, hatte ihr Haar zu einem Knoten aufgesteckt und keinerlei Make-up aufgelegt.

»Wir haben einen Auftrag für Sie, Constable.«

»Toll!«, erwiderte sie eifrig und stand erwartungsvoll mit gefalteten Händen da.

Kelley hatte erstaunlich schnell seine Einwilligung gegeben, vor allem, weil es eine kleine Operation war, die keine zusätzlichen Ressourcen erforderte. Seine einzigen Bedingungen waren, Mahoney unter ständiger Beobachtung zu halten und das Ganze »nicht zu versauen«, wie er sich ausgedrückt hatte.

Jimmy reichte ihr den Zeitungsausschnitt.

»Möglicherweise lockt dieser Rick Filles mit Hilfe dieser Anzeigen Frauen an. Wir wollen, dass Sie ihn überprüfen und, falls nötig, dabei helfen, ihn einzubuchten.«

Ihr Gesicht leuchtete vor Aufregung auf, doch nachdem sie die Anzeige studiert hatte, änderte sich ihre Miene.

»Äh … Sie wollen, dass ich als Model für diesen Kerl posiere?«

»Sie werden verkabelt, und wir sorgen dafür, dass Sie unter ständiger Beobachtung stehen.«

»Beobachtung…«

»Um Ihre Sicherheit zu gewährleisten«, stellte Andy klar. »Wir müssen herausfinden, ob dieser Kerl unser Mann ist, und wenn ja, werden Sie diejenige sein, die all die Frauen, die da draußen in Gefahr sind, vor dem Schlimmsten bewahrt.«

Seine Worte schienen die gewünschte Wirkung zu haben.

»Jawohl, Sir.«

»Jimmy wird Sie genau instruieren. Ich möchte, dass Sie umgehend mit den Vorbereitungen beginnen.«

»Aber ich muss mich nicht… *ausziehen* oder so, oder?«

»Sie dürfen diesen Typen jedenfalls nicht misstrauisch machen. Wir wollen auf keinen Fall, dass er Lunte riecht. Natürlich hat Ihre Sicherheit für uns höchste Priorität. Am besten verlassen Sie sich auf Ihr eigenes Urteilsvermögen.«

Sie schien über seine Worte nachzudenken. »Und was ist mit Tony Thomas?«, fragte sie schließlich.

»Um den kümmern sich Hunt, Reed und Sampson«, erwiderte Jimmy. »Dieser Filles ist jetzt wichtiger. Wir brauchen Sie.« Kurz darauf sah Andy, wie Jimmy und Mahoney den Flur entlanggingen und Jimmy den Arm um sie legte.

Endlich hatte er ein wenig Zeit zum Nachdenken. Einen segensreichen Moment lang hatte er das Büro für sich allein. Es war ein ruhiger Samstag, und selbst Inspector Kelley war nach Hause gegangen. Andy zog das Telefon zu sich heran und wählte Makeddes Nummer. Es klingelte ein paarmal, bevor sie sich mit einem vorsichtigen »Hallo?« meldete.

Ihr Ton ließ bei ihm die Alarmglocken schrillen. »Ich bin's, Andy. Ist bei Ihnen alles in Ordnung?«

Sie zögerte. »Ja. Nur ein paar komische Anrufe.«

»Was für komische Anrufe?«, wollte er wissen und unterdrückte das drängende Bedürfnis, sofort in seinen Streifenwagen zu springen und zu ihr zu fahren.

»Ach, das hat bestimmt nichts zu bedeuten. Es klingelt, und wenn ich mich melde, wird aufgelegt. Aber hier haben vor mir so viele Models gewohnt, dass die Anrufer vermutlich einfach jemand anders erwarten.«

Andy hoffte, dass sie Recht hatte. Zumindest klang es plausibel, doch er hatte ein ungutes Gefühl. »Hat Tony Sie noch einmal belästigt?«

»Nein, überhaupt nicht.« Sie machte eine Pause. »Vielen Dank übrigens noch einmal für den netten Abend gestern. Es hat wirklich gut getan, mal rauszukommen.«

»Das Vergnügen war ganz meinerseits. Aber nächstes Mal suche ich vielleicht besser das Restaurant aus.« Er hoffte, dass es ein nächstes Mal geben würde.

»Tut mir Leid wegen des Essens. Ich weiß, es ist nicht gerade einfach zu handhaben.«

»Nein, das Essen war köstlich. Aber das Restaurant … es …« Er ließ den Satz lieber unvollendet. Es hatte schließlich keinen Sinn, ihr auf die Nase zu binden, dass fast die gesamte Polizei sie bei ihrem gemeinsamen Abendessen beobachtet hatte.

»Ich verstehe. Ist einfach nicht ihr Stil. Auf was für Restaurants stehen Sie denn?«

Er wollte sie wiedersehen. Er wollte auf sie aufpassen, sicherstellen, dass ihr nichts passierte. Sie war so anders als Cassandra.

»Das zeige ich Ihnen heute Abend … wenn Sie mich lassen.«

»Äh … ja, gern«, erwiderte sie.

Hatte er vielleicht ein wenig zu erwartungsvoll geklungen? »Oder auch nicht«, fügte er hinzu.

»Doch, ich würde wirklich gern mit Ihnen essen gehen.«

»Gleiche Uhrzeit?«

»Okay, dann bis nachher.«

Er legte auf und merkte, dass er nicht mehr allein im Zimmer war.

»Ahaaa«, meinte Jimmy mit hochgezogenen Augenbrauen.

»Kein Wort!«, warnte Andy ihn. »Kein einziges Wort...«

»Hauptsache, du vergisst nicht, dass dieser Fall wirklich wichtig ist und dass es *wirklich* schade wäre, wenn einer von uns die Sache vergeigt, indem er sich zum Beispiel mit einer Zeugin einlässt oder...«

»Jimmy!«

Er schwieg.

»Danke«, sagte Andy mit Nachdruck. »Hat Kelley mit dir über das zusätzliche Personal gesprochen?« Sie brauchten dringend weitere Leute, um sämtliche Sexualstraftäter zu überprüfen, die wegen ähnlicher Verbrechen registriert waren.

»Nein. Er hat kein Wort zu mir gesagt.«

Andy überraschte das nicht. Es war allgemein bekannt, dass er Inspector Kelleys Liebling war. Als sein Chef ihn zu einer Fortbildung bei der Spezialeinheit des FBI für kriminologische Verhaltensforschung nach Quantico geschickt hatte, hatte Jimmy nicht den Hauch einer Chance gehabt, ihn begleiten zu dürfen, und folglich war er auch nicht von der neu gebildeten Einheit in Canberra eingeladen worden. Allerdings hatte Andy das Gefühl, dass sein Partner gar nicht so unglücklich darüber war, die zweite Geige zu spielen. Auf diese Weise war er nicht solchem Druck ausgesetzt, denn es war Andy, von dem die Wunder erwartet wurden.

Dank Inspector Kelleys Fürsprache hatte Andy die seltene Gelegenheit gehabt, bei der FBI-Spezialeinheit für Serienverbrechen zu lernen, wie man Täterprofile erstellte.

Die Einheit galt als die beste auf der ganzen Welt. Dieser Fall bot ihm die Gelegenheit, zu beweisen, dass das Vertrauen, das sein Chef in ihn gesetzt hatte, begründet war. Andy wusste das, und er empfand es als Privileg, sich dieser Herausforderung zu stellen.

»Wenn er uns keine zusätzlichen Kräfte zur Verfügung stellt, müssen wir es eben mit unserer normalen Besetzung schaffen – wie immer.«

Und das hieß Überstunden für alle.

27

Mak hatte sich an der Armlehne des Sofas in Fötusposition eingerollt , als die Sprechanlage summte.

»Hallo?«

»Ich bin's, Andy.«

»Hallo. Kommen Sie rauf.«

Einen Augenblick später stand er vor ihrer Tür, und als er lächelnd auf sie zukam, spürte sie, wie ihre Anspannung ein wenig nachließ.

Ich bilde mir das alles nur ein.

»Hallo«, begrüßte er sie und studierte aufmerksam ihre Augen. »Alles in Ordnung? Noch mehr solche Anrufe?«

Mak wich seinem Blick aus. »Ein paar«, gestand sie. Es waren nicht nur ein paar gewesen. Und die Möbel brachten sie auch zusehends um den Verstand. Irgendwie schienen sie jeden Tag ein Stück woandershin verrückt zu sein.

»Wie viele?«

Sie versuchte sich zu konzentrieren. »Heute acht, vielleicht auch zehn.«

Er runzelte die Stirn. Zwischen seinen Augenbrauen formten sich zwei tiefe Falten, und er schob die Unterlippe ein wenig vor. »Das gefällt mir nicht. Das hört sich nicht so an, als ob sich einfach nur jemand verwählt hätte.«

Sie setzte sich auf das Sofa, und er tat es ihr gleich, allerdings nahm er auf der anderen Seite Platz, gerade weit genug von ihr entfernt, um nicht in ihre persönliche Sphäre einzudringen. Sie wusste seine Zurückhaltung zu schätzen, doch in Wahrheit wünschte sie, er würde sie in den Arm nehmen.

»Haben Sie überhaupt Hunger?«, wollte er wissen. »Wir müssen nicht ausgehen, wenn Sie nicht wollen.«

»Doch, doch, ich möchte schon. Aber können wir vielleicht einfach noch einen Moment hier sitzen bleiben?«

»Selbstverständlich. Was immer Sie wollen. Haben Sie schon mit irgendjemandem über all das geredet? Mit einem Therapeuten? Wer so etwas durchgemacht hat, braucht vielleicht …«

»Ich brauche keinen Psychologen«, fiel sie ihm ins Wort. »Grundsätzlich habe ich natürlich überhaupt nichts gegen den Besuch bei einem Psychologen. Schließlich will ich selber einmal Psychologin werden. Aber ich brauche wirklich keinen – jedenfalls nicht im Moment.« Sie wusste, dass das nicht unbedingt stimmte. Die Warnzeichen waren nicht zu übersehen.

»Ich meinte gar nicht, dass Sie einen *brauchen*, ich wollte nur sagen, es könnte vielleicht hilfreich …«

»Nein!«, widersprach sie entschieden und vielleicht ein bisschen zu laut.

Andy sah sie an. Seine tiefgrünen Augen verrieten, dass er wirklich besorgt war. So mitfühlend hatte sie schon lange niemand mehr angesehen.

»Erzählen Sie mir von Catherine. Standen Sie sich sehr nahe?«

»Sie war eine gute Freundin …« Sie stockte und wusste nicht, ob sie es fertig brachte, über dieses Thema zu reden.

»Es ist völlig in Ordnung, wenn Sie darüber reden möchten«, ermutigte er sie.

Sie wusste, dass sie, wenn sie erst einmal anfing, nicht mehr würde aufhören können. Schließlich kam sie zu dem Schluss, dass sie es ihm ruhig erzählen konnte. »Seit sie ein kleines Mädchen war, hat sie ganz bei uns in der Nähe gewohnt. Ihre Eltern sind gestorben, als sie noch sehr klein war, und dann haben diese furchtbaren Pflegeeltern sie zu sich geholt. Sie ist sehr oft zu uns nach Hause gekommen. Ich denke, ich habe sie in gewisser Weise bemuttert, weil sie so viel jünger war als ich. Oder vielleicht war ich für sie auch eher wie eine große Schwester. Mit der Zeit haben wir uns dann ein wenig aus den Augen verloren, aber als sie vor ein paar Jahren angefangen hat zu modeln, sind wir wieder dicke Freundinnen geworden. Wir haben beide sehr jung mit dem Modeln angefangen – mit vierzehn, fünfzehn. Ich wusste, wie es ist, wenn man so jung ins kalte Wasser geworfen wird, deshalb habe ich ihr geholfen, den Fallstricken aus dem Weg zu gehen. Aber es war keineswegs so, dass immer nur ich ihr aus der Patsche geholfen habe. Sie war auch für mich da, wenn ich sie gebraucht habe.«

Makedde dachte an Stanley und an die zermürbenden Befragungen der Polizei. Und sie dachte daran, wie Catherine einen Auftrag im Ausland abgelehnt hatte, um ihr beizustehen. Doch Stanley war im Gefängnis, und es hatte keinen Sinn, in der Vergangenheit herumzustochern. Es ging niemanden etwas an, und sie würde diesen liebenswürdigen Mann bestimmt nicht damit belasten, der trotz allem im Grunde ein Fremder für sie war und ihr so geduldig zuhörte. »Also«, fuhr sie schließlich vage fort, »Catherine war mir immer eine Stütze, und ich vermisse sie wirklich sehr.«

»Und jetzt denken Sie, Sie müssten ihr helfen, weil sie Ihnen oft beigestanden hat. Das ist nur zu verständlich, aber es gibt nichts, was wir jetzt noch für Catherine tun könnten. Wir können nur ihren Mörder fassen und ansonsten unser Leben leben.«

Andy hatte Recht, und Makedde war fest entschlossen, genau das zu tun: Catherines Mörder zu fassen.

Er schien ihre Gedanken zu lesen. »Ich weiß, dass Sie uns helfen wollen, aber ich lasse nicht zu, dass Sie noch tiefer in die Geschichte hineingezogen werden, als Sie sowieso schon drinstecken. Wir haben alles unter Kontrolle, und …«

»Ach ja? Und wo ist denn dann dieser Psychopath? Setzen Sie ihn vor mich, damit ich ihn so leiden sehen kann, wie Catherine leiden musste! Zeigen Sie mir …«

»Makedde. Manchmal gibt es keine *wirkliche* Gerechtigkeit«, sagte er und legte tröstend seinen warmen Arm um sie. »Manche Dinge können nie wieder gutgemacht werden.«

Das stimmt. Der Mord an Catherine. Mums Tod. Nichts kann das je wieder gutmachen.

Während Andy sie im Arm hielt, rollten Tränen über Makeddes Wangen. Sie rückte an ihn heran, und ihre Lippen berührten sich. Daraufhin zog er sie enger zu sich heran und umfasste mit seinen muskulösen Armen fest ihren zitternden Körper. Seine weichen Lippen kamen erneut ganz nah an ihre heran. Sie sah sie durch ihre verweinten Augen, beobachtete sie, bis sie den Weg zu ihrem Mund fanden, sie zärtlich küssten, ihre eigenen Lippen öffneten und sie ganz behutsam liebkosten. Sie schmeckten so süß. Sie spürte sein Gewicht, das sie auf das Sofa drückte; sein Mund war jetzt fordernder, heftiger. Sie umschlangen einander in leidenschaftlicher Sehnsucht, und ihre Finger, Lippen und Körper verschmolzen miteinander.

Sie konnte nicht anders, und er offensichtlich auch nicht.

28

Er beobachtete ihr Fenster von einer Parkbank auf der gegenüberliegenden Straßenseite aus und merkte kaum, dass es regnete und er allmählich bis auf die Haut durchnässt wurde. Hinter den herabgelassenen Jalousien schien ihre warme, sinnliche Welt im Kerzenschein unantastbar. Er konnte nie Teil ihres Lebens werden. Jedenfalls nicht so.

Doch es war alles vorbereitet. Seine Geduld würde belohnt werden. Sie würde sein bisher wertvollster Besitz sein.

Ich warte, bis die Kerzen ausgehen.

Um drei Uhr nachts öffnete sich die Tür des Apartmenthauses. Ein hoch gewachsener Mann erschien, hielt inne und sah noch einmal die Treppe hinauf. Obwohl es dunkel war, konnte er erkennen, dass es der Mann war, mit dem sie im Restaurant zu Abend gegessen hatte. Der Detective. Er wollte ihm die Kehle aufschlitzen – von einem Ohr bis zum anderen. Um Makedde zu zeigen, wie viel sie ihm bedeutete. Und um ihr zu zeigen, wie wenig er gewillt war, einen Konkurrenten zu dulden.

Er sah zu, wie der Detective einen Moment lang unschlüssig in der Tür stand, sich dann umdrehte, die Treppen wieder hinaufstieg und die Tür hinter sich zufallen ließ.

Wütend sprang er von der Bank auf und ballte die Fäuste. Im Gras vor ihm saß eine kränkelnde Taube und ruhte sich aus. Blitzschnell packte er zu und drehte ihr den Hals um, bis sie sich krümmte und im Todeskampf erstarrte. Dann schleuderte er sie achtlos auf den Boden. Seine Latexhandschuhe waren blutverschmiert.

Seine Geduld war zu Ende.

29

Am nächsten Morgen um kurz vor elf wurde Detective Flynn vom durchdringenden Klingeln seines Handys geweckt, das durch den stillen Raum gellte. Obwohl das Apartment so klein war, hatte er Schwierigkeiten, seine Hose zu finden, und tappte verschlafen umher.

Sie hatten kaum ein Auge zugemacht.

Makedde schlief nun endlich tief und fest, und er wollte das Telefon finden, ehe das nervtötende Klingeln sie weckte. Er bückte sich, warf auf allen vieren einen Blick unters Bett und entdeckte seine dunkelblaue Anzughose, die sich um eines der Bettbeine gewickelt hatte. Das Handy lugte aus einer der Taschen hervor.

Makedde regte sich und murmelte irgendetwas Unverständliches.

Als Andy das Gespräch gerade annehmen wollte, hörte das Klingeln auf. Er schob das Handy zurück und betrachtete Makeddes weiche Kurven. Die Decke war bis unter ihre Knie hinabgerutscht, und ihr nackter Körper war lediglich in ein dünnes Laken gehüllt. Bestimmt fror sie. Er zog behutsam die Decke hoch.

»Andy …«, murmelte sie mit geschlossenen Augen. Sie drehte sich um, und er sah ihr Gesicht vor sich, nur wenige Zentimeter von seinem entfernt. An ihren langen, makellosen Augenwimpern haftete etwas verlaufenes Make-up. Bei jedem ihrer tiefen Atemzüge öffneten sich ihre vollen Lippen ein wenig. Neben ihr auf dem Bett war noch ein bisschen Platz. Er beugte sich vorsichtig nach hinten, als tanze er unter einer unsichtbaren Querstange Limbo, stützte sich auf dem Bettpfosten ab und schaffte es, sich unter die Decke gleiten zu lassen, ohne seine schlafende Schönheit zu wecken. Als er sich gerade bequem eingekuschelt hatte, klingelte das Telefon erneut. Er fischte es schnell vom Boden auf und flüsterte wütend: »Hallo?«

»Na, du perfekter Gentleman!« Jimmy klang beeindruckt.

»Was ist los?«

»Tut mir Leid, dass ich dich stören muss, aber wir haben wieder eine gefunden.«

Andy legte eine Hand über den Mund und flüsterte: »Willst du damit das sagen, was ich fürchte?«

»Du wirst es nicht glauben. Becky Ross, der Soap-Star. Sie haben sie eben gerade gefunden – unter ein paar Büschen im Centennial Park. Eine Riesensauerei.«

»O Gott!« Er war für den Verlust eines weiteren Menschenlebens verantwortlich, weil er nicht schlau genug war, die einzelnen Teile des Puzzles zusammenzufügen. Er lag hier herum und trieb es mit einer schönen Frau, während eine andere brutal ermordet wurde. Und er lag nicht etwa neben *irgendeiner* schönen Frau, sondern neben einer Hauptzeugin in dem Fall, für dessen Aufklärung er verantwortlich war.

»Du bist mit ihr im Bett, habe ich Recht?«

»Psst!«, zischte Andy.

»Du geiler Bock! Soll ich dich abholen?«

»Nein. Ich bin in zwanzig Minuten da.«

»Bring uns ihr Höschen mit!«

»Halt dein verdammtes Maul!«

Andy beendete das Gespräch und genoss noch einen letzten Moment neben Makeddes warmem schlafendem Körper. »Ich muss los«, flüsterte er ihr ins Ohr. »Ich rufe dich an.« Widerwillig stemmte er sich aus dem Bett, stakste über die leeren Plastikschachteln eines thailändischen Lieferservices und stellte fest, dass seine Kleidung, die irgendwie ihren Weg in sämtliche Ecken des Zimmers gefunden hatte, total verknittert war. Bevor er Kelley unter die Augen trat, musste er noch zu Hause vorbei.

Er nahm die Speisekarte mit thailändischen Gerichten und der Aufschrift »Lieferung frei Haus« zur Hand, riss ein Stück ab und kritzelte eine Nachricht für Makedde auf den Papierfetzen:

Musste los. Ich rufe dich an. A.

Es dauerte noch ein paar Minuten, bis er sich wieder in die reale Welt eingefunden hatte. Er fühlte sich ein wenig unbehaglich angesichts dessen, was er getan hatte. Was Makedde wohl empfinden würde, wenn sie allein aufwachte?

Im Centennial Park herrschte Chaos. Überall waren uniformierte Polizisten dabei, weiträumige Flächen und etliche der Straßen und Fußwege abzusperren. Die Sonntagsspaziergänger sahen sich verwirrt um, als Andy langsam durch den Park fuhr und sich mit gelegentlich aufheulender Sirene einen Weg bahnte. Es war ein wunderschöner, wolkenloser Tag, und die Leute waren in Scharen zu einem sonnigen Familienpicknick oder einer kleinen Fahrradtour in den Park geströmt. Dass sie ihre Kinder an den Schauplatz eines Schwerverbrechens führen würden, hätten sie sich niemals träumen lassen.

Andy hielt einem der uniformierten Beamten kurz seine Dienstmarke hin und wurde durchgelassen und an dem beliebtesten Restaurant des Parks vorbei die Straße entlang zu einer besonders dicht mit Büschen bewachsenen Stelle gewiesen, die nicht zu übersehen war, da sie mit blau kariertem Polizeiabsperrband gesichert war, das sich unheilvoll von den Bäumen abhob. Als er aus dem Wagen stieg, kam Constable Hunt auf ihn zugeeilt und platzte heraus: »Vorsicht, Detective, sie ist nicht mehr ganz frisch.«

Andy schlug die Wagentür zu und zog ein Paar Latexhandschuhe aus der Innentasche seines marineblauen Anzugs, den er sich zu Hause schnell angezogen hatte.

»Steht die Identität des Opfers zweifelsfrei fest?«, fragte er Hunt.

»Ja. Es ist Becky Ross. Ich kenne sie aus den Zeitungen und aus dem Fernsehen. Überzeugen Sie sich selbst.«

Bei den Büschen hatte sich eine Menschentraube angesammelt, in einiger Entfernung standen ein paar weitere Leute beisammen, unter ihnen ein gepflegter älterer Herr mit einem angeleinten großen Schäferhund. Er redete mit lebhaften Gesten auf Constable Reed ein, der sich eifrig Notizen machte. Ohne Zweifel der Pechvogel, der die Leiche entdeckt hatte. Andy erblickte Jimmy und die Pathologin aus der Gerichtsmedizin, Sue Rainford, die neben den Büschen hockte. Er ging auf die beiden zu und war noch ein paar Meter entfernt, als ihm der ekelerregende Gestank von Verwesung in die Nase stieg.

Das Opfer lag in erniedrigender Pose auf dem Rücken, die Beine unnatürlich gespreizt und ausgestreckt. Die Leiche war nackt – bis auf einen einzelnen, teuer aussehenden, blutverschmierten Stiletto, der einen der Füße zierte. Sie war grotesk verstümmelt worden und nahezu bis zur Unkenntlichkeit entstellt.

Andy wechselte einen Blick mit seinem Partner.

»Schön, dass du kommen konntest«, brummte Jimmy leise. »Sieht aus, als ob unser Mann sich Soaps anschaut. Vielleicht sollten wir dieses Detail deinem Täterprofil hinzufügen.«

Sue Rainford, eine ruhige, unerschütterliche Frau von Ende vierzig, hockte auf Knien und untersuchte die Leiche. Sie hatte die Figur einer riesigen Birne, kurz geschnittenes braunes Haar, und trug eine Brille. »Das Opfer ist weiblich, Hautfarbe weiß, Ende zwanzig und bereits seit einigen Tagen tot«, diktierte sie die Ergebnisse ihrer Vor-

Ort-Untersuchung sachlich und nüchtern in ihr winziges Aufnahmegerät. »Die Leiche liegt in Rückenlage, die Beinen sind in den Hüftgelenken maximal abgespreizt. Keine grobe Entstellung der Gliedmaßen. Offensichtlicher starker Blutverlust, jedoch nicht in der Umgebung. Wahrscheinlich wurde die Leiche erst nach Eintritt des Todes an diesen Ort geschafft.«

Beckys platinblondes Haar lag, verfilzt und voller angetrocknetem Blut, zerzaust auf dem Gras, ihre Augen, die noch vor kurzem vor Tatendrang gesprüht hatten, starrten wässrig und leblos hinauf zum Himmel. Ihre Handgelenke und Fußknöchel wiesen Abschürfungen auf und waren von Blutkrusten überzogen; über ihren mit Blasen übersäten Körper krochen Maden und andere Insekten und gingen pflichtbewusst ihrem morbiden Geschäft nach.

»Sie kann nicht vor Donnerstag so zugerichtet worden sein«, stellte Jimmy fest. »An dem Tag hatte sie irgendeine Präsentation.«

Die Pathologin diktierte weiter in ihr Aufnahmegerät: »Keine erkennbaren Schnürspuren am Nacken. An beiden Handgelenken sichtbare Abschürfungen. Die Brustwarzen wurden komplett herausgeschnitten. Vom unteren Teil des Rumpfes verläuft ein langer Schnitt bis zum Schambereich.« Als Sue sich erhob, war sie ungewöhnlich blass. Sie sah Andy an, und zum ersten Mal in den vielen Jahren, die sie bereits zusammenarbeiteten, konnte er durch ihre Brillengläser hindurch erkennen, dass sie Angst hatte. »Diese Wunden, Gentlemen, haben eindeutig stärker geblutet. Ich befürchte, dass der Täter eine Reihe dieser Schnitte vorgenommen hat, während das Opfer noch am Leben, vielleicht sogar bei vollem Bewusstsein war.«

»Stärker geblutet als …«, begann Jimmy.

»Sie hat viel stärker geblutet als die anderen Opfer. Die anderen Opfer, die wir gefunden haben, wiesen massive postmortale Verstümmelungen auf, aber wie es aussieht, ist er jetzt dazu übergegangen, sie bei lebendigem Leibe…« Sie brauchte nicht näher auszuführen, was sie meinte. »Sobald ich sie auf dem Seziertisch habe, kann ich mehr sagen.«

»Mein Gott. Für die Presse wird das ein gefundenes Fressen sein.«

Kaum waren die Worte gesprochen, als sie hoch über sich das dumpfe Knattern von Hubschrauberrotoren hörten, die die Luft aufwirbelten. Sie sahen auf und schauten in eine Fernsehkamera, die direkt auf sie zielte.

»Skata! Woher wissen die das schon wieder? Schafft sie uns sofort vom Hals!«, brüllte Jimmy und fuchtelte wie wild mit den Armen in der Luft herum. »Verdammte Malakas. Die versauen uns den Fundort!«

Der Hubschrauber kreiste in einiger Entfernung über ihren Köpfen, doch schon begannen die Bäume zu schwanken und ihre Blätter zu verlieren wie in einem heftigen Sturm.

»Wir sollten umgehend ihre engsten Angehörigen informieren!«, versuchte Andy den knatternden Hubschrauber zu übertönen. »Damit sie es nicht aus den Nachrichten erfahren müssen.« Er war zutiefst besorgt.

Ihr Mörder entwickelte sich weiter.

30

Als Makedde schließlich aufwachte, zeigte die Leuchtanzeige ihres digitalen Weckers 11.59 Uhr. Es war komisch, zu so einer dekadenten Stunde aufzustehen. Im nächsten Moment saß sie kerzengerade im Bett und dachte voller Panik, dass sie womöglich ein Shooting verpasst hatte. Als sie richtig wach war und klar denken konnte, fiel ihr ein, dass sie heute gar keine Termine hatte, und dann erinnerte sie sich mit einem flauen Gefühl im Magen an die vergangene Nacht.

Andy?

Sie war alleine im Bett, und auf einmal fühlte sie sich aus unerklärlichem Grund verraten. Sie hatte bereits mehr als genug Erfahrungen mit unzuverlässigen Männern gemacht und hoffte, dass sie nicht schon wieder an ein Exemplar von dieser Sorte geraten war. Am Fußende des Bettes lag ein abgerissenes Stück Papier, und als sie sah, dass es beschrieben war, begann ihr Herz zu rasen. Sie las die Nachricht und strahlte übers ganze Gesicht. Dann stand sie auf und inspizierte das Apartment. Die Plastikschachteln des Bringdienstes waren neben der Spüle aufgestapelt, ihre Kleidungsstücke, die eigentlich überall verstreut gewesen waren, waren ordentlich auf einem Stuhl übereinandergelegt. Die Handtücher im Bad waren allesamt unbenutzt. Also musste Andy ziemlich überstürzt aufgebrochen sein, doch er hatte offenbar trotzdem noch schnell versucht, ein wenig Ordnung zu schaffen.

Wirklich ein Mann mit Klasse.

Als sie die Dusche aufdrehte, klingelte das Telefon.

Andy!

Sie schoss durchs Zimmer und hatte den Hörer beim dritten Klingeln in der Hand.

»Hallo.«

Klick.

Sie runzelte die Stirn, legte wieder auf und starrte aus dem großen Fenster. Die Jalousien waren nicht ganz geschlossen. Vielleicht hatte Andy sie ein wenig aufgezogen, bevor er gegangen war. Sie bedeckte ihre Brüste mit den Händen und trat mit einem flauen Gefühl im Magen vom Fenster weg. Zurück im Badezimmer schloss sie die Tür hinter sich ab, stellte sich vor den Spiegel und betrachtete ihr verschrecktes Spiegelbild. Ihre Freude hatte sich schlagartig in Angst verwandelt. Hinter der geschlossenen Tür hörte sie erneut das Telefon klingeln. Nachdem es einige Male geklingelt hatte, sprang der Anrufbeantworter an. »Hallo? … Dies ist leider nur der Anrufbeantworter«, verkündete ihre eigene Stimme. »Hinterlassen Sie bitte eine Nachricht, dann rufe ich zurück.«

»Ich bin's, Andy. Bist du da?«

Sie schnappte sich ein Handtuch, stürmte zurück ins Wohnzimmer und nahm den Hörer ab. »Hallo«, keuchte sie atemlos. »Wie geht's dir?«

»Gut.«

»Mir auch.«

»Tut mir Leid, aber ich wurde angerufen. Äh … ich musste sofort weg.« Er klang etwas unsicher. »Kann sein, dass es heute spät wird …«

»Ich würde mich riesig freuen, wenn du noch vorbeikommen würdest – falls du Lust hast.«

Er schwieg einen Moment. »Okay. Ich rufe dich an, wenn ich mich auf den Weg mache.«

»Was ist denn los?«

»Das kann ich dir im Moment noch nicht sagen, aber später kann ich dir bestimmt mehr erzählen.«

»Hat es was mit dem Fall zu tun?«

»Ja.«

»Komm schon!«, drängte sie.

Er zögerte. »Du weißt doch von diesem Fotografen, oder? Ich meine diesen Typen, der in der Zeitung inseriert. Also, wir überprüfen ihn heute. Wenn ich nachher komme, erzähle ich dir, wie es ausgegangen ist.«

Es war ein Uhr, als Makedde das Apartment verließ. Es war ein herrlicher, sonniger Tag, und am Strand von Bondi

Beach wimmelte es von Leuten, die das erste schöne Wetter der ganzen Woche genossen. In den Cafés drängten sich gut gelaunte Gäste, die Wellen waren mit Surfern gesprenkelt. Der Himmel war strahlend blau, und es wehte eine frische Brise, als Makedde an den Geschäften vorbeiflanierte, herzhaft in eine Nori-Rolle biss und an einer Flasche Wasser nippte.

Sie huschte in ein Zeitungsgeschäft und blätterte neugierig in der Zeitung, in der sich die Anzeige befand, von der Andy gesprochen hatte. Die Rubriken mit den Jobangeboten und den Gebrauchtwagen überschlug sie und entdeckte schließlich zwischen zwei Anzeigen, in denen Sexabenteuer mit der »geschlechtsumgewandelten Sue« und »neue exotische« Damen im Massagesalon angepriesen wurden, eine Annonce, in der ein gewisser »Rick« nach Models suchte und diese aufforderte, ihn anzurufen. *Könnte der es gewesen sein?*, fragte sie sich. Auf so etwas hätte Catherine sich nie im Leben eingelassen. Aber wie war er dann auf sie gestoßen?

An der Kasse stand ein sonnengebräunter Surfer in T-Shirt und Shorts, der gerade die dicke Ausgabe der Sonntagszeitung bezahlte. Mak stellte sich hinter ihm an. Er roch nach Meer, sein blondes Haar war salzig und nass.

»Wie ist es denn heute draußen, Kumpel?«, wollte der Mann hinter dem Tresen von dem Surfer wissen.

»Ein paar gewaltige Lefthander. Dagegen waren die Wellen am Terrigal die ganze Woche über geradezu niedrig.«

Terrigal.

»Donnerwetter«, meinte der Mann hinterm Tresen und reichte dem Surfer sein Wechselgeld. »Ich war zum Food-and-Wine-Festival dort, und die Wellen waren wirklich gut.«

Makedde packte den Surfer am Arm, und er fuhr herum und sah sie mit verdutzten grünen Augen an. Seine Nase war mit Sommersprossen übersät, die Lippen hatte er sich mit knallig rosafarbenem Sunblocker eingeschmiert, und er lächelte so breit wie das grinsende Riesengesicht im Luna Park.

»Entschuldigen Sie, dass ich Sie belästige«, sagte sie und lächelte süß zurück. »Sie haben gerade vom Terrigal gesprochen.«

»Ja, Terrigal Beach.«

»Wo ist das genau?«

»Och, nicht besonders weit. Ein paar Autostunden nach Norden die Küste rauf. Sind Sie Amerikanerin?«

»Kanadierin. Besten Dank.«

»Sind Sie allein hier?«

»Nein. Oh, und ich stehe im Parkverbot. Ich sollte lieber zusehen, dass ich da verschwinde. Nochmals vielen Dank.« Sie warf ihr Geld auf den Tresen und eilte aus dem Laden, bevor er noch etwas sagen konnte. Mit der zusammengefalteten Zeitung unter dem Arm ging sie zügigen Schrittes weiter die Straße hinab.

JT Terrigal
Beach Resort
16
14

Die Notiz war nahezu unleserlich und ziemlich schräg auf das Blatt gekritzelt worden, aber jetzt ergab sie immerhin etwas mehr Sinn. Sie musste Andy bei ihrem nächsten Treffen davon erzählen. Vielleicht konnte er mit den Zahlen etwas anfangen. Ob es Durchwahlnummern waren? Oder Zimmernummern? Auf dem Nachhauseweg fiel ihr im Schaufenster einer Buchhandlung an der Hall Street ein Buch ins Auge. Es trug den Titel *Geburtstage – Ein Persönlichkeitsprofil*, und obwohl Mak mit Tageshoroskopen normalerweise nichts anfangen konnte, konnte sie nicht widerstehen.

Sie betrat den Laden und schlug das Datum ihres Geburtstags auf. Geschmeichelt überflog sie die Attribute, die den an diesem Tag Geborenen zugeschrieben wurden; sie seien *charmant* und *attraktiv*, hieß es. Sie nahm aber auch die Warnung zur Kenntnis, dass sie zu Sturheit neige, las den ihr bekannten Hinweis, dass sie am gleichen Tag Geburtstag hatte wie Groucho Marx, und kam dann zu einem Absatz, der sie beunruhigte. *Die an diesem Tag Geborenen haben ein Problem im Hinblick auf Gewalt*, hieß es da. *Entweder werden sie tyrannisiert, oder sie neigen selber zu Gewalt. Die an diesem Tag Geborenen ziehen Gewalt regelrecht an. Sie müssen lernen, sich von der Besessenheit durch die Gewalt …*

Sie klappte das Buch so laut zu, dass einige der anderen Kunden ihr pikierte Blicke zuwarfen. *Gewalt? Ich soll Gewalt anziehen?* Sie stellte das Buch zurück ins Regal und verdrängte den Gedanken. Dann trat sie zurück auf die Straße und mischte sich unter die Surfer und Liebespaare.

In ihrem Apartment angekommen, griff sich Makedde das Telefon, wählte die Nummer der Auskunft und fragte nach »Terrigal Beach Resort«. Bingo.

Catherine hatte sich mit dem Mann, den sie JT nannte, im Terrigal Beach Resort verabredet. Das einzige Geheimnis war nur noch, wofür die Ziffern vierzehn und sechzehn standen. Jedenfalls waren es nicht die Endziffern der Telefonnummer des Hotels. Sie hatte eine Ahnung und wählte die Nummer des Hotels.

»Terrigal Beach Resort. Was kann ich für Sie tun?«, meldete sich eine kesse Frauenstimme.

»Könnten Sie mich bitte mit Zimmer sechzehn-vierzehn verbinden?«

»Einen Moment bitte, ich stelle Sie durch.« Es klingelte

ein paarmal, dann meldete sich die Frau wieder. »Tut mir Leid, Sie müssen sich geirrt haben. Zimmer sechzehn-vierzehn ist im Moment gar nicht belegt. Welchen Gast möchten Sie denn sprechen?«

»Hm.« *Was jetzt?* »Ich habe eine Nachricht von meinem Freund JT erhalten, dass ich ihn in Zimmer sechzehn-vierzehn anrufen soll. Allerdings war ich eine Weile nicht zu Hause, deshalb weiß ich nicht, wie alt die Nachricht ist. Wann hat er denn bei Ihnen gewohnt?«

»Tut mir Leid, aber wir geben grundsätzlich keine Informationen über unsere Gäste heraus«, stellte die Frau unmissverständlich klar. »Aber wenn Sie mir Ihren Namen nennen, kann ich nachsehen, ob irgendwelche Nachrichten für Sie hinterlegt wurden. Ansonsten können Sie mir auch den Nachnamen des Gastes nennen, den Sie erreichen wollen, dann kann ich einen Blick in den Computer werfen, ob er zur Zeit bei uns eingecheckt ist.«

Verdammt.

»Ist schon gut. Ich versuche es später noch einmal.«

Wenigstens war die geheimnisvolle Notiz nicht länger ein Buch mit sieben Siegeln. Catherine hatte mit ihrem Liebhaber ein romantisches Wochenende geplant. Doch wer war der mysteriöse Mann? Die Polizei konnte bestimmt die Hotelunterlagen einsehen und herausfinden, unter welchem Namen das Zimmer reserviert worden war.

Andy würde erst in ein paar Stunden bei ihr vorbeikommen, dabei konnte sie es gar nicht erwarten, ihm von ihrer Entdeckung zu erzählen.

Doch als Erstes musste sie ihre Neugier befriedigen. Sie riss die Anzeige aus der Zeitung und studierte sie noch einmal, während sie die angegebene Nummer wählte. Beim dritten Klingeln hob jemand ab.

»Hallo, spreche ich mit Rick?«, hauchte sie in ihrer besten Marilyn-Monroe-Stimme.

»Wie heißt du, Süße?«

»Debbie. Ich habe deine Anzeige gesehen.«

»Bist du Amerikanerin?«

Klar, warum nicht. »Ja, ich bin aus L. A…«

»Wie alt bist du?« Ricks Stimme klang, als ob er stark rauchte und mindestens vierzig war.

»Äh, dreiundzwanzig.«

»Was hast du für eine Oberweite, Debbie?«

»Ich passe so eben in Größe 80 DD. Hoffentlich ist dir das nicht zu groß!«

»Keine Sorge, Baby. Und deine Taille?«

»Das ist ja das Komische, Rick. Mein Taillenumfang ist nur 58 Zentimeter. Ich schäme mich manchmal ein bisschen wegen meinem üppigen Vorbau, aber in L. A. habe ich mal für Unterwäsche Modell gestanden, und der Fotograf war echt zufrieden.«

»Bist du blond ?«

»O ja«, hauchte sie.

»Natur?«

»Wie bitte?«

»Bist du naturblond? Ich meine, überall?«

Igitt. »Ach so, ja. Überall.«

Sie vereinbarten ein Foto-Shooting für Mittwochabend, und er nannte ihr die Adresse seines Studios in Kings Cross. Sie kicherte mädchenhaft und fragte, ob sie irgendetwas Spezielles mitbringen solle.

»Stilettos. Und einen sexy Slip. Ein paar Outfits habe ich auch hier.«

Das glaube ich gerne. »Dann also bis Mittwoch«, verabschiedete sie sich und bemühte sich, möglichst ernst zu klingen.

Sie legte auf und brach in einen hysterischen Lachanfall aus. Die Aussicht auf eine Fotosession mit einer einfältigen vollbusigen Blondine aus Kalifornien brachte Rick bestimmt ganz aus dem Häuschen. Vermutlich war er zutiefst enttäuscht, wenn sie ihn einfach versetzte. »Körbchengröße 80-DD und eine 58-Zentimeter-Taille!«, prustete sie und wischte sich eine Träne aus dem Auge.

Er hatte sie ausdrücklich gebeten, Stilettos zu tragen, aber andererseits war dieser Wunsch für einen Promifotografen auch nicht übermäßig ungewöhnlich. Sie fragte sich, ob ein cleverer Mörder seine Obsessionen so direkt offenbaren würde. Nach allem, was sie wusste, waren die wirklich gefährlichen eher diejenigen, die sich nicht so offensichtlich zu erkennen gaben.

31

Detective Flynn stand an der Vorderseite des Raumes und blickte in die angespannten Gesichter der Mitglieder seiner Einsatzgruppe, die mit gezückten Kugelschreibern auf seine Anweisungen warteten. Er sehnte sich nach Makedde und stellte sich vor, wie sie mit zurückgeschlagener Decke im Bett lag und unbekleidet ihre Kurven zur Schau stellte. Er hatte es geschafft, den Erfordernissen der Ermittlung einen hinreißenden Abend lang zu entfliehen, doch jetzt war er ins Zentrum des Geschehens zurückgekehrt, und ein großes Team von Männern und Frauen war auf seine Anweisungen angewiesen.

»Als Erstes möchte ich Ihnen allen für das Engagement danken, mit dem Sie sich diesem Fall widmen, besonders an einem Sonntagnachmittag«, begann Andy. »Wie Sie alle wissen, haben wir ein viertes Opfer, die Schauspielerin Becky Ross. Die Autopsie wurde soeben beendet und hat ergeben, dass sie irgendwann am späten Donnerstagabend oder am frühen Freitagmorgen getötet wurde. Ich sage es jetzt noch einmal, um sicher zu sein, dass es jeder verstanden hat: Es ist von *entscheidender* Bedeutung, dass absolut nichts über diesen Fall nach draußen dringt. Wenn irgendeine Information diesen Raum verlässt, sitzt jeder Einzelne von Ihnen verdammt tief in der Scheiße! Habe ich mich klar genug ausgedrückt? Okay, damit ist dieses Thema erledigt.

Ich habe ein etwas gründlicheres Profil unseres Mörders vorbereitet. Hier sind Kopien für jeden.« Er ließ einen Stapel Kopien herumgehen. »Ich möchte noch einmal daran erinnern, dass es sich hier um ein allgemeines Profil handelt, das bei der Ermittlung als Werkzeug dienen soll. Unser Mörder fällt in die Kategorie ›Sexualtäter mit Gewalttrieb‹. Er sah auf und blickte einigen Mitgliedern seines Teams in die Augen. »Im Klartext heißt das: Er ist ein Sadist. Vielleicht hat er diese Neigung am Anfang nicht so offen gezeigt, aber inzwischen bewegt er sich eindeutig in diese Richtung – sein letztes Opfer bestätigt das. Er verstümmelt seine Opfer bei lebendigem Leibe.«

Erneut machte er eine kurze Pause. »Diese Sorte Täter bedient sich oft irgendeiner Lüge oder spielt den charmanten Gentleman, um sein Opfer in Sicherheit zu wiegen und sein Vertrauen zu gewinnen. Wenn er dann über es herfällt, sagt er vielleicht Dinge wie ›Nenn mich Meister‹, oder ›Gebieter‹, oder etwas in der Art.«

Hunt konnte ein Kichern kaum unterdrücken.

»Halten Sie den Mund, Hunt, und machen Sie sich Notizen!«, fuhr Andy ihn an. »Sonst sind Sie derjenige, den ich daransetze, jede einzelne Sexualdelikt-Akte der vergangenen fünf Jahre unter die Lupe zu nehmen.«

Hunt verstummte.

»Möglicherweise fragt er die Frauen ›Tut es weh?‹. Vielleicht zwingt er sie, um Gnade zu flehen, möglicherweise demütigt und beschimpft er sie auch, um seine Bedürfnisse zu befriedigen.« Er gab Hunt durch einen scharfen Blick zu verstehen, dass dieser sich hüten solle, einen dummen Kommentar abzugeben. »Vielleicht macht er Fotos, während er sich an dem Opfer vergeht, oder er nimmt es auf Video auf. Wie wir gesehen haben, richtet sich sein Verstümmelungsdrang vor allem gegen bestimmte Körperteile, vermutlich gegen diejenigen, die für ihn eine sexuelle Bedeutung haben – Brüste, Füße, Vagina, Anus und so weiter. Seinem letzten Opfer hat er die Brustwarzen abgeschnitten. In einem früheren Stadium seiner perversen Entartung hat er vielleicht nur in die Warzen gebissen oder sie mit einem Messer angeritzt.«

Er sah in die Runde. »Vielleicht finden wir bei früheren Sexualdelikten und Vergewaltigungsfällen weitere Hinweise. Natürlich sind alle Fälle, bei denen der Täter zur Zeit im Knast sitzt, uninteressant. Unser Mörder geht sehr vorsichtig zu Werke, aber vielleicht war er früher nachlässiger. Möglicherweise hat er auch schon mal gesessen und von Mithäftlingen Tipps mit auf den Weg bekommen, vielleicht hat er sich auch eine eigene kleine Bibliothek über forensische Techniken zugelegt. Wahrscheinlich steht er beim Sex auf Fesseln und Folterinstrumente. Vielleicht sammelt er Trophäen oder führt eine Art Tagebuch über seine Morde. Er hat eine komplette Ausrüstung dabei, unter anderem Waffen, Sexutensilien und Fesseln. Entweder sucht er sich seine Opfer willkürlich aus und stellt ihnen nach, oder er plant die Überfälle im Voraus. Er vergeht sich mindestens vier Stunden an seinen Opfern, bevor er sie tötet oder freilässt. Es kann aber auch vierundzwanzig Stunden dauern. Diese Zeitangaben wurden von den Gerichtsmedizinern für alle vier uns bekannten Opfer bestätigt.«

»Ein verdammter Psycho«, murmelte Jimmy vor sich hin.

»Dazu wollte ich gerade kommen. Wir haben es vermutlich mit einem gewalttätigen Psychopathen zu tun, der einen hohen Intelligenzquotienten hat. Das heißt, er kann sehr charmant und einnehmend sein, wenn er will. Alle bisherigen Opfer waren weiße Frauen, weshalb wir davon ausgehen, dass er ebenfalls weiß ist. Er geht mit großer Sorgfalt vor und ist einigermaßen reif. Ich würde sagen, er ist Mitte zwanzig bis Ende dreißig und lebt im Großraum Sydney. Er begeht seine Verbrechen an einem abgelegenen Ort und hält seine Opfer dort gefangen. Dass er es bei seiner letzten Tat auf jemanden Berühmtes abgesehen hat, eröffnet eine ganz neue Perspektive. Offenbar liest er Zeitungen, und es gefällt ihm, über seine Taten zu lesen. Bestimmt hält er sich inzwischen selbst für berühmt. Dass nicht schon viel früher jemand über sein letztes Opfer gestolpert ist, ist purer Zufall. Er lässt die Leichen nach wie vor an Orten zurück, an denen sie leicht gefunden werden können. Dass sie entdeckt werden, scheint ihn nicht zu bekümmern.«

Andy blickte erneut in die Runde. »Okay, das wär's fürs Erste von meiner Seite. Und jetzt an die Arbeit, jeder an die Aufgabe, die ihm zugewiesen wurde! Und halten Sie *Kontakt* miteinander. Ich will, dass jeder jederzeit weiß, was die anderen gerade tun. Für diejenigen, die zusammen mit Jimmy die Rick-Filles-Spur verfolgen, hat Jimmy noch ein paar Worte zu sagen.«

Jimmy stand auf und grinste. »Deine Vorstellung dürfte schwer zu überbieten sein.« Er ging nach vorne, einen Daumen unter seiner Speckrolle in eine Gürtelschlaufe eingehakt. »Also gut, Mahoney geht um Punkt fünf zu dem Kerl auf die Bude. Sie ist verkabelt, mit einem Mikrofon in ihrem, äh … BH.«

Andy wandte seinem Team den Rücken zu und verdrehte die Augen. Jimmy hatte die Gabe, so zu klingen, als hätte er überhaupt nichts zu melden, selbst wenn er an der Leitung einer Ermittlung beteiligt war.

»Es läuft alles so ab, wie wir es besprochen haben«, fuhr Jimmy fort. »Wir warten im getarnten Lieferwagen auf der anderen Straßenseite. Mahoney findet hoffentlich belastende Fotos, Waffen oder Fesselutensilien, die die Kriminaltechniker unter die Lupe nehmen können. Wenn es brenzlig wird, holen wir sie raus, und zwar hopplahopp. Ich hoffe, ihr habt mich verstanden, Jungs … und Mädels, wir haben hier eine verdammt heiße Spur. Also schnappen wir uns den Kerl!«

Alle bekundeten lauthals ihre Zustimmung und erhoben sich.

»Du hast eine ziemlich eigene Art, dich auszudrücken«, stellte Andy an Jimmy gewandt fest, als die Mitglieder des Teams an ihnen vorbei aus dem Raum drängten.

Es war schon ziemlich spät, als Andy bei Makedde vor der Tür stand. Er kam wieder direkt von der Arbeit und sah müde und erschöpft aus, doch er war froh, sie zu sehen. Makedde hatte eine Menge mit ihm zu besprechen, doch als Erstes meinte sie, ein paar Dinge klarstellen zu müssen.

»Andy …«

»Ja?« Er beugte sich vor und küsste sie spontan und unerwartet. Als ihre Lippen sich wieder voneinander lösten, fühlte sie sich ein wenig benommen.

»Ich wollte sagen, was gestern Nacht passiert ist …«

»War wunderbar«, fiel er ihr ins Wort.

»Ja, das schon«, stimmte sie zu, »aber es ging alles ein bisschen schnell. Normalerweise lasse ich mich nicht …«

»Ich auch nicht.«

Sie schaute ihn skeptisch an. »Wirklich nicht?«

Andy sah ihr in die Augen und sagte: »Ich glaube, keiner von uns beiden hat erwartet, dass die Dinge sich so entwickeln. Aber ich für meinen Teil bin überaus glücklich, dass sie es getan haben, ungeachtet aller Risiken.«

Es ging alles zu schnell und war zu ungewiss. Makedde wusste nicht recht, was sie sagen sollte. »Ich will nur, dass du weißt, dass ich mich normalerweise nicht so Hals über Kopf in irgendwas stürze«, platzte sie heraus, *doch, das tue ich,* »aber gestern Nacht war es etwas anderes.«

»Die Botschaft ist angekommen. Alles klar.«

Erleichtert, dass das nun geklärt war, lächelte sie. *Was war geklärt? Versuche ich nur, ihm zu sagen, dass ich eigentlich nicht so leicht zu haben bin ... eigentlich?*

Sie führte ihn zum Sofa und sie setzten sich. Sie bemühte sich, das Thema zu wechseln. »Ich habe etwas Wichtiges mit dir zu besprechen. Du erinnerst dich doch bestimmt an diese Notiz, die Catherine hinterlassen hat, in der von irgendeinem JT die Rede ist, und von Terrigal und so weiter. Ich habe herausgefunden, was es damit auf sich hat. Sie wollte sich mit ihrem Liebhaber, den sie offenbar JT genannt hat, im Terrigal Beach Resort treffen, und zwar in Zimmer Nummer sechzehn-vierzehn.«

Andy sagte kein Wort.

»Wenn ihr die Hotelunterlagen checkt, findet ihr wahrscheinlich heraus, mit wem sie eine Affäre hatte, bevor sie ermordet wurde.«

Makedde betonte das Wort »ermordet« und spürte, dass Andy auch diesmal von ihrer Information nicht besonders beeindruckt schien. »Also gut, was ist los?«, fragte sie schließlich, als er nicht antwortete.

»Na ja ...«, begann Andy mit betretener Miene. »Wir wissen, dass ein Mann dort gewohnt hat, aber er bestreitet jegliche Beziehung zu Miss Gerber, und wir neigen dazu, ihm zu glauben.«

Mak merkte, wie sie vor Wut rot anlief.

»Du hättest dir die Mühe sparen können. Bitte überlass die Ermittlungen uns.«

Wie konnte er ihr das verschwiegen haben? Sie holte tief Luft und fragte: »Heißt dieser Mann mit Vornamen JT?«

»Nein.«

»Okay. Hat er die Initialen JT?«

»Ja, das sind tatsächlich seine Initialen, aber mehr kann ich dir wirklich nicht sagen. Ich sollte überhaupt nicht mit dir darüber reden. Können wir bitte über irgendetwas anderes sprechen als über meine Arbeit?«

Sie schüttelte den Kopf und begann innerlich zu kochen. So leicht kam er nicht davon. »Wie lange weißt du schon von diesem Typen?«

»Noch nicht lange. Jetzt beruhige dich doch.«

»Mich beruhigen? Den Teufel werde ich tun! Du denkst, ich versteife mich hier auf Catherines Affäre, habe ich Recht?«

Andy nahm ihre Hände, doch sie schüttelte ihn wütend ab. »Ich denke, dir fehlt es in dieser Angelegenheit ein wenig an Objektivität«, stellte er vorsichtig fest. »Wir haben kein Recht, uns in das Leben dieses Mannes einzumischen, bloß weil eine junge Frau irgendeine Nachricht hingekritzelt hat, die auf ein Zimmer hindeuten *könnte*, in dem er absteigen wollte.«

»Moment mal«, entgegnete sie, als ob ihr plötzlich ein Licht aufgegangen wäre. »Absteigen *wollte*? Hat er die Reservierung etwa storniert?«

Andy sah ein wenig verwirrt aus.

»Dir ist doch hoffentlich klar, was das bedeutet, oder? Catherine wurde am Mittwoch ermordet und ihre Leiche am Freitag entdeckt. Wenn die Zimmerbuchung also storniert wurde, bevor ich die Leiche am Samstagmorgen identifiziert habe, muss derjenige, der das Zimmer reserviert hatte, bereits gewusst haben, dass sie tot war und nicht kommen würde. Das wiederum heißt aber, dass derjenige etwas mit ihrer Ermordung zu tun gehabt haben muss.«

»Brrr! Nun mal langsam, Miss Marple.« Er bedachte sie erneut mit einem dieser abschätzigen Blicke, die sie so auf die Palme brachten. »*Wenn* dieser Mann seine Zimmerbuchung storniert hat, kann er das aus allen möglichen Gründen getan haben. Und er behauptet steif und fest, Catherine Gerber nie begegnet zu sein. Es gibt nichts, was auf eine Verbindung zu ihr hinweist.«

»Doch«, entgegnete Makedde triumphierend und streifte den Ring von ihrem Daumen. »Schau dir mal die Gravur an.«

Andy nahm stirnrunzelnd den dicken Diamantring, drehte ihn und studierte die eingravierten Initialen. Seine Augen weiteten sich. »Woher hast du den Ring?«

»Aus Catherines Schmuckkästchen. Ich habe ihn gefunden, als ich ihre Sachen zusammengesucht habe.«

»Warum hast du ihn mir nicht sofort gezeigt? Das ist ein Beweisstück!«

»Weil du dich mir gegenüber wie ein Arschloch benommen hast. So ähnlich wie jetzt übrigens.«

Andy erhob sich vom Sofa. Sie konnte sehen, wie die Wut in ihm hochkochte. Der verständnisvolle Mann war verschwunden und hatte einem auf- und abwandernden, aufgeblasenen Ego Platz gemacht. »Ich kann dir nichts über den Fall erzählen. Das weißt du ganz genau. Ich darf dir eigentlich gar nichts sagen, ich sollte nicht einmal hier sein. Wenn du also sauer bist, dass ich dir nicht erzählt habe, wohin uns Catherines Notiz geführt hat, kann ich es auch nicht ändern.«

Makedde verschränkte die Arme und schlug die Beine übereinander. Mit angespannten Muskeln sah sie zu, wie er auf- und abging.

»Dein Verhalten könnte als Unterschlagung von Beweismitteln angesehen werden. Das hier ist eine Ermittlung in einem Mordfall, verdammt! Und du hältst ein potenzielles Beweisstück zurück!«

»Ihr hattet eure Chance«, stellte Makedde mit fester Stimme klar. »Ich habe euch alles erzählt, was ich über Catherines Affäre wusste. Deine Männer haben das Apartment von oben bis unten auf den Kopf gestellt. Sie müssen den Ring gefunden und sich nichts weiter dabei gedacht haben. Das ist nun wirklich nicht meine Schuld. Und nach deinem Auftritt, als ich mit vermeintlich wichtigen Informationen zu dir gekommen bin, war ich mit Sicherheit nicht gerade erpicht darauf, dir auch noch den Ring unter die Nase zu halten.«

Andy marschierte weiter im Zimmer umher. Er ließ den Ring in seine Tasche gleiten und fuhr sich nervös mit der Hand durchs Haar.

»Also gut, vielleicht hätte ich dir von dem Mann erzählen sollen«, sagte er schließlich, »aber bitte versteh doch, ich konnte nicht. Wir hatten nichts gegen ihn in der Hand, nur diese hingekritzelte Notiz, und selbst die war ziemlich dürftig.«

»Der Ring ist alles andere als dürftig.«

»Mit dem Ring sieht die Sache womöglich anders aus. Aber versteh doch, es gibt einfach Dinge, die ich dir nicht erzählen kann.«

»Ich weiß.«

Er hörte auf, wie ein Löwe im Käfig umherzuwandern, kam zurück zum Sofa, hockte sich vor ihr nieder und legte ihr zärtlich die Hände auf die Knie. Doch Makedde ließ ihn nicht an sich heran. Sie hielt die Arme fest vor der Brust verschränkt; ihre Augen waren trocken, obwohl sie hätte losheulen können.

»Für mich steht immerhin mein Job auf dem Spiel. Je mehr ich dir erzähle, desto tiefer reite ich mich rein.« Er streckte eine Hand nach ihr aus und zog mit der Spitze seines Zeigefingers eine unsichtbare Linie über ihre Wange. »Ich stecke sowie schon tief genug drin.«

»Andy, was ist mit …«

Augenblicklich presste sich sein Mund auf den ihren. Sie umarmten einander heftig und küssten sich lange und leidenschaftlich. Er drückte sie aufs Sofa, und sie ließ ihre Hand über sein Hemd gleiten, hinab über sein Kreuz bis hin zu seinen festen, muskulösen Gesäßbacken.

»Gott, es ist wirklich zum Verzweifeln mit dir«, murmelte sie.

Andy fuhr zärtlich mit der Zunge ihren Hals herunter.

»Mach mir Sean Connery!«, hauchte sie.

Ihr Wunsch schien ihn einen Augenblick lang zu überraschen, doch dann lächelte er und sagte mit perfektem, weichem schottischen Akzent: »Mein Name ist Bond, James Bond.«

Miau.

»Mach weiter!«, drängte sie und schlang die Beine um ihn.

»Sie sind eine Augenweide, Miss Moneypenny …«

»Mehr!«

»Äh … Einen Wodka Martini bitte, geschüttelt, nicht gerührt.«

Sie küsste ihn erneut. »Oh, James …«, kicherte sie.

Stunden später lagen sie nackt und erschöpft auf den zerwühlten Bettlaken. Das Zimmer war dunkel, bis auf die winzige Flamme der Kerze, die neben dem Bett flackerte.

»Hummaganna«, murmelte Andy plötzlich vor sich hin.

Makedde schlug die Augen auf. »Was?«

»Hmmff.« Er wälzte sich und zuckte zusammen. »Hau ab. Hmmff.« Seine Augen waren nach wie vor fest geschlossen.

»Hau ab, hmmff, Cassandra«, murmelte er weiter. »Ich will das Auto, verdammt«, platzte er plötzlich etwas verständlicher heraus. »Miststück …«

Makedde verpasste ihm einen kräftigen Stoß in die Rippen, woraufhin er verstummte. Sie brachte es nicht über sich, ihn im Schlaf Dinge sagen zu lassen, die er womöglich hinterher bereute. »Mmm«, murmelte er und blinzelte verschlafen. Er rollte sich auf die andere Seite, und sie lagen eine Weile still nebeneinander, doch Makedde konnte nicht mehr einschlafen. Ihre Gedanken kreisten, bis ihre Neugier sich nicht mehr zügeln ließ.

»Ich hoffe, du hast nichts dagegen, wenn ich dich etwas frage«, sagte sie leise, rollte sich herum und kuschelte sich an ihn. »Du hast mir doch von diesem Rick Filles und seinem Fotostudio in Kings Cross erzählt. Was ist dabei herausgekommen?« Andy drehte sich auf den Rücken und wandte ihr mit geschlossenen Augen das Gesicht zu. »Darüber kannst du mir doch wenigstens etwas erzählen, oder?«, drängte sie weiter.

»Natürlich«, murmelte er im Halbschlaf. »Moment mal.« Er riss die Augen auf. »Woher weißt du, dass sein Studio in Kings Cross ist? Das habe ich dir bestimmt nicht erzählt.«

»Nein?« Sie musste kurz auflachen, als sie an die haarsträubenden Maße dachte, die sie Rick aufgetischt hatte. »Ich kann dir sagen, der Typ klingt wie ein total schmieriger Kotzbrocken.«

»*Klingt*? Du hast doch wohl nicht etwa mit ihm geredet, oder?« Er war plötzlich hellwach.

»Nur ganz kurz. Ich wollte hören, was für eine Masche er abzieht. Es war ganz harmlos.«

»Verdammte Scheiße noch mal!« Er setzte sich auf, ballte die Faust und schlug mit solcher Wucht auf das Bett, dass es erbebte. Während Makedde wie betäubt liegen blieb, schüttelte er mit geschlossenen Augen den Kopf und versuchte sich zu beruhigen, indem er ein paarmal tief und bewusst einatmete. Sie vermutete, dass er bis zehn zählte. Wutbewältigung.

»Was glaubst du eigentlich, was du hier machst?«, fragte er schließlich. Er klang schon wieder etwas gefasster. »Du bist unmöglich. So etwas darfst du nicht tun!«

»Ich habe ihm weder meine Telefonnummer verraten noch sonst irgendetwas«, wandte sie ein und setzte sich ebenfalls auf. »Ich hab mich als Debbie ausgegeben – eine ein Meter zweiundachtzig große Blondine mit Körbchengröße DD, Model für Unterwäsche.«

Er warf einen Blick auf ihre Brüste. »Na ja, Debbie wäre bestimmt besser bei ihm angekommen als die Lady, die wir ihm geschickt haben«, stellte er trocken fest.

»Was ist denn passiert?«

Er ergriff ihre Hände, runzelte die Stirn und sah sie streng an. »Du musst mir versprechen, dass du damit aufhörst. Ich erzähle dir, was immer du wissen willst, aber nur, wenn du mir versprichst, nicht weiter mit Verdächtigen rumzuquatschen und dich in Gefahr zu bringen.«

Sie klimperte mit ihren maskaraverschmierten Wimpern. »Also gut, ich verspreche es. Also, warum verdächtigt ihr diesen Typen?«

»Wir müssen alle Möglichkeiten in Betracht ziehen, und Rick ist nur einer von vielen, die in Frage kommen. Die ersten beiden uns bekannten Opfer waren im Sexgewerbe tätig und könnten durchaus auf seine Anzeige angesprungen sein.«

»Aber du glaubst doch nicht im Ernst, dass Catherine sich auf so eine Anzeige gemeldet hätte.«

»Nein, das bezweifle ich«, gab Andy zu. »Aber entgegen einer weit verbreiteten Annahme sind Serienmörder keine Roboter. Manchmal ändern sie ihre Taktik. Deine Freundin könnte ein zufälliges Opfer geworden sein, das aus dem Muster seiner sonstigen Verbrechen herausfällt.«

»Also habt ihr eine Beamtin hingeschickt, die für den Kerl als Model posiert hat?«

»Na ja, wir haben es *versucht*. Constable Mahoney, die dich am ersten Abend vom Fundort der Leiche nach Hause gebracht hat. Ich glaube, sie war ein bisschen nervös …«

»Moment mal … ihr habt Karen zu ihm geschickt?«

»Ja, wieso?«

Makedde versuchte sich das Gesicht vorzustellen, mit dem Karen auf die Aufforderung des Fotografen reagiert hatte, die Brust vorzustrecken und an einem Lutscher zu lecken. »Ist das nicht so, als würde man eine Nonne zu Hugh Hefner schicken?«

Im schwachen Kerzenschein konnte sie erkennen, dass Andys Wangen rot angelaufen waren. »Wie sich herausgestellt hat, ja. Sie ist im passenden Alter und eine gute Polizistin, aber das hat sie einfach nicht hingekriegt. Sie war viel zu verlegen, um glaubhaft zu wirken.«

»Was ist passiert?«

»Er hat einen Film verschossen und sie dann nach Hause geschickt. Sie hat nichts Verdächtiges gefunden, keine Fesselutensilien, gar nichts. Nur stapelweise Pornos und ein bisschen Reizwäsche.«

»Ein schmieriger Typ zu sein, heißt ja auch noch lange nicht, dass man Menschen umbringt«, meinte Makedde. »Sonst müsste man in Mailand jeden zweiten Fotografen einbuchten.«

»So schlimm?«

Makedde verdrehte die Augen. »Du hast *keine* Ahnung. Diese Sorte Fotograf legt nicht mal einen Film ein, solange man noch was anhat. Wahrscheinlich hat dieser Filles kein einziges Foto von Karen gemacht.«

»Meinst du?«

»Natürlich. Die wollen doch ihren kostbaren Film nicht vergeuden.« Sie machte eine Pause. »Aber lass uns nicht von fiesen Fotografen reden. Hat dieser Filles irgendwelche Vorstrafen? Oder ein Motiv?« Andy starrte sie an. »Was denn nun? Sag schon!«, drängte sie ungeduldig.

»Manchmal hörst du dich an wie eine Polizistin. War so was bei euch Gesprächsthema am Abendbrottisch, oder woher hast du das?«

Makedde lachte. Ihr Vater hatte sich immer alle Mühe gegeben, beim Abendessen nicht über seine Fälle zu reden, doch zum großen Kummer ihrer Mutter hatte er meistens nicht an sich halten können. Es war so ziemlich sein einziges Thema gewesen, und Makedde hatte das ihre dazu beigetragen, indem sie ihn immer weiter gelöchert hatte. Ihre Mutter und ihre jüngere Schwester Theresa hatten seine Berichte schweigend und missbilligend über sich ergehen lassen und den Tisch so früh wie möglich verlassen. Sie selber hingegen hatte sich von den Erzählungen ihres Vaters keineswegs den Appetit verderben lassen.

»Beantworten Sie einfach nur meine Frage, Detective«, entgegnete sie und drückte Andys Oberkörper aufs Bett.

»Ja, er ist vorbestraft.« Andy machte eine Pause. »Diese mysteriösen Anrufe, die du ständig bekommst, gefallen mir überhaupt nicht.«

»Die haben bestimmt nichts zu bedeuten.« Sie hockte sich mit gespreizten Beinen auf seine nackten Hüften und beugte sich über ihn.

Er bemühte sich, einen ernsten Ton beizubehalten. »Genauso wenig gefällt mir, dass du dich fortwährend in diese Geschichte hineinziehen lässt.«

»Mach dir um mich keine Sorgen! Finde einfach nur den Mörder!«

»Das ist leichter gesagt als getan – beides.«

»Verfolgen Sie noch irgendwelche anderen Spuren, Mr.

Detective?«, fragte sie und fuhr mit einem Finger seine Brust hinab. Sie wollte ihn aufs Bett gedrückt halten und die Kontrolle über ihn haben. Sie hatte ganz vergessen, wie erregend es war, wenn man sich sexy fühlte, und im Moment kam sie sich vor wie ein kleines Mädchen mit einem neuen Spielzeug.

»Diverse Spuren …« Er konnte den Blick nicht von ihren Brüsten abwenden. »Wir setzen nach wie vor Tony Thomas unter Druck. Die meisten Spuren enden allerdings in einer Sackgasse. – Hey, hör auf damit! Das kitzelt!«

Sie lachte und rollte von ihm herunter.

Andy sah sie an. Jegliche Fröhlichkeit war aus seinen Augen gewichen. »Dieser Kerl, wer auch immer es ist, ist ein extrem gefährliches sadistisches Monster.«

»Umso wichtiger, dass er so schnell wie möglich gefasst wird«, erwiderte sie. »Wie wär's, wenn ihr diesem Rick noch mal ein Model unterjubelt?«

Er verstand sofort, worauf sie hinauswollte. »Kommt gar nicht in Frage, Makedde. Schlag dir das aus dem Kopf! Du hast versprochen, dich rauszuhalten, wenn ich dich auf dem Laufenden halte.«

»Aber ich würde das viel besser machen als …«

Andy legte ihr sanft die Hand auf den Mund und brachte sie mitten im Satz zum Schweigen. »Versprich mir, *versprich mir*, dass du dich raushältst! Überlass den Fall mir.«

Sie nickte langsam, und er nahm die Hand von ihrem Mund.

»Tut mir Leid«, sagte er. »Aber ich lasse nicht zu, dass du dich derart in Gefahr bringst. Wir haben ein komplettes Einsatzkommando auf den Fall angesetzt. Wir werden ihn schnappen. Ich würde mir nie verzeihen, wenn dir etwas zustoßen würde.«

»Na gut, solange du und deine Polizeikumpel sich um

die Angelegenheit kümmern, kann ich mich ja zurücklehnen. Aber beschwer dich nicht, wenn ich jemanden festnehmen muss…«

»Was?«

Sie lächelte, um ihn wissen zu lassen, dass sie nur Spaß machte.

»Unmöglich«, murmelte er und versuchte, sich auf sie zu rollen, doch sie drehte ihn auf den Rücken, setzte sich erneut mit gespreizten Beinen auf ihn und drückte seine Arme aufs Bett. Er grinste sie an. Ihr Versuch, die Oberhand zu behalten, schien ihn sichtlich zu erregen. »Sie leisten also Widerstand gegen die Staatsgewalt, sehe ich das richtig?«, zog er sie auf. Doch das Grinsen verging ihm schlagartig, als sie unter das Bett langte und seine Handschellen zum Vorschein brachte.

»Was zum Teufel…«

In Sekundenschnelle hatte sie ihm die Handschellen angelegt. Sie ließ sie nach Polizeimanier fest zuschnappen, so dass er vor Schmerz kurz zusammenzuckte. »Ich hoffe, du hast die Schlüssel dabei«, sagte sie. Seine Augen waren riesengroß. Sie hatte sehnsüchtig auf den passenden Moment gewartet, und jetzt hatte sie den großen, starken Detective splitternackt unter sich liegen, und er war ihr hilflos ausgeliefert. Damit war ihre Lieblingsfantasie Wirklichkeit geworden. Nun ja, jedenfalls beinahe. Eigentlich stand sie am meisten auf Sean Connery in *Dr. No*, aber das hier war fast genauso gut.

Ihm war vor Schreck der Mund offen stehen geblieben, ein Anblick, den sie aus dieser Nähe höchst erregend fand. Sie hielt seine gefesselten Arme gestreckt über seinem Kopf nach unten gedrückt. Sein Achselhaar war weich und dunkel, und sie schnupperte daran und sog seinen Duft ein, bevor sie seinen ihr ausgelieferten Körper liebevoll mit Küssen und neckischen Bissen bedeckte. Seine Brustwarzen wurden hart, und sie umspielte sie mit der Zunge, während er sich unter ihr wand.

Er räusperte sich. »Du stehst also darauf…«

»Sie reden zu viel, Detective«, fiel sie ihm ins Wort und brachte ihn zum Schweigen, indem sie ihm fest die Hand auf den Mund legte.

Er wehrte sich nicht.

32

Am Montagmorgen kam Detective Flynn ins Büro gerauscht, völlig unvorbereitet auf das, was ihm bevorstand. Er schmeckte noch immer Makeddes Mund auf seinen Lippen, und in Gedanken aalte er sich immer noch gemütlich mit ihr im Bett. Sie hatte ihn überrascht. Einerseits brannte in ihr die Abenteuerlust, andererseits haftete ihr eine Art verborgene Verletzlichkeit an. Widersprüchlich – das war die passende Beschreibung für sie. Er war neugierig, wohin die neue Spur führte, die er dank des Ringes verfolgen konnte, den Makedde gefunden hatte. Wie es aussah, hatte Mr. Tiney Junior sie angelogen. Er hatte Catherine *sehr wohl* gekannt. Andy freute sich schon darauf, diesen reichen Schnösel ins Vernehmungszimmer zu zitieren und den Ring vor ihm auf den Tisch zu legen. Wahrscheinlich würde Tiney ins Schwimmen geraten und verzweifelt versuchen, irgendwie seine Haut zu retten.

Es dauerte einige Sekunden, bis Andy die angespannte Stille registrierte, die das gesamte Großraumbüro erfasst hatte. Er schritt wie immer mit einem dampfenden Becher Kaffee durch den Raum. Als er sich der Unheil verkündenden Atmosphäre bewusst wurde, verlangsamte er seinen Schritt. Die Kollegen, an denen er vorbeikam, sahen schweigend von ihren Schreibtischen auf; in ihren Gesichtern stand unausgesprochenes Mitleid. Irgendetwas hier stimmte ganz und gar nicht. Als er seinen Schreibtisch erreichte, hatte sich seine anfangs so beschwingte Laune verdüstert.

Jimmy eilte zu ihm. »Kelley will dich sofort sehen. Ich weiß nicht, wer ihm erzählt hat ...«

Andy ging wie betäubt zu Inspector Kelleys Büro hinüber. Jimmys Worte hallten wie ein fernes Echo in seinem Kopf nach. Er klopfte leise an die Tür seines Mentors. Die einzige Antwort war ein nüchternes »Herein«. Der Detective Inspector sah aus dem Fenster und drehte sich nicht einmal um, um ihn zu begrüßen. Selbst angesichts seiner allgemein bekannten Reserviertheit war dieser Empfang ausgesprochen kühl. Der heiße Stuhl war vom Schreibtisch zurückgerückt und wartete auf den Delinquenten.

Andy öffnete den Mund, doch Inspector Kelley unterbrach ihn schroff. »Setzen Sie sich, Flynn.« Der Stuhl quietschte laut, als Andy Platz nahm. »Sie haben etwas mit mir zu besprechen?«

»Nein, Sir«, erwiderte Andy, für einen Augenblick verwirrt. »Oder vielmehr, doch – ich habe neue Informationen über James Tiney, aber Jimmy hat gesagt, Sie wollten etwas mit mir ...«

»Ich glaube, Sie schulden mir eine Erklärung! Und Ihre Erklärung sollte verdammt gut sein, Flynn.«

»Also, Sir ... Falls Sie auf die Schlagzeile mit dem Soap-Star anspielen – das ließ sich nicht vermeiden. Es war doch klar, dass die Presse ziemlich schnell Wind davon bekommen würde ...«

Inspector Kelley fiel ihm erneut ins Wort. »Sie haben sich mit einer Zeugin eingelassen«, stellte er mit eisiger Distanziertheit zum Fenster gewandt fest. »Sie haben die

Ermittlung gefährdet. Ich kann Ihnen gar nicht sagen, wie enttäuscht ich bin.«

Andy starrte Inspector Kelleys Hinterkopf an und wünschte, er könnte seinen Fehltritt rückgängig machen. Wie konnte er bloß so dämlich sein, wegen einer Frau alles aufs Spiel zu setzen? »Es tut mir wirklich Leid, Sir. Ich weiß nicht, was in mich gefahren ist. Es war ein Fehler …«

»Ich ziehe Sie von dem Fall ab.«

Andy verschlug es die Sprache. »Aber Sir …«, begann er schwach.

»Die Entscheidung ist gefallen. Ich habe Ihnen schon einmal den Arsch gerettet, aber diesmal sind Sie zu weit gegangen. Was Sie sich jetzt geleistet haben, kann ich nicht einfach unter den Teppich kehren. Wir, und damit meine ich speziell Sie, stehen bei diesem Fall unter intensiver Beobachtung.«

Ein Jahr zuvor hatte Andy einen mutmaßlichen Kinderschänder in einem Anfall blinder Wut zu Brei geschlagen. Seitdem hatte er bessere Methoden gefunden, seine Wut abzureagieren, jedenfalls meistens. Damals hatte Kelley den Vorfall auf sich beruhen lassen, wahrscheinlich, weil er insgeheim der Ansicht gewesen war, dass der Kerl es nicht besser verdient hatte. Doch mit einer Zeugin ins Bett zu steigen, war ein Unding; so etwas durfte einfach nicht passieren. Andy wusste, dass sein Vorgesetzter durch nichts umzustimmen war, wenn er einmal eine Entscheidung gefällt hatte. Er hatte die bedeutendste Ermittlung seiner gesamten Laufbahn offiziell in den Sand gesetzt.

Andy starrte angestrengt auf Inspector Kelleys schönen, handgearbeiteten Eichenschreibtisch. Er war Bestandteil einer fernen Welt, die für ihn mit einem Schlag unerreichbar geworden, einer Zukunft, die ihm abrupt unter den Füßen weggezogen war.

Kelley blickte seinen gefallenen Schützling ein letztes

Mal für einen kurzen Moment an. Der Blick dauerte höchstens zwei Sekunden, doch er blieb Andy noch lange im Gedächtnis haften. »Sie haben noch Urlaub, Flynn. Nehmen Sie ihn. Wenn ich der Ansicht bin, dass Sie so weit sind, setze ich Sie auf irgendetwas anderes an.«

Andy spürte einen sauren Kloß im Hals. »Aber Sir, lassen Sie mich doch wenigstens erklären …«

»Ihre Waffe.«

Das waren die beiden Worte, von denen Andy geglaubt hatte, dass er sie nie zu hören bekommen würde. Er erhob sich von seinem Stuhl, schob seine Anzugjacke zur Seite, zog seine Neun-Millimeter-Glock hervor und legte sie wie in Zeitlupe auf den Schreibtisch. Eigentlich sollte er froh sein, dass er nicht suspendiert worden war oder seine Dienstmarke abgeben musste, doch von dem Fall abgezogen zu werden, war Strafe genug.

Mit einer enttäuschten Handbewegung wies Inspector Kelley ihn aus dem Zimmer, wobei er weiter die draußen vorbeifahrenden Autos anstarrte.

Andy verließ wortlos den Raum.

33

JT saß hinter seinem aufgeräumten Schreibtisch und packte sein Mittagessen aus – Roggenbrotsandwich mit geräuchertem Lachs, Kapern, Meerrettich und Eisbergsalat. Diesmal hatten sie es richtig gemacht. Vielleicht hatten sie das unfähige Personal nach seiner Beschwerde gefeuert.

Es versprach ein guter Tag zu werden. Seit dem Mord an Catherine war über eine Woche vergangen, und die Polizei tappte immer noch im Dunkeln. Diese verdammte Notiz, die sie auf einen Zettel gekritzelt hatte, wäre ihm allerdings fast zum Verhängnis geworden. Wie konnte er bloß so blöd gewesen sein, das Zimmer über die Firma abzurechnen? Natürlich ließ es sich auf diese Weise von der Steuer absetzen, aber vor allem hatte er aus reiner Bequemlichkeit auf das Konto zurückgegriffen. In Zukunft würde er vorsichtiger sein müssen. Doch trotz seiner Unvorsichtigkeit hatte die Polizei nichts Belastendes gegen ihn in der Hand. Er war sich sicher, dass sie ihm seine Geschichte abgekauft hatten. Vielleicht blieb der Ring für immer verschwunden. Dieser Gedanke zauberte ein Lächeln auf sein Gesicht, und er biss genüsslich in sein Sandwich.

Plötzlich ertönte die Stimme seiner Sekretärin aus der Sprechanlage und störte seinen Moment der Ruhe. »Ein Gespräch für Sie, Mr. Tiney, auf Leitung zwei.«

»Aber Rose! Sie wissen doch, dass ich gerade Mittag esse.« An seinem Mund hingen Brotreste und Meerrettich. »Nehmen Sie eine Nachricht auf!«

»Tut mir Leid, Sir, aber der Anrufer sagt, es sei wichtig. Es ist ein Mr. Hand.«

JT setzte sich aufrecht hin, legte das Sandwich auf den Schreibtisch und wischte sich nervös die Mundwinkel ab.

»Okay, Rose, vielen Dank. Ich übernehme das Gespräch.«

»Hallo?«

»Hand am Apparat«, meldete sich Luther schroff. »Ich habe gute Nachrichten. Der liebestolle Cop ist in Urlaub gegangen.«

»In Urlaub?«

»Yeah. Und der besagten Lady habe ich ein Präsent zukommen lassen, das den gewünschten Effekt haben dürfte.«

JT lief ein wohliger Schauer über den Rücken. Vielleicht war Luther am Ende doch sein Geld wert. »Gut. Gute Arbeit. Muss ich sonst noch etwas wissen?«

»Es ist alles erledigt.«

Die Details wollte JT gar nicht wissen. Er wollte sich nicht weiter mit dieser schmutzigen Geschichte belasten. Das Einzige, worauf er Wert legte, waren Ergebnisse, und wie es aussah, bekam er die endlich.

»Besten Dank«, sagte er.

Am anderen Ende wurde aufgelegt.

34

Makedde hielt den Umschlag vorsichtig zwischen zwei Fingern und spürte schon vor dem Öffnen, dass er nichts Gutes enthielt – dafür sprach schon, dass er nicht korrekt adressiert, sondern nur ihr Vorname in Großbuchstaben mit Schreibmaschine auf den Umschlag getippt und er persönlich zugestellt worden war und drohend unter ihrer Tür auf sie gewartet hatte. Sie konnte erkennen, dass er ein Foto enthielt … nein, die Laserkopie eines Fotos. Langsam zog sie das Blatt heraus und hielt es mit spitzen Fingern an einer Ecke von sich weg. Das Bild kam ihr bekannt vor. Es war die etwas grobkörnige Kopie eines Fotos von ihrer Sedcard, aber irgendwie sah es anders aus …

Ihre Augen weiteten sich.

Es war ein Foto von ihr selbst, *tot*.

Auf dem Foto trug sie einen Bikini, oder zumindest hatte sie auf dem Bild ursprünglich einen getragen. In der Version, die sie in den Händen hielt, war es schwer zu beurteilen, ob sie überhaupt irgendetwas am Leib hatte. Ihr Körper war über und über mit Blutstreifen verunstaltet. Die Pupillen waren herausgekratzt, ihre Augen glichen zwei grauen, leblosen Kugeln.

Makedde ließ das Foto fallen, und es segelte ein paarmal hin und her, bis es auf dem Boden landete. Sie hielt sich den Bauch und griff sich fest an die Kehle, als sich ihr der Magen umdrehte und sie vor Abscheu trocken würgen musste. Die maschinegeschriebene Botschaft brannte in ihren Augen. Sie wandte sich ab und zwinkerte ein paarmal, damit sie verschwand, doch die Botschaft blieb da – in fetten schwarzen Großbuchstaben auf rotem Fleisch:

DU BIST DIE NÄCHSTE

Mit schweißnassen Händen wählte Makedde Andys Handynummer. Es klingelte mindestens zehnmal, dann verkündete eine schaurige Roboterstimme: »Der Anruf wird weitergeleitet. Bitte legen Sie nicht auf.« *Wo zum Teufel steckt er?* Dann sprang seine Mailbox an. »Sie haben die Nummer von Detective Flynn gewählt. Ich kann im Moment nicht ans Telefon gehen. Bitte hinterlassen Sie eine Nachricht, ich rufe dann zurück.«

»Äh, ich bin's«, sagte sie fahrig. »Es ist Montag, äh…« sie warf einen Blick auf die Uhr, »vier Uhr nachmittags. Ruf mich bitte an. Es ist dringend.« Sie hoffte, dass sie ihn mit der Nachricht nicht in Schwierigkeiten brachte. Er hatte sie ausdrücklich gebeten, keine Botschaften für ihn auf seinem Diensthandy zu hinterlassen, aber wenn er erfuhr, was passiert war, hatte er bestimmt Verständnis.

Das Foto, das zu ihr emporstarrte, machte ihr plötzlich unmissverständlich klar, dass sie in ihrem Apartment nicht sicher war. Außerdem war sie nicht länger überzeugt, dass der Einbruch nichts mit dem Mord an ihrer Freundin zu tun hatte. Die Möbel kamen ihr ebenfalls in den Sinn. *Waren sie wirklich verrückt worden?*

Sie griff in panischer Hast zum Telefon und rief in der Agentur an, doch Charles verstand die Dringlichkeit ihres Wunsches offenbar nicht. »Du willst *auf der Stelle* umziehen?«, fragte er zerstreut.

»Ja, es muss sofort sein. Hast du zurzeit Platz in irgendeinem anderen Apartment?« Sie wusste, wie schwierig es war, auf die Schnelle eine möblierte Unterkunft zu finden, aber sie musste es versuchen.

»Hmm. Kommt darauf an, mit wie vielen Mädchen du dir eine Wohnung zu teilen bereit bist. Soweit ich weiß, wird nächste Woche in Potts Point etwas frei.« Oft wurden bis zu sechs Models, die vorübergehend in der Stadt waren, gleichzeitig in einer agentureigenen Wohnung untergebracht.

»Nächste Woche? Ich brauche sofort eine neue Bleibe!«

»Was ist denn los?«

Sie konnte es ihm unmöglich erzählen. Und sie wollte es ihm auch nicht erzählen. Im Grunde wollte sie es außer Andy niemandem erzählen. »Egal, ich wollte nur … Könntest du mir einfach so schnell wie möglich eine neue Unterkunft besorgen?«

»Das ist leichter gesagt als getan, aber ich will sehen, was ich tun kann.«

Ein Hotel konnte sie sich nicht leisten. Wenn sie Andy erst einmal erreicht hatte, konnte er ihr vielleicht helfen, eine neue Wohnung zu finden. Vielleicht konnte sie sogar eine Zeit lang bei ihm unterschlüpfen. Das war gar kein so unangenehmer Gedanke.

Sie ging rastlos im Zimmer auf und ab und wartete darauf, dass das Telefon klingelte.

Mir passiert schon nichts. Ich kann auf mich aufpassen.

Reiß vom Baum die Kokosnuss und verpass ihr 'nen Pferdekuss …

Ungeduldig wählte sie erneut Andys Nummer, doch wieder sprang seine Mailbox an. *Er ruft bestimmt bald zurück,* machte sie sich Mut. Lehn dich einfach zurück, und entspann dich. Lies die Zeitung, sieh fern. Er wird jede Minute anrufen, und dann kannst du von hier verschwinden. Sie entfernte die Plastikschutzfolie von der zusammengerollten Zeitung ihrer Nachbarn. Da sie nie ihre Post aus dem Briefkasten holten, nahm sie an, dass sie im Urlaub waren. *Eine gute Idee.* Sie entrollte die Zeitung und legte sie aufs Bett. Die Schlagzeile auf der Titelseite ließ sie zusammenzucken:

Soap-Star ermordet.

Die bekannte Fernsehschauspielerin Becky Ross, die seit der Präsentation ihrer Modekollektion am Donnerstag vermisst wurde, wurde gestern ermordet im Centennial Park aufgefunden. Aus gut unterrichteten Polizeikreisen verlautet, dass sie vermutlich das vierte Opfer des »Stiletto-Mörders« geworden ist …

Entsetzt ließ sie die Zeitung fallen und fegte sie vom Bett, als könne sie die traurige Wahrheit verschwinden lassen, indem sie einfach nicht las, was passiert war.

… das vierte Opfer des »Stiletto-Mörders« …

… die seit der Präsentation ihrer Modekollektion am Donnerstag vermisst wurde …

Wie konnte das sein? Tot? Erst vor ein paar Tagen hatte Mak noch ihre Kleider präsentiert und war gemeinsam mit ihr über den Laufsteg geschritten. Und jetzt war sie tot. Das war es also gewesen, weshalb Andy plötzlich so dringend weg gemusst hatte. Warum hatte er es ihr nicht erzählt?

Das Telefon klingelte, und sie schnappte sich den Hörer. »Andy …«

»Hallo Makedde, ich bin's, Charles. Ich habe möglicherweise etwas gefunden, aber nur für drei Wochen ….«

»Oh, mein Gott! Vielen Dank!«

»Ist alles in Ordnung?«

»Ja, mir geht's gut. Das ist ja wirklich toll. Wann kann ich umziehen?«

»Sofort. Die Wohnung liegt in Bronte. Sie gehört Deni, einem unserer Models. Sie ist zur Zeit in Europa und kann die Mieteinnahmen gut gebrauchen.«

Fantastisch.

Fünfzehn Minuten später trat sie außer Atem aus der Tür und verfrachtete ihre zum Bersten gefüllten Koffer in ein Taxi. Die Zeitung mit der entsetzlichen Schlagzeile hatte sie zurückgelassen.

35

Er horchte an ihrer Tür.

Stille.

Luther wusste, dass sie nicht da war. Wahrscheinlich würde sie auch nicht so bald wiederkommen. Nach so einem Schock kam eine Frau nicht einfach zurück in ihre Wohnung. Nicht einmal eine so mutige Frau wie Makedde.

Er hatte ihren überstürzten Aufbruch mit gemischten Gefühlen beobachtet. Sie hatte eine Baseballkappe und eine Sonnenbrille getragen und war mit ihren Koffern im Schlepptau in ein Taxi gestiegen und weggefahren. Er hatte vermutet, dass sie sich zum Flughafen bringen ließ, was seinen Auftraggeber sicher sehr gefreut hätte. Luther jedoch war enttäuscht gewesen; er wollte nicht, dass sie ihm entglitt. Die Frau faszinierte ihn. Noch nie hatte er es so genossen, jeden einzelnen Schritt eines Menschen zu verfolgen. Sie weckte in ihm seinen Tötungstrieb, doch die ganze Stadt suchte einen Mörder. Es war kein geeigneter Zeitpunkt, jemanden umzubringen.

Sie wäre ein Spaßmord gewesen, ein purer Genuss. Das letzte Mal lag schon ein paar Jahre zurück. Ohne Bezahlung. Spontan. Aus purer Lust. Sie war hübsch gewesen, allerdings kein Model wie Makedde. Doch er hatte die Chance vertan, sie sich zu greifen. Zumindest hatte er das gedacht. Doch wie sich herausstellte, ließ sie sich gar nicht zum Flughafen bringen, sondern zu einer netten kleinen Wohnung in Bronte. Also war sie immer noch in Reichweite.

Er lächelte.

Obwohl er wusste, dass es sinnlos war, hatte Luther beschlossen, die Wohnung noch ein letztes Mal zu durchsuchen, um seinen Auftraggeber zufrieden zu stellen. Wenn er den Ring beim ersten Mal nicht gefunden hatte, war es so gut wie sicher, dass er nicht da war. Doch er hatte seine eigenen Gründe, noch einmal in die Wohnung einzudringen. Er musste sich beeilen – möglicherweise hatte Makedde trotz ihrer Affäre mit dem beurlaubten Detective die Polizei angerufen.

Mit schwieligen Händen brach er die Tür auf, wie er es schon so oft getan hatte. Sie ließ sich problemlos öffnen – das Schloss war nicht mit einem Sicherheitsriegel gesichert, sondern nur ein einfaches Standardschloss, wie es eigentlich nur für Innentüren verwendet werden sollte. Sicherheit stand bei Makeddes Modelagentur offenbar nicht besonders weit oben auf der Prioritätenliste.

Die Wohnung war wie leer gefegt. Letzte Woche hatte Makedde Catherines Sachen allesamt in Tüten und Kartons verpackt und nach Kanada adressiert. Luther hatte sie alle durchsucht. Jetzt, da die Tüten und Kartons nicht mehr da waren und Makedde auch ihre eigenen Sachen mitgenommen hatte, wirkte das Apartment sehr leer. Sie hatte die Wohnung offenbar überstürzt verlassen. Das Bett war zerwühlt, in der Spüle stand schmutziges Geschirr, und auf dem Boden lag eine zerknüllte Zeitung. Es war nicht gerade die Art und Weise, in der ein wohlerzogenes Mädchen wie Makedde normalerweise seine Unterkunft hinterließ. Sie musste große Angst gehabt haben.

Er öffnete den Kleiderschrank, der bis auf ein paar metallene Kleiderbügel und eine einzelne Socke leer war. Ihm fiel auf, dass sie den Schrank in seine ursprüngliche Position zurückgerückt hatte. Am Freitag war er gerade dabei gewesen, unter dem Schrank nach dem Ring zu suchen, als er sie die Treppe hatte heraufkommen hören. Er hatte sich in der Küchennische versteckt, indem er sich im Schneidersitz hinter die Anrichte gehockt hatte. Dort hatte er geduldig reglos und ruhig verharrt, jederzeit bereit, sie zum Schweigen zu bringen, falls es erforderlich sein sollte. Doch sie hatte Glück gehabt, hatte sich aufs Bett gelegt und dann geduscht. Als sie aus dem Bad kam, hatte er sogar einen Blick auf ihren verführerischen nackten Körper erhascht.

Sie war einfach zu schön.

Makellos.

In diesem Moment hatte es ihn überkommen.

Makedde hatte sich angezogen und zurechtgemacht. Sie hatte sogar ein wenig in einem Buch gelesen, nur wenige Meter von ihm entfernt, und er hatte sich die ganze Zeit vorgestellt, wie sie wohl aussah, wenn er seine Hände um ihren hübschen Hals legte. Doch als er sie sich gerade hatte schnappen wollen, hatte sich unten an der Haustür ihre Verabredung gemeldet. Vielleicht war es besser so gewesen.

Er durchwühlte den Mülleimer, fand jedoch nichts außer Essensresten und nichts sagenden zerknüllten Faltblättern und Papierfetzen. Im Bad stellte er fest, dass sie ihre Zahnbürste vergessen hatte, im Arzneimittelschränkchen fand er eine einzelne Tyhlenoltablette und eine Schachtel Tampons. Die Badehandtücher hatte sie zurückgelassen, einige waren benutzt. Zum Schluss nahm er noch die Zeitung und die Zeitschriften unter die Lupe, die neben dem Bett verstreut auf dem Boden lagen. Unter der

Zeitung fand er, wonach er suchte: sein kleines Präsent. Ein kluges Mädchen wie Makedde hätte es bestimmt mitgenommen, dachte er, als Beweis, dass sie bedroht wurde. Doch offenbar war sie zu überstürzt aufgebrochen, um daran zu denken.

Dummes Mädchen. Jetzt wird dir niemand glauben.

Da er hatte, was er wollte, ließ er den netten kleinen Schnappschuss in seiner Tasche verschwinden und verließ die Wohnung so, wie er sie vorgefunden hatte.

36

Als Makedde am Dienstagmorgen aufwachte, wusste sie im ersten Moment nicht, wo sie war. Sie war immer noch zutiefst erschüttert und wurde von dem Augenblick an, als sie die Augen aufschlug, von einer tiefen, nagenden Furcht gequält, deren Ursache sie nicht genau zu benennen wusste. Sie blinzelte und rieb sich die Augen. Dann beugte sie sich zu ihrem Wecker hinüber, der neben dem Bett stand. Es war acht Uhr morgens.

Ein weiteres Opfer. Ein weiterer Mord.

Hatte sie das alles nur geträumt?

Sie hatte Andy noch etliche weitere Nachrichten hinterlassen, doch er hatte sich immer noch nicht gemeldet. Trotzdem konnte sie ihm nicht böse sein. Wenn Becky Ross gerade ermordet worden war, hatte das natürlich für ihn oberste Priorität. Die Polizei arbeitete bestimmt mit Hochdruck an dem Fall. Wenn sie es nicht mehr aushielt, überlegte sie, würde sie wegen des entstellten Fotos vielleicht auf dem Kommissariat anrufen.

Makedde wollte sich nicht eingestehen, dass sie möglicherweise überreagiert hatte. Jeder dahergelaufene Verrückte, der Zeitungen las und wusste, wo Catherine gewohnt hatte, konnte ihr den Umschlag unter die Tür geschoben haben. War es wirklich ein entstelltes Foto von *ihr* gewesen? Oder hatte sie sich womöglich geirrt? Vielleicht war es auch nur ein dummer Scherz gewesen. Oder sie bildete sich das alles nur ein, wie sie sich vielleicht auch eingebildet hatte, dass die Möbel von allein an eine andere Stelle gerückt waren. Paranoide Wahnvorstellungen waren ein eindeutiges Stresssymptom.

Auf jeden Fall war es gut, dass sie umgezogen war. Wenn sie Glück hatte, war sie längst wieder in Kanada, bevor Deni nach Hause kam, und verglichen mit dem Apartment in Bondi war Denis Wohnung der reinste Luxus. Sie bot einen großartigen Blick über Bronte Beach, hatte eine schöne Terrasse und hinter dem Haus einen kleinen Garten. Neben einem großen Schlafzimmer gab es ein zusätzliches Gästezimmer, eine separate Küche, und das Bad war auf einen erwachsenen Menschen zugeschnitten, so dass sie sich nicht mehr zum Händewaschen auf die Toilette setzen musste wie in Bondi. Die Wände waren in beruhigendem Apricot gehalten, die Fußböden waren aus lackierten Holzdielen. Die Einrichtung wirkte ein wenig spärlich, doch die Möbel, die es gab, waren teuer und geschmackvoll. Es gab zwei Telefone und einen Anrufbeantworter, den sie mitbenutzen durfte, und sogar eine Waschmaschine. *Das reinste Paradies*.

Der einzige Nachteil war, dass es bis zur nächsten Bus- oder U-Bahnhaltestelle ziemlich weit war. Sie würde ein Auto brauchen. Obwohl sie einen internationalen Führerschein hatte, hatte sie sich während ihrer zahlreichen Reisen überwiegend mit Taxis, Bussen und gelegentlich auch im Zug fortbewegt, und was das Fahren »auf der falschen Straßenseite« anging, wie sie es nannte, hatte sie so gut wie gar keine Erfahrung. Sie blätterte die Gelben Seiten durch, fand einen in der Nähe gelegenen Verleih, der passender Weise Lowe-Rent hieß, und reservierte sich einen fünf Jahre alten Daihatsu Charade.

Nach einer Busfahrt, einer halben Stunde Fußmarsch, endlosen Wegbeschreibungen irgendwelcher Fremder und dem Annäherungsversuch eines Betrunkenen fand sie schließlich den Autoverleih an der William Street, hinterlegte die Kaution und ließ sich den Wagen zeigen. Nervös, aber gleichzeitig freudig erregt rutschte sie hinters Steuer. Wie ein Klavierspieler vor einem Auftritt knackte sie mit den Fingern, dehnte und streckte sie und umklammerte das Lenkrad.

Ich kann das. Ich habe mein Leben unter Kontrolle. Neue Wohnung. Neues Auto. Neue Makedde.

Sie steuerte den Wagen vom Parkplatz des Verleihs, vorbei an einem Plakat mit einem überlebensgroßen lächelnden Koala und dem Spruch »Schnäppchenjäger aufgepasst – bei Lowe-Rent gibt's Mietwagen zu Tiefstpreisen!«

Vergiss nicht: Links fahren.

Sie bog auf die William Street, reihte sich in den endlosen Strom der Stoßstange an Stoßstange dahinrollenden Autos ein und schaffte es in Nullkommanichts, problemlos auf der linken Straßenseite zu fahren.

Na also! Es geht doch. Ich lasse mich doch nicht von irgendeinem Irren verrückt machen.

Langsam machte sie sich mit den Freuden des Autofahrens im Central Business District von Sydney vertraut. Sie steuerte den Wagen selbstbewusst von der William Street in die College Street und fuhr dann in Richtung Bronte. Als sie eine sechsspurige Kreuzung überquerte, hörte sie plötzlich ein lautes Hupkonzert.

Meinen die etwa mich?

»Hey! Sie sind auf der falschen Straßenseite!«

Sie kam mitten auf der Kreuzung zum Stehen und wäre

am liebsten im Erdboden versunken. Reifen quietschten, es wurde gehupt, was das Zeug hielt. Als die Ampel umsprang, fuhren die Autos an und hielten direkt auf sie zu, ohne ihr Hupkonzert zu beenden. Sie versuchte zurückzusetzen, doch der rollende Verkehr versperrte ihr den Weg.

»Verdammte Touristin!«, brüllte jemand.

Einige Autos rollten langsam vorbei, die Insassen glotzten aus den Fenstern und starrten sie an, als gäbe es einen Riesenunfall zu besichtigen. Schließlich erkannte sie ihre Chance, trat aufs Gas und schoss vorwärts und weiter die Straße entlang. Endlich den argwöhnischen Blicken entzogen, riet ihr ihr Instinkt, bei der ersten Gelegenheit links ranzufahren und das Auto stehen zu lassen. Doch sie fuhr unbeirrt weiter, und ziemlich bald hatte sie den schlimmsten Verkehr hinter sich gelassen und näherte sich Bronte. Ihre neue Bleibe verfügte zwar über jeden Luxus, jedoch nicht über eine Garage. Also drehte sie ein paar Runden und fand schließlich vier Blocks entfernt einen freien Parkplatz. Das, dachte sie, war wohl der Preis, den man zahlen musste, wenn man so nah am Strand wohnte.

Beim Betreten der Wohnung sah sie, dass der Anrufbeantworter blinkte. Sie hoffte, dass es Andy war, der sie irgendwohin ausführen wollte. Auf jeden Fall würde sie ihn fahren lassen. Vielleicht konnten sie ja dann da weiter machen, wo sie Sonntagnacht aufgehört hatten.

Erwartungsvoll drückte sie den Abspielknopf.

»Hallo, Sweetie! Ich bin's, Loulou. Es ist unmöglich, dich zu erreichen! Wo bist du denn hingezogen? Wollen wir uns nicht mal treffen? Ruf mich an.«

Makedde hoffte innig, als Nächstes Andys Stimme zu hören, doch es gab keine weiteren Nachrichten.

Sie runzelte die Stirn.

Es ist ein Wochentag. Er hat bestimmt viel zu tun. Sicher ruft er später an.

Oder wollte er womöglich nichts mehr von ihr wissen? War sie zu resolut gewesen?

Ach was. Er hat es toll gefunden.

Sie klappte ihr Adressbüchlein auf und wählte Loulous Nummer. Nach dem dritten Klingeln wurde abgenommen.

»Hallo, Loulou. Ich bin's, Makedde.«

»Makedde! Wie geht's dir, Sweetie?« Sie klang aufgeregt. Aber eigentlich klang sie immer aufgeregt. »Ich kann immer noch nicht glauben, dass Becky Ross tot ist. Sie hatte so eine glänzende Zukunft vor sich.«

»Ich weiß«, entgegnete Makedde. »Es ist einfach furchtbar.«

»HatstdunschönsWochenende?«, wollte Loulou wissen.

»Wie bitte?«

»Hattest – du – ein – schönes – Wochenende?«, betonte Loulou jede einzelne Silbe, als sei Makedde schwerhörig.

»Ach so. Ja, hatte ich.«

»Hast – du – die – ganze – Zeit – an – der – Strippe – gehangen?«

»Jetzt hör auf damit!«, wehrte Makedde lachend ab. »Ich bin nicht schwerhörig. Ich habe nur Probleme mit deinem Dialekt. Und was deine Frage angeht: Nein, ich habe nicht die ganze Zeit telefoniert.«

»Komisch. Immer wenn ich es versucht habe, war besetzt.«

Makedde dachte an die vielen Stunden, die sie mit Andy verbracht hatte, und in denen sie nicht hatten gestört werden wollen.

»Oh, wir haben den Hörer danebengelegt. Ich meine … *Ich. Ich* habe den Hörer danebengelegt.« *Hoppla.*

»Ach, tatsächlich? Wer ist denn der Glückliche? Ich hoffe, du hast dir ein Prachtexemplar geangelt!«

»Tut mir Leid, Loulou, ich kann wirklich nicht darüber reden.

Aber, ja – ich hatte ein tolles Wochenende.« *Es war wirklich toll.* »Eigentlich rufe ich an, weil ich dich fragen wollte, ob du Lust hast, mit mir eine Einkaufs-Therapie zu machen. Ich war schon ewig nicht mehr richtig shoppen.«

»Süße, was für eine tolle Idee. Ich *liebe* Shopping-Touren!«

»Wie wär's gleich morgen?«, schlug Makedde vor. »Wir könnten in Paddington Mittag essen und danach die Boutiquen stürmen.«

»Einkaufen bis zum Umfallen! Klingt *göttlich*. Und bring dein Portfolio mit. Bei der Präsentation bin ich gar nicht dazu gekommen, es mir anzusehen.«

»Mach ich.«

»Wo wohnst du denn jetzt?«

»In Bronte, in einer wirklich netten Wohnung. Sie gehört einem anderen Model von Book. Hast du schon mal von einer Deni gehört?«

»Das totale Miststück«, entgegnete Loulou flapsig. »Nee, war nur ein Scherz. Hab noch nie von ihr gehört. Bronte ist ja fast bei mir um die Ecke. Mein Auto ist bis morgen Nachmittag in der Werkstatt. Kannst du mich abholen?«

Das war das Letzte, was Makedde hören wollte.

»Ich habe einen Leihwagen, aber …«

»Super! Dann komm doch gegen Mittag bei mir vorbei. Bis dann, Sweetie.«

»Okay, Sweetie«, sagte Makedde in die tote Leitung.

Schließlich gab Makedde ihr Geduldsspiel auf und rief auf dem Mordkommissariat an. Da sie das Foto, das sie so aus der Fassung gebracht hatte, einfach nicht mehr finden konnte, hielt sie es für das Beste, es ihrem Gesprächspartner gegenüber nicht zu erwähnen, doch sie hoffte vielleicht den schwer fassbaren Detective Flynn aufzuspüren.

Eine Beamtin meldete sich: »Zentrales Mordkommissariat.«

»Können Sie mich bitte zu Detective Flynn durchstellen?«

»Tut mir Leid, er ist nicht zu sprechen. Wenn Sie wollen, kann ich Ihnen Detective Cassimatis geben.«

Verdammt. Makedde zögerte. Andy würde toben, aber das war dann eben ihr Pech. Schließlich war sie selbst kurz davor, auszurasten.

»Detective Cassimatis.«

»Hallo. Ich bin eigentlich auf der Suche nach Detective Flynn.«

»Er ist im Moment nicht zu sprechen«, entgegnete Jimmy. »Kann ich Ihnen vielleicht weiterhelfen, Miss …«

»Hier spricht Makedde Vanderwall. Und Sie sind Jimmy, nicht wahr? Detective Flynns Partner.«

»Oh …« Es entstand eine lange Pause. »Makedde – haben Sie ihn heute schon gesehen?«

»Nein. Ich versuche schon seit ein paar Tagen, ihn zu erreichen.«

Es entstand eine weitere Pause. »Nun, wie gesagt – er ist nicht zu sprechen. Kann ich sonst noch etwas für Sie tun?«

Seine Schroffheit verblüffte sie. »Äh … nein.«

Er legte auf.

37

Er saß in Bondi auf der Parkbank vor dem Wohnblock, rang die Hände und starrte verzweifelt auf ihr verdunkeltes Fenster. In den vergangenen vier Stunden hatte sich in der Wohnung nichts geregt, hatte er kein Lebenszeichen von ihr gesehen. Niemand Interessantes hatte das Gebäude betreten oder verlassen. Keine stattliche Blondine. Keine *Makedde*. Zwischen seinen Schichten bei der Arbeit hatte er Stunden damit zugebracht, ihre Wohnung zu observieren, und immer noch ließ sie sich nicht blicken.

Hatte er sie etwa wegen seinem dämlichen Job verloren?

Früher war er gerne zur Arbeit gegangen. Doch inzwischen hatte er andere Dinge im Sinn. Wichtigere Dinge. Inzwischen stand seine Arbeit ihm zunehmend im Weg. Er brauchte seine freien Stunden, um dem nachzustellen, was ihm rechtmäßig zustand. Doch er konnte seinen Job auch nicht einfach kündigen. Was würde seine Mutter dazu sagen? Konnte er ihr so etwas verheimlichen?

Zum Trost ließ er eine Hand in seine Jackentasche gleiten. Durch den Nylonstoff fühlte sich das Skalpell hart und beruhigend an. Die Nacht war hereingebrochen, und er war bereit; doch von Makedde war weit und breit nichts zu sehen. Sein großer Preis war verschwunden. Er war unglaublich wütend. Wütend und enttäuscht. Er würde sie von ihren Sünden befreien. So war es ihm bestimmt. Sie war die Auserwählte. Wie hatte sie ihm bloß entwischen können?

Er tätschelte seine Tasche. Er würde alle Straßen abklappern, die ganze Stadt durchkämmen, von den großen Boulevards bis zu den kleinsten Gassen alles absuchen und jeden einzelnen Stein umdrehen.

Wir werden sie finden. Keine Sorge, wir werden sie finden.

38

Am Mittwochmittag hielt Makedde vor dem Apartmenthaus, in dem Loulou wohnte, und hupte. Tief in Gedanken versunken wartete sie im Auto, auf dem Beifahrersitz lag die neueste Ausgabe des Klatschmagazins *Weekly News*. Ein Werbeplakat mit der Titelseite des Magazins und der reißerischen Schlagzeile SOAP-STAR ERMORDET hatte im Schaufenster eines Zeitungskiosks gehangen, an dem sie vorbeigegangen war. In dem Artikel wurden jede Menge mysteriöse Quellen zitiert und auf die Tatsache hingewiesen, dass *das kanadische Modell Makedde Vanderwall nur eine Woche vor dem Mord an Becky Ross ihre ebenfalls ermordete Freundin Catherine Gerber gefunden hatte …*

Makedde stellte sich vor, dass der Mörder einen ganzen Stapel der Zeitschriften kaufte und die Titelseiten an eine Wand klebte, die bereits mit anderen Schlagzeilen wie MODEL ERMORDET oder LEICHE MIT EINZELNEM STILETTO AM FUSS ENTDECKT vollgepflastert war. Dankenswerterweise hatte man diesmal auf ein Foto von ihr verzichtet. Ein leuchtend fuchsiafarbener Wirbelsturm, der auf sie zugerauscht kam, riss sie abrupt aus ihren Gedanken. Loulou tänzelte strahlend auf das Auto zu. Sie trug ein pinkfarbenes Minikleid und Plateauschuhe. Ihre Handtasche war limonengrün und mit Goldblümchen verziert, dazu passend hatte sie sich die Fingernägel ebenfalls in glitzerndem Grellgrün lackiert. Ihr blondes Haar hatte sie zu einer pilzförmigen Wolke aufgetürmt, die den Gesetzen der Schwerkraft zu trotzen schien. Sie sah aus wie ein rotierendes Radieschen mit einer Mütze aus gelbem Stroh. Irgendwie schaffte sie es, selbst Vivienne Westwood wie eine konservative Spießerin aussehen zu lassen.

Sie ließ sich auf den Beifahrersitz plumpsen und griff nach der Zeitschrift. »O Gott, sie ist wirklich überall zu sehen. Armes Ding. Hey!«, rief sie dann und drehte sich um. »Für einen Billigverleih ist der Wagen doch gar nicht so schlecht.«

»Mag schon sein. Dafür ist die Fahrerin umso schlechter.«

»Die Fahrerin?« Loulou sah sie verwirrt an. »Ach so, du meinst, weil sie hier auf der falschen Straßenseite fahren. Wie kommst du denn damit klar?«

»Willst du fahren?«

»Nein. Du schaffst das schon. Also los!«

»Ich wollt's wenigstens mal versuchen«, murmelte Makedde und fuhr los.

Sie aßen in einem schicken kleinen Café an der Oxford Street, in das Loulou in ihrem schrillen Aufzug bestens passte. Sie musste ziemlich hungrig sein, denn während des gesamten Essens sagte sie so gut wie kein Wort, doch kaum hatte sie den letzten Bissen ihrer Spaghetti Primavera verputzt, konnte sie sich nicht mehr zurückhalten.

»Also, jetzt erzähl mir von deinem Prachtexemplar!«

Makedde verschluckte sich um ein Haar an einem Stück gedämpftem Brokkoli. »Prachtexemplar? Also, er ist …« *Er ist tatsächlich ein Prachtexemplar.* »Ich …«, begann sie erneut. *Ich glaube, ich bin in ihn verknallt. Oder ich war's …*

»Mein Gott, Mädchen, nun sag schon! Was brabbelst du da?«

Makedde lächelte. »Also gut, ich habe tatsächlich etwas mit einem Mann. Glaube ich zumindest. Aber das ist alles, was ich dir sagen kann.«

»Wer ist er? James Bond?«

»Sehr witzig, Loulou.«

»Aber es ist nicht etwa ein Paparazzo, oder?«

»Nein, kein Fotograf. Ich kann dir nur im Moment leider nicht sagen, wer es ist. Außerdem weiß ich sowieso noch nicht, ob was daraus wird.«

Doch so einfach ließ Loulou sich nicht abspeisen. »Du hast dich doch wohl nicht etwa in einen von deinen männlichen Model-Kollegen verguckt, oder? O Gott, es ist doch nicht etwa dein Booker?«

»Charles? Nein, nein. Auf den stehe ich überhaupt nicht – und ich glaube, ich bin auch nicht gerade sein Typ. Ich bin ziemlich sicher, dass er schwul ist. Und überhaupt – der Mann, von dem ich rede, ist bestimmt kein Supermodel. Er hat mit dem ganzen Moderummel nichts zu tun.«

»Ach ja, stimmt ja, *Charles* ist ja dein Booker. Na klar ist der schwul, er ist immer noch mit Paulo zusammen. Dein Typ kommt also nicht aus der Modebranche«, drängelte sie weiter. »Ist er Politiker?«

»Loulou! Jetzt hör endlich auf! Bitte!«

»Ist ja schon gut.« Sie tat für einen Moment beleidigt und kratzte an einem Fettfleck in der Tischdecke herum. »Kann ich mir mal deine Mappe ansehen?«, wechselte sie schließlich das Thema.

»Klar, gern.« Makedde zog das schwere Portfolio aus ihrer Tasche und klatschte es zwischen den leeren Tellern auf den Tisch.

»Hübsches Porträtfoto«, stellte Loulou mit einem Augenzwinkern fest. »Wer war denn die Visagistin?«

»Hmmm – ich weiß es nicht mehr. Das wurde in Vancouver gemacht, vor ein oder zwei Monaten. Wahrscheinlich kennst du sie nicht.«

»Da wäre ich mir nicht so sicher«, entgegnete Loulou und blätterte weiter. Als sie etwa die halbe Mappe durch hatte, hielt sie inne. »Klasse! Wo wurde denn das gemacht? Die Schuhe sind ja *göttlich*.«

»Danke. Das war in Miami. Die Schuhe waren entsetzlich unbequem. Die Absätze müssen mindestens zwanzig Zentimeter hoch gewesen sein. Das Foto ist schon fast zwei Jahre alt. Ich habe eine Zeit lang ausgesetzt, weißt du …«

»Ausgesetzt? Warum um alles in der Welt hast du ausgesetzt? Du bist im besten Alter, Sweetie. Du kannst noch genug aussetzen – wenn deine Zeit abgelaufen ist.«

Meine Mutter war krank, und Stanley stand vor Gericht.

»Ach, weißt du… ich hatte einfach das Gefühl, dass ich eine Auszeit brauche.«

»Sind hier auch irgendwelche Fotos von deinem Prachtexemplar drin?«, kam Loulou unbeirrt auf das heikle Thema zurück. »Ich erzähl's auch niemandem, ich versprech's.«

Makedde lachte. »Nein. Können wir bitte über etwas anderes reden?«

»Apropos Männer. Bei mir hat letzte Woche ein Typ übernachtet, und als ich aufgewacht bin, hat er mich mit offenem Mund angestarrt. Meine künstlichen Augenbrauen hatten sich gelöst und lagen auf dem Kissen! Er ist total ausgerastet!«

Makedde lachte kreischend auf, so laut, dass sich ein paar andere Gäste nach ihr umdrehten.

»Was meinst du?«, fragte Loulou und erhob sich. »Wollen wir jetzt mit unserer Einkaufstherapie beginnen?«

»Na endlich! Ich dachte schon, du hättest es vergessen.«

Etliche Stunden später, nachdem ihre Kreditkarten durch unzählige Lesegeräte gezogen worden waren, kehrten sie zu dem Leihwagen zurück und zwängten sich mitsamt ihrer Jagdbeute hinein. Makedde hatte eine geschlagene Stunde gebraucht, Loulou aus dem Kosmetikladen »The Look« herauszubekommen, in dem eine ganze Schar freudiger Verkäuferinnen ein wahres Tauziehen um sie veranstaltet hatte. Fast überflüssig zu sagen, dass die Regale ziemlich leer gefegt waren, als sie den Laden endlich verlassen hatten.

»Hast du alles gefunden, was du wolltest, Sweetie?«

Makedde warf einen Blick auf ihre etwa handgroße Tüte, die einen einzelnen Lippenstift enthielt, und erwiderte. »Ja. Dich frage ich lieber gar nicht erst, denn ich lasse dich auf keinen Fall noch einmal zurück in diesen Laden.«

»Dann kaufe ich den Rest eben beim nächsten Mal.«

»Gute Idee.«

Makedde setzte sich hinters Steuer, doch als sie ihren neuen Lippenstift in ihrer Schultertasche verstauen wollte, erstarrte sie.

»Was ist los?«, fragte Loulou.

»Meine Mappe! O mein Gott! Mein Portfolio! Es ist weg! Ich muss es liegen gelassen haben…« Sie stieß die Tür auf und rannte, so schnell sie konnte, die drei Blocks zurück zu dem Café. An dem Tisch, an dem sie einige Stunden zuvor mit Loulou gesessen hatte, saß jetzt ein älteres Paar.

»Entschuldigen Sie«, keuchte sie. »Haben Sie vielleicht eine schwarze Mappe gesehen, eine Mappe mit Modelfotos?«

Die ältere Dame drehte sich langsam zu ihrem Mann um und wandte sich dann Makedde zu. »Tut mir Leid, Liebes, nein.«

»Sind Sie *sicher*?«

Sie zuckte mit den Achseln, woraufhin Makedde auf den nächstbesten Kellner zustürmte. Sie konnte sich nicht erinnern, ihn während ihres Mittagessens gesehen zu haben.

»Entschuldigen Sie, haben Sie vielleicht ein Modelportfolio gefunden? Ich glaube, ich habe es auf diesem Tisch liegen lassen.« Sie zeigte auf den Tisch. »Heute Mittag, gegen halb eins. Es ist sehr wichtig.«

Der junge Mann lächelte sie an. Makedde hoffte, dass es ein gutes Zeichen war und dass er wusste, wo die Mappe war.

»Sie sind also Model? Sie sehen wirklich klasse aus. So groß und…«

»Bitte! Haben Sie das Portfolio gefunden?«, wiederholte sie ihre Frage.

»Nein, tut mir Leid.«

Ihr Portfolio enthielt eine Auswahl der besten Originalfotos ihrer mehrjährigen Modelkarriere. Die Fotografen und Negative waren über den ganzen Erdball verstreut, und die Zeitschriften, auf deren Titeln sie abgebildet war und die die Artikel und Fotostrecken mit ihr enthielten, waren bestimmt längst vergriffen.

»Vielleicht kann ich Ihnen helfen«, bot der Kellner an und trat näher an Makedde heran.

»Haben Sie die Mappe gesehen? Oder können Sie mir sagen, wer nach uns an dem Tisch gesessen hat?«

»Nein. Meine Schicht hat gerade erst angefangen.«

»Dann können Sie mir nicht helfen.« Makedde sah sich in dem Café um. »Kann ich vielleicht eine Telefonnummer hinterlassen? Für den Fall, dass die Mappe doch noch auftaucht?«

Die Augen des Kellners leuchteten auf. »Natürlich, gerne«, sagte er grinsend.

Sie kritzelte die Nummer ihres Bookers und den Namen »Miss Vanderwall« auf ein Stück Papier. Der Kellner dachte offenbar, dass sie ihn anbaggern wollte. »Nur für den Fall, dass das Portfolio auftaucht, okay?«, stellte sie deshalb noch einmal klar, damit er sich keine falschen Hoffnungen machte.

Wütend über ihre Achtlosigkeit drehte sie sich um, grub die Fingernägel in ihre Handflächen und ging steifen Schrittes zurück zum Auto. Loulou wartete auf dem Beifahrersitz. Sie hatte das Radio eingeschaltet. »Wie sieht's aus, Sweetie?«, rief sie über die laute Musik hinweg.

Makedde stieg ein und drehte das Radio energisch aus. Im nächsten Moment hatte sie den Einschaltknopf in der Hand.

»Die Mappe war nicht da, habe ich Recht?«, fragte Loulou.

»Ja«, bestätigte Makedde und brachte Loulou schweigend nach Hause.

Finster gelaunt betrat Makedde ihre Wohnung und knallte die Tasche auf den Boden. »Scheiße-scheiße-scheiße-scheiße-*scheiße*! Wie konnte mir das bloß passieren?«, fluchte sie laut. »Wie kann man nur so blöd sein!«

Sie hatte ihr Portfolio in den zehn Jahren ihrer Modelkarriere erst ein einziges Mal verloren. Damals war sie fünfzehn und zum ersten Mal in ihrem Leben in Mailand gewesen; sie hatte ihren Booker aus einer öffentlichen Telefonzelle angerufen und war anschließend direkt in eine Straßenbahn gestiegen und den Corso Venezia hinuntergefahren, ehe sie gemerkt hatte, dass sie ihr Portfolio nicht mehr bei sich hatte. Sie war sofort ausgestiegen und zurückgerannt, und zu ihrem großen Glück hatte die Mappe noch dort gelegen, wo sie sie vergessen hatte. Seitdem war sie immer achtsam gewesen.

Bis heute.

Widerwillig rief sie Charles an. »Du hast *was*?«, brüllte er ihr aus dem Hörer entgegen. »Wie kannst du nur dein Portfolio verlieren? Wie lange arbeitest du eigentlich schon als Model?«

»Du hast ja Recht. Ich hätte besser aufpassen müssen.«

Es war eine der wichtigsten Regeln im Modelgeschäft – hüte dein Portfolio wie deinen Augapfel. Gib es nie mit deinem Gepäck auf, wenn du fliegst. Drück es nie einem Freund oder einer Freundin in die Hand, damit er oder sie es irgendwo hinbringt. Und, um *alles* in der Welt, verlier es nicht. Kein Portfolio, keine Arbeit.

Charles schäumte immer noch. »Wollen wir hoffen, dass, wer auch immer es gefunden hat, es zurückbringt, und zwar schnell. Ich habe ein paar Kunden, und ich will dich ihnen so schnell wie möglich präsentieren. Komm am besten gleich morgen Vormittag vorbei. Mal sehen, ob wir fürs Erste ein paar Laserkopien auftreiben können.«

Kein besonders ermutigender Gedanke.

39

»Gottverdammte, raffgierige Scheißweiber!«, schrie Andy Flynn und warf wütend den Kopf zurück. Sein Hirn war vom Alkohol benebelt, und der Raum schien zu schwanken und zu schlingern wie ein Schiff. »Scheiß auf die Weiber!«, brüllte er in das leere Zimmer. Dann rammte er mit voller Wucht die rechte Faust gegen die Wand. Der Putz war gnadenlos, genau wie die frisch verheilten Wunden auf seinen Knöcheln. Sie platzten wieder auf, doch er spürte es kaum.

Wie konnte Cassandra es wagen, seine Stereoanlage mitzunehmen? Diese verfluchte Schlampe hörte doch sowieso nur irgendwelche bescheuerten Country-Sender im Radio. Wofür brauchte sie also seine Hi-Fi-Anlage? Sie hatte sich alles unter den Nagel gerissen, was ihm etwas bedeutete – den Honda, das Haus, und jetzt auch noch seine Musikanlage. Was für eine schöne Überraschung! Genau das hatte ihm gerade noch gefehlt, nachdem man ihm den wichtigsten Fall seiner Karriere abgenommen hatte. »Aasgeier!«, schrie er und schleuderte seine leere Bierflasche an die Wand. Sie zersprang in tausend winzige Scherben, die sich überall auf dem alten Perserteppich verstreuten.

»Scheiß drauf!«, grölte er und machte mit seiner blutenden Hand eine neue Bierflasche auf. Er malte sich aus, wie es wäre, was für eine Genugtuung es ihm bereiten würde, sich Cassandra so vorzuknöpfen, wie sie es verdiente – sie und ihre aufgeblasene Anwältin. Den beiden musste dringend eine Lektion erteilt werden. Sie waren für ihn die Personifizierung von Habgier und hatten es nicht besser verdient, als strampelnd und schreiend auf den Boden der Tatsachen gezerrt zu werden. Ihm wurde schwindelig, und er beschloss, dass er sich vielleicht lieber hinlegen sollte, doch er ließ sich zu schwerfällig auf das Sofa krachen und verfehlte zu allem Überfluss auch noch das Kissen, so dass sein Kopf unsanft auf die Armlehne knallte und er sich selbst und das Sofa mit Bier vollspritzte. Er versuchte sich auf die halb leere Flasche zu konzentrieren. Wie lange trank er eigentlich schon? Mindestens einen Tag, vielleicht auch zwei. War es eigentlich Tag oder Nacht? Da die Vorhänge zugezogen waren, hatte er keine Ahnung. Aber war das überhaupt wichtig? Er musste ja sowieso nicht zur Arbeit gehen.

Kelley hasst mich. Hat mir meine Knarre abgenommen. Ich hab's versaut… und warum? Wegen einer anderen gottverdammten Frau. Verfluchte, verschlagene Huren, allesamt.

Inzwischen richtete sich seine Wut gegen alles und jeden. Seine Gedanken kreisten um die blonde Verführerin, der er diesen Schlamassel zu verdanken hatte. Er war regelrecht süchtig nach ihr geworden, und jetzt musste er dafür zahlen. Sein Kopf begann zu schmerzen, und das Erste, was ihm in den Sinn kam, war, nach der Jack-Daniels-Flasche zu greifen. Ein Glas brauchte er nicht, aus der Flasche schmeckte das Zeug genauso gut. Er langte nach dem Whiskey, doch seine Hand gehorchte ihm nicht und stieß die Flasche um.

»Scheiße«, lallte er protestierend.

40

Am frühen Abend hatte Makedde immer noch nichts von Andy Flynn gehört. Sie hatte Fragen, die nach Antworten verlangten, doch wie es schien, wollte ihr niemand diese Antworten geben. Wenn die Polizei nichts zu Wege brachte, musste sie die Dinge eben selbst in die Hand nehmen.

Ein Foto-Shooting mit Rick Filles war zwar in etwa so verlockend wie eine Verabredung mit Norman Bates, doch während die Stunden dahinstrichen, ohne dass sich irgendetwas tat und ihr für neun Uhr vereinbarter Termin langsam näher rückte, schien er ihr zusehends die einzige Hoffnung zu sein, irgendwie weiterzukommen. Und wenn Rick tatsächlich der Mörder war? Was, wenn es ihr gelang, ihn zu überführen? Constable Mahoney gegenüber hatte er sich in keiner Weise verdächtig gezeigt, aber das bewies gar nichts. Sie war eben nicht sein Typ gewesen. Auf Debbie jedoch würde er mit Sicherheit stehen.

Falls Rick Catherines Mörder war und zudem derjenige, der ihr dieses abstoßende, entstellte Foto geschickt hatte, würde sie ihn überrumpeln, wenn sie in seinem Studio aufkreuzte. Möglicherweise verriet er sich. Doch er konnte auch genauso gut etwas völlig Unvorhergesehenes tun, oder, noch schlimmer, sogar gefährlich werden. Für diesen Fall musste sie Vorsichtsmaßnahmen ergreifen. Bis zu dem vereinbarten Termin waren es nur noch drei Stunden. Sie hatte also keine Zeit zu verlieren, und sie wusste genau, wen sie anrufen musste.

»Hallo, Loulou. Wie geht's?«

»Darling! Hast du dein Portfolio wiedergefunden?«

»Leider nein. Tut mir Leid, falls ich ein bisschen sauer gewesen sein sollte, als ich dich nach Hause gebracht habe.«

»Kein Problem. Ich verstehe dich voll und ganz.«

»Ich wollte dich fragen, welche Konfektionsgröße du hast.«

»Konfektionsgröße? Achtunddreißig … jedenfalls meistens.«

Makedde lächelte. *Das dürfte passen.* »Ob du mir vielleicht einen kleinen Gefallen tun könntest …«

Um kurz vor neun stand Makedde in Kings Cross in einer Seitengasse der Bayswater Road vor einem dunklen, heruntergekommenen und mit Graffiti beschmierten Wohnblock. Die meisten der Straßenlaternen waren zertrümmert, und die Bürgersteige waren auf unheimliche Weise völlig ausgestorben. Es war, als hätte irgendeine Seuche das Viertel heimgesucht, jegliches Leben ausgelöscht und das Betreten der infizierten Straßen unmöglich gemacht. Das einzige Lebenszeichen war das Flackern eines Fernsehers im zweiten Stock. Irgendjemand hatte die Seuche überlebt und sah sich eine Quizshow an. Mak hörte den eingespielten Applaus.

Warum spiele ich dieses Spiel?

War Rick Filles womöglich ein Wiedergänger Harvey Glatmans, jenes brutalen, von Fesseln besessenen Serienmörders, der sich ebenfalls als Fotograf ausgegeben und in den fünfziger Jahren die Modelszene Hollywoods in Angst und Schrecken versetzt hatte? Bei diesem Gedanken lief es ihr kalt den Rücken herunter, und sie erstarrte für einen Moment. Aber genau darum ging es doch bei dieser Expedition, oder etwa nicht? Ihn mit List und Tücke zu durchschauen und zu überführen, ehe er noch mehr Frauen etwas antun konnte.

Nur eine Stunde, dann hast du's geschafft. Du schaffst das.

Etwas beklommen klopfte Makedde an die Tür. Sie öffnete sich wie von selbst und gab den Blick auf ein dunkles Treppenhaus frei. Mak betrat das Haus und tastete die Wand nach einem Lichtschalter ab, doch sie fand keinen. Das Einzige, was sie erkennen konnte, war der schwache Umriss der nach oben führenden Treppe.

Ich tu's für dich, Catherine.

Erleichtert entdeckte sie auf dem ersten Treppenabsatz an der gegenüberliegenden Wand einen kleinen, runden weißen Zeitschalter. Sie drückte ihn, und das Treppenhaus wurde von einer einzelnen Neonröhre erleuchtet. Einem handgeschriebenen Hinweis entnahm sie, dass das Studio sich im dritten Stock befand. Sie sah sich um. Kein Aufzug. Sie seufzte. Drei Etagen Treppensteigen in Stilettos. Die ganze Angelegenheit sah von Minute zu Minute weniger gut aus. Sie wusste, dass sie in ihrem aufgedonnerten Aufzug mit dem blutroten Bustier und dem superkurzen schwarzen Minirock aussah wie eine Mischung aus einem Vargas-Pin-up-Girl und einer als Geschenk verpackten Barbiepuppe. Es war ein Eindruck, den sie eher selten zu erwecken versuchte.

Sie beugte sich vor, legte die Hände unter ihre Brüste und drückte sie hoch. Dies hatte den magischen Effekt, dass der ohnehin schon üppige Busen Debbies gewaltige Jayne-Mansfield-Proportionen annahm. Das Bustier war tief ausgeschnitten und gab den Blick auf zwei den Gesetzen der Schwerkraft trotzende, pralle Halbmonde frei. Ihr Dekolletee war atemberaubend. Wahrscheinlich würde er merken, dass sie am Telefon ein wenig übertrieben hatte, doch sie war sicher, dass er trotzdem nicht enttäuscht sein würde.

Vor der Tür des Studios verfluchte sie die australische Regierung ein weiteres Mal dafür, dass sie Zivilisten den Besitz von Pfefferspray untersagte. Also musste ihr normales Arsenal reichen – Haarspray, eine Hutnadel und ihr treues Schälmesser.

Spiel deine Rolle. Du hast nichts zu befürchten. Es ist nur ein Film.

Ich wünschte, ich wüsste, wie das Drehbuch endet …

Rick Filles öffnete die Tür auf ihr erstes Klopfen hin. Das Erste, was ihr auffiel, waren seine Augen. Sie waren zutiefst beunruhigend, unförmig, und viel zu klein für sein Gesicht. Noch nie hatte sie so winzige, dermaßen fehlproportionierte Augen gesehen. Blutunterlaufene Knöpfe, die leuchteten wie heiße Murmeln.

»Hi, ich bin Debbie«, sagte sie mit rauchiger Stimme und kicherte um des Effekts willen einmal leise. Zu ihrer Erleichterung wanderten seine Augen unversehens zu ihren Brüsten. Hoffentlich merkte er nicht, wie viel Angst sie hatte. Er führte sie nach drinnen, wobei er unverhohlen weiter ihr Dekolletee angaffte.

»Wow! Was für'n tolles Studio! Machst du viele Fotos?« Sie achtete darauf, mit dem Kopf zu wippen, als sie den Satz beendete.

»Klar, Süße. Was für'n Gift darf's denn sein?«

»Gift?«

»Was willst du trinken?«

»Ach, was du gerade da hast.«

Während er zur Kochnische hinüberging, nahm sie diskret das Studio in Augenschein. Sie ging zu einem eingeschalteten Lichttisch und musterte die darauf ausgebreiteten Diapositive. Soft-Porno-Fotos. Mädchen in hochhackigen Schuhen, die auf Sportwagen posierten. Nacktfotos. Nichts Spektakuläres, und mit Sicherheit nichts Originelles. Bestimmt hatte er sie nur als Show dort ausgelegt. Doch unter dem Tisch fiel ihr ein interessanter Stapel Ordner ins Auge. Vielleicht waren in einem dieser Ordner die diskriminierenderen Bilder versteckt.

An einer Seite des Raums stand ein Kleiderständer mit schriller Reizwäsche. Das Übliche. Pinkfarbene Bodys.

Rote Strapse. Schrittfreie Höschen. Die Dinger konnten da hängen bleiben, bis sie schwarz wurden, denn sie würde den Teufel tun, sich etwas davon anzuziehen. Zu ihrer Linken erweckte eine unauffällige Tür ihr Interesse.

Rick kam mit zwei Schnapsgläsern zurück, die mit einer klaren Flüssigkeit gefüllt waren, und stellte sie auf den Lichttisch. Makedde zog sich ihre Tasche fest um die Schulter und hoffte, dass sie die behelfsmäßigen Waffen, die sie dabei hatte, nicht benutzen musste. »Hast du irgendwelche Fotos, die ich mir mal ansehen kann?«, fragte sie.

»Klar, Puppe.« Er zeigte auf die ausgelegten Diapositive.

»Hast du noch andere? Um ein paar Anregungen zu kriegen.«

»Nein. Die anderen sind alle…« Er zögerte einen Moment. »…bei 'nem Kunden.«

Klar doch. »Schade. Hast du irgendwelche Outfits?«

»Da drüben.« Er deutete auf den Ständer mit der Reizwäsche, die mehr entblößte als bedeckte.

»Hast du sonst noch etwas? Was eher…« Sie zwinkerte ihm zu.

»Was schwebt dir denn vor?«

»Was… Sadomasomäßiges«, erwiderte sie und bedachte ihn mit einem verschwörerischen Lächeln. Sie nippte an ihrem Glas und musste beinahe würgen. Das Zeug schmeckte wie Feuerzeugbenzin. Seine Augen leuchteten auf wie bei einem pubertierenden Jungen, der zum ersten Mal in einer Zeitschrift ein Playmate entdeckt. Jeden Augenblick rechnete sie damit, dass ihm der Sabber aus den Mundwinkeln troff. Ohne jede Vorwarnung legte er plötzlich den Arm um ihre Taille und führte sie zu der geheimnisvollen Tür. »Was Sadomasomäßiges willst du? Da bist du hier genau richtig, Baby.«

Durch Loulous hautenges Top fühlte sich seine Hand heiß und klebrig an. Er schob sein Gesicht ganz nah an ihren Hals. Sie wandte sich ab, damit ihr sein stinkender Atem nicht so aufdringlich in die Nase stieg. *Wonach stinkt er bloß?* Sie versuchte, die Luft anzuhalten. All ihre Instinkte rieten ihr, sich zu wehren! Ein Ellbogenschlag gegen die Kehle und losrennen! Schnell! Doch sie konnte nicht. Dafür war sie schon zu weit gekommen. Er lockerte seinen Griff, um die Tür zu öffnen, und sie warf einen verstohlenen Blick auf ihre Uhr. Es war erst halb zehn. Noch eine halbe Stunde. Sie musste ihn hinhalten.

Ein schleimiges Grinsen verzog sein Gesicht. Seine Augen glühten wie die Fenster eines Hochofens, während er den Türknauf umfasste. Dann öffnete er ganz langsam die Tür und gab Zentimeter für Zentimeter den Blick auf den Inhalt seines Spezialzimmers frei – ein erschreckendes Aufgebot an Leder- und Latexutensilien und allen möglichen Ketten, die überall auf Kleiderbügeln und Haken an den Wänden hingen. Makeddes Blick blieb an einer merkwürdigen Metallapparatur mit Lederriemen hängen, die aussah, als könne sie einem ziemliche Schmerzen bereiten.

Verdammt, was zum Teufel ist das?

Er sah sie prüfend an, ob ihr gefiel, was sie sah. »Ooh!«, rief sie. *Oh, Scheiße.*

In eine der Wände waren diverse Ketten und ein Paar Handschellen eingelassen und warteten darauf, zuzuschnappen. Makedde konnte sich nur schwer vorstellen, dass sich dort jemand freiwillig anketten ließ. Sie rief sich die Fesselspuren an Catherines Handgelenken in Erinnerung. Wie heftig hatte sie sich gewehrt? War es Leder oder Metall gewesen, das sie so fest eingeschnürt und sich so tief in ihre zarte Haut gegraben hatte?

Die Ketten waren nur das Vorspiel. Darüber hinaus gab es ein Arsenal an Lederpeitschen, von denen einige mit schmerzhaft aussehenden roten Quasten versehen waren. Ferner gab es dornige Knüppel und unzählige phallische Gerätschaften. Außerdem Kerzen. Und Nadeln.

Das musste sie unbedingt der Polizei zeigen.

»Jede Wette, dass du darin toll aussiehst«, sagte sie und zeigte auf eines der Outfits.

»Quatsch! Die sind doch nicht für mich! Ich steh aufs Dominieren.«

Und was machst du, wenn du dominierst? »Hast du schon mal irgendwas von den Sachen anprobiert?«

»Von diesen Outfits hier? Nein.«

»Ich auch nicht. Aber wenn du eins anziehst, probiere ich auch eins.«

Er musterte sie und maß sie unendlich lange mit seinen teuflischen Augen. Ob er ihre Angst spürte? Sie stellte sich innerlich darauf ein, jeden Moment eine Attacke abwehren zu müssen.

Seine Antwort überraschte sie. »Okay.«

»Du zuerst.«

»Nein, erst du. Drauf bestehe ich.«

»Nein, bitte. *Du* zuerst.«

Eine bizarre Höflichkeitsparodie.

Rick Filles meinte es ernst. Er würde auf keinen Fall einen Rückzieher machen, und Makedde konnte auch nicht zurück. »Warte hier«, hauchte sie. »Ich suche mir eins aus und überrasche dich.«

Sie zog die Tür hinter sich zu und drückte auf einen Lichtschalter. Eine Deckenlampe ging an und tauchte den Raum in dämmriges, rotes Licht.

»Ich warte«, hörte sie ihn durch die Tür drängeln. Seine Stimme ließ sie erschaudern.

Ihre Gedanken rasten wild durcheinander, und Panik drohte sie zu überwältigen. Plötzlich sah sie Stanley durch die Tür platzen, sie auf den Boden werfen, sich mit seinem ganzen Gewicht auf ihre Oberarme stemmen und ihr sein glänzendes scharfes Klappmesser an die Wange drücken. Sie schob die Gedanken beiseite, indem sie sich in Erinnerung rief, dass Stanley hinter Schloss und Riegel saß, und tröstete sich damit, dass der Mann, mit dem sie es diesmal zu tun hatte, viel kleiner und schwächer war als Stanley. Außerdem war sie diesmal viel besser vorbereitet.

Sie wählte eine schwarze Lederkorsage und quälte sich aus Loulous engem rotem Bustier. Die Korsage war hauteng und der tiefe Ausschnitt mit glänzenden Metallnieten dekoriert. Sie zwängte sich hinein und nahm in Kauf, dass ihre Taille von dem engen Teil auf geradezu absurde Weise eingeschnürt wurde.

»Und jetzt du«, brachte sie hervor. Sie griff nach einer kurzen Latexhose, die mit seltsamen Metallringen verziert war, und reichte sie ihm.

Er zögerte. Seine Augen verengten sich zu Schlitzen.

Das sieht nicht gut aus.

Sie ließ langsam einen Finger über ihren Busen gleiten. Es funktionierte. Seine Augen weiteten sich und folgten ihrem Finger.

»Komm schon, Baby«, hauchte sie. »Zieh sie an! Mir zuliebe. Bitte!«

Rick kam in den Raum und schloss die Tür bis auf einen Spalt, wobei er sein Opfer wachsam im Auge behielt. Als er ihr für einen kurzen Augenblick den Rücken zuwandte, sah sie ihre Chance gekommen. Sie schoss mit einem Satz aus dem Raum, knallte die Tür zu und schob blitzschnell einen Stuhl unter den Knauf.

»Hey!«, schrie er. »Verdammtes Miststück! Mach sofort die Tür auf!«

Sie hatte keine Zeit zu verlieren. Hektisch stürmte sie zu den aufgestapelten Ordnern unter dem Lichttisch und durchstöberte sie. *Verdammt*! Nur Formulare und irgendwelche Papiere.

»Dreckstück!«, schrie er erneut, und sie hörte den Stuhl gefährlich knacken. Er drohte jeden Moment zu zerbrechen.

Sie musste verschwinden. Die Schuhe in der Hand, stürmte sie, immer zwei Stufen auf einmal nehmend, die Treppe hinunter. Ricks Rufe verhallten allmählich, als sie endlich die Straße erreichte. Sie rannte los, bis sie aus dem Schatten schemenhaft eine grell gekleidete Gestalt hervortreten sah.

»Sweetie!«, rief Loulou. »Was ist los?«

»Schnell!«, keuchte Mak, ohne anzuhalten. Loulou begriff und folgte ihr. »Wir müssen hier verschwinden!«

Sie rannten etliche Blocks weit, vorbei an apathischen Drogensüchtigen und dahintrottenden Passanten, die ihnen keinerlei Beachtung schenkten. Schließlich erreichten sie Loulous Auto, frisch aus der Werkstatt. Loulou ließ den Motor an. »Was ist denn passiert? Sollte ich nicht eigentlich hereinplatzen und mich aufführen wie eine eifersüchtige Liebhaberin oder so etwas in der Art?«

Makedde war schlecht. »Die Sache ist mir ein bisschen entglitten«, räumte sie ein.

»Das sehe ich. Hast du gefunden, was du gesucht hast?«

»Also … ja und nein. Er treibt da oben irgendwelche fiesen Sauereien, aber ich habe nichts gefunden, was ihn direkt mit Cat in Verbindung bringen würde.«

»Wo ist mein rotes Titten-Top?«

»In meiner Tasche.«

»Und woher hast du dieses Lederteil?«

»Aus der Sado-Maso-Höhle, in der ich gerade war. Du kannst es gerne haben. Ich bin nicht scharf auf so ein Souvenir.«

»Cool«, meinte Loulou und bewunderte die Nieten, bevor sie durchstartete.

41

Er lag mit geschlossenen Augen auf der Bettdecke. Die Vorhänge waren zugezogen. Er wollte sich ausruhen, wieder einen klaren Kopf bekommen, doch es gelang ihm nicht. Durch die Wand drang Lärm, Geräusche von Lasterhaftigkeit und Verderbtheit, die seine Ruhe störten. Er nahm ein paar Wattebäusche und stopfte sie sich in die Ohren, doch damit ließ sich nur ein Bruchteil der Geräusche unterdrücken. In dem abgedunkelten Raum sah er zu dem Foto auf, das er an die Wand gepinnt hatte.

Mein Mädchen.

Makedde.

Sie war perfekt. Groß, schlank, und das kurze Lederkleid verhüllte ihre makellosen Beine kaum. Wunderbar hohe Stöckelschuhe krümmten ihre schlanken Füße und spannten die Muskeln ihrer Waden.

Hure.

Es ärgerte ihn, dass das Foto nicht scharf genug war. Die kleinen blonden Härchen auf ihren Oberschenkeln waren nicht zu erkennen. Genauso wenig konnte er die kleinen bläulichen Venen auf ihren Füßen sehen, die süßes Blut zurück zu ihrem Herzen transportierten.

Sie hatte das Foto extra für ihn zurückgelassen. Sie wollte, dass er sie heilte. Sie hatte ihn sogar zu ihrer neuen Wohnung geführt, in der sie allein lebte.

Keine Sorge. Ich komme bald, um dich zu holen.

Doch die Geräusche hörten nicht auf, sie bohrten sich in sein Gehirn, überlagerten seine Gedanken. Sie wurden immer lauter. Er hörte sie deutlich durch die Wände an seine Ohren dringen; Stöhnen wie von Tieren, das quietschende Bett.

Mutter!

Er zog sich das Kissen über den Kopf. Er war wieder ein Kind, ein kleiner Junge, und sein Kissen war ein Teddybär, den er sich an die Ohren drückte, um diesen entsetzlichen Lärm nicht mehr zu hören. Er war wieder im Haus seiner Kindheit und kämpfte verzweifelt gegen die Geräusche an, indem er seine Schulkleidung in den Schlitz unter der Tür stopfte.

Mutter! Mutter, hör auf!

Es war Tag und Nacht zu hören gewesen. Jahrelang, es hatte einfach nicht aufgehört. Sündige Ausschweifungen, und dann dieser Geruch. Der abstoßende Gestank von Geilheit und Lasterhaftigkeit hatte das ganze Haus erfüllt, war in seine kindliche Nase gedrungen.

Mutter!

Erst *er* hatte dem Ganzen ein Ende bereitet. Er hatte sie in den weißglühenden Flammen des Höllenfeuers gereinigt, hatte ihre Sünde verbrannt und das lasterhafte Haus in eine Säule lodernder Glut verwandelt. Von weiter unten an der Straße hatte er zugesehen, hatte gesehen, wie die Flammen gen Himmel züngelten.

Er versuchte, die fortdauernden Geräusche, die durch die Wand drangen, zu ignorieren. Er redete sich ein, dass es nicht wieder passierte. Nach all den Jahren *konnte* es einfach nicht wieder passieren.

Mutter kann keine Hure mehr sein. Ich habe sie geheilt.

Makedde verlangte ebenfalls nach seiner speziellen Bestrafung, und wenn es so weit war, würde er ihr mit größtem Vergnügen geben, was sie brauchte. Bis dahin würde er sie im Auge behalten; ihr durch die Straßen folgen, sie in ihrer neuen Wohnung beobachten, und sich bei all dem vor allem in Geduld üben.

Es sollte sein.

Doch zuerst mussten Vorbereitungen getroffen werden.

42

Am Donnerstagnachmittag ging Makedde zu Fuß zu ihrer Agentur. Sie kam sich blöd vor, aber sie war froh, dass sie am Leben war. Von ihrem entsetzlichen Erlebnis am Abend zuvor hatte sie sich noch immer nicht erholt. Wie lange Rick Filles wohl gebraucht hatte, sich aus seinem kleinen Gruselkabinett zu befreien? Sie wollte es lieber gar nicht wissen. Hauptsache, sie musste diese stechenden Knopfaugen nie wieder sehen. Sie brannte darauf, Andy zu erzählen, was sie herausgefunden hatte, doch er hatte sich immer noch nicht bei ihr gemeldet. Und Jimmy, dieser Penner! Mit dem wollte sie nie wieder ein Wort wechseln.

Sie marschierte in die Agentur, nickte der Empfangsdame flüchtig zu, rang sich ein Lächeln ab und bemühte sich, möglichst selbstsicher aufzutreten. Charles hing wie immer am Telefon und redete auf jemanden ein. Mak sah sich um und bewunderte die Sedcards, die überall an den Wänden hingen. Christys unglaubliche Wangenknochen, Esters Ehrfurcht gebietende Lippen. Bei derartigen Anblicken musste sich jeder normal Sterbliche unweigerlich vorkommen wie ein hässliches Entlein. Book hatte jede Menge Topmodels unter Vertrag, die die Titelseiten etlicher Frauenmagazine zierten, doch vielleicht wäre Makedde trotzdem besser bei der anderen großen Agentur in Sydney aufgehoben. Sie vertrat unter anderem Elle, Rachel und Jae Jae und war um einiges etablierter.

Zu ihrer Überraschung erblickte sie auf dem Booker-Tisch ihr Portfolio. Es lag ganz oben auf ein paar anderen Mappen und Blättern. »Oh, mein Gott!«, rief sie erleichtert. »Meine Mappe!«

Skye lächelte. »Wir haben sie heute Morgen bekommen. Du hast wirklich unglaubliches Glück.«

»Wer hat es gefunden?«

»Keine Ahnung. Als wir aufgemacht haben, lag es vor der Tür.«

Makedde fühlte sich, als sei eine zehn Tonnen schwere Last von ihren Schultern genommen worden. Sie hatte sich beim besten Willen nicht vorstellen können, wie sie je die von Paris bis Vancouver verstreuten wichtigen Zeitschriftenausschnitte wieder hätte auftreiben sollen, ganz zu schweigen von den jeweiligen Fotografen. Mit klopfendem Herzen blätterte sie schnell die Mappe durch, um sich zu vergewissern, dass auch nichts beschädigt war. Als sie halb durch war, stieß sie auf eine leere Seite. Ein Foto fehlte.

»Verdammt. Hier fehlt eins.«

»Bist du sicher?«, fragte Skye.

»Absolut. Bevor ich die Mappe verloren habe, war auf jeder Seite ein Foto. Siehst du«, sagte sie und hielt Skye die leere Seite hin, »hier fehlt eins.«

Makedde fragte sich, warum es wohl jemand auf ein einzelnes Foto abgesehen hatte. War es ein Foto im Bikini? Eine aufreizende Aufnahme, die ein junger Typ vielleicht als Andenken hatte mitgehen lassen?

Andenken.

Sie musste an Loulou denken. *Die Schuhe sind ja göttlich.*

Mit Entsetzen begriff sie, welches Foto fehlte. Sie blätterte die Mappe noch einmal durch, um ganz sicher zu sein. Kein Zweifel, es war das Foto aus Miami, das mit den hohen Stilettos.

»Skye, ich muss unbedingt wissen, wer das Portfolio zurückgebracht hat.«

Skye sah sie irritiert an. »Tja, es war keine Nachricht dabei.«

»Kann irgendjemand den Überbringer gesehen haben? Der Hausmeister? Die Frau am Empfang oder sonst irgendjemand?«

»Unsere Empfangsdame hat gesagt, die Mappe war schon da, als sie kam.«

»Wann wird das Gebäude morgens aufgeschlossen?«

»Um acht, glaube ich. Aber jetzt mal keine Panik! Es fehlt doch nur ein einziges Foto. Du hast auf jeden Fall genug andere, um die Lücke zu füllen.«

Nein, dachte Makedde auf dem Weg zur Tür, *es geht um mehr.*

Makedde rief die Reinigungsfirma kurz vor Feierabend an. Der Rezeptionistin von Books zufolge schickte die Firma jeden Donnerstag jemanden, der morgens zwischen fünf und acht die Flure und die Treppenhäuser saugte und die Toiletten reinigte. Diese Putzkraft musste also da gewesen sein, als ihr Portfolio abgegeben wurde. Makedde musste wissen, wer das Gebäude an diesem Morgen gereinigt und was der oder die Betreffende gesehen hatte.

Es meldete sich eine ältere Frau.

»Hier spricht Detective Mahoney vom zentralen Mordkommissariat«, meldete sich Makedde. »Ich ermittle wegen einer Diebstahlanzeige in einem Gebäude, das von Ihrer Firma gereinigt wird. Könnten Sie mir sagen, welche Ihrer Angestellten heute Morgen im High-Tower-Building in der Innenstadt gearbeitet hat?«

»Das war ich«, erwiderte die Frau beklommen.

Makedde versuchte so professionell wie möglich zu klingen. »Und Sie heißen, Ma'am?«

»Mrs. Tulla Walker.«

»Mrs. Walker, ich würde Ihnen gerne ein paar Fragen über den heutigen Morgen stellen.«

»Gerne. Wenn ich Ihnen irgendwie helfen kann«, erwiderte sie beflissen.

»Ich weiß Ihre Hilfe sehr zu schätzen, Mrs. Walker. Um

wieviel Uhr sind Sie heute Morgen am High-Tower-Building angekommen?«

»Um fünf.«

»Sind Ihnen vor der Zugangstür oder in dem Gebäude irgendwelche Päckchen aufgefallen?«

Sie zögerte einen Moment, bevor sie antwortete. »Ja… mir ist tatsächlich ein Päckchen aufgefallen. Es war an die Modelagentur adressiert, die ist in einer der oberen Etagen. Ich habe es sofort hochgebracht und bei der Agentur vor die Tür gelegt. Bestimmt.«

»Und wo genau haben Sie dieses Päckchen gefunden?«

»Es stand gegen die Eingangstür gelehnt.«

»Von innen?«

»Nein. Von außen.«

»Ist Ihnen eine Postanschrift aufgefallen? Oder hing an dem Päckchen irgendein Zettel?«

»Nicht dass ich wüsste.« Sie machte eine Pause. »Ein Zettel – nein. Und soweit ich mich erinnere, stand da nur eine Adresse… es war einfach an die Book Model Agency gerichtet. Sonst ist mir nichts weiter aufgefallen.«

Verdammt. »Vielen Dank, dass Sie mir Ihre Zeit geopfert haben.«

»Ich schwöre, ich habe es nicht genommen! Ich habe es vor die Tür der Agentur gelegt. Ich schwöre es!«

Makedde hatte ein schlechtes Gewissen, dass sie die Frau so in Panik versetzt hatte.

»Ich glaube Ihnen ja, Ma'am«, versicherte sie ihr. »Sie stehen auch nicht unter Verdacht. Nochmals vielen Dank für Ihre Hilfe.«

Etwas verlegen legte sie auf.

43

Der Abend brach herein; es war kalt, dunkel und windig. Die Bäume bogen sich, die Büsche raschelten. Alle Vorbereitungen waren getroffen. Er brauchte nur noch zu warten. Die Minuten verstrichen. Aus den Minuten wurden Stunden. Die Blätter raschelten in der Dunkelheit.

Gegen zehn näherte sich ihr Auto. Es sah frisch gewaschen und poliert aus und schimmerte im Licht der Straßenlaterne glänzend rot. Sie parkte in der Zufahrt vor ihrem Haus, und er beobachtete, wie sie den Motor abstellte, aus dem Wagen stieg und zum Kofferraum ging. Sie war allein.

Hohe Absätze.

Er lächelte.

In seinem Versteck in den Büschen war er für sie unsichtbar. Er beobachtete, wie sie ein paar Lebensmittel zusammensuchte, den Kofferraum zuklappte und zum Haus ging. Ihr Haar hatte sie ordentlich zu einem Knoten zusammengebunden und hochgesteckt. Sie trug ein dunkles Kostüm, dessen Rock dicht über dem Knie endete. Ihre hauchdünnen Nylonstrümpfe schimmerten beim Gehen.

Er würde ihr die Überraschung ihres Lebens bereiten.

Behutsam zog er ein Paar Latexhandschuhe aus seiner Jackentasche und streifte sie über. Als er hörte, wie sie die Tür aufschloss und das Haus betrat, eilte er schnell zu der Schiebetür des seitlichen Balkons und huschte hinein. Das Schloss zu knacken, hatte ihn ein paar Stunden zuvor nur einige Sekunden gekostet. Zum Glück hatte das Haus keine Alarmanlage.

Es war ein berauschendes Gefühl, mit ihr in ihrem Haus zu sein, ihr so nah zu sein und zu wissen, dass das Warten bald ein Ende hatte. Er hörte sie über den Flur zur Küche gehen – jetzt war sie in dem Raum genau ihm gegenüber – und ihre Einkäufe auf dem Küchentisch abstellen. Dann wandte sie sich um und verließ die Küche wieder, und einen Augenblick lang dachte er, sie käme direkt zu ihm ins Esszimmer. Er umklammerte den Hammer mit festem Griff. Doch nein, sie ging in die andere Richtung, ins Wohnzimmer.

Die Stereoanlage ertönte.

Er lächelte erneut.

Sie spielte ein paar Sekunden mit der Sendersuchtaste des Radios herum, entschied sich schließlich für einen Schmachtsong auf einem schnulzigen Countrysender und ging zurück in die Küche. Leise stellte er seine Tasche auf den Boden, direkt neben seine Füße. Dann trat er in die Türöffnung und nahm sie ins Visier. Sie war über die Einkaufstüten auf dem Küchentisch gebeugt. Den Blazer ihres Kostüms hatte sie abgelegt, darunter trug sie eine dünne Seidenbluse. Sie hatte den Knoten gelöst und trug ihr wunderschönes schwarzes Haar jetzt offen. Unbemerkt schlich er sich an sie heran. Sie war immer noch voll und ganz mit ihren Einkäufen beschäftigt. Er roch ihr berauschendes, teures Parfüm.

Er hob den Hammer.

Im allerletzten Moment spürte sie etwas und drehte sich um.

»Was …«

Der Hammer krachte zielsicher mit einem dumpfen Aufschlag auf ihren Schädel herab. Den Aufprall zu spüren, bereitete ihm ein unglaubliches Gefühl der Erlösung. Der Nervenkitzel schoss wie ein warmer Strom spiralförmig seinen Körper hinab durch seine Muskeln und dann wieder hinauf zu seinem Kopf. Seine Schläfen pochten vor Wonne. Der Schlag ließ sie rückwärts zu Boden krachen, ihr Kopf knallte mit voller Wucht gegen den Schrank.

Er beugte sich über sie.

»Du trägst meine Lieblingsschuhe«, flüsterte er wohlwollend. »Danke, dass du es mir so leicht machst.«

Sie war nahezu bewusstlos und machte keine Anstalten, sich zu wehren. Stattdessen stöhnte sie hin und wieder kläglich auf. Er wusste, dass sie keinen Widerstand leisten würde. Sie hatte einen zierlichen Körper, so dass es ihm keine Schwierigkeiten bereitete, sie die mit Teppichboden ausgelegte Treppe hinaufzuziehen. Er fühlte sich stark und unglaublich mächtig. Er schleifte sie ins Schlafzimmer und hievte sie aufs Bett. Dann zog er die Schnur aus seiner hinteren Hosentasche, rollte seine Gefangene mit geübtem Griff auf den Bauch und fesselte ihre Fußknöchel und Handgelenke aneinander. Anschließend drehte er sie wieder um, so dass sie ihm das Gesicht zuwandte. Ihre Beine wurden durch die Fesseln nach hinten unter ihren Körper gezwängt, der blaue Rock war über ihre Oberschenkel gerutscht und enthüllte einen Slip aus Spitze. Ihre hauchdünnen Nylonstrümpfe waren eingerissen, über die Innenseiten ihrer Oberschenkel liefen feine Laufmaschen. Die durchschimmernde Haut hatte die Farbe von Elfenbein. Ihre Augen hatten jeden Glanz verloren und rollten wirr in den Höhlen hin und her, doch sie atmete.

Er ließ sie einen Moment allein und holte seine Tasche. Als er kurz darauf zurück ins Schlafzimmer kam, sah er, dass sie allmählich zu sich kam. Aus ihrem Stöhnen wurden Worte. Aber sie schrie nicht.

Mit bebender Stimme fragte sie: »Was wollen Sie?«

Er legte die Tasche neben dem Bettpfosten auf den Boden und langte nach unten. Dann öffnete er den Reißverschluss und zog das Messer heraus.

Sie schrie.

Das konnte er auf keinen Fall dulden, nicht in diesem

Viertel. Er presste seine Hand auf ihren kleinen Mund, verschmierte dabei ihren roten Lippenstift quer über ihre Wange, und erstickte die Schreie. Die herrliche, geschliffene Klinge faszinierte ihn. Solch seltsame Schönheit in diesem perfekten Moment. Er spürte, wie sie sich unter ihm wand.

Schließlich gab er ihr die Antwort auf ihre Frage.

Eine Stunde später verließ er das Schlafzimmer, zog sich die Handschuhe aus, steckte sie in einen verschließbaren Plastikbeutel und streifte sich ein neues Paar über. Bevor er das Haus verließ, machte er noch einen schnellen Rundgang. Er ging ins Arbeitszimmer und musterte den großen, mit Lederrändern verzierten Schreibtisch. Eine überteuerte Antiquität. Neben einem Englischwörterbuch und diversen Reiseführern stapelten sich auf dem Schreibtisch Broschüren mit Immobilienangeboten. An einer Seite des Schreibtischs fiel ihm ein Ordner mit einem beschrifteten Etikett ins Auge.

Scheidung.

Er klappte den Ordner vorsichtig auf und blätterte ihn durch. Die Honorare der Anwältin waren exorbitant, aber offenbar war sie ihr Geld wert. Es gab diverse Formulare hinsichtlich der Bewertung der Vermögensverhältnisse und einen im Juristenkauderwelsch formulierten Brief, in dem es um ein Haus in Lane Cove ging. Er las ihn zweimal und steckte ihn in die Tasche.

Zufrieden, dass er alles hatte, was er wollte, schnappte er sich seine Tasche und verließ das Haus.

44

Das würde James Tiney junior sich nicht bieten lassen. Sie hatten nichts gegen ihn in der Hand. Wie konnten sie ihn hierher schleppen? Wenn er mit denen fertig war, würde die Polizei es zutiefst bereuen, so mit ihm umgesprungen zu sein.

»Was fällt Ihnen eigentlich ein?«, protestierte er. »Ich bin ein angesehenes Mitglied der Ärzteschaft und unserer Gesellschaft.« Er zeigte drohend mit dem Finger auf den stämmigen, südländisch aussehenden Detective. »Mein Vater ist sehr gut mit dem Polizeipräsidenten befreundet, und ich bin sicher, dass der eine derartige Behandlung aufs Schärfste missbilligen würde. Schließlich sieht es jetzt so aus, als hätte ich irgendetwas mit diesen furchtbaren Morden zu tun. Ich muss auf meinen öffentlichen Ruf achten. So etwas lasse ich mir nicht bieten.«

»Ruhig Blut, alter Knabe. Wir haben Sie bloß hergebracht, damit Sie uns bei unseren Ermittlungen helfen.« Der Detective legte seine fleischigen Hände auf den Tisch und beugte sich vor. Sein Bauch quoll über die Tischkante. »Mr. Tiney, wir hatten Sie zu Ihrer Zimmerbuchung im Terrigal Beach Resort befragt, und warum Sie die Buchung kurzfristig storniert hatten. Außerdem hatten wir gefragt, ob Sie Miss Gerber kannten. Sie haben behauptet, ihr nie begegnet zu sein. Außerdem haben Sie gesagt, hätten Sie das Zimmer für sich allein gebucht.«

JT wischte sich mit einem sauberen Stofftaschentuch die Stirn ab. »Genauso verhält es sich.«

»Ich glaube, Sie haben uns eine Lügengeschichte aufgetischt.«

JT schlug mit der Faust auf den Tisch. Er hoffte, dass diese Geste ihn unerbittlich erscheinen ließ. »Jetzt reicht's mir aber! Wie heißen Sie? Zeigen Sie mir sofort Ihre Dienstmarke.«

Der Detective verschränkte in aller Seelenruhe die Arme vor der Brust. »Zum vierten Mal, ich bin Detective Senior Constable Jimmy Cassimatis. Und offen gesagt interessiert es mich einen Scheißdreck, ob Sie sich bei Ihrem Daddy beschweren – wer auch immer er ist. Ich habe einen Mordfall aufzuklären, und Sie werden diesen Raum nicht verlassen, bevor Sie mit der Wahrheit herausgerückt sind.«

JT war sprachlos.

»Wie alt sind Sie?«, wollte Jimmy wissen.

»Wie bitte?«

»Wie – alt – sind – Sie?«

JT tupfte sich mit seinem Taschentuch die Stirn ab. »Ich bin sechsundvierzig.«

Der Detective kicherte leise, sein Bauch schwabbelte unter seinem weißen Hemd, das ein wenig spannte. »Ich war nur neugierig; wissen Sie, mit diesen ›Das-sag-ich-meinem-Papa‹-Sprüchen bin ich das letzte Mal jemandem gekommen, als ich zehn war. Aber lassen wir das.«

Die Respektlosigkeit des Detectives verschlug JT die Sprache.

»Wenn ich das richtig sehe«, fuhr Jimmy fort, »haben Sie eine Frau und zwei Kinder. Außerdem haben Sie sich in der Öffentlichkeit einen gewissen Ruf erworben. So weit, so gut, aber ich glaube, Sie hatten auch eine Geliebte. Und ich glaube ferner, dass Sie sie in dem besagten Hotel treffen wollten, und jetzt will ich wissen, warum Sie die Buchung storniert haben.«

»Ich wollte einfach nur mal ein Wochenende rauskommen und für mich sein«, erwiderte JT. »Ein bisschen ausspannen. Das ist doch nichts Verbotenes, oder? Die Buchung habe ich storniert, weil mir etwas dazwischen gekommen ist. Etwas Geschäftliches, worum ich mich gleich kümmern musste. Finanzkram. Würden Sie sowieso nicht verstehen.«

»Hört, hört.« Jimmy beugte sich wieder über den Tisch. »Ich habe mit Ihrer Frau gesprochen. Ihr haben Sie erzählt, dass Sie an dem betreffenden Wochenende zu einer Tagung nach Melbourne wollten.« Mit diesen Worten drehte der Detective seinen Stuhl um, so dass die Lehne, als er wieder saß, vor seinem Bauch aufragte und er die Arme dahinter verschränkte.

»Sie… Sie…«, stammelte JT. »Sie haben mit Pat gesprochen?« Er spie den Namen seiner Frau aus wie lästige Spucke. »Wa-wa-was haben Sie ihr erzählt?«

Jimmy gab sich etwas milder. »Jetzt kriegen Sie mal nicht gleich einen Herzinfarkt! Ich habe ihr nicht erzählt, dass Sie ein knackiges neunzehnjähriges Model gevögelt haben. Ich wollte nur wissen, was sie geglaubt hat, wohin Sie wollten.« Er stützte sich auf seine Stuhllehne und grinste. »Ich versteh Sie doch, Mann. Sie war heiß. Sie war jung. Und sie wollte es. Schwer, da zu widerstehen. Also haben Sie es ihr besorgt. Na, wenn schon. Natürlich wollten Sie nicht, dass Ihre Frau etwas davon erfährt. Auch das ist nur zu verständlich. Aber Sie haben mich angelogen, und jetzt will ich die Wahrheit wissen.«

Sie hatten ihn. Sie wussten von seinem Verhältnis mit Catherine. Sie wussten, dass er gelogen hatte. Was, wenn seine Frau davon erfuhr? Und sein Vater? Er würde seinen Posten in der Firma verlieren. Seinen monatlichen Gehaltsscheck. Er würde alles verlieren.

»Ich habe es Ihnen doch schon einmal gesagt. Ich weiß nicht, wovon Sie reden. Ich bin ihr nie begegnet, diese F-f-f-rau…«

»Bevor Sie versuchen, diesen Satz zu Ende zu stammeln…«, fiel Jimmy ihm ins Wort, zog etwas aus der Tasche und legte es auf den Tisch.

JT fiel die Kinnlade herunter.

Mein Ring.

»Vielleicht wollen Sie Ihre Aussage noch einmal überdenken.«

45

Es war Freitagmorgen, und es versprach, ein kühler klarer Tag zu werden. Die Wintersonne kletterte langsam den Himmel hinauf und sandte ihre goldenen Strahlen auf den kalten Sandstrand von Bondi Beach. Die Frühcrew der Strandwacht surfte auf Longboards in den wenig beeindruckenden morgendlichen Wellen, ein paar unerbittliche Powerwalker marschierten von einem Ende des Strandes zum anderen.

Makedde hatte die Hälfte ihrer Laufstrecke bewältigt und hatte das Gefühl, eine kleine Verschnaufpause zu brauchen, bevor sie sich auf den Rückweg den wunderschönen Küstenpfad entlang machte, zurück zu ihrer neuen Wohnung in Bronte. Sie machte an einer Parkbank in der Nähe ihrer alten Bleibe in Bondi Beach Halt, doch so sehr sie auch versuchte, die schlimmen Erlebnisse der vergangenen Tage durch körperliche Anstrengung zu vertreiben, musste sie doch ständig an das fehlende Foto aus ihrem Portfolio und an ihren unerreichbaren Detective denken.

Sie überlegte, ob sie bei der Polizei anrufen und mit jemandem aus einer anderen Abteilung sprechen sollte. Vielleicht waren sie dort nicht so voreingenommen. Sie musste unbedingt jemandem von Rick Filles erzählen, und von dem fehlenden Bild aus ihrem Portfolio und dem entstellten Foto, das ihr irgendein Verrückter unter die Tür geschoben hatte. Außerdem musste sie in Erfahrung bringen, ob es bei der Suche nach dem Mörder irgendeine neue Spur gab.

Wenn du nicht mit ihm geschlafen hättest, könntest du ihn jetzt anrufen und fragen, ob es etwas Neues gibt.

Sie lockerte ihre Schultern, machte ein paar Dehnübungen für die Beinmuskeln und versuchte, sich die bohrenden Fragen aus dem Kopf zu schlagen. Ihr Körper hatte gegen das frühe Aufstehen rebelliert, doch nachdem sie ihren Kreislauf auf Touren gebracht hatte, fühlte sie sich stark und lebendig. Sie ließ sich auf der Bank nieder, schaute zum Fenster ihres ehemaligen Apartments hinüber und dachte an die romantischen Abende bei Kerzenschein, die sie erst letzte Woche dort mit Andy verbracht hatte. Als sie die Rücklehne der Holzbank umfasste, zuckte sie zusammen. Ein winziger Holzsplitter hatte sich in ihre Hand gebohrt.

Sie untersuchte die schmerzende Stelle und zog den Splitter mit ihren langen Fingernägeln vorsichtig heraus. In diesem Augenblick fielen ihr die splittrigen Ränder eines frisch eingeritzten Graffitis auf. Jemand hatte sich mit einem Messer an der Holzbank zu schaffen gemacht.

Als sie die drei kurzen Buchstaben las, wurden ihre Augen riesengroß.

MAK.

»Nein«, beharrte sie. »Sie verstehen mich nicht. Ich *muss* ihn sprechen, und zwar sofort.«

»Tut mir Leid, Detective Flynn ist im Moment leider verhindert. Worum geht es denn?«

Mak versuchte ruhig zu bleiben. »Um den Stiletto-Mörder.«

»Dann verbinde ich Sie mit Detective Cassimatis. Bleiben Sie bitte dran.«

Oh, nein. Nicht schon wieder der.

»Cassimatis.«

»Hier ist Makedde. Ich versuche immer noch, Detective Flynn zu erreichen. Können Sie mir vielleicht sagen, wo er ist?«

»Makedde.« Er klang überrascht. »Ich habe auch schon versucht, Sie zu erreichen. Wo sind Sie? Vermutlich haben Sie heute schon einen Blick in die Zeitung geworfen, oder?«

»In welche Zeitung?«

In der Leitung war es einen Moment lang still. »Haben Sie sich in den letzten Tagen mit Andy getroffen?«

»Nein. Deshalb rufe ich ja an. Was steht denn in der Zeitung?«

»Ich finde, Sie haben ihm schon genug Schwierigkeiten gemacht.«

»Wovon reden Sie eigentlich? Was ist los?«

»Es ist nicht gut für ihn, einfach so von der Bildfläche zu verschwinden.«

»Er ist weg? Wo ist er denn?«

Jimmy machte erneut eine Pause. »Er hat nicht versucht, sich mit Ihnen in Verbindung zu setzen?«

»Nein! Das habe ich doch gesagt. Was ist denn los?«

»Hat er Ihnen erzählt, dass er sich gerade scheiden lässt?«

»Ja.«

»Wo sind Sie jetzt?«

»Ich bin umgezogen. Ich wohne jetzt in Bronte.«

»Bleiben Sie, wo Sie sind. Ich möchte Ihnen gerne ein paar Fragen stellen. Wie lautet die Adresse?«

Mak gab sie ihm bereitwillig, und er meinte, er wäre in ein paar Minuten da. Sie stürmte hinaus und suchte die Straße nach einer Zeitung ab. Ein Stück weiter sah sie eine aus einem Briefkasten ragen. *Tut mir Leid,* dachte sie, als sie sie herauszog. Auf der Titelseite prangte ein Foto von Cassandras hübschem Gesicht. Darunter hieß es:

Ehefrau eines Detectives von Stiletto-Mörder getötet

In der vergangenen Nacht entdeckte die Polizei die Leiche von Mrs. Cassandra Flynn, der Ehefrau von Detective Andrew Flynn, einem Beamten des zentralen Mordkommissariats. Die Leiche wurde im Haus des Opfers in Woollahra aufgefunden. Die Polizei geht davon aus, dass es bei der Tat eine Verbindung zu den vier brutalen Morden an jungen Frauen gibt, die sich seit dem 26. Juni dieses Jahres in Sydney ereignet haben. Jede der Leichen wurde mit einem einzelnen Stiletto bekleidet aufgefunden. Wo sich Detective Flynn zur Zeit aufhält, ist unbekannt. Die Polizei bittet dringend um sachdienliche Hinweise.

Fassungslos ließ Makedde die Zeitung fallen.

Jimmy Cassimatis hatte die Figur eines Teddybärs. Er war klein, rund, und obwohl er noch keine vierzig war, war sein Bauch bereits auf bestem Wege zur Tonnenform. Seine Arme waren von demselben dichten schwarzen Flaum bedeckt, der auch aus seinem Kragen hervorschaute. Seine lockere Art erinnerte Makedde an einen Jungen aus ihrer Schule, der nie richtig erwachsen geworden war.

Nachdem Jimmy ihre neue Bleibe einer kurzen Begutachtung unterzogen hatte, baute er sich vor ihr auf und versuchte, möglichst professionell zu wirken. »Miss Vanderwall, ich möchte Ihnen ein paar Fragen stellen.« Wahrscheinlich hörte sich aus seinem Mund sogar ein jambischer Pentameter wie Slang an. Sie wartete auf seinen nächsten Satz, doch der Detective schwieg und ging wortlos im Zimmer auf und ab. Schließlich beschloss sie, das Eis zu brechen.

»Sie sind Andys Partner. Würde er Ihnen nicht sagen, wo er hinwollte?«

»Sie sind seine Mieze. Würde er *Ihnen* nicht erzählen, wo er hinwollte?«

Mieze. Sehr stilvoll.

»Eine Mieze ist ein Haustier, Detective. Der *Herald* deutet an, dass Andy verdächtigt wird. Stimmt das?«

»Andy hat mir erzählt, dass Sie Seelenklempnerin sind. Ich mag keine Seelenklempner«, raunzte Jimmy zurück.

»Ich bin keine Seelenklempnerin. Ich *studiere* noch und will Psychologin werden. Also – wird er nun verdächtigt oder nicht?«

»Na ja, solange er sich nicht blicken lässt, macht er sich verdammt verdächtig. Ich für meinen Teil glaube nicht, dass er es war. Aber es sieht nicht gut aus für ihn. Die Frau war eine ziemliche Nervensäge.«

Mak erinnerte sich an die Wut, die Andy nach dem Streit, dessen Zeugin sie unfreiwillig geworden war, aus sämtlichen Poren gestiegen war. »Ungewöhnlich, dass sie in ihrem Haus gefunden wurde. Die anderen Leichen wurden in öffentlichen Parks oder an irgendwelchen abgelegenen Orten entdeckt. Glauben Sie, dass es derselbe Mörder war?«

»Eigentlich dachte ich, dass ich hier die Fragen stelle«, fuhr er sie an.

»Nur zu, fragen Sie.«

»Wissen Sie, wo Andy ist?«

»Wie ich Ihnen bereits mehrfach gesagt habe – nein.«

»Hat er seit Montag zu Ihnen Kontakt aufgenommen?«

»Nein!« Das würde ewig dauern, wenn er ihr immer mit den gleichen Fragen kam. »Was ist denn Montag passiert?«

Jimmy, der immer noch auf- und abging, blieb abrupt stehen. »Der Fall wurde ihm entzogen, weil er sich mit einer Zeugin eingelassen hat.«

»Tatsächlich?« Makedde würgte an ihren Schuldgefühlen. »Wie ist das denn passiert? Und wie ist es rausgekommen?«

»Es ist eben rausgekommen.« Jimmy wirkte aufgebracht. »Was hat Andy Ihnen über seine Frau erzählt?«

»Dass sie dabei waren, sich scheiden zu lassen, und dass er gerade die Papiere bekommen hatte. Und dass keine Kinder im Spiel waren. Allerdings hat er nicht gerne über die ganze Geschichte geredet. Wenn er mich abgeholt hat, ist er immer im Streifenwagen gekommen, deshalb habe ich angenommen, dass es vielleicht Streit über die Aufteilung des gemeinsamen Besitzes gab. Hatte seine Frau sich das Auto an Land gezogen?«

»Zwei«, erwiderte Jimmy. »Zwei absolut einwandfreie Autos.« Der Gedanke schien ihn zu ärgern. »Haben Sie ihn wegen der Scheidung oder seiner Frau je wütend erlebt?«

»Er klang nicht so, als ob er sie umbringen wollte, wenn Sie darauf hinauswollen.« Sie musste die alles entscheidende Frage stellen, die Frage, von der sie hoffte, dass sie die Antwort kannte. »Hat Andy ein Alibi für die anderen Morde?« Sie hielt die Luft an und wartete auf die Antwort.

»Ja. Zumindest für Catherine und Becky.«

Sie atmete aus. »Also könnte er nur wegen seiner Beziehung zu dem Opfer und seines anschließenden Verschwindens als möglicher Verdächtiger gelten?«

»Nicht ganz.«

»Was belastet ihn noch?«

»Das kann ich Ihnen nicht sagen.«

»Was *können* Sie mir denn sagen? Ist er unschuldig? Oder ist er ein Mörder? Hat er seine Frau in einem Wutanfall umgebracht und es so aussehen lassen wie die anderen Morde? Was ist, wenn er vor meiner Tür aufkreuzt? Sollte ich dann um mein Leben laufen? Sagen Sie es mir!«

Jimmy antwortete nicht. Er sah ihr nicht einmal in die Augen.

»Ich weiß, dass Sie mich dafür hassen, dass ich Ihren Partner in Schwierigkeiten gebracht habe«, versuchte sie ihn zu besänftigen. »Aber glauben Sie mir, es war wirklich nicht meine Absicht. Das Ganze hat mir selber auch genug zu schaffen gemacht.«

Er hatte die Hände fest hinter seinem Rücken verschränkt, seine Miene war hart und unnachgiebig. Makedde vermutete, dass er der Typ war, der seine Emotionen unterdrückte. Wahrscheinlich bekam er mit vierzig den ersten Herzinfarkt. Als er schließlich den Mund aufmachte, war sie überrascht.

»Waren Sie wirklich schon mal in *Sports Illustrated*?«

Sie lachte. »Äh… ja. Vor ein paar Jahren. Aber was hat das mit all dem zu tun?«

Er antwortete nicht, aber sie sah, dass seine undurchdringliche Fassade ein wenig weicher wurde. »Kommen Sie schon, Jimmy. Wir beide mögen Andy. Und was passiert ist, bringt uns beide durcheinander. Helfen wir einander.« Sie lächelte ihn an. »Gibt es außer seiner Beziehung zu dem Opfer irgendeinen weiteren Grund, ihn zu verdächtigen? Fingerabdrücke am Tatort?«

»Fragen Sie lieber nicht.«

»Den Teufel werde ich!« Es machte sie rasend, dass er sie immer noch nicht ernst nahm. »Ich bin förmlich über Opfer Nummer drei gestolpert, die zufällig meine beste Freundin war, bei mir ist eingebrochen worden, ich kriege Drohbriefe und irgend so ein Psycho mit einem richtigen Sex-Gruselkabinett geht auf mich los. Wenn Sie also wirklich glauben, dass ich zu zimperlich bin…«

»Was war das gerade mit dem Gruselkabinett?«

»Rick Filles. Andy hat mir erzählt, dass Sie ein Auge auf ihn geworfen haben. Also, was seine nächtlichen Aktivitäten angeht, kann ich Ihnen einen Bericht liefern, der sich gewaschen hat. Der Typ ist ernsthaft gestört. Aber erst müssen Sie mir sagen, was Andy sonst noch belastet. Bitte…«

»Sie haben diesem Filles nicht zufällig einen Besuch abgestattet und ihn in seinem kleinen Hinterzimmer eingeschlossen, oder?«

»Na ja, eigentlich …«

»Also waren Sie das tatsächlich! Andy hat mir erzählt, dass Sie sich gerne in fremde Angelegenheiten einmischen, aber ich hätte nie gedacht …« Die Bemerkung saß. Eigentlich hielt sich Makedde eher für neugierig und gewitzt als für jemanden, der sich in fremde Angelegenheiten einmischte. »Wir haben ihn vor kurzem zum Verhör einkassiert«, fuhr Jimmy fort. »Er hat uns bezichtigt, ihn reingelegt und ihm eine attraktive verdeckte Ermittlerin auf die Bude geschickt zu haben, die ihn in diesem Raum eingesperrt hat. Mahoney hat er bestimmt nicht gemeint.«

Makedde merkte, dass sie rot anlief.

»Wir ermitteln wegen ein paar Übergriffen gegen ihn, aber mit den Stiletto-Morden hat er nichts zu tun.« Jimmy wurde nachdenklich und runzelte die Stirn. »Andy steckt verdammt tief in der Scheiße. Er hat sich mit seinen Wutausbrüchen auch schon früher in Schwierigkeiten gebracht, müssen Sie wissen.«

Sie erinnerte sich an den Zorn, den sie in seinem Gesicht gesehen hatte. »Kommen Sie schon, was ist los?«, drängte sie. »Wenn er für die anderen Morde ein Alibi hat, kann es ja so schlimm nicht sein. Ihre Kollegen können doch nicht ernsthaft glauben …«

»Sie glauben, dass er ein Trittbrettfahrer ist«, fiel Jimmy ihr ins Wort. »Dass er seine Kenntnisse benutzt hat, um es genauso aussehen zu lassen wie die anderen Morde. Er hatte ein Motiv, und, na ja … auf dem Küchenmesser, mit dem seine Frau getötet wurde, hat man seine Fingerabdrücke und sein Blut gefunden.«

46

»Du siehst ja furchtbar aus, Jimmy«, stellte Phil fest und schob ein Bier über die Theke.

»Dann sehe ich besser aus, als ich mich fühle«, entgegnete Jimmy und ließ sich mit einem Seufzer auf dem Barhocker nach vorn sacken; sein Bauch hielt ihn am Tresen aufrecht. Ohne seinen Partner kam ihm die Kneipe irgendwie leer vor.

»Willst du darüber reden?«

»Nein.«

»Na los, Kumpel, wo drückt der Schuh?«, meldete sich eine mitfühlende Stimme. Diesmal war es nicht der Barkeeper, sondern der junge Mann auf dem Barhocker neben Jimmy.

»Ed, stimmt's?« Jimmy hatte ihn schon öfter in der Kneipe gesehen. Er war Stammgast, arbeitete im Leichenschauhaus.

»Volltreffer. Mann, haben Sie ein gutes Namensgedächtnis! Also – was zieht Sie heute Abend so runter?«

Jimmy nahm einen großen Schluck von seinem Bier und wischte sich den Mund mit dem Ärmel ab. »Darüber kann ich wirklich nicht reden. Es ist dieser beschissene Fall, an dem ich arbeite.«

»Die Stiletto-Morde?«

Jimmy nickte.

»Ja, darüber reden alle. Stimmt es, dass Ihr Partner seine Frau umgebracht hat?«

Scheißzeitungen. Jetzt hält sich jeder Idiot für einen verdammten Detective. »Nein, Kumpel. Ich glaube nicht, dass er es war.«

»Aber er ist untergetaucht, oder? Ist er nicht der Hauptverdächtige?«

»Ich will lieber nicht darüber nachdenken, wenn Sie nichts dagegen haben.«

Der junge Mann schüttelte den Kopf. »Kann ich verstehen. Muss ja auch wirklich beschissen sein, wenn man meint, jemanden zu kennen, und dann stellt sich heraus, dass man sich geirrt hat. Mann, auf mich hat der völlig normal gewirkt. Wie kann er seiner eigenen Frau so was antun? Abartig.«

Jimmy antwortete nicht. Der Fall machte ihm zu schaffen, und so lange dieser Idiot weiterquatschte, konnte er nicht abschalten. Vielleicht sollte er zur Abwechslung mal früher zu seiner Frau nach Hause fahren.

»Allerdings habe ich gehört«, fuhr Ed ungebeten fort, »dass die Frau ein ziemlich habgieriges Miststück gewesen sein soll. Hat ihm alles abgeknöpft, nicht wahr? Und eins muss man dem Kerl lassen, es so aussehen zu lassen, als wär's der Stiletto-Mörder gewesen, war wirklich clever. Aber ich schätze, er hat trotzdem zu viele Fehler gemacht.«

Jimmy stand auf. Er hatte keine Lust, mit jemandem über seinen Partner zu diskutieren, der Andy aufgrund von irgendwelchem haltlosem Kneipentratsch bereits für schuldig befunden hatte.

»Ich gehe jetzt lieber.«

»Hoffentlich hab ich nichts Falsches gesagt«, sagte der junge Mann ziemlich schwach.

»Nein, gute Nacht.«

Doch irgendetwas, was Ed gesagt hatte, *hatte* etwas in Jimmys Gedächtnis angestoßen. Was es war, sollte ihm allerdings erst im Laufe der Nacht klar werden.

47

Makedde hockte im Schneidersitz auf dem Sofa in ihrer Wohnung in Bronte. Sie starrte ins Leere und fragte sich, ob eine Frau an irgendetwas erkennen konnte, ob sie mit einem Mörder schlief. Unzählige andere Frauen hatten es nicht gemerkt. In der Geschichte der Menschheit gab es jede Menge unglaubliche Geschichten von Verrat und missbrauchtem Vertrauen. Bundys Freundinnen. Kempers Mutter. Makeddes Vater hatte ihr von ein paar Frauen in den Zwanzigerjahren erzählt … Frau Kirchen? Nein, Frau *Kürten* in Deutschland. Es war einer der schlimmsten Fälle, über die ihr Vater je gelesen hatte. Frau Kürten hatte nichts von den neunundsiebzig Übergriffen, Vergewaltigungen und Morden gewusst, die ihr Mann begangen hatte. Als er schließlich verhaftet wurde, waren sie zehn Jahre verheiratet. Auch Peter Sutcliffe hatte eine Frau gehabt, genau wie Jerome Brudos und unzählige andere brutale Mörder. Selbst Stanley hatte eine schwangere Freundin. Wie konnte Makedde also ernsthaft glauben, Andy Flynn nach ein paar leidenschaftlichen Begegnungen wirklich zu kennen?

Ein dumpfer Schmerz machte ihr bewusst, dass sie die Fingernägel in ihre Handflächen bohrte. Ihr ganzer Körper war angespannt und zusammengekrümmt, sie atmete flach und hatte die Zähne zusammengebissen. Sie öffnete die Fäuste und versuchte, sich zu entspannen.

Jimmys Worte hallten immer noch in ihrem Kopf nach. Er hatte ihr erklärt, dass Andy Blutgruppe AB hatte, eine Blutgruppe, die nur bei drei Prozent der Bevölkerung vorkam. Cassandra hingegen hatte Blutgruppe 0, die bei sechsundvierzig Prozent der Bevölkerung vorkam. Cassandras Blut war überall gefunden worden: auf dem Bett und den Laken, an den Wänden, auf dem Boden und an dem Messer, das am Tatort entdeckt worden war. War der Mörder mit der Blutgruppe AB beim Kampf mit Cassandra verletzt worden, oder hatte er Andy mit dem Messer angegriffen, bevor er seine Frau umgebracht hatte?

Andys Messer fehlte in der entsprechenden Scheide in der Küchenschublade. Seine Fingerabdrücke waren darauf. Außerdem sein Blut. Und die Fußabdrücke, die man in der Blutlache unter der Leiche gefunden hatte und die quer durch das Haus führten, das Andy und Cassandra einst geteilt hatten, stammten von Schuhen in Größe 44 – Andys Schuhgröße.

Um Mitternacht war Makedde immer noch hellwach. Unter ihrem Kissen lag das Schälmesser. Auf dem Nachttisch hatte sie eine Dose Haarspray und ein Feuerzeug bereitgelegt. Die Kurzwahltaste des Telefons hatte sie auf den Notruf eingestellt, außerdem hatte sie Jimmys Handynummer. Was konnte sie um diese Zeit noch tun? Umgeben von ihrem kleinen Waffenarsenal saß sie auf dem Bett und begann ein Buch über psychopathische Mörder zu lesen, ein Bestseller, den einer ihrer Professoren an der Universität von British Columbia geschrieben hatte. Keine tröstende, aber doch eine angemessene Lektüre.

Luther näherte sich schwerfällig dem Haus in Bronte. Niemand sah oder hörte ihn. Für einen Mann von seiner einschüchternden Erscheinung empfahl es sich, nach Einbruch der Dunkelheit tätig zu werden. Es war besser, wenn seine Beute ihn nicht kommen sah, wenn seine Opfer nicht auf der Hut waren und der Schreck ihnen schlagartig in die Glieder fuhr. Er ging zur Rückseite des Hauses. Seine riesigen Füße sanken lautlos in den feuchten Rasen des Nachbargrundstücks.

Der Mann fürs Grobe.

James Tiney junior würde sich freuen, die schöne Blondine, die sich ständig in fremde Angelegenheiten einmischte und ihm so viele Schwierigkeiten bereitet hatte, endlich los zu sein. Er war völlig aus dem Häuschen darüber, dass die Bullen den Ring gefunden hatten. Jetzt hatte er die Polizei am Hals, und dann hatte auch noch seine Frau Wind von der Affäre bekommen. All das war nicht Luthers Schuld, doch es bereitete ihm trotzdem Freude, seinen Auftraggeber von diesem Stachel in seinem Fleisch zu befreien, und zwar völlig gratis. Alle würden davon profitieren. Luther würde seinen Spaß haben, und JT hätte ein hieb- und stichfestes Alibi; nach diesem Mord würde er von der Verdächtigenliste gestrichen werden. Er hatte JT klare Instruktionen erteilt. »Reden Sie heute Abend mit der Polizei. Reden Sie heute Abend mit Ihrer Familie. Verbringen Sie keine Minute allein.« Er hatte ihm nicht verraten, warum, nur gesagt, dass es sehr wichtig war. JT würde es ihm später danken.

Um diese Uhrzeit war die Straße leer. Ein Stück weiter parkten ein paar Autos, die ihm vorher nicht aufgefallen waren, doch in der Nähe ihres Hauses stand keins. Wenn einer der Wagenbesitzer zu ihr gewollt hätte, hätte er mit Sicherheit näher am Haus geparkt. Nein, er war sicher, dass sie allein war. Was für ein Vergnügen es sein würde, Makedde ganz für sich zu haben! Luther konnte seine süße Eroberung schon fast schmecken.

Er würde so vorgehen wie der Stiletto-Mörder.

Zuschlagen.

Fesseln.

Aufschlitzen.

Voller Hingabe und Genuss. Genau wie die Frau des Bullen. Das würde man Flynn auch noch zur Last legen. Bei diesem Gedanken lächelte Luther. Am Rand des Gartens hinter Makeddes Haus blieb er stehen und horchte.

Dann zog er sich eine Sturmhaube über den Kopf. Mit seinen gut einsdreiundachtzig, dem schwarzen Overall, den Handschuhen und der Sturmhaube bot er einen Furcht erregenden Anblick. Er hatte einen schweren Schraubenschlüssel dabei, einen Knebel, Handschellen und ein sehr scharfes Jagdmesser mit einer fünfzehn Zentimeter langen Klinge. Er würde seine Utensilien genau in der richtigen Reihenfolge einsetzen. Der Gedanke an Makeddes nackten Körper trieb ihn an, und er setzte sich wieder in Bewegung. Er würde sich anschleichen, bis er durchs Fenster sehen konnte, dass sie allein war, dann würde er zuschlagen.

Er hörte ein Geräusch.

Irgendetwas raschelte hinter ihm im Gebüsch.

Er kauerte sich nieder, zog mit einem blitzschnellen, geübten Griff das Messer aus der Scheide und versuchte auszumachen, was das Geräusch verursacht hatte. Doch abgesehen von dem leisen Geriesel herabfallender Blätter regte sich nichts in den Büschen.

Stille.

Bestimmt ein Vogel. Vielleicht auch ein Opossum.

Er schlich weiter auf die Verandatreppe zu.

Wieder ein Geräusch.

Luther wirbelte herum und sah schemenhaft irgendetwas auf ihn zustürzen. Obgleich lange nicht so groß wie er selbst, riss die Gestalt ihn um, und er landete der Länge nach auf dem feuchten Boden. Sein Messer fiel ihm aus der Hand. Mit aller Kraft stieß er den Angreifer zurück und sah dabei, dass es sich um einen hellhaarigen, ziemlich kleinen Mann handelte, der die Zähne fletschte wie ein Kampfhund. Seine Augen waren wirr, und er taumelte rückwärts und ruderte wild mit den Armen.

Luther tastete das feuchte Gras ab und suchte vergeblich nach seinem Messer. Der Mann stürzte sich erneut auf ihn.

Eine scharfe Klinge blitzte auf, als er sie in der Hand schwang. Luther brüllte vor Wut, holte aus und trat dem Angreifer mit voller Wucht in den Unterleib. Die Klinge sauste durch die Luft, traf ihn am Ohr, dann schlitzte die Spitze seinen Overall auf und bohrte sich in seine muskulöse Schulter. Luther schrie mehr aus Wut als vor Schmerz, und sprang auf.

Im Haus regte sich etwas, und im nächsten Moment ging die Verandalampe an und erhellte einen Teil des Gartens. Er sah seinen Angreifer davonhuschen. Die kleine Statur des Mannes entsprach ganz sicher nicht seiner Kraft. Luther musste verschwinden. Bei dem Lärm kreuzten bestimmt jeden Moment die Bullen auf. Er wollte kein unnötiges Risiko eingehen. Etwas Warmes tropfte von seinem linken Ohr, und als er eine Hand hob und es abwischte, sah er einen Blutstreifen auf seinem Handschuh.

Scheiße!

JT schuldete ihm eine Erklärung.

48

Was war das für ein Geräusch?

Irgendetwas hatte sie erneut geweckt. An der Wohnungstür… Schritte? Vorher hatte sie im Garten einen Schrei gehört, doch als sie auf die Veranda gegangen war und nachgesehen hatte, war niemand da gewesen. Um wie viel Uhr war das gewesen? Und wie spät war es jetzt? Sie griff unter ihr Kissen, holte das Schälmesser hervor und hielt es aufrecht in der Hand wie ein ungeduldiger Tischgast. Jemand hämmerte mit der Faust an ihre Wohnungstür. Dann hörte sie ein drängendes Flüstern.

»Makedde? Bist du wach?«, fragte eine vertraute Stimme.

Sie sprang mit dem Messer in der Hand aus dem Bett. Ihr Buch landete mit einem dumpfen Aufprall auf dem Boden. Jetzt war sie hellwach.

Die Stimme fuhr fort: »Ich habe Licht brennen sehen. Ich weiß, es ist ziemlich spät…«

Ihre Uhr zeigte halb zwei. »Da hast du verdammt Recht, Andy«, erwiderte sie, ging zur Tür und versuchte, möglichst entschieden zu klingen. »Es ist wirklich spät.« *Und zwar in vielerlei Hinsicht.* Sie vergewisserte sich, dass die Tür abgeschlossen und die Sicherheitskette vorgelegt war.

»Ich muss dringend mit dir reden«, sagte er betreten.

Ihre Finger umklammerten das Messer. »Worüber willst du mit mir reden? Und überhaupt … woher weißt du eigentlich, dass ich hier wohne?«, stellte sie ihn zur Rede. Ihr Mund war nur wenige Zentimeter von der Tür entfernt.

»Makedde, ich habe es nicht getan. Ich habe es heute morgen aus der Zeitung erfahren…«

»Na toll. Warum stellst du dich dann nicht auf der nächsten Polizeiwache und rufst mich morgen zu einer vernünftigen Uhrzeit an?«

»Ich war schon bei der Polizei… Müssen wir das wirklich durch die geschlossene Tür besprechen? Bitte.«

»Du warst also bei der Polizei, ja?«, fragte sie skeptisch. »Hast du mit Jimmy gesprochen?«

»Ja.«

»Wann?«

»Heute Abend. Ich weiß, dass er heute bei dir war. Daher kenne ich auch deine neue Adresse.«

Oh, vielen Dank auch, Jimmy. »Hat er dir gesagt, dass du unter Verdacht stehst?«

Er erwiderte lange nichts. Einen Augenblick lang fragte sie sich, ob er überhaupt noch da war. Schließlich sagte er: »Ich wusste schon vorher, dass ich unter Verdacht stehe…«

»Und woher wusstest du das?«

»Vielleicht sollte ich lieber gehen…«

»Nein. Warte.« Sie zögerte. »Wo warst du die ganze Zeit?«

»In Lane Cove. Es ist eine lange Geschichte. Kann ich jetzt reinkommen? Es kommt mir irgendwie albern vor, durch die Tür mit dir zu reden.«

»Einen Moment.« Vorsichtig öffnete sie die Tür einen Spalt weit, bis sich die Sicherheitskette spannte.

Ihre Augen trafen sich. Andy, der Mann, mit dem sie geschlafen und von dem sie geglaubt hatte, dass sie ihm vertrauen konnte. Sein Haar war strähnig und ungekämmt, sein Gesicht unrasiert. Außerdem glaubte sie, eine schwache Alkoholfahne zu riechen.

»Andy«, sagte sie, »bitte versuch mich zu verstehen. Du verschwindest, ohne auch nur auf Wiedersehen zu sagen, und jetzt, wo du unter Mordverdacht stehst, tauchst du plötzlich mitten in der Nacht um halb zwei unangekündigt vor meiner Tür auf.«

»Ich hätte dich anrufen sollen. Aber ich muss dringend mit dir reden. Ich war es nicht. Du musst mir glauben.«

»Warum rufst du nie an, bevor du aufkreuzt? Schwörst du, dass du mit der Polizei gesprochen hast? Wissen sie, dass du wieder da bist?«

»Ich schwöre es.«

»Und du hast heute Abend wirklich mit Jimmy gesprochen?«

»Ja«, beteuerte er, beugte sich zum Türspalt vor und sah ihr in die Augen.

»Wenn ich ihn also jetzt anrufe, bestätigt er deine Version?«

Er richtete sich wieder auf. »Es ist halb zwei, mitten in der Nacht.«

»Er ist schließlich Polizist, oder? Seid ihr nicht rund um

die Uhr im Dienst? Und das hier ist verdammt wichtig, würde ich sagen.« Sie beobachtete seine Augen, um festzustellen, ob es ihn nervös machte, dass sein Aufenthaltsort bekannt wurde. Doch sein Blick blieb fest.

»Ich sollte gar nicht hier sein, aber wenn du dich dann besser fühlst, ruf ihn an.« Er blickte zu Boden. »Ich verschwinde besser. Es war ein Fehler, heute Nacht herzukommen.«

Mit diesen Worten drehte er sich um und ging. Makedde sah ihm wortlos nach, das Messer gegen den Türrahmen gedrückt. Er ging bis zur Straße, dann drehte er sich noch einmal um. »Tut mir Leid, dass du in diese Geschichte reingezogen worden bist.«

»Und mir tut es Leid, was mit deiner Frau passiert ist«, erwiderte sie aufrichtig. Sie wollte glauben, dass er mit dem Mord nichts zu tun hatte, das war das Problem. Ihr gefühlsmäßiges Engagement könnte ihre rationale Urteilsfähigkeit beeinträchtigen.

Vielleicht war genau das schon längst passiert.

Um acht klingelte das Telefon und riss Makedde aus dem Tiefschlaf. Ihr Körper fühlte sich schwer an, als sei er halb in die Matratze gesunken, und überhaupt fühlte sie sich, als ob sie einen schweren Kater hätte. Dabei hatte sie keinen Tropfen Alkohol getrunken.

»Hallo?«, meldete sie sich matt.

Die Stimme klang, als käme sie von weit weg. »Hallo, Mak, hier ist dein Vater.«

»Dad! Wie geht's dir? Entschuldige, dass ich mich nicht gemeldet habe.«

»Wie geht es *dir*?«

»Äh, soweit ganz gut… »

»Aha.« Irgendetwas in seiner Stimme verriet ihr, dass er wusste, dass es ihr alles andere als gut ging. Es entstand eine kurze Pause. »Mit Theresa ist alles in Ordnung«, sagte er schließlich. »Es dauert jetzt nicht mehr lange. Wenn deine Mutter das doch noch erleben könnte!« Sie hörte ihn tief durchatmen. Manchmal vergaß sie, wie stark er war und wie gut er mit Janes Tod klargekommen war.

»Kennst du einen Detective Flynn? Vom Hauptkommissariat in Sydney?«

O nein. Jetzt kommt's.

Im Grunde überraschte es sie nicht, dass ihr Vater über Andy Bescheid wusste. Offenbar hatte er wieder einmal ein wachsames Auge auf sie geworfen. Das war vorauszusehen gewesen. Wahrscheinlich hatte er in jeder Stadt Australiens seine Kontakte, und auch überall sonst, wohin sie je zu reisen beabsichtigte.

Als sie nicht antwortete, fuhr Leslie Vanderwall fort. »Ich bin ziemlich sicher, dass ihr euch schon über den Weg gelaufen seid. Er ist ein großer Bursche, mit dunklen Haaren. Arbeitet im Mordkommissariat.«

»Ja, ich glaube, ich weiß, von wem du redest. Hmmm. Wirklich gutaussehend? Netter Arsch?«

Sieht mit Handschellen ans Bett gefesselt besonders gut aus …

»Makedde!«

»Dad, du weißt genau, wie ich es hasse, wenn du hinter mir herschnüffelst. Seit wann stellst du Nachforschungen über mich an?«

»Seit wann? Ich glaube, seitdem du elf bist und zum ersten Mal – angeblich – bei einer Freundin übernachtet hast.« Er zögerte. »Dieser Kerl, mit dem du dich da eingelassen hast, wird verdächtigt, seine Frau umgebracht zu haben. Damit ist nicht zu spaßen, Mak.«

»Dad …«

»Außerdem hat er einen schlechten Ruf. Gilt als jähzornig.«

»Das ist Blödsinn! Das hast du dir ausgedacht. Er ist

vielleicht ein bisschen cholerisch veranlagt, aber er ist ein sehr ange –«

»Jetzt hör mir ausnahmsweise mal zu!«, beschwor ihr Vater sie. »Du hast dich da unten in einen ziemlichen Schlamassel geritten und solltest nach Hause kommen.«

»Ich habe erst noch ein paar Dinge zu erledigen. Vertrau mir einfach. Ich kann jetzt nicht einfach hier abhauen.«

»Du musst!«

»Ich kann nicht. Und ich werd's auch nicht tun.«

»Du bist wirklich die Tochter deiner Mutter. Stur bis zum Gehtnichtmehr.«

»In ein paar Wochen bin ich wieder zu Hause, und dann ist das alles Schnee von gestern. Ich bin zu sehr in diese Geschichte verwickelt.«

»Das ist doch genau das Problem, begreifst du das nicht? Du hast dich wieder einmal in Gefahr gebracht.«

Das saß. Wenn er ihr jetzt noch einmal die ganze Horrorgeschichte mit Stanley auftischte, würde sie auflegen. Sie wünschte, sie hätte ihm nie davon erzählt, aber irgendeiner seiner Kollegen hätte sowieso geplaudert.

»Ich *bringe* mich nicht in Gefahr, okay? Und mir geht es gut hier. Außerdem treffe ich mich sowieso nicht mehr mit Andy.«

»Wirklich?« Er klang nicht gerade überzeugt. »Vielleicht bringst du dich ja nicht bewusst in Gefahr, aber ich habe auch nicht den Eindruck, dass du einen Rückzieher machst, wenn die Sache zu heiß wird.«

»Wir sehen uns dann in ein paar Wochen«, sagte sie unverblümt. »Vor der ersten Wehe bin ich zurück. Ich verspreche es.«

Sie schickte sich an, den Hörer aufzulegen, doch sie hörte ihn noch sagen: »Lass mich nicht außen vor!«

»Aber nein«, erwiderte sie, doch sie tat genau das.

Am späten Nachmittag rollten von Süden dunkle Wolken heran. Makedde schlenderte hinab zum Bronte Park, um ein bisschen frische Luft zu schnappen. Sie hoffte, ein wenig Bewegung und die kühle Meeresluft würden vielleicht dazu beitragen, Licht in das Dunkel der Myriaden unbeantworteter Fragen zu bringen, die ihr durch den Kopf gingen. Da sie viel zu besorgt und mit sich selbst beschäftigt gewesen war, um sich unter Menschen zu mischen, war sie den ganzen Tag im Haus geblieben. Die Auseinandersetzung mit ihrem Vater hatte alles noch schlimmer gemacht. Sie hasste es, ein Gespräch mit ihm so zu beenden.

Sie marschierte durch den Park, ging hinunter zum Strand, lief auf dem feuchten Sand auf und ab und dachte über Jimmys Worte nach. Für die anderen Morde hatte Andy ein Alibi. Leider hatte er keins für den Mord an seiner Frau. Was Jimmy ihr von Rick Filles erzählt hatte, überraschte sie nicht im Geringsten. Offenbar war er scharf auf junge, leicht zu beeindruckende Mädchen gewesen, zum Teil waren sie erst dreizehn. Sie hoffte inständig, dass er sie nicht in diesem widerlichen kleinen Zimmer mit den furchtbaren Geräten missbraucht hatte.

Während sie weitermarschierte, fing es an zu regnen, und obwohl es für kanadische Verhältnisse keineswegs kalt war, war die australische Winterluft doch merklich frisch. Sie zog sich ihre Kapuze über den Kopf und lauschte den Regentropfen, die auf das Vinyl prasselten. Sie war fast allein im Park, nur ein einsames Liebespaar hatte sich in eine große Wolldecke gehüllt und kuschelte sich unter einem der Picknick-Unterstände eng aneinander. Es war der glücklichste Anblick, den sie an diesem Tag zu sehen bekam, doch plötzlich überkam sie eine merkwürdige, unerwartete Traurigkeit. Sie war tief in Gedanken versunken, als ihr ein vorbeifahrendes Auto auffiel. Es war ein roter

Sportwagen, ein neues Modell, ganz frisch poliert. Irgendetwas daran löste bei ihr ein Alarmsignal aus.

Ein scharfer Wind pfiff durch die Bäume, die den Park säumten, und sie vergrub ihr Kinn tief in ihrem Kragen. Es begann dunkel zu werden. Zeit, nach Hause zu gehen. Mit eingezogenem Kopf machte Makedde sich auf den Heimweg und grübelte.

Ein Wort hallte immer wieder durch ihren Verstand ... schuldig.

49

»James Tiney junior, bitte«, knurrte Luther in den Hörer. Es war für ihn völlig ungewohnt, sich den Hörer ans rechte statt ans linke Ohr zu halten. Er starrte in einen kleinen Rasierspiegel und musterte den Verband über seinem linken Ohr, durch den schon wieder Blut sickerte.

»Wen darf ich melden?«, fragte die Rezeptionistin.

»Sagen Sie ihm, Mr. Hand ist am Apparat. Und dass es wichtig ist.«

»Verstehe. Einen Moment, bitte.«

Luther hatte keine Geduld mehr. Es reichte. JT hatte nicht mit offenen Karten gespielt. Er hatte ihm eine Menge zu erklären.

Kurz darauf ertönte JTs nervtötende Stimme. »Ja? Was ist denn los?«

»Ich frage Sie das nur ein einziges Mal«, sagte Luther bestimmt. »Wen haben Sie noch auf diesen Auftrag angesetzt?«

»Was ...?«

»Zwingen Sie mich nicht, die Frage zu wiederholen.«

»N-n-n ... niemanden. Warum? Was ist passiert?«

»Ich schmeiße den Job.«

»Sie tun was?!«

»Sie haben mich über den Tisch gezogen«, zischte Luther wütend. »Dabei war ich drauf und dran, Ihnen einen großen Gefallen zu tun. Sie haben alles vermasselt.«

»Wovon reden Sie überhaupt? Und warum sollte ich mir für gestern Abend ein Alibi verschaffen? Wegen Ihnen habe ich mich den ganzen Abend mit meiner Frau gestritten. Ich gehe hier durch die Hölle, weil Sie den verdammten Ring nicht gefunden haben, und jetzt beschweren Sie sich bei *mir*!«

»Sie wissen genau, wovon ich rede. Die Sache wird mir allmählich zu heiß. Wir sind quitt.«

»A-a-aber … was ist mit dem ganzen Geld, das ich Ihnen gezahlt habe?« JT jammerte und stotterte wie ein verzogenes Kind, das nicht bekam, was es wollte. »Sie haben den Job nicht erledigt! Dieses Model ist immer noch in der Stadt. Die Polizei hat den Ring, und mich haben sie am Arsch! Das können Sie mit mir nicht machen. Was ist mit den Vorauszahlungen?«

»Betrachten Sie's als Entschädigung für mein Ohr.«

»Was? Hey, ich will mein Geld zurück!«

»Dann wenden Sie sich an den Verbraucherschutz.«

Luther legte auf und ignorierte JTs Gejammer. Er versuchte, seine Wut etwas herunterzufahren, indem er ein paarmal tief durchatmete, und hielt sich den Spiegel dichter vors Gesicht. Der neue Verband war blutdurchtränkt. Wenn die Bullen in Makeddes Garten den fehlenden Teil seines Ohres entdeckten, fanden sie womöglich heraus, dass er von ihm stammte, und er konnte es sich auf keinen Fall leisten, sich irgendwelchen Verhören auszusetzen. Vielleicht war es der rechte Zeitpunkt, sich wieder nach Norden aufzumachen. Die Sonne würde ihm sicher gut tun.

50

Als Makedde nach Hause kam, wartete eine Überraschung auf sie. Auf der Treppe saß ein Mann und starrte sie an. Die schwache Glühbirne über der Haustür tauchte die eine Hälfte seines Gesichts in ein fahles Licht, die andere lag im Dunkeln. Er lächelte.

Andy Flynn wirkte völlig erschöpft. Er sah aus, als wäre er gerade einem Wäschetrockner entstiegen. Wie lange er wohl schon in dem kalten Wind gewartet hatte? Trotz seiner unschuldig-niedergeschlagenen Miene war sie auf der Hut.

»Da bist du ja«, sagte er. »Ich hatte gehofft, dass du bald nach Hause kommst. Ich muss unbedingt mit dir reden. Ich will, dass du weißt, dass ich es nicht war. Ich könnte so etwas niemals tun.«

»Ich halte es für keine besonders gute Idee, dass wir uns so treffen«, brachte sie hervor. *Reiz ihn nicht.* »Vielleicht könnten wir …«

»Nein«, fiel er ihr barsch ins Wort. »Bitte … Ich *muss* mit dir reden, nur einen Moment.«

»Dann lass uns einen Kaffee trinken gehen und reden. Gleich um die Ecke ist ein Café. Außerdem kommen wir dann aus diesem Wind raus.« Er antwortete nicht sofort. Sie musste ihn von dieser einsamen Straße wegbekommen – irgendwohin, wo Menschen waren. »Komm, es ist nicht weit.«

Wenige Minuten später saßen sie in einem Café, an dem sie auf ihrem Nachhauseweg vorbeigekommen war. Durch ein riesiges Fenster sah man hinab auf den Strand, der jetzt in völliger Dunkelheit lag. Tosende Wellen rollten gegen die Küste. Ein Unwetter braute sich zusammen, doch der Regen hatte vorübergehend aufgehört. Makedde rieb sich die Hände, um sich aufzuwärmen.

»Also gut«, begann sie schließlich. »Am besten fangen wir ganz vorne an. Erst können wir die Finger nicht voneinander lassen, und dann rufst du mich nicht zurück.«

Andy saß einen Augenblick lang schweigend und zusammengesunken da.

Doch dann schien jegliche Aggressivität aus ihm zu entweichen, wie ein mit Helium gefüllter Ballon, der nach zu vielen Stunden schlaff und faltig wird. Er brach langsam vor ihr zusammen.

»Du hast die wirklich ätzende Angewohnheit, immer unangekündigt aufzukreuzen«, fuhr sie fort. »Das ist dir doch klar, oder?«

Er erwiderte ein leises »Tut mir Leid«. Dann schien er von irgendwoher zurückzukommen und fasste sich wieder. Er wählte seine Worte mit Bedacht. »Ich fürchte, ich … habe dich möglicherweise in Gefahr gebracht.«

Das war nicht gerade die Antwort, die sie erwartet hatte.

»Du hast mich in Gefahr gebracht?«, wiederholte sie, an sein zerzaustes Haar gewandt.

»Unbeabsichtigt«, fuhr er fort, ohne aufzusehen.

»Unbeabsichtigt? Du meinst, so wie deine Frau?«

Er neigte den Kopf. Seine Augen waren traurig und müde. »Genau.«

»Du verstehst sicher, dass ich das nicht gerne höre, wenn man bedenkt, was mit ihr passiert ist.«

Die Kellnerin stellte vorsichtig die Getränke auf den Tisch und verschwand wieder. Makedde sah zu, wie Andy die Hände um seine Tasse mit schwarzem Kaffee legte und die Augen schloss. Vielleicht hatte sie wirklich nichts von ihm zu befürchten. Es war höchste Zeit, das herauszufinden.

»Ich bin kein Mörder«, stellte er klar. »Ich habe keine von diesen armen Frauen umgebracht, und schon gar nicht meine eigene Frau. Aber ich glaube, wer immer es getan hat, weiß, wie weit ich zu gehen bereit bin, um ihn zu fassen. Und er versucht, mich aus dem Weg zu räumen.«

»Du meinst, der Mörder versucht dir etwas anzuhängen?«

»Ja. Cassandra war nur ein Mittel für ihn, um mir eins auszuwischen. Deshalb glaube ich auch, dass du ebenfalls in Gefahr sein könntest … Wenn er von uns weiß, könnte er es als Nächstes auf dich abgesehen haben.«

War es so einfach? Ein abgekartetes Spiel, um Andy den Mord in die Schuhe zu schieben?

»Hast du irgendeinen Anlass, zu glauben, dass er hinter mir her ist?«

»Nur das, was du Jimmy erzählt hast. Wir können natürlich nicht sicher sein, aber es hat mir doch zu denken gegeben.«

»Sie haben nichts unternommen, um mich zu beschützen, oder?«

»Nein. Das können sie nicht. Selbst wenn sie wollten, haben sie nicht genug in der Hand, um einen solchen Aufwand zu rechtfertigen.«

Das überraschte sie nicht. *Warum habe ich bloß das entstellte Foto nicht aufbewahrt*? »Dann lass mich eins klarstellen. Du hast also mit dem Tod deiner Frau nichts zu tun. Jemand will dir den Mord anhängen?«

»Ich schwöre es.«

»Und wo warst du, als sie ermordet wurde?«

»Ich war alleine, betrunken und elend – in einem Haus in Lane Cove. Ich bin direkt dorthin gefahren, als ich am Montag von dem Fall abgezogen wurde.« Seine Augen flehten sie an, ihm zu glauben.

»Aber das kannst du nicht beweisen.«

»Nein.«

Aha. »Und was hast du in Lane Cove gemacht?«

»Ich musste einfach weg. Wir haben das Haus vor Jahren gekauft, als Kapitalanlage. Anfangs hatten wir es vermietet.«

Makedde war immer noch skeptisch. »Wenn das Haus dir gehört, warum hat die Polizei dich dort nicht kontaktiert? Immerhin haben sie nach dir gesucht.«

»Eigentlich gehörte das Haus Cassandra, und es läuft immer noch auf ihren Namen. Sie wollte es mir übertragen; es war Teil der Abmachung bei unserer Scheidung. Sie sollte das Haus in Woollahra bekommen, das im Grunde viel mehr wert ist. Aber ich hätte den Gedanken sowieso nicht ertragen, weiter dort zu wohnen, deshalb war das Haus in Lane Cove für mich okay.«

»Und das Küchenmesser?«, setzte Makedde ihr Verhör fort.

»Wurde gestohlen.«

»Und was ist mit dem Blut?«

Er hielt ihr die rechte Hand hin und streckte den Daumen hoch, als wolle er trampen. »Siehst du den Schnitt hier?« Sie entdeckte eine kleine Schnittwunde. »Den verdanke ich deinem Vortrag über die Vorzüge von frischem Obst und Gemüse.«

Sie erinnerte sich an ihr erstes Treffen und an ihre alberne Bemerkung. Sie hätte im Leben nicht geglaubt, dass ihr Kommentar irgendeinen Einfluss auf seine Essgewohnheiten haben würde. »Wann?«

»Am Samstag. Es ist die einzige Erklärung, die mir einfällt.«

Oder die einzige Ausrede, die dir einfällt?

»Und das war das letzte Mal, dass du das Messer benutzt hast?«

»Ja. Ich hatte es in die Spüle gelegt. Danach war ich mit dir zusammen. Als ich am Montag nach Lane Cove gefahren bin, habe ich nicht viel mitgenommen. Schließlich hatte ich keine Ahnung, wie lange ich bleiben würde. Ich wollte mich nur abreagieren. Einfach abhauen. Ich weiß nicht, ob das Messer da schon weg war. Das Einzige, was ich weiß, ist, dass es gestern nicht mehr da war. Stattdessen lag es neben Cassandras Leiche.«

»Eins ist mir nicht klar: Wenn du nicht mehr in Woollahra mit Cassandra zusammengewohnt hast und ein paar Sachen für Lane Cove zusammenpacken musstest – wo wohnst du denn dann?«

»Ich hatte mich im Holt Hotel eingemietet. Das ist eine schäbige Absteige in Kings Cross. Deshalb wollte ich dich auch nie mit zu mir nehmen. Ich war so sehr mit dem Fall beschäftigt, dass ich einfach keine Zeit hatte, mir eine angemessene Bleibe zu suchen.«

»Wird der Fall immer noch von Jimmy geleitet?«

»Die Stiletto-Morde ja, aber auf den Mord an Cassandra haben sie jemand anders angesetzt. Jimmy hält mich für unschuldig, zumindest behauptet er das mir gegenüber, aber viele meiner Kollegen glauben, dass ich mein Insiderwissen benutzt habe, um das Ganze genauso aussehen zu lassen wie die Stiletto-Morde. Soweit ich weiß, verbringt irgendein aufgeblasenes kleines Arschloch derzeit jede freie Minute damit, meine Alibis für die anderen Morde auf eine mögliche Schwachstelle zu überprüfen.«

»Und was hast du jetzt vor?«

»Ich habe nicht die geringste Ahnung, um ehrlich zu sein. Ich weiß zwar nicht, wie, aber irgendwie muss ich den Kerl schnappen. Es ist die einzige Möglichkeit, meine Unschuld zu beweisen. Was den Mord an Catherine angeht, verfolgen sie offenbar eine neue Spur, aber mir wollen sie nichts darüber erzählen. Ich bin seit Montag offiziell von dem Fall entbunden. Selbst Jimmy lässt nichts raus.« Er seufzte. »Keine Ahnung, was ich ihrer Meinung nach tun sollte. Selbst wenn ich den Kerl fasse und ein Geständnis aus ihm herausprügele, wäre es einen Dreck wert.«

Es klang, als hätte er so etwas schon einmal probiert. »Und hat Jimmy dir den Eindruck vermittelt, dass es eine heiße Spur ist?«

»Nicht unbedingt. Es ist einfach etwas Neues. Aber wenn es etwas Handfestes wäre, würden sich alle darauf stürzen, und das ist definitiv nicht der Fall.«

»Weil sich alle auf dich stürzen.«

»Genau.«

Sie grinsten sich an. Das letzte Mal, dass sie beide gelächelt hatten, schien eine Ewigkeit her zu sein.

»Du siehst erschöpft aus«, schlug sie einen versöhnlicheren Ton an. »Du musst eine Höllenwoche hinter dir haben.«

»Das kann man wohl sagen. Es tut mir wirklich Leid, dass ich nicht angerufen habe. Ich habe keine Entschuldigung dafür, aber je länger ich da draußen war, desto weniger Lust hatte ich, mit irgendjemand zu reden.«

»Und schon gar nicht mit einer Frau«, ergänzte sie spitz.

»So ist es wohl«, gab er zu.

Er benahm sich so seltsam. Es war, als hätte ihm jemand allen Wind aus den Segeln genommen. Am liebsten hätte sie ihm gesagt, dass sie ihn verstand, doch das wäre gelogen gewesen. Es konnte nie mehr so sein wie vorher. Sie blickte hinab auf den Tisch und sah, dass ihre Tasse leer war. Sie wollte nach Hause und über das nachdenken, was er gesagt hatte, und zwar ohne dass er dabei war und sie beeinflusste.

»Es ist schon spät. Ich glaube, ich gehe ins Bett.«

»Ich bringe dich bis zur Tür – wenn es dir recht ist.«

»Gerne.«

Der Abend war stürmisch und die Luft elektrisch geladen. Als sie zurückgingen, zogen schwere, dunkle Regenwolken über sie hinweg.

»Danke, dass du mir zugehört hast«, sagte er, als sie ihre Haustür erreichten.

Sie trat von ihm weg und wünschte ihm eine gute Nacht. Er schien ihre Vorsicht zu spüren und respektierte sie. Es war gut, mit ihm geredet und seine Version gehört zu haben.

Aber welche Version entsprach der Wahrheit?

51

Schwere, kalte Regentropfen prasselten auf ihn nieder. Die Äste und Zweige raschelten und knarrten und bogen sich im Wind, während er lautlos durch die Straßen huschte. Er war schwarz gekleidet und glitt verstohlen dahin, wie eine Katze auf Beutezug. Spade, die Katze seiner Mutter, die er so viele Jahre lang beobachtet hatte, bewegte sich mit derselben geschmeidigen Anmut.

Makeddes Auto war leicht zu finden – auf der Heckscheibe prangte ein Aufkleber in schäbigem Blau mit dem Namen des Verleihs »Lowe Rent«. Es stand etwa einen Block weit von ihrer Wohnung entfernt, eng eingeparkt zwischen zwei älteren Wagen.

Er hielt sich für einen Menschen, der alles sorgfältig plante, und er hatte nicht den geringsten Zweifel, dass sein neuer Plan funktionieren würde. Er musste sich nur noch gedulden, und wenn er wollte, konnte er sehr geduldig sein. Diesmal würde ihm nicht irgendein verdammter Trittbrettfahrer in die Quere kommen und ihm seinen großen Moment vermasseln. Wer auch immer der Konkurrent gewesen war, er war sicher, dass der Mann nicht noch einmal aufkreuzen würde.

Ein paar Meter vor dem Auto blieb er stehen, suchte nach beiden Seiten die Straße ab, lauschte und vergewisserte sich, dass die Luft rein war. Nichts. Nur der Wind, der Regen und das Rauschen der Bäume. Es musste alles perfekt sein – wie beim letzten Mal. Er durfte keinen Fehler machen.

Er war aufrichtig stolz auf die Kreativität, mit der er bei seinen letzten Opfern zu Werke gegangen war. Am Ende waren sie so schwach gewesen, hatten gefleht und gewimmert. Weiche Haut, befleckt mit Tränen und Blut. Wunderschön. Makedde würde das Nonplusultra sein, die Vollendung. Das Schicksal hatte sie ihm zugeführt, das Schicksal stand in ihren Gesichtszügen geschrieben. Sie würde eine wichtige Eroberung sein: der zehnte Schuh, eine symbolische Zahl.

Über die Polizei konnte er nur lachen. Fünf Frauen? Sie waren so unfähig, tappten so völlig im Dunkeln.

Nummer zehn.

Aber er durfte nichts überstürzen.

Nachdem er sich vergewissert hatte, dass er unbeobachtet war, holte er eine kleine Taschenlampe und eine Zange aus der Tasche. Er nahm beides in eine Hand, legte sich flach auf den nassen Asphalt, ignorierte den anhaltenden Regen, der ihm die Hosenbeine durchnässte, und schob sich vorne unter das Auto. Dann knipste er die Taschenlampe an. Er lag direkt unter dem Motorblock. Mit geübtem Blick fand er schnell die Anlasserkabel und löste sie. Dann steckte er sie an einer Stelle fest, wo man sie nicht sehen konnte.

Er knipste die Taschenlampe wieder aus und wand sich unter dem Auto hervor. Das Ganze hatte keine sechzig Sekunden gedauert. *Sehr gut.* Seine Kleidung war schmutzig und durchnässt. Die Straße war immer noch menschenleer. Als er zu seinem VW-Bus zurückging, war er in Hochstimmung. Er würde in den frühen Morgenstunden auf seinen großen Preis warten, wenn es sein musste, den ganzen Tag. Im Verborgenen warten, bis der geeignete Moment gekommen war.

Und er *würde* kommen … bald.

52

Um acht Uhr am nächsten Morgen wählte Makedde Jimmys Nummer, doch er nahm nicht ab. Sie wollte etwas über die neue Spur in Erfahrung bringen, von der Andy gesprochen hatte, doch sie wollte auch über einen Verdacht reden, der ihr im Zusammenhang mit dem Auto gekommen war, das ihr nun schon wiederholt aufgefallen war. Der Fingerzeig war ihr im Traum erschienen. Sie war sich ganz sicher. Andy verfolgte sie. Aber warum? Und warum hatte er ihr nichts davon gesagt? Er hatte sich darüber beklagt, dass Cassandra den Honda behalten hatte, und jetzt hatte er ihn zurück. Wie weit war er gegangen, um ihn zu bekommen? War er ihr schon den ganzen Tag gefolgt und hatte sie dann an der Haustür abgefangen? Und da war noch etwas. Er hatte behauptet, sich mit dem Messer, mit dem später seine Frau ermordet worden war, beim Obstschneiden in den rechten Daumen geschnitten zu haben.

Aber Andy war Rechtshänder.

Sie trat hinaus auf die Veranda und betrachtete die Wellen, die an den Strand von Bronte rollten. Spätestens in zwei Wochen würde sie abreisen. Ihre Familie würde ihr nie verzeihen, wenn sie nicht pünktlich zur Geburt des ersten Babys ihrer Schwester zu Hause wäre. Andererseits hatte sie sich geschworen, nicht abzureisen, bevor Catherines Mörder gefasst war. Es wäre schrecklich, unverrichteter Dinge nach Hause zu fahren. Sie würde sich vorkommen wie eine Versagerin. Ach was, sie würde noch genau zwei Wochen bleiben und sich damit zufrieden geben, dass sie getan hatte, was sie konnte.

Das Telefon klingelte, und sie riss den Hörer von der Gabel. »Jimmy …?«

»Hallo Makedde, hier ist Suzy von Book.«

Suzy? »Oh, entschuldige bitte. Ich hatte jemand anderes erwartet.«

»Wie schnell kannst du in der City sein?«

»Äh… wenn ich ein Taxi nehme, in zwanzig Minuten. Warum?«

»Eins von den Mädchen hat sich krank gemeldet. Genau in diesem Moment wird sie bei einem Mode-Shooting für die *ELLE* erwartet. Vier Stunden. Halber Tagessatz.«

»Super.« Die *ELLE*-Aufnahmen konnte sie wunderbar ihrem Portfolio hinzufügen. Suzy nannte ihr die Adresse, und nachdem sie aufgelegt hatte, bestellte Makedde sich umgehend ein Taxi. Suzy? In der Agentur arbeiteten so viele Booker, dass sie nicht einmal die Hälfte von ihnen mit Namen kannte. Suzy war vermutlich die mit den roten Locken. Minuten später stand das Taxi vor der Tür, und Makedde hastete mit einer Tasche über der Schulter, in die sie eilig etwas Make-up und ihr Portfolio gestopft hatte, die Treppe hinunter. Es sollte ihr letzter Auftrag in Sydney sein.

Andy Flynn hätte schwören können, dass seine Kollegen von ihm abrückten, als er den Fahrstuhl betrat. Die beiden Beamten zu seiner Linken wandten ihm den Rücken zu, als er zustieg, und die Chinesin aus der Gerichtsmedizin, die zu seiner Rechten eingepfercht war und keinen Platz zum Ausweichen hatte, schien sich äußerst unbehaglich dabei zu fühlen, die Fahrstuhlkabine mit ihm teilen zu müssen. Sie wandte den Blick ab und zuckte jedes Mal erschrocken zusammen, wenn er sich bewegte.

Willkommen in der Realität. Die Kolleginnen und Kollegen seiner Abteilung, beziehungsweise der Abteilung, die er mal geleitet hatte, behandelten ihn auf einmal wie einen Aussätzigen. In ihren Augen war er schuldig, solange er seine Unschuld nicht bewiesen hatte. Wussten sie denn nicht, dass er für die Morde an all diesen Frauen ein Alibi hatte? Doch vermutlich reichten ihnen seine Alibis für die anderen Verbrechen nicht aus. Wahrscheinlich glaubten sie, er hätte seine Frau umgebracht und es bewusst so aussehen lassen wie die anderen Morde. Erschreckenderweise schien es keinem von ihnen besonders schwer zu fallen, ihm Derartiges zuzutrauen. Polizisten, die sich auf Serienmörder spezialisiert hatten, begegneten diejenigen, die es nicht besser wussten, gemeinhin mit Argwohn. Seine Spezialausbildung beim FBI hatte ihn zwar die Karriereleiter hinaufklettern lassen, ihn den anderen jedoch auch entfremdet.

Der alte Fahrstuhl ratterte unendlich langsam hinauf zu dem Stockwerk, in dem er noch vor kurzem gearbeitet hatte. Als er schließlich ausstieg, schien es ihm, als ob seine Begleiter erleichtert aufatmeten. Andy war nicht auf Ärger aus; er war nur gekommen, um zu erfahren, was die Analysen ergeben hatten. Niemand hatte seine Anrufe erwidert, nicht einmal Jimmy, und er war es leid, wie ein Verbrecher behandelt zu werden.

Seine Schuhe zu untersuchen, war absolut lächerlich, und das hatte er ihnen auch gesagt. Er blieb dabei, dass ihm jemand den Mord an seiner Frau anhängen wollte, und wenn das der Fall war, würden die Analysen überhaupt nichts beweisen. Er besaß alte Stiefel, die er seit Jahren nicht getragen hatte. Jeder hätte ein Paar davon mitgehen lassen können, genau wie das Messer. Wer auch immer der Mörder war, hätte mit den Stiefeln durch das Blut seiner Frau marschieren und die Stiefel anschließend wieder in seinen Schuhschrank zurückstellen können. Es wäre ganz leicht gewesen.

Andy betrat das Büro der Mordkommission und sah, dass Jimmy nicht an seinem Platz war. Auch die anderen

Detectives waren fast alle unterwegs. Dafür war Inspector Kelley da. Er schien überrascht, Andy zu sehen.

»Tag, Flynn. Was machen Sie denn hier? Die Untersuchung Ihrer Schuhe wurde verschoben.«

»Na toll«, erwiderte Andy und runzelte grimmig die Stirn.

»Wir haben neue Hinweise«, fuhr Kelley in versöhnlicherem Ton fort. »Wir konzentrieren uns in dem Mordfall an Ihrer Frau nicht mehr auf die Schuhabdrücke und die Tatwaffe.«

»Wollen Sie damit sagen, dass ich nicht mehr als Verdächtiger gelte?«

Kelleys Gesichtszüge verhärteten sich. »Zum jetzigen Zeitpunkt sage ich gar nichts. Also – was wollen Sie hier?«

»Ich wollte nur wissen, was die Untersuchungen ergeben haben. Keine Sorge, ich habe nicht die Absicht, zu bleiben.«

»Ich hoffe, diese Geschichte ist bald geklärt«, sagte Kelley und verschwand in Richtung Flur. Offenbar wusste er nicht recht, wie man eine Persona non grata behandelte. Niemand wusste das.

Andy wollte gerade gehen, als er Jimmy aus dem Fahrstuhl steigen sah. Sein langjähriger Partner sah zweimal hin, begrüßte ihn mit einer zerstreuten Geste und marschierte an ihm vorbei zu dem Telefon, das auf seinem Schreibtisch klingelte. Andy sah ihn etwas in den Hörer murmeln. Diese Geheimniskrämerei machte ihn allmählich verrückt.

»Skata! Was soll das heißen, ihr habt ihn verloren?«, schrie Jimmy plötzlich in den Hörer. Seine braune Haut verfärbte sich dunkelrot, und an seinem Hals traten die Venen hervor. »Wie ist das möglich?« Um seine Worte zu unterstreichen, schlug er mit der Faust auf den Schreibtisch. Dann knallte er den Hörer auf die Gabel. Irgendjemandem klingelten vermutlich die Ohren.

»Hey, Jimmy! Was ist los? Wen haben sie verloren?«

»O Scheiße! So eine Sauerei«, flüsterte er. »Ich habe keine Minute geglaubt, dass du so etwas tun könntest, Kumpel. Also habe ich nach jemandem Ausschau gehalten, der es auf dich abgesehen haben könnte. Jemand, der dir die Sache anhängen will, wie du gesagt hast.« Er machte eine kurze Pause und fuhr dann fort: »Da war dieser Kerl in der Kneipe. Ed Brown. Wir haben ihn gerade erst unter Beobachtung gestellt, aber er hat uns reingelegt.« Jimmy rieb sich mit zitternden Händen das Gesicht. »O Scheiße, er ist uns entwischt ...«

Andy konnte kaum aufnehmen, was Jimmy ihm noch erzählte. Ihm war speiübel. Sie hatten den Stiletto-Mörder gefunden und ihn dann verloren.

Es kam noch schlimmer. »Bevor er uns durch die Lappen gegangen ist, hat er telefoniert. Wir haben sein Telefon überwacht. Er hat Makeddes Nummer gewählt.«

Andy brauchte nichts zu sagen – sein Gesicht sprach Bände. Er war wieder dabei, ob es dem Inspector passte oder nicht.

»Wahrscheinlich reißt Kelley mir dafür den Kopf ab. Aber scheiß drauf!« Jimmy langte nach unten, öffnete eine stählerne Sicherheitsschublade und nahm eine Waffe heraus. Ohne zu zögern reichte er sie Andy. »Wir suchen nach einem blauen VW-Bus, Baujahr 76. Alles Weitere erzähle ich dir im Auto.«

53

Das Telefon klingelte nur eine halbe Stunde, nachdem Makedde sich erschöpft aufs Bett geworfen hatte. Ihr vierstündiger Modeljob hatte am Ende reichliche sieben Stunden gedauert. Sie hatte den ganzen Tag in knappen, hauchdünnen, asymmetrischen Kleidchen zugebracht und mit verlaufenem Eyeliner an den Fenstersimsen eines ungenutzten Lagerhauses hängen müssen. Alles im Namen einer neuen Modekollektion für die *ELLE*. Es war eine Wohltat gewesen, die mit Lidschatten verschmierten Augen endlich zu schließen, doch kurz darauf hatte das Telefon geklingelt und sie um diesen wohlverdienten Moment der Ruhe gebracht.

»Hallo?«

»Makedde?«, fragte eine Männerstimme höflich. »Ich rufe von der Book Model Agency an.«

Schon wieder jemand von der Agentur, dessen Stimme sie nicht kannte.

»Tut mir Leid, dass das so kurzfristig ist, aber du müsstest in dreißig Minuten für ein Casting in der City sein.«

Dreißig Minuten!

»Sei bitte unbedingt pünktlich! Es geht um eine Strumpfhosenwerbung, also zeig deine Beine! Hohe Absätze wären am besten. Achte darauf, dass deine Füße gut aussehen.«

Sie sparte sich die Mühe, sich zu beschweren. Schließlich war sie es gewohnt, in letzter Minute irgendwohin bestellt zu werden, was häufig hieß, dass sie ihre ursprünglichen Pläne über den Haufen werfen musste.

»Wann ist das Shooting?«

»Äh, nächste Woche.«

»Und das Honorar?«

»Dreißigtausend.«

Wow. Das war enorm. Normalerweise zahlten sie einem unbekannten Model wie ihr für ein paar Werbefotos vielleicht zehn-, höchstens fünfzehntausend. Damit konnte sie ihre Studiengebühren und Bücher bezahlen und hätte sogar noch etwas übrig.

Makedde notierte sich die Adresse und bedankte sich bei dem Booker. Zum Glück waren ihre Beine und Füße bereits glatt, eingecremt und makellos. Ihr Portfolio hatte sie glücklicherweise auch zurück, auch wenn es noch nicht wieder vervollständigt war. Also brauchte sie sich nur noch etwas Passendes anzuziehen und pünktlich da zu sein.

Neunzehn Minuten später war Makedde in Panik.

Nicht ausgerechnet jetzt!

Sie drehte den Zündschlüssel ihres Mietwagens noch einmal, doch es tat sich nichts. Sie zog ihn heraus, schob ihn mit Nachdruck wieder ins Schloss und drehte ihn …

Nichts. Der Motor gab keinen Laut von sich.

Ich habe keine Zeit für so einen Mist!

Sie sprang aus dem Wagen und öffnete die Motorhaube. Ratlos warf sie einen Blick auf das ölverschmierte Gewirr aus Kabeln und Stahlverstrebungen, musterte hastig die Schläuche und metallenen Rundungen und Wölbungen, doch sie konnte nicht erkennen, warum der Wagen nicht ansprang. Mit dem Innenleben von Autos kannte sie sich nicht aus, und das schwache Licht machte es ihr auch nicht gerade leichter. Sie stürmte zum Kofferraum, um eine Taschenlampe zu suchen, doch es war keine da.

Sie hatte sich so schnell fertig gemacht, wie es nur irgend möglich war, hatte ein kurzes Kleid und hochhackige Schuhe angezogen, die ihre langen Beine voll zur Geltung brachten. Um bloß nicht zu spät zu kommen, hatte sie das

Make-up von ihrem morgendlichen Shooting nur ganz flüchtig wieder aufgefrischt, und jetzt stand sie da. Sie würde ihren Termin unweigerlich verpassen. Verdammte Agentur. Desorganisierter Haufen. Oder war der Auftraggeber schuld? Es wäre nicht das erste Mal. Aber wie auch immer – offenbar war Charles im Moment zu beschäftigt, um sich um sie zu kümmern, und hatte sie irgendeinem x-beliebigen Booker untergeschoben. Vielleicht hätte sie doch die Agentur wechseln sollen.

Ein hellblauer VW-Bus fuhr vorbei, hielt an und setzte zurück, bis er neben ihrem Wagen stand. Ein junger, rothaariger Mann lehnte sich aus dem Fahrerfenster. Irgendwie kam er Makedde bekannt vor.

»Brauchen Sie Hilfe?«, fragte er. Er hatte eine sanfte, freundliche Stimme.

»Danke, ich komme schon klar«, erwiderte sie.

Er sah auf die geöffnete Motorhaube hinunter. »Sind Sie *sicher*, dass Sie keine Hilfe brauchen?«

Was soll ich tun?

Ed Brown wartete geduldig, während Makedde mit sich rang.

54

Der Commodore raste die William Street entlang. Die Sirene des Zivilstreifenwagens heulte unerbittlich, doch es war gerade Rushhour, und die meisten Autofahrer ignorierten die Aufforderung, an die Seite zu fahren. In Windeseile waren sie zwischen wartenden Autos eingekeilt – Männer und Frauen, die auf dem Nachhauseweg von der Arbeit waren und keine Ahnung hatten, dass es einen weiteren brutalen Mord zur Folge haben konnte, wenn sie die

Straße blockierten. Andy lehnte sich aus dem Beifahrerfenster und schrie: »Na los! Machen Sie den verdammten Weg frei!« Sein Ausbruch hatte keinerlei Wirkung, außer dass er eine junge Mutter erschreckte, die neben ihnen im Stau stand. Das schlafende Baby auf ihrem Rücksitz rührte sich nicht.

»Festhalten!«, forderte Jimmy ihn auf, riss das Lenkrad scharf nach rechts und steuerte den Commodore über den Mittelstreifen. Sie rasten auf der falschen Seite weiter. Die aufheulende Sirene warnte die entgegenkommenden Wagen, ihnen auszuweichen. Als sie ein paar Ampeln passiert hatten, fuhr Jimmy rumpelnd und mit quietschenden Reifen erneut über den Mittelstreifen.

Andy stützte sich mit aller Kraft mit den Füßen ab und hielt sich am Haltegriff über der Tür fest. »Erzähl mir was über diesen Ed Brown. Wer zum Teufel ist das?«

»Arbeitet im Leichenschauhaus. Außerdem Stammgast in unserer Kneipe. Du würdest ihn sofort wiedererkennen. Er hatte an dem Tag Dienst, als Makedde die Leiche von Catherine Gerber identifiziert hat.« Jimmy ließ die Straße nicht aus den Augen. »Vermutlich hat er euch danach zusammen gesehen und ist eifersüchtig geworden. Der Mord an Cassandra war für ihn nur Mittel zum Zweck, um dich von der Bildfläche verschwinden zu lassen. Er hat mich vor ein paar Tagen in der Kneipe angequatscht, so ganz beiläufig.« Er hielt kurz inne, um zu hupen und ein paar Autofahrer zu beschimpfen, die ihn nicht vorbeiließen. »Er hat mich über dich ausgefragt. Er wusste Bescheid über den Mord an Cassandra, und auch, dass du untergetaucht warst. Außerdem hat er gesagt, er würde glauben, dass du deine Frau umgebracht hast. Ich habe dagegengehalten, aber irgendetwas stimmte mit dem Kerl nicht. Er hat zu sehr auf dir und dem Fall rumgeritten. Wollte wissen, ob du vom Dienst suspendiert worden wärst. Ob du der Hauptverdächtige bist. Lauter solche Sachen.«

»Und was hast du daraufhin unternommen?«

»Ich bin nach Hause gefahren und habe zunächst nicht weiter darüber nachgedacht. Aber irgendwie hat mich der Kerl auf das Leichenschauhaus gebracht und darauf, dass es sich bei dem scharfen Instrument, das der Mörder benutzt, möglicherweise um ein Skalpell handeln könnte. Da ich sonst nicht viele Anhaltspunkte hatte, habe ich seinen Hintergrund gecheckt. Er hat als Teenager ein paar Brände gelegt, alles geringfügigere Vergehen, aber das wiederum hat mich auf die klassischen drei Symptome bei Mördern gebracht – du weißt schon, der Kram, mit dem du uns auf die Nerven gegangen bist, als du aus den USA zurückkamst: auffällig langes Bettnässen, Grausamkeit zu Tieren und eben Brandstiftung. Also habe ich Colin ins Leichenschauhaus geschickt und ihn herumfragen lassen, ob irgendjemandem an Ed Brown etwas aufgefallen ist. Gestern erzählt Colin mir dann, dass im Leichenschauhaus diverse Autopsieinstrumente vermisst werden. Außerdem wurde Ed Brown am Donnerstag gefeuert.«

»Der Tag, an dem Cassandra ermordet wurde.«

»Genau. Ich gehe davon aus, dass der Kerl seine Opfer mit den vermissten Instrumenten so zurichtet. Also haben wir ihn überwacht – und jetzt das. Er ist ein gerissener Scheißkerl. Ich weiß auch nicht, wie er Wind davon bekommen hat, dass wir hinter ihm her sind, aber er hat es ziemlich schnell gemerkt.«

Die anderen Autos machten ihnen nicht schnell genug Platz.

Makedde, halt durch.

55

Makedde war ganz offensichtlich nervös. Das war gut. Wenn sie unbedingt pünktlich zu dem nichtexistenten Strumpfhosen-Casting wollte, würde sie nicht so auf der Hut sein wie sonst. Schließlich glaubte sie, dass es um dreißigtausend Dollar ging. Er sah, dass sie vor Anspannung glühte und schneller atmete. Ihre Brüste hoben und senkten sich, wodurch die Knopflöcher ihrer Strickjacke bei jedem Atemzug leicht auseinandergezogen wurden. Ihr Kleid reichte ihr bis zum halben Oberschenkel, und sie schwankte leicht auf ihren hohen, schwarzen Stilettos. Als sie ihr Gewicht durch eine unbewusste Bewegung leicht nach hinten verlagerte und die Knie durchdrückte, strapazierte sie die dünnen Absätze sichtlich.

Sie erkennt mich nicht wieder. Niemand erkennt mich jemals wieder.

Er wusste, dass ihm nicht mehr viel Zeit blieb, um die Stadt zu verlassen. Die Polizei, so blöd sie auch war, dürfte ihm auf den Fersen sein. Doch er würde sich seinen großen Preis auf keinen Fall entgehen lassen.

»Nein, ich brauche wirklich keine Hilfe«, sagte sie schließlich. »Ich komme schon klar.«

Vielleicht war sie doch nicht so einfach rumzukriegen, wie er gedacht hatte. Offensichtlich konnte das Geld allein sie nicht locken. Sie brauchte noch einen weiteren Anstoß. Wahrscheinlich war sie abgebrühter als die anderen, und cleverer.

Er lächelte sie milde und freundlich an. »Es wäre wirklich kein Problem.« Er zog seinen Joker. »Meine Frau hatte vor unserer Hochzeit auch einen Charade. Genau das gleiche Modell, Baujahr 93. Sie hatte auch ständig Ärger damit.«

Ihre Mundwinkel hoben sich ein wenig, und sie starrte

erneut ihren Mietwagen an. »Wissen Sie, wie man die Dinger zum Laufen bringt?«, fragte sie schließlich.

Ed stieg lächelnd aus seinem VW-Bus und schob den Hammer unauffällig an seinem Rücken in den Hosenbund. »Oh, ja. Zufällig bin ich Automechaniker«, log er.

»Tatsächlich?« Sie schien erleichtert. »Wie heißen Sie überhaupt?«

»Ed«, erwiderte er. »Ed Brown.«

»Nett, Sie kennen zu lernen. Ich heiße Makedde. Leider bin ich im Moment ziemlich in Eile.«

Er ging auf sie zu. In ihren hochhackigen Schuhen wirkte sie neben ihm ziemlich groß. Die Schuhe, die sie für ihn trug. »Soll ich Sie nicht lieber schnell irgendwohin bringen? Das ginge auf jeden Fall schneller.«

Sie ignorierte seinen Vorschlag. »Können Sie mal nachsehen, warum er nicht anspringt? Leider ist es schon ein bisschen dunkel.«

Er schaute nach beiden Seiten die Straße hinunter. Kein Mensch war zu sehen.

Dann beugte er sich über den Motor, rüttelte am Zündkabel und zog den Ölmessstab heraus. »Aha, da haben wir's. Sehen Sie?« Er bedeutete ihr, ebenfalls einen Blick darauf werfen.

Sie beugte sich über den Motor.

Der Hammer sauste herab, und Makedde fiel vornüber.

Mit aller Kraft und geübter Geschicklichkeit hievte er sie hoch und trug sie zu seinem Bus. Dann kroch er mit ihr auf die Ladefläche, zog die Schiebetür hinter sich zu und hatte ihr in Sekundenschnelle die Strickjacke vom Leib gerissen und ihre Handgelenke gefesselt.

Keine Zeit.

In der Ferne hörte er eine Sirene heulen. Er hatte keine Zeit mehr, ihr den Knebel zu verpassen, doch das war nicht weiter schlimm. Fürs Erste war sie kaltgestellt, und dort, wo sie hinfuhren, würde sie sowieso niemand hören. Er gönnte sich noch einen letzten Augenblick, um den herrlichen Anblick zu genießen. Hilflos lag sie da, in ihrem knappen schwarzen Kleid.

Mein Preis.

56

Seitdem sie das Kommissariat verlassen hatten, hatte Andy alle fünf Minuten von seinem Handy aus bei Makedde angerufen, doch sie ging nicht ans Telefon. Er hoffte, dass Ed zu sehr damit beschäftigt war, seine eigene Haut zu retten, um Makedde zu entführen. Vielleicht war sie bei einem Shooting. Oder sie joggte gerade.

Doch das nagende Gefühl in seinem Bauch sagte ihm etwas anderes.

Ein braun gebrannter, langhaariger Surfer blieb neugierig stehen und reckte den Hals, als der Streifenwagen mit quietschenden Reifen vor dem Haus in Bronte hielt. Andy sprang vom Beifahrersitz und stürmte, gefolgt von Jimmy, zur Haustür. Er glaubte, in der Ferne das leise Geheul mehrerer Sirenen zu hören. Die Verstärkung war unterwegs.

Er hämmerte gegen die Tür. »Makedde!«

Keine Antwort.

»Ich sehe mal an der Hintertür nach.« Andy rannte über den Rasen, stürmte, immer zwei Stufen auf einmal nehmend, die Veranda hinauf und spähte durchs Fenster. »Scheint niemand da zu sein!«, rief er. »Lass uns durch die Hintertür reingehen.«

Innerhalb von Sekunden war Jimmy bei ihm. Sie zählten bis drei und traten gemeinsam die Tür ein.

Im Wohnzimmer war niemand… in der Küche auch

nicht… und im Bad auch nicht. Im Schlafzimmer lagen eine Trainingshose und ein Sweatshirt in einer Ecke. Mehrere Schubladen waren herausgezogen, auf der Kommode neben dem Bett stand ein aufgeklapptes Schminkköfferchen. Sie musste es eilig gehabt haben. Offenbar hatten sie sie nur knapp verpasst.

Auf der Straße vor dem Haus heulten Polizeisirenen auf. Jimmy ließ die Polizisten zur Haustür herein und erläuterte ihnen knapp, worum es ging, während Andy hektisch nach irgendeinem Anhaltspunkt suchte, wo Makedde sein konnte.

»Ein Team ist bereit, sich Ed Browns Wohnung vorzunehmen«, erklärte Jimmy. »Außerdem fordern wir gerade zur Unterstützung der Suche nach dem VW-Bus einen Hubschrauber an. Was kommt als Nächstes?«

Andy spürte die abrupt veränderte Einstellung ihm gegenüber. Er war wieder einer von ihnen. Sie glaubten ihm.

57

Schreie. Entsetzliche Schreie hallten durch den Raum und rissen jäh ab wie überdehnte Gummibänder. Sie klangen fern, weit weg. Makedde war schlecht, und sie wusste nicht, wo sie war, doch trotz ihrer Benommenheit war ihr bewusst, dass ihr eigener Verstand diese schrecklichen Geräusche hervorbrachte. Sie drohte erneut das Bewusstsein zu verlieren und musste all ihre Willenskraft aufbieten, um der Versuchung zu widerstehen, dem Schmerz zu entfliehen und sich der verlockenden, endlosen Leere hinzugeben. Sie lag auf dem Rücken, ihre Handgelenke waren zusammengebunden und an irgendetwas festgemacht. Sie wurde auf- und niedergeworfen, ihr Rücken krachte immer wieder auf einen harten Stahlboden. Mühsam versuchte sie ihre Umgebung in Augenschein zu nehmen, doch es war laut, und sie hatte das Gefühl, dass ihr Gefängnis sich bewegte. Außerdem war es dunkel um sie herum.

Ihr linkes Ohr rieb an ihrem Oberarm. Es fühlte sich klebrig an. Ihre Arme waren weit über ihren Kopf gestreckt, und bei jedem Stoß schmerzten ihre Schultern so sehr, dass sie laut hätte aufschreien können. Sie konnte sie nicht bewegen, um sie zu entspannen. Die Stöße und das ständige Schwanken rollten sie hin und her. Sie blinzelte mit einem Auge und sah, dass sie auf dem Boden eines alten Lieferwagens lag.

Sie erinnerte sich an den rothaarigen Mann.

Er hatte ihr angeboten, ihr Auto in Gang zu bringen.

Sie bog den Kopf nach hinten und versuchte zu erkennen, womit ihre Handgelenke gefesselt waren. Offenbar waren es stabile Handschellen aus Metall, die mit Ketten an der Wand befestigt waren.

Der Wagen wurde herumgerissen.

Ihre Beine schleuderten hin und her, ihre Stilettos rollten über den Boden. Sie bemerkte einen merkwürdigen Geruch, der von der Decke aufstieg, auf der sie lag, der an den Wänden und eigentlich an allem haftete. Wie Desinfektionsmittel. Der Geruch stieg ihr in die Nase, kroch ihr in die Lungen und zwang sie zu niesen. Und dann war da noch etwas … Teebaumöl? Der Geruch kam ihr entfernt bekannt vor.

Das Gesicht ihrer Mutter blitzte vor ihrem inneren Auge auf. Jane, wie sie lächelnd Makeddes winziges Handgelenk mit Teebaumöl einrieb, um den Schmerz der kleinen Schramme zu lindern, die sie sich zugezogen hatte, als sie beim Rollschuhfahren hingefallen war.

Ein anderes Bild blitzte auf … Catherine. Tot. In ein Leichentuch gehüllt. Der Geruch von Teebaumöl, und der nicht ganz übertünchte Gestank darunter… von verwesendem Fleisch.

Makedde konnte Tod in dem Lieferwagen riechen, in dem sie lag.

Durch einen Schlitz zwischen den Vorhängen konnte sie mit halb geöffneten Augen den Hinterkopf des Fahrers erkennen. Sie war ihm während der vergangenen zwei Wochen in ihren Alpträumen mehrfach begegnet. Er tötete junge Frauen wie Makedde, und jetzt war sie an der Reihe.

58

Eine gute Stunde nach dem Anruf bei Makedde stand Andy Flynn vor dem heruntergekommenen dreistöckigen Wohnhaus in Redfern, in dem Ed Brown mit seiner behinderten Mutter lebte, seit er erwachsen war. Zwischen den Backsteinen wucherten vertrocknetes Gras und Unkraut. Einige Fensterscheiben waren zerbrochen und notdürftig mit Isolierband repariert. Der ganze Wohnblock schien sich leicht zur Seite zu neigen, zu der Seite, in der sich Wohnung Nummer achtzehn befand.

Die Fahndung war eingeleitet. Jeder Streifenwagen und sämtliche Krankenhäuser waren in Alarmbereitschaft versetzt worden, jeder Ort, von dem aus Ed Brown die Stadt verlassen konnte, wurde überwacht. Ein Hubschrauber war soeben gestartet. Ed Brown war auf der Flucht. Endlich hatte der Stiletto-Mörder ein Gesicht.

Doch Andy wusste, dass das nicht reichte.

Wäre es auch so weit gekommen, wenn ihm der Fall nicht entzogen worden wäre? Wäre all das auch passiert, wenn er Makedde weiter im Auge behalten hätte? Würde er dann jetzt auch vor dem Haus des Mörders stehen, Stunden zu spät?

In Makeddes Wohnung hatten sie keinen Hinweis auf ihren Verbleib gefunden. Bei der Book Model Agency hatte man ihnen mitgeteilt, dass Makedde ein Shooting für die *Elle* absolviert habe, danach aber zu keinem weiteren Termin bestellt worden sei. Als offiziell vermisst würde sie erst in dreiundzwanzig Stunden gelten, aber niemand wusste, wo sie war.

»Hier wimmelt's schon vor Kollegen«, stellte Jimmy fest und riss Andy aus seinen Gedanken. Einige der Detectives, die sich vor dem Haus drängten, kannte Andy; Hunt, Reed und Sampson waren soeben eingetroffen. Sie sahen immer noch aus wie blutige Anfänger.

Jimmy und Andy hielten sich dicht beieinander, als sie das Haus betraten und in den dritten Stock hinaufstiegen. Eds Mutter war querschnittsgelähmt. Einen Aufzug gab es nicht. Auf dem Korridor des dritten Stockes herrschte reges Treiben, doch sie erkannten Mrs. Brown sofort. Sie hockte eingezwängt in einem alten Standard-Rollstuhl, der ihre Massen jedoch kaum fasste; an allen Seiten quollen gewaltige Speckrollen über die Ränder. Sie fuchtelte mit ihren weißen wabbeligen Armen und schrie auf einen bedauernswerten jungen Polizisten ein, der vergeblich versuchte, sie zu beruhigen. Für eine Frau, die, wie man Andy erzählt hatte, noch keine fünfzig war, sah sie ziemlich verhärmt aus. Sie hatte reichlich Make-up aufgetragen, das sich in den Falten ihres verlebten Gesichts abgesetzt hatte. Andy betrachtete ihre knallroten Lippen und Fingernägel und das freizügige Top, das ihre schweren, von Dehnungsstreifen bedeckten Brüste kaum verhüllte. Die fleischigen Stümpfe amputierter Beine lugten zum Teil unter einer Decke hervor. Sie trug keine Hose.

Mrs. Brown schien es nicht im Geringsten peinlich zu

sein, dass sie nur halb bekleidet war, und auch die Ereignisse schienen sie weder zu betrüben noch zu beunruhigen. Sie war einfach nur wütend. In einer unerträglich schrillen Tonlage schimpfte sie lauthals in einem fort und bedachte alle Anwesenden mit haarsträubenden Flüchen. Ein spitzbäuchiger Mann mit schütterem weißem Haar und einer Nase, die aussah wie eine verfaulte Tomate, legte schützend eine Hand auf ihre Schulter. Es war der Hausverwalter, ein verheirateter Mann namens George Fowler, der Ende sechzig war. Detective Flynn vermutete, dass er seine Verpflichtungen als Hausverwalter, was Mrs. Brown anging, besonders ernst nahm, und er fragte sich, wie eine derart herrische und unattraktive Frau es einem verheirateten Mann angetan haben konnte. Vielleicht eine unerwünschte Nebenwirkung von Viagra.

Andy und sein Partner ließen die beiden zurück und gingen zur Wohnungstür Nummer achtzehn. Eds Mutter begann erneut zu brüllen: »Er hat nichts getan!«

Ein Beamter der Spurensicherung duckte sich unter dem karierten Absperrband der Polizei hindurch. Er trug Latexhandschuhe und hatte eine Fotoausrüstung dabei. Andy und Jimmy folgten ihm. Wohnung Nummer achtzehn stank und bestand aus zwei Schlafzimmern, einem kleinen Bad und einem Wohnzimmer mit Kochnische. Wände und Möbel strömten einen penetranten Geruch von Rauch und Bier aus. Allein in einem Zimmer zählte Andy fünf volle Aschenbecher. Die Wohnung war eine einzige Müllhalde. Im Wohnzimmer stapelten sich auf sämtlichen Ablageflächen verstaubte Zeitungen und Zeitschriften. Überall standen leere Flaschen auf dem Boden verstreut, dazwischen lag ein offener Lippenstift, der auf dem Teppich einen roten Fleck hinterlassen hatte. Ein hoher Stapel Secondhandbücher fiel Andy ins Auge; mit Eselsohren verunstaltete Liebesromane und Schundliteratur. Ferner gab es zwei abgewetzte Sofas, die aussahen, als würden sie langsam verfaulen.

Der Anblick reichte Andy, um sich ein Bild von Eds Leben machen zu können: endlose Jahre, in denen er für seine Mutter eingekauft hatte; tiefgefrorene Fertiggerichte, Bier und Medikamente. Er hatte sie gebadet, sie an- und ausgezogen, sie in ihr Bett gehievt. Und als einzige Intimsphäre war ihm sein Zimmer geblieben, wenn er die Tür hinter sich zugezogen hatte.

Auf dem Boden hockte eine schwarze Katze und beobachtete Andy und Jimmy mit äußerstem Desinteresse. Ihre durchdringenden gelben Augen leuchteten in dem düsteren Zimmer. Als Jimmy die Katze sah, streckte er die Hand nach ihr aus. »Hallo, du kleiner Luzifer…« Die Katze fauchte ihn an, schlug mit ausgefahrenen Krallen nach ihm und verfehlte ihn nur um Haaresbreite.

Andy registrierte drei große Müllkübel, die von leeren Bier- und Schnapsflaschen überquollen. Das Lieblingsgetränk der Browns schien Victoria Bitter zu sein, doch gleich danach kam Wodka, wobei die Marke hier offenbar keine Rolle spielte. Andy fragte sich, ob es nach seinen durchsoffenen Tagen in Cassandras Haus auch so furchtbar gerochen hatte. »Gut zu wissen, dass sie die Flaschen recyceln«, murmelte er im Vorbeigehen.

»Skata! Die kommt mir irgendwie bekannt vor«, rief Jimmy und zeigte auf einen großen Bilderrahmen. Er enthielt ein altes Schwarzweißfoto von einer jungen Frau, und trotz des dick aufgetragenen Make-ups und der längst aus der Mode gekommenen Frisur war die Ähnlichkeit unverkennbar.

Makedde.

Mrs. Brown war einmal eine Schönheit gewesen – blondes Haar, hellblaue Augen, perfekte Nase. Jegliche Zweifel, ob Ed Makedde wirklich entführt hatte, lösten sich schlagartig in Luft auf. Andy konnte es ganz klar sehen. Dahmer war von seinem Vater besessen gewesen.

Ed Brown war besessen von seiner Mutter.

Der Boden von Eds Schlafzimmer war fünfzehn Zentimeter höher als der Boden der anderen Räume. Ob er das Zimmer deshalb für sich gewählt hatte? Es war ganz offensichtlich, dass seine Mutter es ohne fremde Hilfe nicht betreten konnte. Im starken Kontrast zum Rest der Wohnung war Eds Zimmer peinlich sauber und ordentlich. Ein Schreibtisch mit einer Lampe, ein leerer Papierkorb, ein Einzelbett und an einer der Wände ein paar Regalbretter. Nirgendwo lagen zerknitterte Kleidungsstücke oder Papiere herum, alles war an seinem Platz. Das Bett war perfekt gemacht.

In Eds Zimmer roch es kaum nach Rauch. Stattdessen stieg Andy ein Gemisch aus anderen, merkwürdigen Gerüchen in die Nase. Der Polizeifotograf baute seine Ausrüstung auf, schlug das Laken zurück und begann unter dem Bett zu fotografieren. Mehrere Blitze erleuchteten eine ordentlich arrangierte Schuhkollektion.

Neun einzelne hochhackige Schuhe. Stilettos.

Neun.

Einige von ihnen erkannte Andy wieder. Den roten Schuh aus geschupptem Schlangenlederimitat hatte Roxanne Sherman getragen; und der glänzend schwarze mit den schmalen Riemchen war von Catherine Gerber.

»Hat schon jemand die vermissten Instrumente aus dem Leichenschauhaus entdeckt?«, fragte er den Beamten, der vor der Tür stand.

»Nein. Wir suchen noch. Ist gar nicht so einfach, bei dem Müll überall …«

»Er wird Wert darauf gelegt haben, sie sauber zu halten«, vermutete Andy. »Suchen Sie nach einem sterilen Aufbewahrungsort – einer fest verschließbaren Tasche oder Kiste oder so etwas. Um sein Zimmer kümmern wir uns.«

Der Beamte nickte und gab die Anweisung an jemanden auf dem Flur weiter. Andy bezweifelte, dass sie die Autopsieinstrumente in der Wohnung finden würden. Dies war nicht der Ort, wo er sich an seinen Opfern verging. Hier schwelgte er in Erinnerungen und gab sich seinen Fantasien hin. Bestimmt hatte er die Instrumente bei sich.

Der Fotograf nahm jetzt mit seinem Blitzgerät die hölzernen Regalbretter ins Visier, die links neben dem Bett mit Y-förmigen Haltern an der Wand befestigt waren. Neben ein paar Büchern und wertlosem Plunder stand auf einem der Regalbretter ein Schuhkarton, der in einem durchsichtigen Plastikbeutel steckte.

»Macht den Karton auf«, verlangte Jimmy.

In dem Versuch, sich wichtig zu machen, gehorchte Hoosier. Er griff nach dem Karton; der Fotograf wartete hinter seiner ausgerichteten Kamera. Sobald Hoosier den Deckel hob, drehte er den Kopf weg und rümpfte die Nase.

Andy presste die Hand auf Mund und Nase und trat vor, um den Inhalt des Kartons in Augenschein zu nehmen.

»O mein Gott!«

Abgetrennte Zehen.

Sorgfältig mit leuchtend rotem Nagellack lackiert. Große Zehen. Kleine Zehen. Verschieden groß und verschieden geformt. In unterschiedlichen Stadien der Verwesung. Insgesamt zählte Andy mindestens zehn. Und einige seltsam verschrumpelte Lederstücke. Nein – *Brustwarzen*, zwei Paar.

Er reichte den Karton an den Fotografen weiter, der ihn aus unterschiedlichen Winkeln fotografierte. Doch was Detective Flynn als Nächstes ins Auge fiel, verstörte ihn noch mehr. Direkt dem Fußende des Bettes gegenüber war ein vergrößertes Foto an die ansonsten kahle Wand gepinnt. Er erkannte sofort, wer auf dem Foto abgebildet war. Es war Makedde, die in einem kurzen Lederrock und hochhackigen Schuhen posierte und einfach umwerfend aussah.

59

Makeddes Kopf dröhnte, ihre Gedanken waren verschwommen. Sie hatte keinerlei Zeitgefühl. Waren sie eine halbe Stunde unterwegs? Zwei Stunden? Sie kämpfte dagegen an, erneut das Bewusstsein zu verlieren, während ihr Körper über den Boden des Wagens rollte. Nachdem sie zum Glück eine Zeit lang über eine glatte Straße gefahren waren, wurde der Untergrund wieder holperig, unter den Reifen knirschte Kies. Der VW-Bus holperte über mehrere Bodenerhebungen; ihre aufgeschürften Handgelenke wurden in den Fesseln hin- und hergerissen und brannten vor Schmerz.

Sie öffnete den Mund. »Ich… ich kenne Sie nicht. Ich kann doch sagen, dass ich Ihr Gesicht nicht…« Sie verschluckte die Worte, als sie über ein besonders tiefes Schlagloch rollten und ihr Hinterkopf mit voller Wucht auf den Boden knallte. Sie versuchte es erneut und bemühte sich, ruhig und vernünftig zu klingen. Mit gurgelnder Stimme brachte sie hervor: »Ich habe Ihr Gesicht nicht gesehen. Sie könnten einfach verschwinden. Ich kann Ihnen auch Geld geben. Ich habe eine Scheckkarte…«

Er hörte nicht zu. Er gab nicht einmal zu erkennen, ob er überhaupt registrierte, dass sie etwas gesagt hatte.

Sie versuchte es erneut, diesmal etwas lauter. »Ich gebe Ihnen meine Scheckkarte und meine Geheimnummer.

Wenn Sie wollen, kann ich das Geld auch für Sie ziehen. Sie könnten mich freilassen. Ich würde niemandem etwas erzählen. Sie könnten …« Sie versuchte ihre Position etwas zu ändern, um ihre Schultergelenke ein wenig zu entlasten. *Unternimm etwas. Irgendetwas!* Was hatte man ihr beigebracht? Wenn eine Taktik nicht funktioniert, versuch eine andere. Mit einer Kraftanstrengung schaffte sie es, ihre langen Beine über sich zu heben, als ob sie auf dem Rücken liegend Rad führe. Von der plötzlichen Anstrengung wurde ihr schwindelig. Mit den Zehen des einen Fußes ertastete sie die Tür, mit den anderen die Seitenwand. Sie holte aus, ließ beide Füße gegen die Tür krachen und schrie aus vollem Halse: »LASSEN SIE MICH HIER RAUUUUS!«

Die Tür war fest verschlossen und gab nicht nach, doch ihr Entführer drehte sich um. Sie hatte seine Aufmerksamkeit.

»Halt die Klappe!«, zischte er. Seine Stimme klang merkwürdig schrill.

Der Lieferwagen raste immer noch über die Kiespiste. Der Mann riss den Kopf herum und sah wieder nach vorne, doch der Wagen war bereits ins Schleudern gekommen und erbebte. Der Mann riss das Lenkrad hart nach rechts. Aus der Finsternis tauchte plötzlich ein Baum auf und krachte links in die Windschutzscheibe, die mit lautem Klirren in tausend Stücke zerbarst. Der VW-Bus ruckte und Makedde krachte gegen die Seitenwand. Eine schwere Werkzeugkiste rutschte über den Boden und rammte gegen ihre Rippen. Dann war der Kies weg, der Lieferwagen überschlug sich. Der Mann stieß einen leisen Schrei aus. Makedde, deren Arme nach wie vor in Handschellen steckten, wurde erneut gegen die Seitenwand geschleudert. Diesmal war der Aufprall noch härter, ihr ganzer Körper verdrehte sich. Dann folgte ein weiterer, noch heftigerer Aufprall.

Sie waren in Wasser gestürzt.

60

Jede Menge Underground-Sex-Magazine: *FETISH, Bound, S&M Hookers.* Amateurhafte Fesselillustrationen. Gewaltdarstellungen unfreiwilliger Sexualakte. Sie waren in Ed Browns Schrank gestapelt, ordentlich nach Erscheinungsdaten sortiert, die Ausgaben reichten mindestens zehn Jahre zurück. Eds Lieblingsmagazin schien *FETISH* zu sein, eine Zeitschrift, die auf Frauenfüße und ausgefallene Schuhe spezialisiert war. Andy suchte den Platz hinter den Zeitschriften ab und fand so gut wie keinen Staub, dafür aber ein noch ungeöffnetes Zwanzigerpäckchen Polaroid-600-Filme. »Haltet nach Polaroidfotos Ausschau«, wies er alle an. »Und nach einer Polaroidkamera. Aber passt auf Fingerabdrücke auf!«

Hunt und Hoosier nickten synchron.

Auf dem Boden des Schranks waren mehrere merkwürdig geformte Objekte mit einer schwarzen Decke bedeckt. *Was kommt als Nächstes?* Andy wies den Polizeifotografen an, das Arrangement zu knipsen, bevor er langsam die Decke wegzog. Drei Glasgefäße. Große Gläser, die mit einer trüben Flüssigkeit gefüllt waren. Und die noch etwas anderes enthielten.

Andy drehte sich der Magen um. Jedes der Gläser enthielt einen kompletten menschlichen Fuß, der jeweils sauber unterhalb der Wade abgetrennt worden war.

O Gott!

Die bleichen Füße krümmten sich in lebloser Eleganz, die Fußnägel waren auch diesmal knallrot lackiert. Alle Füße waren in Formalin konserviert und perfekt erhalten. Andy spürte, wie eine vertraute Gefühllosigkeit sich in ihm ausbreitete und seine Nerven betäubte. Wenn er seine Objektivität verlor, würde er Makedde nichts nützen. *Keine*

Angst. Kein Ekel. Betrachte alles mit dem nüchternen, kalten Auge eines Profis.

Die Blitzlichter erstarben, als der Fund dokumentiert war.

»Er pedikürt sie«, stellte Andy fest, »alle mit dem gleichen Nagellack, aber nur die Füße und Zehen, die er behält. Die, die ihm gefallen. Eine Post-mortem-Pediküre. Findet den roten Nagellack. Alles, was wir finden, ist hilfreich.« Dann fiel ihm noch etwas ein. »Der Nagellack gehört seiner Mutter.«

»Wir wissen nicht, ob er sie sich wirklich geschnappt hat«, meinte Jimmy, der das Gesicht seines Partners aufmerksam musterte. »Vielleicht ist er einfach abgehauen.«

»Er hat sie sich nicht geschnappt? Das glaubst du doch wohl nicht im Ernst!«

»Skata! Tut mir Leid, Kumpel. Das sind nur die Fakten. Du nimmst an, dass er sie hat. Aber *wissen* tun wir es nicht.« Jimmys schwarzes Haar war völlig zerzaust, und seine dunkle Haut wirkte blass. »Kann ich dich kurz unter vier Augen sprechen?«, flüsterte er.

Andy nickte und folgte Jimmy aus Eds Schlafzimmer in das kleine Bad. Es war ebenfalls sauber und der einzige Ort, wo es nicht von Polizisten wimmelte, die Plastikbeutel mit sichergestelltem Beweismaterial abtransportierten. Andy wollte das Bad ebenfalls auf der Stelle durchsuchen lassen, doch Jimmy hob seinen Mund an sein Ohr und sagte leise: »Dieser Verrückte ist verdammt durchgeknallt. Ich schätze, er ist besessen von dir. Er hat deine Frau umgebracht und es darauf angelegt, dir den Mord anzuhängen. Bestimmt hat er ein kleines Andenken oder etwas in der Art mitgehen lassen. Wenn wir es finden, kann es helfen, dich zu entlasten.«

Dafür hatte Andy jetzt keine Zeit. Er musste Ed davon abhalten, erneut zu morden.

»Und falls es darauf hinauslaufen sollte«, fuhr Jimmy fort, »dass wir nichts finden …« Er zog einen kleinen Beutel aus der Tasche und zeigte darauf. Der Beutel enthielt einen wohl bekannten goldenen Ehering.

Seine Augen wurden groß.

Da sich Schritte näherten, ließ Jimmy den Beutel schnell wieder in seiner Tasche verschwinden. Inspector Kelley ging am Bad vorbei und blieb stehen.

»Inspector …« Andy brach der Schweiß aus.

»Flynn, man hat mich informiert, dass Sie hier sind. Ich habe Sie vor einer Woche von dem Fall abgezogen, und der Tod Ihrer Frau sollte Grund genug für Sie sein, sich an meine Anweisung zu halten.« Er machte eine Pause. »Haben Sie eine Waffe?«

»Äh, ja, Sir.« Die Frage überraschte ihn. »Jimmys .40 Smith and Wesson.«

»Ich habe Ihnen Ihre Glock mitgebracht.« Kelley reichte ihm seine Glock, Modell 17.

»Danke, Sir«, entgegnete Andy und bemühte sich, nicht verblüfft zu klingen.

»Ziehen Sie keine voreiligen Schlüsse. Wir reden später darüber.«

»Jawohl, Sir.«

Kelley sah ihn mit festen Augen an. »Nehmen Sie sich in Acht«, warnte er ihn. »Dieser verdammte Fall könnte Ihnen das Genick brechen. Ich halte es nicht für klug, wenn Sie sich hier länger herumtreiben. Wir halten Sie auf dem Laufenden.«

Damit verschwand Kelley in Eds Schlafzimmer. Der Inspector ließ ihn nicht an vorderster Front mitmischen, aber er hatte ihn auch nicht hinausgeworfen. Andy wusste, dass er mit äußerster Vorsicht vorgehen musste.

In dem stinkenden Flur wurde wild durcheinander geredet. Weitere Beamte waren eingetroffen. Andy hörte jemanden sagen: »Glaubst du an Zahlenkunde? Weißt du, was Achtzehn bedeutet? 6-6-6.«

Dann hörte er jemanden laut aus Eds Schlafzimmer rufen. »Hey, ich hab was gefunden!« Der Ruf kam von Hunt, der zur Hälfte in Eds Schrank verschwunden war und die Zeitschriftensammlung unter die Lupe nahm.

Andy stürzte in das Zimmer, wobei er vergeblich versuchte, nach außen hin ruhig zu wirken. *Wo hat er Makedde hingebracht?* Dann war plötzlich Inspector Kelley vor ihm und versperrte ihm den Weg.

»Was?«, rief Andy.

»Sie sollten nicht hier sein.« Inspector Kelley packte ihn fest an den Schultern. An Kelleys großer Gestalt vorbei erhaschte er einen Blick auf Hunt. Der Constable starrte völlig ausdruckslos ins Leere, alles Blut war aus seinem Gesicht gewichen. Er wich rasch Andys Blick aus, wandte sich ab und hielt sich instinktiv eine Hand vor den Mund, um den Brechreiz zu unterdrücken.

Der Wohnblock in Redfern war von durch die Nachtluft zuckenden Lichtblitzen erleuchtet, wie eine Tanzfläche. Vor dem Haus schwärmten Fotografen und Fernsehteams und versuchten auf der Jagd nach einer Exklusiv-Story verzweifelt, hinter die Absperrung zu gelangen. Über ihnen kreiste der Helikopter eines Nachrichtensenders. Andy beobachtete das Chaos aus seinem Auto, das etwas weiter unten an der Straße geparkt war. Inspector Kelley hatte jemanden geschickt, um seinen Wagen zu holen – eine weitere Art, ihm mitzuteilen, dass er nach Hause fahren solle.

Zwischen den Seiten von Eds *FETISH*-Sammlung waren über hundert Polaroid-Fotos gefunden worden. Brüste. Rümpfe. Füße. Körperteile. Alle in den verschiedensten Stadien von Leben und Tod. Diverse Folterszenen. Die

Farbbilder waren schlimmer als sämtliche Tatort-Fotos, die Andy je gesehen hatte. Auf ihnen war der Todeskampf gesichtsloser Körper dokumentiert, die bei lebendigem Leibe seziert wurden und sich vor Schmerz krümmten und wanden.

Sie hatten genug Beweise, um Ed Brown für den Rest seines Lebens hinter Gitter zu bringen. Doch das war für Andy Flynn nur ein schwacher Trost. Regungslos saß er in seinem Auto. Auf dem Armaturenbrett lag ein Hamburger, der allmählich kalt wurde. Andy hatte keinen Appetit. Kein Mensch, der diese Polaroid-Fotos gesehen hatte, hätte jetzt einen Bissen heruntergebracht. Obwohl er seit einer Woche kaum geschlafen und nichts Ordentliches gegessen hatte, war er weder hungrig noch müde. Er hatte Makedde seit Tagen beobachtet und beschützt, und dann hatte er wie ein Vollidiot im entscheidenden Moment nicht aufgepasst.

Irgendetwas war ihm entgangen, etwas, das ihm den Weg weisen würde. Er musste nachdenken. Die Zeitschriften, die Fotos, die Schuhe, die Körperteile – nichts von alledem hatte Ed besonders gut versteckt. Seine Mutter wäre nicht in der Lage gewesen, die Sachen zu finden, doch er musste ziemlich sicher gewesen sein, dass auch sonst niemand danach suchen würde.

61

Wasser kroch an Makeddes Oberschenkeln hinauf. Sie hatte erneut das Bewusstsein verloren, doch das eiskalte Wasser, das immer höher stieg, ließ sie wieder zu sich kommen. Sie war immer noch in dem Lieferwagen. Ihr ganzer Körper schmerzte. Wie es sich anfühlte, hatte sie sich mehrere Knochen gebrochen. Ein paar Rippen hatte es auf jeden Fall erwischt. Ihr Schlüsselbein auch? Und einen Ellbogen? Ihre Arme waren praktisch nicht mehr zu gebrauchen, vor allem der linke. Wenigstens waren sie nicht mehr straff über ihrem Kopf festgebunden; sie lagen jetzt mit angewinkelten Ellbogen schlaff auf ihrem Brustkorb. Ihre Handgelenke waren immer noch aneinander gefesselt, doch durch den Aufprall waren die Ketten aus der Verankerung an der Wand gerissen worden.

Kein Rumpeln und keine Vibrationen mehr. Keine Bewegung. Nur das beruhigende Rauschen des um sie herum eindringenden Wassers. Der VW-Bus steckte teilweise im Wasser und neigte sich in einem Fünfundvierzig-Grad-Winkel; ihr zusammengekauerter Körper wurde gegen die Rückseite des Fahrersitzes gedrückt. Eigentlich hätte der Wagen längst versinken müssen. Vielleicht waren sie in einem flachen Gewässer gelandet. Das Wasser roch nicht salzig. Ein See? Oder ein Fluss?

Sie reckte den Hals und warf einen Blick in die Fahrerkabine. Leer. Der Mann war verschwunden. Die Tür war geschlossen, aber an der Fahrerseite war das Fenster heruntergelassen. War es schon vor dem Unfall offen gewesen? Nein. Also musste er durch das Fenster nach draußen gekrochen sein. Der Fenstergriff und das Armaturenbrett waren mit roten Streifen verschmiert. Die Windschutzscheibe war zersplittert. Überall Glasscherben. Er musste verletzt sein. Vermutlich hatte er sich aus dem Wagen befreit und sie zurückgelassen.

Makedde streckte die Beine und schob sich so, immer noch auf dem Rücken liegend, ein Stück höher. Dort reichte ihr das Wasser nur noch bis an die Knie, und es schien nicht weiter zu steigen. Mit brennenden Augen sah sie sich um und erblickte die Werkzeugkiste, die bei dem Aufprall gegen sie geknallt war. Alles sah anders aus als vorher, Schubladen waren aus ihren Fächern gerutscht, Teile der Wandverkleidung waren abgerissen und hingen lose herab. Die Schubladen waren voller Küchenbesteck – Messer und Gabeln, Campingutensilien. Nein. Keine Küchenmesser. Dafür waren sie zu lang und hatten zu feine Klingen. Auch keine Gabeln. Andere Instrumente. Sie glänzten und sahen nach Krankenhaus aus.

Immer noch schwindelig, schob sie sich zu einer der Schubladen hinüber. Sie war sauber und roch nach Desinfektionsmittel. Die Instrumente, die sie enthielt, waren makellos sauber. Skalpelle. Lange, dünne Messer. Etwas, das aussah wie eine feine Zange. Geräte, deren Bezeichnung sie nicht kannte.

Plötzlich hatte sie einen Geistesblitz. *Ed Brown, der Sektionsgehilfe aus dem Leichenschauhaus.* Jetzt wusste sie, wer er war.

Er hat eine Haarsträhne von Catherine für mich aufbewahrt.

Sie brauchte eine Waffe. Was, wenn er zurückkam? Mit ihren aneinander gefesselten Händen durchwühlte sie die Schublade, entschied sich für ein scharfes Messer mit einer langen Klinge und umfasste es mit beiden Händen. Sie hatte noch nie jemanden verletzt, hatte noch nie eine Stahlklinge in lebendiges Fleisch gestoßen. Doch sie wusste, dass sie es tun könnte, wenn es darauf ankam. Wenn der Mann zurückkam, würde sie nicht zögern.

Sie umklammerte das Messer so fest sie konnte, schob sich erneut über den Boden und lehnte sich gegen die Rückseite des Fahrersitzes. Überall spürte sie die winzigen Glasscherben, das Wasser um sie herum war eiskalt. Ihre Arme waren keine große Hilfe, als sie sich hochstemmte, über die Rückenlehne kroch und den Kopf aus dem Fenster schob. Um das Gleichgewicht nicht zu verlieren, stützte sie sich mit der Schulter am Fensterrahmen ab. Ihre Augen hatten sich bereits an die Dunkelheit gewöhnt, und sie erkannte schwach einen träge dahinfließenden Fluss, der sich von dem Wagen wegschlängelte. Zu ihrer Linken stieg eine matschige Böschung zur Straße hin an.

Zähl bis drei. Eins, zwei … drei.

Sie riss all ihre nachlassenden Kräfte zusammen, um sich aus dem Fenster zu quetschen. Die gefesselten Arme nach vorn gestreckt, das Messer nach wie vor fest umklammert, zwängte sie sich hinaus und ließ sich in das eiskalte Wasser gleiten. Ihre nackten Füße fanden den schlammigen Untergrund, und sie versuchte sich aufzurichten.

Vor ihren geöffneten Augen explodierten leuchtend rote und grüne Sterne, um sie herum drehte sich alles. Dann legte sich der Taumelanfall allmählich und machte einem leichten Schwindel Platz. Sie hielt das Messer vor ihrem Becken und watete vorsichtig durch das hüfttiefe Wasser zum Ufer.

Keine Geräusche. Nur das sanfte Glucksen des dahinfließenden Wassers und der Wind, der durch die Zweige strich. Zweige im dicken Matsch.

Knack.

Eine Bewegung. Im Schatten bewegte sich etwas.

Makedde blieb stehen und hielt den Atem an. Fallende Tropfen. Halt … Knirschen auf dem Kies. Ein Schatten, der sich bewegte. Sie versuchte sich zu sammeln, doch ihr war immer noch schwummerig. Sie hielt das Messer vor sich und versuchte, auf alles gefasst zu sein. Wegrennen konnte sie nicht, nicht in ihrem Zustand. Das wusste sie. Sie würde kämpfen müssen. Sie räusperte sich und versuchte zu sprechen. Ihre Stimme klang rau.

»Wer ist da?«

Keine Antwort. Dann wieder Knirschen. Plötzlich eine Gestalt, die aus der Dunkelheit auftauchte. Und die etwas in der Hand hielt. Etwas, das auf sie zuzuckte. Ein Hammer. *Schnell! Ausweichen!*

Schwerfällig trat sie zurück, doch trotzdem traf ein heftiger Schlag ihren Kiefer. Sie sah Sterne, und der matschige Boden kam ihr jäh entgegen. Die Sterne um sie herum flimmerten noch einmal, dann verschwanden sie, wie wenn man einen Fernseher ausschaltet.

62

»Wenn er sie nicht da hingebracht hat, sind wir am Arsch«, stellte Andy fest, während sie mit Vollgas die Straße entlangjagten.

»Du könntest aber richtig liegen«, entgegnete Jimmy. »Der Kerl scheint ziemlich viel über dich zu wissen. Und für sein Psychohirn hat das Ganze vermutlich sogar eine gewisse Logik. Eine Art Rache. Du hast mir erzählt, dass du und Cassandra dieses Haus habt.«

»Ursprünglich hat es Cassandra gehört, aber es sollte mir überschrieben werden«, erklärte Andy. »Eigentlich war es nur als Kapitalanlage gedacht, aber sie hat es nie verkauft. Ich hätte schon vor Monaten dort einziehen sollen.«

»Hoffen wir, dass er jetzt an deiner Stelle eingezogen ist«, sagte Jimmy.

»Da fällt mir noch etwas ein. Er hat mindestens neun Frauen umgebracht, und wir wissen nur von fünf. Wo sind die anderen vier? Er muss sie verdammt gut beseitigt haben. Anders als seine letzten Opfer. Was meinst du, warum er die nicht ebenso hat verschwinden lassen? Weil er gefasst werden will! Entweder das, oder er hält sich für unbesiegbar.«

»Skata! Wenn all diese verdammten Psychos gefasst werden wollten, warum spazieren sie dann nicht einfach in die nächstbeste Polizeiwache und bringen's hinter sich?«

Jimmy schüttelte den Kopf. »Nein, das glaube ich nicht. Er ist einfach leichtsinnig geworden. All diese durchgeknallten Malakas werden irgendwann leichtsinnig.«

63

NACKT.

Ich bin nackt!

Makedde kam wieder zu sich und fand sich in einem Schlafzimmer wieder. Ihr tat alles weh. Sie konnte sich nicht zudecken. Einen Moment lang fragte sie sich, ob das alles nur ein Albtraum war, *betete*, dass es so sein möge. Schon als Kind hatte sie manchmal geträumt, dass sie über die Flure ihrer High School oder durch die belebten Straßen der Innenstadt ging und plötzlich merkte, dass sie nichts anhatte.

Ein eisiger Luftzug strich über ihre feuchte Haut. Sie fror und hatte eine Gänsehaut. Irgendwo stand eine Tür oder ein Fenster offen. Sie lag ausgestreckt da, Handgelenke und Fußknöchel waren ans Bett gefesselt. Um ihren Kopf war eine Art Mullbinde gewickelt. Eine Stehlampe tauchte das Zimmer in schwaches Licht. Da sie den Kopf nicht bewegen konnte, verdrehte sie die Augen und sah sich um, so gut sie konnte. Sie war allein. Ein paar verstaubte Regale standen an der Wand, in denen sich Vasen mit Trockenblumen und mehrere gerahmte Fotos befanden. Aus ihrer Position konnte sie eines der am nächsten stehenden Fotos erkennen: ein Mann im Smoking und seine Braut in einem wunderschönen weißen Kleid.

Es waren ohne jeden Zweifel die lächelnden Gesichter von Andy und Cassandra Flynn. Also war sie in dem Haus, von dem er ihr erzählt hatte.

Sie versuchte sich zu befreien, doch je heftiger sie an ihren Fesseln zerrte, desto enger schnürten sie ihre Handgelenke und Knöchel ein. Als sie versuchte, ihren Kiefer zu bewegen, schoss ihr ein stechender Schmerz in die Schläfen und Ohren.

Geräusche in der Nähe. Schritte. Knarrendes Holz. Metall. Der rothaarige Mann war zurück und kam durch die Schlafzimmertür. Er trug einen Operationskittel, Latexhandschuhe und einen Mundschutz und bot einen grausigen Anblick. In einer Hand hielt er etwas, das wie ein Werkzeugkasten aussah.

Er zerrte einen Holztisch durch das Zimmer, stellte ihn neben das Bett und reinigte die Tischplatte mit einer Handbürste. Dann bedeckte er den Tisch mit einer Plastikfolie und stellte die Werkzeugkiste darauf ab. Makedde versuchte verzweifelt etwas zu sagen, doch sie war unfähig, Worte zu formen. Ein schwaches Stöhnen drang aus ihrer Kehle. Der Mann ignorierte die Laute. Er tat so, als wäre sie gar nicht da, und konzentrierte sich voll und ganz auf seine Vorbereitungen.

Er holte die Stehlampe ans Bett. Aus dieser Nähe war das Licht grell, und ihre Augen brauchten einen Moment, um sich daran zu gewöhnen. Jetzt, von Angesicht zu Angesicht dem Ungeheuer gegenüber, musste sie es wissen. Warum ausgerechnet Catherine? Sie versuchte mit aller Gewalt, Worte herauszubringen, doch ihr Kiefer war steif und geschwollen.

Plötzlich lachte der Mann merkwürdig auf. Es hörte sich grauenhaft an. Das hysterische Gegacker verstummte ebenso unvermittelt, wie es losgebrochen war. »Halt's Maul, Hure!«, sagte er, ohne sie anzusehen. Er wandte sich ab und widmete sich weiter seinen Vorbereitungen. Sie verdrehte die Augen, um zu sehen, was er tat. Er überprüfte die Schnur, mit der sie am Bett festgebunden war, und Makedde hatte den Eindruck, dass er eine Art Checkliste durchging, Punkt für Punkt.

Als er fertig war, wandte er sich ihr zu und sah ihr zum ersten Mal direkt in die Augen. Ohne Umschweife und in aller Seelenruhe verkündete er: »Mit dir muss ich mir Zeit lassen. Du bist etwas ganz Besonderes.« Er sagte es geradezu feierlich, als erwarte er, dass sie sich geschmeichelt fühlte. »Hast du schon mal einer Autopsie beigewohnt, Makedde?«, fuhr er mit seiner seltsamen Ministrantenstimme fort. »Ich weiß, dass du schon einmal Gelegenheit hattest, meine Arbeit zu bewundern. Wie hättest du es denn gerne, wo soll ich anfangen? Ich verspreche dir, die tödlichen Schnitte bis zum Schluss aufzusparen. Schade nur, dass deine Sinne wegen deiner Kopfverletzungen so betäubt sind.«

Sie musste versuchen zu sprechen. Da sie physisch außer Gefecht gesetzt war, war die Sprache ihre einzige Waffe. *Deine Schmerzen interessieren ihn nicht im Geringsten*, dachte sie, *sie erregen ihn*. Sag irgendetwas, das ihn überrascht. Zeig ihm auf keinen Fall deine Angst.

Sie holte tief Luft, senkte mit aller Kraft ihren Unterkiefer und stieß einen unverständlichen Laut aus. Ed legte den Kopf schief. Ihre verzweifelten Anstrengungen schienen ihn zu amüsieren.

»Was haben sie mit dir gemacht?«, presste sie in einem schwachen, kratzenden Flüstern hervor. Sein Gesichtsausdruck änderte sich ein wenig. »Wie haben sie dich dazu gebracht, so etwas zu tun?«

In seinen Augen flackerte irgendetwas auf. Eine Erinnerung? Sie bildete sich ein, dass sie sich verändert hatten, zu den Augen eines Kindes geworden waren. Ein kleiner Junge, der sie mit großen, neugierigen Augen betrachtete. Reue? Nein. Er wandte sich ab und griff nach irgendetwas. Wird er meine Fesseln lösen? Als sie seine Augen erneut sah, war der Ausdruck, den sie gesehen zu haben meinte, verschwunden. Stattdessen musterte er sie wieder mit dem kalten, entschlossenen Blick jenes Mannes, der sie hierher gebracht hatte, um sie zu töten.

Was er in der Hand hatte, sah aus wie ein Gummiball, von dem Riemen herabhingen. Mit seinen in Latexhandschuhen steckenden Händen zwängte er ihren Kiefer auf und schob ihr den Ball in den Mund. Dann streifte er die Riemen über die Mullbinde und schnallte sie hinter ihrem Kopf zu.

»Genug geredet«, sagte er, griff in seinen Werkzeugkasten und wählte ein weiteres Instrument aus.

64

Als die beiden Detectives sich dem Haus in Lane Cove näherten, schalteten sie die Sirene aus. Sie wollten Ed Brown auf keinen Fall erschrecken und eine gefährliche Kurzschlusshandlung oder eine überstürzte Flucht auslösen. *Wenn* er überhaupt da war. *Wenn.* Andy betete, dass er richtig lag. Plötzlich tauchte in der undurchdringlichen schwarzen Nacht etwas vor ihnen auf und blitzte in ihrem Scheinwerferlicht kurz auf wie eine Leuchtreklame.

»Hast du das gesehen?«, fragte Andy und trat auf die Bremse.

Sie kamen schlitternd zum Stehen, und Andy legte den Rückwärtsgang ein. Bei den Bäumen war ihm irgendetwas aufgefallen.

Der blaue VW-Bus lag halb versunken dicht am Ufer im Fluss.

»Mein Gott, sieh dir das an!«, rief Jimmy und stieß die Tür auf.

Andy sprang aus dem Wagen und rannte zum Ufer hinab. Im Licht der Scheinwerfer wirkte der VW-Bus wie ein blasses Gespenst. Andy zog seine Pistole. Der Wagen war halb unter Wasser, der hintere Teil ragte heraus. Andy hielt seine Glock auf Brusthöhe vor sich, watete zur Fahrerseite und warf vorsichtig einen Blick ins Innere. Die Fahrerkabine war leer, die Windschutzscheibe zerbrochen. Rasch untersuchte er den Fahrersitz. Im Rahmen des geöffneten Fensters waren Blutspuren, ebenso auf dem Lenkrad.

»Fordere Verstärkung an!«, rief er Jimmy zu. »Ich brauche eine Taschenlampe. Im hinteren Teil kann man kaum etwas erkennen, aber er scheint leer zu sein. Vielleicht ist der Bastard verletzt. Sie können nicht weit sein!«

Die Tür klemmte. Andy zwängte sich durch das Fenster und ließ sich auf den Sitz gleiten. Die Pistole im Anschlag, sah er sich schnell um und überprüfte den hinteren Teil des VW-Busses. Sie hatten keine Zeit zu verlieren. Er quetschte sich hastig wieder aus dem Fenster und eilte durchs Wasser zurück zum Ufer. Jimmy kam mit einer Taschenlampe auf ihn zugerannt. Andy riss sie ihm aus der Hand und leuchtete den Kies ab.

Sie sahen deutliche Schleifspuren.

65

Ed Brown beugte sich über sie, sie spürte seinen übel riechenden Atem heiß auf ihrem Hals. Makedde versuchte ihn anzuspucken, doch der Gummiknebel ließ den Speichel aus ihren Mundwinkeln quellen und an ihrem Kinn hinunterlaufen. Sie zerrte an ihren Fesseln, doch das Einzige, was sie damit erreichte, war, dass sie ihr noch gnadenloser ins Fleisch schnitten. Aus dieser Nähe konnte sie das Gesicht des Mannes deutlich erkennen. Im Schein der Lampe sah sie eine tiefe Platzwunde auf seiner Stirn. Sie war ziemlich lang und blutete noch, doch seine Augen waren hellwach und lebendig. Sie tanzten vor Freude und sadistischer Erregung.

»Du sabberst, Makedde.« Aus seinem Mund klang ihr Name scheußlich. Er hielt etwas in seinen behandschuhten Händen … führte es an ihre Kehle. Einen OP-Schwamm, der in Desinfektionsmittel getaucht war. Er rieb sie damit ab und entfernte den Schmutz und den Geruch des Flusses. Seine Hände glitten über ihren nackten Körper, über die Gänsehaut, und verweilten auf ihren aufgerichteten Brustwarzen. Der Schwamm glitt über ihre Brüste, ihren Nabel und weiter ihren Bauch hinab. Sie versuchte, die Beine zusammenzupressen, doch ihre gefesselten Füße waren zu weit auseinander.

Sie versuchte sich vorzustellen, dass sie woanders war.

Ich gehe am Strand entlang, frei und unbeschwert, ich bin nicht hier. Nicht mit diesem brennenden Schwamm zwischen den Beinen. Bitte …

Ed wandte sich von ihr ab, wühlte mit beiden Händen in seiner Werkzeugkiste und zog etwas hervor. Sie verrenkte sich den Hals und sah eine scharfe Spitze. Er wandte sich dem unteren Teil ihres Körpers zu, ihren gefesselten Fußknöcheln, und liebkoste mit den Fingerspitzen ihre nackten Füße. Dann zog er ihr etwas über den Fuß. Ihre Schuhe! Er hatte ihre Stilettos aus dem Wagen geholt und zog sie ihr an.

»Mutter …«, seufzte er.

Sie war so benommen. Ihr Atem ging schwer und flach, und sie zitterte am ganzen Leib. Er ging zurück zu seinem Werkzeugkasten, suchte ein paar Instrumente zusammen, legte sie auf die Plastikunterlage und rieb sie eins nach dem anderen sorgfältig ab. Makedde konnte etwas erkennen, das aussah wie ein Skalpell, außerdem ein Messer mit einer langen scharfen Klinge, eine Zange …

Sie zappelte wie wild mit den Beinen. *Zerreiß die Fesseln!* Sie frästen sich in ihr Fleisch. Der Schmerz war unerträglich, doch sie musste weitermachen. Die Bettpfosten knarrten und quietschten laut.

Ed stand mit bebenden Lippen über ihr. In seiner behandschuhten schlanken Hand hielt er das desinfizierte Skalpell wie ein Profi. Ihre Augen folgten der scharfen Spitze, die sich ihrem nackten Körper näherte, ihrer nackten Brust, ihrer vor Kälte aufgerichteten Brustwarze.

66

Es gab nur wenige Häuser in der Gegend. Keine direkten Nachbarn. Genau das hatte Cassandra an dem Haus so gefallen. Die Abgeschiedenheit.

Die Schleifspuren führten zum Haus. Sie mussten dort sein.

Andy rannte den Kiesweg entlang. Vage registrierte er, dass Jimmy ihm in ein paar Metern Abstand folgte. Die nassen Hosenbeine klatschten gegen seine Knie und behinderten ihn beim Laufen, doch er gab sein Äußerstes. Er näherte sich dem Haus. Nur noch an ein paar Bäumen vorbei, dann war er da. Ein Licht – ein schwaches Licht. Das Schlafzimmerfenster. Andy jagte über den Rasen wie ein dahinhuschender Schatten. Die Pistole im Anschlag, stürmte er zur Haustür.

67

Die Klinge des Skalpells drückte sich in ihre Brust, bereit für den Schnitt. Makedde wollte schreien. Wollte sich wehren. Sie betete, dass es schnell vorbei sein möge.

Er hatte sein Gesicht ganz nah an sie herangedrängt, doch seine Augen wirkten irgendwie weit weg, als wären sie Teil einer anderen Welt, zu der sie keinen Zugang hatte.

»Bist du bereit, Mutter?«

Mutter?

Diese Worte – ausgespien aus diesem gemeinen Mund, klangen sie furchtbar. *Bist du bereit … Mutter?* Ihr Vater, der sie mit seinen sanften Händen festhält und sich noch einmal vergewissert, bevor er sie die Rutsche hinabgleiten lässt. *Bist du bereit?* Ihre Mutter, die sich anschickt, ihre Tonskulptur zu enthüllen.

Sie würde jetzt sterben … *sie war bereit zu sterben.* Halt. Sie gab sich einen Ruck. Das war es! Sie würde ihm etwas vorspielen. Damit konnte sie ihn vielleicht ein wenig hinhalten. Sie musste alles versuchen. Alles.

Sie verdrehte die Augen, wand sich und warf sich stöhnend auf dem Bett hin und her, so weit die Fesseln es zuließen. Bei jeder Bewegung spürte sie das Skalpell; es schnitt ihr in die Haut, doch dann wurde es plötzlich weggezogen. Sie würgte, tat so, als ersticke sie an dem Knebel. Jede Bewegung tat weh, ihre Rippen – und alles andere auch – schmerzten so sehr, dass sie es kaum aushalten konnte, doch das Skalpell war verschwunden.

Er redete mit ihr. Was sagte er?

»Du vergisst, dass ich Experte bin. Du stirbst erst, wenn ich es will. Mutter wird ordentlich geheilt. Also lass den Blödsinn.«

Sie versuchte zu sprechen, zu verlangen, dass er sie freiließ, doch die Geräusche, die sie zwischen ihren geschwollenen Kiefern hervorwürgte, klangen nicht wie die Laute eines Menschen.

»Ich habe doch gesagt, es wird nicht geredet. Und trotzdem willst du einfach nicht aufhören.« Er schüttelte langsam den Kopf. Dann lächelte er auf einmal, beugte sich über sie und schob seine Hände unter ihren Kopf. Sie spürte, wie die Riemen ihres Knebels für einen Moment schmerzhaft noch fester zugezogen wurden und sich dann lösten. Er nahm den Gummiball aus ihrem Mund; Blut und Speichel rannen ihr in langen Fäden den gebrochenen Kiefer herunter. Sie versuchte zu sprechen. Er neigte den Kopf, um zu lauschen. Jetzt spielte er mit ihr, machte sich über sie lustig.

Schließlich antwortete er auf ihr Stöhnen und Würgen. »Nein, ich lasse dich nicht laufen. Kommt gar nicht in Frage. Aber du hast so schöne Zehen. So wunderschöne Zehen. Möchtest du sie gerne kosten? Für mich daran lutschen?«

Sie nickte und wollte etwas sagen, brachte jedoch nur ein Gurgeln heraus. Mit den Augen deutete sie auf die Fesseln, die ihre Fußknöchel einschnürten.

»Die Fesseln lösen? Aber nein! Ich glaube sowieso nicht, dass du so gelenkig bist. Nein – ich gebe dir die Zehen. Stecke sie dir in den Mund. Dann kannst du an diesen herrlich lackierten Zehennägeln herumkauen.«

Das Skalpell glitt ihren nackten Körper hinab und weiter ihre Beine hinunter zu ihrem rechten Fuß. Dabei murmelte er irgendetwas.

»Es muss der rechte Fuß sein, weil es so *recht* ist…« Er streifte den Schuh ab und warf ihn auf den Holzboden.

Makedde schloss die Augen, spürte, wie sich das Skalpell in ihr Fleisch senkte; der glühende Schmerz war unerträglich, als es erbarmungslos zuschnitt. Sie schrie. Der Schrei verschmolz mit allem um sie herum zu einem gewaltigen, ohrenbetäubenden Lärm. Farben tanzten vor ihren Augen, rot, grün, alles wirbelte durcheinander. Es tat so weh, sie fiel …

Ein lauter Knall. Er hatte sie erschossen. Er hatte aufgehört, sie zu schneiden und sie erschossen. Sie öffnete die Augen. Tränen rannen über ihr Gesicht, alles war verschwommen. Irgendetwas stimmte nicht. Sie lebte noch. Noch ein Knall. Was war das? Irgendetwas auf ihr – etwas Schweres. Jemand … er. Der Mann. Er lag auf ihr. Und in der Luft etwas Rotes, Schwebendes – jetzt fällt es runter. *Blut*? Überall Blut.

Sein Gesicht war ganz nah an ihrem, die Zunge ragte heraus, seine entsetzten Augen starrten sie an. Sein zuckender Körper drohte sie zu zerquetschen … ein schwerer, zuckender Sack aus Blut und Fleisch, der über ihr lag.

Worte … Worte drangen an ihre Ohren. »Es ist vorbei, Makedde.« Ihr Name – diesmal wieder süß, ohne vergifteten Beigeschmack. »Es wird alles gut. Ich bin bei dir, Makedde, ich bin da. Ganz ruhig. Alles ist gut. Versuch nicht zu sprechen. Du bist in Sicherheit.«

Andy. Es war *Andys* Stimme.

Die schwere Last wurde von ihr gehoben, die zuckende Fleischmasse weggeschafft. Die Augen starrten sie nicht länger an.

Sie fühlte sich auf einmal ganz leicht. Dann konnte sie die Füße plötzlich wieder bewegen, die Fesseln waren durchschnitten. Als Nächstes waren auch ihre Hände frei.

Behutsam, ganz behutsam senkte sich etwas auf sie herab, Stoff, eine Decke, mit der sie zugedeckt wurde. Sie drehte sich auf die Seite und zog die Decke eng um sich. Ihre Augen füllten sich mit Tränen, sie schluchzte vor

Freude und Erleichterung, zog Arme und Beine zu sich heran und umklammerte ihren Körper, umarmte ihren Schmerz.

So fest zusammengerollt, trugen sie sie zum Krankenwagen.

68

Andy Flynn schritt den Flur hinunter, sein Partner folgte ihm dichtauf.

»Nach allem was passiert ist, will sie immer noch nicht glauben, dass ihr Sohn der Mörder war«, sagte Jimmy und schüttelte den Kopf.

Andy schwieg. Allmählich nahm das Ganze Gestalt an. Niemand wurde über Nacht zum Serienmörder. Er musste versuchen, den Stiletto-Mörder zu verstehen. Er dachte darüber nach, wie höflich und unaufdringlich Ed im Leichenschauhaus seinen Job verrichtet hatte.

»Hallo… Erde an Flynn, können Sie mich hören?«

»Ja, Jimmy. Ich hab's gehört. Die Frau ist ein hoffnungsloser Fall. Sie wird die Wahrheit nie akzeptieren. Eileen Brown war Prostituierte, Jimmy. Aufgedonnert in Stilettos und Miniröcken, jeden Abend andere Männer, und ihr kleiner Sohn musste alles mit ansehen. Wahrscheinlich hat sie sich regelmäßig mit Drogen vollgepumpt und ihr Kind dafür verflucht, dass es geboren wurde. Und da ist der kleine Ed durchgedreht.«

»Gelinde gesagt…«

»Die drei klassischen Symptome bei Mördern – du hattest Recht. Das Haus wurde abgefackelt, als Ed zehn war. Er war es, Jimmy. Er hat versucht, sie umzubringen, als er gerade mal *zehn* war.«

»Ja. Aber er hat sie nicht umgebracht. Er hat sie zum Krüppel gemacht.«

»Genau. Aber seitdem hat er sie immer wieder symbolisch getötet.«

»Wenn all diese Malakas eigentlich ihre Eltern umbringen wollen, warum tun sie's dann nicht einfach?«

»Das musst du einen Psychologen fragen. Schuldgefühle? Verdrängte Wut? Edmund Kemper hat seine Mutter umgebracht und sich praktisch gestellt, aber erst, nachdem er haufenweise unschuldige Frauen ermordet hatte. Und unser Ed Brown hat sich am Ende ganz schön Zeit gelassen, obwohl er wusste, dass wir ihm auf den Fersen waren. Vielleicht war das in gewisser Hinsicht seine Art, sich zu stellen.« Andy war wieder ins Philosophieren gekommen. »Das Einzige, was er hatte, war seine Mutter. Nach dem Feuer hat er sie jahrzehntelang von vorne bis hinten umsorgt. Nachdem sie keine Beine mehr hatte, dürften ihre Freier ausgeblieben sein. Ihr Sohn war der einzige Mensch, der sich um sie gekümmert hat. Und vermutlich hatte auch Ed niemanden außer ihr.«

»Ed Kemper, Ed Gein, Ed Brown. Warum heißen diese Psychos bloß alle Ed?«, wollte Jimmy wissen.

Andy lachte. Wenn es doch so einfach wäre und man Straftäter an ihrem Vornamen erkennen könnte.

Eine Ärztin verließ Makeddes Zimmer und kam über den Flur auf sie zu. »Wie geht es ihr?«, erkundigte sich Andy.

»Besser. Sie schläft viel. Ihre Verletzungen heilen gut. Wir haben das subdurale Hämatom erfolgreich …«

Jimmy fiel ihr ins Wort. »Können Sie das auch so ausdrücken, dass es ein Laie versteht?«

Sie überlegte kurz. »Wir haben den Bluterguss auf ihrem Gehirn abgelassen. Wenn der länger unbehandelt geblieben wäre, hätte sie ernsthafte Schwierigkeiten bekommen.

Aber sie ist eine Kämpfernatur. Stark wie ein Ochse. Wir können es zu diesem Zeitpunkt noch nicht ganz sicher sagen, aber im Moment sind wir zuversichtlich, dass ihr Gehirn keine bleibenden Schäden davontragen wird.«

Andy lächelte. »Und was ist mit ihrem großen Zeh?«

»Der mikrochirurgische Eingriff scheint erfolgreich gewesen zu sein. Wie erfolgreich, wird sich allerdings erst mit der Zeit zeigen. Vermutlich dürfte sie nicht mehr viel Gefühl in dem Zeh haben, aber sie wird wieder gehen können wie früher.«

Die Ärztin entschuldigte sich, und sie gingen weiter zu Zimmer 312. Vor dem Zimmer saß eine junge Blondine in einem kurzen Rock auf einem Stuhl und las in einer Zeitschrift. Als Jimmy sie sah, stieß er Andy in die Seite. Andy ignorierte ihn.

Bevor sie die Tür erreichten, zog Jimmy ihn zu sich heran und flüsterte ihm zu: »Weiß sie von Ed?«

Andy schüttelte den Kopf. Man hatte es Makedde nicht erzählt. Schließlich musste sie nicht wissen, dass Ed vorübergehend in einem anderen Flügel des gleichen Krankenhauses lag. Er wurde streng bewacht, und sobald seine Gehirnerschütterung sowie die Wunden in seiner Schulter und seiner Brust behandelt waren, würde er nach Long Bay überstellt und dem Haftrichter vorgeführt werden.

In der Tür zu Makeddes Zimmer stand ein großer, grauhaariger Mann. Er war konservativ gekleidet und vermutlich Mitte fünfzig. Andy stellte sich vor. »Guten Tag, ich bin Detective Flynn, und das ist Detective Cassimatis. Und Sie sind …?

»Leslie Vanderwall.« Er sprach mit kanadischem Akzent und reichte den beiden die Hand. Makeddes Vater hatte die gleichen tiefblauen Augen wie seine Tochter. Sein Gesicht wirkte müde und erschöpft, doch er sah trotzdem noch immer gut aus. Seine Kleidung war zerknittert.

»Mr. Vanderwall, ich bin wirklich froh, dass Sie herkommen konnten…«

»Ich hätte mich schon vor ein paar Wochen ins nächste Flugzeug setzen und sie nach Hause holen sollen«, entgegnete er scharf.

»Es tut mir wirklich Leid«, versuchte Andy ihn zu besänftigen. »Sie hat mehr durchgemacht als ein Mensch ertragen sollte.«

»Wann wird er vor Gericht gestellt?«

»Ich fürchte, es kann einige Zeit dauern, bis alle erforderlichen Unterlagen beisammen sind. Ich kümmere mich aber persönlich darum, dass mit ihrer Reise alles glatt geht, wenn sie für die Anhörung und den Prozess herkommen muss.«

Mr. Vanderwall nickte und sagte mit weicherer Stimme: »Es hat mich sehr gefreut zu hören, dass Sie, was den Mord an Ihrer Frau betrifft, von jeglichem Verdacht befreit sind. Mein herzliches Beileid.« Andy nickte wortlos. »Sie haben meiner Tochter das Leben gerettet«, fuhr Leslie fort. »Ich kann Ihnen gar nicht genug danken.«

Jimmy unterbrach die beiden. »Sie wacht auf.«

Makedde regte sich. Ihr Gesicht war geschwollen und verfärbt, Draht hielt ihre Kiefer zusammen. Auf ihrer linken Gesichtshälfte prangte ein riesiger Bluterguss, ein Teil ihres Kopfes war rasiert.

Die blonde Frau stand jetzt in der Tür und steckte den Kopf ins Zimmer. »Hallo, ich bin Loulou«, begrüßte sie die Versammelten. Sie war stark geschminkt und sah ein bisschen aus wie Cyndi Lauper in ihren besten Tagen. Andy fand, dass ihre Augenbrauen irgendwie komisch aussahen. Er und Jimmy stellten sich vor.

Mr. Vanderwall war ans Bett getreten, die anderen blieben an der Tür stehen, um Vater und Tochter Raum zu lassen. Mak blinzelte, um den Schlaf zu vertreiben, und öffnete die geschwollenen Augen. Als sie ihren Vater sah, leuchtete ihr Gesicht vor Freude auf. Ihren anderen drei Besuchern nickte sie ein stummes Hallo zu. Sie war auf einmal hellwach.

»Du wirst schon wieder, meine Kleine«, versicherte ihr Vater ihr. »Deine Verletzungen heilen gut. In null Komma nichts bist du wieder auf den Beinen.«

Andy wollte sie zum Lachen bringen. »Oh, Miss Moneypenny, Sie sind wirklich eine Augenweide.«

Leslie Vanderwall blickte verwirrt auf, und durch ihre verdrahteten Kiefer begann Makedde tatsächlich zu lachen. Es klang wunderbar. Es war das Lachen einer Überlebenden.

69

Unter ihnen erstreckte sich eine weiß angestrahlte Wolkendecke, die aussah wie eine endlose, frei in der Luft schwebende arktische Landschaft. Auf der Wolkendecke kräuselten sich leichte Dunstschleier, während sie gleichmäßig über dem Pazifik dahinflogen. Fliegen hatte Makedde noch nie etwas ausgemacht, doch der krampfhafte Griff, mit dem ihr Nachbar die Armlehnen seines Sitzes umklammerte, war nicht zu übersehen.

»Alles in Ordnung, Dad?«, brachte sie durch ihre wenig kooperativen Kiefer mühsam hervor.

Er sah sie an. Sein Gesicht war blass und verblüfft. »Du bist wach?«

»Natürlich. Ich würde mir diesen Ausblick um nichts auf der Welt entgehen lassen.«

»Ich hab ja gewusst, dass du lieber am Fenster sitzt«, meinte er und versuchte, gefasst zu klingen.

»Und ich hab gewusst, dass *du* lieber nicht am Fenster sitzt. Ich kann's immer noch nicht glauben, dass du bis ans andere Ende der Welt geflogen bist, um mich abzuholen.«

Er sah sie gequält an. »Irgendwie war's netter, als du nicht reden konntest.«

Makedde konnte noch immer nicht richtig sprechen, doch im Laufe der Wochen hatte sie langsame Fortschritte gemacht. Sie durfte für eine Weile nach Hause, doch das Ganze war noch lange nicht vorbei. Es würde eine gerichtliche Anhörung geben und anschließend einen Prozess, der sich vermutlich endlos hinziehen würde. Es gab genug unanfechtbare Beweise, dass Ed Brown ein Mörder war, doch bei so vielen Opfern brauchte die Polizei möglicherweise Monate, um alle Fakten zusammenzutragen. Sie hatte keine Ahnung, wann sie nach Sydney zurückmusste.

Wie sie erfahren hatte, beabsichtigte der Mann, der sie entführt und misshandelt hatte, unter Berufung auf den McNaghten-Präzedenzfall wegen Geisteskrankheit auf verminderte Schuldfähigkeit zu plädieren. Es hatte sich auch bereits ein erster Gerichtspsychiater gefunden, der glaubte, dass Ed Browns psycho-sexuelle Störung irgendwie mit einem Mordimpuls verbunden war, der sich gegen Frauen richtete, die Stilettos trugen. Für Ed war jede Frau in Stilettos eine Hure, und alle Huren mussten getötet werden, um von ihrer Promiskuität geheilt zu werden.

Wenn man die krankhafte Beziehung zu seiner Mutter berücksichtigte, hatte diese Verteidigungsstrategie durchaus Aussicht auf Erfolg. Grundlage für die Anerkennung geistiger Unzurechnungsfähigkeit im juristischen Sinne war das Vorhandensein von Wahnvorstellungen, und diese Art von Wahnvorstellungen konnten, wenn sie echt waren, ausreichen. Andererseits sprachen sein Sadismus, seine ausgeklügelte Vorgehensweise und seine sexuellen

Handlungen an den Opfern für eine ganz andere Sicht der Dinge: Hier suchte jemand keineswegs im Wahnzustand für seine Opfer eine »Heilung« von eingebildeten Sünden, sondern brachte vorsätzlich Frauen um, weil es ihm sexuelle Befriedigung verschaffte. Ed war ein Psychopath, wie er im Buche stand, aber konnte er andererseits wirklich als geistesgestört durchgehen? Es blieb abzuwarten, wie die Geschworenen die Sache sehen würden.

Vergiss ihn, Makedde. Vertreib ihn aus deinem Kopf!

Der Rückflug war angenehm. Sie hatten ausreichend Platz für ihre Beine und jede Menge zu lesen. Auf Makeddes Schoß lagen der *Sunday Morning Herald* und der *Telegraph*. In den Zeitungen hatte jeden Tag ein Artikel über die Stiletto-Morde gestanden, inzwischen war die Geschichte jedoch von den Titelseiten nach hinten gerückt. Mak interessierte sich mehr für einen Artikel über den einst mächtigen Erben des Medizinausrüsterimperiums Tiney and Lea, dessen Frau sich gerade von ihm scheiden ließ und versuchte, ihm das letzte Hemd abzuknöpfen. Armer James Tiney junior. Zusätzlich zu seinem Ehestreit war er auch noch in der Firma auf eine geringere Position abgeschoben worden. Offenbar war sein Vater, der im Vorstand der Australian Medical Association saß und früher einmal ein erstklassiger Chirurg gewesen war, ultrakonservativ und hatte für den Ehebruch seines Sohnes wenig Verständnis.

»Tiney junior. Kein Wunder, dass er einen Napoleonkomplex hat.«

»Was?«

»Nichts, Dad.«

Eine makellos frisierte Stewardess ging durch die erste Klasse und reichte kleine Erfrischungen.

»Du bist noch nie erster Klasse geflogen, stimmt's, Dad?«

»Nein«, erwiderte er und starrte angestrengt auf die

Spucktüte, die in der Tasche an der Rückenlehne vor ihm steckte.

»Da siehst du mal, was du mir zu verdanken hast. Wenn ich nicht so gehandicapt wäre, hätten sie uns hinten auf die Plätze bei den Klos gequetscht, wo wir alle dreißig Sekunden die Spülung gehört hätten. Und möglicherweise wären wir nicht einmal rechtzeitig zur Geburt zu Hause.«

»Stimmt. Dich mit diesem aufwändig verarzteten Zeh im Rollstuhl durch die Gegend zu schieben, kann einiges bewirken, erst recht, wenn du dazu auch noch so mit den Augen klimperst. Ganz zu schweigen von diesem Teil da um deinen Hals.«

»Das Ding nennt sich Halskrause, Dad.« Sie musste sie tragen, bis ihr gebrochenes Schlüsselbein verheilt war, und sie war kunstvoll mit Sprüchen von Andy, Loulou und sogar von Charles verziert. Andy hatte geschrieben: *Bitte lass uns in Kontakt bleiben! In Liebe, Andy.* Wir werden sehen, dachte sie. Wir werden sehen.

»Ich werde Großvater«, stellte ihr Vater fest.

Sie grinste. »Und ich Tante Mak.«

Sie dachte an ihre Familie. Und an Eds. Sie war schockiert gewesen, als sie das alte Foto von Eileen Brown gesehen hatte. Mak sah Eds Mutter in jungen Jahren frappierend ähnlich. In Eds Brieftasche war unter anderem ein Foto von ihr und Cat gefunden worden. Andy war bestimmt erleichtert gewesen, dass Ed offenbar schon *vor* ihrem Techtelmechtel von ihr besessen gewesen war. Sie wusste, dass Andy sich trotzdem immer noch nicht verzeihen konnte, sie nicht schneller gefunden zu haben. Und sie konnte sich nicht verzeihen, dass sie ihm seine Unschuldsbeteuerungen nicht geglaubt hatte. Doch nachdem die Durchsuchung von Eds Schlafzimmer Cassandras goldenen Trauring zu Tage befördert hatte, waren trotz seiner bekannten Temperamentausbrüche und seines vorhandenen Motivs die letzten Zweifel an Andys Unschuld beseitigt.

Andy mochte sie, und sie mochte ihn auch, keine Frage, doch zwischen ihnen gab es auch eine Menge Probleme, und jetzt kam noch die Entfernung dazu.

Keine Angst mehr. Niemals. Angst ist schlimmer als der Tod selbst.

»Ab jetzt lasse ich mir von nichts mehr Angst machen«, verkündete sie. »Von gar nichts. Ab sofort mache ich jeden, der sich mit mir anlegt, platt wie eine Scheibe Toastbrot.«

»So, so. Wie eine Scheibe Toastbrot.«

»Käsetoast. Habe ich eigentlich einen Psychopathen-Magnet auf der Stirn oder was? Mit Stanley und Ed habe ich genug schlechtes Karma für vier Leben aus dem Weg geschafft. Ich sollte wirklich glücklich sein, dass mir solche Wunder aus den Fingerspitzen hervorsprühen …«

Ein plötzlicher Ruck ließ sie mitten im Satz verstummen.

Das Flugzeug sackte ab, stürzte ein oder zwei Sekunden lang im freien Fall nach unten. Mak war, als ob ihr Magen gegen die Decke prallte und wieder herunterfiel. Sie griff sofort nach der Hand ihres Vaters und hielt sie fest.

Das Flugzeug fing sich schnell wieder. Über ihnen leuchteten die Sicherheitsgurtzeichen auf. Die allgemeine Spannung löste sich, in den Sitzreihen vor und hinter ihnen wurden die schlagartig verstummten Gespräche nervös wieder aufgenommen. Während um sie herum die Sicherheitsgurte einklickten, hielten Vater und Tochter sich fest an den Händen.

In diesem Augenblick wusste sie die Antwort.

Makedde, kein Magnet für Psychos mehr?

Verlass dich lieber nicht darauf. Mach dich auf ein stürmisches Dasein gefasst.

Epilog

»Makedde!«

Der Name hallte schon wieder durch die Flure des Long-Bay-Gefängnisses. Es war ein vertrauter Schrei.

»Makeddeeee!«

Wilson schüttelte verärgert den Kopf und ging zu der Zelle, aus der der Ruf gekommen war. Die Schlüssel klirrten an seinem Gürtel, seine mit Stahlkappen versehenen Stiefel hallten über die Flure. Die Insassen dieses Flügels konnten nicht mit den übrigen Häftlingen zusammengesteckt werden. Er hatte festgestellt, dass einige von ihnen durch die Isolation komisch wurden, wenn sie nicht schon verrückt eingeliefert wurden. Er hatte ein paar Psychotiker, mehrere Pädophile, und ein paar Typen, die eigentlich wegen Drogenhandels verurteilt waren, aber die falschen Leute verpfiffen hatten. All diese Häftlinge mussten unter den normalen Gefängnisinsassen um ihr Leben fürchten. Dieser Kerl jedoch, der immer wieder zu den unchristlichsten Zeiten den Namen dieser Frau durch die Gänge brüllte, war angeblich ein Serienmörder, der auf seinen Prozess wartete.

Es hieß, die anderen Häftlinge wollten vor *ihm* beschützt werden.

Er war berühmt, aber Wilson las keine Zeitung, deshalb war ihm das egal. Für ihn war Brown einfach nur die Nervensäge mit der genähten Wunde auf der Stirn, die sich immer wieder die eigene Scheiße in seine Wunden schmierte, um auf die Krankenstation verlegt zu werden.

Er war definitiv verrückt, aber Wilson hatte schon öfter solche Typen gesehen; wenn der Prozess erst einmal vorbei war, hörten sie in der Regel auf, den Durchgeknallten zu spielen.

»Makedde – Makedde – Makedde!«

»Geh pennen, Brown!«, rief Wilson und klopfte mit seinem Schlagstock an die Zellentür.

Doch er hörte nicht auf. »Makedde – Makedde – Makedde!«

»Halt endlich die Klappe!« Wilson hämmerte erneut mit dem Schlagstock gegen die Tür, diesmal etwas heftiger.

Das Gebrüll ging weiter; Brown begann mit leiser, aber kräftiger Stimme, wurde lauter und lauter und steigerte sich schließlich zu einem ohrenbetäubenden Geheul, in dem die einzelnen Worte miteinander verschmolzen. »Makedde – Makedde – Makedd – Maked – NACKT – Nackt – Na – Ma – Mama – Mama – Mutter … MUTTER!«

»Heb dir das für den Richter auf«, höhnte Wilson. Das Gebrüll hörte schlagartig auf. Zufrieden, dass die Ruhe und Ordnung in seinem Bereich wieder hergestellt waren, ging Wilson zurück in sein Dienstzimmer. Er musste noch ein Kreuzworträtsel beenden, außerdem lief im Fernsehen immer noch *Celebrity Home Shopping*.

Ed Brown saß in seiner Zelle auf der Pritsche, so wachsam wie ein eingesperrtes Nachttier. Dies war nur ein vorübergehender Rückschlag.

Er hatte einen Plan.

Zieh deine Stilettos an, Makedde.

Ich komme und hole dich.

Worte der Anerkennung

Von den vielen Menschen, denen ich für ihre Hilfe beim Zustandekommen meines ersten Romans danken möchte, möchte ich einige besonders erwähnen: Selwa Anthony, meine unübertreffliche Literaturagentin, die mir immer zur Seite stand; meine Tutorin und Freundin Marg McAlister; Dr. Kathryn Guy für ihre Freundschaft und ihren medizinischen Rat; meinen Freund Senior Constable Glenn Hayward für seinen Rat in allen Polizeiangelegenheiten; Dr. Robert Hare PhD für seinen Rat in Sachen Psychopathie; sowie das gesamte Team von HarperCollins, insbesondere Angelo Loukakis und meinen Lektor Rod Morrison, dafür, dass sie an mich geglaubt haben. Ganz besonders danke ich Chadwicks und Sisters in Crime für ihre großartige Unterstützung. Alles Liebe meinen Freundinnen und Freunden Linda, Anthea, Pete, Alex, Phil, Michelle und der kleinen Bo, die mir geholfen haben, das alles durchzustehen; Nicholas für seine Weisheit; Christopher für die vielen Fragen, mit denen er mich gelöchert hat; und allen anderen, die mir auf dieser Reise mit Rat und Tat zur Seite gestanden haben. Vor allem danke ich meinem Vater Bob, meiner Schwester Jackie und meiner ganzen wunderbaren Familie für ihre grenzenlose Liebe und Unterstützung. Ich bin euch allen sehr verbunden.

TARA MOSS

Freiwild

Roman

Für meinen Vater Bob.

Prolog

Raue Hände erschreckten sie.

Instinktiv öffnete Susan Walker die Augen. Für einen Schwindel erregenden Augenblick sah sie das Zimmer um sich herum und sich selbst, ihre Haut blitzte durch die zerrissene Strumpfhose, eine unerwünschte Hand lag auf ihrem Bein, und schnell schloss sie ihre Augen wieder.

Sie konnte den Anblick nicht ertragen.

Die junge Frau spürte, wie die Hände ihren Körper berührten, und sie zuckte zurück, aber die Fesseln waren unerbittlich. Selbst die geringste Bewegung schickte ernüchternden Schmerz durch ihre Hand- und Fußgelenke. Also erstarrte sie, nahm den Schmerz ein weiteres Mal hin, nur ein protestierendes Stöhnen entwich ihren Lippen. Sie hatte akzeptiert, dass sie nicht fliehen konnte.

Links von ihr hörte Susan Bewegungen, ein Schlurfen und Kratzen, aber sie schlug ihre Augen nicht auf, um nachzusehen, was es war. Nach dem, was sie gesehen hatte, wollte sie sie nie wieder öffnen.

Dann waren die Hände wieder auf ihr, und der Geruch eines Mannes, eines Außenseiters, drang in ihre Nase. Sie zuckte zusammen, schreckte zurück, zerrte am Metall um ihre Hand- und Fußgelenke, ihr Fleisch schrie vor Schmerz. Sie wünschte sich verzweifelt, zu verschwinden, ihrem Körper zu entfliehen, seiner Berührung zu entfliehen. Sie wollte nie wieder etwas fühlen oder hören oder riechen oder schmecken oder sehen. Sie blendete ihre Sinne aus und betete, an einen anderen Ort transportiert zu werden.

Gott, hilf mir …

Erleichterung. Die Hände ihres Wächters glitten über ihre zerrissene Strumpfhose, und mit einem metallischen Klicken öffnete er die Handschellen um ihre Fußgelenke.

Die Ahnung von Freiheit verhöhnte sie. *Werde ich freigelassen? Endlich?* Ihre Handgelenke waren immer noch fest an die Rückenlehne des Stuhls gekettet, aber zum Glück konnte sie jetzt ihre Knie beugen. Sie hatte das Bedürfnis, ihre Beine auszustrecken, aufzustehen, zu gehen, den Schmerz wegzumassieren, aber reflexartig schlug sie die Beine übereinander.

Wie viel Uhr ist es?

Welcher Tag?

Wie lang war sie an diesen Metallstuhl gefesselt gewesen? Mehrere Tage? Achtundvierzig Stunden? Oder bloß einen Tag und eine Nacht? Ihr Gehirn schien wie vernebelt zu sein und arbeitete langsam. Egal, wie sehr sie sich konzentrieren wollte, sie konnte sich nicht mehr daran erinnern, wie sie hierher gekommen war oder warum.

Wieder Erleichterung. Ihre Arme waren frei. Aber bevor sie die Möglichkeit hatte, sich zu bewegen, wurde sie nach vorne gestoßen, ihre Brust berührte ihre Knie. Sie umarmte sich, wurde zu einer Kugel. Und immer noch hielt sie ihre Augen geschlossen. Ihr ganzes Wesen fühlte den Schmerz der Gefangenschaft, und sie spürte, wie ihr Rücken sich streckte und ihre wunden Muskeln es genossen.

Aber nicht lang.

Ihre Arme wurden wieder hinter ihren Rücken gezerrt. In ihrem geschwächten Zustand hatte sie nur für Augenblicke die Kraft, sich zu wehren, und ihre Handgelenke wurden wieder in Handschellen gelegt, genauso fest wie vorher.

Man befahl ihr aufzustehen.

Susan bewegte sich nicht.

»Ich werde es niemandem erzählen, das verspreche ich. Bitte, lassen Sie mich gehen«, bettelte sie. Sie murmelte die Worte gegen ihre Knie und hielt sich beschützend fest. Sie hatte den Überblick verloren, wie oft sie gebettelt hatte und auf wie viele Arten. Sie wollte nicht aufsehen, sie wollte nicht aufstehen. Susan wusste nicht einmal, ob sie stehen könnte.

»Auf.« Etwas Kaltes und Hartes wurde zwischen ihre Schulterblätter gedrückt. Der Lauf eines Gewehrs. »Sofort.«

Zögernd richtete sie sich auf und stellte sich hin. Ihr Körper schien aufzuschreien, als sie aufstand, ihre Knie knickten fast ein. Eine warme Flüssigkeit floss ihre zusammengepressten Oberschenkel hinab und verstärkte ihre Erniedrigung noch. Der Ekel übermannte sie von neuem.

O Gott, er wird mich nie gehen lassen …

»Geh«, sagte die Stimme.

Sie wollte nichts lieber, als in die Ecke kriechen und zusammenbrechen, aber sie gehorchte dem Befehl.

»Bitte, lassen Sie mich gehen …«, sagte sie, während sie einen Schritt nach vorn machte. Keine Augenbinde. Keine Maske. Sie hatte zu viel gesehen, und sie wusste es. »Bitte …«

Sie wurde ein paar Schritte zu einer Tür geführt. Unter ihren Füßen knarzten Bodendielen. Sie hörte, wie die Tür geöffnet wurde, und eine eisige Windbö traf sie. Erst dann öffnete sie die Augen. Sie brannten, waren trocken und geschwollen, und salziger Schlaf und die Überreste von Tränen verklebten ihre Wimpern. Einen Moment lang sah sie alles verschwommen.

Der Himmel war pechschwarz. Es war Nacht. Sie hatte kein Zeitgefühl. Was würde ihre Familie von ihrer Abwesenheit halten? Inzwischen müssten sie panisch sein. Ihr Verlobter, Jason? Wie konnte sie ihm erzählen, was sie erlitten hatte, was sie getan hatte? Würde er ihr vergeben? Was würde er tun? Wie könnte sie es jemals ihrer Mutter sagen?

Oh, Mom …

Ihr Hemd, das aufgerissen worden war, flatterte im Wind an ihrer Brust, der Kragen schlug gegen ihren Nacken. Unter den zerrissenen Nylons bekam sie Gänsehaut. Zitternd, frierend und ängstlich stand Susan in der Tür. Er zielte auf ihren Rücken. Sie weinte mit trockenen Augen und murmelte Unzusammenhängendes.

Suchte da draußen unter dem immensen Himmel jemand gerade nach ihr?

Dichter Wald umschloss sie in jede Richtung und dehnte sich in die Dunkelheit aus. Wind blies ihr Haare ins Gesicht, und an ihren aufgerissenen Lippen blieben Strähnen hängen. Sie blinzelte und versuchte zu erkennen, wo sie sich befand, aber alles, was sie in der Dunkelheit sehen konnte, waren die unscharfen Umrisse von Bäumen. In der Entfernung waren keine Lichter, keine Suchhubschrauber, kein Lebenszeichen zu erkennen, nur ein Wald, der ein natürliches Labyrinth bildete, für das sie keine Karte besaß.

»Ich werde es niemandem erzählen«, sagte sie mit einer rauen Stimme, die sie kaum wiedererkannte. »Ich kann schweigen. Ich kann Geheimnisse bewahren.« Sie versuchte, stark zu klingen, klang stattdessen aber verzweifelt.

Das Gewehr bohrte sich weiterhin in ihren Rücken, während sie auf einen Weg geschubst wurde. Sie widerstand dem Bedürfnis, nach unten zu schauen. Sie wollte sich so nicht sehen, mit zerrissenen Kleidern, voller blauer

Flecke und Schnitte, äußerst verletzlich, die Hände auf dem Rücken gefesselt.

Sie konnte kaum weiter als ein paar Meter sehen, aber der Gewehrlauf drängte sie vorwärts. Als der Weg schmaler wurde, stolperte sie über knorrige Wurzeln und Steine, die vom Regen rutschig waren. »Geh«, sagte die Stimme hinter ihr, und sie tat, was ihr gesagt wurde.

Schließlich war der Weg zu Ende. Das Gewehr löste sich von ihrem Rücken. Sie befand sich mitten im Nichts, stand der kalten, feuchten Dunkelheit des Waldes gegenüber. Sie betete, dass das Schlimmste vorbei sei.

Sie spürte ein Ziehen an ihren Handgelenken und hörte wieder das Klicken der Handschellen. Ihre Arme waren frei. Sie verschränkte sie fest vor der Brust und umarmte sich, rieb ihre wunden Handgelenke an ihren Schultern und ihrem Nacken.

»Lauf.« Die Stimme war emotionslos. »Sofort.«

Lauf? Ihr Körper fühlte sich schwer und schwach an. Sie trug keine Schuhe, und der Waldboden war rau und uneben, voller Steine und herabgefallener Äste. Wohin laufen? Es gab keinen Weg, kein Licht, das ihr den Weg wies. Sie zögerte.

Ein Schuss hallte durch die Luft.

Der Knall erschreckte sie, die Kugel traf den Boden nur Zentimeter von ihren nackten Füßen entfernt. Sie spürte, wie der Schuss die Luft bewegte und Erde gegen ihre Beine spritzte. Sie sprang auf, ihre Ohren dröhnten.

»Lauf *jetzt*!«, sagte die Stimme wieder.

Sie rannte blind los, stolperte und weinte. Die Bäume griffen mit dürren Klauen nach ihr, Äste sprangen aus der Dunkelheit vor, schlugen und zerrten, schnappten nach ihren Beinen, packten ihr Hemd und zerkratzten ihre Haut. Es gab keinen Weg, aber sie kämpfte sich, so schnell sie konnte, vorwärts, stieß gegen Bäume und stolperte über Wurzeln und glitt auf Moos aus.

Susan Walker rannte wie eine todgeweihte Beute durch den Wald, in dem Bewusstsein, dass langsamer werden gleichbedeutend mit Sterben war.

Der Gewehrlauf folgte ihr.

Sie war Freiwild.

1

LAUF!

Ich kann nicht schnell genug laufen … schneller … lauf! Ich muss schneller laufen, aber meine Beine hören nicht auf mich, die Uniform bewegt sich nicht schnell genug, die Abzeichen ziehen mich herab. Meine Waffe ist ein Stück nutzloses Metall, das schwer und störrisch in meinen feuchten Händen liegt, ich kann sie kaum anheben … SCHNELL! Bevor es zu spät ist! Die Tür ist da, und endlich erreiche ich sie, ich weiß sehr gut, welcher Schrecken mich dahinter erwartet. Ich treffe hart auf die Tür auf, *krach*, und breche direkt durch. Sie zerbricht in Tausende von Stücken, gezackte Splitter fliegen wie Asteroiden herum, und ich sehe sie, meine Mutter, die ans Bett gefesselt ist und angestrengt versucht, der Klinge zu entkommen, und der Teufel sieht auf, sieht mit Augen wie flackernde, rote Flammen direkt in meine Seele. Ich hebe die Waffe, sie ist so schwer, und ich bemühe mich, zwischen die Flammen zu zielen. Ich drückte den Abzug, aber er gibt nicht nach, ist erstarrt. Der Teufel lächelt mit großen, verrottenden Reißzähnen, er weiß, dass ich hilflos bin, und Flammen züngeln aus seinen Augen, sie speien Feuer und Windböen, die mich umwerfen. Er wendet sich wieder seiner Beute zu, seiner Gefangenen, meiner Mutter, und er sticht mit dem Messer …

»Nein!«

Ein lautes Geräusch weckte Makedde Vanderwall aus ihrem Albtraum.

Sie schreckte auf und atmete scharf ein. *Was?* Als ihr klar wurde, dass das Geräusch von ihren eigenen Lippen gekommen war, errötete sie vor Scham. Sie war wieder eingenickt und hatte im Schlaf aufgeschrien. Sie sah sich mit geschwollenen Augen um und blinzelte mit ihren vom Schlaf schweren Lidern. Ein paar Passagiere starrten sie an. Ein paar Meter entfernt sah ein junger Mann von seinem Comikheft auf und grinste.

Verdammt.

Makedde schaute zur Seite und fuhr mit feuchten Händen über ihr Gesicht. Sie hatte sich noch nicht beruhigt. Tief einatmen. Der Riemen ihrer Tasche hatte sich um ihren Ellbogen gewickelt, sie löste ihn und hob die Tasche hoch. Als sie aufstand, schwankte sie einen Moment lang, ließ den Schwindelanfall abklingen und passte sich an das Schlingern der Fähre an. Sie wischte über ihre Mundwinkel und spürte, dass sie nass waren. Mit langen, schmalen Fingern strich sie eine blonde Strähne hinter ihr Ohr, dann hob sie den Kopf. Als sie das Gefühl hatte, ihre Fassung wiedergewonnen zu haben, ging sie auf die Türen zu, die zum äußeren Oberdeck der *Spirit of Tsawassen* führten.

Als sie eine Tür öffnete, traf sie eine kühle Meeresbrise. Jetzt war sie vollständig wach. Makedde ging zur Reling, stützte ihre Unterarme auf das Metallgeländer und lehnte sich in den Wind. Sie inhalierte die salzige Luft und schaute auf die Wellen hinaus. So weit sie sehen konnte, erstreckten sich die Gulf Islands – abgelegene Felsen voller Tannen, umgeben vom tiefblauen Pazifik. Das pittoreske Bild wurde von einem spektakulären Sonnenuntergang rot und orange beleuchtet. Die Sonne war ein riesiger zinnoberroter Ball, der langsam hinter dem Horizont versank. Goldene Funken wurden von den Wellen reflektiert, die auf die Schiffsseiten trafen und in weißen Schaumkronen brachen.

Wunderschön.

Makedde hatte die Fähre zwischen Vancouver Island und der kanadischen Westküste in ihrem Leben schon unzählige Male genommen. Mit fünf Jahren, an der Hand ihrer Mutter, mit ihrem Malbuch und einem mit Schokoladeneis verschmierten Mund und Kinn. Mit zehn, als sie eine moonwashed Stretchjeans und ein ZZ-Top-T-Shirt trug und um Münzen bettelte, um Pac Man und Space Invaders spielen zu können. Und mit vierzehn, als sie ihr Make-up in einem Taschenspiegel kontrollierte und sich nervös auf ihr erstes großes Modelcasting in Vancouver mit einem Agenten aus Mailand vorbereitete.

Sie war schnell erwachsen geworden.

Mak, wie sie gern genannt wurde, hatte nicht lang nach diesem ersten Casting in Mailand gearbeitet, dann in Paris, London und New York. Das war erst der Anfang. Dank der Tatsache, dass sie die Gene der momentan modernen klassischen Schönheit besaß, hatte sie während der letzten zehn Jahre in Städten rund um den Globus gemodelt. Es war ein Job, und nach den meisten Standards ein ziemlich guter. Manchmal wurde sie gut bezahlt und konnte reisen, trotzdem wurde sie mit der wilden, wechselhaften Modewelt nie richtig warm. Irgendwie hatte sie nie das Gefühl, in diese geschminkte Welt des falschen Glamours zu passen.

Im Augenblick war sie weder in Paris noch in Mailand. Mak war wieder ziemlich nah an Zuhause. Sie wohnte und studierte in Vancouver. Ihre Träume von einem Doktortitel und einem Leben nach der Modelkarriere waren fast greifbar geworden, aber sie musste immer noch Rechnungen bezahlen, genau wie jeder andere Student.

Sie zog an den falschen Wimpern, die störrisch an ihren Lidern klebten. Sie hatte das Make-up nach dem Fotoshooting größtenteils abgewaschen, aber die Wimpern hatte sie irgendwie gemocht. Jetzt begannen sie zu jucken. Sie riss sie ab und ließ sie durch die salzige Luft auf die Wellen hinunterschweben wie kleine schwarze Insektenflügel.

Die anderthalbstündige Fahrt zur Heimat ihrer Jugend auf der Insel war in den letzten Monaten zu einem vierzehntägigen Ritual geworden. Sie war sich nicht sicher, ob sie die Besuche mehr wegen ihres Vaters oder ihrer selbst wegen machte. Vielleicht wollte sie die Jahre wieder gutmachen, in denen sie fort gewesen war, oder aber sie versuchte, sich an eine Zeit zu erinnern, als alles sicher und normal erschien. Sie glaubte, dass es wahrscheinlich ein bisschen von allem war.

Ihr Albtraum war zu etwas Entferntem, Unbestimmbarem geworden, so dass Mak sich wieder den wichtigsten Sorgen ihres Lebens zuwenden konnte: ihrer Schlaflosigkeit, ihrem Vater und ihrer Doktorarbeit. Sie war sich bewusst, dass andere Themen gefährlich nah unter der Oberfläche schwebten, aber egal, wie wichtig sie auch waren, es waren Ereignisse, zu deren Betrachtung sie noch nicht bereit war.

Makedde spürte, dass jemand in der Nähe war, und drehte sich um. Ein Mann lief etwas zu dicht hinter ihr übers Deck, ein älterer Mann mit einem dunklen Schnurrbart und einem faltigen Gesicht. Nachdem sie ihn bemerkt hatte, richtete er seine Aufmerksamkeit schnell auf den Horizont und ging vorbei. Sie roch seinen starken Tabakgeruch. Angespannt beobachtete Mak den Fremden, während er das Deck entlangging und die Treppen zum Hauptgeschoss hinunterstieg. Die Gummisohlen seiner Schuhe machten ein dumpfes Geräusch auf der Metalltreppe der Fähre. Als sie sicher war, dass er gegangen war, schaute Makedde wieder aufs Meer hinaus.

Die Abenddämmerung setzte ein. Übers Wasser konnte

man die Anlegestelle in Swartz Bay erkennen, ein Gewimmel von Lichtern und hellen Formen am Ufer. Die Fähre schüttelte sich und stöhnte, als sie langsamer wurde und sich auf das Andocken vorbereitete. Mak beobachtete, wie das Fahrzeug auf die Anlegestelle zufuhr, bevor sie mit wilden, windzerzausten Haaren die Reling verließ. Auf ihren Wangen lagen rosa Kreise, ihre Haut war von der kühlen, salzigen Luft erfrischt und nicht mehr rot vor Verlegenheit. Ein Fleck Wimperntusche befand sich direkt unter ihren blauen Augen, und sie wischte ihn mit der flachen Hand weg.

Als sie auf dem unteren Autodeck ankam, war die *Spirit of Tsawassen* fast bereit, entladen zu werden.

Gedankenversunken übersah Makedde die Poster, die überall auf der Fähre an verschiedenen schwarzen Brettern hingen.

VERMISST –
HABEN SIE DIESE FRAU GESEHEN?

Die Aushänge zeigten das lächelnde Gesicht einer jungen Frau in einem Moment voller Stolz und Aufregung. Ihre rotbraunen Haare waren professionell frisiert und ihre Kleidung festlich. Sie trug einen hübschen, herzförmigen Anhänger um den Hals. Leuchtende Augen strahlten vor jugendlichem Optimismus. Das Foto, das die Royal Canadian Mounted Police verteilt hatte, war ein Ausschnitt ihres Verlobungsporträts. Um ihre Taille konnte man teilweise die Hand eines jungen Mannes sehen, ihres Verlobten, den man aus dem Bild geschnitten hatte.

Susan Walker wurde seit drei Wochen vermisst.

2

Treue.

Mut.

Integrität.

Der große, durchtrainierte, dunkelhaarige Mann, der wie vorgeschrieben eine Cargohose und ein moosgrünes FBI-Poloshirt trug, sah sich das Wappen des Federal Bureau of Investigations lang und genau an, als er zum x-ten Mal daran vorbeiging. Das Wappen, die Waage der Justitia, umgeben von einem Kreis aus dreizehn Sternen, schmückte als Stickerei auch das Hemd des Mannes.

Treue. Mut. Integrität.

Er kannte das Wappen gut und auch das Gelände, auf dem er stand, obwohl er nicht an der Quantico Academy studiert hatte. Der Ausweis um seinen Hals offenbarte seine Stellung. Er war kein FBI-Agent, sondern ein Gast, ein ausländischer Polizist, der eine spezielle Fortbildung machte. Er war keiner von ihnen, eine Tatsache, die man in solch einer Umgebung schwer vergaß. Aber er hatte seine Verbündeten, und glücklicherweise schienen die Fremden in seinem Umfeld seinen australischen Akzent charmant zu finden. Er machte ihn der ansonsten isolierten Gruppe irgendwie sympathisch. Er beschwerte sich zwar manchmal darüber, dass sein Land mit einem unfairen Klischee abgestempelt wurde, aber wenigstens war es ein freundliches.

Detective Senior Sergeant Andrew Flynn von der Polizei

New South Wales war hier, um zu lernen, wie man Massenmördern schneller auf die Spur kommt, etwas, wofür er ein natürliches Talent besaß. Das war sowohl eine Gabe als auch ein Fluch, aber auf jeden Fall ein Talent, das dringend gebraucht wurde. Er hatte keine andere Wahl, als es auszubauen. Und Quantico war genau der Ort, dies zu tun.

Es war noch nicht so lang her, dass er den Fall des brutalsten Serienmörders Australiens gelöst hatte. Schlimmer als die berüchtigten Großmütter-Morde oder die Backpacker-Morde. Schlimmer als die erst kürzlich bekannt gewordenen Snowtown-Morde, als eine Routineüberprüfung von Vermissten zur Entdeckung von mehreren verstümmelten Leichen in unterschiedlichen Verwesungsstadien geführt hatte. Sie waren ordentlich in Öltonnen verpackt und im versiegelten Keller einer aufgegebenen Bank gelagert worden. Vor einem Jahr hatte Detective Flynn den Stiletto-Mörder gefasst, einen sadistischen Schuhfetischisten, der attraktive, junge Frauen in Sidney verfolgt, sie gefoltert und verstümmelt hatte.

Der Fall war kompliziert gewesen und persönlich. Flynn hatte für seinen Karrieredurchbruch einen hohen Preis bezahlt. Einen Preis, den er nicht zu zahlen bereit gewesen wäre, hätte er ihn vorher gekannt. Die Last der Schuld lag wie ein Joch auf seinen Schultern, und es war unmöglich, sie zu ignorieren oder zu vergessen. Wenn er die Puzzleteile doch nur schon früher zusammengesetzt hätte, sagte er sich, hätten Leben gerettet werden können. Diesen Fall zu bearbeiten hatte sein Leben auf den Kopf gestellt und ihn außerdem fast seinen Ruf gekostet. Und es gab andere Probleme. Die Sache mit einer Zeugin. Eine junge Frau. Schön. Klug. Unwiderstehlich.

Makedde.

Er dachte immer noch an sie, sogar oft. Er war damals

einsam und gestresst gewesen, das ist wahr. Aber jetzt hatte er keine Entschuldigung mehr.

Andy war so in Gedanken versunken, dass er nicht mehr darauf achtete, wohin er ging, und das war auf den trügerisch gemütlichen Straßen von Hogan's Alley gefährlich. Tag oder Nacht, hier durfte man seinen Gedanken nicht nachhängen. In dem Augenblick, als Andy seinen Fehler bemerkte, erinnerte er sich daran, dass er wachsam bleiben musste. Selbst zu dieser späten Stunde könnte eine taktische Übung beginnen.

Er war mitten im Zentrum von Hogan, einen kurzen Fußweg von der FBI-Akademie entfernt. Es war dunkel, und die Gebäude um ihn herum hatten den goldenen Farbton des Sonnenuntergangs verloren. Der Himmel über ihm war klar, die ersten Sterne tauchten auf. Er hörte das Rauschen der Bäume und beobachtete ein rotes Blatt, das vor seine Füße fiel. Der Sommer der nördlichen Hemisphäre war vorbei und der Winter nicht mehr fern.

Andy spähte in die abgedunkelten Fenster der Bank of Hogan, er drückte seine Nase an das Glas und legte seine Hände rechts und links neben die Augen. Er grinste einen Augenblick, als er an ihren zweifelhaften Titel als die am meisten überfallene Bank Amerikas dachte. Aber jetzt waren die Angestellten gegangen. Die Bank war ruhig. Keine Überfälle geplant, keine Agenten in der Nähe, die mit Waffen voller Farbpatronen herumfuchtelten und Stuntmänner verhafteten. Das Dogwood Inn war ähnlich still. Er sah, dass die Tür zum Zimmer 101 von einer früheren Übung noch kaputt an den Scharnieren hing. Wie oft war sie schon eingetreten worden? Aber das Motel war jetzt ruhig. In ihm befanden sich heute Abend keine Terroristen, Drogenbosse oder Flüchtlinge. Die Kleinstadt Hogan war für heute fertig, der Delikatessenladen geschlossen, und die falschen Kriminellen waren zum Abendessen nach Hause gegangen.

Oder? Andy hörte das Geräusch von rennenden Füßen und drehte sich um. Er sah eine Gruppe FBI-Agenten auf einem der vielen Holzpfade näher kommen. Dass es neue Rekruten waren, erkannte man an ihren blauen Hemden, die im Dämmerlicht kaum zu sehen waren. Die jungen Männer und Frauen sahen wie exakte Kopien von einander aus. Als sie an ihm vorbeiliefen, schwangen ihre FBI-Ausweise im Takt hin und her. Sie waren engagiert, konzentriert und fit, noch nicht abgestumpft, noch nicht von Schuldgefühlen zerfressen, von all den Fällen, die sie nicht hatten lösen können, und all den Leben, die sie nicht hatten retten können. Jeder von ihnen hatte wie wahnsinnig um das Privileg gekämpft, zu dieser Gruppe gehören zu dürfen. Jeder von ihnen hatte im Stillen eine Genugtuung empfunden, als er die Akademie zum ersten Mal betrat und unter dem Schild durchging, das die Aufschrift trug: »Durch diese Türen gehen die besten Profis, die sich der Einhaltung der Gesetze gewidmet haben.«

Das wollten sie sein: die Besten.

Und das wollte auch Andy sein.

Als er durch die dunklen Straßen Hogans ging, war Andy Flynn voller Selbstzweifel. Und in diesem Augenblick hatte er auch allen Grund dafür, denn er war im Begriff, etwas Dummes zu tun.

Um zehn Uhr abends lag er in seinem bescheidenen Zimmer auf dem Bett. Er sah auf seine nackten Füße, die über die Kante hingen, und bemerkte, dass sie nicht gerade sein schönster Körperteil waren. In einem Moment extremer Leidenschaft hatte Makedde Vanderwall einmal seine Zehen geküsst. Er hatte nie ganz verstanden, wie sie das geschafft hatte, aber es hatte ihm gefallen. Diese Frau war voller Überraschungen.

Konzentriere dich …

Die Bettdecke war zurückgeschlagen, und er lag nur mit Boxershorts bekleidet auf dem Laken. Das Zimmer war kühl, aber ihm war heiß. Auf seiner Brust bildeten sich Schweißtropfen.

Mak.

Zum Glück hatte er es dieses Mal geschafft, in Quantico ein Einzelzimmer zu bekommen, und nun war er dafür besonders dankbar. Es wäre peinlich gewesen, einen anderen Beamten oder einen Agenten bitten zu müssen, das Zimmer zu verlassen, während er telefonierte.

Auf seinem straffen Bauch lag ein übervolles Filofax. Mak hatte auch seinen Bauch geküsst, aber es war besser, jetzt nicht daran zu denken. Er öffnete das Adressenverzeichnis und blätterte zu »V«, dann machte er seine Augen einen Moment lang zu und überdachte noch einmal, ob das, was er tun wollte, vernünftig war. *Ruf einfach an.* Er schlug die Seite auf und überflog die Adressenliste. Da war sie. Der zweite Eintrag auf der rechten Seite.

Andy hatte nur die Nummer des Hauses ihres Vaters auf Vancouver Island, aber er wusste, dass sie ihre Wochenenden oft dort verbrachte. Vielleicht hatte er Glück. Er legte das Buch auf seinen Schoß und legte den Zeigefinger auf die Tasten des Telefons, dann zögerte er.

Soll ich?

Es war fast ein Jahr her, dass er Makedde das letzte Mal gesehen hatte, und die Situation war unschön geworden. Obwohl er zu Beginn des Jahres ein paar Mal mit ihr telefoniert hatte, war das doch etwas völlig anderes, als sich gegenüberzustehen. Er war sich nicht sicher, wie sie auf die Aussicht, ihn zu treffen, reagieren würde.

Er wusste aber, dass er den Anruf nicht noch länger aufschieben konnte. Er würde in ein paar Wochen an einer Konferenz an der University of British Columbia teilnehmen. Einer seiner Mentoren, Dr. Bob Harris, ein Profiler beim FBI, flog hin, um einen Vortrag über Psychopathie und Tatortanalyse zu halten. Er hatte Andy angeboten, ihn zu begleiten. Auf der Konferenz würde auch Dr. Robert Hare sprechen, ein angesehener Experte für Psychopathen, der Emeritus der Universität war. Die »zwei Bobs« kannten sich gut.

Das Problem war, dass die University of British Columbia auch die Universität war, an der Makedde Vanderwall studierte. Natürlich war das in seinen Augen eigentlich kein Problem, sondern eher ein guter Vorwand, um wieder Kontakt aufzunehmen.

Bis jetzt hatte Andy eine Entscheidung, ob er Makedde von seinem Besuch erzählen sollte, immer wieder aufgeschoben, aber der Termin der UBC-Konferenz kam schnell näher. Mak machte ihren Masterabschluss in forensischer Psychologie, und es war sehr gut möglich, dass sie selbst an der Konferenz teilnehmen würde. Er wusste, dass es nicht angemessen wäre, einfach aufzutauchen und sie zu überraschen, deswegen dachte er, er sollte sie vorher anrufen.

Er freute sich auf die Konferenz, obwohl es dort wahrscheinlich größtenteils um Themen gehen würde, die er bereits kannte. Er hatte Dr. Hares Gastvorträge in Quantico besucht, und die Profiling-Techniken, die sein Freund Dr. Harris vorstellen würde, waren ihm bekannt. Die Wahrheit war, dass er Makedde sehen wollte. Schließlich waren sie auf demselben Kontinent. So nah war er ihr seit langem nicht mehr gewesen, und mit jeder zurückgelegten Meile wuchs sein Verlangen, sie zu treffen. Wenn nichts sonst dabei herauskäme, dann könnte ein Wiedersehen sie möglicherweise aus seinen Gedanken vertreiben. Vielleicht wäre es eine Enttäuschung, die Spannung verflogen.

Unwahrscheinlich.

Sein Kopf war plötzlich voll von ihr. Erinnerungen an Makedde, wie sie verführerisch und aufregend grinst. Das gemeinsam verbrachte Wochenende konnte er nicht vergessen. In ihrem Bett ineinander verschlungen, hatten sie sich zu den unmöglichsten Uhrzeiten geliebt, völlig in der Ekstase verloren, während die Kerzen langsam abbrannten. Und dann…

Dann ist alles schief gegangen.

Piep.

Piep.

Piep.

Das Telefon piepste rhythmisch.

Andy merkte, dass sein Finger immer noch auf den Tasten lag. Er schüttelte den Kopf, riss sich aus den lebhaften Erinnerungen und legte auf.

Er hob wieder ab.

Mak.

Zögern.

Vielleicht sollte ich meine Teilnahme an der Konferenz absagen und alles vergessen?

Stattdessen wählte er.

Er war sich nicht sicher, was er ihr sagen sollte, falls sie abhob. *Erwähne zunächst nicht, dass du zur Konferenz fliegst,* sagte er sich, *rede einfach ein bisschen, sondiere, wie die Stimmung ist.* Er sah auf den Eintrag in seinem Filofax und starrte wie verzaubert auf ihren Namen.

Makedde Vanderwall, *ihr Name, ihr Foto, ihr verletzlicher Körper in den Händen dieses sadistischen Schweins. Ich finde sie, überall Blut, sie liegt blutend auf dem Bett, gefesselt und nackt, und dieses Schwein grinst mich an, er weiß, wer ich bin, er verhöhnt mich, und ich ziele und schieße. Tunnelblick, alles, was ich sehe, ist sein perverses Grinsen, alles andere ist unscharf, ich ziele auf sein Herz, ich drücke ab, ich will ihn erschießen, aber …*

»Hallo?« Eine Männerstimme.

»Äh.« Andy zögerte, unterdrückte einen Eifersuchtsanfall. Er fragte sich, ob die Stimme Makeddes Freund gehörte. Hatte sie einen Freund? Warum hatte er nicht daran gedacht?

»Hier ist Andy Flynn, ist Makedde Va …«

»Ah, Detective Flynn.«

»Mr. Vanderwall?« Es war ihr Vater.

Natürlich ist es ihr Vater, es ist sein Haus, du Idiot.

»Hallo, Mr. Vanderwall. Bitte nennen Sie mich Andy, Sir.«

»Nennen Sie mich Les.« Eine Pause. »Wie geht es Ihnen?«

Er hatte diesen kanadischen Westküstenakzent fast vergessen. Er klang ganz anders als der Dialekt in Virginia.

»Mir geht es gut, Les. Danke.«

»Gut.«

Noch eine Pause. Diese Stimme. Andy hatte sie das erste Mal in einem Krankenhauszimmer in Sydney gehört. Er hatte Les Vanderwall getroffen, als Mak, von Wunden und Nähten übersät, schlief.

»Es ist lange her«, sagte Les. Andy bemerkte den reservierten Tonfall.

»Ja, das stimmt«, antwortete er verlegen. Die Verbindung knisterte. Und durch diese Verzögerung schien der Augenblick noch unangenehmer, als er eigentlich war. Bei all der Technologie, über die das FBI verfügte, hätte er gedacht, dass die Verbindung klarer wäre.

»Also, wie geht es Ihnen?«, sagte Andy und versuchte, nicht sofort nach ihr zu fragen.

»Sehr gut, danke. Ich nehme an, dass Sie mit Mak sprechen möchten.«

»Ja, wenn …«

»Sie ist nicht da.« Andy war enttäuscht. »Ich erwarte sie aber bald. Sie kommt übers Wochenende her.«

Gut. Er hatte die Telefonnummer ihrer Wohnung in Vancouver nicht, und er würde nicht danach fragen. Er sah auf die Uhr. Kurz nach zehn in Virginia. Das heißt, dass es auf Vancouver Island kurz nach sieben abends war. Wann käme sie an? Was sollte er jetzt sagen?

Makeddes Vater war schneller. »Wie geht es mit dem Fall voran?«

»Nun, es sieht so aus, als ob es länger dauern wird. Es sind viele Beweisstücke zusammenzutragen …«

»Viele Opfer«, sagte Les.

Andy spürte ein bekanntes Gefühl der Schuld.

Ja, zu viele. Zu viele Opfer.

Les Vanderwall war ein pensionierter Detective Inspector, und wie für die meisten seiner Kollegen war diese Phase der Arbeit im Grunde nur etwas Technisches. Andy wusste, dass Les selbst wegen seiner Tochter ermittelt hatte. Er hätte dasselbe getan, wäre er Makeddes Vater. Aber er wollte mit Les nicht über die Stiletto-Morde sprechen. Es ist nie eine gute Idee, einen Fall mit dem Vater einer Hauptzeugin zu besprechen.

Er ist der Vater eines Opfers, Andy.

Sobald er das gedacht hatte, erinnerte Andy sich an Makeddes Stimme, rau vor Gefühl: »Ich bin eine Überlebende, Andy, *kein Opfer*. Nenn mich *nie* wieder Opfer.«

Eine unangenehme Pause.

Dann knisterte es in der Telefonleitung.

»Der Fall ist in sehr fähigen Händen«, versicherte Andy ihm.

»Sie kümmern sich nicht selbst darum?«

Das müsste Mr. Vanderwall eigentlich wissen. Da war Andy sich sicher.

»Ich mache im Augenblick eine Fortbildung an der FBI-Akademie«, sagte er. »Wir stellen in New South Wales eine neue Abteilung mit Profilern zusammen.«

»Tatsächlich.«

»Ich habe große Chancen, die Leitung zu übernehmen.«

»Herzlichen Glückwunsch.«

»Danke.« Andy bemerkte die fehlende Begeisterung. »Ich werde am Prozess teilnehmen, Mr. Vanderwall. Machen Sie sich deswegen keine Sorgen. Ich werde sicherstellen, dass Ihre Tochter mit der größtmöglichen Sensibilität behandelt werden wird.«

Les antwortete nicht. Gerichtssäle sind keine Orte für Sensibilität. Das wussten sie beide.

»Ich werde Makedde sagen, dass Sie angerufen haben«, sagte Mr. Vanderwall schließlich.

»Danke, Sir.«

»Nennen Sie mich Les.«

»Natürlich. Danke, Les. Vielleicht probiere ich es morgen noch einmal.«

»Ich sage es ihr.«

Andy legte auf und atmete aus. Er ließ sich gegen das Kopfende des Bettes sinken und verschränkte die Arme, das Filofax lag noch auf seinem Schoß.

In dem kalten Zimmer war er schweißgebadet.

3

Der Pat Bay Highway war dunkel, die Bäume standen am Straßenrand wie Scherenschnitte vor dem Nachthimmel. Von der Swartz Bay aus fuhr Makedde wieder schneller, die weißen Linien schienen rechts und links von ihr auf, die wackelnden Scheinwerfer des restlichen Fährverkehrs hinter ihr warfen helle Lichtpunkte auf die Straße. Zhora, ihr Dodge Dart Swinger von 1959, brauchte ein bisschen, bis sie über achtzig fuhr, aber wenn sie es einmal geschafft hatte, hielt sie mit den Besten mit.

Makedde fand, dass Autos, besonders ältere, einen Namen verdienten. Vor ihrem Dart hatte sie einen VW-Käfer mit Namen Bette Davis gehabt. Ihren aktuellen Wagen hatte sie in Erinnerung an die unglückselige Nexus-6-Replikantin aus einem ihrer Lieblingsfilme getauft. »Sie wurde für eine außerirdische Elitemordtruppe ausgebildet«, heißt es in Blade Runner über sie. »Die Schöne und das Biest … sie ist *beides*.« Das war Zhora, die Replikantin. Zhora, das Auto, hingegen war ein temperamentvoller, zweitüriger Klassiker mit einem original Slant-Six-Motor und Ledersitzen, eine andere Art von einer Schönen und einem Biest. Sie war ein seltener Fund, im Originalzustand, wenn auch nicht mehr perfekt. Irgendwann wollte Makedde sie restaurieren und vielleicht an einen Dart-Sammler verkaufen, aber nicht so bald. Es gab immer noch zu viel zu tun.

Im letzten Jahr hatte sie alles über das Innenleben von Autos gelernt. Anders als andere ihrer Ziele – Fechten, Mandarin und Jonglieren zu lernen – hatte sie einen guten Grund, das zu ihrer Priorität zu machen. Nie wieder würde sie sich darauf verlassen, dass jemand anderer ihre Probleme löste. Nie wieder würde sie in die Situation geraten, in eine offene Motorhaube zu starren, ohne die geringste Ahnung zu haben, was sie sah.

Mak steuerte Zhora durch einen Vorort von Sidney und bog in die Tiffany Street ab. Am Ende des Blocks hielt sie vor einem zweistöckigen Haus im Tudorstil, das so vielen anderen in der Region glich.

Das Haus ihres Vaters.

Es war einmal das Haus der Familie gewesen. Das Zuhause von Les und Jane Vanderwall und ihren zwei Töchtern, Theresa und Makedde. Eine Familie. Der jetzige Bewohner war ein verwitweter Rentner, der allein alt wurde.

Im Haus brannte Licht, als sie vorfuhr. Fast jede Lampe. Trotz der Tatsache, dass ihr Vater während ihrer Kindheit sehr sparsam gewesen war, war sie sich sicher, dass er heute allein zu Hause war. Makedde vermutete, dass diese neue Angewohnheit seine Art war, mit der Einsamkeit des Ortes fertig zu werden – die Lampen anschalten und im Nebenzimmer leise den Fernseher laufen lassen. Sie erinnerte sich daran, wie sie bemerkt hatte, dass das Radio unten im Arbeitszimmer ihrer Mutter lief, und ihr zum ersten Mal klar geworden war, dass die Holzstaffelei immer noch dastand und auf ihr das Gemälde ihrer Mutter von Strandläufern auf dem Sand, für immer unvollendet.

Makedde parkte Zhora in der Auffahrt, der weiße Lancer ihres Vaters war außer Sichtweite in der Garage, und ging zum Kofferraum, um ihre Reisetasche zu holen. Nahe der hinteren Stoßstange verunstaltete eine dünne Linie Rost den türkisfarbenen Lack. Sie sah es sich an und runzelte die Stirn.

Das muss ich reparieren.

Sie zog ihre Tasche hinter sich her und trug zwei schwere Psychologiebücher unter einem Arm, als sie durch die Haustür eintrat, die ihr Vater für sie unverschlossen gelassen hatte. Der warme Geruch von Kartoffeln und heißer Butter begrüßte sie, als sie hereinkam. Sie hörte irgendetwas in einer Pfanne brutzeln.

»Hallo Dad!«, rief sie laut. Sie stellte ihre Sachen ab, zog ihre Blundstone-Schuhe auf dem Treppenabsatz aus und ließ sie neben anderen, ordentlich abgestellten Schuhen liegen. *Nicht genug Schuhe,* dachte sie. Drei Paar in einer exakten Reihe, alle für dieselben Füße.

Ihr Dad tauchte oben auf der Treppe auf, er trug eine Hose von Eddie Bauer und ein Roots-Sweatshirt. ROOTS CANADA stand in großen Buchstaben darauf, und darunter saß ein Biber, das Logo der Firma. Sie hatte in Australien mal ein Roots-Hemd getragen, bis man sie darauf aufmerksam machte, dass »root« in Australien etwas völlig anderes bedeutete. Und was den Biber anging…

»Es ist fast neun. Hast du noch nicht zu Abend gegessen?«, fragte sie. Er aß normalerweise vor sieben Uhr.

»Ich dachte, ich warte lieber. Hast du schon gegessen?«

»Nein, eigentlich nicht.« Sie tappte auf Strümpfen über den Teppich und die Treppe hinauf und umarmte ihn. »Die BC-Fähren haben das mit dem Essen nicht so klasse hingekriegt, finde ich. Panoramakotzen.«

»Oh, Makedde, so schlimm ist es nicht«, sagte er, wie immer diplomatisch.

»Das Büfett ist wahrscheinlich in Ordnung, nehme ich an.« Mak betrachtete ihren Vater. Er war einen Meter siebenundachtzig und damit etwas größer als seine älteste Tochter. Mit Mitte fünfzig sah er immer noch gut aus und hatte kein einziges Haar verloren. Die silbergraue Farbe, die seine Haare über die Jahre angenommen hatten, passte gut zu seinen auffallenden Paul-Newmann-Augen. Er erschien ihr jedoch bei jedem Besuch dünner, und das machte ihr Sorgen. Seit Janes Tod hatte er abgenommen.

Sie aßen an dem kleinen, runden Tisch in der Küche zu Abend und überließen das Esszimmer seiner vornehmlichen Funktion als Staubfänger. Er hatte einen Caesar-Salat aus Eissalat mit Knoblauch gemacht und Kartoffeln mit Würstchen. Er war während des letzten Jahres allmählich ein besserer Koch geworden. Die Würstchen schmeckten sogar richtig gut und erinnerten Makedde daran, wie weit sie sich von ihren vegetarischen Jahren als Teenagermodel entfernt hatte.

»Wie geht es dir? Du siehst ein bisschen müde aus«, sagte er.

Sie sah vom Essen auf. »Mir geht's gut. Ich lerne viel. Ach, übrigens, ich habe nächste Woche noch ein Fotoshooting. Katalogmüll, aber sie haben einen guten Fotografen. Müsste die Rechnungen bezahlen.«

»Das ist gut. Du solltest vorher etwas schlafen. Du siehst ziemlich fertig aus.«

Oh, danke.

»Bitte hör mit den Komplimenten auf, ich werde ganz verlegen«, sagte sie. »Mir geht es gut, Dad. Das Fotoshooting heute hat sich nur ein bisschen hingezogen, das ist alles. Es war Werbung, aber trotzdem – ›das letzte Foto, das letzte Foto‹ –, wenn ich das noch einmal höre, fang ich an zu schreien.«

Er sah sie an.

»Mir geht es *gut*«, wiederholte sie. Sie hoffte, dass er nicht wieder mit dem ganzen Schlaflosigkeitskram anfangen würde.

»Hm«, murmelte ihr Vater und klang nicht überzeugt. Er

schob sich eine Gabel voll Kartoffeln in den Mund und starrte kauend auf das Tischset. Irgendetwas beunruhigte ihn. Les Vanderwall machte solche Bemerkungen nicht einfach so. Das war nicht sein Stil. Vielleicht lag es daran, dass er zu viele Vernehmungen geleitet hatte, aber der ehemalige Detective Inspector verstand sich auf pointierte Aussagen und tief gehende Fragen. Selbst wenn es locker klang, würde er das Thema nicht ohne eine weitere Diskussion fallen lassen.

Sie aßen ein paar Minuten schweigend weiter, aber Mak spürte, dass ihr Vater sie noch etwas fragen wollte. Es machte sie nervös. Schließlich packte sie den Stier bei den Hörnern und fragte: »Was ist los?«

»Ich habe kürzlich mit einer Freundin darüber gesprochen, wie Leute auf Stress reagieren, posttraumatische Stressreaktion und so weiter... das gibt es oft unter Polizisten...«

Jetzt geht's los.

»Ja, das kenne ich. Und?«

»Und, Makedde, ich mache mir Sorgen. Ich frage mich, ob du nicht schon mal daran gedacht hast, wegen des Vorfalls in Sydney zu jemandem zu gehen.«

Der »Vorfall in Sydney«. So nannten es alle.

»Daran gedacht, zu jemandem zu gehen? Ich glaube, ›Psychotherapie‹ ist das Wort, das du suchst.«

»Nur, um mit jemandem darüber zu sprechen. Jemand, der unparteiisch ist und erfahren auf dem Gebiet. Du hast selbst gesagt, dass du das wahrscheinlich tun solltest.« Die Falten auf seiner Stirn formten zwei Ausrufezeichen, und in seinen Augen sah sie echte Sorge.

»Das war ein unbedachter Kommentar, den ich vor einem Jahr gemacht habe, aber ich brauchte dann doch keine Therapie, und die brauche ich immer noch nicht. Nichts hat sich verändert. Mir geht es gut. Es gibt keinen Grund zur Sorge, Dad. Ich versichere dir, dass es mir absolut gut geht.« Sie sah auf das Essen, das auf ihrem Teller abkühlte. »Ich verstehe einfach nicht, warum ich das alles noch einmal durchkauen soll, besonders jetzt. Ich bin es Gott weiß wie oft mit der Polizei durchgegangen. Außerdem war da diese Therapeutin in Sydney, wie du dich vielleicht erinnerst. Ich habe mit ihr darüber geredet. Das war genug…«

Der Appetit war ihr vergangen, so dass sie schließlich auf ein Abendessen von halb gegessenem, totem Fleisch starrte. Aus den Tiefen ihres Gedächtnisses blitzten auf einmal verstümmelte Leichen auf, und sie spürte sofort die Hitze, die einem Fieber vorausgeht. Sie blinzelte, damit die Vision verschwand, und konzentrierte sich darauf, aus ihrem Wasserglas zu trinken. Das Glas fühlte sich an ihren Fingerspitzen erfrischend kalt an, und als das Wasser ihren Hals hinabrann, beruhigte sie sich. Ihr rechter Zeh fing genau an der Stelle zu jucken an, an der der Mikrochirug ihn wieder angenäht hatte. Sie ignorierte ihn.

»Mak, du hast gerade mal eine Stunde mit dieser Therapeutin gesprochen.«

Das stimmte.

Sie konzentrierte sich auf etwas anderes, packte alle Gedanken an Sydney in eine dunkle Kiste und knallte den Deckel zu.

»Wer ist diese Freundin von dir, mit der du darüber geredet hast?«

Les Vanderwall sah seiner Tochter in die Augen. »Keine Sorge, ich benutzte dich nicht etwa als interessantes Gesprächsthema. Erinnerst du dich, dass ich dir erzählt habe, dass ich vor ein paar Monaten dieser Dame im Starbucks auf der Robson Street begegnet bin? Dr. Ann Morgan? Die mit Sergeant Morgan von der Polizei in Vancouver verheiratet war?«

Mak erinnerte sich daran, dass er ein zufälliges Treffen im Frühling erwähnt hatte. Ihr Vater hatte Mak damals in Vancouver besucht und war durch die Geschäfte in der Robson Street gebummelt, um die Zeit totzuschlagen, während sie ein Fotoshooting beendete. Er hatte Dr. Morgan wiedererkannt. Sie waren sich früher einmal bei einem Empfang begegnet, den sie mit ihrem Ehemann besucht hatte. Sie hatte von Jane Vanderwalls Tod gehört und eine Karte geschickt. Sie waren ins Gespräch gekommen.

Mak hatte den Ehemann, Sergeant Morgan, ein-, vielleicht zweimal getroffen, hatte ihn jedoch nie richtig gemocht. *Verheiratet »war« … hm. Interessante Wortwahl.*

»Jedenfalls habe ich vor kurzem mit ihr gesprochen«, fuhr er fort. »Sie besucht im Augenblick ein paar Freunde auf der Insel. Ann hat eine Vorstellung von deiner Situation. Natürlich nichts Konkretes …«

Makedde spürte, wie sich ihr Hals zuschnürte. Die Ader an ihrer Schläfe pochte. »Und was genau weiß sie von meiner Situation, konkret oder nicht?«, fragte sie. »Was genau ist meine Situation?« Sie wusste, dass sie defensiv klang, aber das war ihr egal.

»Dr. Morgan arbeitet auf diesem Gebiet«, sagte er in einem vorsichtigen, beruhigenden Tonfall. »Sie ist Psychiaterin. Das habe ich vielleicht schon erwähnt.«

Das hatte er nicht. Das war sogar das erste Mal, dass Makedde ihren Vater positiv über eine Psychiaterin reden hörte. Viele Polizisten, vor allem die älteren Beamten, waren misstrauisch gegenüber Psychiatern oder Psychologen. Den Zynikern waren sie ein Dorn im Auge, weil sie Kriminelle wegen Unzurechnungsfähigkeit oder verminderter Schuldfähigkeit entschuldigten.

Ihr Vater hatte protestiert, als sie ihren Wunsch, Psychologie zu studieren, geäußert hatte. Schlug er nun etwa vor, dass seine eigene Tochter zu einem Seelenklempner gehen sollte? Falls das stimmte, hatte sich tatsächlich einiges geändert. Das erschreckte sie.

»Erzähl mir bloß nicht, dass du glaubst, ich sollte zu einem Therapeuten gehen? Als Nächstes sagst du mir noch, ich soll Antidepressiva nehmen.« Sie spuckte die Worte aus. Mak war der Meinung, dass Psychopharmaka durch den Einfluss der großen Pharmakonzerne zu oft verschrieben wurden. Ihr Vater kannte ihre Vorbehalte nur zu gut.

»Beruhige dich. Niemand hat etwas von Medikamenten gesagt. Du hattest ziemlich viel Stress mit deiner Doktorarbeit und allem. Du schläfst nicht gut. Glaub nicht, dass ich das nicht sehe.«

Das saß. Er durchschaute ihre jämmerlichen Beteuerungen. Sie konnte nichts vor ihm verbergen. Sie kämpfte gegen den Drang an, den Teller wegzuschieben und aufzustehen. Stattdessen spitzte sie die Lippen und starrte wieder auf ihr halb gegessenes Abendessen. Ihr Vater meinte es gut. Wenn überhaupt, meinte er es manchmal eher zu gut.

Und außerdem hatte er Recht.

»Denk einfach mal darüber nach. Es könnte hilfreich sein, mit jemandem zu sprechen.«

Mak wusste, dass er auf eine Antwort wartete, aber sie starrte einfach ihr Wasserglas an. Ein Tropfen löste sich vom Rand, floss das Glas hinab und hinterließ einen kleinen feuchten Fleck auf dem Tischtuch.

»Denk einfach mal darüber nach«, wiederholte er.

Sie sagte nichts.

Er wechselte das Thema, da er wusste, dass er sein Ziel erreicht hatte. Er hatte sie dazu gebracht, darüber nachzudenken.

»Theresa und Ben kommen morgen Abend mit der kleinen Breanna zum Abendessen.«

»Ah?«, zwang sie sich zu sagen. *Welche Freude.*

»Ich hoffe, dass du dieses Mal dableibst. Du und deine Schwester, ihr habt euch in letzter Zeit kaum gesehen.«

Das stimmte.

»Und Ann kommt vielleicht auch noch vorbei. Es wäre schön, wenn ihr euch treffen würdet.«

Wenn das ein abgekartetes Spiel ist, flippe ich aus.

Makedde nickte und sagte nichts. Wenn ihr Dad eine neue Freundin hatte, die ihn besuchen wollte, dann war das toll. Es war sogar mehr als toll. Aber wenn er sich wieder in ihr Leben einmischen wollte und eine Psychiaterin hatte, die sie in die Enge treiben sollte, dann wäre das eine völlig andere Sache.

Mak griff nach ihrem Glas und hob es an die Lippen. Sie trank, und er aß. Sie dachte daran, dass, nach so vielen Jahren auf Reisen, nah an Zuhause zu sein sich sowohl beruhigend als auch klaustrophobisch anfühlte.

Er hat Recht, das weißt du. Du verlierst langsam die Kontrolle.

»Übrigens«, sagte ihr Vater, »heute Abend hat jemand für dich angerufen.«

»Hm?«, brummelte Mak. Sie war dankbar, dass er keinen Kommentar über ihren fehlenden Appetit abgab.

»Es war Detective Flynn.«

Plötzlich konnte Makedde nicht mehr atmen. Nach einem Augenblick schaffte sie es irgendwie, mit einer einigermaßen ruhigen Stimme »oh« zu sagen. Sie wurde blass, und dann wechselte ihre helle Gesichtsfarbe zu Rot.

Ihr Vater tat so, als bemerke er es nicht. Er holte sich noch mehr Kartoffeln, die in Butter und Salz schwammen, steckte sie in den Mund und kaute mit irritierender Ruhe.

Anstatt eine weitere Erläuterung abzugeben, legte er mit der Salatzange noch etwas Salat auf seinen Teller.

»Wirklich? Andy?«, sagte sie. »Nun… nun, das ist äh… interessant.«

Er spießte mit seiner Gabel ein bisschen Salat auf und steckte ihn in den Mund. Er kaute. Es hörte sich knackig an.

»Was hat er gesagt?«

Er nippte an seiner Cola light. Die Eiswürfel klirrten im Glas. Sie hasste es, wenn er das tat.

»Um Himmels willen, was hat er gesagt? War es wegen der Gerichtsverhandlung?«, platzte Makedde heraus.

»Nein. Er hat eigentlich gar nicht viel gesagt. Nur nach dir gefragt. Er hat aus Quantico angerufen.« Er steckte sich die letzte Gabel voll Salat in den Mund und kaute langsam.

»Quantico? Die FBI-Akademie Quantico?«

»Ja.«

Stille.

»Er hat gesagt, dass er es wahrscheinlich morgen noch einmal probieren würde«, fügte ihr Vater hinzu.

Jetzt war sie diejenige, die sich Essen in den Mund stopfte. Die Reste auf ihrem Teller waren zwar kalt, aber das fiel ihr kaum auf. Sie kaute schweigend und ohne irgendwas zu schmecken, während ihr Verstand wie wild arbeitete.

In dieser Nacht konnte sie nicht schlafen. Und bis zum Morgen hatte sie jeden Millimeter Stuck an der Decke ihres Kinderzimmers betrachtet.

4

Es war früher Morgen, und der Jäger beobachtete die toten Blätter und Kiefernnadeln, die auf dem Nahatlatch River schwammen. Er horchte auf andere Geräusche als das stetige Fließen des Wassers. Die Luft war noch feucht, die Steine glatt, und die großen Bäume rechts und links des Flusses verschwanden weit oben über dem Waldboden in Nebelschwaden.

Nach einem heftigen, nächtlichen Regen war alles nass, so dass die lange Fahrt von Squamish an manchen Stellen gefährlich war, aber er kannte die unebene Straße und kam gut mit ihr klar. Er befand sich in der Nähe des Fraser Rivers zwischen Lytton und Boston Bar, eine Gegend, die für ihn eine besondere Bedeutung hatte. Als Kind hatte sein Vater ihn und seinen Bruder in diese abgeschiedene und unberührte Wildnis gebracht. Und jetzt, an diesem feuchten Morgen, schien der Nebel fast wie ein Teil von ihm, während er dastand und horchte. Dieser stille Ort teilte mit ihm seine dunklen Geheimnisse, war ein stummer Zeuge seiner Macht.

Er lauschte und wartete. Es stimmte, dass er nicht immer ein geduldiger Mann war, aber er konnte es sein, wenn er es wollte, wenn es darauf ankam; und hier, an diesem feuchten Ort, gab es keine Eile.

Knack!

Ein paar Meter entfernt bewegte sich etwas und kam aus den Bäumen. Der Jäger bewegte sich, überquerte vorsichtig die glatten Felsen, entfernte sich vom Fluss und näherte sich dem Waldrand, alles in sicherer Entfernung von der Geräuschquelle. Er ging hinter den großen, umgekippten Wurzeln einer gefallenen Kiefer in Deckung und wartete.

Seine Geduld wurde belohnt. Nicht lang, und ein schönes Tier trat hervor, witterte zunächst vorsichtig in der Luft, dann lief es direkt auf die Lichtung. Es ging auf dünnen, graziösen Beinen und mit für seine Größe überraschend kleinen Schritten über den unebenen Boden. Der Jäger bewunderte das lange, zimtfarbene Gesicht, den Kopf und das dünne, vorgereckte Geweih. Es war ein toller Weißschwanzhirsch.

Der Hirsch trat zwischen den Bäumen hervor und sah sich mit großen dunklen Augen um wie ein Kind, bevor es die Straße überquert. Langsam wagte er sich zum Trinken ans Flussufer. Normalerweise würde er das Ritual am späten Nachmittag wiederholen. Heute allerdings nicht. Das beeindruckende Geweih würde gut an die Hüttenwand des Jägers passen.

Er wartete, bis das Tier ganz auf der Lichtung stand, und überlegte, wie er seine Waffe am besten schussbereit machen könnte, ohne das Tier zu verschrecken. Der Hirsch trat ein paar Schritte vor, sein langer Schwanz, der wie ein Blatt geformt war, war angehoben, so dass man die weiße Unterseite und das Hinterteil sah. Der Jäger beobachtete seine behutsamen Bewegungen mit immer weniger Geduld.

Er wollte töten.

Vorsichtig machte er seine Waffe bereit.

Er stand vollkommen ruhig, seine Füße schulterbreit auseinander und in seiner linken Hand die 270er Winchester. Seine rechte Hand drückte den Gewehrkolben fest gegen seine Schulter. Sein Kiefer war angespannt. Stehend einen gezielten Schuss abzugeben verlangte große Kontrolle, und der Jäger war ein Meister darin, seinen Atem zu regulieren und auch in der komplizierten Kunst, den Abzug zu drücken. Er war zuversichtlich. Er war bereit. Er zielte sorgfältig, den langen, geschwungen Hals des Tieres im Fadenkreuz. Er streichelte den Abzug langsam und zärtlich, er spürte die Kraft des Todes in seinem Griff. Langsam zog er den Abzug durch…

Das Tier wandte den Kopf. Es schnaubte alarmiert, als wüsste es, was kam, als ob der Tod ihm auf die Schulter geklopft hätte.

Du gehörst mir…

Peng!

Der erschrockene Hirsch floh mit großen Sprüngen auf den Waldrand zu, sein breiter, weißer Schwanz wedelte. Mit zusammengebissenen Zähnen zog der Jäger den Bolzen zurück und setzte den zweiten Schuss leicht vor das schnelle Tier.

Das Tier schrie auf. Die Kugel drang in seinen Hals ein, und seine großen Augen sahen nach hinten, in die Richtung seines Mörders. Der Jäger sah in diesen Augen ein Aufblitzen von wilder, ungezügelter Furcht und den dumpfen Schock der Gewalt. Es erregte ihn. Das vorher so elegante Wesen trampelte auf den nassen Felsen, seine Hinterbeine verkrampften, und seine ausgestreckten Vorderbeine schlugen hilflos aus. Es fiel mit dem Kopf auf die Felsen.

Die erlaubte Abschussquote für Sektion 3 der Southern Interior Region war nur ein Weißschwanzhirsch. Sie waren am Nahatlatch nicht so verbreitet wie am Peace River.

Diese Beute bestärkte den Jäger in seiner Überzeugung, dass er der beste und fähigste Jäger war, der jemals gelebt hat.

Auf dem Rückweg zu seinem Wagen kam er an unscheinbarem Unterholz vorbei und ging langsamer, um sich die Stelle einen Moment anzusehen. Als er auf das unauffällige Durcheinander von Farnen und Blättern blickte, spürte er einen Adrenalinstoß, ähnlich wie eben, als er den Hirsch getötet hatte. Ein Beobachter hätte vielleicht eine minimale Veränderung in seiner Kopfhaltung bemerkt und den etwas selbstgefälligen Gesichtsausdruck. Aber er hätte schon wirklich sehr gute Augen haben müssen, um festzustellen, dass der Teil des Unterholzes, den er anstarrte, vor kurzem verändert worden war.

Unter der Erdschicht verrottete die Leiche einer jungen Frau. Sie hatte gesagt, sie hieße Susan. Sie hatte nicht gelogen. Die Zeitungen nannten sie Susan Walker, und ihre bittende Mutter in den Nachrichten nannte sie »mein Baby«.

Befriedigt ging der Jäger an dem flachen Grab vorbei. Er hielt sich aufrecht und stolz.

Es war Jagdsaison, und sie lief gut.

5

Das Telefon klingelte am Samstag mehrmals, und jedes Mal zuckte Makedde zusammen und lauschte nervös dem Gespräch ihres Vaters, bis sie sicher war, dass es nicht Andy Flynn war.

Mak hätte nicht gewusst, was sie tun sollte, wenn er sich melden würde. Sie war noch nicht bereit, wieder mit ihm zu reden, aber ihre Neugier drängte sie dazu.

Was macht er in Quantico? Warum ruft er an?

Um drei Uhr erhielt Makeddes Vater einen Anruf von Theresa. Sie würde mit ihrem Ehemann Ben und ihrem kleinen Baby Breanna in weniger als einer Stunde eintreffen. Obwohl Mak wegen des Besuchs schon vorgewarnt war, war sie nicht in Stimmung für ihre Schwester. Nachdem sie den Anruf belauscht hatte, verschwand sie prompt im Arbeitszimmer ihres Vaters und vergrub sich im *Diagnostischen und statistischen Handbuch der Geistesstörungen* und steckte ihre Nase in das Buch, noch lang nachdem sie es eine halbe Stunde später an der Tür klingeln hörte.

»Makedde? Mak?« Ihr Vater klopfte sanft an die Tür des Arbeitszimmers.

»Ja, Dad.«

Die Tür öffnete sich quietschend.

»Deine Schwester ist mit Ben und Breanna hier. Komm raus und sag hallo.« Er sah sie überrascht an, da sie sich über ein dickes Lehrbuch beugte.

»In Ordnung«, sagte sie und legte ein Lesezeichen ins Buch. »Entschuldigung, ich komme sofort.« Als sie aufstand, drehte er sich um und ging zurück zu seiner jüngeren Tochter, dabei murmelte er leise: »Bücherwurm …« oder etwas Ähnliches.

Es war nicht so, dass Makedde ihre Schwester nicht liebte. Das tat sie. Es war bloß so, dass Theresa ein Talent dafür hatte, ihr auf die Nerven zu gehen, und Mak hatte im Augenblick nicht viel Geduld. Sie war sich nicht sicher, ob das am Schlafmangel lag oder an der Überdosis prämenstrueller Hormone. Wenn sie sich so fühlte, war ein Besuch Theresas ein Risiko. Sie wollte nicht überreagieren.

Andys mysteriöser Anruf hatte Makeddes Stimmung nicht gerade verbessert und ihre Schlafprobleme auch nicht. Dieser Mann bedeutete Ärger, und das wusste sie. Sie fragte sich kurz, ob ihr Problem vielleicht fehlender Sex sein könnte. Nein, das war eine lächerliche Vermutung in der Art, wie ihre Freundin Jaqui Reeves sie treffen würde.

Dir geht es gut. Du hast einfach nur PMS und musst eine Abschlussarbeit schreiben.

Sie verdrängte jeglichen Gedanken an Andy und ging durch den Flur.

Mit einem Meter fünfundsechzig war Theresa kleiner als Mak und genauso groß, wie ihre Mutter gewesen war. Theresa war dreiundzwanzig, drei Jahre jünger als sie. Ihr meistens ungeschminktes, hübsches Gesicht war blasser und runder als Makeddes, aber sehr ähnlich. Ihre dunkelblonden Haare waren glatt und zu einem ordentlichen, schulterlangen Pagenkopf geschnitten.

Theresa war immer dezent gekleidet, und obwohl niemand in ihrer Familie besonders religiös war, sah sie stets so aus, als sei sie bereit für die Kirche. Mak nahm an, dass sie gern brav war. Sie trug ein Baumwollhemd, dessen oberster Knopf offen stand, und eine Hose von Eddie Bauer. Sie hatte ihrem Vater die Hose gekauft, die er trug. Ihr Mann Ben war ein netter Buchhaltertyp, der auf der Insel geboren worden war und auf der Insel sterben würde. Da drohte nichts Unvorhersehbares. Er war genauso groß wie seine Frau, und sein glattes Gesicht sah sogar noch jünger als sechsundzwanzig aus. Er trug ein hellblau kariertes Hemd, von dem Mak annahm, dass Yuppie-Holzfäller es trugen. Es war auch von Eddie Bauer. Seine Haare waren braun. Sie vermutete, dass er Brillantine benutzte, damit seine Haare so glatt lagen. Mak wollte sie zerwühlen. Nur ein paar Strähnen würden genügen.

Hilfe. Was ist denn mit mir los?

Alle umarmten sich. Mak war steif und förmlich. Sie machte sich Sorgen, weil sie so negativ eingestellt war. Was genau war das Problem? War es, weil ihre Schwester in den Augen ihres Vaters so verdammt rational und perfekt schien? Verheiratet, Mutter. Wegen Mak machte sich ihr Vater Sorgen, war nicht glücklich, wohingegen Theresa immer die Stabile war. Vorhersehbar. Mit gutem Willen konnte man Makedde »umtriebig« nennen. Immer unterwegs. Immer in Schwierigkeiten.

Theresa und ihre Familie gingen ins Wohnzimmer, und Dad folgte ihnen. Mak wahrte etwas Abstand und versuchte immer noch, sich psychologisch gegen den Besuch zu wappnen.

Würde sie jemals mit ihrem eigenen Baby und Ehemann in dieses Wohnzimmer gehen und ihr Vater bei dem Anblick wie ein Schuljunge strahlen? So bald bestimmt nicht.

Als Mak zwanzig war, hatte ihre Familie sie ermutigt, einen Jungen namens George Purdy aus dem Ort zu heiraten. Als sie herausfand, dass er sie betrogen hatte, verließ Mak ihn und warf seinen Verlobungsring in eine Tüte voller Baked Beans und Milchtüten an der Safeway-Supermarktkasse.

Nach fünfundvierzig Minuten Betrachtung von Babyfotos fing Theresa an. Das war fast fünfundvierzig Minuten später als sonst.

»Dad hat mir erzählt, dass es dir nicht so gut geht«, sagte sie.

Mak blinzelte und sah von dem Stapel Fotos von Breanna mit einer rosa-gelb gepunkteten Schleife im Haar auf, bloß um sicherzugehen. Ja, sie war angesprochen worden. »Wie bitte?«, sagte sie.

»Anscheinend bist du gestern die ganze Nacht herumgelaufen.«

»Schlaflosigkeit«, murmelte Les leise aus der Sicherheit seines Sessel auf der anderen Seite des Zimmers. Er hatte das Fotoalbum, in dem Breanna mit einem orangefarbenen Ball spielte.

»Dad, ich leide nicht an Schlaflosigkeit«, sagte Mak. »Ich habe bloß manchmal ein bisschen Schwierigkeiten zu schlafen. Es ist nicht wild.« Wenn er die Sache mit dem Therapeuten erwähnte, würde sie ihn erwürgen.

Theresa hatte Breanna auf den Knien und schaukelte sie sanft. Ihr süßes, kleines Gesicht wandte sich Mak zu und strahlte sie mit einem Hundert-Watt-Lächeln an. Das Lächeln war ansteckend, und Mak musste einfach zurücklächeln. Breanna war sehr süß, das konnte man nicht leugnen. Das Baby hatte weiche, weiße Locken und leicht abstehende Ohren. Breannas Mund ähnelte einer prallen Kirsche, und ihre neugierigen Augen hatten die optimistische Farbe eines blauen Himmels und schienen genauso groß.

»Bedeutet ›Schwierigkeiten zu schlafen‹ nicht, dass man an Schlaflosigkeit leidet?«, fragte Theresa.

Makeddes Lächeln verschwand. Sie sah wieder ihre Schwester an, die gerade erst begonnen hatte. Unglaublich.

»Ich verstehe einfach nicht, warum du immer noch diese verdammte Doktorarbeit schreiben willst, nach diesem ganzen Albtraum in Sydney. Ganz abgesehen von dem Zwischenfall mit Stanley. Ich meine, forensische Psychologie? Kein Wunder, dass du nicht schläfst. Wenn man ständig von Psychos und Vergewaltigern liest …«

Das war ein Schlag unter die Gürtellinie, Schwester.

Die winzigen Härchen in Makeddes Nacken stellten sich auf. Der Zwischenfall mit Stanley lag Jahre zurück, und Stanley saß jetzt im Gefängnis. Das hatte nichts mit ihrer Doktorarbeit zu tun, war vollkommen irrelevant. Und was, zum Teufel, soll »verdammte Doktorarbeit« überhaupt heißen? Sie hatte Theresa nie ihr Ziel, Hausfrau zu werden, vorgeworfen. Wenn es nicht darum ging, dass Model sein zu wenig intellektuell war, dann ging es darum, dass forensische Psychologie nicht »fein« genug war. Es schien, dass Theresa einfach alles, was ihre ältere Schwester tat, kritisieren musste.

»Heutzutage sind Unis nicht mehr sicher, weißt du. Besonders ein so großer Campus wie an der UBC.« Theresa richtete ihre Kommentare an das gesamte Zimmer, als ob es eine wichtige, öffentliche Mitteilung wäre. »Was habe ich vor kurzem gehört? Eine von drei Studentinnen ist dort sexuell angegriffen oder belästigt worden? Ich meine, eine von drei!«

»Ich glaube, dass dieser spezielle Bericht von einer von sechs sprach, was auch schon ohne deine Übertreibung schockierend genug ist«, sagte Mak sanft. »Und diese Zahlen sind umstritten.«

»Eine von sechs. Egal.« Theresa holte tief Luft.

Oh nein, sie ist mit dem Predigen immer noch nicht fertig.

»Und dieses vermisste Mädchen … wie heißt sie? Walker? Susan Walker? Sie war Studentin an der UBC, weißt du. Sie hat auf dem Campus gewohnt. Ich habe ihren Verlobten gestern in den Nachrichten gesehen, er bat um Informationen über ihren Aufenthaltsort. Ihre Mutter hat geweint. Sie nehmen an, dass sie entführt worden ist. Ich verstehe nicht, wie du dich da sicher fühlen kannst …«

Sag es nicht.

»Besonders nach allem, was du durchgemacht hast.«

Sie hat es gesagt.

Ben schwieg. Theresa nicht. »Und die *Drogen*, die sie heimlich einsetzen. Da gibt es Mädchen, die bei fremden Männern im Bett aufwachen und sich nicht einmal daran erinnern können, wie sie dorthin gekommen sind. *Ropnol* benutzen sie. Es ist eine Epidemie.«

»Rohypnol«, korrigierte Mak sanft. Das Medikament war in vierundsechzig Ländern als Tranquilizer zugelassen, und auch wenn es in Kanada und in Amerika illegal war, war es natürlich irgendwie durch die Hintertür hineingekommen. Sie kannte all die Berichte.

»Die Sorte von Männern, die sich heutzutage auf dem Campus herumtreiben …«

Mak starrte die schlichte, weiße Wand neben ihr an. Wenn sie ganz genau hinsah, konnte sie die Pinselstriche ihrer Mutter erkennen. Sie schaffte es, die Stimmen völlig auszublenden, während ihre Schwester weiter über die Gefahren von Vancouver, dem UBC-Campus und Makeddes Leben im Allgemeinen sprach. Mak wollte ihr sagen, dass sie damit aufhören sollte, da sich ihr Vater sonst noch mehr Sorgen als ohnehin schon machte, aber sie hielt den Mund. Die Schlaflosigkeit zehrte an ihren Kräften, und sie war zu müde zum Streiten.

Mak sah Breanna fragend an. Das kleine Mädchen schaute sich mit großen Augen im Zimmer um, ihr Blick glitt von den Lippen ihrer Mutter zu denen ihres Opas, dann zurück zu ihrer Mutter und blieb schließlich am Kragen des Hemdes ihrer Mutter hängen, und sie beschloss, daran zu ziehen. Theresa entfernte die winzige Hand zärtlich und sprach immer weiter. Makedde beobachtete, wie sich die Lippen ihrer Schwester bewegten, und hörte nichts.

Mak hatte das Gefühl, dass eine laute Dampflok in ihrem Kopf herumfuhr, und entschuldigte sich mit Abgabeterminen für ihre Doktorarbeit, um ins Arbeitszimmer zu gehen. Sie schlug das Lehrbuch an der Stelle mit dem Lesezeichen auf, ein Kapitel über Persönlichkeitsstörungen, aber sie konnte ihre Augen nicht lang, genug offen halten, um etwas zu lesen. Es dauerte nicht lang, bis sie ihren müden Kopf auf das Lehrbuch legte und in einen unruhigen Schlaf fiel.

Sie kam zum Abendessen. Während sie den Flur entlangging, rieb sie sich die Augen und sog den Geruch aus der Küche ein. Sie ging ins Esszimmer und …

Wow.

Da saß eine Fremde am Tisch, die mit ihrem Vater sprach. Die Frau sah ihr in die Augen und sagte: »Hi, Makedde«, dann schob sie ihren Stuhl zurück, stand auf und streckte ihre Hand aus. »Ich bin Ann.«

Mein Gott, die Seelenklempnerin.

Ihr Gesichtsausdruck war warm und intelligent, ihre Haare waren modisch geschnitten, kurz, gewellt und rotbraun. Sie war gut gebaut, und Mak schätzte sie auf Mitte vierzig. Nicht sehr groß. Sie trug eine Hose und eine weite Bluse, legerer Chic, der einzige Schmuck waren Perlenohrringe. Sie hatte ebenmäßige Züge und sah hübsch aus, hatte große, braune Augen und ein strahlendes Julia-Roberts-Lächeln.

Mak schüttelte ihre Hand. »Schön, Sie kennen zu lernen.«

»Gleichfalls«, sagte sie. »Ich habe schon viel von Ihnen gehört.«

Darauf wette ich.

Ann begriff, was sie dachte, und fügte hinzu: »Nur Gutes. Ich habe gehört, dass Sie eine brillante Studentin sind und ein ziemlich erfolgreiches Model.«

Mak wusste nicht, was sie sagen sollte. Sie konnte nicht behaupten, dass sie viel von Ann gehört hatte, denn das stimmte nicht. Letzten Abend hatte ihr Vater offensichtlich indirekt angedeutet, dass ihm diese Frau wichtig war, und Mak war zu paranoid und so voll von ihrem eigenen Unglück gewesen, um es zu verstehen.

Wie dumm von mir.

Mak setzte sich an den Tisch. Alles war bereit. Das Essen war fertig, der Tisch gedeckt, die Gäste saßen …

»Es tut mir Leid, dass ich nicht geholfen habe. Ich bin eingeschlafen.« Mak lachte nervös, als ihr klar wurde, dass sie unabsichtlich dieses unerwünschte Thema angesprochen hatte. »Ich kümmere mich um das Aufräumen«, sagte sie.

Sie beobachtete ihren Vater, als er seiner neuen Freundin Reis, Huhn und verschiedene Gemüse servierte. Ann lächelte ihn an, als sie sich bedankte, und Mak glaubte, einen leicht gefühlsseligen Blick bei ihrem Vater zu sehen.

Wow.

Ist das … sind sie … aneinander interessiert?

Sie sah verstohlen auf Anns Ringfinger. Nichts. Noch mal wow. »… mit Tony Morgan verheiratet war«, hatte er gestern Abend gesagt. *War*. Offensichtlich hatte sie den Namen behalten. Wann ist all das passiert?

»Sie sind also zu Besuch auf der Insel?«, fragte Mak leichthin.

»Ja. Ich habe hier ein paar Freunde, aber ich lebe in Vancouver. Sie auch, wie ich gehört habe?«

»Ja. In Kitsilano.«

»Ich wohne nicht weit davon entfernt. Ich befürchte allerdings, dass die Gegend nicht so cool ist. Kits ist toll.«

»Ich mag es.«

»Ich finde Victoria immer noch schöner«, warf Theresa über eine Gabel voll Reis ein.

»Ja, hier ist es sehr hübsch«, sagte Ann. »Die ›Gartenstadt‹. Wir sind nicht weit von Butchart Gardens weg, oder? Da bin ich schon ewig nicht mehr gewesen.«

Les sah auf. »Äh … Vielleicht könnten wir einen Tagesausflug dorthin machen, wenn du das nächste Mal auf die Insel kommst.« Er war ein bisschen verlegen.

Mutig, Dad, sehr mutig, dachte Mak. *Nur ran.*

»Das wäre schön.«

Ich kann einfach nicht glauben, dass ich Zeugin bin, wie mein Dad sich verabredet.

»Das Huhn ist super, Dad«, sagte Theresa, ohne irgendwas von dem Gespräch mitbekommen zu haben. »Ich habe ihm das Rezept gerade erst beigebracht«, fügte sie stolz hinzu.

Er lächelte wohlwollend.

»Nun, mein Sohn Connor schafft gerade mal Toast«, sagte Ann, und alle lachten. »Ich merke es, wenn er Fast Food satt hat, weil er dann unangekündigt auftaucht und meinen Kühlschrank leer räumt …«

Das Klingeln des Telefons zerstörte den Augenblick.

O nein. Nicht jetzt.

»Ich gehe nicht ans Telefon«, platzte Mak heraus.

Der Ton hallte durch das Haus und wurde wie ein Chor in verschiedenen Zimmern verstärkt. Es gab drei Telefone im Vanderwall-Haushalt, und jeder am Esstisch sah vom

Teller auf und starrte auf den Apparat, der in der Küche an der Wand hing. Das heißt, jeder außer Les Vanderwall. Er sah Makedde an.

»Ich gehe nicht ran«, sagte sie. »Wir sind gerade beim Abendessen.« Mak saß dem Telefon am nächsten. Leider hatte ihr Schläfchen sie nicht von ihren Kopfschmerzen befreit, das mit jedem Läuten schlimmer zu werden schien.

»Um Himmels willen, ich gehe ran«, sagte Theresa und schob ihren Stuhl zurück. Beim Aufstehen fielen ihre Haare auf eine Seite, aber als sie ihren Kopf aufrichtete, legte sich der Pagenschnitt wieder perfekt.

»Nein, geh nicht«, sagte Mak, die halb aufgestanden war. »Wir sind beim Essen.«

Aber Theresa war nur noch eine Armlänge vom Telefon entfernt und sagte, dass Breanna sonst aufwachen würde.

Sie hob den Hörer ab und sagte: »Vanderwall, hallo?«

Mak wartete. Ihr Herz schlug viel zu schnell. Falls es Andy war, würde sie nicht mit ihm sprechen wollen. Nicht jetzt. Nicht mit der ganzen Familie in der Nähe… vor allem nicht mit ihrer Schwester und dem Gast ihres Vaters.

»Nein, hier ist nicht Makedde. Ich bin ihre Schwester, Theresa. Wer ist da?« Pause. »*Andrew Flynn? Wirklich?* Ich habe so viel von ihnen gehört, Detective. Rufen Sie aus Australien an?«

Mak sprang von ihrem Stuhl auf.

»Von der FBI-Akademie? *Wirklich*?« Theresa fuhr mit neugierig leuchtenden Augen fort. Sie verlagerte ihr Gewicht auf ein Bein, legte eine Hand auf die Hüfte und drehte dem Esszimmer den Rücken zu.

Mak kam in die Küche und schlitterte über den Linoleumboden, dabei wedelte sie mit den Händen, um die Aufmerksamkeit ihrer Schwester zu erregen, und formte mit den Lippen die Worte: »Ich bin nicht da… ich bin nicht da!«

»Ja, wirklich? Wie *faszinierend…*« Theresa hörte sie näher kommen und verlagerte ihr Gewicht auf das andere Bein. Sie sah über ihre Schulter und ignorierte die panische Zeichensprache ihrer Schwester. »Aha.« Als Mak ganz nah war, sagte Theresa: »Oh, hier ist sie…«

Sie lächelte, als sie ihr das Telefon hinhielt. Mak fand, dass es wie ein zynisches Lächeln aussah.

Mak machte einen Schritt zurück und schüttelte den Kopf.

Nachdem der Hörer eine Weile in der Luft hing, hielt Theresa ihn noch einmal ans Ohr und wiederholte: »Ja, Makedde ist hier, ich gebe Sie weiter.« Sie hielt ihr das Telefon noch einmal hin. Jetzt war ihr Lächeln richtig breit.

Klugscheißerin.

»Äh, hi.«

»Makedde?« Diese bekannte Stimme.

»Hi Andy. Wie geht es dir?«

Die Verbindung war nicht sehr gut.

»Gut. Wie geht es dir?« Der australische Akzent zerrte an ihrem Herz.

»Gut, danke.« *Na ja, eigentlich nicht.*

Mak sah durch die Küchentür ins Esszimmer. Ann war die Einzige, die höflich genug war, nicht hinzusehen, alle anderen starrten sie an, und Theresa stand immer noch in der Küche, nur ein paar Meter entfernt, und beobachtete sie genau.

»Nur eine Sekunde. Ich wechsele das Telefon«, sagte Mak zu Andy. »Kannst du für mich auflegen, wenn ich an den anderen Apparat gehe?«, fragte sie ihre Schwester und gab ihr den Hörer. »Dauert nur eine Sekunde.«

Mak lief durch den Flur ins Arbeitszimmer ihres Vaters und schloss die Tür hinter sich. Sie nahm den Anruf stehend an, das Kabel war verdreht und straff gespannt. Sie wollte es sich nicht zu bequem machen. Als sie abhob, war ihre Schwester schon wieder am Reden.

»… Wirklich? Wie lang sind Sie denn schon…«, sagte Theresa.

»Danke«, sagte Mak laut. »Ich bin dran, danke.«

»Na dann, tschüss, Detective Flynn, war nett, mit Ihnen zu sprechen.« Mak hörte das Telefon klicken, dann lauschte sie einen Moment, um sicherzugehen, dass ihre Schwester wirklich aus der Leitung war.

»Das tut mir Leid.«

»Oh, schon in Ordnung. Deine Schwester scheint nett zu sein.«

»Ja.« Sie lehnte sich seitlich gegen den Schreibtisch und ließ ihren Blick durch das Arbeitszimmer ihres Vaters wandern. Ein gerahmtes Foto seines Akademieabschlusses hing neben einer Belobigung wegen besonderer Leistungen im Dienst. Ihr Mund verzog sich immer zu einem schiefen Lächeln, wenn sie diese Fotos sah. Ihr Vater sah so jung, so engagiert aus, seine Haare waren noch nicht grau, sein Gesicht war glatt und fein geschnitten.

»Mein Dad hat mir gesagt, dass du gestern angerufen hast.«

»Ja, das habe ich. Du warst noch nicht da.«

Ja, aber woher wusstest du, dass ich kommen würde? Sie wusste, dass diese Frage misstrauisch klingen würde, deswegen stellte sie sie nicht. Außerdem war es vielleicht einfach nur ein glücklicher Zufall, oder? Er wusste, dass sie oft hier zu Besuch war, und er hatte die Telefonnummer ihres Vaters. Es war logisch, dass er sie hier anrufen würde, wenn er mit ihr sprechen wollte. *Aber worüber will er mit mir sprechen?*

Makedde drehte der Wand mit den Auszeichnungen den Rücken zu und wandte sich zu einem Regal um, auf dem Mützen aufgereiht waren, die ihr Vater bei Polizeirevieren im ganzen Kontinent eingetauscht hatte. Sie sah sich die gestickten Wappen an: Vancouver PD, Texas Polygraph Unit, Los Angeles Police Department, SWAT Team, Federal Bureau of Investigation …

In der Leitung schien es furchtbar lang still zu sein.

»Es ist schon eine Weile her, nicht wahr?«, sagte sie schließlich. »Du rufst also aus Quantico an. Es muss in Virginia schon ziemlich spät sein.«

»Ja, nach elf. Wie ich gerade deiner Schwester erzählt habe, nehme ich hier an einem Lehrgang teil.«

»Bei der Einheit für Verhaltenspsychologie?«

»Ja, genau. Der Police Commissioner hat seine Zustimmung zu einem neuen Profiler-Team in New South Wales gegeben. Weltklasse. Ich werde mit den Besten zusammenarbeiten. Es sieht danach aus, dass ich eine der Abteilungen leiten werde. In Zukunft vielleicht sogar das gesamte Team.«

Für den Bruchteil einer Sekunde stieg plötzlich Wut in ihr auf, und sie wusste, weswegen. Sie hatte das Gefühl, dass er indirekt von der schlimmsten Tragödie und der Gewalt profitierte. Aber Mak wusste, dass das unfair war, und verdrängte das Gefühl.

»Das ist toll«, entgegnete sie.

Der australische Akzent. Diese Stimme, die gemischte Gefühle in ihr auslöste. Sie hatte sich in ihn verliebt, ihm bald misstraut, ihn sogar gefürchtet. Er hatte ihr in Sydney das Leben gerettet, und sie hasste das Gefühl, in seiner Schuld zu stehen. Sie konnte dieses Gefühl nicht abschütteln. Jedes Mal, wenn sie an ihn dachte, und jetzt, da sie seine Stimme hörte, fühlte sich ihre Brust an, als sei sie mit einem größer werdenden Ballon gefüllt und würde mit jedem Atemzug enger. Die Tatsache, dass sie miteinander geschlafen hatten, machte es nur noch schlimmer. Am allerschlimmsten jedoch war die Tatsache, dass sie immer noch daran dachte.

»Hör mal, ich kann nicht lange reden. Wir essen gerade zu Abend«, platzte sie heraus. Im selben Augenblick, als sie es sagte, war es ihr peinlich, auch wenn es stimmte.

»Oh, tut mir Leid. Ich mache Schluss.«

»Nein, das ist nicht nötig. Ich…«

»Nein, ehrlich, es tut mir Leid. Bitte geh zurück zu deiner Familie.«

Er hatte absolut dicht gemacht, und sie wusste aus Erfahrung, dass er das konnte.

Stille.

»Äh… danke für deinen Anruf.«

»Alles Gute.«

»Dir auch. Tschüss.«

Makedde legte auf und starrte das Telefon an. Sie war rot geworden. Ihre Augen brannten. Wollte er einfach nur reden? Wollte er ihr irgendwas sagen? Sie kämpfte gegen das dringende Bedürfnis, ihn zurückzurufen. Sie saß im Stuhl ihres Vaters und legte den Kopf in die Hände. Das Letzte, was sie jetzt gebrauchen konnte, war, sich wieder Gedanken über Andy Flynn zu machen. Sie brauchte Frieden, und bei ihm konnte sie keinen Frieden finden.

Makedde hatte schon vermutet, dass ihr Essen kalt sein würde, wenn sie zurückkam, und das war es auch.

Vier Augenpaare starrten sie erwartungsvoll an, als sie sich hinsetzte, aber sie sagte nichts. Theresa machte den Mund auf, um etwas zu sagen, aber irgendwas in Makeddes Gesichtsausdruck hielt sie davon ab. Als sie ihren Mund wieder aufmachte, war es, um Ann alles über Breanna zu erzählen.

Das war gut.

6

»Ein Anruf für Sie, Sarge.« Constable Perrys Stimme drang über die Sprechanlage in einem der seltenen ruhigen Momente. »Leitung 4.«

Sergeant Grant Wilson von der Royal Canadian Mounted Police seufzte und schob den Papierkram zur Seite. »Okay, ich nehme ihn an«, sagte er, unsicher, ob Perry diese Zustimmung hören würde. Er hob den Hörer ab und drückte auf den blinkenden Knopf, den vierten von oben auf seiner viel zu komplizierten Telefonanlage. Er zog das alte System vor, das war viel einfacher.

»Wilson«, sagte er.

»Hi, Grant«, sagte die bekannte Stimme am anderen Ende. »Hier ist Mike.«

Er hatte die Stimme schon erkannt. »Hi, Mike.«

Corporal Michael Rose und er waren schon ewig befreundet, obwohl Mike mit seinen vierunddreißig Jahren zehn Jahre jünger war als Grant. Sie hatten beide bei der Polizei Karriere gemacht. Sie wohnten im selben Vorort, und ihre Frauen waren befreundet. Die Damen beschäftigten sich miteinander, wenn sie Überstunden machen mussten, das half allen. Grants Tochter Cherrie fand Mike sogar irgendwie süß, aber sie war schließlich erst fünfzehn. Mike und er gingen drei Mal die Woche gemeinsam zum Training, und Grant war stolz, dass er immer noch zweieinhalb Kilo mehr heben konnte als sein jüngerer Freund, selbst wenn seine eigene Tochter fand, dass er nicht mehr so gut aussah.

»Also, was ist los, Mike?«, fragte Grant.

»Oh, Himmel. Wir haben hier draußen ein Problem.«

Grant zog eine Augenbraue hoch. »Welches?« Er lehnte sich in seinem Stuhl zurück und begann, mit seinem Kuli zu spielen. Amanda hasste das, deswegen bemühte er sich, es zu Hause nicht zu tun. »Ist dein Bruder wieder in Schwierigkeiten?«

Klick-klick.

Mikes Bruder Evan war ein ziemliches Problem. Wahrscheinlich würde er ihn eines Tages verhaften müssen.

Klick-klick.

»Nein, nichts in der Art. Wir haben einen Anruf bekommen, um einen Bericht draußen beim Nahatlatch zu überprüfen. Ein paar Jäger haben gesagt, dass ihr Hund etwas ausgegraben hat, das wie eine Leiche aussieht, die unter ein paar Büschen begraben wurde. Wir dachten zuerst, es wäre wahrscheinlich irgendein Tier, aber nein, es ist ein Mensch. Eine tote Frau.«

Klick. Grants Hand hielt inne.

»Eine tote Frau?«

»Ja. So sieht es aus.«

Grant dachte einen Augenblick darüber nach. »Und, bist du draußen gewesen?«

»Ich bin im Moment hier. Symmons und Kent sind bei mir. Nicht weit vom Fluss entfernt.«

»Wonach sieht es deiner Meinung nach aus?«

»Es sieht schlimm aus, Grant. Ich kann mir nicht vorstellen, was sie ganz allein hier draußen in diesen Klamotten gemacht hat.«

»Welche Klamotten?«

»Sie hat eine Art geknöpfte Bluse an und einen Rock, soweit wir das beurteilen können.«

»Einen Rock?«

»Genau. Und diese schwarzen Nylondinger. Sie ist keine Jägerin, die sich verlaufen hat, oder jemand aus einem Kajak, das ist sicher.«

Grant nickte. »Ein Strichmädchen, glaubst du?«

»Nein, das habe ich nicht gemeint. Es ist schwer zu sagen, aber so sieht sie für mich nicht aus. Irgendwie konservativ, trotz des Rocks und allem. Mehr wie ein Kirchenmädel oder so.«

»Wie lang liegt sie schon dort?«

»Nicht besonders lang, glauben sie. Ein paar Tage oder so. Ziemlich frisch. In einem schlechten Zustand, aber frisch.«

Grant versuchte, nicht daran zu denken. »In Ordnung, Mike, ich komme zu euch raus. Ich bin in ungefähr einer Stunde da ...«

7

Makedde Vanderwall joggte immer allein und oft nach Einbruch der Dunkelheit. Nichts konnte sie so sehr erschrecken, dass sie diese Gewohnheit ändern würde. Sie fand die Dunkelheit schön, ebenfalls Gewitter und diese einsamen mitternächtlichen Läufe.

Aber es machte ihren Dad verrückt.

Immer wenn sie auf Vancouver Island war, joggte sie um die nahen Seen. Ihre schnellste Zeit für die elf Kilometer lange Strecke Elk and Beaver Lake war fünfundvierzig Minuten; nicht schlecht für jemanden, der nicht gerade zierlich war, was für Langstreckenläufer die beste Statur zu sein scheint.

Tagsüber lief sie oft mit ihrem Discman, aber wenn sie nachts lief, zog sie die Stille vor und die Sicherheit der kleinen Dose Pfefferspray zur Verteidigung. Der Wald war um diese Zeit dunkel, aber statt ihr Angst zu machen, empfand Mak dies als Schutz, als ob die Nacht eine riesige, weiche Decke wäre. Der Himmel war klar, der Mond und die Sterne leuchteten, und Makedde kannte die Strecke wie ihre Westentasche. Nachts gab es nur wenige andere Jogger, und das gefiel ihr. Sie war nicht an den See gekommen, um Kontakte zu knüpfen oder sich mit ihren Inselfreunden zu treffen, sie war gekommen, um zu laufen und nachzudenken.

Warum hat Andy mich angerufen?

Warum verstehen meine Schwester und ich uns nicht? Ist es meine Schuld? Ist es wirklich so schwierig?

Wird Ann Morgan die Freundin meines Dads werden?

Ann schien nett zu sein. Und es war fast zwei Jahre her, dass ihre Mutter gestorben war. Ihr Dad war einsam. Mit einer Freundin wäre er viel glücklicher.

Während Mak joggte, betrachtete sie das ruhige Wasser, das im Mondlicht schimmerte. Vielleicht war es die Jahreszeit, aber der helle, orangefarbene Mond, der stolz über dem See am Himmel stand, ließ sie an Halloween denken, diesen magischen Tag, an den sie sich so gut erinnerte.

Mom, die sich über mich beugt, mich im Dunkeln weckt …

Ihre Mutter, Jane, hatte Makedde am einunddreißigsten Oktober nach der Schule Abendessen gemacht und sie zu Bett gebracht. Mak schlief schnell tief ein, weil sie wusste, dass sie an einem neuen Tag aufwachen würde. Es wäre Halloween, der Tag, an dem es keine Sonne gab und die Geister und Hexen, lächelnd und zum Spuken bereit, hervorkamen. Es war ein besonderer Tag, an dem man ihr alle Schokoladenmalzbällchen und Gummibärchen, die sie sich je wünschen konnte, in ihr Kopfkissen, das sie als Tasche benutzte, stecken würde. Es war ein besonderer Tag, an dem sie so tun konnte, als sei sie selbst ein Geist, und mit ihren Eltern und der kleinen Theresa im Schlepptau von Tür zu Tür wandern konnte und von noch seltsameren Wesen gegrüßt wurde, die lächelten und ihr Süßigkeiten gaben.

Es war ein magischer Tag und ein Tag der Nacht.

Unter demselben leuchtenden Mond befand sich Sergeant Grant Wilson auf dem Festland in einem anderen Wald, nah einem anderen See, und dachte über den sinnlosen Tod von Susan Walker nach. Ein Mädchen, das nicht viel älter als seine eigene Tochter war, ein Mädchen, das Angst vor der Dunkelheit hatte und das schließlich keine Chance gehabt hatte.

8

Der Jäger saß ruhig an einem kleinen Tisch in der Ecke der Studentenkneipe. Er hielt in der einen Hand ein Bier, in der anderen eine Zeitung und beobachtete jede Bewegung im Raum.

Es war ein eher billiger Laden, schlecht beleuchtet und mit simplen Holzstühlen und -tischen auf einem langweiligen grün-braunen Teppich. Links von ihm befand sich eine lange Theke aus Holz. Es war eine ruhige Nacht, und alle Stühle waren leer. Seine einzige Gesellschaft war der Barmann mit dem Fuchsgesicht. Der junge Mann lehnte sich gegen die Theke, ein gelangweilter Junge, der einen Becher spülte. Er hatte Bartstoppeln im Gesicht.

Diese Kneipe war während der Saison ein Hauptjagdrevier. Und im Augenblick war Saison. Es war September, Semesterbeginn, und das bedeutete viele neue Ziele, Mädchen aus dem ganzen Land und einige aus Übersee, clevere Mädchen, Studentinnen, jede Einzelne eine Herausforderung. Alle suchten nach ihrem Weg, suchten nach neuen Freunden, nach Spaß.

Perfekt.

Er betrachtete eine Gruppe durchschnittlich aussehender Männer und Frauen, die am anderen Ende des Raumes Billard spielten. Sie trugen alle dieselbe Art von Kleidung, Jeans mit Turnschuhen oder Wanderstiefeln. Der Jäger hatte sich genau richtig angezogen und passte gut dazu. Aber nicht eine der Frauen interessierte ihn.

Geduld.

Es dauerte eine Weile, bis sich die Kneipe füllte, aber das war in Ordnung. Noch kein Grund zur Panik. Er zog es vor, früh zu kommen, eine gute Stellung zu beziehen und ein Gefühl für das, was im Raum vorging, zu bekommen. Er konnte sich unsichtbar machen. Und wenn er ungewollte Aufmerksamkeit auf sich zog, konnte er gehen.

Er hatte die Kontrolle.

Der Jäger war clever. Er wusste, wie wichtig ein Plan war. Seine Pläne waren flexibel genug, um sich an unerwünschte Elemente anzupassen, und er trat nur dann in Aktion, wenn alles perfekt war. Das hatte er auf die harte Tour gelernt. Natürlich war es nach dem Fang anders. Wenn man einmal gewonnen hat, konnte man tun, was man wollte.

Er hatte schon fast aufgegeben, als eine junge Frau eintrat und sofort sein Interesse weckte. Gerade so, als reagierte er auf eine Art Radarsignal, hob er den Kopf, und da war sie. Sie ging auf den Barmann zu, eine Brünette, ziemlich klein und durchschnittlich, aber nicht unattraktiv. Ihre schwarzen Lederstiefel mit eckigem Absatz waren ordentlich geputzt, sie trug dunkle Stretchjeans und eine schicke, graue Fleecejacke. Sie sah so aus, als hätte sie unter all der Kleidung eine gute Figur. Das Mädchen wirkte ein bisschen unsicher, ein bisschen nervös. Das interessierte ihn am meisten. Er sah in ihr eine neue Studentin, die gerade ihr erstes Semester begann.

Ein mögliches Ziel.

Er hob seine Zeitung ein Stück hoch, um seine untere Gesichtshälfte zu verdecken, und starrte das Mädchen durch seine Fensterglasbrille an. Er beobachtete sie, wie sie ein paar Meter vor der Theke stehen blieb und sich neugierig umsah. Als sie in seine Richtung blickte, schaute er auf die Zeitung. Sie nahm den Mann mit der Brille in der Ecke nicht wahr und sah sich weiter im Raum um. Auf den ersten Blick dachte er, dass ihre Augen rot und leicht geschwollen waren.

Nach einer Weile ging das Mädchen zum gelangweilten Barmann und fragte, wo die Telefone waren. Der Jäger fand das eine interessante Frage, da sie ja beim Hereinkommen an einer ganzen Reihe vorbeigelaufen war. Offenbar war sie nicht sehr aufmerksam gewesen. Sie machte sich wegen irgendwas Sorgen, hatte Kummer.

Er spürte, wie sein Adrenalinspiegel stieg. Die Bedingungen schienen gut.

Der Barmann zeigte in Richtung des Eingangs, hob dabei kaum den Blick von dem Becher, den er spülte. Sie bedankte sich höflich, ohne offensichtlichen Akzent, und ging los.

Der Jäger folgte ihr. Er durchquerte den Raum leise, eine Hand in der Hosentasche; seinen Kopf ließ er hängen, als sei er müde. Er blieb nah an der Wand, unauffällig.

Die Toiletten waren in derselben Richtung wie die Telefone, und er wusste, dass er das Gespräch der jungen Frau belauschen konnte, wenn er an der Toilettentür horchte. Als er um die Ecke ging, hob er kurz seinen Blick und sah die Telefone und die Frau, die wählte. Er ging aufs Herrenklo, das zum Glück leer war. Gut. Er legte seine Hände von innen an die Tür und sein Ohr flach auf das dünne Holzimitat.

»Brian? Brian, wenn du da bist, dann heb ab«, hörte er sie sagen. »Heb bitte ab.« Pause. »*Bitte.*« Pause. »Hör mal, ich bin in der Kneipe. Wo bist du? Brian, ich …« Sie hörte mitten im Satz auf und stöhnte frustriert. Der Jäger spähte durch die Tür, um zu sehen, was sie tat. Das Mädchen legte den Hörer auf und suchte in der Tasche ihrer Jeans nach Kleingeld. Sie musste ihre Jacke hochziehen, um an die Gesäßtasche zu gelangen, und er sah blasse Haut aufblitzen. Das Mädchen fand eine Münze und wählte noch einmal.

»Brian, hier ist noch mal Debbie…« Sie schaute auf ihre Uhr und hob die Hand, als sie die Uhrzeit sah. »Es ist schon acht Uhr vierzig. Ich weiß nicht, wie lang ich hier bleiben werde, aber…« Sie hielt inne. »Komm einfach her.«

Der Jäger wartete, bis sie aufgelegt hatte, und ging dann schnell von hinten auf sie zu.

»Hey, Debbie? Ich dachte doch, dass du es bist…«

Viele Stunden später wachte Debbie Melmeth in einer beunruhigenden Stille auf. Es war so still, dass sie das Gefühl hatte, ertrunken und in Algen gefangen zu sein, festgehalten und gefesselt unter Wasser in einem gefrorenen See.

Nichts.

Atmen.

Es war ihr eigener Atem, und er war unregelmäßig. Sie öffnete ihren Mund, um festzustellen, ob Wasser eindringen würde. Das tat es nicht. Sie war nicht ertrunken. Sie war nicht tot.

Sie drehte ihren Kopf zur Seite und versuchte, ihre Augen offen zu halten. Sie war durcheinander. Alles fühlte sich furchtbar falsch an, und sie wusste nicht, warum. Die Stille um sie herum war erschreckend fremd. Doch als sie langsam das Bewusstsein wiedererlangte, hörte sie Geräusche. Es waren leise, geheimnisvolle Geräusche.

Debbie war sich nicht sicher, ob sie lachen oder weinen sollte. Sie fühlte sich schwindlig und betrunken. Sie erinnerte sich, dass Brian nicht in der Kneipe gewesen war. Sie hatte ihn angerufen, und er war nicht zu Hause gewesen. Aber da war ein netter Mann gewesen. Er hatte sie angesprochen. Sie musste danach eine Menge getrunken haben. Hatte er ihr die Getränke gekauft? Etwas stimmte nicht. Ihr berauschter Verstand konnte die Umstände nicht ganz begreifen, aber sie wusste, dass irgendetwas definitiv nicht stimmte.

Sie versuchte, sich zu entspannen und sich auf ihre Atmung zu konzentrieren. Sie wusste nicht, wie lang sie in dieser Stellung blieb und auf ihren Atem lauschte, während ihr Verstand sich in kleinen Kreisen bewegte und die konfusen Signale ihres Körpers registrierte, als sie ein neues Geräusch hörte.

Klick.

Klick-klick.

Es schien aus einem anderen Zimmer zu kommen.

Ihre Augen wollten nicht klar sehen, aber sie konnte erkennen, dass sie auf einem Stuhl in einem schlecht beleuchteten Zimmer saß. Es roch eigenartig, fremd.

Sie hörte noch einmal das Klicken und kämpfte gegen die Übelkeit an. Sie hatte das Bedürfnis zu lachen, aber in ihr regte sich ein riesiges, schwarzes Laken und löschte das Licht. Die Bewusstlosigkeit umfing sie.

Etwas später versuchte sie zu sprechen. Sie wusste, dass jemand da war, jemand, der wüsste, was mit ihr nicht stimmte, jemand, der Antworten geben könnte, und sie versuchte, eine Frage zu stellen. »Was tue ich hier?« Es kostete sie viel Mühe, den Satz zu bilden, und doch war das Ergebnis wenig mehr als ein Durcheinander undeutlicher Vokale und Konsonanten.

»Waasssiihie?«

Unabsichtlich lachte sie laut auf. Ihr eigener, lächerlicher Versuch zu sprechen schien einen Augenblick lang lustig. Aber das hier war nicht lustig. Nichts hier war lustig. Warum das Lachen? Halt den Mund und konzentriere dich. Sie konnte weder ihre Arme noch ihre Beine bewegen –

warum, um Gottes willen, kann ich meine Arme und Beine nicht bewegen? –, und es schien Debbie, als ob ihr Verstand sie verlassen hätte. Er war zu Gelee geworden. Sie war noch niemals so betrunken gewesen. Wie hatte sie das geschehen lassen können? Sie konnte nicht einmal mehr ihre Gliedmaßen bewegen! Es war, als klebte sie am Stuhl fest.

Sie versuchte, nach unten zu sehen. Ihr Blick war unscharf, ihre Augen arbeiteten nicht richtig, und jetzt sah sie, warum sie sich nicht bewegen konnte. Ihre Fußgelenke waren mit einem Metallring an den Stuhl gefesselt. Es fühlte sich so an, als ob ihre Handgelenke auch in Handschellen lagen, aber sie konnte sie nicht sehen, weil sie hinter ihrem Rücken zusammengebunden waren.

Irgendjemand hatte das getan, und er war nicht weit weg. Sie hatte keine Vorstellung, wer oder wann oder warum oder auch nur, wie nah er war, aber sie spürte, dass jemand da war, und sie versuchte noch einmal, mit ihm zu sprechen, dieses Mal lauter.

»Waaaaa haaa …« Sie hielt inne und versuchte es noch einmal. Ihre Unfähigkeit, richtig zu sprechen, irritierte sie. Was ist los? Sie probierte es noch einmal, und es klang wie: »Waaa tuuuu hiiiii!«

Sie versuchte, sich ihre Umgebung anzusehen, und da bemerkte sie die Tiere. Sie waren überall, Bären, Pumas, Wölfe, Füchse, Elche, Rotwild. Sie sahen sie an, starrten sie an, entsetzlich echt. Das hier kann nicht wahr sein. Das kann es nicht. Aber es war alles, was sie sehen konnte.

Debbie wollte ihr Gesicht vor den reißenden Klauen und spitzen Zähnen schützen. Sie wollte sich schützen. Die Tiere kamen von überall auf sie zu, und sie bekam Panik. Sie kämpfte gegen ihre Fesseln und schrie. Das Zimmer verschwomm, und der harte Holzfußboden sprang auf, um sie ins Gesicht zu schlagen. Sie lag auf der Seite, ihre

Wange gegen das Holz gepresst, ihr Körper schwer und linkisch, zusammengeklappt.

Sie hörte laute Schritte, die auf sie zuliefen und den Boden beben ließen. Jemand kam näher, und sie versuchte zu sprechen, aber ihr Mund wurde gegen den Boden gepresst. Ihre Lippen bewegten sich nutzlos, und mit dem einen Auge, das nach oben schaute, sah sie einen Mann, der sich herunterbeugte. Dann befand sie sich nicht mehr auf dem Boden, sondern in der Luft, mit dem Stuhl und allem, und wurde wieder zurückgestellt. Die Tiergesichter um sie herum fletschten die Zähne, und nun war ein menschliches Gesicht dazugekommen, ein Mann, der vor ihr stand. Sie sah doppelt, vierfach, dann wieder doppelt.

Und dann erkannte sie ihn. Es war der Mann, der sie zu einem Drink eingeladen hatte, bloß dass er keine Brille mehr trug. Er hatte ihr das angetan. Er hatte ihr eine Falle gestellt. Sie wollte schreien, aber aus ihrem Mund kam nur ein verzerrtes Kichern, ein hoffnungsloses, berauschtes Kichern, das so weit von Freude entfernt war, wie Entsetzen es nur sein kann.

9

Grant Wilson mochte keine Pferde. Er hatte sich sogar als kleiner Junge ein Bein gebrochen, um seinem Vater, ebenfalls ein RCMP-Beamter, zu beweisen, wie wenig er Pferde mochte. Daisy, der Familienklepper, hatte ihn einmal ungefähr drei Meter hoch in die Luft geworfen, und er war in einem Baum gelandet.

Aber das war egal, denn im Allgemeinen verbrachte die königliche kanadische berittene Polizei nur wenig Zeit reitend. Es gab immer mal eine Ausnahme, wie den berühmten »Musical Ride«, wenn die Queen kam, zum Beispiel, aber damit hatte er nichts zu tun. Nein, inzwischen hatten sie Polizeiwagen anstelle dieser großen, unberechenbaren Wesen, und in diesem Teil Kanadas überstieg der Zuständigkeitsbereich der RCMP die Reichweite von Pferden bei weitem.

Grant befand sich im Wald am Nahatlatch River und suchte nach Spuren, eine Taschenlampe und ein paar Schäferhunde waren seine einzige Gesellschaft. Es war eiskalt, und während er in Parka und mehreren Schichten Uniform durch den Wald ging, kämpfte er gegen eine beißende Kälte in seinen Knochen und seinem Kopf.

Hier war die Leiche des Mädchens verscharrt worden. Die Stelle war für die Spurensicherung immer noch beleuchtet. Die Leiche war wirklich in einem furchtbaren Zustand, genau wie Mike gesagt hatte. Wahrscheinlich waren Tiere an der Leiche gewesen. Die Stelle, an der sie gelegen hatte, war schon mehrmals sorgfältig durchgekämmt worden, und jetzt war die Suche ausgeweitet worden. Und wie ein Narr hatte Grant sich überreden lassen zu helfen. Er sollte eigentlich zu Hause bei seiner Frau sein. Sie brauchte ihn. *Verdammt*. Er zwang sich, nicht mehr an seine kranke Frau zu denken und sich stattdessen auf die aktuelle Arbeit zu konzentrieren.

Im Augenblick würden sie in der Stadt gerade die Obduktion beenden. Sie war ein junges Mädchen gewesen, ein Teenager. Das machte Grant zu schaffen. Er dachte an seine eigene Tochter, und es gefiel ihm nicht, an Cherrie zu denken, während er durch den Wald ging und nach einer Mordwaffe suchte.

Es gefiel ihm überhaupt nicht. Ab und zu hatten sie es hier draußen mit einem oder zwei unglückseligen Jägern zu tun. Sie hatten ein paar Angriffe von Bären und auch einen Jagdunfall gehabt. Aber nichts wie das hier. Zumindest nicht, dass er sich daran erinnern könnte. Dieses Mädchen hatte keinen Grund gehabt, allein hier draußen zu sein.

Grant wusste nicht, ob er die Kälte noch viel länger aushalten könnte. Es wurde spät. Sie würden morgen früh weitermachen müssen. Er drehte sich um und lief in die Richtung von Mike zurück. Während er ging, schwenkte er die Taschenlampe vor sich hin und her. Der Waldboden war uneben und voller Wurzeln und Bodendeckerpflanzen. Er kam zu einer der Lichtungen und sah sich um. Corporal Michael Rose redete mit einem der Constables. Er gestikulierte heftig, während er sprach. Mike sah auf, als sein Freund näher kam. Er beendete das Gespräch und ging zu ihm.

»Wir sollten bald zusammenpacken, was?«, sagte er.

»Ja«, entgegnete Grant. »Du hast mir die Worte aus dem

Mund genommen. Wir werden alle krank, wenn wir noch länger hier draußen bleiben.«

»Sobald es morgen hell ist, werden wir ein Suchteam zusammenstellen und alles durchkämmen.«

»Ja.«

Lautes Gebell weckte ihre Aufmerksamkeit, und sie drehten sich gleichzeitig um und schauten in die Richtung. Eine Stimme drang durch die Dunkelheit, und eine Taschenlampe flackerte weit vor ihnen zwischen den Bäumen auf.

»Sarge!«

Grant begann zu laufen, Mike war direkt neben ihm.

Es war Symmons. Er kam mit einem der Hundeführer vom Fluss zurück. »Wir haben Knochen!«, rief er. »Wir haben Knochen!«

Knochen? Mike und Grant wechselten beim Laufen einen Blick. Das könnte etwas anderes sein… vielleicht ein Reh? Das war wahrscheinlicher. Aber das furchtbare Bellen hörte nicht auf. Der Hund war ziemlich aufgeregt.

»Menschlich?«, fragte Grant, als sie zwischen den Bäumen hervortraten.

»Einen Augenblick… Ich glaube schon. Ella dreht total durch«, sagte Symmons. Er war atemlos, obwohl Mike und Grant diejenigen waren, die gerannt waren.

Ella bellte und bellte, lief im Kreis um die Stelle herum und bellte weiter.

»Gutes Mädchen, gutes Mädchen, Ella«, sagte der Hundeführer und beruhigte das Tier. »So ein guuuutes Mädchen!« Er wandte sich ihnen zu. »Ja, sie hat definitiv etwas gefunden.«

Ein paar Schritte entfernt stach ein großer Knochen, ganz ohne Fleisch, aus dem Waldboden. Es hätte alles sein können. Grant war ein bisschen enttäuscht, da er den ganzen Weg gerannt war, und auch ein bisschen erleichtert.

Ein paar Männer der Spurensicherung waren ihnen gefolgt. »Sehen wir ihn uns mal an«, sagte einer von ihnen, und sie gingen weiter.

»Es könnte auch nur ein....«, begann Mike, brach aber ab. Jemand leuchtete mit einer Taschenlampe über die Stelle, an der Grant den ersten Knochen entdeckt hatte, und da wurde es klar, dass dort mehr war. Es sah nach einem kompletten Brustkasten aus, der aus der Erde und dem Farn hervorlugte, und er war definitiv menschlich. Außer, das örtliche Rotwild trug neuerdings Hemden.

»Bringt das Licht hierher!«, rief einer aus dem Team. »Sieht so aus, als hätten wir eine zweite Leiche.«

10

Es war Abend, und endlich fühlte Makedde sich entspannt. Sie hatte es sich auf der Couch in ihrer bescheidenen Wohnung in Vancouver mit einer alten Ausgabe von *Psychopathie und Soziopathie* von Robert D. Hare bequem gemacht.

Was konnte sich ein Mädchen mehr wünschen?

Sie wollte ihr Wissen über das Thema vor der Konferenz am nächsten Tag auffrischen. Das Buch von 1970 war älter als sie, aber sie dachte, dass ein Vergleich mit den neuesten Forschungsergebnissen, die sie morgen auf der Konferenz hören würde, interessant wäre. Sie kannte Hervey Cleckleys *Maske der Normalität* und hatte Dr. Hares Klassiker *Ohne Gewissen: Die erschreckende Welt der Psychopathen* mehrmals gelesen, aber in den letzten Monaten war ihr Appetit auf Informationen über das Thema unersättlich gewesen.

... Während Perioden der Entspannung und schmerzhaften Stimulation ist das Muster der hypotaktischen (Symphathikotonie) und parasympathischen (Parataxie) Aktivitäten bei neurotischen Patienten genau wie bei normalen ...

Auf dem Beistelltisch neben ihr stand ein halb leer gegessener Teller mit Nudeln.

Nach dem Ende der Stimulation geht die autonome Aktivität des normalen Patienten jedoch ...

Das Telefon klingelte und störte ihre Konzentration. Makedde griff nach dem Hörer, ohne den Blick von der Seite zu lösen. Sie war sich ziemlich sicher, dass sie wusste, wer es war.

»Wie geht's, Dad?«, sagte sie.

»Gut. Und dir?«

»Auch gut, danke«, antwortete sie und las noch eine Zeile.

Die Experimente, die Malmo kürzlich (1966) durchgeführt hat, bestätigen Rubins Hypothese …

»Wie geht es dir?«, fragte ihr Vater.

Der Kernpunkt von Rubins Theorie über Psychopathie ist der, dass einige Charakteristika des Psychopathen denen des Neurotikers mehr oder weniger entgegengesetzt …

»Hast du gut geschlafen?«, fuhr er fort, dieses Mal etwas lauter, was bedeutete, er wusste, dass sie sich nicht voll auf ihn konzentrierte. Sie legte das Buch hin.

»Hm, Schlaf?« Mak runzelte die Stirn, sah an die Decke und tat so, als ob sie scharf nachdachte, obwohl die einzigen Zuschauer ihrer kleinen Show nur ihre Pflanzen waren. »Ach. Ach, das. Überschätzt.«

»Makedde …«

Sie hielt den Telefonhörer von ihrem Ohr weg, als er lauter wurde, mit der anderen Hand steckte sie ein Lesezeichen in das Buch und legte es auf ihren Schoß.

»Dad«, sagte sie schließlich, »beruhige dich. Es geht mir gut. Ich schlafe gut.«

Eine Lüge.

»Denkst du, du kannst mir was vormachen?«, sagte ihr

Vater. »Ann glaubt, dass sie dir helfen kann. Sie kennt sich aus. Sie hat gesagt, dass sie sehr froh wäre, mit dir darüber zu sprechen oder dir vielleicht jemanden zu empfehlen.«

»Ach ja.«

»Ich finde, du solltest sie fragen«, sagte er.

»Findest du, ja? Wann wurde sie geschieden?«, fragte Mak.

Pause. »Ich glaube, vor ein paar Jahren.« Bingo. »Was hat das denn jetzt damit zu tun?«

»Nichts.« Sie fragte sich, wie interessiert ihr Vater an Ann war. »Ich habe nur beobachtet, wie du sie angesehen hast. Ich mag sie, Dad. Sie ist nett.«

»Gut. Dann überlegst du dir ja vielleicht auch, auf ihr Angebot einzugehen. Sie möchte, dass ich dir ihre Telefonnummer gebe, für den Fall, dass du sie jemals brauchst. Sie wohnt nicht weit von dir entfernt.«

»In Ordnung, schieß los.« Er nannte sie ihr, und sie schrieb sie brav auf, ohne die Absicht, jemals anzurufen.

»Du hast noch eine Mitteilung von Detective Flynn bekommen.«

»Andy?« *Verdammt.*

»Er hat mir eine Nummer gegeben, unter der du ihn in Quantico anrufen sollst. Ich glaube, er hatte Angst, nach deiner Telefonnummer zu fragen. Er sagte aber, dass er nur bis morgen Abend dort erreichbar sei.«

»Okay.«

Sie schrieb sie auf, und nachdem sie aufgelegt hatte, starrte sie die Zahlen an. Auf dem Blatt Papier in ihrer Hand standen zwei Telefonnummern von zwei Leuten, die sie eigentlich gar nicht sprechen wollte. Egal, mit wem sie reden würde, es wäre so wie eine Büchse Würmer öffnen.

Es war sowieso zu spät, um Andy in Virginia anzurufen. Sie würde es auf morgen verschieben.

Vielleicht.

Nachts träumte Makedde von Psychiatern, FBI-Agenten und Psychopathen. Und vom Teufel. Kurz bevor sie schreiend aufwachte, schossen Flammen aus seinen Augen, und Makedde, in der Polizeiuniform ihres Vaters, fiel nach hinten, und ihre Finger umklammerten immer noch den Abzug ihrer Waffe. Noch einmal riss der Teufel vor ihren Augen ihrer Mutter brutal das Leben aus dem Leib.

Das war um drei Uhr morgens.

Danach konnte sie nicht mehr schlafen.

11

Dr. Harold G. Gosper, Professor für Sozialpsychologie, kam um halb neun in der University of British Columbia an und setzte sich ganz hinten in den Ballsaal des Graduierten-Zentrums. Er trug seine dunkelgrüne Lieblingsweste, eine passende Cordhose und ein mauvefarbenes Hemd. Während er an einem Zahnpastafleck auf seiner Hose kratzte, erinnerte er sich vage daran, dass seine Frau heute Morgen, als er das Haus verlassen hatte, protestiert hatte, da er seit vier Tagen dieselben Sachen trug. Egal. Sie hatte in den letzten Tagen kaum etwas zu ihm gesagt, und das war ihm eigentlich ziemlich gleichgültig.

Er feuchtete den Zahnpastafleck mit ein bisschen Spucke an, und als er mit dem Ergebnis zufrieden war, zog er die Hand zurück und fuhr mit der Handfläche über seine glatten Haare. Er setzte sich auf dem harten Plastikstuhl zurecht und leckte sich die Lippen. Professor Gosper hatte den Platz in der hintersten Ecke des Raums absichtlich gewählt, damit er leise gehen konnte, wenn es langweilig wurde. Neben ihm befanden sich die schweren Ausgangstüren, und er hatte den gesamten Raum und die Anwesenden im Blick. Er beobachtete gerne Leute, lieber, als Psychologievorlesungen zu besuchen, das war sicher. Er war an sozialer Psychologie interessiert, nicht an forensischer, und ehrlich gesagt hatte er nicht viel Zeit für »Psychopathie« und Dr. Hares Theorien über den psychopathischen Geist.

Sicherlich besaß Dr. Hare all die Preise und seine Ehrenmedaillen und seine Dokumentationen, und seine Hare-Psychopathie-Checkliste (PCL) war ein weithin akzeptiertes Hilfsmittel bei der Diagnose von Psychopathen. Gosper war sich all dessen nur zu bewusst. Und natürlich war da sein beliebtes Buch *Ohne Gewissen: Die erschreckende Welt der Psychopathen*. Das konnte er nicht vergessen. Aber trotzdem fand Gosper es etwas schwierig, Hares Status als Guru zu akzeptieren.

Tief in seinem Innersten war er davon überzeugt, dass seine geheime Abneigung nichts mit den vielen Ablehnungen zu tun hatte, die er für sein eigenes Manuskript bekommen hatte.

Vielleicht würde ja einer von Dr. Hares Verlegern an der Konferenz teilnehmen?

Mit verschränkten Armen lehnte Gosper sich zurück und beobachtete den sich langsam füllenden Raum. Eine Gruppe uniformierter Polizeibeamter kam herein und lehnte die am Eingang angebotenen Namensschilder ab. Die Polizisten waren von der örtlichen Polizei in Vancouver, und sie bewegten sich gemeinsam auf die langen Tische voller Häppchen und Schoko-Chip-Muffins zu. Als sie merkten, dass das Essen noch von Frischhaltefolie bedeckt war, wandten sie sich dem Kaffee zu und hingen schließlich mit leeren Styroporbechern in der Hand in der Nähe der Kaffeemaschine herum. Ihr Koffeinnachschub war noch nicht fertig, sie würden wohl bis neun Uhr warten müssen.

Ein paar Studenten traten ein, in Jeans und Turnschuhen, und sprachen mit den Graduierten, die ehrenamtlich Namensschilder und Unterlagen verteilten. Ein paar Männer, von denen Gosper annahm, dass sie Polizisten oder Agenten in Zivil waren, standen an der langen Garderobe hinten im Raum und unterhielten sich heftig gestikulierend.

Als die Teilnehmer ihre Plätze einnahmen, kristallisierte sich ein Muster heraus. Eifrige Studenten und Freunde der Referenten saßen in kleinen Gruppen vorne, und die Polizisten und die Beamten der RCMP saßen in getrennten Lagern in den hinteren Reihen. Psychologiestudenten mit ihren Notizheften und Taschen füllten die mittleren Reihen.

Ein junger Mann mit lockigen Haaren und in legerer Hose und Hemd setzte sich ein paar Stühle weiter neben Professor Gosper. Gosper bemerkte, dass er seinen eigenen Kaffee in einem Starbucks-Becher mitgebracht hatte.

Der große Raum war inzwischen ungefähr halb voll, und immer noch kamen Leute. Es waren Studenten und Polizisten, aber niemand, der wie ein Verleger aussah. Die Referenten waren auch noch nicht da. Gosper beobachtete weiter.

Gegen acht Uhr fünfzig trat eine Studentin ein, die seine Aufmerksamkeit erregte. Sie war ziemlich auffallend und groß, und einige Männer nahmen sich die Zeit, sie zu mustern, bevor sie sich wieder auf ihre Gespräche konzentrierten. Sie schien es nicht zu bemerken. Sie hatte blonde, schulterlange, glatte Haare und trug eine schwarze Hose und Schuhe und einen karamellfarbenen Pulli mit Stehkragen. Keinen Schmuck. Irgendetwas an ihrem Stil oder der Qualität ihrer Kleidung unterschied sie von einer typischen Studentin.

Gosper kannte sie. Makedde Vanderwall. *Und auch noch einen seltsamen Namen*, dachte er. Er hatte sich oft gefragt, woher jemand einen Vornamen wie »Makedde« hatte. War er irisch? Walisisch? Sie sah skandinavisch aus, aber er kannte keine skandinavischen Namen wie ihren. Ein ähnlicher Name, den er mal gehört hatte, war der japanische Name Makaira, was »glücklich« bedeutete. Ihr Familienname, Vanderwall, war natürlich hundert Prozent holländisch.

Professor Gosper wusste auch, dass sie klug und kreativ war, dass sie manchmal als Fotomodell arbeitete, dass sie ihren Master in forensischer Psychologie machte und dass sie im Moment an ihrer Doktorarbeit über die Variablen, die Augenzeugen beeinflussten, schrieb. Er wusste, dass sie seit kurzem großes Interesse am Gebiet der Psychopathie hatte, und er war sich sicher gewesen, dass sie an der Konferenz teilnehmen würde.

Makedde hatte in ihrem zweiten Jahr an der Universität Professor Gospers Psych-203-Kurs zur Einführung in Persönlichkeits- und Sozialpsychologie belegt, aber erst vor kurzem hatte er sich wirklich ernsthaft für sie interessiert. Aber anders als andere Leute auf dem Campus war er nicht an ihren offensichtlichen körperlichen Vorzügen interessiert. Sein Interesse war rein beruflich. Er glaubte, dass sie psychologisch eine sehr interessante Person war. Anfang des Jahres hatte ihm einer der Universitätsangestellten erzählt, dass sie während der letzten Sommerferien in den Fall eines Massenmörders in Australien verwickelt gewesen war. Eine sensationelle Geschichte. Sie war anscheinend von einem Serienkiller entführt worden und hatte nur überlebt, weil die Polizei in letzter Minute das Zimmer gestürmt und sie befreit hatte. Sie war das einzige überlebende Opfer von wie vielen? Zehn Opfern?

Nach ihrer Rückkehr nach Kanada hatte Makedde versucht, alles geheim zu halten. Die geografische Isolation Australiens sowie die kanadischen Mediengesetze, die eine Veröffentlichung der Namen von Opfern in Kriminalfällen verboten, halfen ihr dabei. Aber es war schwierig, solch sensationelle Neuigkeiten lange geheim zu halten. Er musste zugeben, dass sie es beachtlich gut geschafft hatte.

Professor Gosper wollte sich sehr gerne einmal mit ihr zusammensetzen und über ihre Erlebnisse sprechen. Er wollte ein paar Tests mit ihr machen, den Minnesota-Multidimensionalen-Persönlichkeitstest (MMPI), den Thematischen Apperzeptions-Test (TAT), den Schmerz-Apperzeptions-Test und die Holtzman-Inkblot-Technik für den Anfang. Vielleicht auch das Beck-Depressions-Inventar (BDI) und das Beck-Angst-Inventar (BAI), je nachdem, was er entdeckte.

Was genau war passiert? An wie viel erinnerte sie sich? Wie kam sie damit klar? Wie sehr hatten die Erlebnisse sie und ihren Blick auf die Welt verändert? Und auf welche Art und Weise? Wie genau war ihr Bericht als Augenzeugin, nach allem, was sie durchgemacht hatte? Vielleicht sollte sie *das* für ihre Doktorarbeit untersuchen?

Professor Gosper hatte die Hoffnung, einen exklusiven Bericht über ihre Qualen und dazu seine Untersuchungsergebnisse in einer Fachzeitschrift oder vielleicht sogar in einem Kriminalroman zu veröffentlichen. Er hatte ihr schon ein paar Mitteilungen zukommen lassen, sie solle sich mit ihm in Verbindung setzen, aber sie hatte sie ignoriert. Solche Frauen glaubten immer, jeder wollte sie ins Bett kriegen.

Makedde ging in seine Richtung und bog dann in eine andere Sitzreihe ab. Er war sich nicht sicher, aber vielleicht hatte sie ihn gesehen. *Verdammt*. Jetzt war sie mindestens zwölf Reihen entfernt. Er beobachtete, wie sie eine Schultertasche ablegte und ein Notizbuch und einen Stift auf den Sitz fallen ließ. Ihre Hose passte perfekt, und die Karamellfarbe ihres Pullovers schmeichelte ihrem hellen Haar. Sie war eine sehr attraktive junge Dame.

Er bemerkte, dass der junge Mann neben ihm Makedde lange ansah.

»Bei der müssen Sie vorsichtig sein«, sagte Gosper.

Der Mann wandte sich ihm freundlich lächelnd zu. Er sah gut aus, war vielleicht Ende zwanzig. »Warum das?«, fragte er.

»Eine Eisprinzessin. Viel zu viel Ballast«, sagte Gosper. »Sie ist wie Katherine in *Der Widerspenstigen Zähmung*.« Es befriedigte ihn sehr, das zu sagen.

Der Mann lachte. »Gut …«, sagte er.

Er sah noch einmal in Makeddes Richtung, und Gosper folgte seinem Blick. Sie griff in ihre Tasche, um etwas herauszuholen. Als der Mann sie lang genug bewundert hatte, drehte er sich wieder um und sagte: »Ich bin Roy Blake, nett, Sie kennen zu lernen.« Er streckte seine Hand aus, und der Professor schüttelte sie.

»Ich bin Harold Gosper, Professor der Sozialpsychologie.«

Soweit Gosper wusste, war Roy nicht Student der Universität, und er sah auch nicht so aus, als wäre er von der Simon Fraser oder einer der anderen Universitäten. Er war ein bisschen zu gepflegt. Vielleicht ein Polizist in Zivil, entschied Gosper.

»Ich habe gerade beim Campus-Sicherheitsdienst angefangen«, sagte er und beantwortete damit Gospers Frage, noch bevor er sie gestellt hatte.

»Ach wirklich.« Das war interessant.

UBC hatte kürzlich die Sicherheitsmaßnahmen verstärkt, aber Gosper sah darin wenig mehr als einen politischen Schritt, um die Öffentlichkeit zu beruhigen.

»Die furchtbare Geschichte mit dem Walker-Mädchen, nehme ich an.«

»Ja«, stimmte der Mann zu. »Das hat wirklich allen Angst eingejagt. Und dann war da natürlich diese Umfrage …«

»Diese Umfrage zur sexuellen Belästigung auf dem Campus«, unterbrach Gosper. Er kannte sie. »Sie haben diese Geschichte auf jedem verdammten Titelblatt vollkommen hochgespielt. Das ist Quatsch.« Er schüttelte missbilligend den Kopf. »Die Zahlen waren völlig übertrieben. Sie haben all die Zahlen über sexuelle Belästigung, Vergewaltigung bei einer Verabredung und allem anderen zusammengeworfen, so dass daraus ein furchtbares Bild entstand. Es sah aus, als würden wir den Mädchen mit Keulen auf den Kopf hauen und sie an den Haaren hinter uns herschleifen. Dieser Campus ist so sicher wie alle anderen. Sicherer als die meisten.« Gosper drehte sich um und sah, dass Roy Blake abwesend nickte. Er sah in Makeddes Richtung.

»Ich bin mir sicher, dass er das ist«, sagte der Mann, »ich bin mir sicher, dass er das ist.«

12

Sergeant Grant Wilson hasste Handys. Er würde lieber einen Pager oder ein archaisches Walkie-Talkie tragen oder sogar eine Satellitenschüssel als eines dieser verdammten Geräte. Er war überzeugt, dass er durch das dämliche Ding einen Gehirntumor bekommen würde, doch seine Tochter Cherrie meinte, er sei altmodisch und solle sich daran gewöhnen. Aber im Moment brauchte er eines.

Er kam gerade aus dem McDonald's und trug ein Tablett mit einem English McMuffin, Röstis und einer großen Cola, als das nervtötende Ding klingelte. »Verdammte Kacke…«, murmelte er, dann lief er zu seinem Auto, um sein Frühstück auf dem Dach abzustellen und in seiner Tasche nach dem Telefon zu suchen. Er glaubte nicht, dass ein Anruf auf seinem Handy etwas Gutes bedeutete, besonders nicht morgens früh. Er nahm an, dass entweder Amanda in Schwierigkeiten war oder dass Mike ihm etwas Schreckliches zu sagen hatte. Er meldete sich nach dem sechsten Klingeln.

»Wilson«, sagte er barsch.

»Grant… Wir haben noch eine gefunden«, sagte die Stimme am anderen Ende der Leitung. Es war Mike.

Grant schloss die Augen und lehnte sich an die Seite seines Cruisers; sein Gewicht bewegte das Auto, so dass der große Colabecher fast umkippte.

»Oh, Himmel.« Er atmete aus, und der Luftstrom machte ein komisches Geräusch im Telefon. »Einen Moment, Mike, ich steige gerade ins Auto.«

Grant klemmte das Telefon zwischen Schulter und Ohr, während er wieder in seiner Tasche suchte, dieses Mal nach dem Autoschlüssel. Als er das Auto aufgeschlossen und sich hineingesetzt hatte, fragte er: »An derselben Stelle?«, ohne die Antwort wirklich hören zu wollen.

»Na ja, nicht direkt. Aber in der Nähe. Ein paar hundert Meter entfernt. Es ist auch eine Frau.«

»Eine Frau«, wiederholte Sergeant Wilson. Sein Blick blieb einen Moment auf dem kleinen, laminierten Foto hängen, das ihn und seine Frau Amanda vor ein paar Jahren zeigte, bevor sie krank geworden war. Er hatte es an das Armaturenbrett geheftet.

»Die Hunde haben sie gefunden«, sagte Mike. »Wir nehmen an, dass sie erst ein paar Wochen hier liegt. Das heißt, vor dem Walker-Mädchen, aber lange nach der anderen Unbekannten.«

»Keine Identifikationsmöglichkeit?«

»Sie hatte nicht besonders viel an angesichts des Wetters. Nur Jeans und ein T-Shirt. In ihren Taschen war nichts zu finden. Sie war in einem furchtbaren Zustand.«

»Aha«, sagte Grant. Nach Susan Walker hatten sie noch zwei Leichen entdeckt. Wie viele waren dort? »Wir brauchen einen Experten«, murmelte er.

»Was?«, sagte Mike.

»Ich sagte, wir brauchen einen Experten. Es wird noch hässlicher werden. Das spüre ich.«

13

Makedde öffnete eine Flasche mit künstlicher Tränenflüssigkeit und legte ihren Kopf in den Nacken. Sie hob die kleine Flasche über ein Auge, dann über das andere, und ihre schmerzenden, trockenen Augen nahmen die Flüssigkeit dankbar auf.

Ich muss schlafen. Ich muss schlafen.

Sie wollte für die Konferenz fit sein, und sie verfluchte sich, weil sie während der vorigen Nacht kaum geschlafen hatte. Jetzt hatte sie keine Zeit für ein Nickerchen, es müsste wohl wieder einmal der bekannte Koffeinschock sein.

»Entschuldigung …«

Mak sah auf. Liz Sharron, eine von Dr. Hares Assistentinnen, stand auf dem Podium vorne im Raum und sprach ins Mikrofon. Sie hatte die Konferenz mitorganisiert. Sie lächelte, und ihre roten Korkenzieherlocken bewegten sich, während sie sprach.

»Dr. Hare und ein paar andere Referenten verspäten sich ein paar Minuten«, kündigte sie an. »Der Verkehr.« Liz verdrehte die Augen, sie war immer eine Entertainerin. »Wir erwarten sie in etwa zwanzig Minuten. Entschuldigen Sie die Verspätung.«

Jawohl, Kaffeepause, entschied Makedde. Sie wollte aufstehen, aber einer ihrer schwarzen Schuhe blieb unerwartet am Teppich hängen. Sie verzog den Mund. Etwas Klebriges hing an der Gummisohle.

Was zum …?

Habib, einer der Graduierten, der neben ihr saß, sah auf Makeddes Fuß und sagte: »Igitt«, als sie ihren Fuß noch einmal versuchsweise anhob. Als sie an ihm vorbeiging, stupste sie ihn freundschaftlich. Sie humpelte, da sie bei einem Schuh nur auf den Absatz trat, ganz nach hinten. In einer ruhigen Ecke hockte sie sich hin, um nachzusehen, was das Problem war. Na super, ein langer, klebriger Streifen rosa Kaugummi.

Hubba Bubba mit Wassermelonengeschmack.

Gute Wahl.

Sie roch die künstlichen Fruchtaromen, als sie den rosa Kaugummi abzog, und versuchte gerade, ihn von ihrem Finger zu schnipsen, als jemand sie ansprach.

»Hallo.«

Sie stand auf, den Kaugummi immer noch in der Hand, und ein großer, gut aussehender Mann stand vor ihr. Sie war sich ziemlich sicher, dass er gesprochen hatte … aber mit ihr? Sie hatte ihn in der Nähe von Professor Gosper bemerkt. Es waren seine Größe und sein attraktives Profil, die ihre Aufmerksamkeit geweckt hatten. Sie hoffte, dass er kein Freund des Professors war. Hatte Harold Gosper überhaupt Freunde? Mak hielt das für ziemlich unwahrscheinlich. Falls er Freunde hatte, konnte sie sich nicht vorstellen, dass sie so aussahen.

Der Mann sah auf den rosa Kaugummi in ihrer Hand und sagte: »Oh, lassen Sie mich Ihnen helfen …« Dann war er verschwunden. Er lief zum Tisch mit den Namensschildern, sagte etwas zu dem Mädchen dort und kam mit einem Stück Papier wieder zurück. Dankbar streifte sie den Kaugummi darauf ab, und er zerknüllte das Papier. Ihre Fingerspitzen waren immer noch klebrig.

Der Fremde war ziemlich groß, vielleicht einen Meter dreiundneunzig, hatte hellbraunes, lockiges Haar und ein ebenmäßiges Gesicht. Bevor ihr überhaupt klar wurde, was sie tat, hatte sie die wichtigsten Details registriert: ein glatt rasierter, weißer Mann, Ende zwanzig bis Anfang dreißig, braune Augen, gut gebaut und kein Ehering.

»Ich glaube, sie verspäten sich«, sagte er.

»Ja.« Sie betrachtete einen Moment lang sein Gesicht, während er auf die Papierkugel in seiner Hand sah. Sie erlaubte sich nicht, zu lang hinzusehen, damit er nichts merkte. Es war nett von diesem Fremden gewesen, ihr zu helfen. Sie überlegte, was sie jetzt tun sollte.

»Ich bin Makedde«, sagte sie und streckte ihre Hand aus, dann zog sie sie schnell wieder zurück, bevor er sie schütteln konnte, und bot ihm stattdessen die weniger klebrige an. »Danke für den… äh, Kaugummitrick.«

»Kein Thema. Nett, Sie kennen zu lernen, Makedde«, sagte er und nahm ihre saubere Hand fest in seine Hand. Kräftige Hände, dachte sie. »Was für einen schönen und ungewöhnlichen Namen Sie haben.«

»Oh, danke. Die Leute vertun sich oft.«

»Wie schreibt man ihn? Mir ist aufgefallen, dass Sie kein Namensschild tragen.«

»Das ist mir bei Ihnen auch aufgefallen. Er schreibt sich M-A-K-E-D-D-E. Sie verstehen das Problem«, fügte sie hinzu und verdrehte die Augen.

»Aber es ist ein schöner Name und zweifellos die Schwierigkeiten wert. Ich bin Roy. Roy Blake.« Er lächelte, während er sprach. »Ich bin neu beim Campus-Sicherheitsdienst. Ich dachte, dass es eine gute Idee wäre, an meinem freien Tag meine Kenntnisse über Kriminelle aufzufrischen«, sagte er und lachte. »Man hat mir gesagt, dass die Konferenz ziemlich gut sein soll. Sind Sie eine Studentin?«

»Ja. Mein Hauptfach ist forensische Psychologie, also ist das hier genau mein Fall«, erklärte Mak.

Am Eingang bewegte sich etwas, sie drehte sich um und sah Dr. Hare und die anderen Referenten eintreten.

»Oh, da sind sie ja. Ich hole mir schnell einen Kaffee, solange es noch geht«, sagte Makedde. »Und wasche mir die Hände, wenn ich schon dabei bin.«

Sie grinsten sich an.

»Also dann, schön, Sie kennen gelernt zu haben. Viel Spaß bei der Konferenz.«

Sie drehte sich um und ging zur anderen Seite des Raumes. Es tat ihr einen Moment Leid, dass sie sich trennen mussten. Aber was sie dann sah, tat ihr noch mehr Leid: Professor Gosper kam auf sie zu.

Alles, was sie ihn sagen hörte, war: »Makedde, ich wa …«, während sie an ihm vorbeirauschte und sich in die Damentoilette flüchtete.

Zum Glück hatte sie bei der alltäglichen Arbeit an ihrer Doktorarbeit nichts mit ihm zu tun, aber ab und zu lief sie ihm auf dem Campus über den Weg, oder besser gesagt, er entdeckte sie und näherte sich ihr mit der Sensibilität einer Dampfwalze. Ihr üblicher Kontakt bestand darin, dass er zu ihr sagte: »Ich möchte mit Ihnen sprechen« und sie ihn höflich abwimmelte. Er benahm sich erst seit kurzem so. Sie war sich nicht sicher, was sich verändert hatte, aber sie nahm an, dass er von dem Stiletto-Mordfall gehört hatte. Sie glaubte nicht, dass sein Interesse sexueller Art war, und Studentinnen zu bedrängen, die er nicht einmal unterrichtete, war nicht Teil seiner offiziellen Pflichten als Professor. Was sollte es also sein? Wenn man ihn nur lassen würde, würde er bestimmt ein Versuchskaninchen aus ihr machen und wäre darauf auch noch stolz.

Sie war lang genug auf der Damentoilette geblieben, um sicher zu sein, dass Gosper wieder zu seinem Platz zurückgegangen war, und als sie endlich aus ihrem Versteck kam, wurde Dr. Hare von einem auswärtigen Professor, den sie nicht kannte, vorgestellt. Schnell schenkte sie sich einen Kaffee ein, goss einen Schluck Milch hinein und vergaß in der Eile den Zucker.

»Wie viele von Ihnen wissen«, sagte der Mann auf dem Podium, »ist die Psychopathie zu einer der wichtigsten klinischen Theorien in der Kriminalistik und dem psychiatrischen Gesundheitswesen unserer Zeit geworden.« Der Professor war klein und rundlich, sein Kopf war so kahl, dass es aussah, es sei er extra für die Konferenz auf Hochglanz poliert worden.

»Ein Grund für das gestiegene theoretische und praktische Interesse an Persönlichkeitsstörungen ist die Entwicklung von zuverlässigen und stichhaltigen diagnostischen Methoden und deren weite Verbreitung. Dr. Robert Hare hat während fünfunddreißig Jahren bahnbrechender Forschung die Hare-Psychopathie-Checkliste entwickelt und Forschern und Ärzten damit endlich ein allgemeines diagnostisches System zur Beurteilung von Psychopathie zur Verfügung gestellt. Durch seine Psychopathie-Checkliste konnten Rückfälle und Gewaltausbrüche mit nie da gewesener Genauigkeit vorhergesagt werden, und sie wird beim zukünftigen Verständnis und der Vorhersage von Verbrechen und Gewalttaten eine wichtige Rolle spielen.«

»Dr. Hare ist Autor vieler Bücher und akademischer Veröffentlichungen über die Psychopathie, darunter das bekannte *Ohne Gewissen: Die erschreckende Welt von Psychopathen…*«

An dieser Stelle ging ein Murmeln durch die Menge. Makedde hörte, wie eine junge Frau zu ihrem Nachbarn sagte: »Hast du das gelesen? Es ist beeindruckend…«

»Er berät die Polizei, inklusive FBI und RCMP, und ist Mitglied des beratenden Ausschusses des English Prison

Service, dessen Ziel die Entwicklung neuer Programme zur Behandlung psychopathischer Krimineller ist. Einige der letzten Preise, die er bekommen hat, sind 1999 die Silber-Medaille des Königin-Sophia-Zentrums in Valencia in Spanien, 2000 der Preis für herausragende Anwendungen der Psychologie der Kanadischen Psychologischen Gesellschaft, 2001 der Preis für herausragende Anwendungen der forensischen Psychologie der amerikanischen Akademie für forensische Psychologie und ebenfalls 2001 der Isaac-Ray-Preis der amerikanischen Psychiatergesellschaft und der amerikanischen Akademie für Psychiatrie und Rechtswissenschaft für herausragende Leistungen innerhalb der forensischen Psychiatrie und der psychiatrischen Rechtswissenschaften. Ich freue mich, Ihnen den Hauptredner dieser Konferenz vorzustellen: Dr. Robert Hare.«

Makedde lief zu ihrem Platz, setzte sich und suchte nach ihrem Stift und dem Notizpapier.

Dr. Hare hatte das Podium betreten. Seine dicken, grauen Haare waren wie die von George Clooney geschnitten. Er trug einen Bart, und seine große Brille vergrößerte die blassblauen Augen des weltmüden Intellektuellen. Er hatte im Laufe seiner Karriere unzählige Vorträge gehalten, aber wenn er das Podium betrat, wirkte er immer noch etwas schüchtern. Er war bescheiden und sah stets etwas nervös aus.

»Ich danke Ihnen allen, dass Sie sich die Zeit genommen haben, heute herzukommen, um mehr über Psychopathie zu lernen, und ich danke auch den vielen Leuten, die hart gearbeitet haben, um diese Konferenz auf die Beine zu stellen. Egal, was Sie heute sind – Student, Polizist, jemand, der im Strafrecht arbeitet oder auf einem forensischen Gebiet, oder einfach ein Mitglied der Öffentlichkeit –, das Thema Psychopathie ist Ihnen wichtig. Statistisch gesehen wird ein Psychopath das Leben von jedem von uns irgendwann einmal beeinflussen. Die Zeitungen sind voller Schlagzeilen über den Einfluss von Psychopathen auf unsere Gesellschaft. Aber es geht auch konkreter, denn viele von uns werden jemanden in der Familie haben, der das Pech hat, mit einem Psychopathen zu tun zu haben, und viele von uns werden bereits jetzt oder in der Zukunft selbst mit Psychopathen zu tun haben. Es ist für uns alle wichtig, die Störung und was sie für unser Leben bedeutet, besser zu verstehen.

Wir schätzen, dass ein Prozent der Bevölkerung Psychopathen sind. Was alle angeht, die mit dem Kriminalstrafrecht und seinen Institutionen zu tun haben: Die Forschung sagt uns, dass fünfzehn bis fünfundzwanzig Prozent der in diesem Land Inhaftierten Psychopathen sind. In unserer Forschung setzen wir die Grenze bei dreißig Punkten auf der PCL-R-Skala, das heißt, unsere Kriterien sind sehr streng. Wie einige von Ihnen wahrscheinlich wissen, glauben manche Forscher, dass fünfundzwanzig Punkte bereits genügen, um die Störung nachzuweisen.

Diese Gefängnisinsassen reagieren nicht auf die diversen Behandlungsmöglichkeiten. Wir konnten ihr Verhalten nicht effektiv ändern. Wir müssen neue Lösungen für dieses Problem finden, und ich habe gemeinsam mit einem Kollegen ein Programm entwickelt, das genau auf diese Klientel zugeschnitten ist.

Bevor ich fortfahre, sollte ich mit einigen grundlegenden Informationen über Psychopathie beginnen. Welcher Name fällt Ihnen als Erster ein, wenn sie an das Wort Psychopath denken?«

Er sah sich im Raum um. Schließlich hob jemand die Hand. Die Hand gehörte zu einer gut angezogenen Frau im mittleren Alter. Vielleicht aus dem Gesundheitswesen.

»Ted Bundy«, sagte sie.

»Ja. Wer noch?«

»Hannibal Lecter«, sagte jemand und lachte. Mak konnte nicht sagen, woher die Stimme kam.

Dr. Hare lächelte. »Ja, das sind die Typen, die am stärksten mit Psychopathologe assoziiert werden, und doch ist Psychopathie kein Synonym für ›Massenmörder‹ oder ›wahnsinniger Axtmörder‹. Tatsache ist, dass es wahrscheinlicher ist, von einem Psychopathen finanziell ausgenommen als von ihm getötet zu werden.«

Die Menge reagierte mit Kichern auf diese Aussage, und Dr. Hare lächelte wieder.

»Psychopathie ist eine Persönlichkeitsstörung, die von einer Reihe affektiver, verhaltenstypischer und interpersoneller Charakteristika definiert wird. Dazu gehören fehlendes Schuldbewusstsein oder Gewissen, oberflächliche Reaktionen, oberflächliche Gefühle, kaltes und manipulatives Verhalten…«

Um die Mittagszeit war Makedde hungrig, und wegen des harten Sitzes tat ihr der Hintern weh. Sie hatte sich seitenweise Notizen gemacht, ihr Stift wurde langsam leer und ihre Hand taub. Wenn Vorlesungen oder Telefonate sie nicht völlig fesselten, kritzelte sie normalerweise Vierecke und Schachbretter auf ihren Notizblock, aber heute entstanden keine Kritzeleien. Dr. Hares Vortrag war fesselnd, und jede Abbildung des Gehirns eines Psychopathen in der Single-Photon-Emissions-Computer-Tomografie (SPECT) im Vergleich mit dem Gehirn eines Nicht-Psychopathen ließ es ihr eiskalt über den Rücken laufen. Sie hatte einige von Dr. Hares einführenden Bemerkungen schon früher gehört, aber sie packten sie immer noch, und die neuen Forschungsergebnisse, die er in einer Diaschau präsentierte, waren überzeugend. Die Funktionale Magnetresonanztomographie (fMRI), die während der Verarbeitung emotional aufgeladener Wörter keine angemessene Aktivität im limbischen System zeigte, brachte interessante, neue Informationen. Wieder fragte sie sich, ob die Psychopathie-Forschung vielleicht ihre Berufung war. Ihre mangelnde Begeisterung für das Thema ihrer Doktorarbeit konnte sicherlich zumindest teilweise durch ihre Besessenheit von diesem neuen Gebiet erklärt werden.

Sie musste sich einfach fragen, was passiert wäre, hätte man den Stiletto-Killer schon Jahre bevor er seinen Feldzug gegen junge Frauen in Sydney, gegen ihre Freundin Catherine, gegen sie selbst begonnen hatte, als Psychopathen diagnostiziert. Hätte ihn jemand aufgehalten, bevor es zu spät war? Sie fragte sich, wie viel Harold Gosper über all das wusste.

Mak sah sich zu dem Platz um, an dem Gosper saß. Sie bemerkte, dass der gut aussehende Sicherheitsangestellte nicht bei ihm war, aber an seiner Stelle saß ein anderer junger Mann, der mit dem Professor sprach. Er sah eher wie ein Bodybuilder als wie ein Student aus. *Ich hoffe, er will ihn nicht dazu einspannen, mich zu überzeugen*, dachte sie kühl. Gosper musste gespürt haben, dass er beobachtet wurde, denn er wandte den Kopf, und Makedde sah schnell weg, bevor er ihr in die Augen blicken konnte. Das Letzte, was sie wollte, war, ihm Mut zu machen.

Nach dem Mittagessen sollten mehrere internationale Referenten ihre Forschungsergebnisse zum Thema vorstellen, und die Tagesordnung für den zweiten Tag der Konferenz war faszinierend. Laut den Unterlagen würde ein FBI-Profiler, Dr. Bob Harris, einen Vortrag über Psychopathie und Tatortanalyse halten. Das war ein Thema, das Andy sicherlich für seine zukünftige Arbeit beim Profilingteam von New South Wales studieren würde.

Andy.

Sie hatte ihn nicht zurückgerufen. Sie wusste nicht, ob sie es tun würde oder sollte. Sie machte sich weitere Notizen und versuchte, sich auf das aktuelle Thema zu konzentrieren.

Als sie das nächste Mal aufsah, war der Raum fast leer, die anderen Teilnehmer suchten draußen nach einem Mittagessen. Makedde sah, dass unter den verbliebenen Leuten die freiwilligen Helfer waren, die aufräumten, und ein paar der Referenten. Roy Blake, der gut aussehende Sicherheitsmann, den sie vorher getroffen hatte, sprach in einer Ecke mit einem der Professoren. Gosper und sein muskulöser Freund waren nirgendwo zu sehen.

Hungrig stand Makedde auf und freute sich, dass sie dieses Mal kein ekliger Kaugummi daran hinderte. Aber als sie den oberen Treppenabsatz erreichte, musste sie zu ihrem Ärger feststellen, dass Harold Gosper auf sie wartete. In der Sekunde, in der sie ihn entdeckte, drehte sie sich um und ging die Treppe wieder hinunter in den Konferenzsaal.

Warum weigert sich dieser Mann, Hinweise zu verstehen, und lässt mich nicht einfach in Ruhe?

Oh!

Sie war mitten auf der Treppe, als sie dem Sicherheitsmann Roy Blake, der allein die Treppe hinaufging, direkt in die Arme lief.

Bei dem Zusammenstoß glitt Makedde die schwere Tasche von der Schulter, schwang nach vorn und verpasste nur knapp Roys Schritt. Ohne ihre schnellen Reflexe wäre sie für die Beschädigung seines besten Stücks verantwortlich gewesen.

Entsetzt legte Makedde eine Hand auf den Mund. »Oh!

Das tut mir Leid!« Ihr Herz pochte schnell, und das hatte zur Folge, dass viel zu viel Blut in ihr Gesicht gepumpt wurde.

»Machen Sie sich nicht lächerlich«, beruhigte ihr Kaugummiretter sie. »Es geht mir gut. Oh, sie werden rot.« Er stand eine Stufe unter ihr und war ein kleines bisschen kleiner als sie, wenn auch nur einen Hauch. *Wow, er ist wirklich groß.* Sie fand so eine Größe berauschend. Sie standen immer noch ziemlich nah nebeneinander, und Mak merkte, dass sein Parfüm ihre Hormone durcheinander brachte. Was war das? Obsession? Envy? Azzaro nicht… nicht Old Spice…

»Geht es Ihnen gut?«, fragte er.

Sie sah davon ab, ihn nach seinem Parfüm zu fragen.

»Es geht mir gut. Na ja, mehr oder weniger«, entgegnete Mak. Sie dachte an Professor Gosper, und ohne nachzudenken, platzte sie heraus: »Könnten Sie mir einen Gefallen tun und einfach mit mir durch diese Tür gehen?«

Er sah sie etwas überrascht an. »Sicher. Stimmt was nicht? Belästigt Sie jemand?«

»Oh, nein, kein Grund zur Sorge. Da ist nur jemand, mit dem ich nicht sprechen möchte.«

»Na ja, ich helfe gern«, sagte er. Sein Gesichtsausdruck war ziemlich ernst und ehrlich, und ihr wurde klar, dass er wahrscheinlich ständig Leute beruhigte. Sie zu beschützen gehörte zu seinen Pflichten an der Universität. Die aktuelle Situation erforderte jedoch nicht diesen Ernst. Es war schließlich nur Professor Gosper. Nervtötend, aber harmlos.

Sie dachte, dass sie es wohl besser erklärte. »Ich habe Sie sogar vorher neben ihm sitzen sehen. Professor Gosper? Kennen Sie ihn? Er ist doch nicht ein Freund von Ihnen, oder?«

»Oh, nein. Ich habe ihn heute Morgen kurz getroffen. Er redet allerdings ziemlich viel Müll, oder nicht?«

Sie lachten beide. Oh, Gott sei Dank… Die Spannung in ihrer Brust löste sich etwas. Sie holte tief Luft.

»Lassen Sie uns gehen«, sagte er und deutete mit einer Hand die Richtung an, wie ein freundlicher und ziemlich attraktiver Reiseführer.

Sie stiegen die Treppe hinauf und gingen durch die Vordertür. Gosper drehte sich um, öffnete den Mund, um etwas zu sagen, und schloss ihn wieder, als er sah, dass Makedde nicht allein war. Perfekt.

Roy und Makedde gingen zusammen zur Cafeteria.

»Danke«, sagte Makedde. »Ich würde normalerweise keinen Fremden einspannen, um mich zur Cafeteria zu begleiten, aber, mein Gott, wie er mir auf die Nerven geht.«

»Das habe ich gesehen.«

Er lächelte noch einmal und spürte, wie ein winziger Teil der unsichtbaren, eisigen Festung um sie herum schmolz.

»Hören Sie, sind Sie mit jemandem zum Essen verabredet? Wir haben nur noch fünfundvierzig Minuten bis zum nächsten Vortrag. Sie essen besser etwas. Ich weiß nicht, wie gut Sie den Campus kennen, aber das hier ist so ziemlich der beste Ort, wenn es schnell gehen soll.«

»Ich würde Sie sehr gern begleiten«, sagte er.

»Toll. Es wäre blöd, wenn wir jeweils allein in verschiedenen Ecken der Cafeteria säßen und so«, plapperte sie weiter.

Makedde bestellte sich Sushi und Roy ebenfalls. Sie gingen zu einem Tisch und setzten sich einander gegenüber hin.

»Ist das Sushi hier gut?«, fragte er.

»Ich glaube, das werden Sie gleich wissen. Es ist bei weitem kein Tojo, aber es ist immer noch die beste Wahl in dieser Cafeteria.« Sie lächelte. »Mir ist jedenfalls davon noch nicht schlecht geworden.«

»Und ist Ihnen schon von etwas anderem schlecht geworden?«, gab er zurück.

»Nein, eigentlich nicht, aber ich weiß aus einer zuverlässigen Quelle, dass Professor Gosper von einem Hamburger Bovine Spongiforme Encephalopathie bekommen hat.«

Er blinzelte ein paar Mal und schien nicht zu verstehen.

»Rinderwahnsinn. Entschuldigung, mein kranker Humor. Nicht witzig.«

An wen erinnert er mich? An den jungen Marlon Brando? Nein, nicht ganz. Ah, ich weiß, an wen …

»Hat Ihnen schon mal jemand gesagt, dass Sie ein bisschen wie Vince Vaughn aussehen?«, fragte sie.

»Wer?«

»Sie wissen schon … der Schauspieler.«

Offensichtlich wusste er nicht.

»Er war in vielen Filmen«, sagte sie. »*Swingers, Für das Leben eines Freundes*. Er hat im Remake von *Psycho* den Norman Bates gespielt.«

»Ich erinnere Sie an Norman Bates?« Das schien ihn zu erschrecken.

»Nein, nein …«, beruhigte sie ihn.

»Vielleicht denken Sie nur wegen der Konferenz an ihn.«

»Norman Bates war kein Psychopath«, sagte Mak.

Roy verzog das Gesicht. »War er nicht? Entschuldigen Sie meine Unwissenheit, aber hat er nicht als seine eigene Mutter verkleidet Leute umgebracht?«

»Richtig, aber er war eher psychotisch als psychopathisch. Das ist etwas völlig anderes.«

»Oh«, sagte er, riss ein Päckchen Wasabi auf und verteilte es großzügig auf seinem Inari.

»Und warum finden Sie Psychopathen so interessant?«, fragte er.

Bei seiner Frage lief es ihr eiskalt den Rücken hinunter.

»Na ja, was soll ich sagen. Es ist ein interessantes Forschungsgebiet. Dr. Hare ist weltweit als Experte anerkannt, und er ist emeritierter Professor dieser Universität, was eine einmalige Gelegenheit darstellt, das Thema näher zu betrachten. Es kommen Leute aus der ganzen Welt, um ihn reden zu hören.«

»Haben Sie viel gelernt?«

»Ja, ich glaube schon.« *Das hoffe ich.*

»Dann denken Sie also, dass Sie einen Psychopathen erkennen könnten? Falls sich Ihnen einer näherte?« Ihr Gesicht musste völlig blutleer sein, denn er entschuldigte sich für seine Frage. »Oh, ich habe eine unangenehme Frage gestellt. Entschuldigen Sie.«

»Sie müssen sich nicht entschuldigen«, sagte sie. »Es ist eine völlig berechtigte Frage.«

»Ich frage mich einfach, wie viel diese Experten und Akademiker wirklich wissen… Wenn es um die Praxis geht. Sicher, es ist faszinierend, all diese Aufnahmen des Gehirns zu sehen und so weiter, aber wenn man unterwegs ist und mit diesen Typen zu tun hat… hilft es dann wirklich?«

Makeddes Vater hatte sie genau dasselbe gefragt. Im Alltag mit Psychopathen umzugehen war etwas völlig anderes, als ihr Gehirn in einem Labor zu untersuchen. »Ich glaube, dass es hilft«, sagte sie. »Wissen ist die beste Verteidigung.«

Er nickte.

»Wir müssen mehr über menschliche Raubtiere erfahren. Ich habe großen Respekt vor den Forschern und was sie uns beibringen können.« Sie wechselte schnell das Thema. Sie hatte nicht die Absicht, auf ihre eigenen Erfahrungen mit Psychopathen einzugehen. »Also, wie ist es beim Sicherheitsdienst? Haben Sie hier viel zu tun?«

»Na ja, ich bin noch nicht so lang auf diesem Campus. Es wurde Druck ausgeübt, mehr in Sicherheit zu investieren«, sagte er. »In letzter Zeit häuften sich die Beschwerden … Übergriffe und so weiter.«

»Und verschwundene Leute. Ich habe das Poster mit Susan Walker gesehen. Ich glaube, ich kann mich sogar daran erinnern, sie einmal getroffen zu haben.«

»Es ist furchtbar, nicht wahr? Ich hoffe, dass sie gesund wieder auftaucht.«

Mak nickte.

»Ich hoffe, dass Sie selbst vorsichtig sind, Makedde.«

Sie spürte, wie ihr großer Zeh zu jucken begann. Bald würde er sie verrückt machen, und sie würde ihre Schuhe ausziehen und ihn blutig kratzen wollen. »Das bin ich. Ich gehe in einen Selbstverteidigungskurs und habe Pfefferspray dabei … für die Bären, natürlich.« *Und ich habe eine kleine Pistole in meinem Handschuhfach, aber die ist nicht ganz legal …*

»Klar, für die Bären. Absolut legal. Sie sind eine kluge Frau, Makedde. Ich versuche, Frauen klar zu machen, dass sie auf sich aufpassen sollen, aber manche wollen einfach nicht hören.«

Mak hatte viele Gründe, um zu hören.

»Warum hing dieser Professor herum und wartete darauf, dass Sie herauskamen?«, fragte Roy. »Ich nehme doch an, dass er das tat.« Er biss in seinen Inari, hustete, dann wurde sein Gesicht rot.

»Geht es Ihnen gut?«

Er fächelte sich Luft zu, dann griff er nach dem Glas Wasser. »Wow, das ist scharf.«

Hatte er es für Avocado anstatt für Wasabi gehalten? Es kam ihr in den Sinn, dass er ihre Bestellung für Sushi einfach nur wiederholt hatte, ohne es vorher bereits einmal gegessen zu haben. Sie hatte gedacht, dass heutzutage jeder in Vancouver Sushi aß.

»Das ist eine lange Geschichte. Er scheint mich aus irgendeinem Grund für interessant zu halten«, sagte sie.

»Also, das kann ich gut verstehen«, erwiderte er und lächelte errötend.

Die Mittagspause verging wie im Flug, und ihr Gespräch wurde von Minute zu Minute tiefgründiger und entspannter. Mak merkte, dass er das restliche Wasabi weit von seinem Essen wegschob. Hinterher entschuldigte sie sich, weil sie die Vorträge am Nachmittag allein hören wollte. Sie brauchte Platz, und sie wollte nicht zu interessiert erscheinen. Aber sie war sich seiner Anwesenheit auf der anderen Seite des Raumes bewusst. Sie war angenehm überrascht gewesen, festzustellen, dass Roy Blake sie auch noch interessierte, nachdem er seinen Mund aufgemacht hatte.

Karen Hughen mit den Dreadlocks und ihrem blassen, lächelnden Gesicht kam während des ersten Vortrags leise zu ihr und setzte sich auf einen freien Stuhl neben Makedde. Sie war eine frühere Kommilitonin, und die beiden waren befreundet.

»Er war süß«, flüsterte Karen.

»Oh, hast du etwa alles beobachtet?«

Die Mädchen sahen einander nicht an. Sie blickten beide auf den Referenten und flüsterten wie zwei Verschwörerinnen.

»Hast du ihm deine Telefonnummer gegeben?«

Mak lächelte.

»Wir leben im neuen Jahrtausend, Karen«, sagte Mak. »Ich habe ihm meine E-Mail-Adresse gegeben.«

14

Um 8:02 Uhr begann die Boeing 747 den langsamen Sinkflug auf den Vancouver International Airport. Der Flug von Quantico war unruhig gewesen, besonders als sie vor ein paar Stunden den verregneten Flughafen von Los Angeles verlassen hatten. Detective Andy Flynn hatte das Gefühl, an diesem Tag sehr viel weiter als bloß quer über den nordamerikanischen Kontinent gereist zu sein. Er hatte das Gefühl, die Erde umrundet zu haben.

Das Flugzeug flog eine Linkskurve durch den dunklen Himmel, die riesige Tragfläche vor Andys Fenster kippte nach unten und gab den Blick auf die Spitze des Grouse Mountain frei. Sie war erleuchtet und schwebte magisch über der Stadt wie Lando Calrissians Cloud City in *Star Wars*.

Von dem Anblick begeistert, sah Andy über den Gang zu Dr. Harris, um festzustellen, dass sein Mentor schlief, sein Kopf hing mit geschlossenen Augen zur Seite. Bobs Schlips war gelockert und zerknittert, und da sein Mund geöffnet war, sah es aus, als wolle er in den Knoten beißen. Andy unterdrückte das Bedürfnis, ihn sanft zu stupsen, damit er aufwachte. Er wusste, dass Bob überarbeitet war und jede Minute Schlaf gebrauchen konnte.

Sie flogen in südwestlicher Richtung auf den Flughafen zu, die Triebwerke dröhnten beim Sinkflug, und innerhalb von Minuten landeten sie holpernd auf der Landebahn. Die Landeklappen an der Tragfläche vor Andys Fenster ragten nach oben und stemmten sich gegen den Luftstrom. Das Flugzeug schüttelte und beschwerte sich, als es langsamer wurde und auf das Gate zufuhr, und endlich war es still.

Andy benahm sich ein bisschen rebellisch, indem er aufstand und sich streckte, noch bevor das Sicherheitsgurt-Signal erloschen war. Der Rest der Passagiere machte es ihm nach, und auch Dr. Harris erwachte wieder zum Leben, als ob eine geheimnisvolle Kraft ihn eingeschaltet hätte. Er stand auf und holte seine Sachen aus dem Gepäckfach über ihm, als hätte er gerade zehn Stunden auf einer teuren Matratze geschlafen und nicht etwa eine halbe Stunde eingeklemmt in einen harten Flugzeugsitz. Es war nicht das erste Mal, dass Andy die Fähigkeit des Profilers aufgefallen war, alle möglichen körperlichen und mentalen Unannehmlichkeiten an sich abprallen zu lassen. Er war sich sicher, dass Bob trotz seines Alters auf einem harten Holzboden schlafen könnte, ohne einen steifen Hals zu bekommen.

Die beiden brauchten nicht zu reden, sie nickten einander einfach nur zu und folgten den anderen Passagieren den Gang entlang und aus dem Flugzeug. Dr. Harris trug seine Aktentasche und sein Laptop, in dem sich die wichtige Powerpoint-Präsentation befand. Andy hatte lediglich seine einfache Reisetasche und eine zerknitterte Zeitung bei sich. Er war froh, dass er nicht viel zum Arbeiten ins Flugzeug mitgenommen hatte. Er hätte wahrscheinlich sowieso nicht gearbeitet. Er konnte sich nicht gut aufs Arbeiten konzentrieren, denn er war müde, aber noch mehr lenkte ihn seine große Nähe zu Mak ab.

Andy sah auf seine Füße, während sie über die Gangway liefen und aus dem Gate traten. Erst als jemand Dr. Harris' Namen rief, sah er auf. Zu seiner Überraschung stellte Andy fest, dass zwei kräftige Männer in Anzügen auf sie warteten.

»Dr. Harris?«, wiederholte der kleinere der beiden mit demselben melodiösen kanadischen Akzent.

Der Mann trat vor, und sein Blick wanderte von einem zum anderen, versuchte, sie wiederzuerkennen. Er schien Mitte vierzig zu sein, und er sah aus, als sei er ziemlich stark. Er hatte einen breiten Nacken, und quer über seine Nase lief eine große, verblasste Narbe, eine Erinnerung an eine Teenagerschlägerei oder vielleicht auch an ein missglücktes Schulhockeymatch. Das hier war schließlich Kanada. Sein Partner war etwas größer und ein paar Jahre jünger, hatte aber die gleiche, muskulöse Figur.

»Ich bin Dr. Harris«, sagte Bob, hob eine Hand und blieb ein paar Meter vor dem Mann stehen. Er schien ebenfalls kein Begrüßungskomitee zu erwarten.

»Ich bin Sergeant Wilson. Das ist Corporal Rose.« Der Mann mit der Narbe streckte seine Hand aus, und Bob schüttelte sie. »Wir gehören zur örtlichen RCMP. Können wir mit Ihnen sprechen?«

An diesem Punkt drehten sich beide um und sahen Andy an. Es war kein freundlicher Blick.

»Er ist in Ordnung«, versicherte Bob ihnen.

»Ich bin Detective Andrew Flynn von der Polizei New South Wales«, warf Andy ein und ging näher auf sie zu. »Aus Australien.«

»Sie sind ziemlich weit von zu Hause weg«, sagte Corporal Rose, der größere und jüngere Mann. Sein Tonfall gefiel Andy nicht.

»Detective Flynn hat bei mir in Quantico in der Verhaltensforschung gearbeitet«, sagte Bob.

Die Männer musterten Andy noch einmal von oben bis unten, dann konzentrierten sie sich auf Dr. Harris.

»Also, wie kann ich Ihnen helfen, Gentlemen?«, fragte Bob.

Die vier Männer gingen langsam den langen Weg bis zur Gepäckausgabe, vorbei an der aus Bleistiftzeder geschnitzten indianischen Skulptur von Coast Salish Spindle Whorl und die Treppe hinunter, die über einem wunderschönen Wasserfall hing und wo die beruhigenden Geräusche des Wassers, das über glatte, runde Steine plätscherte, die nervösen und müden Passagiere entspannten.

Die RCMP-Beamten waren gekommen, um Dr. Harris um einen Gefallen zu bitten, und während sie an dem kühl fließenden Wasser, den geschnitzten Willkommensfiguren und dem sich langsam drehenden Gepäckband vorbeigingen, wurden Worte in einem eindringlichen Flüstern gewechselt. Sergeant Wilson zeichnete ein düsteres Bild. Die Leichen von zwei vermissten UBC-Studentinnen, Susan Walker und Petra Wallace, waren entdeckt worden, und in der Nähe ihrer flachen Gräber die nicht identifizierten Knochenreste eines weiteren Opfers.

Als Wilson mit Dr. Hare gesprochen hatte, einem Berater der RCMP, hatte dieser ihnen empfohlen, mit dem Profiler zu reden.

Wilson glaubte, dass es das Werk eines Serientäters war.

15

Tote Tieraugen starrten Debbie Melmeth an.

Verletzlich und ungeschützt saß sie mitten in einem fremden Zimmer. Von den Tieren einmal abgesehen, war Debbie allein. Sie hatte Hunger und Angst, und sie betete, dass ihr jemand helfen würde. Sie wusste, dass ihr Entführer dies nicht tun würde. Sie hatte gebeten und gebettelt, aber er hatte keinerlei Reaktion gezeigt, sondern sie nur mit einem knappen Lächeln angestarrt.

Der Hunger und der dumpfe Schmerz ihres Körpers lenkten sie ab. Sie fuhr sich mit der Zunge über ihre Lippen, versuchte, sie anzufeuchten, aber ihre Zunge war trocken. Die Zeit schien stehen geblieben zu sein.

Seit sie an diesem furchtbaren Ort gefangen war, vermutlich ein paar Tage, hatte der Mann ihr Kartoffelchips gegeben und ab und zu Bier. Das war alles. Sie hasste Bier, vor allem jetzt. Aber es schien, als ernähre sich ihr Entführer davon. Er hatte begonnen, immer wieder mal mit einer offenen Flasche in der Hand im Zimmer herumzulaufen und sie anzustarren. Ab und zu sprach er wirres Zeug, ging auf ihre Versuche, ein Gespräch anzufangen, jedoch nicht ein. Er nahm ihre Bitten gar nicht wahr. Er ging einfach hin und her, trank etwas und ging weiter hin und her, und manchmal kam er unerwartet auf sie zu, öffnete mit seinen brutalen Händen ihren Mund und kippte ihr Bier in den Rachen. Ihre Proteste ignorierte er. Wenn er das tat, starrte er sie ausdruckslos an, während sie würgte und spuckte und zu schlucken versuchte. Und dann verschwand er wieder.

Debbie versuchte herauszufinden, was passierte. Sie konnte sich nicht daran erinnern, wie sie hierher gekommen war. Sie hatte Brian aus der Kneipe angerufen, und dann? Sie konnte sich an nichts erinnern, was danach passiert war. Sie erinnerte sich nur an das seltsame Kommen und Gehen ihres Entführers.

Debbie war ein kluges Mädchen. Es gab sicherlich eine Möglichkeit, wie sie sich befreien konnte. Wenn sie aufmerksam war und ihren Kopf benutzte, musste es einen Weg geben. Wenn sie nur herausfinden könnte, was er wollte und warum. Warum kam und ging dieser Mann? Zu welchen Tageszeiten? Es war fast unmöglich, das festzustellen. In dem Zimmer befand sich keine Uhr, und wenn sich die Tür zum Rest des Hauses öffnete, war auch keine zu sehen. Es gab auch keine Fenster, durch die das Tageslicht hätte hereinfallen können.

Ein Geräusch riss sie aus ihren Überlegungen. Sie hörte eine Bewegung und Schritte auf dem harten Holzboden. Der Mann trat aus dem dunklen Eingang, und auch wenn er in den letzten Tagen unzählige Male auf diese Weise eingetreten war, stockte ihr Herz bei seinem Anblick immer noch.

Er kam direkt auf sie zu und blieb erst einen halben Meter vor ihr stehen. Debbie wartete. Sie konnte ihn riechen. Er stand bedrohlich nah und starrte sie an. Die nackte Glühbirne an der Decke warf Licht auf ihn, so dass sie in seinem Schatten saß, seine Hüfte auf Augenhöhe. Sie wartete auf sein Stichwort. Es war ein Spiel, und sie wusste nicht, wie man es spielte. Sie kannte weder die Regeln noch das Ziel.

Debbie konnte sich nicht bewegen, konnte nicht kämpfen. Sie war es in ihrem Kopf immer und immer wieder durchgegangen. Sollte sie ihn anspucken, für einen kurzen, befriedigenden Moment der Rebellion? Selbst wenn sie es wollte, ihr Mund war wahrscheinlich zu trocken. Sollte sie irgendetwas sagen? Irgendetwas versuchen? In Hollywoodfilmen fiel den Hauptfiguren immer irgendein raffinierter Fluchtweg ein. Aber aus irgendeinem Grund kam sie auf keinen.

Wie als Antwort auf ihre unausgesprochenen Bitten bewegten sich seine Hände auf sie zu. Einen flüchtigen Augenblick lang dachte sie, sie würde vielleicht befreit. Aber stattdessen glitten die Hände vor seine Hose, weniger als dreißig Zentimeter von ihrem Gesicht entfernt.

Er machte den Reißverschluss auf.

Sie wurde von Panik erfüllt und schrie, so laut sie konnte. »Nein!«, brüllte sie. »Nein! Nein! Nein!«, kreischte sie wieder und wieder. Sie wollte treten, aber ihre Fesseln erlaubten es ihr nicht. Der Stuhl geriet durch ihre panischen Bewegungen ins Kippen. Sie versuchte, nach hinten zu hüpfen, fort von dem Mann und seinem offenen Reißverschluss, aber sie konnte nicht.

Währenddessen schien der Mann sie nicht zu hören.

Er griff in den Hosenschlitz und nahm seinen Penis heraus.

Ihre Reaktion darauf war ein körperlicher Widerwille, der an ihren Zehen begann und durch ihren Körper bis zu ihrem Kopf floss. Da sie wusste, dass sie nicht nach hinten ausweichen konnte, versuchte sie mit aller Kraft, ihren Kopf abzuwenden. Als sie die Augen verdrehte und ihm ins Gesicht schaute, sah sie, dass er lächelte, kein echtes Lächeln der Art, an die sie gewöhnt war, sondern eine billige Imitation eines Lächelns.

Nachdem er, wie ihr schien, eine Ewigkeit entblößt dagestanden hatte, machte ihr Entführer den Reißverschluss wieder zu. Dann lachte er. Er lachte sie aus, er gab das furchtbarste, humorloseste Geräusch von sich, das sie jemals von einem menschlichen Wesen gehört hatte. Dann ging er einfach fort.

Er hatte sie nicht vergewaltigt. Noch nicht. Es war nur eine Frage der Zeit, fürchtete sie. Sie musste etwas tun. Sie brauchte einen Plan, irgendeinen Anschein von Kontrolle. Debbie dachte sogar an einen Verführungsversuch. Sie überlegte, was sie erreichen konnte, wenn sie ihn davon überzeugte, dass sie kooperierte, dass sie ihn lieben könnte. Wenn er sie nur für einen Augenblick befreite, sie vielleicht in eine bessere Position brachte, dann hätte sie möglicherweise eine Chance.

Welches Spiel spielt er? Was will er?

Debbie kannte die Antwort nicht, und sie hatte Angst davor, sie zu erfahren.

16

Les Vanderwall kam nach Hause und hatte Kopfweh. Er hatte ein paar seiner alten Kumpel im Waddling Dog Pub beim Biertrinken zurückgelassen. Es war für ihn ein bisschen früh zu gehen, aber aus irgendeinem Grund fühlte er sich nicht wohl. Immer wenn das passierte, überprüfte er, ob es eine Verbindung zum Tod seiner Frau gab. Er hatte festgestellt, dass er jeden Monat an dem Tag, an dem sie gestorben war, krank wurde. Manchmal war es nicht der richtige Tag, sondern die Tageszeit oder irgendetwas anderes, das die Erinnerung zurückbrachte – ein spezieller Geruch, ihre Handschrift auf einem Zettel, den er unerwartet in einem Kochbuch fand, ein unvergesslicher Ort, ein Satz. Der Hausarzt sagte, dass das nichts Ungewöhnliches sei und dass diese Reaktionen mit der Zeit nachließen.

Les hatte Angst, unsozial zu werden. Seine Kumpel konnten die Schwere des Verlustes seiner Frau nicht verstehen. Keiner von ihnen hatte Ähnliches durchgemacht, außer John mit seiner Scheidung, aber das war wohl kaum dasselbe, da er sie eingereicht hatte. Jetzt, da Jane nicht mehr da war, hatte Les zu niemandem mehr eine emotionale Verbindung, wie Eheleute sie haben. Er war allein mit seinem Schmerz. Seine Töchter wollte er nicht damit belasten, sie hatten ihre eigenen Probleme.

Les Vanderwall fühlte sich wie ein halber Mann, und dadurch entfernte er sich langsam immer weiter von seinen Freunden. Das könnte ein furchtbares Problem werden. Er musste sich anstrengen, um die Gesellschaft anderer Menschen auszuhalten. Les wusste, dass er nicht mehr lang leben würde, wenn er zum Eremiten würde.

Müde schleppte er sich die Treppe hoch und in die Küche. Der Anrufbeantworter blinkte.

»*Les, hier ist Christopher Patrick…*« Sein Anwalt. »*Es ist ungefähr halb sechs, vielleicht könnten Sie mich morgen früh zurückrufen. Es gibt Probleme wegen des Hauses.*«

Es gab immer Probleme mit dem Haus seiner verstorbenen Frau. Achtzehn Monate später und immer noch Probleme. Wie konnte das sein? Das wahre Problem war, dass sie fort war. Daran konnte niemand etwas ändern.

Das Gerät piepste und spielte die zweite Nachricht ab.

»*Hallo Les, hier ist Ann, ich rufe aus Vancouver an. Wie geht es dir? Ich, äh … ich habe mich gefragt, wann du das nächste Mal in die Stadt kommst. Vielleicht könnten wir Kaffee trinken gehen? Ich habe mich gefragt, ob du Makedde meine Nummer gegeben hast. Es wäre mir ein Vergnügen, wenn ich irgendwie helfen könnte. Egal, bis bald. Tschüss.*«

Beim Klang ihrer Stimme freute er sich.

Ich mag diese Frau, dachte er. *Sie ist eine gute Frau. Tony hatte sie nicht verdient.*

Sobald er es dachte, fühlte er sich schuldig, aber nicht wegen Tony Morgan. Seine Lebensgefährtin, Jane, war jetzt fort, aber er konnte einfach nicht anders, als zu glauben, sie beobachte ihn. Eine solche Partnerschaft hatte man nur einmal im Leben, war er also dazu verdammt, ein einsamer Witwer zu sein, jetzt, da sie weg war?

Was würde sie für ihn wollen?

Eine zweite Chance?

17

Makedde wachte mit pochendem Herz auf, der Wecker schien in ihrem Gehirn zu schrillen.

Okay, okay, ich bin schon wach! Ich bin wach!

Sie setzte sich im Bett auf, packte ihren Blechwecker und suchte nach dem Aus-Schalter auf der Rückseite. Die altmodische, runde, kleine Uhr, die auf zwei Beinen stand, protestierte, indem sie ihr aus der Hand und mit einem lauten Krach auf den Boden fiel. Die Delle auf der rechten Seite wurde dabei noch tiefer, doch der Wecker schrillte mit nervtötender Beharrlichkeit weiter.

Ach, halt die Klappe!

Verärgert hob sie die eingedellte Uhr vom Boden auf und schaffte es, den kleinen Schalter zu betätigen. Verschlafen sah sie auf die silbernen Zeiger. Es war schon sieben Uhr. Diese deprimierende Tatsache bestätigte Makeddes Verdacht, dass irgendwie nicht alle sechzig Minuten gleich lang waren. Die Stunden zwischen Mitternacht und vier Uhr waren entsetzlich langsam vergangen, wohingegen die letzten drei Stunden in ein oder zwei, maximal drei Herzschlägen vorübergeflogen waren. Sie hatte das Gefühl, die Augen nur geschlossen, aber nicht geschlafen zu haben.

Makedde erinnerte sich noch vage an ihr Leben als »Morgenmensch«. Tag für Tag war sie frisch aufgewacht, hatte sich nach einem weiteren guten und mühelosen Schlaf fit gefühlt. Wo waren diese Tage geblieben? Wohin war diese Makedde Vanderwall verschwunden? Zum Glück war niemand in der Nähe, der sie morgens sehen konnte, da sie bestimmt furchtbar aussah. Aber vielleicht wäre sie auch besserer Stimmung, wenn sie Gesellschaft hätte?

Zu lange. Es ist zu lange her, dass mich jemand festgehalten hat, wenn ich träume …

Solche Gedanken hätten ihr gar nicht in den Sinn kommen dürfen. Es war niemand zu sehen, und doch kehrte sie in Gedanken zurück zu der Zeit in ihrem Leben, als sie nicht allein schlief. Sie dachte an all die Liebenden in der Welt und daran, dass sie nicht zu ihnen gehörte.

Mak unterdrückte diese Süßstoff-Sentimentalität, sobald sie auftauchte.

Dummheiten.

Automatisch griff sie neben sich und öffnete die Schublade des Nachttischs. Sie nahm ein Notizbuch mit Kunstdruckumschlag heraus, das sie im Museums-Laden in *Sydney's Museum of Contemporary Art* gekauft hatte, und schlug es auf der Seite des 22. September auf. Sie zog den winzigen Bleistift aus seiner Hülle an der Seite und schrieb:

Drei Stunden Schlaf. Vier Uhr bis sieben Uhr. Ich hatte einen Albtraum, in dem Andy mich durch den Wald jagt (Verflucht, dass er wieder in meinen Träumen auftaucht!). Er hatte ein Skalpell, und ich trug wieder die Polizeiuniform meines Vaters. Ich konnte nicht schnell genug laufen. Ich bin aufgewacht, bevor er mich erwischt hat. Dieses Mal kein Teufel.

Sie wollte das Buch zuklappen, dann schlug sie es noch mal auf und kritzelte einen letzten Kommentar.

Ich fühle mich grauenvoll.

Sie schlug es zu und rieb sich die Augen.

Verdammt. Ich fühle mich wirklich grauenvoll. Wie lang kann das noch so weitergehen?

Bei ihren Nachforschungen über Schlafstörungen hatte Makedde erfahren, dass allgemein empfohlen wurde, ein Schlaftagebuch zu führen. Daher hatte Mak die ganze letzte Woche jeden Morgen pflichtbewusst Details über ihren Schlaf, beziehungsweise den Mangel an Schlaf, aufgeschrieben. Es war ein deprimierender Lesestoff, wenn sie es sich nun ansah. Während sie im Bett saß und über ihre Albträume nachdachte, fragte sie sich skeptisch, ob ein Psychiater ihre Probleme wirklich in einem neuen Licht sehen würde. Wie? Was würde Ann aus ihrem Tagebuch machen? Mak war völlig klar, dass ihre Albträume abstrakte Darstellungen der Traumata waren, die sie vor kurzem erlitten hatte. Und, was weiter? Es schien unwahrscheinlich, dass sie irgendetwas davon hätte, wenn ein qualifizierter Experte ihr das Offensichtliche bestätigen würde.

Mak schwang die Beine über die Bettkante und stand auf. Sie schüttelte sich von Kopf bis Fuß, ein halbherziger Versuch, die schlechte Nacht abzuschütteln, dann schlüpfte sie in ein paar puschelige Pantoffeln und wickelte sich in einen dicken, weißen Bademantel. Ihre Vorliebe, nackt zu schlafen, hatte nichts mit Marilyn Monroes berühmten Kommentaren zu tun, aber alles mit Makeddes Tendenz, eine überaktive Schläferin zu sein. Sie verdrehte Pyjamas, Slips, Boxershorts oder was sie sonst gerade trug, wenn sie schlief. Das heißt, falls sie schlief. Mehr als ein Mal war sie aufgewacht und hatte nach Luft geschnappt, weil sich ein T-Shirt um ihren Hals gewickelt hatte, während die Bettlaken und das Federbett rechts und links auf dem Boden lagen.

Im Bademantel schlurfte Mak zu ihrem Computer.

»Willkommen bei AOL Kanada«, begrüßte sie die muntere Stimme, als sie ins Internet ging. »Sie haben Post.« Ihre finstere Laune besserte sich etwas, und ihre Mundwinkel formten ein verschlafenes Lächeln. Sie hatte ihre E-Mails am vorigen Abend ein paar Mal gecheckt, aber es war nie etwas da gewesen. Na ja, zumindest nichts Interessantes. Sie hoffte irgendwie, eine kleine E-Mail von einem gewissen jungen Mann zu bekommen.

Hm … das Wort des Tages. Eine Mail von der Mailingliste der forensischen Psychologie. *Aha … was ist das?* Eine E-Mail von einem BlakeR. Betreff: »Eine Frage«.

Bingo!

Hi, Makedde,

es war schön, dich heute getroffen zu haben. Ich fand die Konferenz sehr interessant, aber natürlich warst du ein Höhepunkt. Ich werde morgen nicht hingehen können …

Verdammt.

Aber ich habe mich gefragt, ob wir uns vielleicht danach zum Abendessen treffen könnten?

Ja!

Ich hoffe, dass du mich nicht zu aufdringlich findest. Schicke mir eine Mail oder, noch besser, ruf mich an.

Sie las seine Mail ein zweites Mal. Und ein drittes Mal. Er musste sie geschickt haben, nachdem sie um ein Uhr den Computer ausgemacht hatte. Vielleicht war er auch eine Nachteule? Sie sah nach, welche Uhrzeit auf der Mail stand. Ja, 1:16. Das ist ziemlich spät.

Roy Blake.

Ja, sie war interessiert. Aber ein richtiges Date? Es wäre

besser gewesen, wenn er einfach nur zur Konferenz gekommen wäre, dann hätten sie sich ein bisschen unterhalten können, ohne die Förmlichkeit eines Dates. Sie hatte schon ewig kein echtes Date mehr gehabt. Ein Jahr vielleicht? Na ja, wenn man das Desaster mit Henry nicht mitrechnete. Aber das zählte nicht richtig. Sie war schon vor der Vorspeise geflohen.

Sie ging in die Küche und setzte Wasser auf, dann kochte sie sich geistesabwesend Kaffee.

Mak lächelte, während sie über ihre Antwort nachdachte. Sie setzte sich an den Schreibtisch und nippte am Kaffee. Sie dachte tatsächlich daran, Roy zu treffen. Das war seltsam. Aber wie sollte sie es anstellen?

Hi Roy,

danke für deine Mail. Es war auch schön, dich zu treffen. Ich muss dir danken, weil du mich vor Professor Gosper und dem Kaugummi gerettet hast. :-) Danke für die Einladung. Vielleicht könnten wir uns stattdessen auf einen Kaffee oder einen Drink treffen? Gegen acht würde mir wahrscheinlich passen, ansonsten könnten wir es auf das Wochenende verschieben. Ruf mich an.

Sie tippte ihre Telefonnummer ein und wollte gerade »Senden« anklicken, als sie Zweifel bekam. *Dieser Typ ist ein Fremder, Mak. Willst du ihm wirklich deine Telefonnummer geben? Willst du ihn wirklich irgendwo allein treffen?*

Makedde war sich darüber klar, dass ihre Angst ein bisschen irrational war. Sie wären ja nicht allein. Sie wäre auf bekanntem Gebiet, wenn sie eine Kneipe oder ein Café aussuchte, und sie könnte sich nach einem Getränk entschuldigen, wenn es nötig wäre. Es war sicher. Außerdem arbeitete er für den Sicherheitsdienst… na ja, nicht, dass das irgendwas bedeutete, aber zumindest arbeitete er auf dem Campus. Mak klickte auf »Senden«, bevor sie sich selbst zu große Angst machte, und dann war die Telefonnummer in die virtuelle Welt versandt.

Um zehn vor neun kam Makedde im Ballsaal der Graduierten an der UBC an und sah sich in der Menge um. Kein Roy, genau wie er in der Mail geschrieben hatte.

Gut. Keine Ablenkung, sagte sie sich.

Professor Gosper war nirgendwo zu sehen, also konnte sie sich entspannen. Makedde bemerkte, dass am zweiten Tag der Konferenz deutlich weniger Leute teilnahmen. Entweder das, oder alle kamen zu spät. Dr. Hare hatte am ersten Tag viele neugierige Studenten angelockt, aber nur die hartnäckigeren waren geblieben. Wahrscheinlich kämen heute Nachmittag mehr Leute wegen des Vortrags des FBI-Agenten über Tatortanalyse und deren Verbindung zum klinischen Konstrukt der Psychopathie. Es klang nach einem interessanten Vortrag, und Mak war sich sicher, dass die bloße Erwähnung des FBI dazu führen würde, dass es nur noch Stehplätze gab. So viel zum Thema *Akte X*.

Der Gedanke an das FBI führte Mak wieder nach Quantico und zu Andy Flynn. Seit seinem Anruf ging er ihr nicht mehr aus dem Sinn.

Soll ich ihn zurückrufen?

Nach allem, was in Sydney passiert war, war Andy Flynn ein Teil ihres Lebens, ob es ihr gefiel oder nicht. Sie liebte ihn nicht, zumindest redete sie sich das ein, aber die Erfahrungen, die sie geteilt hatten, waren zu einem schwierigen Band zwischen ihnen geworden, und wie das Brandzeichen eines heißen Eisens hatten die Ereignisse sie für immer gezeichnet. Aber das war keine Liebe und kein Grund zu bedauern, dass er so weit entfernt war.

Nein, ich werde ihn nicht anrufen, entschied Makedde.

Lass es ruhen. Mach weiter, Makedde. Mach weiter.

Ein bitterer Kloß bildete sich in ihrem Hals, und sie ignorierte ihn. Sie hatte einen großen Tag vor sich.

18

Andy Flynn kam kurz vor neun auf dem riesigen UBC-Campus an. Er parkte seine Mietlimousine, legte einen Parkschein hinter die Scheibe und ging zur Crescent Road und dem Gebäude, in dem der Graduierten-Ballsaal lag. Er hatte Dr. Bob Harris im Hotel zurückgelassen, damit er sich vom Flug erholen konnte. Obwohl der Profiler Schlaf nachholen musste, würde er sich wahrscheinlich im selben Augenblick, in dem er aufwachte, auf die Arbeit stürzen und die Akten durchsehen, die ihm die RCMP am Abend vorher gegeben hatte.

Obwohl Andy bereits viel von der Präsentation seines Mentors kannte, interessierte es ihn, wie er mit dem Publikum umging, besonders einem so gemischten Publikum, wie es dieses bestimmt wäre: Studenten, Professoren, Polizisten, Sicherheitsleute, Psychologen. Natürlich gab es noch andere Gründe, warum Andy ein Interesse daran hatte, wer im Publikum sein könnte. Gründe, die genau genommen nichts mit der Arbeit zu tun hatten.

Andy war zum ersten Mal auf dem UBC-Campus, und er musste an Makedde denken, als er über den grünen Rasen ging und den Ausblick bewunderte. Es war ein Ort, über den sie mehrmals während ihrer kurzen gemeinsamen Zeit gesprochen hatte, und zu seiner Überraschung war er sogar noch schöner als in ihren Beschreibungen.

Er hatte beschlossen, dass Vancouver eine gewisse vage Ähnlichkeit mit Sydney hatte. Beide Städte hatten einen spektakulären Hafen, und die fünf massiven Segel des Canada Place schmückten das Ufer auf eine Art, die ihn an die berühmte Oper zu Hause erinnerte. Aber natürlich machten die Berge, die die Stadt umringten, einen dramatischen Unterschied zu Sydney. Diejenigen, die nahe der Rockies aufgewachsen waren, wie Makedde, nannten die Blue Mountains nahe Andys Heimat die »Blue Hills«. Jetzt verstand er, warum.

Es dauerte eine Weile, bis Andy sich zurechtfand, und den Ballsaal zu finden dauerte ein bisschen länger, als er erwartet hatte. Als er endlich das richtige Gebäude entdeckt hatte, war er erleichtert, ein provisorisches Pappschild zu sehen, auf dem »Psychopathie-Konferenz« stand und dessen großer Pfeil auf die Eingangstüren zeigte.

Der Raum, in dem die Konferenz abgehalten wurde, hatte zwei Etagen. Direkt links hinter der Tür konnte man sich anmelden, und dort standen auch Tische mit Kaffeespendern und Muffins, Donuts und Süßigkeiten. Rechts befanden sich nummerierte Kleiderhaken, wie Andy sie seit seiner frühen Schulzeit nicht mehr gesehen hatte.

»Hallo«, hörte er eine fröhliche Stimme, als er hineinging. Er schaute zu dem Tisch, an dem man sich anmelden konnte, und stellte fest, dass die Stimme zu einer androgyn aussehenden Frau gehörte, die sehr kurze Haare hatte und einen Ring in der Nase. Auf ihrem Namensschild stand »Billie Looker«. Billie? Er sah vom Namensschild zum Gesicht, um sicherzugehen. Jawohl, sie war definitiv eine Sie.

»Hallo. Ich bin Detective Andrew Flynn.«

»Willkommen bei der Konferenz«, sagte Billie mit einem weichen kanadischen Akzent.

Sie blätterte in ihren Schachteln voller sorgfältig einsortierter Karten und zog eine mit seinem Namen heraus.

DET. ANDREW FLYNN

»Bitte tragen Sie das während der ganzen Konferenz«, sagte sie und steckte die Karte in eine Plastikhülle, an deren Rückseite eine Sicherheitsnadel befestigt war.

Er nahm das Namensschild entgegen, dankte ihr und ging zur großen, tiefer gelegenen bestuhlten Fläche, wo der erste Vortrag schon im Gang war. Er steckte das Namensschild in die Tasche seines Anzugs, da er nicht die Absicht hatte, es zu tragen.

Andy war ganz offensichtlich zu spät dran. Ungefähr hundertfünfzig Leute folgten konzentriert dem Redner. Zum Glück konnte er immer noch zwischen einigen freien Sitzplätzen wählen und schaffte es, sich ganz hinten im Raum leise auf einen Stuhl nahe der Tür zu setzen. Sein verspätetes Eintreffen störte kaum.

Ist Makedde hier?, fragte er sich.

Er sah sich verstohlen im Raum um, sein Blick blieb kurz an einem blonden Studenten ganz vorne hängen, und sein Atem stockte. Aber das war nicht Makedde, sondern ein bohemienartiger Mann. Männer mit langen Haaren und Frauen mit Bürstenhaarschnitten und Namen wie Billie – Andy begann sich altmodisch zu fühlen. Vielleicht wurde er alt. Oder vielleicht war es einfach nur eine typisch kanadische Sache.

Erst um halb elf sah Andy sie wirklich.

Eine junge, rothaarige Frau dankte dem Redner, einem Professor, der viele Dias und Grafiken gezeigt hatte, die Andy nicht sehr interessant gefunden hatte, und kündigte dann eine Kaffeepause an. Alle im Saal standen auf und bewegten sich auf die Tische mit den Erfrischungen zu. Ein sehr großer Mann in einer der mittleren Reihen stand auch auf und zog Andys Blick auf sich. Er war mindestens zwei Meter groß und wog wahrscheinlich gute einhundertsechzig oder einhundertachtzig Pfund.

Als er zur Seite trat, musste Andy zweimal hinsehen.

Makedde saß allein da und machte sich eifrig Notizen. Sie war die ganze Zeit von dem Mann verdeckt worden. Ihre Haare waren lang und üppig, genau wie in seiner Erinnerung, und sie war definitiv weiblich, nicht wie der andere langhaarige Blondschopf, den er vorher gesehen hatte. Er konnte ihr Profil betrachten, während sie in ihren Notizblock schrieb, den Kopf geneigt, ihre Haare zur anderen Seite gelegt.

Sie war sogar noch schöner, als er sie in Erinnerung hatte, und sie sah so wundervoll aus, wie sie da saß, ihr Haar zur einen Seite hängend und die vollen Lippen konzentriert gespitzt. Er wollte sie nicht stören. Eigentlich.

Er holte tief Luft und ging hinüber.

Zu seiner Überraschung schaffte er es, bis zu ihr zu gehen, ohne dass sie ihn bemerkte. Sie sah erst in der allerletzten Sekunde von ihrem Notizblock auf, und als sie das endlich tat, hatte sie einen sehr erstaunten Gesichtsausdruck. Ihr Mund öffnete sich, und ihre blauen Augen wurden rund, so dass man das Weiße um die Pupillen sehen konnte. Ihr Gesicht wurde blutleer, als hätte sie ein Gespenst gesehen, als ob ausgerechnet er ein Gespenst wäre, und dann dauerte es eine entsetzlich lange Zeit, bis sie etwas sagte.

Es war nicht ganz die Reaktion, die er sich erhofft hatte.

»Hi«, sagte er verlegen. Ein Teil von ihm wollte sich unter einem Stein verkriechen, der andere wollte sie in den Arm nehmen.

»Andy?«, sagte Makedde. Sein Name klang trotz allem noch gut aus ihrem Mund. »Andy«, wiederholte sie. »Also …« Sie schloss ihre Augen einen Moment und schüttelte ihren Kopf ein paarmal. Ein Mundwinkel bog sich nach oben. Auf ihren geschlossenen Augenlidern war ein bisschen Kajal zu sehen, und ihre Wimpern waren lang und schwarz und voller Wimperntusche. Er bemerkte, dass ihre Haut immer noch absolut perfekt war. Andy glaubte, dass sie ihre Frisur ein bisschen verändert hatte, und sie war vielleicht auch im Gesicht ein bisschen schmaler geworden. Sie öffnete die Augen wieder und konzentrierte sich auf ihn. »Was, um Himmels willen, bringt dich zur UBC?«

»Ich bin wegen der Konferenz da. Gestern bin ich aus Quantico hergekommen. Ich bin mit einem Kollegen hier, Dr. Harris.«

»Ah«, sagte sie. »Dr. Harris, der Profiler. Er spricht heute Nachmittag. Wie lautet der Titel seines Vortrags, ›Tatortanalyse von Gewaltverbrechen und die psychopathische Persönlichkeit‹?«

Er nickte. »Das stimmt.«

Mak spitzte die Lippen und sah nach unten. »Es tut mir Leid, dass ich dich nicht mehr zurückgerufen habe«, sagte sie.

»Oh, das ist schon in Ordnung. Es ist manchmal schwierig, in der Akademie anzurufen.«

Andy wusste genau, dass sie es gar nicht versucht hatte.

Sie nickte abwesend, und beide schwiegen.

Es war etwas Neues, neben einer so großen Frau zu stehen. In ihren Schuhen mit Absätzen war sie wahrscheinlich ungefähr einen Meter neunzig, fast so groß wie Andy. Das gefiel ihm.

»Also, äh… Wann bist du angekommen?«, fragte sie.

»Gestern Abend«, sagte er noch einmal. »Ich werde mindestens eine Woche bleiben.«

Er hoffte, dass das nicht wie eine Aufforderung klang. Nachdem er es gesagt hatte, dachte er, er hätte es wahrscheinlich besser anders formuliert, wie: »Ich bin eine Woche in Vancouver« oder: »Ich bin nur wegen der Konferenz hier« oder etwas in der Art. Er hätte »mindestens« nicht zu sagen brauchen, als ob er länger bleiben würde, falls sie ihn dazu überreden könnte. Natürlich wäre »Ich bin nur wegen der Konferenz hier« auch nicht ganz ehrlich gewesen.

»Oh«, sagte sie. Sie war immer noch blass. »Das ist toll. Und, wie gefällt dir Vancouver bis jetzt?«

Er lachte und versuchte, beiläufig zu klingen: »Wohl eher, ›Wie gefällt mir der Flughafen und das Hotel Vancouver‹...« Es sollte ein Witz sein, aber er dachte sofort wieder, dass es wie eine Aufforderung klang.

»Ich meine... Ich habe eigentlich noch nichts von Vancouver gesehen«, fuhr er fort. »Ich hoffe, dass ich noch ein paar Sehenswürdigkeiten besuchen werde, mit meinen Kollegen, weißt du. Kannst du irgendwas empfehlen?«

»Oh, du solltest dir den Stanley Park ansehen, Gas Town und Grouse Mountain. Die Capilano-Hängebrücke ist ziemlich cool. Und du solltest nach Whistler fahren, wenn du kannst.« Sie ratterte die Touristeninformationen herunter und hielt dann abrupt inne, als ob sie sich plötzlich daran erinnerte, mit wem sie redete, und alles etwas seltsam fand. Oder vielleicht projizierte er auch nur seine eigenen Gefühle auf sie, er war sich nicht sicher.

Makedde sah ihm in die Augen und lächelte. Ihr goldener Teint gewann seine Farbe zurück.

»Also... Andy Flynn«, sagte sie und verschränkte die Arme.

Andy analysierte. Schuld daran war sein intensives Studium der Körpersprache, Gesprächsanalyse und wissenschaftlichen Inhaltsanalyse an der Akademie. Jedes Wort und jede Geste hatten eine mögliche Bedeutung. Einer seiner Lehrer hatte gesagt: »Probieren Sie das nicht an ihren Freunden aus, sonst werden Sie bald keine mehr haben.«

»Also, wie geht's?«, fragte Makedde ihn, die Arme immer noch verschränkt. »Was hast du so getrieben? Mit der Profiling-Einheit und all dem?«

»Na ja, der Police Commissioner hat endlich grünes Licht gegeben, und irgendwann nächstes Jahr sollte sie funktionieren: Wir wollen sie zum Zentrum für Profiling und große Fälle für ganz Australasien ausbauen.«

Sie zog die Augenbrauen hoch. »Das klingt wirklich aufregend.«

Er wollte nicht erwähnen, dass der Stiletto-Mordfall wahrscheinlich ausschlaggebend für die Entscheidung gewesen war. Es gibt nichts Besseres als einen öffentlichen Aufschrei, um plötzlich die politische Unterstützung für ein Verbrechensbekämpfungsprogramm zu bekommen.

»Es sieht so aus, als ob ich die Chance auf eine führende Stelle habe. Vielleicht werde ich sogar mal der Leiter der Einheit.«

»Wie gesagt, das ist toll. Herzlichen Glückwunsch. Na ja, äh…« Sie sah an ihm vorbei auf die Leute an den Tischen mit den Erfrischungen. »Ich denke…«

Und dann war die Rothaarige wieder auf dem Podium und kündigte den nächsten Vortrag an, die Kaffeepause war vorbei.

»Wenn bitte alle wieder Platz nehmen würden. Ich möchte Professor Rickford von der University of Wales vorstellen…«

Keine Zeit für Erfrischungen.

Makedde sah auf ihren Sitz, dann zu Andy.

»Bist du allein hier, oder…«

»Ich bin allein gekommen«, sagte Andy. »Dr. Harris kommt kurz vor dem Mittagessen.«

»Wann ist sein Vortrag?«

»Um ein Uhr. Der erste nach dem Mittagessen.«

»Ich würde ihn sehr gern kennen lernen«, sagte sie und ging auf ihren Platz zu.

Er lächelte. »Du kannst gern mit uns essen, wenn du möchtest.«

»Ich wollte mich nicht selbst einladen …«

Und dann war Professor Rickford auf dem Podium und begann seinen Vortrag. Es schien unpassend, quer durch den Saal zu seinem Platz zu gehen, also setzte Andy sich einfach hin, wo er gerade stand. Nur ein Stuhl trennte ihn von Makedde.

Mak lächelte ihn an und zuckte die Schultern, während sie ihren Notizblock und ihren Stift hervorholte und auf den Redner deutete. Im Saal war es ruhig, und sie sprachen erst wieder während der Mittagspause um zwölf Uhr.

Makedde nahm das Gespräch genau an der Stelle wieder auf, an der es unterbrochen worden war.

»Ich wollte mich nicht selbst einladen …«, sagte sie, während sich der Raum leerte.

»Ich bin mir sicher, dass es Bob nicht stören wird«, sagte Andy.

Sie standen beide im selben Moment auf. Die Leute unterhielten sich und gingen auf dem Weg in die Mittagspause an ihnen vorbei. Sie standen da und sahen sich verlegen an, keiner machte Anstalten zu gehen.

»Nein, ehrlich. Ihr zwei wollt doch wahrscheinlich über die Arbeit reden …«

»Überhaupt nicht«, versicherte er ihr. »Überhaupt nicht.« Vielleicht wollte sie wirklich nicht mitkommen. Er wollte sie nicht drängen. »Hör mal, du bist eingeladen«, sagte Andy. Irgendwie schien das die Sache zu entscheiden, offensichtlich jedoch nicht zu seinen Gunsten. Sie hatte anscheinend beschlossen, nicht mitzukommen.

Sie holte ihre Tasche und ihren Notizblock. »Bist du morgen auch hier?«

»Wahrscheinlich.«

»Vielleicht könnten wir uns dann treffen?«

Das war besser, als wenn sie sich gar nicht mit ihm treffen würde, aber er fühlte sich trotzdem, als wäre er zurückgewiesen worden.

»Ich werde sowieso noch nach dem Vortrag mit dir sprechen.«

»Oh, natürlich.«

Andy sah zum Eingang und entdeckte Dr. Harris, der mit der rothaarigen Organisatorin redete.

»Er ist dort.« Andy zeigte auf ihn. »Warum kommst du nicht mit, und ich stelle euch einander vor?« Er wollte sie nicht gehen lassen.

»In Ordnung, aber dann lasse ich euch beide in Ruhe essen. Ich möchte nicht stören.«

Andy wollte ihr sagen, dass sie ihn niemals stören könnte, aber sie war schon in Richtung Eingang unterwegs, und er konnte seinen Blick nicht von ihr wenden, während sie fortging.

Sie wurde einen Moment langsamer, damit er aufholen konnte, und sie gingen gemeinsam zu Dr. Harris und seiner neuen Bekannten.

»Hallo, Mak«, sagte die Organisatorin, als sie näher kamen.

»Hi, Liz. Wie geht's?« Sie lächelten einander an, und Mak wandte sich Dr. Harris zu.

»Bob Harris«, sagte er und streckte seine Hand aus.

»Makedde Vanderwall. Schön, Sie kennen zu lernen.« Sie drückte seine Hand ziemlich fest, jedenfalls sah es für Andy so aus. Er bemerkte, dass der Profiler ihr in die Augen sah, während sie sich die Hand gaben. Bob machte das manchmal, wenn er jemanden zum ersten Mal traf, und Andy wusste aus Erfahrung, dass es sich anfühlte, als würde man geröntgt. Mak akzeptierte die kurze, aber intensive Musterung, ohne mit der Wimper zu zucken.

Die andere junge Frau wandte sich Andy zu und stellte sich vor. »Hi, ich bin Liz Sharron.« Bei ihrer blassen Haut und dem Kopf voller naturroter Shirley-Temple-Locken konnte Andy sich gut vorstellen, dass ihre Klassenkameraden Liz in der Schule »Karottenkopf« oder etwas Ähnliches genannt hatten. Sie hatte ein nettes Lächeln und interessante Augen.

Makedde stellte ihn Liz als »Detective Flynn« vor.

Nicht sehr persönlich, dachte er.

»Andy hat während der letzten paar Wochen mit mir in Quantico gearbeitet«, sagte Dr. Harris zu ihr.

»Liz ist eine Assistentin von Dr. Hare in seinem Psychopathie-Labor«, erläuterte Makedde.

»Und was genau *ist* ein Psychopathie-Labor?«, musste Andy fragen.

Liz lachte. »Also, wir haben kein gewöhnliches Labor, wie man es sich bei Biologen oder Chemikern so vorstellt. Unsere Gruppe erforscht die Psychopathie, hier an der Universität und in unterschiedlichen forensischen Labors und örtlichen Strafanstalten. Wir verwenden viele unterschiedliche Messtechniken für neurobiologische Unterschiede, SPECT-Scans, EEG, MRI…«

»Klingt wie ein Labor«, sagte Andy.

»Es gibt allerdings keine Gehirne in Glas«, sagte Liz. »Na ja, jedenfalls nur wenige.«

»Dr. Hares frühere Assistenten? Oder ist das nur ein Gerücht?«, fragte Makedde grinsend.

»Es ist wirklich ein interessantes Studiengebiet«, sagte Dr. Harris.

»Ja, Sie sollten sich auf jeden Fall in den nächsten Tagen ein paar der Vorträge anhören«, fügte Liz hinzu. »Einige unserer Forscher stellen wirklich faszinierende Themen vor.«

Andy wollte gerade anmerken, dass er käme, als er bei Makedde einen seltsamen Gesichtsausdruck bemerkte. Sie starrte an ihnen vorbei auf die Treppe. Ein Mann vom Sicherheitsdienst war die Treppe heruntergekommen und kam auf sie zu.

»Ich sollte euch zu eurem Mittagessen gehen lassen«, sagte sie, ein bisschen zu schnell.

»Es war nett, Sie getroffen zu haben, Makedde«, sagte Dr. Harris.

Bob hatte eine vage Ahnung von Andys früherer Beziehung zu Makedde, und Andy nahm an, dass er die Szene mit Interesse beobachtete. Wenn man Bob nicht gut kannte, konnte man sich nicht vorstellen, was für ein scharfer, analytischer Verstand hinter seinem ruhigen und unauffälligen Äußeren arbeitete. Ihm entging nichts, keine Geste, keine Schlussfolgerung, kein Ausdruck wurde übersehen. Ein Mann wie er schaltete dieses Talent nie aus. Deswegen war er so gut.

Mak wandte ihre Aufmerksamkeit wieder der Gruppe zu. »Es war mir ein Vergnügen, Sie kennen gelernt zu haben, Dr. Harris.«

»Nennen Sie mich Bob.«

»Danke.« Mak sah Liz an und dann Andy und sagte: »Bis später.«

Bevor sie ging, wanderte ihr Blick noch einmal zu Andy, und in ihren Augen lag etwas Seltsames, Unruhiges, das ihm nicht gefiel.

»Bis später«, sagte Andy, als sie fortging. Er versuchte, seinen Blick von ihr loszureißen und nicht hinzusehen, als

Makedde den großen Sicherheitsmann grüßte. Er war ein junger, gut aussehender Mann, und Andy gefiel das überhaupt nicht. Sie küsste ihn zwar nicht zur Begrüßung, aber sie schienen befreundet zu sein. Andy versuchte, die jäh auflodernde Eifersucht, die sich in seinem Körper ausbreitete, zu unterdrücken. Er biss die Zähne zusammen.

Sie hat einen Freund. Natürlich hat sie einen Freund. Solche Mädchen haben immer einen Freund.

Er korrigierte sich. Er wusste, dass Makedde anders war. Sie war manchmal eine Einzelgängerin und hatte nicht immer eine Beziehung, aber das bedeutete nicht, dass sie sich nicht doch in einen großen, gut aussehenden Sicherheitsmann an ihrer eigenen Universität verliebt hatte, einen Typen, der nicht Kontinente weit entfernt war und der nichts mit einer furchtbaren Zeit in ihrem Leben zu tun hatte, die sie am liebsten vergessen würde.

Beruhige dich, Andy. Sie geht dich nichts mehr an.

Was er bedauerte.

19

»Sieht so aus, als hätten sie hier was richtig Schlimmes.«

Andy sah von seinem kalten Kaffee auf. »Entschuldigung, was?«

Die Cafeteria war immer noch voll, aber Andy hatte sich noch nie einsamer gefühlt. Er bemerkte, dass Dr. Harris mit seinem Schokoladenkuchen und seiner Pepsi light fast fertig war und ihn jetzt über den Tisch hinweg musterte. Andy fragte sich, wie lange er schon ins Nichts gestarrt hatte. Er hoffte, er hatte nichts Wichtiges verpasst.

»Reiß dich zusammen, Andy.«

»Ist es wirklich so offensichtlich?«

Bob sah ihn ungläubig an. Er musste nichts sagen.

»Entschuldigung«, murmelte Andy.

»Ich verstehe, warum du an ihr interessiert bist. Sie ist ein sehr schönes Mädchen und, soweit ich das beurteilen kann, auch klug. Aber ich glaube, dass du da auf dem Holzweg bist.«

Andy sagte nichts.

»Wie war euer Treffen? Wie hat sie auf dich reagiert?«, fragte er, aber Andy kannte Bob gut genug, um zu wissen, dass er die Frage nicht aus persönlichem Interesse stellte, sondern weil er wollte, dass Andy sich das fragte – eine klassische Psychologenstrategie.

»Ich glaube, dass sie überrascht war, mich zu sehen, um es so zu formulieren«, gab Andy zu.

»Du hast ihr nicht erzählt, dass du kommst.«

»Ich bin nicht richtig dazu gekommen.«

Sein Kommentar hing einen Moment in der Luft, ohne Antwort. Er fragte sich, ob es möglich war, sich noch dümmer vorzukommen.

»Sah es so aus, als ob sie Interesse daran hatte, dich wiederzusehen?«, fragte Bob. Als Andy nicht antwortete, sagte er: »Ich glaube, du solltest die Sache hinter dir lassen, Andy. Sie hat das getan.«

Das tat weh. Es war offensichtlich wahr, aber es tat weh.

Andy stand auf. »Ich hole mir noch einen Kaffee. Möchtest du irgendwas?«

Bob schüttelte den Kopf.

Andy bestellte einen Kaffee, und als er zurückkam und sich hinsetzte, sagte er: »Also, was hast du vorhin über irgendwas Schlimmes gesagt? Meinst du den Fall, den die RCMP dir zeigen wollte?«

Bob hatte viel zu viel zu tun, um neue Fälle anzunehmen, aber er hatte den ganzen Morgen die Akten studiert, anstatt lang zu schlafen, genau wie Andy vermutet hatte. Bob konnte nichts gegen seine Natur tun.

»Es ist furchtbar«, sagte Bob und schob seinen leeren Teller zur Seite. Er sah in die Ferne. »Ich habe ein ungutes Gefühl dabei.« Er sprach leise, damit ihn nicht zufällig jemand anderer hörte. »Bisher haben wir drei Opfer, aber warum werden immer mehr Studenten vermisst? Was, wenn wir über eine Serie von Campus-Morden gestolpert sind?«

Andy lehnte sich vor.

»Ich glaube, dass die RCMP es auch vermutet«, fuhr Bob fort. »Beide identifizierten Opfer waren hier Studentinnen, und das dritte… nun, falls wir sie identifizieren können, würde ich sagen, sie war auch eine Studentin. Sehen wir uns mal an, was wir haben. Wir haben drei Leichen, die im selben Gebiet verscharrt wurden, alle in unterschiedlichen Verwesungsstadien, und zwischen den Morden der zwei identifizierten Opfer lagen nur ein paar Wochen. Das nicht identifizierte Skelett gehört auch zu einer junger Frau, und ihr Tod könnte länger zurückliegen, was ein bisschen seltsam ist, wenn man überlegt, wie lange dieser spezielle Mörder schon aktiv war.

Die zwei letzten Opfer, das andere möglicherweise auch, wurden mit einem großen Gewehr in den Rücken geschossen. Nicht erwürgt oder erstochen wie bei einer Vergewaltigung, die außer Kontrolle geraten ist, sondern erschossen. Und in den Rücken. Feige, nicht wahr? Sergeant Grant Wilson, ein sympathischer Typ, wenn ich so sagen darf, und außerdem ziemlich clever, erwähnte, dass es wie eine Art Hinrichtung sei. Und er hat teilweise Recht. Wenn es ein einzelner Schuss in den Hinterkopf gewesen wäre, dann würde ich sagen, ja, ganz sicher im Stil einer Hinrichtung, aber wenn du mich fragst, erinnert mich diese Tötungsart an eine Jagd. Ich glaube, wir haben es mit jemandem von hier zu tun. Einem Jagdfan oder einem Waffenliebhaber. Vielleicht ein Student oder ehemaliger Student oder ein Professor an der UBC. Ich meine, warum waren die beiden bekannten Opfer Studentinnen an der UBC? Sie haben sich anscheinend nicht gekannt. Außer ihrem Alter und der Tatsache, dass sie Studentinnen an dieser Universität waren, verbindet sie nichts. Ist das ein Zufall? Macht jemand ein Jagdrevier aus diesem Campus?«

Bei diesem Gedanken verlor Andy seinen Appetit. War der Killer heute an der UBC?

Dr. Harris biss noch einmal in den Kuchen und fuhr fort. »Ich werde vorschlagen, dass sie das Kennzeichen jedes Autos in der Nahatlatch-Region notieren und die Leute, die dort wohnen, zu Besuch sind oder Zeit dort verbringen, überprüfen. Sie müssen diese Namen mit den Namen von aktuellen und ehemaligen UBC-Studenten vergleichen und, ja, auch mit den UBC-Angestellten, inklusive der Professoren. Auch Jagdscheine müssen überprüft werden. Sie sollten all diese Namen mit denen von Leuten vergleichen, die irgendetwas mit dem Campus zu tun haben. Besonders solche, denen aus irgendeinem Grund der Jagdschein entzogen worden ist.«

Es fiel Detective Flynn sehr schwer, sich nach dem Mittagessen auf Bobs Vortrag zu konzentrieren. Er konnte nicht aufhören, in Makeddes Richtung zu sehen. Zum Glück bemerkte sie es nicht. Aber nach einer Weile deprimierte ihn sogar das. Warum schaute sie nicht in seine Richtung? Es wurde ihm unheimlich, dass er sie so oft anstarrte, und mehr noch, es wurde ihm unheimlich, dass er mit diesem Hintergedanken um die ganze Welt zu dieser Konferenz gereist war.

Dr. Harris hielt einen tollen Vortrag. Er war ein guter Redner, sowohl in Interviews als auch bei öffentlichen Auftritten, und er hatte außerdem eine sehr professionelle Powerpoint-Präsentation, um seinen Vortrag zu unterstützen. Andy bemerkte, dass die meisten Leute im Saal sich Notizen machten. Andy nicht, aber nur, weil er sich schon früher so viele Notizen zu dem Thema gemacht hatte.

»Die Tatorte von psychopathischen Verbrechern deuten meist darauf hin, dass die Tat gut geplant war und ein hohes Risiko- oder Erregungsmoment beinhaltet«, sagte Bob. »Für diese Art von Persönlichkeit genügt es nicht, einfach in das Haus der alten Frau zu schleichen und das Geld aus ihrer Tasche zu stehlen, während sie schläft, er muss sich auch noch die Mühe machen, sie bewusstlos zu prügeln …«

Andy dachte an den Nahatlatch-Fall, bei dem die RCMP um Hilfe gebeten hatte. Jetzt, da Bob Andy beim Mittagessen einige seiner Sorgen mitgeteilt hatte, hatte er irgendwie das Gefühl, in die Ermittlung verwickelt zu sein. Bob hatte das gemerkt und Andy darum gebeten, das Ganze so vertraulich wie möglich zu behandeln. Wenn die Presse davon erführe, würde ein Chaos ausbrechen.

Aber Andy fühlte sich unwohl. Er wollte Makedde davon erzählen. Sie verdiente es, Bescheid zu wissen. Zum ersten Mal in seiner Karriere hoffte er, dass die Zeitungen sich der Geschichte annahmen, damit die Last seiner Schweigepflicht erleichtert würde. Makedde brauchte die genauen Einzelheiten nicht zu erfahren, aber sie sollte wissen, dass etwas passierte und dass es Gründe gab, noch vorsichtiger als sonst zu sein. Es ging um ihre Sicherheit. Er musste einen Weg finden, ihr einen Tipp zu geben und trotzdem sein Versprechen gegenüber Dr. Harris zu halten.

»Psychopathische Verbrecher zeigen eine vollkommene Missachtung ihrer Opfer«, erklärte Bob. »In ihren Verbrechen gibt es immer das Element der Kontrolle …«

Andy sah, dass fast jeder im Raum auf der Stuhlkante saß. Bob war ein FBI-Agent, und der Titel selbst war heutzutage in Mode dank beliebter Filme wie *Das Schweigen der Lämmer* und *Hannibal* oder *Akte X*.

»Sie inszenieren vielleicht etwas, falls zwischen ihnen und dem Opfer eine enge persönliche Beziehung besteht …«

Andy wusste nur zu gut, dass das Leben von FBI-Profilern nicht so glamourös war. Und auch nicht das Leben von jemandem, der mit den Folgen der Taten der gewalttätigsten und gestörtesten Menschen klarkommen musste.

Andy war in der friedlichen Stadt Parkes in New South Wales aufgewachsen, wo die örtlichen Polizisten Helden waren. Da gab es zum Beispiel Sergeant Morris, der in der Milchbar herumhing und die Aufmerksamkeit all der hübschen Kellnerinnen dort auf sich zog. Er hatte immer ein paar nette Worte für den jungen Andy, und Andy verehrte ihn.

Aber die Wirklichkeit der Polizeiarbeit erreichte nie die Erwartungen seiner Kindheit, und er merkte schnell, dass nicht jeder Polizisten liebte. Viele hassten sie sogar. Die Öffentlichkeit schien nur an Bußbescheide fürs Falschparken und an Alkoholtests zu denken. Und heute dachten sie auch an Skandale. Korrupte Polizisten waren die einzigen, die heutzutage in die Zeitung kamen.

Sogar die Frau, die er geheiratet hatte, hasste ihn schließlich, weil er Polizist war. Andy war Polizist, aber er war wohl kaum ein Held.

Er fragte sich, ob er sich seine Fehler jemals würde verzeihen können.

20

»Komm schon, du großer Waschlappen. Noch fünf.«

Sergeant Grant Wilson sah von seiner anstrengenden Position unter einem Einhundert-Kilo-Gewicht hoch in Richtung der Stimme.

Arschloch.

Sie waren mitten in ihrer regelmäßigen Trainingsstunde im örtlichen Fitnessstudio, und Corporal Michael Rose zählte Grants Fortschritt: »acht … neun … gute Arbeit …«

»Ich könnte hundertzehn stemmen, und zwar doppelt so oft wie du«, gab Mikes Bruder an.

»Himmel, Evan, halt einfach die Klappe«, zischte Mike. Sie hatten normalerweise keine Gesellschaft, und es lief heute nicht so gut.

Als Grant mit seinem Training fertig war, half Mike ihm, das Gewicht auf die Halterung zu legen. Seine Stirn war tropfnass, und sein graues Hemd hatte dunkle Schweißflecken. Er stand auf und sah Mikes Bruder düster an.

Evan war ein großer Typ und ziemlich kräftig. Er stemmte viele Gewichte, und Grant vermutete, dass er auch Steroide nahm. Er hatte ein paar Tätowierungen zu viel und ein zu großes Ego für Grants Geschmack. Außerdem hatte er ihn nicht zu diesem Gewichtheben eingeladen. Eigentlich bezweifelte er, dass irgendjemand Evan eingeladen hatte.

Verdammt, ich wünschte, ich wäre größer. Wütende Blicke wirken besser, wenn man größer ist.

»Dann los. Die Bank gehört dir«, sagte Grant mit einer Handbewegung und trat zur Seite.

»Ich habe mein Training schon heute Morgen erledigt.«

Grant lachte. Früher hätte er so jemanden einfach umgehauen, aber er hatte gelernt, sich zurückzuhalten. Außerdem war es schließlich der Bruder seines besten Freundes.

»Ich habe dich nur ärgern wollen, Grant. Nimm's nicht persönlich«, fuhr Evan fort. »Du hebst ziemlich viel.«

Für einen alten Kerl, hörte Grant ihn fast sagen.

»Was tust du eigentlich morgens im Fitnessstudio? Machst du keine Inventur mehr bei K-Mart? Haben sie dir die Arbeitszeit gekürzt?«

Evan runzelte die Stirn und schien in sich zusammenzufallen. »Damit war ich immer zu Ende, bevor der Laden aufmachte. Aber nein, ich arbeite jetzt im Fox.«

»Oh, das Blue Fox.«

Mike beteiligte sich nicht an dem Gespräch. Man konnte sehen, dass er sich einen Themenwechsel wünschte.

»Was machst du dort? Bedienst du, oder bist du auf der Bühne?«, fragte Grant. Das Blue Fox war eine Stripbar für Frauen.

»Theke. Du solltest mal vorbeikommen, dir würde die Atmosphäre gefallen«, sagte Evan.

Mike war schon bei der Beinpresse, und Grant ging zu ihm. Er half ihm, ein paar Zwanzig-Kilo-Gewichte aufzulegen. Es war sicher, dass Evan bald zu ihnen stoßen würde. Er würde den Wink nicht verstehen. »Und, ist es wahr, dass ihr euren großen Fall an das FBI abgegeben habt?«

Was?

Dieses Mal antwortete Mike. »Wie ich dir schon gesagt habe, Evan, haben wir einen FBI-Profiler um Rat gefragt.

Das bedeutet nicht, dass das FBI dafür zuständig ist oder so.«

»Nicht?«

»Nein.«

Mike begann seine Übungen, und Grant beobachtete ihn, während er gleichzeitig den uneingeladenen Dritten ignorierte.

»Ich habe ihn heute gesehen«, sagte Evan.

Beide drehten sich um. »Wen gesehen?«

»Euren FBI-Agenten.«

Grant machte eine Pause, und Mike sah genauso überrascht aus.

»Er hat an der UBC eine Vorlesung gehalten. Auf dem Campus hängen schon ewig Poster darüber herum, über die Konferenz über Psychopathen.« Er verdrehte die Augen und gestikulierte wie ein Irrer.

»Ja«, sagte Grant. »Ich wünschte, wir hätten da hingehen können, aber einige von uns mussten arbeiten. Ein paar von unseren Kollegen waren dort. Hast du was gelernt?«

»Ja.«

»Möchtest du es uns erzählen?«

»Nein.«

Grant war kurz davor zu platzen. »Ich muss nach Hause. Amanda wartet auf mich.«

»Oh, ja. Wie geht es ihr überhaupt? Was für eine Scheiße …«

»Danke. Es geht uns gut.« Er warf sein Handtuch auf die Gewichte und ging fort. Er konnte sich gerade noch beherrschen.

Das Letzte, was er hören wollte, war, wie ein ignoranter Idiot wie Evan Rose irgendeinen mitfühlenden Mist über Amanda abließ. Was wusste er schon darüber, wie es war, sich um jemanden zu kümmern, den man liebte? Was wusste er schon über Amyotrophische Lateralsklerose?

Grant hatte gerade seine Kombination in das Vorhängeschloss an seinem Spind eingegeben, als Mike zu ihm kam und sich entschuldigte.

»Das tut mir wirklich Leid, Grant. Ich weiß nicht, was ihn geritten hat.«

»Vergiss es. Ich muss nach Hause.«

»Normalerweise ist er nicht so schlimm.«

»Warum hast du ihn überhaupt eingeladen? Und ihm von dem Fall erzählt?«

»Ich…«

»Halt ihn mir einfach vom Leib.«

»Es tut mir Leid…«

Grant holte seine Sachen aus dem Spind und stopfte sie in seine Sporttasche. Er machte sich nicht die Mühe, zu duschen oder sich umzuziehen. »Es muss dir nicht Leid tun, Mike«, sagte er. »Ich bin nicht derjenige, der nett zu ihm sein muss, bloß weil er zur Familie gehört.«

Mike sah aus, als habe ihn der Kommentar getroffen.

»Vergiss es einfach. Ich habe zu viel Stress.« Grant winkte über seine Schulter, als er ging, ohne sich von Evan zu verabschieden.

21

Er saß Stunden vor dem Bibliothekscomputer.

Zu seiner Freude fand er mehr, als er erwartet hatte. Es war aufregend. Das Internet war eine Schatzkammer voller Informationen über das Thema, das er ausgewählt hatte. Er klickte die Seite des australischen Nachrichtenarchivs an und schrieb sich unter falschem Namen ein. Als Kontaktadresse benutzte er sein anonymes AOL-Konto.

Die Suchbegriffeingabe erschien. Er tippte sein Thema ein.

Makedde Vanderwall.

Er überlegte kurz, ob er spezifische Details hinzufügen sollte, wie zum Beispiel Makedde Vanderwall + Mord + Australien oder etwas Ähnliches, aber er dachte, dass ihr Name wahrscheinlich einzigartig genug sei, um zu finden, was er suchte. Er gab ein, dass alle erreichbaren Veröffentlichungen ohne Zeitlimit durchsucht werden sollten.

Er klickte auf »senden«, und seine Anfrage wurde bearbeitet.

Die Ergebnisse hätten nicht besser sein können.

Ergebnisse Ihrer Suche nach »Makedde Vanderwall«: 184 Dokumente

Ergebnisse 1 bis 20 werden angezeigt.

Es gab zehn Seiten mit Artikeln. Er konnte alles, was über dieses Mädchen gedruckt worden war, finden, all die pikanten Details, die die australische Presse herausgefunden hatte und die sie zu Hause sorgfältig verbarg.

Herald Sun, Daily Telegraph, Courier Mail, Sun Herald, The Australian … die Liste ging stetig weiter. Er begann oben und doppelklickte auf den Artikel mit dem Titel: »Überlebende fliegt nach Hause«.

Er blieb und las, bis die Bibliothek schloss. Seine Fotokopierkarte, die er gerade erst frisch aufgeladen hatte, war leer, als er ging, sein Rucksack schwer durch die Last von Makeddes nachrichtenrelevanten Geheimnissen.

Das hier ist interessant …

22

Roy Blake war nicht froh darüber, noch kurz vor Ende seiner Schicht gerufen zu werden. Im Monashee-Gebäude des Thunderbird-Wohnheims, einem der UBC-Wohnheime auf dem Campus, wurde eine Lärmbelästigung gemeldet. Roy war immer noch im Dienst und musste hingehen und nachsehen. Es passte ihm zeitlich nicht, denn er war direkt nach der Arbeit mit Makedde Vanderwall verabredet. Trotzdem reagierte er schnell und professionell, und innerhalb von Minuten hielt er am Thunderbird Crescent. Er parkte den Wagen des Sicherheitsdiensts am Eingang und sah sich um.

Okay, was ist los …

Roy musste das Foyer gar nicht erst betreten, er hörte den Lärm schon vorher. Wie berichtet, hämmerte jemand unnachgiebig gegen die Tür eines Apartments. Er konnte auch Schreie hören.

Er runzelte die Stirn.

Roy lief in den zweiten Stock hinauf und fand im Flur eine Frau, die schrie, schluchzte und wieder schrie. Sie sah aus, als sei sie Ende vierzig. Sie trug eine Jogginghose und eine Lederjacke und hatte braune, ungepflegte, schulterlange Haare. Ihr Augen-Make-up lief in langen, dunklen Schlieren über ihre Wangen.

Sie wollte anscheinend gerade eine weitere Schreitirade loslassen, als sie sich umdrehte und Roy sah. In Uniform war er eine beeindruckende Erscheinung. Ihre Fäuste hielten Millimeter von der Tür entfernt an und zitterten. Ihr Mund stand offen.

»Hallo…«, sagte er und hob beim Näherkommen eine Hand. Aus der Nähe sah Roy, dass die Augen der Frau rot und glänzend waren wie bei jemandem, der zu viel geweint hatte. Ihre Lippen waren geschwollen, ihre Nase feucht. Sie hatte ein Taschentuch nötig. Trotz ihrer aufgelösten Erscheinung schien sie zur Mittelklasse zu gehören, sie war keine Drogenabhängige oder Obdachlose. Ihre Hände waren manikürt, und sie trug einen goldenen Ehering.

»Entschuldigen Sie, Ma'am. Kann ich Ihnen irgendwie helfen?«, fragte Roy, er war nur noch ein paar Meter entfernt. Er bemühte sich, einen mitfühlenden, aber festen Tonfall anzuschlagen, genau wie man es ihm beigebracht hatte.

Eine Weile antwortete die Frau nicht. Sie starrte ihn an, ihre Fäuste an der Tür. Er fragte sich einen Augenblick lang, ob sie ihn nicht gehört oder verstanden hatte. Inzwischen war Roy nur noch Zentimeter von ihr entfernt und war bereit zu reagieren, sollte die Frau Ärger machen. Er streckte immer noch eine Hand vor sich aus, die Handfläche als freundliche Geste nach oben, während die andere Hand an seiner Hüfte lag, bereit, das Pfefferspray zu benutzen, falls er es benötigte. Sogar harmlos aussehende Leute konnten sich unvorhersehbar und irrational verhalten.

Roy wusste, dass man sich selbst in Schwierigkeiten bringen konnte, wenn man zu vertrauensselig war. Vor kurzem hatte einer vom Sicherheitsdienst versucht, einer älteren Dame im West End über die Straße zu helfen. Sie war einfach auf den Boden gefallen. Aber als er ihr aufhelfen wollte, verlor er fast ein Auge, als sie ihre schwache Faust in sein Gesicht schwang und der scharfe Stein in ihrem antiken Ring seinen Augapfel zerkratzte. Jetzt hatte der arme

Kerl ein Auge, dessen Pupille immer in einer Blutlache zu schwimmen schien.

»Gibt es ein Problem, Ma'am?«, fragte Roy noch einmal und bewegte sich ganz langsam vorwärts.

Endlich sprach sie. »Ich…«, begann sie. »Meine Tochter…«

»Ja?«, sagte er, ermunterte sie weiterzusprechen. »Ihre Tochter, Ma'am? Was ist mit Ihrer Tochter?«

»Meine Tochter ist da drin und öffnet die Tür nicht.«

Vielleicht gibt es einen Grund, warum sie die Tür nicht öffnen will, Lady, dachte Roy. Wer weiß, wie lang sie schon geschrien und Theater gemacht hatte, bevor er gerufen worden war?

»Ma'am, Sie haben viel Lärm gemacht, und ich glaube, dass Ihre Tochter das gehört hätte, wenn sie da drin wäre. Sind Sie ganz sicher, dass Sie im richtigen Wohnheim sind? Haben Sie die richtige Zimmernummer?« Er stellte die Fragen sanft, wollte sie nicht provozieren.

»Glauben Sie, ich bin ein Idiot?«, schrie sie ihn an. »Ich weiß doch, wo meine eigene Tochter wohnt!«

Also, das hat nicht funktioniert.

Roy dachte daran, dass Makedde in der Kneipe auf ihn warten würde. Er wollte pünktlich kommen. Er musste vorher noch nach Hause, sich duschen und umziehen. Wie lange würde das hier dauern?

»Ich halte Sie absolut nicht für eine Idiotin, Ma'am«, beruhigte er sie. »Ich bin mir sicher, dass Sie wissen, wo Ihre Tochter wohnt. Darf ich Sie nach Ihrem Namen fragen?«

»Marian. Marian Melmeth«, sagte sie.

»Okay, Mrs. Melmeth. Lassen Sie uns nach unten gehen und mit dem Leiter des Wohnheims sprechen. Mal sehen, ob wir Ihre Tochter nicht anrufen können. Ganz einfach. Wie heißt Ihre…«

»Nein! Ich habe sie schon angerufen. Sie hebt nicht ab, bloß um mich zu ärgern!«

»Mrs. Melmeth, wir werden das nicht hier im Flur klären können. Ganz sicher hätte Sie jeder in diesem Apartment gehört. Ich denke, wir sollten einfach nach unten gehen…«

»Können Sie sie nicht dazu bringen herauszukommen?« Tränen flossen der Frau über die Wangen.

Okay, vielleicht bringt sie das zur Vernunft. »Wie heißt Ihre Tochter?«

»Debbie.«

Roy hielt inne. Der Name kam ihm bekannt vor. *Oh, Melmeth. Klar…*

Er versuchte, keine Reaktion zu zeigen.

»Ihr Name ist Debbie? Okay.« Er lehnte sich an die Tür und klopfte vorsichtig. Er wusste sehr gut, dass sich dahinter keine Debbie Melmeth befand. »Debbie, hier Roy Blake vom Sicherheitsdienst. Sind Sie da drin?«

Keine Antwort.

»Ist irgendjemand da drin?«

Nichts.

»Wenn irgendjemand da drin ist, könnten Sie bitte ein Zeichen geben?« Er wusste, dass es lächerlich war. »Okay, Marian, lassen Sie uns nun hinuntergehen, dann klären wir das.«

Plötzlich warf sich die Frau wieder gegen die Tür, schlug mit ihren Fäusten dagegen und jammerte. »Debbie! Hier ist deine Mom! Komm raus, Darling! Bitte!«

Er hörte, dass weiter unten im Flur eine Tür geöffnet wurde. Er drehte sich um, um nachzuschauen, und sah, dass sie nur einen Spalt offen stand. Seine Bemühungen wurden beobachtet.

»Ma'am, ich muss Sie jetzt nach unten bringen.«

Sie schlug weiter auf die Tür ein.

Er packte Mrs. Melmeth' Arme, zog sie auf ihren Rücken und zerrte sie von der Tür weg. Dabei bemühte er sich, seinen Ärger zu unterdrücken und die Kraft, die er anwandte, zu dosieren.

»Es tut mir Leid, dass ich das tun muss, Ma'am. Ich werde Sie jetzt nach draußen bringen.«

Kaum dass er sie gepackt hatte, schien sie in sich zusammenzusinken. Ihre Kraft verließ sie, sie sank schluchzend an seine breite Brust. Er wusste nicht, wie lange sich schon alles in ihr aufgestaut hatte, so wie sie schrie und weinte, aber als er sie im Arm hielt, ließ sie endlich los.

Sanft führte er sie aus dem Gebäude. Eine weibliche Angestellte, Larissa Greaves, war gekommen und half ihm, die Frau zu beruhigen.

Roy hatte vierzig Minuten später Feierabend. Er beeilte sich, nach Hause zu kommen, um sich zu duschen, umzuziehen und zu seiner wunderschönen Verabredung zu gehen. Zum Glück wohnte er nicht weit von der Universität entfernt. Er hatte immer noch eine Chance, pünktlich zu sein …

23

Die Chilli Bar in Vancouvers berühmtem Kitsilano-Viertel war sehr sorgfältig auf modern getrimmt. An den Ecken rauer Spiegel und Raumteiler aus Stahl hingen getrocknete Chili, zwei große, tiefrote Wandleuchten wiederholten die namensgebende Chiliform und warfen Schatten auf die gegenüberliegenden Wände. Durch die Lampen war der Raum in gedämpftes rotes Licht und Schatten getaucht, was einigen Gästen ein teuflisches Aussehen verlieh.

Eine amerikanische Filmcrew drehte in der Stadt einen Actionfilm, und in einer Ecke erkannte Mak ein paar Schauspieler, Michael Ironside und diesen pockennarbigen Schauspieler aus der alten *Miami-Vice*-Serie, an dessen Namen sie sich nie erinnern konnte.

An diesem Abend mitten in der Woche war die Chilli Bar voll, quoll über vor hippen Großstädtern, die nach einem harten Arbeitstag mit ihren Freunden ein paar Martinis kippten. Makedde war allein und trank ein alkoholfreies Mineralwasser am Ende der zentralen, schwarz lackierten Theke, die sich wie eine stilisierte Chilischote bog und wand. Wäre die Mammutchili ein Ausrufezeichen, wäre sie der Punkt.

Diese Verabredung mit Roy war ihr erster Ausflug in die Szene seit dem Fiasko mit Henry, nachdem sie beschlossen hatte, sich nie wieder von ihren Freunden verkuppeln zu lassen. Sie meinten es gut, aber es war ein unfehlbares Rezept für ein Desaster.

Die Chilli Bar war Makeddes Vorschlag gewesen. Roy wusste, wo sie war, war aber noch nie dort gewesen, also hatte Makedde einen gewissen Heimvorteil. Es war eigentlich auch die einzige wirklich coole Bar, die von ihrer Wohnung zu Fuß zu erreichen war und in der auch an einem Wochentag im Herbst was los war.

Mak strich eine Haarsträhne hinters Ohr und starrte auf das Leder ihrer kleinen Ballytasche, die auf der Theke lag. *Also, wie ist dieser Roy Blake eigentlich?*, fragte sie sich. Er war attraktiv, das war nicht zu übersehen, und er schien auch ein recht netter Kerl zu sein, aber sie wusste eigentlich nicht viel über ihn. Kaum etwas, um genau zu sein. Beim Mittagessen war er sehr aufmerksam gewesen, und das schmeichelte ihr. Manche Typen waren zu sehr damit beschäftigt, ihr eigenes Ego zu pflegen, um wirklich zuzuhören. Während ihrer Pause hatten sie ungefähr eine halbe Stunde lang auf einer Bank auf dem Campus gesessen und über die Universität und seinen Job geredet und über das Wetter und die bevorstehende Skisaison, und als Makedde sich endlich Sushi geholt hatte, musste sie schon wieder zurück zur Konferenz.

Makedde hatte sich schon länger nicht mehr erlaubt, männliche Aufmerksamkeit zu genießen, was ihr bei ihren Freunden den Titel »Eisprinzessin« eingebracht hatte. Sie hatte vergessen, wie schön das sein konnte. Schon durch das bisschen Interesse hatte sie das Gefühl, attraktiv zu sein. Vielleicht war es nicht mehr als der pure biologische Paarungsinstinkt, aber es war immer noch aufregend, jemanden kennen zu lernen. In gewisser Weise entdeckte sie die Romantik wieder.

Makedde, die immer sehr modebewusst war, hatte viel zu viel Zeit und Gedanken daran verschwendet, was sie an diesem speziellen Abend tragen sollte. Aber das »Ich-versuche-es-nicht-zu-sehr«-Prinzip war sehr wichtig bei solchen Gelegenheiten. Dieser Strategie folgend, hatte sie einfach ihre robusten Schuhe gegen sexy Schuhe mit hohen Absätzen getauscht und ein elegantes Top mit U-Boot-Ausschnitt angezogen. Dann noch etwas Lipgloss aufgelegt und schnell die Haare gebürstet, und sie war fertig.

Sie hätte bereit sein sollen für eine nette, kleine Ablenkung von ihren Sorgen durch einen gut aussehenden Mann, den sie kaum kannte. Allerdings gab es zwei Probleme. Nummer eins: Es war schon nach der verabredeten Zeit, und sie war immer noch allein, was ärgerlich war. Und Nummer zwei: Das ergab sich eigentlich aus Problem Nummer eins, denn je länger sie ungeduldig auf ihre Verabredung wartete, umso mehr dachte sie über ihr überraschendes Treffen mit Andy nach.

Was, zum Teufel, macht dieser Mann in Vancouver?

Mak schüttelte den Kopf und lehnte sich auf ihren Ellbogen vor. Sie sah auf die Theke und in ihr verzerrtes Spiegelbild. Ihr Gesicht erschien grotesk in die Länge gezogen, eine Hälfte war rot, die andere blass. In ihren Augen sah es wie das eines Monsters aus. Monster erinnerten sie an Psychopathen, die modernen Nosferatus, die die Erde bevölkerten, und Psychopathen erinnerten sie an Australien und ihre Erlebnisse dort und an den Mann, der ihr das Leben gerettet hatte, was sie wieder zu ihrem Ausgangspunkt zurückbrachte: Andy Flynn.

Der verdammte Andy Flynn. Hier. In Vancouver.

Sein plötzliches Auftauchen war schuld an ihrem Stress. Es war schon seit seinem Anruf schlimm genug gewesen, aber jetzt ging er ihr überhaupt nicht mehr aus dem Kopf. Vor ein paar Monaten noch hatte sie gedacht, dass sie die Sache überwunden hätte, und nun hatte er diesen Fortschritt wieder zunichte gemacht.

Was soll ich wegen ihm tun?

Muss ich irgendwas wegen ihm tun?

Mak nippte an ihrem Wasser und hoffte, das kalte Getränk würde ihre erhitzten Wangen kühlen. Aber je mehr sie an Andy dachte, umso aufgeregter wurde sie. Der Schock, als er bei der Konferenz plötzlich auf sie zukam, hätte nicht größer sein können. Es war, als wäre er geradewegs aus ihren Träumen, besser gesagt aus ihren Albträumen, spaziert. Das Problem war natürlich, dass er nur zu real war. Okay, er jagte sie nicht mit einem Skalpell durch ein Feld wie in ihrem Albtraum, aber ihr Wecker würde sie auch nicht retten.

Verdammt, Andy, warum musstest du wieder in mein Leben treten? Warum? Warum jetzt?

Sie hatte sich zunächst gegen ihren Willen in Detective Andy Flynn verliebt, aber sie hatte sich wirklich in ihn verliebt. Sie hätte das nie zulassen dürfen. Er war der Detective, der im Mordfall ihrer Freundin ermittelte. Er machte gerade eine unschöne Scheidung durch und eine verfrühte Midlifecrisis oder so was, wie so viele der Männer, die plötzlich beschlossen, dass Makedde die Lösung all ihrer Probleme war. Andy Flynn repräsentierte tatsächlich vieles, dem eine kluge Frau aus dem Weg gehen würde, aber irgendwie war das egal gewesen. Sie wurde von ihm angezogen wie eine Motte vom Licht. Es war sehr schnell sehr kompliziert geworden, und sie bereute die Geschichte.

Als Andys Einfluss auf sie langsam nachließ, hatte Makedde sich verflucht, weil sie ihn in ihr Herz gelassen hatte, und jetzt, da er hier war, verfluchte sie sich gleich doppelt. Das war genau die Art von Ablenkung, die ihr Studium verzögerte. Und es half ihr sicherlich nicht dabei, gut zu schlafen.

Als sie aus Australien zurückgekehrt war, hatte sie ihn

eine Weile vermisst. Aber jetzt nicht mehr. Jetzt, da sie versuchte, ihr Leben geregelt zu bekommen, nicht mehr.

Makeddes Herz pochte schnell, zu schnell. Ihre Augen taten weh, und ihr gefiel nicht, wie sie sich fühlte. Wenn sie an die falschen Dinge dachte, wenn sie ihren Gedanken freien Lauf ließe, würde sie schließlich zu einer peinlichen Idiotin werden, die allein auf einem Barhocker weinte. Was das für ein Anblick wäre! Sie unterdrückte die unerwartet aufwallenden Gefühle, aber sie spürte ein leichtes Schwindelgefühl. Sie schloss die Augen und hielt einen Moment den Atem an.

Entspann dich.

Atme. Atme langsam.

Mak nippte noch mal an ihrem Wasser und fragte sich, ob sie nicht eher was Stärkeres brauchte.

»Entschuldige? Roddy?«, sagte sie zu dem Barmann.

Er drehte sich um. Roddy war Anfang zwanzig, muskulös, immer braun gebrannt und ein paar Zentimeter kleiner als Mak. Tagsüber arbeitete er als Privattrainer in einem der exklusiven Fitnessclubs in der Nähe. Heute Abend trug er ein enges Lycrahemd, das seinen wohlgeformten Bizeps zeigte. Trotz seines Jobs und seiner Kleidung hatte sie den Eindruck, dass Roddy irgendwie schüchtern war.

»Äh … Roddy, was ist dein Lieblingsdrink? Ein richtig guter?« Sie hoffte, dass ein Drink ihre Nerven beruhigen würde.

»Du meinst mit Alkohol?«

»Ja sicher«, sagte sie.

Er sah etwas überrascht aus. »Na ja, was magst du? Wir haben unsere Spezialmartinis. Was ist mit Chi Chis? Daiquiris? Willst du vielleicht einen Shot? Sex on the Beach? Wie wäre es mit einem Slippery Nipple?«

So viel zu ihrer Theorie bezüglich seiner Schüchternheit,

dachte sie, während er die provokanten Cocktailnamen herunterratterte.

Mak blinzelte, dachte an den Namen des Getränks, dann sagte sie: »Sicher. Äh, gibt mir bitte einen Slippery Nipple.«

Vielleicht würde sie nachher noch Sex on the Beach probieren.

Der Shot würde alles entschärfen. Das musste er. Makedde trank nicht viel, aber Alkohol soll entspannend wirken, und das tat er schließlich auch. Sie hatte das Gefühl, dass Roddy sie schief angesehen hatte, bevor er sich umdrehte, um ihren Drink zu mixen. Mak wurde klar, dass sie noch nie einen echten Drink bei ihm bestellt hatte. Nachdem er hinter der Theke gemixt hatte, präsentierte er ihr eine milchschokoladenfarbige Mischung in einem kleinen Glas.

Oh, Mann. Ist das eine gute Idee?

»Bitte schön. Der geht auf mich. Sag mir, ob er dir schmeckt.«

»Danke, Roddy. Das musst du nicht tun.«

»Ist mir ein Vergnügen. Viel Spaß.« Und damit überließ er sie ihrem Drink.

Mak hob das Glas an ihre Nase. Das Getränk roch sahnig und süß. Baileys. *Lecker.* Der Verweis auf Brüste war ihr etwas suspekt, aber sie nahm an, dass die Mischung gut schmecken würde. Sie starrte das Glas einen Moment an, überwand den Augenblick des Zögerns und trank dann auf ex.

Wow.

Sehr stark.

Mak hätte eigentlich husten müssen, wäre der Drink nicht so angenehm weich gewesen. Der Alkohol schoss erst durch ihre Nerven und hinterließ dann ein warmes, angenehmes Gefühl. *Sehr lecker.*

Sie leckte sich über die Lippen und schaute zur Theke.

Wo ist dieser Typ, verdammt?

Und dann merkte Makedde, dass sie nicht mehr allein war.

»Hi. Möchtest du noch einen Drink?« Ein amerkanischer Akzent. Ganz sicher nicht der Sicherheitsmann.

Mak sah sich um. Neben ihr stand ein geschniegelt aussehender Mann mit grau meliertem Haar, einer tiefdunklen Sonnenbräune und den weißesten Zähnen, die sie je gesehen hatte.

Sie reagierte anscheinend nicht schnell genug, um mit seinen Sprüchen mitzuhalten, also machte der Zahnpastawerbetyp auch ohne Aufmunterung weiter. »Hi. Ich bin Richard. Wie heißt du?«

»Hi, Richard. Ich warte auf jemanden. Also vielen Dank für das Angebot, aber ich brauche nichts.« Sie lächelte ihn knapp an.

»Ich habe gesehen, dass du ganz allein hier sitzt, und habe mich gefragt: ›Was macht diese hübsche Lady da ganz allein?‹ Ich bin aus Hollywood hier, um einen Film mit…«

»Ja, mit Michael Ironside und … wie heißt dieser Schauspieler? Der aus *Miami Vice*?«

»Welcher?«

»Ach, egal. Hör mal, Richard, ich warte auf jemanden, also falls es dir recht ist…«

»Na ja, ich könnte dir Gesellschaft leisten, bis sie…«

»*Er*«, korrigierte sie ihn und zog das Wort in die Länge, um es klarzustellen.

»Bis *er* kommt«, beendete der Mann den Satz.

Makedde drehte sich um, um ihm direkt in die Augen zu sehen. Sie hob ihr Kinn und starrte ihn finster von oben herab an.

»Okay, okay«, sagte er schließlich und hob die Hände hoch. »Aber falls du deine Meinung änderst …«

»Auf Wiedersehen«, sagte sie und drehte sich wieder zur Theke um.

Aus dem Augenwinkel sah sie, wie er wieder an seinen Tisch zurückkehrte und ein paar seiner Kumpel die Hand klatschte. Sie hörte, wie einer von ihnen sagte: »Oooh, eins zu null gegen Richo.«

Ärgerlich.

Makedde legte ihren Mantel auf den Stuhl neben sich, um weitere Zwischenfälle zu vermeiden, und sah auf die Uhr. Es war schon weit nach acht, und ihre Verabredung ließ sich immer noch nicht blicken. Jetzt kam sie sich wirklich blöde vor, wie sie dasaß, allein trank, Fremde abwimmelte und auf einen, na ja … einen Fremden wartete.

Sie sah sich im Raum um, aber er war immer noch nirgendwo zu sehen. Sie nahm ihr Handy aus der Tasche und hörte die Nachrichten ab. Nichts.

Vielleicht sollte ich einfach gehen.

Sie beschloss, nur noch ein paar Minuten zu warten, bevor sie ging, und dann nie wieder mit diesem Roy Blake zu reden. Sie sah auf die Uhr und zählte die Minuten. Wenn er in sechzig Sekunden nicht hier war … neunundfünfzig … achtundfünfzig …

Um zwanzig nach acht spürte sie eine kühle Brise im Nacken und sah von ihrer Uhr auf. Da war er.

Zwanzig Minuten ist nicht so viel zu spät, Mak.

Makedde sah ihn sich sehr gut an, während er auf sie zukam. Vielleicht hatte der Drink ihr Selbstvertrauen gestärkt. Er war beeindruckend groß und männlich und nicht zu smart. Er erinnerte vielleicht ein bisschen an einen Cowboy, und zwar an einen gut aussehenden. Er hatte dunkelbraune Augen und volle, sinnliche Lippen. Seine

Haare waren hellbraun und lockig, und er trug sie kurz. Sie fand, dass er auf eine raue Weise gut aussah. Das mochte sie. Obwohl er charmant und höflich erschien, vermutete Makedde, dass er unter der Oberfläche etwas wild sein konnte. Sie vermutete, dass er intensiv und leidenschaftlich sein konnte.

Roy war leger gekleidet, und sie stellte fest, dass er ihr in Uniform besser gefiel. Oder vielleicht hatte er ihr besser gefallen, als sie wusste, dass Andy in der Nähe war? Hatte sie Andy wirklich eifersüchtig machen wollen? Nein, sie wollte ihm nur zeigen, dass sie die Vergangenheit hinter sich gelassen hatte, das war alles. Sie wollte ihm zeigen, dass es unmöglich war, dass zwischen ihnen wieder eine Affäre anfing. Überhaupt keine Chance.

Wen willst du überzeugen, Makedde?

Sie nahm ihren Mantel vom Stuhl neben sich, und Roy setzte sich. Er lächelte freundlich, und er roch nach Azzaro Cologne. Sie erkannte es. Es hatte noch keine Zeit gehabt, sich in seiner Haut festzusetzen, und roch etwas scharf. Angenehm, aber scharf.

»Hallo.« Seine Stimme war tief.

»Hi.«

Sie fand ihn sehr attraktiv, aber sie hatte immer noch das Gefühl, flüchten zu müssen. *O Gott, ich kann mich nicht darauf einlassen. Verdammt, Andy, das ist deine Schuld!*

»Wie war die Konferenz heute Nachmittag?«, fragte Roy. »Es tut mir Leid, dass ich sie verpasst habe.«

»Oh, sie war gut«, sagte sie und schaffte es, ziemlich normal zu klingen. Sie musste sich beruhigen. Sie würde nicht flüchten. Sie würde genau hier sitzen bleiben und Spaß haben.

»Es war schön, dich zum Mittagessen zu treffen. Es tut mir Leid, dass meine Pause so kurz ist.«

»Das war schon in Ordnung. Ich hatte eigentlich niemanden erwartet.« Und plötzlich war doch überall ein bekanntes Gesicht. »Wie geht's dir? Wie war die Arbeit?«, fragte sie und versuchte, die Aufmerksamkeit von sich abzulenken. Sie wünschte, der Alkohol würde wirken und sie beruhigen.

»Es tut mir Leid, dass ich zu spät gekommen bin«, sagte Roy. Mak hatte sich schon gefragt, ob er sich entschuldigen würde. »Es war die Arbeit«, fuhr er fort. »Ich sollte eigentlich vor über einer Stunde Feierabend machen, aber in der letzten Minute kam noch was dazwischen. Eigentlich etwas richtig Trauriges.« Er senkte den Kopf und sah verloren auf die Theke.

Traurig? »Was ist passiert?«

»Oh, ich bin so unhöflich. Möchtest du noch einen Drink?«

Mak merkte, dass Roddy ihr leeres Glas weggeräumt hatte, als sie nicht hingesehen hatte. Dafür war sie dankbar. Roy zeigte auf ihr halb leeres Glas mit Tonic Water und Limette.

»Möchtest du ein frisches?«

Sie spürte, wie der Slippery Nipple zu wirken begann. Trotz ihrer amazonenhaften Größe wirkte Alkohol schnell bei ihr. Vermutlich weil sie erst vor kurzem angefangen hatte, ab und zu etwas zu trinken.

»Nein, im Augenblick nicht. Trotzdem danke.«

»Stört es dich, wenn ich ein Bier trinke?«

»Nein, natürlich nicht. Machst du Witze?«

Er lächelte und rief den Barmann. Roddy reagierte auf Roys Anwesenheit mit einer kleinen Pause. Er war daran gewöhnt, dass Makedde mit ihren Freundinnen herkam. Sie fragte sich, ob Roy seine Reaktion bemerkt hatte.

»Hm, was gibt es hier?« Er sah sich an der Bar um. »Könnte ich bitte ein Moosehead haben?«

Mak entspannte sich ein bisschen. *Das hier ist bloß eine normale Verabredung, Mak. Du erinnerst dich doch noch, was eine normale Verabredung ist, oder?*

Roy drehte sich zu Makedde um und lächelte. »Du siehst fantastisch aus«, sagte er.

Oh, nicht rot werden, Mak. Bitte, nicht rot werden.

Makeddes holländischer Teint zeigte ihre Gefühle ein bisschen zu deutlich. Wenn sie verlegen oder ihr etwas peinlich war, dann waren ihre Wangen wie rote Nebelleuchten, und wenn sie müde und erschöpft war, verlor ihr Gesicht schnell alle Farbe.

»Danke.« Sie wollte verzweifelt das Thema wechseln. »Also, wie ist das, für einen Sicherheitsdienst zu arbeiten? Habt ihr dieselben Befugnisse wie die örtliche Polizei?«

»Oh, ja, du hast gesagt, dass dein Vater ein Detective Inspector war«, kommentierte er.

Manchmal glaubt er, er ist immer noch einer, dachte sie und grinste. Er wurde bis heute von der Polizei an beiden Ufern respektiert, und er hatte sicherlich immer noch den untrüglichen Wunsch, stets genau wissen zu wollen, was passierte, vor allem im Leben seiner Tochter.

»Na ja, ich befürchte, was das Recht, jemanden zu verhaften, angeht, unterscheiden wir uns nicht vom durchschnittlichen kanadischen Bürger. Wir können niemanden verhaften, es sei denn, wir beobachten ihn bei einer Straftat. Wir haben also viel weniger Macht als die Polizei.«

»Aha. Wenn du also jemanden siehst, der gerade ein Fenster einschlägt, kannst du ihn verhaften und der Polizei übergeben.«

»Genau. Und wenn jemand einen Verdächtigen verfolgt,

weil er so etwas beobachtet hat, dann können wir denjenigen ebenfalls verhaften und übergeben.«

Mak hatte schon viele Geschichten von frustrierten Sicherheitsleuten gehört, und sie verstand jetzt, warum.

»Hast du einen Partner, mit dem du zusammenarbeitest?«

»Wir kennen uns eigentlich alle, aber wir arbeiten normalerweise allein, da wir nicht doppelt so viele Leute einstellen können. Wir müssen ein Gebiet mit fünfhundertundeinem Gebäude und über dreißigtausend Personen überwachen.«

Noch frustrierender.

»Und was ist heute Abend passiert?«, fragte sie und machte mit ihrer Vernehmung weiter. »Etwas Trauriges, hast du gesagt.«

»Oh … ja.« Roy hielt inne, und ein düsterer, abwesender Ausdruck legte sich über sein Gesicht. »Ich äh, ich wurde wegen einer Lärmbelästigung in eines der UBC-Wohnheime gerufen. Und als ich ankam, hämmerte diese weinende Frau hysterisch an die Tür eines der Apartments. Sie wollte, dass ihre Tochter ihr die Tür öffnete.«

Sein Tonfall war ernst, und Mak berührte es, diesen großen Mann so gefühlvoll sprechen zu hören.

»Was mir wirklich nah ging, war, dass ich wusste, wer die Frau war«, fuhr er fort. »Ich habe ihren Nachnamen erkannt. Sie hatte einen recht ungewöhnlichen Namen, deswegen habe ich mich an ihn erinnert. Ihre Tochter wurde nämlich vor kurzem als vermisst gemeldet. Es stand in einem der Rundschreiben.«

Makeddes Magen zog sich bei dem Gedanken zusammen. »Oh. Wie furchtbar«, sagte sie.

»Ich weiß. Ich habe es nachher überprüft, um sicher zu sein, und es war tatsächlich das Apartment des vermissten Mädchens. Ich meine, sie hatte wirklich keinen Grund anzunehmen, ihre Tochter sei da drin.« Er schüttelte den Kopf. »Ich habe versucht, die Dame zu beruhigen, aber sie konnte nicht klar denken. Offensichtlich litt sie sehr. Es ist so traurig, so etwas zu sehen.«

Wer wird vermisst?, wollte Makedde fragen, aber sie tat es nicht. Sie sah, wie sehr ihn diese Sache mitnahm, und sie dachte, dass es wahrscheinlich eine gute Idee wäre, das Thema zu wechseln.

»Weißt du, was, ich bestelle was zu trinken, und wir stoßen auf neue Freunde an«, schlug sie vor.

Roy lächelte und nickte zustimmend. »Gute Idee.«

»Roddy, könnte ich euren Spezialmartini haben?«

»Kommt sofort.«

»Oh … einen Moment.« Mak stoppte ihn, indem sie sich über die Theke lehnte und nach seinem Hemd griff. »Was ist der Spezialmartini?«, fragte sie.

Er lachte. »Schokolade.«

»Schokolade?«

»Ja, ein Chocolate Martini. Der wird dir schmecken.«

»Okay, Roddy. Wenn du meinst.«

Ihr Drink kam sofort, und Roy bestand darauf zu bezahlen. Nach einer kurzen Diskussion ließ sie es zu. »Die nächste Runde geht auf mich«, sagte sie.

»Kann ich mein Bier in einem Glas bekommen?«, fragte er, bevor Roddy ging. Er drehte sich zu Mak um. »Nur damit es etwas besser aussieht«, erklärte er.

Makedde lächelte amüsiert. Mit seinem Bierglas und ihrem Martini erhoben sie die Gläser zu einem Toast.

Klirr.

»Auf neue Freunde.«

Mak nickte. »Auf neue Freunde.«

Und darauf, die Vergangenheit hinter sich zu lassen.

24

Grant runzelte die Stirn, als das Telefon klingelte. Widerwillig verließ er Amanda und ging zu dem Handy, das in seiner Manteltasche am Garderobenständer klingelte.

Ich hasse das Ding.

»Wilson«, antwortete er leise.

»Grant, hier ist Mike.«

Er hatte gewusst, dass er es sein würde.

»Was ist los?«, fragte er. »Nicht noch eine.«

»Nein, nicht noch eine. Schlimmer.«

»Schlimmer?« Er sah zu Amanda und hob einen Finger, um ihr zu bedeuten, dass es nur eine Minute dauern würde. Als Antwort lächelte sie. Er sah, dass sie müde war. »Einen Moment…«

Er ging in den Flur und schloss die Schlafzimmertür hinter sich. Cherrie war immer noch mit ihrem Freund unterwegs, und das Haus war ruhig und dunkel.

»Schlimmer? Was ist schlimmer?«

»Na ja, nicht direkt schlimmer…«, begann Mikc.

Grant atmete tief ein. Er war immer noch verärgert, weil Mike seinen Bruder zur ihrem letzten Fitnesstraining mitgebracht hatte. Das war bloß zusätzlicher Stress, den er nicht gebrauchen konnte. »Mike, schleich nicht um den heißen Brei, sag mir einfach, was los ist.«

»Mein Bruder hat mich angerufen.«

Wenn man an den Teufel denkt.

»Er ist aufgeregt, weil einer eurer Leute ihn befragt hat.«

»Einer unserer Leute hat Evan befragt? Worüber?«

»Er war am Nahatlatch. Nicht weit von den Fundstellen entfernt.«

Grant schlug sich mit der flachen Hand auf die Stirn. »Idiot. Was, zum Teufel, macht er dort?«

»Ich weiß nicht. Vielleicht war er einfach nur neugierig.«

»Neugierig?« Dieser Mann war ein wandelndes Pulverfass. Grant fand es beunruhigend, dass Mikes Bruder *zufällig* eine Konferenz über Psychopathie besuchte und sich den Vortrag des Profilers anhörte, der ihnen bei dem Fall half. Das erschien ihm seltsam. Seit wann nahm Evan an irgendwelchen Konferenzen teil? Anscheinend war diese auch für die Allgemeinheit zugänglich, aber er war sich sicher, dass die Organisatoren eher an Psychologiestudenten gedacht hatten als an Barmänner aus Striplokalen. Was für ein Spiel spielte er?

»Neugierig?«, wiederholte er ungläubig.

»Na ja, du kennst doch Evan«, sagte Mike.

»Nein, *du* kennst Evan. Ich will so wenig wie möglich über ihn wissen.« Grant lehnte sich gegen die Wand und fuhr mit einer Hand über sein Gesicht. Er versuchte, sich vorzustellen, wie Evan mit einer Taschenlampe durch den Wald tappte. Warum? Er versuchte, sich vorzustellen, wie er von der RCMP angehalten und nach den Gründen für seine Anwesenheit befragt wurde …

»Er glaubt, dass er vielleicht in Schwierigkeiten ist«, sagte Mike über seinen Bruder.

»Wie meinst du das?«

»Es ist einfach so, dass er Angst hat, dass er jetzt aus irgendwelchen Gründen unter Verdacht steht … Du weißt, nur weil er da draußen war.«

»Und, hat er sich verdächtig verhalten? Ich meine, mehr als sonst?«

»Also, Grant…«

»Es war dumm von ihm, das zu tun, Mike, aber wenn er nichts Falsches getan hat, dann kannst du ihm sagen, dass er sich keine Sorgen zu machen braucht. So einfach ist das.«

»Könntest du nicht einfach diesen FBI-Agenten für mich anrufen, Grant? Ihn nach dem Hintergrund fragen, weißt du… ihn fragen, ob mein Bruder verdächtigt wird?«

Na klasse. Er dachte darüber nach. Ihm gefiel dieser Anruf nicht. Was, wenn Evan tatsächlich wegen irgendetwas schuldig war? Würde Mike das dann vertuschen wollen? »Ich rufe ihn an, aber ich verspreche nichts, okay?«

»Gut, Grant, kein Problem.«

Das hier gefällt mir nicht, dachte er. *Es gefällt mir kein bisschen.*

Mike wechselte das Thema. »Wie geht's Cherrie?«

»Sie ist noch nicht nach Hause gekommen.«

»Und Amanda…?«

»Wie immer. Ich spreche später mit dir, Mike. Ich werde mich erkundigen.«

»Danke, Grant.«

Er ging ins Schlafzimmer zurück, und da war Amanda, die auf ihn wartete. Für ihn war sie die schönste Frau der Welt, sogar jetzt noch. Sogar so. Ihre Gliedmaßen waren gelähmt, und es fiel ihr immer schwerer, zu sprechen oder zu schlucken. Sie mussten ihr die Flüssigkeit hinten aus dem Rachen absaugen, damit sie nicht an dem Speichel erstickte, den gesunde Leute automatisch schlucken.

Das Lou-Gehrig-Syndrom betraf meistens ältere Männer, aber hier lag sie, noch keine fünfzig, und schon zerstörte die Krankheit ihre motorischen Neuronen mit alarmierender Geschwindigkeit. Ihre Muskeln bildeten sich zurück, und währenddessen war ihr wunderbarer Verstand derselbe wie immer. Sie hatte erst vor gut einem Jahr die Diagnose bekommen, und die Ärzte sagten, dass sie nur noch wenige Monate zu leben hatte.

»Tut mir Leid, Honey, ich muss noch jemanden anrufen, ich bin sofort wieder bei dir«, sagte er zu ihr.

Sie antwortete nicht, aber er wusste, dass sie verstand.

Er nahm seine Brieftasche vom Tisch und ging zurück in den Flur, dabei schloss er sorgfältig die Schlafzimmertür. Auf der Rückseite von Dr. Harris' Visitenkarte hatte dieser seine Zimmer- und Telefonnummer im Renaissance Hotel geschrieben. Mike hatte die Nummer bereits in sein Handy einprogrammiert, aber er hatte nicht die leiseste Ahnung, wie er sie finden sollte.

Dr. Harris antwortete fast sofort.

»Bob am Apparat.«

»Dr. Harris, hier ist Sergeant Wilson.«

»Grant. Wie geht es Ihnen?«

»Gut, Bob. Außer … na ja, um die Wahrheit zu sagen, warum ich anrufe … äh. Steht Evan Rose auf Ihrer Liste möglicher Verdächtiger im Nahatlatch-Fall?«

»Ah … Er ist der Bruder Ihres Kollegen, stimmt's?«

»Ja, das stimmt. Hören Sie, verstehen Sie mich nicht falsch, ich weiß, dass er immer in Schwierigkeiten steckt, aber nicht in *solchen* Schwierigkeiten.«

»Was genau meinen Sie?«

Grant versuchte, so gut wie möglich einen Rückzieher zu machen, als ihm klar wurde, was er gesagt hatte. »Ich meine damit gar nichts. Ich meine bloß, dass …«

»Das ist ein bisschen unangenehm«, sagte Dr. Harris. »Vielleicht könnten wir uns treffen und darüber reden. Und ich glaube, dass es keine gute Idee ist, mit Ihrem Partner darüber zu sprechen, falls Sie das nicht schon getan haben.«

»Warum interessiert Evan Sie?«, fragte Grant.

»Er hat sich an den Fundstellen herumgetrieben. Er hat einen Jagdschein«, sagte Bob. »Und er hat die UBC abgebrochen.«

»Ich weiß, aber … warum ist das relevant?«

»Das hier ist reine Routine«, versicherte Harris ihm. »Er war da draußen und hat in der Gegend herumgeschnüffelt, und wir müssen ihn als Verdächtigen erst noch ausschließen. Ich bin mir sicher, dass Sie zustimmen werden. Wir werden morgen darüber sprechen. Falls Sie Ihren Partner bis dahin beruhigen könnten, wäre das toll.«

Dr. Harris legte auf. »Das hier könnte kompliziert werden.«

Andy schüttelte den Kopf. »Sie werden sich bei den Mounties nicht sonderlich beliebt machen.«

Bob sah nicht sehr besorgt aus. »Das hier ist kein Beliebtheitswettbewerb. Wenn dieser Typ ins Profil passt, und das tut er, dann müssen wir nachforschen. Zum Glück ist er bloß ein Angehöriger und kein RCMP-Beamter. Corporal Rose ist mir ziemlich egal, aber ich möchte, wenn möglich, diesen Wilson auf unserer Seite behalten. Er ist ein guter Polizist, und ich könnte seine Hilfe gebrauchen.«

Andy schlug die Akte, die er sich gerade angesehen hatte, zu. Die Tatortfotos waren furchtbar. Sie waren den ganzen vorigen Tag an der Fundstelle gewesen und hatten den Fall mit Wilson und Rose besprochen, die sich inzwischen an seine Anwesenheit zu gewöhnen schienen. Andy hatte, abgesehen von den Stiletto-Morden, zwar noch an keinem Serienmordfall mitgearbeitet, aber seine Erfahrung sagte ihm, dass sie es dieses Mal mit einer sehr komplizierten Persönlichkeit zu tun hatten. Dieser Typ machte nicht viel mit den Leichen. Keine offensichtlichen

Verstümmelungen. Zu schießen war sehr viel weniger intim als das, was der Stiletto-Killer getan hatte.

Er und Dr. Harris hatten beschlossen, gemeinsam an dem Fall zu arbeiten. Er wäre ein gutes Gesellenstück und würde sich toll in Andys Lebenslauf machen. Aber noch mehr als das war er ehrlich daran interessiert, die mögliche Gefahr für Makedde einzuschätzen, solange der Mörder frei herumlief. Er nahm an, dass Bob von seinem Motiv wusste, ihn aber trotzdem mitmachen ließ.

»Was haben wir über diesen Typen?«, fragte er.

»Natürlich keine Beweise, aber er passt gut ins Profil, und wir müssen weiter nachforschen.« Bob ging ans Fenster und verschränkte die Arme. Die Haltung erinnerte Andy an Detective Inspector Kelley, ein anderer Mann zu Hause, für den er großen Respekt hegte.

»Evan Rose, achtundzwanzig Jahre alt, kein fester Job, lebt allein. Bekannt für sein unsoziales Verhalten. Er wurde bei Kneipenschlägereien und solchen Sachen aufgegriffen. Wurde jedoch nie wegen Körperverletzung verurteilt. Er hat ein UBC-Studium abgebrochen und könnte auf Akademiker oder erfolgreiche Studenten wütend sein. Vielleicht hat ihn eine Studentin sitzen lassen? Erinnere mich daran, das zu überprüfen.«

»Sieht nicht gut aus, oder?«

Die Opfer waren klug und attraktiv …

»Es sieht gut für uns aus, falls er derjenige ist. Es ist mir egal, wer sein Bruder ist. Evan Rose ist gerade zu einem der Hauptverdächtigen geworden.«

25

Debbie war erschöpft. Sosehr sie sich auch auf ihr Dilemma und mögliche Auswege zu konzentrieren versuchte, sie konnte die dumpfen Schmerzen in ihrem Magen nicht ignorieren. Sie war am Verhungern. Sie war nun schon seit fast drei Tagen in dieser Stellung gefesselt, und ihr ganzer Körper schrie nach Befreiung. Sie musste sich bewegen. Sie musste ihre Handgelenke kreisen lassen, herumgehen, sich strecken, aber sie war gefangen.

Im Moment ließ sie ihren Kopf zur Seite hängen. Sie hatte sich bemüht und geschrien und gebettelt und gekämpft, und jetzt war sie einfach still. Sie glaubte nicht mehr daran, dass sie den Mann, der sie gefangen hielt, umstimmen könnte. Sie hatte alle Strategien ausprobiert und schließlich einen traurigen, bemitleidenswerten Platz in sich selbst gefunden, der ruhig und gehorsam war.

Tu einfach, was du willst, und lass mich dann gehen.

Der Mann hatte viele seltsame und verwirrende Dinge getan. Manchmal schien es ihm Spaß zu machen, ihr beim Kämpfen zuzusehen, und dennoch, Debbie hatte von den Grausamkeiten gehört, die Leute begehen können, und sie wusste, dass ein Mann in seiner Position viel schlimmere Dinge tun könnte. Vielleicht bereitete er sich auf etwas vor?

Sie blickte sich ziellos im Zimmer um, schaute über den Holzfußboden und in die dunklen Ecken und sah ein seltsames, lebloses Augenpaar. Es war ein ausgestopfter Hase.

Das kleine Wesen starrte sie von seinem Platz auf dem Tisch rechts von ihr ängstlich an, zumindest kam es ihr so vor.

Ein lautes Krachen störte ihren Gedankengang, und ihr Entführer platzte unerwartet herein. Sie sprang auf ihrem Stuhl auf, dadurch schoss der Schmerz von ihren Fußgelenken ihre Beine hinauf. Der Stuhl quietschte, als er nach hinten rutschte. Sie schrie, drückte ihr Kinn nach unten und kniff die Augen fest zusammen.

»Hör damit auf!«, brüllte er. »Hör damit auf!«

Ich tue doch gar nichts!, wollte sie schreien, aber sie hatte zu große Angst, um zu sprechen.

Debbie schreckte vor seinem wilden Temperament zurück. Aber er weinte, weinte tatsächlich wie ein Kind, und durch ihre Augen voller Tränen sah sie seine Faust auf sich zukommen. Sie glitt wie in Zeitlupe durch die Luft, und Debbie wollte ihr ausweichen, konnte aber nirgendwohin.

Sie traf mit einem dumpfen Knall auf dem Boden auf; die Schmerzen an ihrem Kinn waren entsetzlich. Eine große, schwarze Leere zog sie in die Bewusstlosigkeit.

Sie folgte bereitwillig.

26

Am dritten Tag der Konferenz gingen Makedde viele Dinge durch den Kopf, nicht zuletzt zwei Männer und ihre sich stetig verschlimmernde Schlaflosigkeit. Sie dachte ernsthaft darüber nach, Ann anzurufen.

Am Abend vorher war es gut mit Roy Blake gelaufen, aber das hatte ihr nicht beim Einschlafen geholfen. Sie hatte nach dem Chocolate Martini nichts mehr getrunken, deswegen brauchte sie sich keine Sorgen wegen eines Katers zu machen, aber sie war bei weitem nicht betrunken genug gewesen, um durch den Alkohol einzuschlafen. Sie hatte den üblichen Albtraum gehabt: die Uniform ihres Vaters, ihre tote Mutter.

Sie hatte morgens schon fast eine E-Mail von ihm erwartet und war ein bisschen enttäuscht, als sie keine vorfand. Das Gefühl verschwand jedoch, als sie fast über einen Strauß langstieliger Rosen in Zellophan stolperte, der auf der Treppe vor ihrer Wohnung lag.

Danke für die wunderbare Gesellschaft, stand auf der Karte. *Roy.*

Das fühlte sich ziemlich gut an, es schmeichelte ihr und lenkte sie von dem anderen Mann ab, der wieder in ihrem Leben aufgetaucht war. Sie musste sich sehr anstrengen, nicht wieder an *ihn* zu denken, nur weil er in der Stadt war. Er war schließlich nicht hier, um sie zu treffen, sondern wegen seines Berufs. Es war geschäftlich. Und sie konnten auf gar keinen Fall zusammenkommen.

Das Programm des dritten Konferenztages war interessant, aber nicht mit den Vorträgen von Dr. Hare oder dem Profiler Dr. Harris an den ersten beiden Tagen zu vergleichen. Andy war nicht da, oder falls doch, zeigte er sich nicht. Mak versuchte, sich einzureden, dass sie darüber froh war, aber das war sie nicht. Was wollte er in Vancouver? Sie war sich sicher, dass er kein normaler Tourist war.

Hör auf. Hör auf, an ihn zu denken.

Als sie nach Hause kam, blinkte ihr Anrufbeantworter, und sie hoffte, dass Roy angerufen hatte.

Er hatte.

»Hi, Mak. Danke für den schönen Abend. Vielleicht können wir das mal wiederholen? Bald?«

Sie atmete erleichtert auf. *Ja, das wäre nett.* Die nächste Nachricht.

»Hi, Mak.« Die bekannte Stimme ihres Vaters. *»Es gab hier ein paar Anrufe für dich …«*

Das konnte nur eines bedeuten. Die einzigen Menschen, die sie im Haus ihres Vaters anriefen, waren die Steuerbehörde und Andy Flynn. Es war nicht die Zeit der Steuererklärung.

»… von Andy. Er hat heute zweimal angerufen. Er scheint dich unbedingt sprechen zu wollen. Er hat mir seine Telefonnummer im Renaissance Hotel in Vancouver gegeben …«

Oh, verdammt. Gibt mir bloß nicht seine Nummer!

Ihr Vater nannte die Telefonnummer zweimal sehr deutlich und endete mit: *»Wenn ich dir was raten darf, dann solltest du ihn einfach anrufen und es hinter dich bringen. Sonst werde ich hier noch der Sekretär für dein Gesellschaftsleben.«*

Witzig, Dad. Witzig.

Jetzt ermutigte sie schon ihr eigener Vater dazu, ihn anzurufen. Sie musste eine Entscheidung treffen. Makedde musste sich die Nachricht noch einmal einhören, um die

Hotelnummer aufzuschreiben. Trotz der langsamen und deutlichen Ansage ihres Vaters hatte sie die ersten beiden Male versucht, die Zahlen aus ihrem Gedächtnis zu streichen. Sie schrieb die Nummer auf einen Zettel. *Soll ich?* Sie wählte.

Es klingelte ein Mal. »Flynn« war seine Begrüßung.

Er überrumpelte sie. Irgendwie hatte sie nicht erwartet, dass er da war. »Ah, Andy. Hi. Hier ist Makedde.«

»Makedde! Hallo. Danke, dass du mich anrufst.« Sein Tonfall schien so voller Dankbarkeit über ihren Anruf, dass sie sich schämte, je daran gedacht zu haben, nicht anzurufen.

»Wie geht's?«, fragte Mak. Sie wusste nicht, was sie sonst sagen sollte.

»Oh, ganz gut.«

»Du warst heute nicht bei der Konferenz«, sagte sie.

»Nein.« Pause. »Makedde, ich würde irgendwann gern mit dir sprechen. Eigentlich so schnell wie möglich.«

»Äh…« *Was soll ich dazu sagen?* »Klar.« Es war die höfliche und wahrscheinlich auch die richtige Antwort, aber Makedde war einfach noch nicht bereit, mit Andy allein zu sein. »Ja, das wäre nett«, fuhr sie fort. »Wir könnten Neuigkeiten austauschen.«

»In Ordnung. Dann… Was machst du heute Abend?«

Heute!

»Äh, ich glaube nicht…«, begann sie.

Er unterbrach sie sofort mit einer Entschuldigung. »Tut mir Leid. Ich bin mir sicher, dass du viel zu tun hast…«

»Das ist schon in Ordnung. Du musst dich nicht entschuldigen oder so. Es ist einfach nur sehr knapp.«

»Natürlich. Es ist bloß so…« Er hielt inne. »Ich muss mit dir über etwas reden… persönlich.«

Seine Stimme ließ sie erschauern, oder vielleicht waren

es auch die Worte, die sie daran erinnerten, wie sie ihn des furchtbarsten Verbrechens verdächtigt hatte. Dann hatte er plötzlich unerwartet vor ihrer Tür gestanden und gebeten, mit ihr sprechen zu dürfen… Ich muss mit dir über etwas reden… persönlich.

»Entschuldige«, sagte sie. »Aber das klingt geheimnisvoll.« Sie lachte kurz nervös auf und schwieg, als ihr Lachen nicht beantwortet wurde.

»Ich erzähle dir alles, wenn ich dich sehe.«

Dann musste es so sein. Sie würde es mit ihm aussprechen müssen, damit die Sache ein für alle Mal erledigt war.

»Bis bald dann«, sagte sie und legte auf.

Sie schloss die Augen. Plötzlich bestürmten sie unerwünschte Gedanken, Gedanken an Andy, wie stark sie von ihm angezogen wurde, wie sie in ihrer Wohnung in Bondi mit ihm geschlafen hatte, auf dem Boden hatten Kerzen gebrannt. Und dann später, als sein Gesicht durch den Türspalt der Sicherheitskette gespäht und sein Atem nach Alkohol gerochen hatte. »Makedde, du musst mir glauben…«, und wie er sie angesehen hatte, als sie im Krankenhaus lag, stumm und voller Stiche, ihr Kiefer mit Drähten fixiert.

Makedde beschloss, im Wörterbuch zu lesen, um ihren Kopf klar zu bekommen. Sie zog den großen Collins hervor, der ganze zehn Zentimeter breit und so schwer wie eine Bowlingkugel war. Sie schlug ihn irgendwo auf und landete bei M von Maschinengewehr bis Mischung. Ab und zu machte ihr das Spaß, aber sie hatte nie versucht, es jemandem zu erklären. Sie liebte Wörter, und für sie war das Wörterbuch sehr ausdrucksvoll, aber leider konnte es heute Abend nicht ihr Interesse fesseln. Sie legte es zur Seite und begann dann, in dem Artikel »Die Bedeutung des Wiedererkennens durch Augenzeugen für die Geschworenen« von

Cutler, B.L., Penrod, S.D., & Dexter, H.R. von 1990 zu lesen. Das war auch nicht spannender. Ihre Gedanken wanderten immer wieder zu Andy.

Ich muss mit dir über etwas reden … persönlich.

Verdammt noch mal. Was soll das heißen? Was will er von mir? Warum jetzt?

Makedde ging direkt zum Waschbecken, putzte sich die Zähne, benutzte Zahnseide und schrubbte das Gesicht, bis es rosa und glänzend war. Sie war fest entschlossen, ihr Gehirn abzuschalten und ein wenig zu schlafen. Als sie ins Bett ging, war es erst halb zehn.

Aber sie konnte schon wieder nicht schlafen.

Große Überraschung, Mak. Verdammt große Überraschung.

Dieses Mal waren nicht die Albträume das Problem. Es war Andy Flynn.

Über eine Stunde lang lag sie im Bett, starrte an die Decke und wollte unbedingt einschlafen, aber sie konnte ihr Gehirn nicht zum Schweigen bringen. In ihrem Kopf gab es einen lauten Streit, heftig und lang andauernd, ihre linke und rechte Gehirnhälfte schrien einander an. Während sie unter ihrer Bettdecke lag, kämpften ihr Gefühl und ihr Verstand miteinander.

Verdammt, dachte sie. *Warum muss ich von allen Männern auf dieser Welt ausgerechnet an diesem Typen hängen? Warum? Das ist so dumm.*

Makedde hatte das starke Bedürfnis, ihn *jetzt* sofort zu sehen. Sie wollte etwas anziehen und direkt zum Renaissance Hotel marschieren.

Sie wusste, dass sie das nicht tun sollte.

Makedde hatte vor vielen Monaten beschlossen, dass Andy Flynn einen schlechten Einfluss auf sie hatte. Sie wusste, dass er schlecht für sie war. Nicht, dass er ein schlechter Mensch war, überhaupt nicht. Er war ein netter Typ, und das machte ihr Dilemma nur noch schlimmer. Das Problem war, dass Andy nur dann aufzutauchen schien, wenn es Schwierigkeiten gab, und er machte sie nicht besser, sondern schlimmer. Nett oder nicht, das wusste sie. Und doch …

Und doch war es so viel leichter, ihn nicht zu mögen, wenn Kontinente sie voneinander trennten. Jetzt, da er hier und es unmöglich war, ihn zu ignorieren, verlor sie die Kontrolle.

Mein Vater hat Recht. Ich muss ihm aus dem Weg gehen. Diese weite Entfernung hatte einen Grund.

Eine Stunde später betrat Makedde das Harbourside Renaissance Hotel in der West Hastings Street. Sie war aus dem Bett aufgesprungen, hatte sich was angezogen und sich hastig geschminkt, dann war sie hierher gefahren. Sie hatte Angst gehabt, dass so etwas passieren könnte, da sie ihre Schwächen nur zu gut kannte.

Sie hatte ihr Verhalten wie ein Meister der Selbstlüge analysiert und sich eingeredet, dass sie einfach nur mit Andy sprechen und herausfinden wollte, was los war. Er hatte ihr etwas Wichtiges zu sagen, und sie musste wissen, was los war. So einfach war das. Vielleicht würden sie ein bisschen miteinander reden, und das würde alles entmystifizieren, und sie würde Bescheid wissen und könnte endlich zur Ruhe kommen. Sie würde besser schlafen, als sie es seit seinem ersten Anruf aus Quantico getan hatte. Verdammt, sie würde wahrscheinlich besser schlafen, als sie es seit damals, als sie ihn kennen lernte, getan hatte.

Makedde ging zur Rezeption.

»Entschuldigen Sie. Hallo.«

Die junge Rezeptionistin sah auf. Sie hatte ein Babygesicht, und man konnte nicht übersehen, dass sie gerade eine wirklich schlechte Dauerwelle auswachsen ließ. Die Haare der jungen Frau waren glänzend und glatt bis an ihre Ohren, ab da explodierten sie in krausen Locken. Maks Blick wurde so sehr davon angezogen, dass sie sich fragte, ob sie in einem früheren Leben nicht vielleicht Friseurin gewesen war.

»Guten Abend. Was kann ich für Sie tun?«

»Könnten Sie bitten einen Ihrer Gäste anrufen. Sein Name ist Flynn. Andrew Flynn. Zimmer dreiunddreißig. Ich möchte aber sichergehen, dass er keinen frühen Weckruf oder so bestellt hat. Ich möchte ihn nicht stören.«

»Einen Moment bitte.«

Mak sah auf die Wanduhr hinter der Rezeption. Es war erst kurz nach elf. Das war nicht so schlecht. Andy war eine Nachteule genau wie sie. Falls sie ihn richtig einschätzte, dann würde er noch lange nicht ins Bett gehen, und ihr Besuch würde ihn auch nicht stören. Und überhaupt hatte er ihr gesagt, sie könne ihn jederzeit anrufen. Es war jetzt eben zufällig so, dass sie ihn aus der Hotellobby anrief. Wirklich keine große Sache.

»Ah, Flynn. Ja. Wenn Sie bitte das weiße Telefon links von mir benutzen würden, Sie können null drei drei null wählen, dann werden Sie direkt zu seinem Zimmer durchgestellt. Er hat keinen Weckruf bestellt.«

»Danke schön.«

Makedde ging zum Telefon, wählte und hörte es in Andys Zimmer klingeln. Sie musste zugeben, dass es etwas seltsam war. Zuerst wollte sie gar nicht mit ihm sprechen, und jetzt das. Sie wusste, dass die Annahme, ihre Schlaflosigkeit beeinflusse ihre Entscheidungsfindung, nicht übertrieben war.

Keine Antwort.

»*Falls Sie eine Nachricht für Zimmer drei drei null hinterlassen möchten*«, teilte der Anrufbeantworter ihr mit.

Sie legte auf. *Mist.*

Makedde ging zur Rezeption zurück.

»Ihr Freund antwortet nicht?«, fragte die junge Frau.

»Nein, das tut er nicht.« *Mein Freund.*

»Möchten Sie gern eine Nachricht für ihn hinterlassen?«

»Nein, danke. Ich werde vielleicht einfach ein paar Minuten warten, da ich nun schon einmal hier bin.«

»Bitte, nehmen Sie Platz«, sagte sie und zeigte in Richtung der Warteecke.

Makedde setzte sich in einen bequemen Sessel in der entfernten Ecke der Hotellobby, während sie überlegte, was sie jetzt tun sollte. Sie war sich sicher, dass sie ihn heute Abend treffen würde. Von ihrem Platz aus hatte sie einen guten Blick auf die Eingangstüren zur Straße hin, auf die Fahrstühle, die zu hunderten von Zimmern führten, und auch auf die Hotelrezeption. Neben dem Sessel standen ein paar farnartige Plastikpflanzen, hinter denen sie sich verstecken konnte, wenn sie sich zurücklehnte.

Einen Augenblick lang fühlte sie sich wie eine Privatdetektivin, die jemanden beobachtete, eine Parallele, die sie amüsierte. Ein Teil von ihr genoss die Vorstellung, ihn zu überraschen, obwohl sie nicht wusste, warum. Vielleicht weil er sie überrascht hatte?

Makedde wartete und las zum zweiten Mal im *Vancouver Province*, und nach nur fünf Minuten weckte eine bekannte Silhouette ihre Aufmerksamkeit. Sie richtete sich auf. Ein Mann hatte die Lobby betreten, ein großer Mann in einem dunklen Anzug, vor Erschöpfung leicht gebeugt. Er hatte kurze Haare, an den Seiten sehr kurz, ein Polizistenhaarschnitt. Sie hatte sein Gesicht nicht gesehen, aber sie war sich sicher, dass er es war.

Ich wusste, dass er nicht weit weg war.

Ein unangenehmer Rausch ließ Blut in ihren Kopf schießen. Ihr wurde plötzlich heiß, und sie fühlte sich in ihren Kleidern unwohl.

Andy.

Ihr Herz pochte.

Er ging zur Rezeption, sagte etwas zu der Angestellten, und sie gab ihm einen Zimmerschlüssel. Mak merkte, dass die Rezeptionistin mit dem Babygesicht nicht in ihre Richtung nickte, aber sie stand instinktiv auf und machte einen Schritt nach vorn.

Da drehte der Mann sich um.

Der falsche.

Mak setzte sich wieder in ihren Sessel hinter dem Plastikfarn, aber sie war dem Fremden bereits aufgefallen. Er hatte ihren Blick wahrscheinlich schon gespürt, noch bevor er sich umdrehte. Der Mann lächelte sie quer durch die Lobby an, und Mak antwortete mit einem kühlen Nicken. Sie sah wieder auf ihre Zeitung, ihr Herz raste immer noch, allerdings mehr vor Verlegenheit als vor Erwartung.

Oh, nein.

Er kam auf sie zu.

»Guten Abend«, sagte der Mann, als er näher kam. Er hatte einen französisch-kanadischen Akzent. Ihr fiel seine raue Haut auf und der Geruch von billigem Parfüm. Seine Augen sahen sie freundlich an, aber sie reagierte mit höflicher Reservierheit auf seinen Gruß. Sie wollte nicht gestört werden, wenn es sich vermeiden ließ.

»Warten Sie auf jemanden?«, fragte er.

Makedde lächelte. »Ja, das tue ich, danke.« Sie bot ihm ein höfliches und abweisendes Lächeln an und tat so, als sei sie in ihre Zeitung vertieft.

Sie spürte, dass er sie, ihrer Meinung nach viel zu lang, ansah, dann sagte er: »Einen schönen Abend noch.«

»Ja. Ihnen auch. Auf Wiedersehen.« Sie sah nicht auf, aus Angst, ihn zu ermutigen.

Als er in einer sicheren Entfernung war, schaute sie sich in der Lobby um. Immer noch leer. Wenn Andy nicht ans Telefon ging, wo war er dann? Sie kam sich dämlich vor, hier zu sitzen, richtig, richtig dämlich. Plötzlich hatte sie das dringende Bedürfnis, sofort zu gehen. Makedde stand auf und ging durch den Raum, und gerade als sie an der Rezeption vorbei und nach draußen ging, entdeckte sie ein bekanntes Gesicht.

Oh, Himmel.

»Dr. Harris. Hallo …«

Das sieht schlecht aus.

»Makedde«, sagte er. Er schien ziemlich überrascht, sie in der Hotellobby zu sehen. »Guten Abend.«

Dr. Harris war schick angezogen. Er trug ein gebügeltes Hemd und eine passende Hose. Dieses Mal sah sie ihn sich genauer an als bei ihrem ersten Treffen, als zuerst Andy und dann Roy sie abgelenkt hatten. Bob Harris war Mitte fünfzig und sehr gepflegt, aber sein Gesicht erzählte tausend Geschichten. Er hatte Unmengen von Krähenfüßen und zwei tiefe Sorgenfalten zwischen seinen braunen Augen. Seine Augenlider waren schwer, und Makedde fand, dass er ein freundliches, aber müdes Gesicht hatte.

Sie lächelte ihn an und hoffte, dass ihr Gesicht nicht rot geworden war.

»Suchen Sie Andy?«, fragte Dr. Harris sie.

»Andy? Ja. Irgendwie schon …«

»Ich komme gerade aus der Sports Bar um die Ecke, wo ich mit ihm zusammen war.« Er machte eine Pause und schien einen geistigen Schnappschuss ihres Gesichts, ihrer

Körpersprache, ihrer Worte zu machen. Vielleicht bildete sie sich die intensive Musterung auch nur ein. »Erwartet er Sie?«, fragte er. »Weil ich mir nicht vorstellen kann, dass er Sie versetzt, um in einer Bar herumzuhängen.«

»Nein, nein. Es war eigentlich ein Überraschungsbesuch. Ich war gerade in der Gegend und dachte, ich schau mal vorbei...«

Was für eine absolut hirnverbrannte Geschichte, Mak.

Aber wenigstens wusste sie jetzt, wo Andy war. Er war weniger als einen Block entfernt und kippte mit seinen Kumpels ein paar Bier. Welche Kumpel? Sie fragte sich, wen er noch in Vancouver kannte.

»Soll ich ihn für Sie rufen?«, bot er an.

»Oh nein. Nein, das ist schon in Ordnung. Trotzdem vielen Dank. Ich gehe vielleicht vorbei, aber eigentlich sollte ich nach Hause fahren. Es ist spät.«

Er nickte. Er sah aus, als bräuchte er den Schlaf genauso dringend wie sie.

»Übrigens hat mir Ihr Vortrag sehr gut gefallen. Er war faszinierend.«

»Danke.«

»Einen schönen Abend noch«, sagte sie höflich lächelnd. Sie ging fort und ließ die Zeitung auf einem Stuhl liegen.

Makedde hatte die Sports Bar im Vorbeifahren gesehen, die Neon-Bierwerbung und die Spiegel mit nostalgischer Coca-Cola-Reklame hinter den großen Fensterscheiben. Es war die Art von absolut nordamerikanischer Kneipe, in der man gefragt wurde, ob man Pommes frites und Kohlsalat zu seinem Steak möchte. Auf mehreren riesigen Bildschirmen lief ein Footballmatch, und der Laden war voller Männer, voll von Sport und Alkohol.

Sie sah Andy nirgendwo, ging aber trotzdem hinein und setzte sich in eine ruhige Ecke.

Eine Kellnerin kam zu ihr. »Was kann ich Ihnen bringen?«

»Nur ein Mineralwasser, bitte.«

Die Kellnerin runzelte die Stirn, dann erinnerte sie sich an die Anforderungen ihres Berufs und lächelte gekünstelt.

Sei nicht so verklemmt, Makedde. Du bist schließlich hier, um einen Exfreund zu bespitzeln… »Na ja, äh, machen Sie daraus einen Slippery Nipple.«

Die Kellnerin lächelte. »Das klingt schon besser.«

Also, hier ist der Plan: den Drink kippen. Sich entspannen. Andy finden. Reden. Nach Hause gehen. Schlafen.

Gut.

Sie versuchte, auf die Bildschirme zu sehen, aber sie konnte das Rumoren in ihren Eingeweiden nicht beruhigen. Sie brauchte diesen Drink.

Sie versuchte, sich an Andys Stelle zu versetzen. Er hatte sie angerufen, stimmt's? Also warum war sie nervös? Vielleicht war es ein bisschen komisch, dass sie unangekündigt auftauchte, aber das wäre nur dann wichtig, wenn sie sich tatsächlich dazu entschließen würde, Kontakt zu ihm aufzunehmen. Sie könnte immer noch gehen.

Nach ihrem zweiten Slippery Nipple war aus dem ersten weichen und angenehmen Gefühl eine tiefe, beschwipste Melancholie geworden.

Wo ist er überhaupt? Auf dem Klo?

Die Kellnerin kam vorbei und schlug einen Screaming Orgasm vor.

»Die liebe ich«, platzte Mak heraus. Als ihr ihr Fauxpas bewusst wurde, kicherte sie und legte eine Hand auf den

Mund, dann fiel ihr ein, dass sie so vielleicht dämlich aussah, und legte ihre Hände schnell in den Schoß. Sie nickte und lächelte, und die Kellnerin verschwand.

Oh mein Gott, ich bin betrunken.

Mak starrte auf den Bildschirm, der ihr am nächsten stand. Große Männer in kleinen Hosen. Alle grunzten und schlugen einander auf den Hintern. Seltsamer Männerkram.

Die Kellnerin kam zurück und stellte zwei kleine Gläser auf den Tisch.

Zwei?

Mak wusste nicht so recht, was da vor ihr stand. Anscheinend konnte man das ihr vom Gesicht ablesen, denn die Kellnerin begann ihr zu erklären, wie man den Cocktail mit dem wilden, vergnüglichen Namen trank. »Nehmen Sie den Limettensaft in den Mund, aber nicht schlucken. Dann schütten Sie den Baileys dazu. Behalten Sie beides im Mund, und schütteln Sie heftig den Kopf. Dann schlucken Sie.«

Sie muss mich veräppeln.

Mak versuchte zu bezahlen.

»Der hier geht aufs Haus. Viel Spaß.«

Mak blinzelte und starrte die kleinen Gläser an, die daraufhin einen Augenblick herumwirbelten. Sie blinzelte noch einmal, und sie standen still. Die Kellnerin war gegangen. Mak war sich sicher, dass alle sie beobachteten. War das hier tatsächlich ein Drink, den Leute bestellten?

Ach, was soll's.

Sie nahm das neongrüne Getränk und goss es sich in den Mund. Einfach nur Saft. Sauer. Dann den Baileys. Sie sah auf, und die Kellnerin nickte ihr von der Bar aus zu. Oh ja, ich darf nicht vergessen zu *schütteln*. Sie grinste sie mit vollem Mund an und schüttelte übertrieben den Kopf. Sie versuchte verzweifelt, nicht zu lachen, verschluckte sich aber an einem Kichern, und ein paar Tropfen liefen ihr das Kinn hinunter.

Schluck.

Oh, mein Gott!

Ihr Kopf drehte sich. Jeder einzelne Muskel in ihrem Körper wurde wachsweich.

Mak war plötzlich viel weniger verlegen.

Sie machte dem Mädchen ein O.k.-Zeichen mit hochgestrecktem Daumen und ließ sich in ihren Sitz sinken. Sie musste lange Zeit in ihren Schoss gestarrt haben, denn als sie das nächste Mal aufsah, bemerkte sie, dass jemand neben ihr saß.

»… ganz allein«, sagte der Fremde. Er lächelte sie an und kam näher. »Lass mich dir einen Drink ausgeben.«

Ihr Mund brauchte ewig, um zu reagieren. Ihre Zunge fühlte sich komisch an. »Nein, danke. Nichts mehr.«

Er redete immer noch. Sie konzentrierte sich auf seine Mundbewegungen, konnte die Worte aber nicht verstehen. Sie lehnte sich vor und kniff die Augen zusammen.

»… Gesellschaft. Komm schon, lass mich dir noch einen Drink bestellen.«

Mak lehnte sich zurück und sagte. »Nein. Verpiss diss.«

Sie blinzelte langsam und begriff endlich, wie furchtbar betrunken sie war, und als sie ihre Augen wieder aufschlug, war er weg.

Sie musste hier raus. Sie war nicht einfach nur entspannt, sie war völlig besoffen, und so wollte sie Andy Flynn ganz sicher nicht gegenübertreten.

Irgendwie schaffte sie es bis zum Ausgang. Die Geräusche des Footballmatchs und der Top-Forty-Musik wurden leiser, als sie auf die Straße trat und eine Hand hob, um ein Taxi zu rufen. Aber hier gab es keines.

Irgendjemand legte ihr eine Hand auf die Schulter. Sie drehte sich um und erwartete den Fremden mit der seltsamen Sprache. Ihr Kopf schien sich weiter zu drehen, und als sie ihre Sinne endlich wieder beisammen hatte, stand sie Nase an Nase mit Detective Andrew Flynn.

Sie öffnete überrascht den Mund und starrte ihn an. Als sie sich umgedreht hatte, hatte ihr immer noch erhobener Arm ihn nur knapp verfehlt.

Nein, das kann nicht Andy sein. Nicht jetzt …

Ihr Nervensystem schaltete auf die betrunkene Version von Panik und sperrte ihr gesamtes Repertoire an motorischen Fähigkeiten. Sie verharrte sprach- und regungslos.

»Makedde! Ich dachte doch, dass du es bist«, verkündete der Mann, der entweder Andy war oder die überzeugendste Halluzination, die sie je gesehen hatte.

Sie starrte ihn immer noch an.

»Ich dachte, ich hätte dich in der Ecke gesehen, war mir aber nicht sicher. Ich dachte, du trinkst nicht?« Er hielt inne, als sie nicht reagierte. Sie war vor peinlichem Schrecken erstarrt. »Was? Bist du den Marines beigetreten oder was?« Er rüttelte sie sanft. »Hey, geht's dir gut?«

Sie hätte im Boden versinken können.

So viel zum Thema, ihn zuerst zu entdecken. So viel zum Thema, ruhig, cool und gelassen zu sein.

Er war genau so, wie sie ihn in Erinnerung hatte, sein Geruch, seine Ausstrahlung. Dasselbe kantige Kinn und die schöne, unvollkommene Nase. Dieselbe kleine Narbe am Kinn, dieselben dunklen, kurzen Haare. Und seine Augen. Seine wunderschönen, grünen Augen. Sie wünschte wirklich, sie wäre nüchtern.

»Ich glaube, ich muss mich setzen«, brachte sie schließlich heraus. Ihr wurde schlecht. Andy hörte auf, Fragen zu stellen, und führte sie von den großen Fenstern der Sports Bar weg.

Stunden später wachte Makedde auf steifen Hotellaken auf. An der Decke über ihr war Stuck, und in der Luft hing der schwache Geruch von alten Zigaretten und Deodorant.

Sie fühlte sich absolut furchtbar. Grauenvoll. Ihr Hals tat weh, und ihr Kopf fühlte sich an, als sei er in einer luftdichten Blase gefangen. Instinktiv öffnete sie ihren Mund so weit wie möglich, damit ihre Ohren knackten. Sie war deprimierend nüchtern, und eine tiefe, nagende, namenlose Furcht plagte sie. Sie war über irgendetwas unglücklich, aber sie war nicht wach genug, um sich zu erinnern, worüber.

Wo bin ich? Wie viel Uhr ist es?

Ein leeres Glas und die Kruste eines Toastbrotes lagen neben ihr auf einer Bank auf einem Tablett des Zimmerservice. Sie hatte ein bisschen gegessen, damit sie sich besser fühlte, nachdem sie viel zu viel getrunken hatte. Irgendjemand hatte es vorgeschlagen. Dieser Jemand war der Mann gewesen, den sie in diesem Hotel hatte besuchen wollen.

Andy. Oh, nein …

Er saß ein paar Meter entfernt auf dem Sofa. Als ihre Blicke sich trafen, lächelte er sie müde an. Ihr erster Instinkt war, an sich herunterzusehen. Sie war erleichtert, festzustellen, dass sie angezogen war. Die Furcht wurde ein winziges bisschen kleiner.

»Wie geht es dir?«, fragte er sie.

Verdammter Mist. So hatte ich das nicht geplant.

»Äh, wie es mir geht? Es ging mir schon besser«, gab sie zu und lachte.

»Hättest du gern noch etwas Toast? Ein bisschen Wasser?«

»Nein, ich bin wirklich in Ordnung.«

Im Hotelzimmer war es eine Weile still. Sie sah sich nach dem Digitalwecker um. Auf dem Nachttisch an der anderen Seite des Bettes stand einer und verkündete die späte Stunde in Neonrot.

Drei Uhr früh.

»Es ist spät«, sagte er.

Sie nickte.

»Sehr spät, und morgen ist auch noch Schule.«

War es zu spät für sie? Sie konnte sich nicht entscheiden, ob er sich wie ein Fremder anfühlte oder wie ein Mann, der ihr im vergangenen Jahr jede Nacht in ihren Träumen Gesellschaft geleistet hatte. In Träumen und Albträumen natürlich.

Sie betrachtete schweigend sein Gesicht.

»Darf ich zu dir kommen?«, fragte er, und sie nickte.

Er stand vom Sofa auf und setzte sich auf die Ecke des Bettes, in dem sie vollständig angezogen in ihrer inzwischen verknitterten Bluse und Hose lag. Sie bemerkte, dass ihre Schuhe und Strümpfe ein paar Meter entfernt lagen. Sie stellte sich vor, wie er sie ihr ausgezogen hatte, während sie in Gott weiß welchem Zustand gewesen war.

»Es ist schön, dich zu sehen. Ich war überrascht«, sagte Andy.

»Das war ich auch. Ich war in der Gegend und dachte …« Sie sprach nicht weiter und schüttelte dann den Kopf. »Nein, das ist Quatsch. Ich wollte wissen, wie es dir geht. Du hast am Telefon ein bisschen seltsam geklungen. All das von wegen, du müsstest mit mir reden, und da dachte ich, ich komme vorbei und sage Hallo, weißt du, nichts Großes, einfach nur Hallo sagen und all das …«

»Du bist sogar noch schöner als in meiner Erinnerung.«

Oh, nein.

»Das musst du nicht sagen.« *Bitte, sag es nicht.*

Er kam näher. »Du hast mir gefehlt.«

Sie wollte ihn küssen. Verdammt, sie wollte ihn küssen. Er war nah, seine Lippen waren so nah.

»Kann ich deine Zahnpasta borgen?«

Er richtete sich auf. »Ja, klar. Was immer du möchtest. Benutz meine Zahnbürste, wenn du möchtest.«

Makedde nickte und kämpfte sich aus dem Bett. Sie fragte sich, warum die Bettdecken in Hotels immer so festgezurrt wurden. Sie kam sich vor, als sei sie in einen zu kleinen Umschlag gestopft worden, den man aufreißen muss, um herauszukommen. Sie fragte sich, wie Andy es geschafft hatte, sie ins Bett zu stecken.

Mak schaffte es, beide Füße auf den Boden zu stellen und sich hochzudrücken. Sie stand, aber ihr Gehirn verweigerte die Mitarbeit. Ein Schwindelanfall packte sie, und sie blieb ganz ruhig stehen, bis er vorüber war. »Es geht mir gut, es geht mir gut«, murmelte sie, da sie Andys Aufmerksamkeit spürte, als sie aufstand und zum Badezimmer ging. Irgendwie war ihre Bluse über ihre Schulter hinabgerutscht.

Der Spiegel war erbarmungslos.

Makeddes Haare waren völlig durcheinander. Ihre Wimperntusche hatte ziemlich gut gehalten. Am unteren Augenlid war sie ein bisschen verschmiert. Sie putzte sich die Zähne.

Ah, das war besser.

Sie kämmte sich, so gut es ging, und es ärgerte sie, dass es ihr überhaupt wichtig war, was er dachte. Nachdem sie sich noch einmal betrachtet hatte, ging sie hinaus und setzte sich neben Andy auf die Ecke des Bettes.

Sie war seit einem Jahr nicht mehr mit einem Mann auch nur in der Nähe eines Bettes gewesen, und das letzte Mal war sie es mit einem Mörder gewesen. Der Mann, der jetzt neben ihr saß, hatte ihr in dieser Nacht das Leben gerettet. Sie konnte diesen Gedanken nicht ertragen, sie fühlte sich verletzlich und schwach und hatte das Gefühl, ihm etwas schuldig zu sein. Das hasste sie mehr als alles andere.

Sie sah Andy in die Augen. »Ich wusste nicht, ob ich dich sehen wollte.«

Er sagte nichts, akzeptierte den Kommentar einfach.

»Es ist ein bisschen …« Sie beendete den Satz nicht, und er drängte sie nicht dazu.

Es ist ein bisschen was? Ein bisschen unangenehm? Ein bisschen unheimlich? Ein bisschen von beidem?

Sie saßen reglos dicht nebeneinander.

»Wir lassen dich besser schlafen«, sagte er und stand auf.

Er ging der Intimität mit ihr aus dem Weg. *Eine gute Strategie*, dachte sie.

»Ich nehme die Couch«, fuhr er fort. »Du kannst dir eines meiner T-Shirts leihen, wenn das bequemer für dich ist.«

»Oh, nein. Ich sollte wahrscheinlich nach Hause fahren. Ich kann in meinem eigenen Bett kaum schlafen, geschweige denn hier, vor allem, wenn du dann auf dem Sofa schlafen musst. Auf keinen Fall.«

»Was meinst du, du kannst in deinem eigenen Bett nicht schlafen? Stimmt was nicht? Warum schläfst du nicht?«

Mak schloss die Augen. Er sollte darauf eigentlich nicht eingehen. Es war bloß eine Bemerkung am Rande. »Es geht mir gut, ehrlich.«

»Wirst du klarkommen?« Diese grünen Augen starrten direkt in ihre Augen, und die Intensität beunruhigte sie.

»Ja, natürlich. Ich komme immer klar, erinnerst du dich?«

»Daran erinnere ich mich *nicht*.«

Scheiße, Andy. Dieser Kommentar tat weh. Sie hatte das Gefühl, als hielte er ihr vor, dass er ihr das Leben gerettet hatte. Makedde merkte, wie um sie eine Mauer wuchs. Sie verschränkte die Arme. »In Ordnung, also, worüber wolltest du mit mir reden?«, fragte sie. »Ich bin hier, also was ist es?«

Er grinste und senkte den Blick. Da er sich abwandte, konnte sie seinen Gesichtsausdruck nicht sehen. Warum dieses Grinsen?

Als er seinen Kopf wieder hob, sah er ehrlich besorgt aus, und Makedde spürte, wie sie Panik bekam. *Ich verstehe nicht, was er will … warum kann ich ihn jetzt nicht verstehen?* »Worum zum Teufel geht es?«

Er schluckte. Sie beobachtete, wie sein Adamsapfel sich hob und senkte. Er sah nicht glücklich aus. Vor welchen seiner Worte hatte sie Angst? Ich liebe dich? Komm mit mir zurück nach Australien? Was?

»Mak, ich glaube nicht, dass es der richtige Moment ist, um darüber zu sprechen.«

»Warum zum Teufel nicht?«

»Vertrau mir einfach. Nicht jetzt.«

»Du hast gesagt, dass du mich sehen willst, um etwas zu besprechen, und du hast sogar vorgeschlagen, dass wir uns heute Abend treffen, und jetzt bin ich hier und …«

»Gott, ich habe dein Temperament vermisst.« Er lächelte und kam näher.

»Also ehrlich, das ist so herablassend, Andy.« Sie stand wütend auf.

Jetzt standen sie nebeneinander, zu nah, und er war so groß, so wundervoll groß neben ihr. *Verdammt*. Warum musste sie ihn so attraktiv finden?

»Ich sollte gehen«, sagte sie bestimmt.

»Deine Schuhe sind hier.«

»Ich sehe sie. Danke, dass du dich um mich gekümmert hast.«

Wieder einmal. Gott, ich hasse das.

»Ich bin froh, dass du zu mir gekommen bist.«

Ich nicht.

Sie klopfte sich ab und ging auf die Tür zu. »Bis dann.« Sie war schon am Fahrstuhl, als sie merkte, dass sie ihre Tasche vergessen hatte. Verdammt. Und es war so ein guter Abgang gewesen. Sie ging zurück zu seinem Zimmer, ihr plötzlicher Schub an Selbstvertrauen verschwand langsam. Er öffnete die Tür, noch bevor sie dort war, und gab ihr die Tasche.

»Gute Nacht.«

»Guten *Morgen*. Wir sprechen später miteinander.«

27

»Okay, Mak, du bist dran.«

»Alles klar.« Sie machte sich bereit und sah den Mann in dem Anzug an. »Hi«, sagte sie zu ihm.

Sie glaubte, durch seine Maske ebenfalls ein gedämpftes »Hi« zu hören.

»Ist es in Ordnung, wenn ich jetzt angreife?«, fragte sie höflich.

War das eben etwa ein Knurren?

Der Mann rannte mit ausgestreckten Armen auf sie zu, aber sobald er nah genug war, blockte sie ihn ab und zerrte seine Arme zur Seite, dann schlug sie ihn mit der flachen Hand ins Gesicht. Das Polster der Maske fühlte sich weich an. Danach knallte sie ihm zur Sicherheit noch ein Knie in den Schritt, aber bevor sie mit diesem Standardmanöver weit gekommen war, drehte er sich um und packte sie mit beiden Händen fest am Hals. »Na dann, Scheiße…«, sagte sie, während sie ihr Kinn senkte und ihre Hände wie zum Gebet zusammenlegte und versuchte, ihre Finger unter seine zu schieben…

Verdammt, das tut weh…

»Nein, Mak«, brüllte Jaqui Reeves sie an. »Das klappt nicht. Komm schon…« Mak konnte vor lauter Adrenalin kaum etwas hören.

Ich bin eingerostet… Verdammt, was soll ich noch mal tun?

Inzwischen tat ihr Hals richtig weh. Sie überlegte, ob sie

als Zeichen, dass sie aufgab, eine Hand heben sollte, aber nein.

Makedde schrie: »Neieieiein!«, während sie die Handgelenke des Mannes packte, sich nach hinten fallen ließ und ihn mitriss. Sein Widerstand federte den Sturz ab, und in dem Augenblick, indem ihr Hintern auf die Matte auftraf, hob sie die Füße und trat ihn fest ins Gesicht wie ein Känguru, wenn es auf seinem Schwanz hockt. Er taumelte nach hinten, und sie sprang außer Puste auf die Füße.

»Okay, das reicht für heute«, sagte Jaqui und hob die Hände.

Der maskierte Mann blieb abrupt stehen und zog seine gepolsterte Maske ab. Jason sah unter diesem Ding ein bisschen verschwitzt aus. Er schüttelte seinen Kopf, um sich zu orientieren.

»Du bist ein bisschen eingerostet, Mak«, schimpfte Jaqui.

»Vielen Dank, dass du mich darauf hinweist«, entgegnete Mak. »Du hättest mich weitermachen lassen sollen. Es fing gerade an, mir Spaß zu machen.«

Eines der Mädchen im Kurs zog eine Augenbraue hoch und kicherte über ihren Kommentar.

Mak wandte sich ihr zu. »Ich habe diesen netten Trick gelernt, bei dem man einem Menschen das Gehirn aus der Nase zieht. Willst du ihn sehen?«

Das Mädchen war sich nicht sicher, ob sie lachen oder abhauen sollte. Sie lächelte schüchtern und ging schnell fort. Jaqui schüttelte den Kopf.

Nachdem Mak sich geduscht hatte und ihre Lieblingsjeans von Bettina Liano und einen schwarzen Rollkragenpullover angezogen hatte, wartete sie draußen. Sie lehnte sich gegen das alte Kirchengebäude, in dem Jaqui Reeves ihre

Kurse abhielt. Es gab hier auch Schauspielkurse, Jazzdance und seltsamerweise Kinderballett.

Makedde hatte sich heute Morgen die ersten zwei Vorträge bei der Konferenz angehört, bevor sie zum Selbstverteidigungskurs gegangen war. Sie wartete erst seit ein paar Minuten, als Jaqui zu ihr herauskam. »Caper's?«

»Caper's«, stimmte Mak zu.

Caper's Natural Food Market und Café war bloß ein paar Blocks entfernt, und die zwei Frauen machten sich mit knurrendem Magen schnell auf den Weg dorthin.

Sie hatten sich kennen gelernt, als Mak als Teenager an einem von Jaquis Kursen teilgenommen hatte, und waren seitdem befreundet. Jaqui Reeves war in Vancouver geboren und ein echtes Westküstenmädchen, groß und durchtrainiert, mit platinblondem Haar bis zur Taille. Sie trug meistens Kleider, die ihren beeindruckenden Bizeps und ganz besonders die komplizierte keltische Tätowierung betonten, die sich um einen Arm schlang. Sie hatte noch ein paar Tattoos auf ihrem Rücken und eines an ihrem Fußgelenk, das Frieden bedeutete. Aber sie hatte nicht für eine friedliche Welt trainiert. Sie trug immer ein Klappmesser in ihrem BH, das sie zärtlich die Waffe der Frau nannte, und sie war eine fähige Leiterin von Selbstverteidigungskursen. Wie Mak hatte Jaqui immer Pfefferspray bei sich, und was Kanadas strenge Waffengesetze anging, verfolgte sie eine gewisse Doppelmoral. Sie wollte strenge Gesetze, damit ihr Land nicht das Waffenproblem Amerikas bekam, aber das hielt sie nicht davon ab, selbst ein oder zwei illegale Waffen zu besitzen.

Als Makedde von ihrem katastrophalen »Vorfall« in Sydney zurückgekehrt war, hatte Jaqui ihr die illegale Waffe besorgt und ihr gratis Selbstverteidigungskurse bis an ihr Lebensende versprochen.

»Schön, dich wiederzusehen«, sagte Jaqui.

»Dich auch. Tut mir Leid, dass ich so faul war, aber in letzter Zeit ist viel passiert.«

»Ich will…«, begann Jaqui, sprach aber nicht weiter, während sie eine alte Dame mit einer Gehhilfe überholten. Sie drehten sich noch mal um, um sicherzugehen, dass es der Frau gut ging. Alles in Ordnung. »Ich will alles darüber hören. Ohne Zensur.«

»Bei dir zensiere ich nie etwas, Jaqui. Das ist ja das Schöne an unserer Freundschaft.«

Sie waren fast bei Caper's angekommen. Es war ein beliebtes Café, alle verkehrten dort, von den Studenten über die Hippies, von den trendigen jungen Leuten bis zu den alteingesessenen Anwohnern. Es war kein Fastfood, aber schnell, außerdem vegetarisch, ökologisch und im gesundheitsbewussten Vancouver immer beliebt.

»Ich glaube nicht, dass Jennifer wiederkommen wird«, sagte Jaqui. Sie sprach von dem Mädchen, das über Makedde gelacht hatte.

Mak zuckte die Schultern. »So habe ich das nicht gemeint, ehrlich.«

»Ja, klar. Wie hat dir der Kurs gefallen?«

Sie gingen zur Glastheke, und beiden lief das Wasser im Mund zusammen.

»Es war super, Jax. Du unterrichtest neue Methoden.«

»Oh, sieh dir das an!« Jaqui zeigte auf einen riesigen, lockeren Apfelkuchen, der aussah, als wäre er dreißig Zentimeter hoch und würde über das Kuchenblech fließen. »Lass ein bisschen Platz für den Nachtisch. Wir teilen uns einen«, sagte sie begeistert.

»Das nächste Mal.«

»Erzähl mir nicht, dass du auf Diät bist? Du siehst ziemlich dünn aus.«

»Nein, nein, das ist es nicht. Mein Appetit ist bloß nicht so toll.«

Jaqui sah sie misstrauisch an, sagte aber nichts.

Die Reihe, in der sie standen, bewegte sich langsam vorwärts, und als sie die Theke erreichten, bestellte Mak die vegetarische Focaccia mit Ziegenkäse und Jaqui das scharfe chinesische Gemüse mit Cashewnüssen. Sie füllten zwei Pappbecher mit gereinigtem Wasser und setzten sich.

»Ich liebe diesen Laden. Ich bin nicht mehr hier gewesen, seit … seit wir das letzte Mal hier gewesen sind.«

»Du bist seit ungefähr fünf Monaten nicht mehr im Kurs gewesen. Ich war richtig beleidigt«, sagte Jaqui und machte einen Schmollmund.

»Oh, entschuldige bitte. Ich weiß, ich habe in letzter Zeit nur noch E-Mails geschickt. Eine schlechte Freundin. Tut mir Leid.«

»Du warst heute relativ fit, deshalb vergebe ich dir. Hast du woanders trainiert?«

Makedde lachte. »Oh, nein, nur in meinem Bett«, sagte sie. »Ich habe mit niemand anderem trainiert, abgesehen von dem Kurs mit Hanna in Australien, den du arrangiert hattest.«

»Solltest du nicht andere Sachen in deinem Bett trainieren?«, fragte sie und meinte das Offensichtliche.

Ihre Bestellung wurde gebracht, und sie fingen beide an zu essen. Als Jaqui eine Atempause machte, führte sie das Gespräch genau an der Stelle fort, an der sie aufgehört hatte.

»Also, komm schon. Ich warte. Erzähl mir von diesem neuen Typen.«

Mak verschlug es den Atem. »Oh, Gott, habe ich ihn dir gegenüber etwa schon erwähnt?«

»Jaaaaa. Er klingt ziemlich fantastisch.«

Sie erinnerte sich vage an eine E-Mail, die sie an dem Tag geschrieben hatte, an dem sie Roys Einladung angenommen hatte. *Was genau habe ich geschrieben?*

»Na ja, das ist er. Er ist auch nett. Ziemlich bodenständig. Ein Sicherheitsmann. Er ist sehr groß …«

»Natürlich ist er groß, du Amazone«, unterbrach Jaqui. »Jetzt erzähl mir, dass er ein absoluter Sexgott ist und dich jedes Mal in den Himmel schickt.«

»Jaqui …«

»Ist er gut im …«

»Jaqui!« Mak legte ihrer Freundin eine Hand auf den Mund. Ein paar Gäste sahen auf. Widerwillig nahm sie ihre Hand wieder weg und legte ihren Zeigefinger auf die Lippen. »Sch«, sagte sie. »Wir waren erst einmal zusammen. Na ja, zweimal, wenn man das Mittagessen bei der Konferenz mitzählt. Ich weiß eigentlich noch nicht viel von ihm.«

»Also habt ihr noch nicht …«

»Nein. Das haben wir nicht.«

»Und der Detective ist auch wieder aufgetaucht, was? Hält dich das zurück?«

»Nein. Ich habe dir doch gesagt, dass ich diesen anderen Typen kaum kenne. Ich mag ihn einfach, das ist alles.« Sie hielt inne und schüttelte den Kopf. »Ich kann gar nicht glauben, dass Andy hier ist. Sie schluckte. »Es ist ein … seltsames Gefühl. Er will mit mir über irgendwas reden. Ich weiß nicht, worüber.«

»Oh, ich weiß, worum es geht«, sagte Jaqui. Sie dachte immer an dasselbe. »Mak, ich mache mir Sorgen um dich.«

»Du machst dir Sorgen um mich?«

»Na ja, zuerst mal sehe ich, dass du abgenommen hast, was du absolut nicht nötig hattest. Du siehst auch nicht richtig ausgeschlafen aus. Und du klingst so, als hättest du seit mindestens einem Jahr keinen Sex mehr gehabt. Du wirst entweder vergessen, wie's geht, oder aber du stürzt dich auf irgendjemanden und machst ihn völlig fertig.«

Makedde lachte bei dieser Erklärung. Es war eigentlich keine unangenehme Vorstellung, zumindest nicht bei Roy.

»Ich bin einfach nur im Winterschlaf, das ist alles. Du hast noch nie mit einem Typen geschlafen, also, was weißt du schon?«, sagte sie herausfordernd.

»Das liegt daran, dass ich lesbisch bin, Mak.«

»Das ist nicht der Punkt.«

»Stimmt. Hast du das Ding bekommen, das ich dir geschickt habe?«

»Das Ding...?« Makedde war einen Augenblick lang verwirrt. »Oh! Oh, *das*.«

Jaqui senkte ihr Kinn und sah sie an. Sie konnte wirklich verschmitzt schauen.

»Du bist echt gefährlich, weißt du das eigentlich?«

Jaqui grinste nur. »Hast du es ausprobiert?«

»Es macht dir Spaß, mich in Verlegenheit zu bringen, stimmt's?«

»Es macht dich stärker. Hast du mich deswegen in letzter Zeit nicht angerufen? Weil ich dich in Verlegenheit bringe? Ich wette, du hast es nicht einmal geöffnet. Ich bin enttäuscht...«

»Oh, ich habe es schon geöffnet. Da bekomme ich dieses simple braune Päckchen von dir und finde darin eine regenbogenbunte Schachtel, auf der Lebensretter steht. Du kannst drauf wetten, dass ich das öffne.«

Jaqui lachte so sehr, dass sie den Wasserbecher umstieß und das Wasser sich über den Tisch ergoss.

»Es ist ziemlich krank, einer Freundin einen Vibrator zu kaufen, Jaqui.«

Sie lachte sich kaputt und konnte nicht aufhören.

»Du bist echt gefährlich…«

Sie stand auf und ging zum Besteckkasten, um ein paar Servietten zu holen.

»Ich mache es, ich mache es«, sagte Jaqui und begann aufzuwischen. Als sie alles trocken gewischt hatte, sah sie Makedde an und sagte: »Ich wollte einfach nicht, dass du vergisst, wo sich deine Klitoris befindet.«

»Ach, halt die Klappe, Jaqui. Ehrlich, könnten wir bitte damit aufhören, mitten in Caper's über meine Klitoris zu diskutieren? Wäre das möglich? Danke.«

Einer der Keller ging vorbei, und Makedde lächelte ihn mit zusammengepressten Lippen an.

»Genug über mich. Wie geht es Inelle?«

Jaqui schüttelte den Kopf. »Oh… Inelle, Inelle. Ich glaube, sie geht endgültig nach Schweden zurück.«

Mak biss sich auf die Lippe. »Falsches Thema. Entschuldigung. Das wusste ich nicht.«

»Woher auch? Nein, sie ist so süß, aber uäh…«

»Also hast du…«

»Ich habe sie letzte Woche aus der Wohnung geschmissen.«

»Nein!«

»Das musste ich. Sie war ständig schlecht drauf. Es war furchtbar. Sie wollte weg, und ich glaube, sie konnte sich einfach nicht dazu durchringen.«

»Oh, es tut mir Leid, das zu hören.«

»Mir geht es gut. Du weißt schon, noch ein gebrochenes Herz, was? Knallhart«, sagte sie und klopfte sich auf die Brust. Trotz ihrer Witze merkte Mak, dass in ihrer Stimme viel Gefühl mitschwang. »Es geht mir gut. Es ist am besten so.« Sie seufzte und schüttelte den Kopf. »Ah… Frauen sind Herzensbrecher.« Sie sah auf die Uhr. »Hey, ich muss bald los.«

»Okay. Hör mal, es tut mir Leid, dass ich Inelle erwähnt habe. Ich hoffe, ich habe dich nicht aufgeregt.«

»Überhaupt nicht.«

Aber Mak merkte, dass das nicht stimmte, schüttelte den Kopf und sah aus dem Fenster. Dabei fiel ihr etwas auf. »Oh, mein Gott…«

»Was ist?«

»Sieh mal über die Straße. Siehst du diesen Typen da?« Sie zeigte auf ihn.

»Den großen?«

»Das ist Roy.« Er schaute in das Schaufenster eines Buchladens auf der anderen Straßenseite. In Levi's und einer schwarzen Lederjacke sah er gut aus und erinnerte sie erneut an Marlon Brando.

»Roy? Dein Roy? Super! Schnell, geh hin und schnapp ihn dir. Hm, er sieht aus, als wäre er genau dein Typ«, sagte sie und sah aus dem Fenster. »Ich verschwinde unauffällig und frage dich später aus.«

»Oh, lauf nicht weg.«

»Ich muss sowieso los.« Und dann war Jaqui aufgestanden und ging vom Tisch weg. »Schnapp ihn dir«, sagte sie. »Ich rufe dich später an.«

»Hi«, sagte Makedde.

Roy drehte sich um und sah sie an. »Hey, das ist eine nette Überraschung. Schön, dich zu sehen.«

Sie lächelte.

»Ich habe dich gestern angerufen… du hast nicht zurückgerufen.«

»Ja, ich habe deine Nachricht gehört«, sagte Mak. »Ich hatte viel zu tun.« *Nämlich mich vor Andy komplett zum Idioten zu machen.* »Tut mir Leid. Es wäre schön, noch einmal auszugehen.«

»Klasse«, sagte er.

Sie dachte an die Rosen von ihm.

»Roy, ich wollte dich allerdings noch etwas fragen. Ich hasse es, das tun zu müssen, aber weißt du, diese Rosen, die du mir geschickt hast? Das war eine nette Überraschung, also vielen Dank dafür, aber woher wusstest du, wohin du sie schicken musstest? Ich habe dir meine Adresse nicht gegeben, und ich stehe nicht im Telefonbuch.« Es hatte ihr keine Ruhe gelassen, obwohl sie die Antwort auf das Rätsel wusste.

Er öffnete den Mund, dann zögerte er. Er sah aus, als hätte sie ihn bei etwas erwischt.

»Du bist mir nicht zufällig von der Chilli Bar nach Hause gefolgt?«, fragte sie. Mak war sehr empfindlich, was das anging, besonders, nachdem sie erfahren hatte, dass Catherines Mörder sie in Sydney wochenlang beobachtet und verfolgt hatte, bevor er sie entführte. Mak betrachtete Roys Gesichtsausdruck, um zu sehen, wie er auf ihre Fragen reagierte.

Er seufzte lang. »Es tut mir Leid. Ich hatte mir Sorgen gemacht. Es war spät … und ich weiß, dass du gesagt hast, dass es in Ordnung ist, wenn du allein nach Hause gehst, aber ich musste einfach nachsehen, ob es dir gut ging. Ich wollte dir keine Angst einjagen oder so.«

Mak schüttelte den Kopf. Sie nahm an, dass es aufmerksam von ihm gewesen war, aber es gefiel ihr trotzdem nicht. Der Gedanke, dass ihr jemand ohne ihr Wissen folgte, war erschreckend, egal, welche Absicht dahinter steckte.

»Hör mir jetzt einfach zu.« Sie sah ihm in die Augen. »Bitte folge mir niemals, egal, aus welchem Grund. Ich … ich bin da etwas eigen. Es gefällt mir einfach nicht.«

»Klar. Es tut mir Leid. Es tut mir wirklich Leid, Makedde. Wie ich gesagt habe, ich wollte dir keine Angst einjagen oder so oder deine Privatsphäre stören. Ich wollte nur sichergehen, dass du gut nach Hause kommst.«

In Ordnung.

»Das nächste Mal bestehe einfach darauf, mich zur Tür zu begleiten, wenn du das möchtest. Folge mir nicht.«

»Aber ich habe darauf bestanden«, sagte er.

Da hatte er Recht.

»Ich weiß.« Sie sah auf ihre Füße. »Egal, ich wollte nur mit dir darüber sprechen.«

»Es wird nicht wieder vorkommen. Okay?« Er salutierte lächelnd, und sie lachte. Er war nicht beleidigt.

»Was machst du heute Abend?«, fragte er.

»Lernen.«

»Oh.« Er sah enttäuscht aus.

Sie dachte an Andy. Sie durfte nicht an ihn denken. Sie durfte diesen Mann nicht verjagen. »Aber vielleicht könnten wir uns danach treffen? Wir könnten irgendwas Lockeres machen. Ich rufe dich an, in Ordnung?«

»Klingt toll.« Er trat einen Schritt nach vorn und gab ihr einen Kuss, seine Hände berührten leicht ihre Schulter. »Ich habe deine Gesellschaft wirklich genossen.«

28

Debbie Melmeth wachte auf und roch das köstliche Aroma von Wild und Knoblauch, die irgendwo in einem Ofen in der Nähe brieten. Sie richtete sich aus der hängenden Stellung, die ihre Fesseln zuließen, auf und sah sich mit geschwollenen Augen im Zimmer um.

Die appetitlichen Gerüche waren so stark, dass sie sich vorstellte, sie könne den Geruch sehen wie feine, weiße Geister, die unter der Tür durchkrochen und verführerisch auf ihre Nase zuwehten.

Debbie stellte sich vor, wie sie aß, wie das Essen auf ihrer Gabel aussehen würde, wie es auf ihrer Zunge schmecken würde, wie es sich in ihrem Bauch anfühlen würde.

Oh, bitte, gib mir zu essen …

Die Tür zu ihrem kleinen Zimmer öffnete sich. Sie hörte Schritte, sah, wie sich die Türklinke bewegte, und da war er, stand wieder in der Tür. Aber Debbie fand, dass er dieses Mal ein bisschen anders aussah. Er trug ein glattes, weißes Hemd und eine weiße Hose, sein Haar war gekämmt. Irgendwie sah er etwas weniger verrückt aus, als sie ihn in Erinnerung hatte. In diesem Augenblick sah er sogar fast gut aus.

Zu ihrer Überraschung trug er einen kleinen Tisch durch die Tür. Sie beobachtete ihn, während er auf sie zukam und den Tisch vor ihr hinstellte, dann lächelte er kurz, wandte ihr den Rücken zu und war wieder fort. Debbie bewegte sich nicht.

Er kam mit einer Tischdecke und Besteck zurück. Ihr fiel auf, dass es Besteck für zwei Personen war. Er deckte ordentlich und stellte eine einzelne, lange, weiße Kerze dazwischen. Dann holte er eine Streichholzschachtel aus seiner Hosentasche und zündete ein Hölzchen an. Debbies Blick folgte der Flamme, und die Kerze zischte leise, als sie angezündet wurde.

Der Anblick war fast … fast romantisch.

Und hypnotisch.

Bevor sie es gemerkt hatte, hatte er das Zimmer verlassen und kam mit zwei Flaschen wieder zurück, eine dunkle und eine helle, und als er sich Debbie näherte, wurde ihr klar, dass die dunkle Flasche Rotwein war. Sie konnte sogar das Etikett erkennen, ein Shiraz. Er hatte auch Gläser dabei, zwei Wassergläser und zwei Weingläser. Er füllte zuerst ihr Wasserglas und stellte es vor sie hin. Sie wollte unbedingt trinken, aber ihre Hände waren immer noch hinter ihrem Rücken gefesselt. Sie sah auf das Glas, dann zu ihm hoch. Ihr Magen knurrte laut.

»Hallo, junge Dame. Mein Name ist John«, sagte der Mann.

Er klang völlig normal.

»Hallo, John«, antwortete Debbie automatisch, sie war über den plötzlichen Wandel verwirrt. »Ich hätte wirklich gerne etwas zu essen und zu trinken«, sagte sie.

»Oh, das verstehe ich vollkommen«, sagte John. »Ich werde mich sofort darum kümmern. Ich koche im Moment etwas für uns. Es war sehr unverschämt von meinem Bruder, dich hier allein zu lassen. Hat er dir überhaupt etwas zu essen gegeben?«

Bruder? Aber er sah genauso aus wie du.

»Na ja, nein. Eigentlich nicht. Du, ich meine er, er hat mir ein paar Kartoffelchips gegeben«, verbesserte Debbie sich.

»Dein Bruder hat mir Kartoffelchips gegeben, das war alles.«

Spiel mit. Spiel mit.

»Kartoffelchips!« Er sah schockiert aus. »Das ist alles? Sonst nichts?«

Sie schüttelte den Kopf. »Sonst nichts.«

»Das tut mir so Leid, Miss. Das ist furchtbar. Wie heißt du?«

»Debbie. Debbie Melmeth.«

»Debbie, ich möchte dir helfen. Ich will versuchen, ein paar der Fehler, die mein böser Zwillingsbruder gemacht hat, wieder auszubügeln. Als Erstes würde ich dir gern die Handschellen abnehmen, aber, um ehrlich zu sein, ich habe Angst, dass du mich vielleicht verletzen wirst, wenn ich das tue.«

»Nein, nein! Ich werde dich nicht verletzen. Das würde ich nie tun«, beharrte sie.

Er legte seinen Kopf schief und sah sie an. »Oh, da bin ich mir nicht sicher.« Er schüttelte den Kopf. »Vielleicht sollte ich dich füttern, bis wir uns ein bisschen unterhalten und uns etwas besser kennen gelernt haben.«

»Nein! Nein. Ich meine, bitte füttere mich, bitte, aber ich kann es auch selbst machen. Du kannst mich losbinden. Ich verspreche, ich werde nichts tun.«

Er legte den Kopf zur anderen Seite und überlegte.

»Ich verspreche es! Ich verspreche, ich werde brav sein.«

Er nickte. »In Ordnung, Debbie. Ich werde dir vertrauen. Ich werde dir jetzt die Handschellen abnehmen, aber du musst nett sein, okay?«

»Okay.«

John ging um sie herum, und sie spürte, wie sich die Handschellen lösten. Ihre Handgelenke taten weh, aber ihre

Hände waren frei. Sofort griff sie nach dem Wasser auf dem Tisch und trank gierig, bis das Glas leer war.

Er lächelte und füllte es wieder auf. »Das ist besser, was?«, fragte er, und sie nickte und griff noch einmal nach dem Glas.

Als Debbie ihr drittes Glas geleert hatte, verschränkte sie ihre Arme vor sich und umarmte sich, dann begann sie zu weinen.

»Es tut mir wirklich Leid wegen all dem Kram von meinem Bruder, Debbie. Ehrlich.«

Sie sagte nichts, sondern schaute ihn einfach nur an. Er sah ehrlich aus, aber sie wusste nicht, was sie denken sollte. Wo war dieser Mann gewesen? Hatte er wirklich einen Zwillingsbruder? Was, wenn es derselbe Mann war? Er sah genauso aus. Er hätte sich einfach nur die Haare kämmen und sich umziehen können.

»Warte noch einen Augenblick, dann hole ich unser Abendessen, in Ordnung, Debbie?«

Sie nickte eifrig. »Vielen Dank. Danke …«

Debbie beobachtete ihn, wie er wegging, und hatte einen Augenblick lang Angst, er könne nicht wiederkommen. Was, wenn dieser Mann, ihre einzige Hoffnung, sich entschloss, ihr doch nicht zu helfen?

Aber John kam zurück, und dieses Mal brachte er das schönste Essen, das Debbie jemals gesehen hatte. Es gab Kartoffelbrei, Schweinefleisch und gegrillten Kürbis und Bohnen und große Knoblauchzehen. Sie wollte ihren Augen kaum trauen. Es gab sogar kleine Sauerteigbrötchen.

»Oh, mein Gott«, platzte sie bei dem Anblick heraus. »Oh, mein Gott, vielen Dank. Vielen, vielen Dank!«

»Ich glaube, das wird uns Spaß machen, Debbie«, sagte er und lächelte.

Sie griff nach dem Essen und versuchte, ein Stück

Fleisch zu packen, aber John schlug ihr verärgert auf die Hand.

Sein Lächeln war weg.

»Nein, Debbie. Das tut kein braves Mädchen.« Sein Gesicht veränderte sich, seine Lippen bogen sich nach unten, und er runzelte die Stirn. »Entweder du isst ordentlich oder gar nicht, verstehst du? Wo sind deine Manieren?«

»Oh, ja, tut mir Leid. Das tut mir so Leid«, entschuldigte Debbie sich.

»Ich bin sehr enttäuscht, Debbie«, sagte er kopfschüttelnd.

»Oh, nein! Nicht enttäuscht sein! Das wird nie wieder passieren. Es tut mir Leid«, sagte sie.

»Das war sehr gierig, Debbie. Sehr unhöflich. Nachdem ich mir all die Mühe gemacht habe, um dir ein gutes Essen zu bereiten…«

Oh, Gott, was, wenn er es wieder wegnimmt? Was, wenn er sein Essen nimmt und weggeht und mich verhungern lässt?

»Es tut mir Leid. Du hast Recht. Ich war gierig. Es tut mir Leid.« Ihr war schwindlig vor Hunger.

»In Ordnung, Debbie, ich werde dir vergeben, aber du musst jetzt ein braves Mädchen sein, in Ordnung?«

»In Ordnung«, versprach sie.

Er richtete alles auf dem Tisch her. Es war qualvoll zu warten, während er die Servietten glättete und das Besteck einzeln gerade rückte. Debbie saß auf ihren Händen, um nicht wieder nach dem Essen zu greifen. Sie schaute nach unten. Sie konnte nicht zusehen.

»Möchtest du ein bisschen Wein?«, fragte er schließlich.

Sie erinnerte sich an den Drink, den sie in der Kneipe getrunken hatte, und fragte sich, warum sie sich ab diesem Augenblick an nichts mehr erinnerte. Es war ihr ein Rätsel, wie sie in diesem gottverlassenen Zimmer gelandet war.

Er musste ihr Zögern bemerkt haben. »Es ist schon in Ordnung. Du musst keine Angst haben. Es ist bloß ein Shiraz. Magst du Shiraz?«

Er öffnete die Flasche mit einem Korkenzieher, und der Korken rutschte mit einem lauten »Plop« heraus. Er goss sich nur ein paar Tropfen ein, roch daran, schmeckte und wirbelte ihn in seinem Mund herum. Er dachte eine Weile über den Geschmack nach, während sie verhungerte.

»Ich glaube, du wirst ihn mögen«, sagte er und füllte zunächst ihr Glas halb voll, dann seines. »Zuerst die Servietten.«

Sie hob ihre Hände und zwang sich dazu, nicht auf den Teller vor sich zu sehen. Noch nicht. Es roch alles so unglaublich lecker. Sie kämpfte gegen das Bedürfnis an, gierig danach zu greifen. Sie wusste, dass ihn das verärgern würde und sie dann keine Chance mehr hätte.

Er griff über den Tisch und legte ihr die Serviette auf den Schoss und sagte: »Einen Toast.«

Sie nickte.

»Auf uns«, sagte er.

Sie hob ihr Glas und stieß mit ihm an. *Auf uns?*

Er nippte an seinem Glas, und sie machte es ihm nach. Sie sah ihn kurz Zustimmung heischend an, bevor sie zu essen begann. Jetzt war es in Ordnung, sie durfte essen. Es war, als seien alle ihre Sinne, alle ihre Gedanken von dem Bedürfnis, ihren Hunger zu stillen, beherrscht.

»Nur noch eine Sache, Debbie.«

»Ja?«, sagte sie zwischen zwei Bissen.

»Ich möchte dich etwas fragen, aber du musst ehrlich mit mir sein.«

»Ja … ja, ich werde ehrlich sein.« Sie konnte es sich nicht leisten, ihn zu verärgern … sie wusste, dass er ihr sonst das Essen wegnehmen würde.

»Du musst ehrlich sein. Du kannst mir alles sagen, okay?«

»Okay«, murmelte sie, während sie versuchte, nicht zu viel auf einmal in den Mund zu stopfen.

»Findest du mich attraktiv?«, fragte er sie.

Ein ungutes Gefühl breitete sich in ihr aus. Obwohl sie weiteraß, dämmerte ihr langsam, welchen Preis sie würde bezahlen müssen.

»Du willst mich, oder etwa nicht?«, sagte John.

Was soll ich dazu sagen?

»Mach schon, Debbie. Du kannst es mir sagen. Du willst mich, nicht wahr?«

Das könnte meine Chance sein zu fliehen, dachte sie. Dieser Mann ist verrückt. Wenn er derselbe Mann ist, der mich entführt und hierher gebracht und mir Kartoffelchips gegeben hat, dann ist er komplett wahnsinnig, und ich muss hier raus, und das ist meine einzige Chance …

»Ja«, antwortete sie.

»Sag es«, sagte er.

Debbie wurde es plötzlich übel. Ihr Magen war während der letzten Tage ohne Essen geschrumpft. Das nagende Gefühl war weg, und an seine Stelle war ein Gefühl der völligen Hilflosigkeit getreten. Sie verstand nicht, warum er sie um so etwas bat. Sie war verwirrt. Und hatte Angst.

»Saaaaag es!«, brüllte er.

»Ich will dich«, sagte sie gehorsam.

»Sag: ›Ich will dich, John.‹«

»Ich will dich, John.«

Er kam um den Tisch und drückte sie auf den Boden. Zuerst wehrte sie sich mit ihren Armen gegen das Gewicht seines Körpers, aber es dauerte nicht lang, bis ihr klar wurde, dass sie diesen Kampf nicht gewinnen konnte.

29

Makedde kam erschöpft von der Konferenz nach Hause. Der blinkende Anrufbeantworter begrüßte sie. Sie hatte versprochen, sich mit Roy zu treffen, und wahrscheinlich hatte er angerufen. Beim Gedanken an ihn wurde sie etwas munterer. Sollte sie ihn einfach zu sich einladen? Zum Reden und Videoschauen oder so? Und etwas zum Essen bestellen?

In Erwartung seiner Stimme drückte sie auf »play«, aber sie hörte keine Nachricht von Roy.

»*Hi, Mak.*« Es war Andy. »*Ich habe dich heute auf der Konferenz vermisst. Hör mal, ich muss mit dir sprechen. Ich weiß nicht, was du geplant hast, aber vielleicht könnten wir uns heute zum Abendessen treffen? Bitte rufe mich so bald du kannst an. Die Nummer lautet …*«

Verdammter Mist.

Sie würde auf keinen Fall alles wegen eines Abendessens mit Andy absagen. Auf gar keinen Fall.

Nein. Ich will heute mit Roy zusammen sein, nicht mit Andy.

Sie rief Andy in seinem Hotel an und war erleichtert, als der Hotelanrufbeantworter sich einschaltete.

»Andy, hier ist Mak. Ich habe deine Nachricht bekommen. Tut mir Leid, aber heute Abend habe ich keine Zeit.« Ihm das zu sagen gab ihr ein winziges Gefühl der Überlegenheit. »Vielleicht können wir uns morgen treffen. Bis dann.«

Makedde legte auf und runzelte die Stirn.

Ein Teil von ihr wollte ihn wirklich sehen, und das hasste sie.

Roy Blake kam um Punkt acht Uhr.

»Das ist ein Mann, wie er mir gefällt«, sagte Makedde lächelnd. Er stand geduldig an ihrer Tür und wartete darauf, hereingebeten zu werden, dabei balancierte er zwei Videokassetten, zwei Tüten mit Essen, eine Weinflasche und einen Strauß zartrosa Rosen.

Wow.

»Komm rein«, sagte sie. »Danke für das hier. Du hast wirklich an alles gedacht.«

Er lächelte und küsste sie, als er eintrat. »Ist mir ein Vergnügen«, sagte er. »Es ist toll, dich zu sehen.«

Er stand neben ihr, und ihr fiel wieder einmal auf, wie groß er war. Er trug eine Lederjacke, Jeans und Stiefel. Als er seine Jacke auszog, bemerkte sie die Art, wie sie über seinen breiten Schultern hing, etwas, das sie bei Männern unglaublich attraktiv fand.

Roy war »genau ihr Typ«, wie Jaqui gesagt hatte. Und er hatte ein attraktives, jungenhaftes Gesicht.

Hm, und er duftete wieder nach Parfüm.

Sie setzten sich auf die Couch, und sie richtete das Essen auf ein paar Tischsets und Tellern an. Er hatte indisches Essen mitgebracht, Butterhuhn, Lamm-Korma, ein bisschen Currygemüse und Naan.

»Das sieht fantastisch aus. Danke.«

»Kein Problem. Es ist nett, dass du mich eingeladen hast«, sagte er.

»Also, welche Videokassetten sind das? Was hast du ausgesucht?«

Er grinste schelmisch.

»Was …?«

»*Liebesgrüße aus Moskau* und *Leben und Sterben in L.A.*«

Sie schrie vor Begeisterung auf. »*Liebesgrüße aus Moskau!*«

»Du hast gesagt, dass du Bond liebst. Und seien wir ehrlich, Sean Connery ist der einzig wahre Bond, stimmt's? Ich hoffe nur, du hast ihn nicht schon zu oft gesehen.«

Mein Gott, er war wirklich aufmerksam. Dr. No war immer noch ihr Lieblingsbond, aber *Liebesgrüße aus Moskau* kam direkt dahinter. Ihre Stimmung hatte sich gehoben. Sie war ehrlich beeindruckt. Auf dem Video liefen die Vorschauen, sie stießen an und begannen zu essen. Das Essen war sehr gut und der Rotwein, den er ausgesucht hatte, auch. Sie wurde wirklich verwöhnt.

Sie sahen, wie 007 eine wunderschöne Frau im Bikini küsste und ihr was ins Ohr flüsterte.

»Bist du mit dem Lernen fertig geworden?«, fragte Roy.

»Na ja, eigentlich nicht«, gab sie zu und sah weiterhin Sean an. Sie lag mit ihrer Doktorarbeit weit zurück, und so etwas wie heute Abend half ihr dabei nicht weiter.

»Oh! Dann lass dich von mir nicht abhalten«, sagte er. »Ich werde dich arbeiten lassen. Oder noch besser, vielleicht kann ich dir helfen?«

Sie lachte. »Es ist eigentlich ziemlich langweiliger Kram.«

Zu langweilig, schien es. Vielleicht hätte sie als Thema ihrer Doktorarbeit Psychopathen wählen sollen anstatt Augenzeugen.

»Es ist Psychologie, oder? Das ist mein Hobby«, sagte Roy.

»Ach ja?« Makedde hatte den Film schon zehnmal gesehen, deswegen war es ihr egal, dass Roy lieber reden wollte. Sie fand sogar, dass der Film eine schöne Hintergrundatmosphäre schuf.

»Ja«, sagte er. »Es war schon immer mein Lieblingsfach.

Ich habe einige Lehrbücher gelesen, und ich habe Erfahrung mit Leuten, die an psychischen Störungen leiden. Nein, ich bin nicht gestört.« Er lachte. »Ich wollte sogar eine Weile beruflich etwas mit Psychologie machen, genau wie du, aber, äh« – er senkte den Kopf –, »die Umstände machten das unmöglich. Ich musste sofort anfangen zu arbeiten, um meine Familie unterstützen zu können, also musste ich den Gedanken an einen Uniabschluss verschieben.«

Er hat eine Familie!

Er musste ihre Gedanken gelesen haben, denn er sagte: »Oh nein, ich habe keine Frau und Kinder oder so. Nein, nein. Nichts dergleichen. Ich war nie verheiratet. Es ist nur so, dass mein Vater krank ist und mein …«

»Oh«, sagte sie. »Du hast mich einen Augenblick lang geschockt. Nicht, dass es nicht in Ordnung ist, Kinder zu haben«, betonte sie. »Aber du weißt schon …«

Er lehnte sich vor und umarmte sie. »Keine Sorge«, flüsterte er. »Du bist nicht kurz davor, eine Stiefmutter zu werden. Ich bin Single und habe keine Kinder.«

Und du bist groß und siehst klasse aus, und du bist nicht Andy Flynn.

Sie legte eine Hand an sein Kinn und fuhr mit ihrer Fingerspitze an seinem Kiefer entlang. Sie konnte die Stoppeln direkt unter der Haut spüren. Er hatte sich wahrscheinlich rasiert, bevor er gekommen war. Sie hatte das Bedürfnis, ihn zu küssen, und widerstand dem nicht.

Sie öffnete ihre Lippen, und sie küssten sich. Ihr gefiel sein Geschmack, ihr gefiel die Wärme seines Mundes und dass sich seine Berührung, als seine Hände ihre Schultern streichelten, so neu anfühlte.

Ja. Jaqui hatte Recht. Ich habe zu lange gewartet.

Sie drückte ihn auf die Matratze und küsste ihn heftig.

30

Sergeant Rothstein von der Lügendetektorabteilung stand in der Tür und betrachtete Evan Rose langsam von oben bis unten. Der Mann saß, von Beamten flankiert, im Warteraum und füllte eifrig die Formulare aus, die Rothstein ihm gegeben hatte. Seine Lippen bewegten sich beim Lesen.

Ob er Steroide nimmt?, fragte Rothstein sich, als er die überentwickelten Muskeln sah.

Evan trug schmutzige Jeans, die um seine prallen Quadrizeps spannten. Seine Schuhe waren ein bisschen verdreckt, seine T-Shirt-Ärmel hochgerollt, um die tätowierten Bizeps zu zeigen, und um seine Taille war ein Holzfällerhemd gebunden. *Ein echter Muskelprotz.* Man hatte ihm gesagt, dass der Typ als Barmann im Fox arbeitete.

Rothstein ließ ihn einige medizinische Standardformulare ausfüllen, um sicherzustellen, dass er körperlich für den Test bereit war und fähig, die adäquaten physiologischen Reaktionen für die Aufnahme zu liefern. Er sah zwar fit genug aus, aber es gab immer die Möglichkeit, dass er vor dem Test Drogen genommen hatte. Hoffentlich war er clean, sonst müssten sie den Test verschieben.

Nachdem er die medizinischen Formulare ausgefüllt hatte, unterschrieb Evan die Zustimmungserklärung für den Einsatz des Lügendetektors, stand auf und sagte: »In Ordnung, lassen Sie uns loslegen.«

Rothstein lächelte. Evan war ungeduldig.

Er führte ihn ins Büro und schloss die Tür hinter ihnen.

Die Beamten blieben mit verschränkten Armen im Warteraum zurück.

Evan war ein kräftiger Kerl. Ziemlich groß und sehr stämmig. Aber er war etwas weniger großspurig, als Rothstein allein mit ihm war. Ihm wurde eine sorgfältig vorbereitete Szene präsentiert: ein dicker Ordner, auf dem »Evan Rose« stand; ein Foto von Susan Walker und eines von Petra Wallace lagen auf dem Schreibtisch, und natürlich war der Lügendetektor mit all seinen Kabeln und Schläuchen daneben aufgebaut.

»Bitte setzen Sie sich«, sagte Rothstein, und Rose setzte sich, sein Blick auf die Fotos gerichtet.

Rothstein besorgte sich in solchen Fällen immer aktuelle Fotos der Opfer. Vielleicht hatte der Mörder die Namen der Mädchen nicht gekannt, als er sie angegriffen hat. Es war also möglich, dass ihm die Namen nichts sagten, es sei denn, er konnte sich ein Gesicht dazu vorstellen. Auf diese Weise war klar, wer die Mädchen waren.

Rothstein bekam Evans volle Aufmerksamkeit, als er sich vorlehnte und mit der flachen Hand auf den Tisch schlug. »Meine Aufgabe heute ist es, herauszufinden, ob Sie derjenige sind, der das hier getan hat«, fing er an. »Ich möchte, dass Sie wissen, dass ich alle Befragten, die zu einem Test hierher kommen, als unschuldig ansehe und daher annehme, dass sie wahrheitsgemäß über das Thema des Tests sprechen. Und ich bleibe während des gesamten Tests bei dieser Unschuldsannahme, bis alle Lügendetektorergebnisse auf ihren Wahrheitsgehalt hin ausgewertet worden sind.«

Evan nickte ein bisschen nervös. Sein großäugiger Blick blieb an dem dicken Ordner mit seinem Namen hängen und wandte sich dann den Kabeln zu. Nach elf Jahren Vernehmungen war Rothstein an diese leicht ehrfürchtige Reaktion gewöhnt, und ehrlich gesagt war er manchmal mitschuldig, da er sie noch verstärkte. Der Befragte wusste es nicht, aber der Ordner war voller leerer Blätter. Der Befragte bekam so das Gefühl, dass es nichts nutzte zu lügen, da sie sowieso schon alles über ihn wussten.

»Zunächst werde ich Ihnen erklären, wie ein Lügendetektor im Prinzip funktioniert, damit Sie verstehen, was wir heute tun. Ein Lügendetektor ist einfach nur ein Instrument, das Veränderungen Ihrer physiologischen Aktivitäten durch Ihr autonomes Nervensystem aufzeichnet.«

Evan schien sprachlos.

»Autonom bedeutet automatisch oder unwillkürlich. Es geht also um die Körperreaktionen, die man nicht kontrollieren kann«, fuhr Rothstein fort. »Ihr autonomes Nervensystem teilt sich in zwei Teile. Der erste Teil kümmert sich um Wachstum und Entwicklung, während der zweite auf Notfälle reagiert. Diese zwei Teile arbeiten gegeneinander, was bedeutet, dass nur ein Teil, normalerweise der für Wachstum, die Kontrolle übernimmt.«

Er beobachtete Evans Gesichtsausdruck. Er schien ihm gut folgen zu können.

»Das System für Notfälle übernimmt die Führung nur dann, wenn das Individuum bedroht wird oder er oder sie Angst bekommt. Zum Beispiel, wenn Sie eine Straße entlanggehen und jemand plötzlich auf sie zukommt und ein Messer zieht, werden Sie Angst bekommen. Diese Nachricht wird an das Gehirn weitergeleitet, und das Gehirn wird wiederum eine Nachricht an das autonome Nervensystem senden, damit das System für Notfälle die Kontrolle übernimmt. Wenn das passiert, geschehen einige physiologische Veränderungen, um besser für die Situation gewappnet zu sein.«

Evan verschränkte die Arme. Er wurde defensiv, oder

vielleicht langweilte ihn der Vortrag auch. Trotzdem war er nötig, und Rothstein fuhr fort: »Ihr Herz zieht sich schneller zusammen, so dass mehr Blut in den Körper gepumpt wird, um ihn mit den nötigen Nährstoffen zu versorgen, damit er effektiver arbeiten kann. Ihre Leber gibt Zucker ab, um über mehr Energie zu verfügen, und die Pupillen in ihren Augen weiten sich, um besser sehen zu können. Ihre Handinnenflächen werden schwitzen, um Dinge besser packen zu können.« Er hob seine Hände demonstrativ hoch. »Genauso wie ein Baseballspieler in seine Hände spuckt, um den Schläger besser greifen zu können. Diese und weitere Veränderungen erlauben Ihnen, schneller zu laufen, fester zuzuschlagen oder mehr hochzuheben, damit Sie der gefährlichen Situation entkommen.«

Evan schlug ein Bein über das andere. Er war offensichtlich ungeduldig. »Fangen wir endlich mit dem Kram an, oder muss ich mir eine komplette Biologieschulstunde anhören?«

Rothstein lehnte sich vor. »Hören Sie mir gut zu, Evan. Ich möchte, dass Sie genau verstehen, wie das hier funktioniert.« Evan öffnete die verschränkten Arme, und Sergeant Rothstein fuhr fort: »Der Lügendetektor zeichnet eine ähnliche Reaktion auf. Wenn Sie die Wahrheit sagen, arbeitet Ihr Körper auf einem normalen Niveau. Wenn Sie zu einer Frage kommen, bei der Sie lügen werden, *werden Sie Angst bekommen, bei der Lüge erwischt zu werden.*« Er betonte diesen Punkt und sah Evan direkt in die Augen, während er es sagte. »Sobald Sie Angst bekommen, schaltet Ihr Körper automatisch auf das Notfallsystem um. *Sie haben keine Möglichkeit, das zu verhindern.* All diese Veränderungen werden passieren, und ich werde sie anhand der Aufzeichnungen des Detektors sehen können.«

Evan blinzelte.

»Fragen?«

»Aber was, wenn jemand nervös ist?«

»Keine Sorge. Die Nervosität, weil Sie diesen Test machen müssen, ist während des gesamten Tests konstant, ob Sie sehr nervös, nervös oder bloß ein bisschen nervös sind. Ich erwarte, dass alle Leute, die einen Lügendetektortest machen, nervös sind, aber das wird die Genauigkeit des Tests nicht beeinflussen. Ihr Puls liegt normalerweise bei siebzig bis achtzig Schlägen in der Minute, je nach Ihrem Alter und Gesundheitszustand, aber im Moment liegt er vielleicht bei neunzig bis einhundert. Das ist die Grundeinstellung, von der aus wir arbeiten werden. Wenn Sie die Wahrheit sagen, werden Sie auf diesem Niveau bleiben, aber wenn sie bei einer Frage lügen, wird Ihr Puls wahrscheinlich sprunghaft bis auf einhundertzwanzig ansteigen. Können Sie mir folgen?«

Evan grummelte etwas Zustimmendes.

»Der Test, der heute benutzt wird, nennt sich Zonenvergleichstest. Sind Sie bereit, den Test durchzuführen?«

»Ja, lassen Sie uns loslegen.« Der Mut war wieder da.

Sergeant Rothstein stand von seinem Stuhl hinter dem Schreibtisch auf und befestigte die Sensoren an Evans oberer Brust und unter seinem Zwerchfell, um seine Atmung zu messen, währenddessen erklärte er ihre Funktionen. »Atmen Sie während des Tests ganz normal. Ich werde merken, wenn Sie versuchen, die Luft anzuhalten oder Ähnliches. Diese zwei Klammern kommen an ihre Fingerspitzen, um die geringsten Veränderungen beim Schwitzen festzustellen.« Schließlich nahm er die Klettmanschette. »Das wird um Ihren Arm gelegt, um jede kardiovaskuläre Veränderung zu registrieren.«

»Es sieht wie so ein Blutdruckmessding aus«, kommentierte Evan.

Rothstein setzte sich wieder an den Schreibtisch und sah auf den Lügendetektor. »Bitte bleiben Sie während des Tests ganz ruhig sitzen, keine Fingerbewegungen, Gesichtsbewegungen, Fußbewegeungen. Selbst wenn Sie nervös sind, vermeiden Sie es, sich zu räuspern, Ihre Lippen zu lecken und so weiter. Jeder Test dauert nur ein paar Minuten, also bewegen Sie sich nicht. Beantworten Sie die Fragen einfach nur mit Ja oder Nein, kein ›nein, habe ich nicht‹ oder etwas in der Art, und bitte warten Sie, bis ich die gesamte Frage gestellt habe, bevor Sie antworten.«

Evan schluckte nervös.

»Versuchen Sie bitte, nicht zu schlucken«, sagte Rothstein. »In Ordnung, wir machen heute acht Tests, vier wegen Susan Walker und vier wegen Petra Wallace. Wir werden jetzt mit dem ersten Test anfangen. Sind Sie bereit?«

»Ja.«

»Gut. Ist ihr Vorname Evan?«

»Ja.«

»Wohnen Sie in British Columbia?«

»Ja.«

»Haben Sie die Absicht, jede Frage zu Ihrem Verhältnis zu Susan Walker und Petra Wallace wahrheitsgemäß zu beantworten?«

»Ja, die habe ich.«

»Bitte nur mit Ja oder Nein antworten, in Ordnung?«

»Ja.«

»Haben Sie die Absicht, jede Frage zu Ihrem Verhältnis zu Susan Walker und Petra Wallace *wahrheitsgemäß zu beantworten*?«

»Ja.«

»Haben Sie Susan Walker erschossen …?«

Andy Flynn wartete in der Lobby des Renaissance Hotels auf Mak und dachte über Evan Roses Verschwinden von der Liste der Verdächtigen nach.

Evan wollte an den Lügendetektor, nein, er hatte sogar darauf *bestanden*. Und der Scheißkerl hatte den Test bestanden.

Er erinnerte sich an Rothsteins Worte: »Hören Sie, nach allem, was ich über diesen Kerl weiß, könnte er diesen Monat zwanzig Banken überfallen haben, aber meiner beruflichen Meinung nach hat er Susan Walker und Petra Wallace nie berührt. Er ist nicht Ihr Mann.«

Evan hatte den Test mit Bravour bestanden. Das bedeutete, dass der Mörder immer noch frei und der Fall noch lange nicht gelöst war. Und die Studentinnen der UBC, inklusive Makedde, konnten immer noch in Gefahr sein. Trotz der Warnungen seines Mentors fühlte Andy sich verpflichtet, mit ihr darüber zu sprechen. Er musste sie über die Gefahr informieren.

Sie hatten nie irgendwelche Beweise gegen Evan Rose gehabt, aber Bob hatte Recht, er hat in das Profil gepasst, und sie hatten ihn überprüfen müssen. Dass er der Bruder eines RCMP-Polizisten war, der in dem Mordfall ermittelte, verkomplizierte alles nur. Es schlug zweifellos bereits Wellen innerhalb der Truppe, und diejenigen, die die Rose-Brüder mochten, konnten der Hilfe von außen, die in ihr Verantwortungsgebiet geholt worden war, skeptisch gegenüberstehen. So oder so sollten Dr. Harris und Andy in weniger als einer Woche wieder nach Quantico zurückkehren. Das Problem war, dass Andy wollte, dass der Mörder noch vor seiner Abreise gefasst wurde. Er wollte sicher sein, dass er Mak nicht in einer möglichen Gefahrensituation zurückließ. Aber bei diesem Tempo der Ermittlungen schien das unwahrscheinlich.

Jetzt traf er sie zum Abendessen und musste sich entscheiden, wie viel er ihr erzählen wollte.

Wie immer ganz Polizist, wählte er die am weitesten von der Rezeption entfernte Stelle, um, mit dem Rücken zur Wand und hinter ein paar Plastikfarnen, zu warten. Es war eine gute, geschützte Position, von der aus er die gesamte Lobby überblicken konnte. Er erinnerte sich, dass Makedde diesen Platz in jedem Zimmer den »Clint-Stuhl« nannte, nach Clint Eastwood in *Dirty Harry.*

Um kurz nach acht kam sie herein.

Ihm stockte der Atem.

Oh, Mann.

Er hätte sie nicht übersehen können. Sie trug ein figurbetontes, schwarzes Kleid und hochhackige Schuhe. Über einen Arm hatte sie einen schwarzen Mantel gelegt, und in ihrer Hand hielt sie eine glitzernde Tasche. Subtile Eleganz. Bei ihrem Aussehen brauchte sie nichts zu betonen.

Verdammt, sieht sie gut aus.

Andy merkte, dass er an sich heruntersah, um seine eigene Kleidung zu überprüfen. Eine schwarze Hose und ein anthrazitfarbenes Hemd. Kein Schlips. Das war in Ordnung. Wenigstens trug er kein T-Shirt. Er hatte nicht gewusst, dass sie so, na ja … gut angezogen wäre.

»Hi, Andy«, sagte sie beim Näherkommen. Sie bewegte sich wie ein geübtes Laufstegmodel, schien sich aber nicht bewusst zu sein, dass andere Leute nicht so gingen. Hatte sie eine Vorstellung davon, wie umwerfend sie aussah?

»Guten Abend«, entgegnete er. »Du siehst toll aus.«

»Danke«, sagte sie, und dann fiel all die Souveränität von ihr ab. Sie schüttelte den Kopf und legte eine Hand auf ihr Gesicht. »Vorletzte Nacht, das war wirklich peinlich.«

»Vergiss es. Ich könnte dich jederzeit unter den Tisch trinken«, sagte er.

Sie lachte, aber es klang überhaupt nicht entspannt. »Also, wollen wir?«

»Wo gehen wir hin?«, fragte er. Sie hatten sich auf ein Abendessen geeinigt, aber sie hatte ihm nicht gesagt, wo.

»Ich bringe dich ins Tojo's. Das ist *die* Sushibar in Vancouver. Ich habe gerade erst daran gedacht, dass ich schon viel zu lang nicht mehr dort gewesen bin. Du magst Sushi doch, oder?«

Verdammt. Mak und ihr abenteuerlicher Geschmack. Andy konnte nicht gerade toll mit Essstäbchen umgehen. Zu Hause bestellte er bei seinem Lieblingsthai immer noch Messer und Gabel, und er erinnerte sich vage daran, sich vor Mak einmal zum Idioten gemacht zu haben, als er in einem Restaurant in Sydney mit irgendetwas, das sich Saang Choi Bao nannte, gekämpft hatte. Das war vor einem Jahr gewesen, und seine Fähigkeiten hatten sich seitdem nicht verbessert.

»Ich habe schon eine ganze Weile kein Sushi mehr gegessen …«, sagte er.

»Gut. Dann wird es dir schmecken. Es ist direkt auf dem West Broadway. Nicht weit weg.«

Na, super.

Das Restaurant war im ersten Stock, und sie nahmen die Treppe. Sie ging direkt vor ihm, und Andy tat sein Bestes, um nicht auf die Bewegung ihrer Hüften zu starren.

Als sie das Tojo's betraten, drehten sich ein paar Köpfe zu ihnen um. Vor allem, um Makedde zu bewundern, vermutete Andy. Ein Teil seines Egos plusterte sich auf, bis er sich daran erinnerte, wie distanziert sie zuletzt gewirkt hatte. Sie war wahrscheinlich einfach nur höflich gewesen, als sie akzeptiert hatte, mit ihm auszugehen. Andererseits hatte sie dieses Kleid angezogen …

Sie gingen an einer vollen Sushibar vorbei, während man sie an ihren Platz führte. Japanische Männer mit flinken Fingern arbeiteten schnell, um kleine Delikatessen aus Reis und Algen herzustellen. Er erkannte den rohen Thunfisch und Lachs, aber bei einigen der Dinger mit Tentakeln und seltsamer Haut hatte er Schwierigkeiten. Ein Glassturz war über das größte hölzerne Sushiboot gestülpt, das er je gesehen hatte, und es enthielt bunte Stücke, die kaum essbar aussahen. Er fragte sich, ob er in der Lage wäre, die Gerichte, die sie bestellten, zu essen, ohne sich zu blamieren.

Genau aufs Stichwort winkte Mak einem Mann mit Schnurrbart zu, der hinter der Theke arbeitete. Er hatte ein rundes, freundliches Gesicht. »Hey, Tojo«, sagte sie, und er strahlte.

Er blieb stehen und faltete die Hände. »Schön, dich zu sehen, Mak. Es ist schon eine Weile her. Guten Appetit.«

Das Licht war gedämpft und das Restaurant voller Gäste. Andy konnte sich vorstellen, dass es schwierig war, hier einen Platz zu reservieren. Ihm fielen ein paar signierte Porträts von Schauspielern und berühmten Bands auf, die zwischen den traditionelleren Dekorationen an der Wand hingen.

Sie wurden zu einer ruhigen Ecke geführt. Zum Glück gab es keine traditionellen Sitzgelegenheiten, so dass er seine Schuhe anbehalten konnte. Er war sich nicht sicher, ob seine Socken vorzeigbar waren.

»Das ist also das Tojo's«, sagte sie, nachdem sie sich hingesetzt hatten.

»Nettes Restaurant.«

»Sollen wir zuerst bestellen oder direkt loslegen?«, fragte sie.

Direkt loslegen? Er wollte ganz bestimmt nicht sofort mit einem Gespräch über Mord beginnen.

»Meine Neuigkeiten können warten«, sagte er. »Lass uns erst mal etwas entspannen.«

»Ich wollte nicht unhöflich sein, aber es klang so dringend. Du hast mich wirklich neugierig gemacht.«

Er hörte die Köche hektisch in der Küche arbeiten. Es roch verlockend.

»Lass uns zuerst bestellen«, sagte er und wechselte das Thema. »Eigentlich könntest du für uns beide bestellen. Ich wüsste nicht, womit ich anfangen soll …«

Mak sah ihn einen Augenblick lang an. Es war ihr offensichtlich klar, dass er dem Thema aus dem Weg gehen wollte, aber sie entschied sich dagegen, ihn zu drängen – noch. »In Ordnung. Ich bestelle«, sagte sie, schlug die Speisekarte auf und sah sie sich an. »Magst du Tofu?«

»Nicht besonders«, sagte er.

»Okay, dann fällt *Agedashi Tofu* weg. Du bist eher der Rindfleischtyp, stimmt's? Wie wäre es mit dem *Gyu Sashi*?«

Er nickte. *Was auch immer das ist.*

»Es ist roh.«

Er versuchte, keine Miene zu verziehen.

»Wakame-Salat … *Mori Ten Tempura* … das ist mit Krabben und Gemüse … Hey, warum probieren wir nicht die Pacific Northwest Roll? Das ist frisches Krebsfleisch und Avocado mit Muscheln und Heringsrogen.«

Er nickte noch einmal. *Das sind doch Fischeier?*

»Und eine gute Portion Teriyaki-Lachs für den hungrigen Mann, was?«

»Der ist gekocht, nehme ich an?«

»Stimmt genau.«

Oh. Wenigstens weiß ich, dass ich den essen kann.

Die Kellnerin kam und nahm ihre Bestellung auf. Mak bestellte ihnen Sake, und Andy fragte nicht nach Messer und Gabel.

Eine zierliche Frau in einem traditionellen japanischen Kleid bot ihnen ein winziges, heißes Handtuch an und sagte »*Oshibori*«. Sie wischten sich damit die Hände ab, und ein paar Minuten später kam sie zurück, um die Handtücher wegzunehmen. Der heiße Sake wurde bald darauf gebracht, und Mak goss ihn für sie beide in kleine Schälchen. Als sie allein waren, lehnte sie sich auf ihren Ellbogen vor und lächelte ihn an. Er schmolz dahin. Er hatte das geliebt. Er liebte es eigentlich immer noch, wenn sie ihn so ansah.

»Ich habe vergessen, wie es auf Japanisch heißt … deswegen Prost«, sagte er und erhob sein Schälchen.

»*Kanpai.*«

»Campari«, antwortete er, und aus irgendeinem Grund lachte sie. Hmm, der Sake war gut. In seinem leeren Magen fühlte er sich warm an.

Bald kam ihre Kellnerin mit einer Platte rohem Rindfleisch in einer Sauce und einer Schüssel voller komischer, dunkler Stäbchen … Algen. Seltsam. Mak forderte ihn auf zu probieren. Er fummelte ein bisschen mit seinen Stäbchen herum, aber alles in allem fand er seine Technik akzeptabel. Das Gericht erinnerte ihn an ein *Carpaccio*, was nicht verkehrt war. Er ließ den Algensalat links liegen, stürzte sich aber begeistert auf die frittierten Krabben und den Teriyaki-Lachs. Er entschied, dass die Gerichte durchaus essbar waren. Andererseits könnte Mak ihn sogar dazu bringen, Kakerlaken zu essen, wenn sie es wirklich wollte.

»Es tut mir Leid, falls ich dich bei der Konferenz überrascht habe«, sagte Andy.

»Ja, du hättest es am Telefon erwähnen können.«

»Ein unwichtiges Detail«, sagte er.

»Ja … unwichtig.« Sie legte ihren Kopf schief und lächelte ihn an. Ihre dunkelblauen Augen waren genauso, wie er sie in Erinnerung hatte. »Du siehst gut aus, Andy. Die Akademie tut dir wohl gut?«

»Manchmal. Wie geht es dir? Läuft das Studium gut?«

»Manchmal«, entgegnete sie und nippte noch einmal an dem Sake. Sie lächelte und sah ihn schelmisch an. »Also, wann höre ich endlich diese dringenden Neuigkeiten?«

Verdammt. Der Augenblick war zu perfekt, er wollte ihn nicht ruinieren. Aber was er zu sagen hatte, würde ihn ruinieren, daran gab es keinen Zweifel.

»Mak, ich möchte mit dir über etwas sehr Unangenehmes sprechen. Ich weiß nicht, ob …«

»In Ordnung«, unterbrach sie ihn. »Ich kann mit unangenehmen Nachrichten umgehen. Was ist es? Hat es was mit der Verhandlung zu tun?«

»Das wünschte ich.« Er atmete tief durch. »Dr. Harris und ich helfen der RCMP bei einem Mordfall.«

»Hm. Jetzt verstehe ich, warum du das nicht für ein passendes Gesprächsthema beim Essen gehalten hast. Aber weißt du, das hat meinen Vater nie gestört.« Ihr Vater hatte am Vanderwall'schen Esstisch immer wieder über Überfälle, Betrug und Mord gesprochen.

Andy sprach leiser. »Es gibt einen guten Grund, warum ich mit dir über diesen Fall reden möchte. Kann ich mich darauf verlassen, dass es unter uns bleibt?«

»Natürlich kannst du dich auf mich verlassen.«

»Bisher gibt es drei Opfer, junge Frauen, die nahe beim Nahatlatch River gefunden worden sind. Anscheinend wurden alle mit einem großen Gewehr in den Rücken geschossen.«

»In den Rücken?«, fragte sie.

»In den Rücken.«

»Feige. Das ist fast wie bei einer Hinrichtung.«

»Fast. Einer der RCMP-Kerle hat das auch erwähnt, aber Dr. Harris sagt, es erinnert ihn mehr an einen Jäger.«

Mak nickte. »Du meinst, wie Robert Hansen?«

»Hansen? Ja.« Daran hatte er nicht gedacht. »Manchmal machst du mir Angst, weißt du das?« Sie wusste viel zu viel über Serienmörder. Viel zu viel.

Als Antwort lächelte sie.

Robert Hansen war der berüchtigtste Massenmörder Alaskas, ein Großwildjäger, der bis zu dreißig Frauen entführt, vergewaltigt und abgeschlachtet hatte. Er hatte sie in der abgelegenen, gefrorenen Tundra begraben, die er mit seinem Super-Cub-Flugzeug erreichte. Von Haus aus war der Mann Bäcker und allem Anschein nach ein ergebener Ehemann. Er lebte zehn Jahre lang sein geheimes Leben, bevor er gefasst wurde.

»Hat man im ViCLAS irgendetwas gefunden?«, fragte sie. Die Morde waren pflichtbewusst dem kanadischen ViCLAS oder Violent Crime Linkage Analysis System, einem System zur Analyse von Gewaltverbrechen, gemeldet worden, zusammen mit Informationen über die Opfer, den Tathergang und verhaltenstypischen und forensischen Daten, die am Tatort gefunden worden waren. Es war alles von ViCLAS-Spezialisten analysiert worden, aber all diese Arbeit hatte noch nicht zu irgendwelchen eindeutigen Spuren geführt. Die Informationen über die Opfer hatten allerdings Verbindungen zu Fällen von Vermissten aufgewiesen, was wiederum Bobs These, dass es sich um Campus-Morde handelte, unterstützte.

»Bisher noch nichts besonders Hilfreiches, aber die Informationen über die Opfer haben uns zu dem geführt, was ich dir jetzt erzählen werde.«

Sie lehnte sich vor.

»Zwei der ›Nahatlatch-Frauen‹ sind identifiziert worden als UBC-Studentinnen. Du hast vielleicht die Vermissten-Poster von Susan Walker und Petra Wallace gesehen? Das dritte Opfer konnte noch nicht identifiziert werden, deswegen sind wir noch nicht sicher, aber wir vermuten, dass es auch eine der vermissten Studentinnen sein könnte. In letzter Zeit hat es einige Anzeigen gegeben. Junge Frauen, gute Studentinnen, die spurlos verschwinden. Ich habe wirklich Angst, dass es im Augenblick an der UBC nicht besonders sicher ist.«

»Himmel, du und meine Schwester.«

»Was?«

»Egal.«

»Ich meine es ernst, Makedde. Es könnte sein, dass ein Massenmörder Studentinnen vom Campus entführt.«

Sie wurde still.

»Welche Beweise hast du, dass es hier einen Serientäter gibt?«, sagte sie schließlich. »Und wer ist ›wir‹?«

»Einige Mitglieder der RCMP haben sich Sorgen gemacht, deswegen haben sie Dr. Harris nach seiner Meinung gefragt. Und Dr. Harris und ich haben beide den Verdacht, dass das Problem über die drei Opfer, die man gefunden hat, hinausgeht.«

»Jetzt hast du meine volle Aufmerksamkeit«, sagte sie. »Von allen Leuten solltest du am besten wissen, wie ich darauf reagiere, also hoffe ich, dass du mich nicht verarschst. Das ist alles, was ich sagen kann.«

»Das ist nicht unbedingt ein Thema, über das ich Witze mache, Mak.«

»Das glaube ich dir«, sagte sie. »Komm, lass uns gehen. Ich will mehr darüber hören, aber nicht hier. Ich will die Erinnerung an dieses Restaurant nicht ruinieren.«

Einige Stunden und einige Drinks später stand Makedde Vanderwall nackt von den kühlen Laken eines Bettes im siebten Stock des Renaissance Hotels auf.

Sie zitterte, als sie auf den Balkon hinausging und Andy seinem unruhigen Schlaf und seiner schweißfeuchten Haut überließ.

War sie deswegen gekommen? Ein paar Drinks zu viel, um ihre Sorgen zu ertränken, und eine nächtliche Begegnung mit diesem australischen Detective, der bald zurückfliegen würde und fort wäre? Nein.

Aber genau das war passiert.

Ein Massenmörder. Hier. An der UBC.

Die kalte Luft peitschte sie, und ihre Brustwarzen wurden hart. Mak ging an das Geländer und schaute nach unten, wo sich nasse Straßen zu einem lebendigen Netz ausbreiteten und der Verkehr in schnellen, strahlenden Scheinwerferstreifen vorbeifloss.

Ein Geräusch.

Schritte, und als sie sich umdrehte, sah sie Andy auf sich zukommen. Er rieb seine Augen und blinzelte in die Neonlichter der Stadt.

»Mak?«

»Ich bin hier«, antwortete sie. »Ich bin hier.«

Er trat zu ihr hinaus, und sie standen gemeinsam da.

»Ich liebe dich«, sagte er.

Sie antwortete nicht.

31

Andy wachte allein auf.

Erotische Erinnerungen überschwemmten seinen Verstand: Makedde, die ihn an die Hoteltür begleitet, sich verabschiedet, und ein Kuss, zuerst zart, aber dann immer fester und leidenschaftlicher, ihre Fingerspitzen in seinem Nacken, ihr Körper gegen seinen gepresst. Ihre Münder, die ineinander verschmelzen – die Spannung war immer noch da, unbestreitbar, unwiderstehlich. Der Rest war verschwommen, nackte Haut, Körper, die sich gemeinsam bewegten, Lust und Schweiß.

Jetzt war sie fort.

Ging es ihr gut?

Alles, was sie zurückgelassen hatte, war eine Adresse, eine Telefonnummer und eine Notiz.

Ich möchte dich sehen, bevor du fährst.
Mak

Sehen, bevor du fährst? Das ärgerte ihn. Dachte sie, sie bedeute ihm nichts? Er würde sie fragen, ob sie mit ihm nach Australien gehen wollte, wenn er glaubte, es gäbe eine Chance, dass sie ja sagen würde.

Eine Zeitung lag vor seiner Zimmertür. Sie sah aus, als wäre sie schon gelesen worden. Als er die Schlagzeile sah, wusste er, warum.

NAHATLATCH-MORDE

Studentinnen tot aufgefunden. UBC gerät in Panik, RCMP hat keine Spur …

Oh, verdammt. Es ist raus.

Makedde hatte es sicher gesehen. Zumindest musste er sich keine Sorgen mehr machen, weil er ihr von dem Fall erzählt hatte. Jetzt wussten es alle.

Er sah Susan Walkers Gesicht auf der Titelseite. Sie war ein hübsches Mädchen gewesen. Auf dem Foto trug sie ein festliches Kleid, um ihren Hals hing ein Goldmedaillon, und an ihrem Finger steckte ein kleiner Ring. Sie stand neben ihrem Verlobten.

Andy entschloss sich, zuallererst zu Makedde zu gehen. Auch wenn sie nicht da wäre, dachte er, dass ihr ein paar Blumen als Überraschung gefallen würden.

Er saß vor ihrem Haus in seinem Mietwagen und fragte sich, was er auf die Karte schreiben sollte. Was fühlte sie? War sie froh über letzte Nacht? War es ihr peinlich?

Dann sah er die Rosen.

Was zum …?

Andy stieg aus dem Auto und sprang die Treppenstufen zu Makeddes Haustür hinaus. Auf der Türschwelle lagen ein Dutzend in Zellophan eingewickelte, langstielige rote Rosen.

Er bückte sich und betrachtete sie und entdeckte eine kleine Karte, die an die Folie geheftet war. Er schob die spitze Nadel zur Seite, um sie zu öffnen.

Mak,
ich denke an dich …
Roy

Er fühlte einen Stich der Eifersucht.

Roy?

Andy ging zurück zu seinem Auto und fuhr los. Er warf seine Blumen in die nächste Mülltonne.

32

Makedde beendete eine lange Dusche. Sie war immer noch geschockt über die Ereignisse der letzten Nacht und wusste nichts von Andys frühem Besuch und dem Strauß langstieliger Rosen. Sie war um fünf Uhr morgens nach Hause gekommen und hatte bis jetzt ihren Kopf unter der Bettdecke versteckt.

Sie sah auf die Uhr. Es war Zeit. Sie wählte die Nummer.

»Was kann ich für Sie tun?«, fragte die Stimme am anderen Ende der Leitung.

Mak schluckte nervös. »Hallo. Könnte ich bitte mit Dr. Morgan sprechen?«

»Darf ich fragen, wer Sie sind?«

»Makedde Vanderwall.«

»Einen Augenblick, bitte.«

Sie hoffte, dass sie richtig geraten hatte. Mak hatte um neun Uhr fünfundfünfzig angerufen, da sie wusste, dass die Stunde bei einem Therapeuten fünfzig Minuten dauerte. Sie hoffte, dass Ann jetzt zwischen zwei Terminen Zeit hatte.

Sie meldete sich: »Dr. Morgan am Apparat.«

»Ann, hi. Hier ist Makedde.«

»Mak. Hallo. Schön, von dir zu hören.«

»Ich bin – ähm. Mein Dad hat mir deine Nummer gegeben. Es ist mir ein bisschen peinlich, aber ich mache gerade so einiges durch und würde gern wissen, ob du möglicherweise … vielleicht könnten wir einen Termin vereinbaren?«

Mein Gott, ist das peinlich.

»Ich hatte gehofft, dass du anrufst. Ein Treffen wäre gut. Ich werde dich so bald wie möglich dazwischenschieben, es sei denn, dir wäre lieber, wenn ich dich an jemand anderen überweise.«

Nein. Keine Fremden.

»Nein, ich glaube nicht, dass ich mit irgendjemand Fremden darüber sprechen könnte. Ich würde lieber mit dir reden, aber ich verstehe, wenn du zu viel zu tun hast.«

»Nein, gar nicht, Mak. Ich muss heute bis spätnachmittags im Büro bleiben, vielleicht könntest du herkommen? Ich habe zwischen fünf und sechs Uhr frei.«

Wow, das ging schneller, als sie gedacht hatte.

»Ich habe heute Nachmittag einen Fototermin in der Stadt, aber er soll um fünf vorbei sein. Ich kann versuchen, mich früher davonzumachen. Wo ist dein Büro?«

»In Kitsilano, in deiner Nähe.«

Kurz vor ihrem ersten »offiziellen« Treffen mit einer Psychiaterin spazierte Makedde Vanderwall in einem Fotostudio in Vancouver herum. Sie trug ein kurzes, schwarzes Sport-Outfit und ein paar warme Aussie-Ug-Stiefel.

In einer Ecke des Studios stand ein großer Schminktisch mit einem Spiegel und zwei Reihen Glühbirnen im Stil alter Hollywood-Frisiertische. Die Studiolampen waren heiß, und sie wusste, dass ihr Gesicht glänzte. Die Visagistin war nirgendwo zu sehen, deswegen puderte Mak sich selbst und benutzte ein Q-Tip, um vorsichtig ein bisschen Schlaf aus einem Auge zu wischen. Sie sah kurz auf die Armbanduhr, die sie auf dem Tisch neben einer Palette Lidschatten aufgebaut hatte.

Heute stand Mak für ein örtliches Kaufhaus Modell. Ein Geldauftrag – rein, raus und Kohle auf der Bank. Es war inzwischen fast halb fünf, und sie wurde allmählich nervös.

Sie wollte nicht zu spät zu Dr. Morgan kommen.

Makedde nahm ihren großen Starbuck-Lattebecher vom Schminktisch und schüttelte ihn. Halb leer. Halb voll? Sie hob ihn an die Lippen und trank. Kalter Kaffee. Ihr Mund hinterließ einen großen, pfirsichfarbenen Lippenstiftfleck am Deckel.

Sie dachte an Roy. Sie dachte an Andy.

Was für ein riesiges Durcheinander.

Das Geräusch großer, aber dezenter Füße, die näher kamen, riss sie aus ihren Gedanken ... *Denk jetzt nicht mehr an all das*... Sie drehte sich zu dem Stylisten, Serge, um. Er brachte einen weißen Nike-Sport-BH und eine Lycrahose, auf der das Logo prangte. Die bunten Schilder schwangen fröhlich hin und her, ohne etwas von ihren Zeitschwierigkeiten oder ihren Männerproblemen zu wissen.

»Makedde«, sagte Serge, blieb einen knappen halben Meter vor ihr stehen und hielt ihr die Kleider entgegen. »Das letzte Outfit, dann ist fini.« Sein starker Akzent war kanadisches Französisch mit ein bisschen Japanisch gewürzt. Eine seltsame Mischung. Anstatt ihren Namen »Ma-kay-dee« auszusprechen, wie er eigentlich lauten müsste, sagte er »Maka-dee«, als wäre sie eine Art Sushi.

»Das letzte?«, fragte sie.

Serge war kahlköpfig, schwul und wunderschön. Er war von Kopf bis Fuß in Versace gekleidet oder einer sehr guten Kopie, da war sie sich nicht sicher. Sie drehten sich gleichzeitig zu dem Kleiderständer um, der rechts neben ihnen stand. Sie zählte sechs farblich passende Outfits, grau, dunkelblau, hellblau, rot und rot mit grau und schließlich schwarz und grau. Das siebte trug sie noch, und das achte hielt sie nun in der Hand.

»Oui. Das letzte«, bestätigte er.

Ihre Wimpern waren lang und pechschwarz gefärbt, und sie war für einen Augenblick von deren Bewegungen fasziniert, als beobachte man elegante, schwarze Schmetterlinge.

»Nur damit du es weißt, ich muss in maximal dreißig Minuten wirklich gehen. Ich habe eine wichtige Verabredung.«

»Ein Vorsprechen?«

Mak verstand bloß »versprechen«, was eigentlich keinen Sinn ergab.

»Wie bitte?«

»*Ein Vorsprechen*?« Dieses Mal war es klar.

»Äh … ja«, sagte sie vage. Etwas in der Art.

Serge ging davon aus, dass sie Schauspielerin werden wollte wie die meisten Leute hier. Sie fanden, dass Makedde wie ein Filmstar aussah, und dachten, dass man automatisch Schauspielerin werden wollte und konnte. Es gab viele Exmodel-Schauspielerinnen in Vancouver oder Nord-Hollywood, wie es manchmal genannt wurde. Mak machte sich nur selten die Mühe, diese Annahme zu korrigieren, vor allem, weil sie dann unweigerlich ihr Studium erwähnen musste. Ihr aktueller Job und ihre Zukunftsträume schienen nicht zueinander zu passen, und sie sprach in dem einen Leben kaum je über das andere. Wie in Kiplings *Ballad of East and West* konnten die beiden Leben sich nie treffen.

Außerdem würde sie erklären müssen, um welche Verabredung es sich handelte, wenn sie Serge verbesserte, und darüber würde sie ganz bestimmt nicht sprechen.

Bring einfach diese Fotosession hinter dich, und kümmere dich dann darum, Fortschritte zu machen.

Wieder in der Modelrolle, versuchte sie, Gespräche zu

vermeiden. Sie nahm die glänzend weiße Kombination von Serge entgegen und ging zur winzigen Umkleidekabine. In diesem Fall war es nicht einmal ein eigener Raum, sondern einfach nur eine Ecke im Studio, die durch Styroporplatten, die von schwarzem Klebeband zusammengehalten wurden, abgetrennt war. Oh, der Glamour. Als sie mit vierzehn mit dem Modeln angefangen hatte, waren Aufnahmen für Kaufhauskataloge und Umkleidekabinen aus Styropor nicht die Arbeit, die ihr vorschwebte, aber jetzt, über zehn Jahre später, war sie hier und tat genau das.

In der winzigen Umkleidekabine stand ein einsamer Metallstuhl, an dessen Rücklehne ein verbogener Drahtkleiderbügel hing. Ein armseliger, hellgrüner Schal lag gefaltet über dem Bügel, und Mak konnte das Schild daran lesen: *100 % Polyester. Made in Hong Kong*. Jeanne Becker hatte die Farbe im *Fashion TV* mal als »Modedesignergrün« bezeichnet. Heute sah sie nicht sehr modisch aus.

Sie zog das schwarze Sporttop und die Shorts aus, in denen sie gerade fotografiert worden war, und war einen Augenblick lang nur mit der universellen Modelunterwäsche bekleidet, einem schlichten, hautfarbenen Stringtanga. Sie nahm den Umkleideschal vom Bügel und legte ihn über ihren Kopf und ihr Gesicht, um den weißen Sport-BH vor ihrem Make-up zu schützen, während sie ihr letztes Outfit anzog.

Als sie sich umgezogen hatte, ging Mak zum Schminkspiegel und beugte sich vor, um den Lycra in Form zu ziehen. Ihr gefiel der Stil der Nike-Trainingskleidung, und da sie in letzter Zeit regelmäßig gelaufen und ins Fitnessstudio gegangen war, sah sie auch fit genug aus, um sie zu tragen. Makedde hatte am Abend vorher sorgfältig eine Schicht Clarins-Selbstbräuner aufgetragen, um gegen die weiße Haut anzukämpfen, die den Anfang jedes kanadischen

Winters markierte. Jetzt hatte ihre Haut diesen leichten goldenen Schimmer, der gut mit dem blendend weißen Top kontrastierte. Stunden in Bibliotheken und vor Computerbildschirmen konnten die Modelkarriere gefährden. Vorbeugende Maßnahmen waren notwendig.

Sie strich eine lange, goldene Haarsträhne hinter ihr Ohr und sah sich einen Augenblick im Spiegel an. Sie hatte sich Sorgen gemacht, dass ihr Schlafmangel und die anderen Schwierigkeiten ihrer Agentur zu Ohren kommen könnten, aber das einzige Anzeichen dafür, dass Miss Makedde Vanderwall nicht wie die Gesundheit in Person aussah, waren ihre leicht geröteten Augen, die kaum mehr auf Augentropfen reagierten, sowie die kaum sichtbaren Schatten unter ihren Augen. Mak war erleichtert, dass sie nicht schlimmer aussah. Bevor sie ins Studio gegangen war, hatte sie einen Abdeckstift benutzt, und während man sie für die Fotos geschminkt hatte, wurde noch mehr aufgelegt. Sie war erschöpft, aber sie und Elizabeth Arden hatten sich geschworen, dies zu vertuschen. Starbucks machte auch mit. Sie trank inzwischen bis zu fünf große Latte täglich, genau fünfmal so viel wie vor ihrer Schlaflosigkeit.

Sie bezweifelte, dass ein Abdeckstift und Koffein jemanden wie Dr. Ann Morgan täuschen könnten.

Verdammt, Mak, hör auf. Denk an Kleider. Denk ans Modeln. Oder … hör am besten ganz auf zu denken.

Gerade als Makedde es endlich geschafft hatte, sich wieder auf den aktuellen Job zu konzentrieren, ging die Tür neben ihr auf, und Rauch und kalte Luft wehten hinein. Es war Monica, die Visagistin.

»Setz dich, dann frische ich dich auf«, quietschte sie mit ihrer Bonbonstimme. Verglichen mit ihr klang Melanie Griffith maskulin.

Mak sah noch einmal auf ihre Uhr, Punkt halb fünf. Hoffentlich war der Verkehr ruhig.

Wie in Zeitlupe steckte Monica sich ein Stück Kaugummi in ihren bemalten Mund, legte eine Hand auf die Hüfte und kaute. Rote Locken fielen ihr in die Augen, und sie neigte ihren Kopf zur Seite in dem Versuch, freie Sicht zu bekommen. Prompt fielen ihr die Haare wieder vor die Augen. Schließlich kümmerte sie sich um Makeddes Gesicht, fuhr mit ihren Daumen Maks Wangenknochen entlang, und nach einigem sinnlosem Machen und Tun, jede Bewegung nervend langsam, entschied Monica anscheinend, dass es am besten wäre, nach der Puderquaste zu greifen – langsam.

All dies schien Maks Befürchtungen zu bestätigen. Monica kam frisch aus der Kosmetikerinnenschule und war vor Stunden spurlos verschwunden, und Mak konnte nur hoffen, dass sie sehr bald wieder verschwinden würde.

»Ich bin in Eile«, sagte Mak bestimmt. Sie spürte, dass sie bald Kopfschmerzen bekommen würde.

Monica schien sie nicht zu hören. Sie klopfte Makeddes Gesicht mit einer weichen Puderquaste ab und sagte: »Ich glaube, hierfür wollen sie eine Hochsteckfrisur.«

Himmel, hilf!

Mak versuchte, die Augen nicht zu verdrehen. »Ich muss in« – sie sah noch einmal auf ihre Uhr – »in sechsundzwanzig Minuten fort.«

Ohne Warnung wurden ihre Haare zu einem festen Pferdeschwanz nach oben gerissen. Ihr schossen Tränen in die Augen, und das befürchtete Kopfweh kündigte sich an.

»Gott, die sind so dick!«, rief Monica aus, während sie zog und zerrte.

Makedde hatte dicke Haare. Sie waren nicht dünn und glatt wie die ihrer Schwester. Das wusste sie. Sie wachte jeden Morgen auf und sah aus wie Linda Evans in Denver

Clan. Es wäre vielleicht toll gewesen, wäre sie zehn Jahre früher geboren worden, aber sie hatte während ihrer Karriere ständig versucht, ihre blonde Mähne zu bändigen. Jetzt leben wir im neuen Jahrtausend, und sie hatte sie endlich unter Kontrolle, was allerdings nicht bedeutete, dass andere Menschen sie auch unter Kontrolle hatten. Vor allem dieses Mädchen nicht.

»Ist schon in Ordnung, ich mache es selbst.«

Die Visagistin fuhr mit ihrem Ziehen und Kämmen fort.

Nicht bloß unfähig, sondern auch noch taub. *Super.*

»Ehrlich, ich mache es selbst«, wiederholte Mak.

Die Hände zerrten weiter.

Das war's!

Mak drehte ihren Kopf abrupt um und sah Monica an. Die Hände ließen los. Sie glaubte sogar, einen Hauch Angst in ihren Augen zu sehen.

Ich mache das hier seit Gott verdammten zwölf Jahren. Ich glaube, ich kriege einen einfachen Pferdeschwanz hin, vielen Dank!

In null Komma nichts hatte Mak ihre Haare gebürstet, einen hohen Pferdeschwanz gebunden und festgesteckt. Sie sah noch ein letztes Mal in den Spiegel, legte noch etwas Lipgloss nach und trat hinter dem Wandschirm hervor. Monica war sprachlos und sah aus, als würde sie gleich weinen. Aus dem Augenwinkel beobachtete Mak, wie sie zur Tür hinauslief.

33

Mak trat auf eine verregnete Straße im Stadtzentrum von Vancouver und ging zu ihrem Auto. Sie sah kurz auf ihre Uhr – es war fast fünf. Wenn sie sich beeilte, könnte sie es noch schaffen.

Sosehr sie sich vor dem Treffen auch fürchtete, so wollte sie doch nicht unhöflich sein, da Ann ihr großzügig ihre wertvolle Zeit zur Verfügung stellte. Sie freute sich nicht darauf, ihre Vergangenheit mit jemandem zu diskutieren, nicht einmal mit einem Profi, aber es war an der Zeit. Gott, sie hatte sogar Roy benutzt, um über Andy hinwegzukommen, und es hatte noch nicht einmal ansatzweise funktioniert!

Verdammt.

Makedde tätschelte Zhora, schloss die Tür auf und stieg ein. Sie warf ihre Tasche auf die Rückbank aus weißem, rissigem Leder.

Sie fuhr durch die Stadt auf die Burrard Bridge zu und fragte sich immer wieder dasselbe: *Werde ich verrückt? Brauche ich wirklich einen Psychodoktor? Warum hören diese Albträume nicht auf? Warum ist Andy wieder in mein Leben getreten?*

Sie kam schnell über die Brücke und durch die West 4th Street. Als sie das unverkennbare Riesenbesteck an Sophie's Cosmic Café sah, fuhr sie langsamer und achtete auf die Straßennamen und Hausnummern. Mak musste mehrmals durch die Seitenstraßen fahren, um einen Parkplatz zu finden, der groß genug für Zhora war. Nachdem sie einen kleinen Hügel hinaufgelaufen war, um wieder zur Hauptstraße zu gelangen, ging sie auf die Praxis zu.

DR. A. MORGAN, M.D., FRCPC. Psychiaterin.

Psychiaterin. Ich kann nicht glauben, dass ich das hier tue.

Ihr Name stand neben zwei anderen auf einem kleinen Schild. Mak betrat durch die Tür die Gemeinschaftspraxis, und während sie auf die Anmeldung zuging, sah sie auf ihre Uhr. Es war eine Minute vor fünf.

Die Anmeldung wirkte steril und war modern eingerichtet. Eine hüfthohe, geschwungene Trennwand teilte das Wartezimmer von der Anmeldung ab. Mak sah einen ordentlichen, schwarzen Pferdeschwanz hinter der Trennwand auf und ab wippen und hörte das Tippen auf einer Tastatur. Als sie näher kam, schaute die Frau an der Anmeldung hoch. Sie war eine schöne Frau, Mitte dreißig, mit makellosen, asiatischen Gesichtszügen, die durch glänzenden Lippenstift und geschickt angewandten Eyeliner noch betont wurden.

»Kann ich Ihnen helfen?«

»Ich habe einen Termin bei Doctor Morgan.«

»Mak-eddie Vanderwall?«

»Ma-kay-dee«, verbesserte Mak sie.

»Entschuldigung. Bitte setzten Sie sich, Makedde.« Beim zweiten Mal sprach sie den Namen perfekt aus und tippte dann weiter.

Mak sah sich um. Im Wartezimmer standen zwei Ledersofas rechtwinklig zueinander. In einer Ecke saß eine extrem magere Frau neben einem Farn und las im *People Magazine*. Ihre Haare waren zu einem festen Knoten gebunden, und sie trug ein ordentlich gebügeltes, beiges Kostüm. Ihre knochigen Knie in Nylons stachen unter ihrem Rocksaum hervor wie zwei Hühnerbeinchen ohne

Fleisch. Ein sorgfältig drapierter, braun-goldener Schal kaschierte ihren dünnen Hals. Mak empfand plötzlich Trauer wegen dieser Frau, dann schimpfte sie sich selbst wegen ihres unerwünschten Mitleids. Wer war Makedde, um zu behaupten, dass die offensichtlichen Probleme dieser Frau schlimmer waren als ihre eigenen versteckten?

Auf einem eckigen Tisch zwischen den Sofas lag ein Stapel Zeitschriften. Mak nahm das obenauf liegende *Time Magazine* und wählte die gegenüberliegende Ecke des Raumes, um zu warten. Sie blätterte langsam durch das Heft, ihre Augen registrierten kaum etwas. Sie war in Gedanken versunken – der »Vorfall« in Sydney, Andy, Roy, ihr Vater und ihre Mutter.

Sie stellte sich vor, wie Ann in ihrem Kopf Gleichungen durchführte. Mal sehen, eine katastrophale Affäre = zehn Sitzungen. Ein Todesfall in der Familie = zwölf Sitzungen. Tod einer guten Freundin = zwölf Sitzungen. Serientäter … Wie viele Sitzungen für einen Serientäter?

Eine Bewegung auf dem Korridor lenkte sie ab. Es war Ann, die zum Wartezimmer kam. Sie trug einen dunklen, legeren Anzug mit einer cremefarbenen Seidenbluse. Sie sah sehr schick aus und ein bisschen förmlicher als beim Abendessen. Mak war nervös, aber es war trotzdem eine Erleichterung, sie zu sehen. Ann erschien ihr inzwischen als letzte Chance zurück in die Normalität.

»Guten Tag, Mak. Schön, dich zu sehen.« Sie schüttelte ihre Hand. »Kommst du bitte mit?«

Ann führte Mak den Flur entlang zu einem Büro hinter der zweiten von vier Türen.

»Es ist direkt hier, Makedde.« Sie hielt die Tür auf und ließ Mak vorgehen.

Das Büro war schlicht, aber elegant. Ann war offensichtlich erfolgreich und hatte einen guten Geschmack. In einer Ecke stand ein einfacher Schreibtisch, der von einem Stapel Papier in einem Ablagekorb gekrönt wurde. Eine kleine, silberne Schreibtischuhr, ein Montblanc-Füller. Auf dem Schreibtisch lag ein offener Ordner, und ein leerer, linierter Block wartete auf die Notizen der Psychiaterin.

»Bitte, setz dich.«

Ann wies auf einen Ledersessel nahe der Wand und setzte sich an den Schreibtisch. Ihr eigener Stuhl war bereits so gedreht, das er ins Zimmer zeigte, und Mak fiel auf, dass Dr. Morgan ihr nicht den Rücken zuwandte, als sie sich setzte. Zwischen Doktor und Patientin lagen nur ein paar Meter leerer Raum und kein Schreibtisch, der eine unbewusste Barriere bilden könnte. Mak war von der Anordnung begeistert, aber sie fragte sich, ob Barrieren nicht auch praktisch sein könnten, wenn sie ihre eigene Praxis als forensische Psychologin eröffnen würde. Es könnte vielleicht sein, dass sie dann jede noch so kleine Barriere brauchen würde, je nach Patient.

Mak setzte sich in den Sessel, der unter ihrem Gewicht ein bisschen Luft nachgab.

»Hast du es bequem?«, fragte Ann. Ihr Tonfall war weich, höflich.

Mak brauchte einen Moment, um zu antworten. Körperlich – ja, psychisch – nein. Sie erwiderte trotzdem: »Ja, danke.«

»Hat bei deinem Fototermin alles geklappt? Mir ist aufgefallen, dass du nicht zu spät gekommen bist.«

Mak dachte daran, dass sie der Visagistin praktisch den Kopf abgerissen hatte.

»Äh, ich bin noch rechtzeitig weggekommen.«

»Also, was kann ich für dich tun?«

Anns Körpersprache war offen und aufmerksam, ihre Knie zeigten auf die Patientin, ihre Arme lagen entspannt auf ihren Oberschenkeln. Ihre großen, braunen Augen blickten verständnisvoll, aber direkt. Ihr Blick schweifte nicht ab, und Mak war von Anns Ruhe, als sie darauf wartete, dass Mak anfing, beeindruckt.

»Ich, äh, ich habe Schlafprobleme. Schlaflosigkeit, nehme ich an«, begann sie, »und wiederkehrende Albträume. Ich kann nachts einfach nicht mehr schlafen, und wenn doch, dann ist es furchtbar.«

Gott, Makedde, entspann dich.

»Könntest du mir von deinem Schlafmuster erzählen? Wie viel Schlaf bekommst du im Moment?«, fragte Ann.

»Na ja, ich habe ein Schlaftagebuch geführt, deswegen kann ich es dir ganz genau sagen.« Sie nahm ein kleines Buch aus ihrer Tasche.

Ann schien beeindruckt zu sein. »Ein Tagebuch ist eine sehr gute Idee. Ich empfehle meinen Patienten oft, eines anzulegen.«

Mak öffnete ihr Buch und las ein paar der Einträge vor: Von den Albträumen, in denen sie die Uniform ihres Vaters trug, von dem Gefühl der Ohnmacht, von der teuflischen Gestalt, die ihre Mutter tötet, von dem Skalpell …

»Sehr lebhaft«, bemerkte Ann. »Es ist klug, dass du das aufzeichnest. Du schätzt also, das du diese Woche durchschnittlich ungefähr drei bis vier Stunden pro Nacht geschlafen hast?«

»Ja.«

»Und jedes Mal mit Albträumen?«

»Die eigentlichen Träume sind ziemlich gleich bleibend und haben erst dieses Jahr angefangen, zusammen mit der Schlaflosigkeit, die ich früher noch nie gehabt habe. Aber die Albträume werden immer brutaler und die Schlaflosigkeit immer schlimmer.« Mak sprach so sachlich wie möglich.

Jetzt kommt der schlimme Teil.

Makedde räusperte sich. »Sehen Sie, da war dieser Vorfall letztes Jahr, als ich in Übersee war. Ich glaube, dass er etwas damit zu tun haben könnte.« Sie verbesserte sich. »Ich weiß es. Eigentlich ist in letzter Zeit viel passiert. Die letzten paar Jahre waren nicht so toll …« Die Worte kamen einfach so aus ihrem Mund, und sie schloss ihn, um nicht noch mehr zu sagen. Ihr rechter Zeh juckte schon wieder. Noch monatelang nach der Operation hatte sie überhaupt kein Gefühl in ihm gehabt. Jetzt dieses Jucken.

Makedde sagte: »Ich bin mir sicher, dass mein Vater dir alles erzählt hat«, um so ihren Teil des Gesprächs zu beenden. Sie sagte es in einem deutlich ärgerlichen Tonfall, der der Psychiaterin nicht entgangen sein konnte.

Dr. Morgan lächelte. »Dein Vater hat mir nur ein paar grundlegende Dinge erzählt. Keine Einzelheiten. Ich dachte, dass du es mir in deinen Worten erzählen könntest.«

Ich wette, er hat dir alles erzählt.

Mak sah sich unruhig im Zimmer um. An den Wänden hingen gerahmte Diplome. In einem großen Regal standen Psychologiebücher, von denen Makedde ebenfalls ein paar besaß: *Das diagnostische und statistische Handbuch der psychischen Störungen,* vierte Auflage, *Existenzielle Psychotherapie.* Aber keine Kriminologiebücher, keine Bücher über Serientäter. Auf dem Tisch der Ärztin stand eine Schachtel Kleenex. Ein Foto von einer lächelnden Ann neben einem Teenager. Kein Mann. Kein Sergeant Morgan.

Wird mein Dad in einem dieser Rahmen landen?

»Das ist Connor«, sagte Ann, als sie sah, dass Mak auf das Foto schaute. »Mein Sohn. Er lebt im Moment bei seinem Dad.« Traurigkeit huschte über ihr Gesicht. »Er ist ein guter Junge. Er könnte aber ein bisschen von deinem Ehrgeiz vertragen, glaube ich.«

Makedde lächelte. Sie war immer noch aufgeregt und nervös. Sie biss ihre Zähne fest zusammen, und ihr Zeh fing an, sie richtig zu stören. Sie hätte ihren Schuh ausziehen und ihn kratzen wollen.

Der Kaffee. Du musst weniger Kaffee trinken.

Ann sprach jetzt sehr professionell. »Normalerweise beginne ich bei meinen Patienten immer damit, ein paar Fragen zu stellen, um ihre Geschichte und sie selbst ein bisschen kennen zu lernen. Vielleicht könnten wir auch so anfangen. Dann können wir näher auf dein Problem eingehen und hoffentlich eine Lösung für dich finden.«

»Mit welchen Patienten arbeitest du?«

Die Psychiaterin veränderte ihre Haltung etwas. Sie lehnte sich leicht zurück.

»Mit allen möglichen. Ich behandle erwachsene Patienten mit Schizophrenie, dissoziativen Identitätsstörungen, mit manisch-depressiven und affektiven Störungen. Ich habe mit einigen Patienten mit Schlafstörungen gearbeitet. Ich bin davon überzeugt, dass ich dir helfen kann, Makedde, wenn du mich lässt. Du bist selbst Psychologiestudentin. Eine sehr gute Studentin, wie dein Vater mir erzählt hat. Ich bin mir sicher, dass du begreifst, welche Fortschritte wir hier erreichen können, solange wir beide gemeinsam auf dasselbe Ziel hinarbeiten.«

Mak sah wieder auf ihre Hände. Sie zwang sich, ihre Arme nicht zu verschränken.

Hör auf, Zeit zu schinden, und bring es hinter dich.

»Ich habe in letzter Zeit ein bisschen zu kämpfen gehabt«, sagte sie. »Aber was mich dann wirklich dazu gebracht hat, dich endlich anzurufen… Ich habe gestern Nacht etwas sehr Dummes getan.«

Dr. Morgan wurde aufmerksam und lehnte sich vor.

»Erinnerst du dich, als du bei uns warst, habe ich einen

Anruf von einem Detective erhalten, der in den Mordfall in Australien verwickelt war. Erinnerst du dich, dass mich alle anstarrten, während ich ans Telefon ging?«

»Ja. Daran erinnere ich mich.«

Mak erzählte ihr ein bisschen von ihrer Geschichte mit Andy, den Fall in Sydney, ihre kurze Affäre, wie ihr Kontakt vor knapp einem Jahr abbrach.

»Na ja, er kommt in die Stadt, vollkommen unerwartet… Im Augenblick läuft da nämlich diese große Konferenz, eine Konferenz über Psychopathie.«

»Ich habe davon gehört.«

»Andy hat bei der FBI-Akademie einige Kurse über Profiling besucht, und plötzlich taucht er in Vancouver auf und nimmt an der Konferenz teil. Er ist mit einem FBI-Profiler gekommen, der einen Vortrag gehalten hat.«

Dr. Morgans Augen wurden schmaler, während sie über diese Entwicklung nachdachte.

»Du hörst dich so an, als wärst du nicht davon überzeugt, dass das der wahre Grund für seinen Besuch in Vancouver ist.«

Makedde dachte über das, was Ann gesagt hatte, nach.

»Ich weiß nicht. Ich glaube, ich bin einfach geschockt. Ich weiß nicht, was ich denken soll.«

Die Psychiaterin machte sich ein paar Notizen, und Makedde schwieg. *Wie finde ich sein Auftauchen?*

»Bist du irgendwie daran interessiert, wieder etwas mit diesem Detective anzufangen?«

»Nein.« Die Antwort kam schnell, vielleicht zu schnell. »Was nicht bedeutet, dass ich nicht doch…«

Mak wurde still und verschränkte die Arme. *Scheiße, ich habe mit ihm geschlafen. Ich kann einfach nicht glauben, dass ich das getan habe!*

»Und wie wirkt er auf dich, Makedde?«

Es dauerte eine Weile, bis Mak darauf antwortete.

Er hat mich vollkommen aus der Bahn geworfen.

»Ich bin total durcheinander. Seine Anwesenheit wühlt so viele Erinnerungen auf.«

Sie senkte den Blick. »Schlimme Erinnerungen.« Die letzten Worte presste sie hervor, und Tränen traten in ihre Augen. *Nein, verdammt, nicht weinen! Nicht!* Die Tränen hingen an ihren Wimpern, und sie bog den Kopf nach hinten und wollte sie zum Verschwinden bringen. Als sie schließlich nach unten flossen, brannten sie auf ihren Wangen. Aber sie gab keinen Mucks von sich.

Dr. Morgan hielt ihr die Kleenexschachtel hin, und Mak nahm ein paar Papiertücher heraus. Sie tupfte ihre Augen und ihre Nase ab und hielt die Luft an.

»Es tut mir Leid«, sagte sie nach einer Weile. Sie war selbst überrascht, dass sie weinte, da sie dachte, sie hätte schon genug geweint. Sie hatte sehr wenig Geduld mit ihrer Trauer. Es war immer am besten, einfach weiterzumachen.

»Du kannst dir nicht vorstellen, wie niederschmetternd es ist, akzeptieren zu müssen, dass … dass man … hilflos war«, sagte Mak. »Als es wirklich darauf ankam … einfach hilflos. Und jemand musste kommen und einen retten.« Mak presste ihre Lippen zusammen und bog ihren Kopf zurück.

»Das hier ist ein sicherer Ort, um über diese Dinge zu sprechen, Makedde. Du hast das Bedürfnis zu weinen, dann weine. Es gibt keinen Grund, sich dafür zu entschuldigen. Du hast absolut Recht, über deine Erlebnisse aufgebracht zu sein.«

Dr. Morgan war angenehm ruhig. Sie schien eine heitere, beruhigende Energie auszustrahlen, wodurch Mak irgendwie das Gefühl bekam, dass es in Ordnung war, sich zu öffnen. Das war natürlich ein Teil von Anns Aufgabe, und Mak musste zugeben, dass sie gut darin war.

Es dauerte eine Weile, bis sie sich gefasst hatte.

»Ich kann nicht glauben, dass Andy hier ist. Es war so einfach, nicht an ihn zu denken, als er Tausende von Meilen weit weg war. Ich konnte alles in Australien zurücklassen, und jetzt taucht er hier auf.«

»Ja, das ist hart. Findest du, dass es unfair von ihm war, ohne Vorwarnung zu kommen?«

»Ja!« Sie wischte ihre Nase ab. »Es kotzt mich echt an. Ich meine, ich weiß, er hat Nachrichten hinterlassen, und ich habe nicht zurückgerufen, aber er hätte es mich wissen lassen können. Er hätte mir sagen können, warum er anruft.«

»Ja. Das wäre richtig gewesen«, sagte die Psychiaterin.

»Merkt er nicht, was er mir antun? Ich meine, er hat mir das Leben gerettet! Er hat mich nackt und blutend und hilflos gefunden, und er hat mich gerettet, und das kann ich mir nicht verzeihen. Ich musste gerettet werden. Wenn ich irgendwie die Vergangenheit wiederholen könnte … ich würde alles tun, um das zu ändern. Ich …«

»Pass auf, was du dir wünschst«, sagte Ann.

»Was?«

»Wünsch dir nicht, das Trauma erneut zu erleben, sonst gehst du das Risiko ein, Gewalt anzuziehen. Wenn nicht im wahren Leben, dann zumindest in deinen Träumen. Es war schlimm genug, dass du es ein Mal hast durchmachen müssen, aber du hast das Trauma seitdem immer wieder in deinen Albträumen durchlebt, in der Hoffnung, eine neue Lösung zu finden.«

Mak dachte darüber nach.

Mein Gott, sie hat Recht.

»So habe ich es noch nie gesehen.«

Ann sah sie an, und diese intelligenten, braunen Augen trafen ihre Gedanken, ihre Geheimnisse. »Du wurdest von einem furchtbaren Menschen entführt, und die Polizei schaffte es, dich zu finden, bevor es zu spät war. Das Verbrechen war, dich zu entführen, Makedde, nicht, dich zu retten.«

Aber niemand konnte meine Mutter retten. Warum sollte ich gerettet werden, wenn niemand sie retten konnte?

»Dieser Detective Andy Flynn hat nichts verkehrt gemacht, außer vielleicht, was diese Situation betrifft, gegenüber deinen Gefühlen blind zu sein.«

»Oh, er ist absolut nicht gut für mich. Das kann ich dir sagen«, platzte es aus Makedde heraus, während die Tränen ihr immer noch ungehindert übers Gesicht liefen. »Ich weiß nicht, was mit ihm los ist. Ich glaube, dass er eigentlich ein anständiger Mann ist, aber irgendwas an ihm bedeutet Schwierigkeiten. Nichts als Schwierigkeiten.« Sie war richtig in Fahrt geraten. »Ich habe etwas mit jemandem angefangen, endlich, zum ersten Mal, seit ich nach all dem Mist aus Australien zurückgekommen bin. Dieser Typ, Roy Blake, scheint auch noch richtig nett zu sein.«

Ann sah auf. »Roy Blake?«, fragte sie.

»Ja. Er ist groß und sieht gut aus, und er arbeitet beim Sicherheitsdienst an der Universität. Ich weiß … ich weiß … Polizisten, Sicherheitsmänner … kein großer Unterschied.« Mak holte tief Luft. »Ein netter Kerl, glaube ich. Er kümmert sich um mich, er bringt mir Blumen …« Ihr war bewusst, dass sie plapperte. Ihre Gedanken bewegten sich in zehn Richtungen auf einmal.

»Makedde, es ist ein sehr positives Zeichen, dass du dich entschlossen hast, dich auf einen Mann einzulassen. Das ist genau das, was du tun solltest. Ausgehen und die

Gesellschaft neuer Leute genießen. Es ist ein Zeichen, dass du weitermachst …«

»Aber ich bin noch nicht fertig.« Sie öffnete den Mund und schloss ihn wieder. Die Worte fielen ihr schwer. »Ich bin gestern Nacht mit Andy im Bett gelandet. Es ist einfach passiert. Ich hatte es überhaupt nicht geplant. Das habe ich gemeint, als ich gesagt habe, dass ich etwas Dummes gemacht habe. Ich weiß nicht. Ich fühle mich wie eine totale … Schlampe oder so etwas. Es ist völlig falsch. Ich meine, dass Andy plötzlich hier auftaucht und mir mit seinen Neuigkeiten über Ermittlungen an der Universität Angst macht. Die Nahatlatch-Morde. Und bei ihm klang es so, als ob irgendein Psychopath an der UBC nach Opfern sucht. Als ob er sie in die Wildnis zerrt und dort wie Tiere abschießt … und er sucht an meiner Universität nach Opfern! Und selbst vor diesen Neuigkeiten ging es mir nicht so super … ich habe das Gefühl, als verlöre ich die Kontrolle über alles hier. Über mich. Ich meine, ich habe mit ihm geschlafen …«

Beruhige dich, Makedde. Du verlierst die Kontrolle.

»Wolltest du das nicht?«, fragte Ann.

Mak holte tief Luft und dachte darüber nach. Ja, sie hatte es gewollt. Sie hatte es nicht geplant, aber sie hatte es gewollt.

»Du versuchst im Augenblick, einige Dinge zu verarbeiten. Deine Schlaflosigkeit ist die Art deines Körpers, dir zu sagen: ›Hey, du musst das klären.‹ Stelle sicher, dass jeder Schritt dich näher zu einer Lösung bringt, Makedde. Ich glaube, dass es klug gewesen ist, dich zu entschließen, mit jemandem über all das zu sprechen.«

Allerdings. Ich kann kaum glauben, dass ich dazu so lang gebraucht habe.

»Ich bin mir nicht sicher, was ich jetzt tun soll. Ich habe

mich noch nie so gefühlt.« Makedde dachte daran, wie sie mit Roy zusammen gewesen war und dann in der nächsten Nacht mit Andy. »Ich habe mich noch nie so benommen. Ich befürchte, noch mehr falsche Entscheidungen zu treffen.«

»Nimm es leicht, und suche nach der Nummer eins, in Ordnung? Und erinnere dich daran, dass du diesen Männern nichts schuldig bist, Makedde. Es ist in Ordnung, um etwas Freiraum zu bitten.«

Aber ich schulde Andy mein Leben.

Makedde sagte es nicht, aber sie dachte es.

Ich schulde ihm mein verdammtes Leben.

Dr. Morgan schlug vor, sie in zwei Tagen wiederzusehen, und Mak stimmte zu. Sie fuhr nach Hause und fühlte sich erschöpft. Sie lag mehrere Stunden im Bett, bevor sie endlich einschlief.

34

Debbie Melmeth wachte vom Klang der Schritte auf. Sie versuchte, ihre Augen zu öffnen, und ein scharfer, heißer Schmerz schoss durch eine Gesichtshälfte. Ihr linkes Auge weigerte sich, sich in seinem geschwollenen Zustand weiter als einen Zentimeter zu öffnen.

Sie saß ganz still und blinzelte in die Richtung, aus der das Geräusch kam, das heißt, in die Richtung des einzigen Eingangs zu dem kleinen Zimmer, in dem sie seit Tagen gefangen war. Die Schritte verharrten. Sie beobachtete, wie sich die Klinke bewegte …

Nein. Nein, nicht mehr!

Sie war hereingelegt worden. *Verdammtes Schwein.* Sie hatte sich ihm hingegeben, und es hatte ihr nichts gebracht. Jetzt nannte er sie eine Hure, ein Tier, und sie war wieder gefesselt.

Debbie beobachtete, wie ihr Entführer näher kam. Von Kopf bis Fuß in Schwarz gekleidet. Er trug ein Jagdgewehr.

Er drückte ihr das Gewehr an die Stirn und sah sie mitleidlos an. Sie bewegte keinen Muskel, aus Angst, er würde auf der Stelle abdrücken. Der Lauf fühlte sich kalt auf ihrer Stirn an.

»Arbeite jetzt einfach mit, kleine Dame, dann wird alles gut.« Er grinste. Dann kniete er sich hin und griff nach ihren Fußgelenken. Sie zuckte bei seiner Berührung zusammen. Sie hörte, wie es ein paarmal metallisch klickte, und fühlte, wie sie freikam.

Sollte sie ihn treten? Konnte sie das? Sie stellte sich die Wucht des Schusses vor, wie ihr Kopf einfach weggepustet wurde, und widerstand dem Drang und blieb still sitzen.

Er richtete sich auf, ihre Fesseln waren gelöst und ihre Arme und Beine endlich frei.

Mein Gott, ich bin frei.

Sie wurde nach vorn gestoßen und schlang instinktiv die Arme um ihren Oberkörper. Ihr Entführer zog ihre Arme wieder nach hinten, und ihre Handgelenke wurden wieder genauso stramm wie vorher gefesselt.

Er befahl ihr aufzustehen.

Aber sie konnte sich nicht bewegen. Sie hatte weder den Willen noch die Kraft dazu. Sie sagte nichts, saß einfach nur da, ihre Arme auf dem Rücken und ihre wunden Fußgelenke pochten vor Schmerz. Sie wollte nicht aufstehen. Sie glaubte nicht, dass irgendetwas, was sie tat, noch einen Unterschied machen würde. Er hatte sie benutzt, und sie fühlte sich wertlos. Sie glaubte an nichts mehr.

»*Auf.*« Er drückte den kalten Lauf des Gewehrs zwischen ihre Schulterblätter. »Steh auf. *Sofort.*«

Zögernd zwang Debbie sich dazu aufzustehen. Unwillkürlich schrie sie auf, als sie aufstand und darum kämpfte, stark zu bleiben, während ihre Knie fast einknickten. Sie wollte ihm nicht vor die Füße fallen. Sie wollte nicht den letzten Rest Würde, der ihr geblieben war, verlieren.

»Jetzt geh nach vorn.«

Der Gewehrlauf schob sie vorwärts, und sie gingen gemeinsam in einer Art Trauermarsch auf die Tür zu, die sie so viele Stunden angestarrt hatte, so lange Tage. Dann, wie durch Magie, ging sie durch die Tür, aus diesem Zimmer und einen Flur entlang. Sie hatte Visionen darüber gehabt, wie sie durch diese Tür ging, aber nie hatte sie sich vorgestellt, dass es so wie jetzt sein würde, mit einem Gewehr in ihrem Rücken, besiegt und benutzt.

»Bitte …«, begann sie. Es war ein Wort, das sie in den vergangenen Tagen oft gesagt hatte, erfolglos.

Debbie wurde zur Haustür geführt, unter ihren Füßen knarzten die Dielen. Der Mann trat die Tür vor ihr auf, und plötzlich sah sie die Dunkelheit draußen. Sie hatte angefangen, sich zu fragen, ob sie je wieder nach draußen käme. Es war Nacht und nirgendwo ein Licht.

Das Gewehr wurde weiter gegen ihren Rücken gepresst, während Debbie durch das feuchte Gras stolperte.

»Geh«, hörte sie die inzwischen bekannte Stimme hinter sich, und sie tat, was er sagte.

Debbie stieß ihren Zeh an und fiel nach vorn, merkte, wie sie das Gleichgewicht verlor, und plötzlich griffen Hände aus der Dunkelheit nach ihr und hielten sie fest.

»Vorsichtig …«, hörte sie die Stimme.

Ein seltsamer Kommentar. *Vorsichtig – oder was? Ich könnte mir wehtun?*

Nach einigen Metern schien der Pfad im Gras vor den Bäumen zu enden. Endlich spürte sie das Gewehr nicht mehr. Debbie stand mitten im Nichts, vor sich den kalten, dunklen Wald.

Jetzt ist es Zeit, dachte sie. *Zeit zu sterben.*

Sie spürte etwas an ihren Händen ziehen, hörte das Klicken der Handschellen. Sie waren fort. Sie waren endlich fort, sie war frei, sie war heraus aus dem furchtbaren Zimmer, aus dieser Hütte, aber das bedeutete nun nichts mehr, und das wusste sie.

»Lauf.« Die Stimme hinter ihr war völlig ausdruckslos. »*Sofort.*«

Es gab kein Licht, das ihr den Weg wies.

Überhaupt keines.

Ihre Augen gewöhnten sich langsam an das schwache Mondlicht, aber trotzdem konnte sie kaum etwas erkennen. Sie wollte nicht laufen. Sie wollte sein Spiel nicht spielen. Wenn er sie gehen ließ, dann sollte er das nahe einer Straße tun, wo sie eine Chance hätte, Hilfe zu finden. Nicht auf diese Weise. Nicht allein in einem fremden Wald.

Anstatt zu rennen, wie es ihr befohlen worden war, drehte sich Debbie zu ihrem Entführer um. Besser dem Tod ins Gesicht sehen, als in den Rücken geschossen werden, falls er das mit ihr vorhatte. Langsam drehte sie sich zu ihm um und suchte nach diesen schrecklichen, mitleidlosen Augen, die sie um Gnade hatten bitten und betteln se hen.

Sie fand sie nicht. Stattdessen sah sie runde, schwarze Flächen, wo seine Augen hätten sein müssen.

Debbie schrie und lief los.

Der Jäger gab ihr sechzig Sekunden.

Dann stellte er sein Nachtsichtgerät ein und folgte ihr.

35

Es war ein wunderschöner Tag an der UBC, sonnig, aber mit einem Hauch Herbst in der Luft. Mak saß auf einer Bank und wartete auf Roy. Um ihren Hals hatte sie einen warmen Schal gewickelt. Als sie am Morgen aufgewacht war, wusste sie, was zu tun war. Der Schlaf hatte ihre Gedanken geklärt. Sie brauchte Zeit für sich selbst. Sie brauchte Freiraum.

Mak hatte Roy auf seinem Handy angerufen und ihm eine Nachricht hinterlassen, er solle sie auf dem Campus treffen. Es war am besten, einfach ehrlich zu sein und es hinter sich zu bringen. Sie hatten kaum eine Chance gehabt, sich kennen zu lernen, aber sie durfte ihn jetzt nicht mehr treffen. Roys Auftauchen in ihrem Leben hätte sie ihrem Exfreund entfremden können, stattdessen war sie ebenfalls in Andys Bett gelandet. Sie wollte sich nicht zwischen beiden Männern aufreiben. Es war besser, mit beiden zu brechen und allein zu sein, bis sie sich gesammelt hatte.

Sie sah Roy auf dem Weg näher kommen, ganz pünktlich. Er trug seine Uniform und eine kleine Schachtel, die in hübsches Goldpapier eingepackt war. Sie wusste, dass es ein Geschenk für sie war, und das war ihr unangenehm.

Roy begrüßte sie mit einem zarten Kuss und setzte sich neben sie auf die Bank. Er lächelte jungenhaft, war frisch rasiert, und sie roch sein Azzaro-Aftershave. Seine Haut glänzte in der Sonne, sein Haar war glatt gekämmt, seine

Uniform ordentlich gebügelt. Er sah gut aus, und sie wollte ihre Entscheidung am liebsten rückgängig machen.

»Hi, Mak.« Er lächelte sie an, und sein Gesicht strahlte. »Du sieht heute sehr hübsch aus. Aber eigentlich siehst du immer toll aus.«

Mak biss die Zähne zusammen. »Danke. Ich äh … ich muss mit dir über etwas reden, Roy.«

Er war fröhlich. Er hätte nicht fröhlich sein sollen.

»Super.« Er hielt ihr seine kleine verpackte Schachtel hin. »Das ist für dich.«

»Danke Roy, aber …«

»Möchtest du es nicht auspacken?«

Makedde holte tief Luft. »Ich glaube, dass wir damit warten, bis ich dir gesagt habe, was ich sagen muss. Vielen Dank für das Geschenk, aber … ich muss zuerst einfach mit dir über etwas reden.«

Er nickte und sah sie mit seinen großen, braunen Augen an, sein Gesichtsausdruck war plötzlich ernst. »Es geht doch nicht noch mal darum, dass ich dir an diesem ersten Abend nach Hause gefolgt bin, oder? Das tut mir Leid. Ich wollte dich bloß beschützen …«

»Roy … ich glaube, wir sollten uns eine Zeit lang nicht mehr sehen.«

Er war vollkommen überrascht.

»Im Augenblick passiert in meinem Leben so viel, das ich klären muss, und deswegen sollte ich im Moment wirklich mit niemandem zusammen sein. Es tut mir Leid.«

Er erschien völlig verwirrt. »Habe ich irgendwas getan?«

»Nein, nein. Du warst toll. Ich wäre nur lieber allein.«

Roy sah verwirrt und verletzt aus. Ja, er war verletzt.

Tue ich das Richtige? Ruiniere ich eine potentiell gute Sache?

»Es tut mir Leid, Roy. Es ist nicht deine Schuld. Es ist

meine. Ich wollte dir aber nicht einfach aus dem Weg gehen oder so. Ich wollte ehrlich zu dir sein.«

Er kniff die Augen zusammen und spitzte die Lippen. »Gibt es jemand anderen?«, fragte er misstrauisch. Der Ausdruck in seinen Augen, als er das sagte, gefiel ihr nicht.

»Nein, eigentlich nicht. Es liegt nur an mir.« *Zieh Andy nicht hier mit herein.*

Roys Augen wurden schmaler. »*Eigentlich* nicht? Also gibt es jemand anderen.«

»Nein«, wiederholte Makedde, dieses Mal bestimmter. Ihr gefiel seine plötzliche Aggressivität nicht.

»Wer ist er?«, wollte Roy wissen.

Sie sah Wut aufflackern, und das machte sie nervös. Sie spannte sich an und richtete sich auf.

»*Wer er ist?*«, zischte sie zurück. »Ich habe gerade gesagt, dass es niemand anderen gibt. Ich will einfach Schluss machen, in Ordnung? Verstehst du das nicht?«

Vielleicht klang das etwas härter als nötig.

»Nein!«, fauchte er. »Nein, es ist nicht in Ordnung. Ich will einen guten Grund. Ich will einen Grund, warum du mich so verarschst. Was bist du, eine Schlampe?«

Makedde öffnete den Mund. »Roy!«

Er schwieg und bedeckte sein Gesicht mit den Händen.

»Roy, du bist total unvernünftig«, sagte sie.

»Es tut mir Leid. Es tut mir Leid. Das hätte ich nicht sagen dürfen«, sagte er kopfschüttelnd und vorwurfsvoll. »Das wollte ich nicht sagen. Das war falsch. Bitte, verzeih mir. Willst du mir nicht noch eine Chance geben?«

»Ich glaube nicht, dass wir uns weiterhin treffen sollten, Roy«, sagte sie bestimmt.

»Aber Makedde, du bist mir wirklich wichtig.« Er griff nach ihrer Hand, und sie zog sie weg. »Kann ich wenigstens ein Freund sein? Bitte?«

»Nimm einfach meine Entschuldigung an und geh. Ohne Vorwürfe oder so.«

»Du willst mich nicht?« Er klang wie ein verwöhntes Kind.

»Roy.« Sie war genervt, es war nicht zu überhören. »Tu das nicht.« Sie sah ihn mit einem Blick an, der ›halte dich zurück‹ bedeutete, und spürte, wie sich ihr Körper auf eine mögliche Konfrontation einstellte. *Was, wenn er durchdreht und gewalttätig wird?*

Roy sah sie eine Weile an, und sie wich dem Blick nicht aus.

»Aber Makedde, ich kann dir helfen. Ich weiß, was du durchgemacht hast, und ich kann dir helfen.«

Ihr lief es eiskalt über den Rücken.

»Professor Gosper hat mir alles erzählt. Was du durchgemacht hast, war furchtbar. Ich kann verstehen, warum du mich zurückstößt, aber ich kann dir wirklich helfen.«

»*Was* hat Professor Gosper dir erzählt?«

»Von dem Mann, der dich in Sydney entführt hat. Der Serienkiller.«

Sie bekam Panik.

Ihr Zeh fing an zu jucken.

»Ich werde mit dir nicht darüber sprechen.«

»Bitte, Makedde, ich kann dir helfen«, bettelte er.

»Ich brauche deine Hilfe nicht.«

»Stoß mich nicht weg! Ich verstehe dich! Ich kann dir helfen!« Er machte seinen Mund noch einmal auf, um zu protestieren, hielt aber inne, stand auf und schleuderte sein Geschenk mit so viel Wucht auf den Boden, dass es vom Pflaster zurückprallte. Beleidigt stürmte er in die Richtung davon, aus der er gekommen war.

Makedde saß auf der Bank und ließ den Kopf hängen.

Verdammt.

Das war nicht so einfach gewesen, wie sie gehofft hatte. Und er hatte alles über Sydney gewusst!

Als Makedde endlich die Bank verließ, war sie sich nicht sicher, was sie mit der kleinen Goldschachtel tun sollte. Sie ihm zurückzugeben, das würde bedeuten, ihn wiederzusehen, und sie an seinem Arbeitsplatz oder sonstwo abzugeben, das wäre wie Salz in seine Wunden zu streuen. Sie wünschte, er hätte das Geschenk einfach wieder mitgenommen, was auch immer es war.

Ich sollte es wenigstens öffnen, dachte sie.

Makedde beugte sich nach unten, um die kleine Schachtel aufzuheben. Sie fühlte sich leicht an, das Goldpapier war glatt. Vorsichtig hob sie ein Ende des hübschen Papiers an und zog die Schachtel heraus.

Schokolade.

Ein großes Herz aus Milchschokolade lag auf einem Bett aus dunkelrotem Geschenkpapier, aber als Roy es auf den Boden geworfen hatte, war es gebrochen, genau in der Mitte von oben nach unten.

Das Herz war zerbrochen.

Mak kämpfte auf dem Nachhauseweg gegen eine furchtbare Melancholie an.

Das Wetter war urplötzlich schlecht geworden, genau wie ihr Tag. Die Wolken waren aufgezogen, als sie auf dem Universitätsparkplatz bei Zhora angekommen war, und jetzt schlug der Regen gegen das Auto, und Gewitterwolken hingen tief über der Stadt.

Du wirst Ann morgen wiedersehen, und dann machst du erneut Fortschritte. Es wird dir gut gehen. Keine Panik.

Aber sie *war* panisch. Makedde konnte sich nicht daran erinnern, wann sie sich das letzte Mal so schlecht gefühlt hatte.

Um zwölf Uhr mittags hatte sie sich in ihrer Wohnung eingesperrt und sich in ein Lehrbuch vergraben: *Das diagnostische und statistische Handbuch der psychischen Störungen*. Sie konnte sich nicht dazu zwingen, zur Konferenz zu gehen oder irgendjemanden zu sehen.

Es wird dir wieder gut gehen … es wird dir wieder gut gehen …

Sie schlug das Lehrbuch auf Seite dreihundertzwanzig auf: »Schwere depressive Episode«.

Als das Telefon klingelte, rührte sie keinen Muskel. Ihr Anrufbeantworter sprang an.

»Hi, Mak.« Es war Jaqui. *»Ich habe gerade deine Nachricht gehört. Geht es dir gut? Du klangst ein bisschen erledigt. Ich mache mir Sorgen um dich. Ruf mich an.«*

Ich mache mir auch Sorgen um mich.

Nicht lang danach klingelte das Telefon noch einmal, und Mak dachte flüchtig daran abzuheben. Es war bestimmt noch einmal Jaqui.

Ihr Anrufbeantworter sprang wieder an.

»Makedde, hier ist Roy. Heb ab.«

Oh, nein …

»Heb ab …«

Sie bewegte sich nicht.

»Heb ab, Mak. Heb ab, heb ab …«

Beim Klang seiner Stimme wurde ihr kalt, und sie zitterte.

Makedde hörte auf die Hintergrundgeräusche, Wind und Regen. Er rief offensichtlich von draußen an. Er rief von seinem Handy aus an, von einem regnerischen und nassen und windigen Ort.

Ihr Blick richtete sich auf das Fenster, auf die Bäume, die sich im Wind bewegten.

Mein Gott. Was, wenn er da draußen ist?

Sie sprang auf und sah noch einmal nach, ob die Tür abgeschlossen war, legte die Sicherheitskette vor und zog die Vorhänge in allen Zimmern zu. Mit zitternden Händen spähte sie durch einen Spalt in der Gardine am größten Fenster und suchte die Straße ab. Keine Spur von ihm.

Ich werde verrückt. Ich schaffe das einfach nicht mehr.

Schwer atmend öffnete sie den Schrank im Badezimmer. Ihr Herz pochte, und in ihrem Kopf rauschte es. Sie griff nach einer Schachtel Tabletten, die sie noch nie genommen hatte.

Da sind sie.

Makedde drückte eine kleine Tablette aus der Aluminiumfolie, halbierte sie und schluckte sie mit einem Mund voll Leitungswasser. Innerhalb von zehn Minuten fühlte sie sich schläfrig.

Es war erst ein Uhr mittags, als Makedde ins Bett kroch und in einen tiefen, von Medikamenten erzeugten Schlaf fiel.

36

Roy fuhr das Meer entlang zum Sky Highway, frustriert und aufgewühlt.

Sie will mich nicht mehr sehen. Warum? Warum?

Er hatte Makedde wirklich gern. Er wollte ihr helfen. Warum konnte sie das nicht verstehen? Er beurteilte sie nicht nach ihrer Vergangenheit. Er beurteilte sie nicht nach dem, was sie durchgemacht hatte oder jetzt durchmachte. Er verstand sie wirklich. Er verstand ihre Bedürfnisse.

Sie war ein nettes Mädchen, und sie hatte so viel durchgemacht, aber jetzt stieß sie ihn von sich weg.

Warum?

Er wollte übers Wochenende rausfahren und sich beruhigen. Er würde die Zeit bei seinem Bruder in der Natur verbringen und sich sammeln, und dann würde er sich etwas ausdenken, um sie zurückzugewinnen.

Danny würde seinen Sorgen gut zuhören. Das tat er immer.

Vielleicht gehen wir sogar zusammen auf die Jagd?

Das tat Danny am allerliebsten. Und sie waren schon lange nicht mehr zusammen unterwegs gewesen.

37

»Bis nächste Woche, Martin.«

Dr. Ann Morgan stand auf, um Martin Sawyer aus ihrem Büro zu begleiten. Er war ihr letzter Patient an diesem Tag, und es war wirklich ein langer Tag geworden. Noch ein Patient außerhalb der Sprechzeiten, aber Martin hatte darauf beharrt, dass er sie sofort sehen müsse.

Sie war zufrieden, dass der vierunddreißigjährige paranoid schizophrene Mann gut auf einen Wechsel der Medikation ansprach. Nachdem sie eine Zeit lang das übliche antipsychotische Medikament Haloperidol ohne großen Erfolg eingesetzt hatte, hatte sie ihm nun eine Olanzapin-Variante verschrieben, ein relativ neues Medikament. Bisher hatte es wunderbar gewirkt. Martin schien ein völlig anderer Mann zu sein als der nervöse, wütende und verwirrte Patient, der zu ihr überwiesen worden war. Er hatte nur ein bisschen Panik bekommen, da seine neue Partnerin das Rezept gefunden hatte, aber sie hatte das Gefühl, ihn beruhigt zu haben.

Er blieb in der Tür stehen, um Dr. Morgan heftig die Hand zu schütteln. »Vielen, vielen Dank«, sagte er und lächelte breit, wobei man seine schiefen Zähne sah.

»Es gibt keinen Grund, mir zu danken«, versicherte sie ihm und meinte es auch so.

Obwohl es immer schön war, eine solch positive Veränderung zu beobachten, so wusste Ann doch, dass seine Heilung noch lange nicht vollständig war. Eine der größten Herausforderungen für Psychiater bestand darin, ihre Patienten von der Notwendigkeit zu überzeugen, ihre Medikamente auch dann weiterzunehmen, wenn es ihnen wieder gut ging, und Ann hoffte sehr, dass Martin bei seiner täglichen Dosis bleiben würde, wenn die Zeit kam, ihre regelmäßigen Termine langsam auslaufen zu lassen. Die Studien über Olanzapin zeigten eine größere Bereitschaft zur weiteren Einnahme als bei vielen anderen antipsychotischen Medikamenten, und sie erlaubte sich einen vorsichtigen Optimismus angesichts Martins Zukunft, während sie ihm hinterhersah, als er die Praxis verließ.

Ihr letzter Patient war gegangen, und sie konzentrierte sich voll auf ihre nächste Aufgabe, da warf eine winzige Wolke der Vorahnung Schatten auf ihr Herz. Ihr offizieller Tag war beendet, aber es gab noch etwas, das Ann tun musste. Bevor sie das Büro verließ, wollte sie noch einen Namen in den Akten im Keller nachschlagen, und sie vermutete, dass ihr nicht gefallen würde, was sie dort finden würde.

Ann ging durch den Flur und um die große Empfangstheke, hinter der die Sprechstundenhilfe eifrig tippte. »Sai, könntest du mir bitte den Schlüssel für den Lagerraum geben?«

Sai sah Ann mit ihren klugen, dunklen Augen an, ihr Pferdeschwanz schwang wie eine schwarze Peitsche zur Seite, als sie ihren Kopf drehte. Wortlos fischte sie den kleinen Schlüssel aus der oberen Schublade ihres Schreibtischs und wandte ihr auffallendes symmetrisches Gesicht wieder Ann zu.

Auf Japanisch bedeutete der Name »Sai« Intelligenz. Ann fand, dass ihre Eltern dem Mädchen einen passenden Namen gegeben hatten. Sie war bei weitem die beste Sprechstundenhilfe, die sie in der Praxis je gehabt hatten.

Ann dankte ihr, und Sai nickte und konzentrierte sich wieder auf ihre Computerarbeit.

»Bleibst du noch lange?«, fragte Ann Sais Hinterkopf.

Sai drehte sich um und sah sie fragend an, erneut in ihrer Konzentration gestört. »Das hatte ich eigentlich nicht vor. Ich habe eine Verabredung zum Abendessen…«

»Das ist in Ordnung. Ich werde heute abschließen«, sagte Ann. »Ich bin unten, falls du mich brauchst.«

Jede Abweichung von der Routine in der Praxis war ungewöhnlich, und Anns Kommentar schien Sai zu denken zu geben.

»Ist alles in Ordnung?«, fragte Sai, und eine Sorgenfalte verunzierte ihre glatte Stirn. Diese Frage war unausweichlich.

»Ja, alles in Ordnung. Ich muss nur eine alte Patientenakten einsehen und weiß nicht, wie lang das dauern wird.«

Sai nickte.

Der einzelne Schlüssel wurde in ihrer Hand langsam warm, während Ann zum Hintereingang des Gebäudes ging und zur Treppe, die nach unten ins Lager führte. Als sie sich weiter in die Tiefen des Gebäudes vorwagte, wurde es im Flur kälter, und sie war für die Wärme ihres wollenen Donna-Karan-Anzugs dankbar. Sie zog den Kragen fest um ihren Hals.

Was, wenn ich Recht habe?

Ann nahm an, dass sie ihre Möglichkeiten sorgfältig durchdenken musste, aber nur, falls ihre Sorgen berechtigt waren. Zunächst musste sie erst einmal nachsehen.

Sie ging die Treppe hinunter, und als sie die Tür des Lagerraumes aufschloss, schlug ihr die abgestandene Luft der Vernachlässigung entgegen. Blind tastete sie im Dunkeln an der Wand nach dem Lichtschalter. Die Deckenlampe ging flackernd und surrend an, und die Neonröhren beleuchteten die grauen Aktenschränke, in denen sich alle Akten der Klinik befanden, die seit mindestens zwei Jahren nicht mehr benutzt worden waren. Oben auf den Schränken lag eine dicke Staubschicht, und Ann war froh, dass sie nicht oft hier herunterkommen musste.

Sie ging an den ersten Schrank links von ihr, »A-B«, und zog die Schublade auf. Ihre Finger bewegten sich geschickt und effizient, um das Gesuchte zu finden.

BLAKE.

Als Makedde Vanderwall den Namen während ihrer Sitzung erwähnte hatte, hatte er bekannt geklungen, aber es hatte bis heute gedauert, bis Ann ihn hatte einordnen können. Als die Verbindung in ihrem Gedächtnis auftauchte, wünschte Ann sich, dass sie den Namen dieses Mannes nicht von der aufgewühlten Tochter Les Vanderwalls gehört hätte.

Blake…

Sie musste sichergehen.

38

Roy Blakes Handy klingelte, als er nur noch zwanzig Minuten von der Hütte entfernt war.

»Blake«, sagte er.

»Hi, Roy, hier ist Georgina.« Sie war eine Angestellte des UBC-Sicherheitsdienstes.

»Wie geht's, Georgina?«

»Gut, danke.« Die Leitung knisterte. Er wäre bald außer Reichweite. »Tut mir Leid, dich zu stören, wenn du außer Dienst bist, aber gerade hat jemand für dich angerufen. Sie wollte, dass du sie so bald wie möglich zurückrufst.«

Sie? »Ach ja?«

Makedde …

»Sie hat gesagt, ihr Name sei Dr. Ann Morgan. Sie sagte, es sei wichtig.«

Es dauerte einen Moment, bis er den Namen wieder erkannte, und als er es tat, spürte er, wie er in Panik geriet.

»Alles klar, Georgie«, sagte er gepresst. »Warte einen Augenblick, ich halte an.« Es gab nicht viel Verkehr, deswegen fuhr er schnell rechts ran, holte einen Stift aus dem Handschuhfach und vom Boden ein Stück verknitterte Zeitung.

»Okay, wie lautet die Telefonnummer?«

Sie nannte sie ihm, und er schrieb sie auf die Titelseite der Zeitung von gestern.

NAHATLATCH-MORDE

Studentinnen tot aufgefunden. UBC gerät in Panik, RCMP hat keine Spur …

39

Dr. Ann Morgan befand sich in einem Dilemma.

Roy Blake.

Was sie wusste, verkomplizierte alles.

Der Zeitungsartikel über die Nahatlatch-Morde hatte sie zum Nachdenken gebracht. Der Aspekt des Jägers, den Makedde erwähnt hatte… Nahatlatch. Sie kannte jemanden, dem es da draußen gefiel… früher zumindest. Jemand, der nicht weit davon entfernt eine Hütte besaß.

Die Brüder Blake.

Roy und Daniel Blake waren ein interessantes Paar. Ann hatte sie getroffen, als sie Daniel engagiert hatte, um einfache Gartenarbeiten zu erledigen. Er hatte eines dieser fotokopierten Flugblätter an ihrer Tür verteilt. Der Preis war gut, und bei Anns hektischem Terminplan blieb vieles unerledigt liegen. Aber der junge Mann hatte erst ein paar Mal für sie gearbeitet, als er großes Interesse daran gezeigt hatte, dass sie Psychiaterin war. Er hatte angefangen, Fragen über bestimmte Zustände zu stellen, von denen sie annahm, dass er sie durchmachte. Ann bezweifelte, dass er jemals vorher mit jemandem über seine Sorgen gesprochen hatte. Er war verwirrt und suchte Hilfe.

Jahrelang hatte man Daniel Blake immer wieder erzählt, dass er Dinge getan hatte, an die er sich nicht erinnerte. Er wurde auf der Straße von Leuten gegrüßt, bei denen er sich nicht erinnern konnte, sie getroffen zu haben. Er fand

Gegenstände in seinem Zimmer, von denen er glaubte, dass sie ihm nicht gehörten.

Daniel Blake war multipel.

Multiple Persönlichkeitsstörung, dissoziative Identitätsstörung – Ann war dem Krankheitsbild schon vorher begegnet. Wie bei so vielen Störungen hatte sich der offizielle Name ein paarmal geändert, um einen treffenderen und weniger stigmatisierenden Begriff zu finden. Das Hauptmerkmal der Störung ist das Vorhandensein von mehreren unterschiedlichen Persönlichkeiten, die abwechselnd das Verhalten des Patienten kontrollieren. Wenn der Patient die Persönlichkeit gewechselt hat, kann er sich nicht mehr an wichtige persönliche Ereignisse erinnern, daher Daniels Verwirrung. Die verschiedenen Identitäten ziehen meist eine vollständige Änderung des Charakters, der Angewohnheiten und Sprechweise nach sich. In manchen Fällen sogar unterschiedliche Fähigkeiten und Sprachkenntnisse.

Eine von Daniels Persönlichkeiten war ein fanatischer Jäger.

Ann erinnerte sich deutlich an ihn. Er war nicht froh gewesen, dass Daniel sie traf. Überhaupt nicht. Er war bei der dritten Sitzung herausgekommen.

Daniel Blake wollte psychologisch integriert werden, aber ironischerweise war es nicht der Jäger, der ihm den Weg versperrte. Es war sein wohlmeinender Bruder Roy.

Die Beziehung der beiden war kompliziert. Ihre Mutter hatte sie und ihren Vater schon früh verlassen. Als Ann die beiden getroffen hatte, war der Vater senil und in einem Altenheim, in ihrem Leben praktisch nicht mehr präsent. Roy hatte behauptet, seinen Bruder beschützen zu wollen, und die bloße Erwägung, dass Daniels Zustand unter Umständen einen Krankenhausaufenthalt notwendig machte, hatte Roy dazu gebracht, seinen Bruder aus der Therapie zu nehmen.

Und das war alles. Nach nur sechs Sitzungen waren die Brüder Blake aus ihrem Leben verschwunden.

Bis jetzt.

Dann hatte Mak einen von ihnen getroffen. Was konnte sie Makedde über die Brüder erzählen? Sie konnte ihre Schweigepflicht gegenüber ihren Patienten nicht verletzen. Was konnte Mak ihr über sie erzählen? Wie viel wusste sie? Wusste Mak überhaupt, dass Roy einen Bruder hatte?

Vielleicht war es Intuition, aber diese Nachrichten über die Nahatlatch-Morde ließen sie an Daniel denken … oder eher an sein Alter ego, den Jäger. Roy hatte ihr direkt ins Gesicht gesagt, dass er es für das Beste für seinen Bruder hielt, wenn er aus der Stadt verschwände und da draußen blieb, um »sich zu sammeln«. Was stellte er da draußen ganz allein an?

Falls Ann falsch lag, falls Daniel sich inzwischen *doch* in einem Heim befand und man es ihr nicht gesagt hatte, falls er die Stadt verlassen hätte oder falls er im Gefängnis säße, dann wäre das eine große Erleichterung.

Aber was, wenn ihre Vermutungen bestätigt würden?

40

Nach sechs Stunden tiefem Schlaf wachte Makedde Vanderwall träge, aber nicht verzweifelt auf. Die halbe Schlaftablette hatte ihr einen ruhigen, traumlosen Schlaf beschert. Sie hatte sie für Langstreckenflüge gekauft, aber bis jetzt noch nie ausprobiert.

Entspann dich. Alles wird gut.

Mak hoffte, dass Roy ihre Bitte nach Freiraum respektieren würde. Sicher würde er sie in Ruhe lassen. Sie musste bloß hart bleiben, richtig? Und bald würde Andy auch wieder verschwinden. Sie sollte sich den kurzen Augenblick der Unvernunft im Renaissance Hotel verzeihen und darüber hinwegkommen. Ann hatte Recht, sie hatte keinen Fehler gemacht. Sie war schließlich auch nur ein Mensch und sehr gestresst, und außerdem wäre Jaqui wahrscheinlich stolz auf sie, weil sie den Augenblick genutzt hatte. Sofern sie den Mut hätte, ihr davon zu erzählen. Ihrem Herzen würde es wohl ohne die Erfahrung oder die Erinnerung daran besser gehen, aber egal. Das war der endgültige Abschied. Bald wäre Andy fort, und sie hätte Ruhe.

Und dann könnte sie schlafen. Ohne Tabletten.

Und dann könnte sie ihre Doktorarbeit schreiben, und es ginge ihr gut.

Plötzlich klingelte das Telefon.

Mak ging zum Beistelltisch und dem klingelnden Telefon. Falls es Roy wäre, würde sie einfach mit ihm schimpfen.

Sie hob den Hörer an ihr Ohr.
»Hallo?«
»Makedde?« Eine unbekannte Stimme.
»Ja.«
»Makedde, hier ist Ann.«
»Hallo. Wie geht es dir?«, antwortete sie, überrascht von dem unangekündigten Anruf. »Ich habe deine Stimme nicht erkannt.«
»Bist du gerade erst nach Hause gekommen?«, fragte Ann.
Automatisch sah Makedde auf ihren Anrufbeantworter in der Küche. Sie sah, dass er blinkte.
»Ich äh… eigentlich habe ich geschlafen. Hast du versucht, mich anzurufen?«
»Geschlafen?« Eine überraschte Pause. »Ja, ich habe vorher schon versucht, dich anzurufen.«
Makedde hatte das Telefon nicht klingeln gehört.
»Ich würde gerne mit dir persönlich über etwas reden. Könntest du so bald wie möglich vorbeikommen? Zu mir nach Hause?«
»Ist irgendwas passiert?«, fragte Mak.
»Eigentlich nicht, aber ich würde gern mit dir sprechen. Mach dir keine Sorgen.«
»In Ordnung. Ich mache mich frisch und komme vorbei. Wie lautet die Adresse?«
Sie notierte sich die Wegbeschreibung. Es schien recht einfach und nicht zu weit weg.
Worum geht es? Ihr Kopf dröhnte ein bisschen, und ihre Instinkte sagten ihr, dass etwas nicht in Ordnung war.

Es gab nicht viel Verkehr, und Makedde näherte sich schon bald Dr. Morgans Haus. Sie überprüfte die Adresse noch einmal, als sie rechts ran fuhr. Es war ein hübsches Haus mit einer grünen Hecke, und ein paar Stufen führten zu einer einladenden Veranda, die für Besucher beleuchtet war. An der Haustür hing ein Kranz Trockenblumen. Im Haus war es dunkel, außer einem warmen Licht im Wohnzimmer.

Mak parkte Zhora in der ruhigen Straße direkt vor Anns Haus, etwas, was nahe ihrer eigenen Wohnung im »trendy Kitsilano«, wie Ann es genannt hatte, ziemlich unmöglich war. Sie schaltete den Motor aus und saß einen Augenblick in der Dunkelheit.

Sie will mit mir über etwas sprechen. Genau das hatte Andy auch gesagt.

Mak stieg aus dem Auto, nahm ihre Handtasche mit und ging zur Eingangstür. Sie klingelte. Innerhalb von Sekunden hörte sie Schritte näher kommen, und Ann war an der Tür und bat sie herein.

»Ich bin so froh, dass du kommen konntest«, sagte Ann. Der Ausdruck erschöpfter Sorge auf dem Gesicht der Psychiaterin war beunruhigend. »Bitte, fühl dich wie zu Hause.«

Ann bat sie, sich zu setzen, und verschwand dann in der Küche, wahrscheinlich, um etwas zu trinken zu holen. Makedde setzte sich auf die Couch in die Ecke nahe dem Beistelltisch. Sie sah, dass Ann *Das Herz von Afrika* las. Ihr Lesezeichen, eine Trockenblume, die auf ein Stück hübsches, mauvefarbenes Papier laminiert war, lag hinten im Buch.

»Was kann ich dir zu trinken anbieten? Wasser? Wein?«, rief Ann aus der Küche.

»Nur Wasser, bitte«, rief Makedde zurück.

Ann kam ein paar Minuten später mit zwei hohen Gläsern voller Mineralwasser wieder ins Wohnzimmer. Die Gläser waren angelaufen, und die Eiswürfel klapperten und zischten bei der Bewegung. Sie stellte Makeddes Glas auf einen Untersetzer auf dem Beistelltisch und setzte sich in den Sessel daneben.

»Also, wie geht es dir?«

»Gut. Noch mal vielen Dank, dass du mir helfen willst. Ich glaube, es hat mir wirklich geholfen, mir einiges von dem Kram von der Seele zu reden.«

»Es ist mir ein Vergnügen, wirklich. Danke, dass du gekommen bist.« Ihr Gesichtsausdruck wurde ernst. »Makedde, es ist mir bewusst, dass es eine ungewöhnliche Situation ist, aber ich wollte dich nach etwas fragen und hatte das Gefühl, dass es nicht warten konnte.«

Der unverkennbare Geschmack der Angst breitete sich auf Makeddes Zunge aus. Sie verschränkte die Arme und spürte, wie sich in ihrem Hals ein Kloß bildete.

»Während unserer letzten Sitzung hast du erwähnt, dass der Mann, mit dem du ausgegangen bist, Roy Blake heißt«, sagte Ann.

Makeddes Magen zog sich zusammen. »Ja.«

Ann nickte. »Kannst du ihn mir beschreiben? Also, sein Aussehen?«

Makedde rutschte auf der Couch hin und her. Ihr gefiel überhaupt nicht, in welche Richtung sich das Gespräch entwickelte.

»In Ordnung. Er ist äh … sehr groß. Einen Meter achtundneunzig oder so.« Sie musste sich daran erinnern weiterzuatmen. Aus irgendeinem Grund tat sie das nicht automatisch. »Er ist ein ziemlich gut aussehender Mann. Kennst du den Schauspieler Vince Vaughn? Ein bisschen so wie er.« Sie starrte ins Leere, während sie sprach, und stellte ihn sich vor. Widerwillig. »Er hat braune, lockige Haare, und seine Augen sind braun«, fuhr Makedde fort. »Glatt rasiert. Vielleicht ein paar Jahre älter als ich, Ende zwanzig ungefähr, würde ich sagen. Er arbeitet für den Sicherheitsdienst der Universität …«

Ann nickte, und Makedde hörte mit ihrer umständlichen Beschreibung auf.

»Ja«, sagte Ann leise, in ihrer Stimme schwang sowohl Wiedererkennen als auch Bedauern mit. »Der Name kam mir gleich bekannt vor, als du ihn erwähnt hast. Ich habe nämlich vor ein paar Jahren mit einem Patienten namens Blake gearbeitet. Ich habe heute in meinen Unterlagen nachgesehen, um ganz sicher zu sein, dass ich den Namen richtig in Erinnerung habe.« Sie hielt inne. »Hat Roy dir irgendetwas von seinem Bruder erzählt?«

Das Telefon klingelte und durchbrach die Spannung des Gesprächs.

Ann stand sofort auf.

»Bitte, entschuldige mich. Ich erwarte einen wichtigen Anruf.«

Sie sah immer noch ziemlich nervös aus. Mak fand es seltsam, sie so zu erleben.

Ann ging ans Telefon in ihrem Schlafzimmer und schloss die Tür hinter sich. Sie betete, dass es Roy war.

»Hallo?«, sagte sie.

»Hallo, könnte ich bitte mit Dr. Morgan sprechen?«

»Am Apparat.«

»Hier ist Roy Blake …«

Gott sei Dank.

»Roy. Hallo. Danke, dass Sie mich zurückrufen …«

41

Roy saß im Zimmer mit den Jagdtrophäen am alten Hüttentelefon mit Wählscheibe und hörte Dr. Morgan zu.

»Ich habe Ihren Namen schon länger nicht mehr gehört. In der Nachricht hieß es, es wäre dringend.«

»Na ja, ich bin ein paar alte Akten durchgegangen, um frühere Patienten zu überprüfen, und ich wollte bloß wissen, wie es Daniel geht.«

Roy sah auf seine Uhr. Seltsam, dass sie solche Anrufe außerhalb der Sprechzeiten erledigte. »Es geht ihm gut«, sagte Roy schlicht, ein bisschen verärgert, deswegen gestört zu werden. Er hatte einen schweren Tag gehabt, und dieses Gespräch machte ihn nicht besser.

»Wo ist er?«

Roy runzelte die Stirn. »Genau wie ich Ihnen gesagt habe, als ich Sie das letzte Mal gesehen habe, war Daniel die ganze Zeit hier draußen in der Hütte in Squamish. Es hat sich alles sogar noch besser entwickelt, als ich gedacht hatte. Es geht ihm sehr gut, und es scheint ihm wirklich zu gefallen.«

Roy sah sich all die Tiere an, die Daniel geschossen und ausgestopft hatte. Er war ein ziemlich guter Jäger geworden, viel besser als Roy, da er jetzt die Zeit hatte, regelmäßig rauszugehen.

»Er war sehr produktiv. Er hat angefangen, Tiere zu präparieren. Ich bin im Augenblick in der Hütte. Daniel genießt es, hier zu sein, das versichere ich Ihnen. Er ist im anderen Zimmer, es geht ihm einfach gut.«

»Er hört doch nicht zu, oder?«

»Nein.«

»Gut.«

Roy wurde es immer unbehaglicher. Dann hörte er ein Geräusch, und Daniel kam herein. Er lächelte seinen Bruder an und setzte sich ihm gegenüber auf die Couch.

»Also, wie ich bereits gesagt habe, wir brauchen Ihre Hilfe absolut nicht. Trotzdem danke für Ihren Anruf.«

Roy wollte nicht, dass sein Bruder erfuhr, dass er mit einer Psychiaterin über ihn sprach. Das würde ihn nur aufregen. Eigentlich würde jede Erinnerung an Ann Morgan ihn aufregen. Er hatte die Therapie zunächst fortsetzen wollen, bis Roy ihm erzählt hatte, was die Ärzte für ihn geplant hatten. Medikamente und Heime, da war Roy sich sicher. Das durfte er bei seinem eigenen Bruder nicht zulassen.

Er musste sie jetzt loswerden.

Roy hatte gemerkt, dass Daniel sich die Zeitung in Roys Hand, auf die er Anns Telefonnummer gekritzelt hatte, genau ansah.

»Ich muss jetzt Schluss machen«, sagte Roy zu Ann.

Daniel stand abrupt auf und verließ das Zimmer. In dem Augenblick, in dem er gegangen war, nahm Roy das Gespräch wieder auf. »Es geht ihm gut, ehrlich. Er ist sehr glücklich. Er ist hier draußen sehr produktiv und macht niemandem Ärger. Ich habe ja gesagt, dass es ihm gut gehen würde, und so ist es.«

»Sind Sie sicher?«, bohrte Ann nach.

Roy gefiel ihr Tonfall nicht.

»Ja, ich bin mir sicher.« Er verlor langsam die Geduld.

Daniel kam mit zwei Gläsern Bier zurück.

»Ist jemand bei ihm? Wird er beaufsichtigt?«

»Nein. Eigentlich nicht«, sagte Roy vage.

Er nahm das Bierglas von seinem Bruder entgegen und

nickte zum Dank. Sie stießen an, und Daniel setzte sich wieder auf die Couch. Er nahm eine Zeitschrift und begann zu lesen.

»Er ist also ohne Betreuung in der Hütte?«

Roy trank einen großen Schluck Bier. »Die braucht er nicht«, sagte er bewusst vage. »Hören Sie, ich weiß Ihre Bemühungen zu schätzen, aber alles ist unter Kontrolle. Vielen Dank für den Anruf.«

»Roy …«, begann sie.

»Auf Wiederhören.« Er legte einfach auf und schüttelte den Kopf.

Es gefiel ihm nicht, dass sie sich einmischte. Niemand hatte das Recht, sich in ihr Leben einzumischen. Sie hätte Danny in ein Heim gesteckt, wenn er es nicht verhindert hätte. Da gab es keinen Zweifel. Und er würde sie auf gar keinen Fall wieder in ihr Leben lassen, nach all dieser Zeit und da doch alles in Ordnung war.

»Tut mir Leid, Danny.« Er trank sein Bier.

»Das war Dr. Morgan, nicht wahr?«

»Wie bitte?«, fragte Roy überrascht. Er schluckte, um das Bier nicht auszuspucken.

»Du hast mit ihr gesprochen, oder nicht?«

»Nein, das war nur ein Staubsaugervertreter«, versicherte er ihm. »Sie haben mich durch einen Trick dazu gebracht zurückzurufen. Ich dachte, es sei etwas Wichtiges. Sie können so aufdringlich sein.«

Er wollte wirklich nicht, dass Danny wusste, dass Ann herumschnüffelte.

Danny schien sich zu entspannen und trank von seinem Bier. Roy leerte sein Glas mit großen Schlucken.

Als sie ausgetrunken hatten, sagte Daniel: »Du lügst mich an.«

Was?

»Das war sie. Ich weiß, dass sie es war. Ihr Name steht auf der Zeitung in deiner Hand.«

Verdammt, er hat ihn gesehen.

Er hatte Roy erwischt. Roy wusste nicht, was er jetzt sagen sollte. Er wollte seinen Bruder nicht aufregen. Ihre Mom hatte ihm das aufgetragen. Er musste seinen Bruder beschützen, weil er etwas Besonderes war. Er war anders.

»Ann glaubt, dass ich es war.«

»Was?«

Daniel zeigte auf die Zeitung.

»Und du auch.«

Die Nahatlatch-Morde? Sprach er über die Schlagzeile?

»Mach dir keine Sorgen. Ich kümmere mich um alles, Roy. Wir bekommen keine Schwierigkeiten.«

Roy wollte ihn fragen, wovon er sprach, er wollte wissen, ob er wieder eine seiner Phasen durchlebte, aber im Augenblick fand er keine Worte. Er fühlte sich nicht gut. Ihm war schwindlig … übel. Das Gefühl kam plötzlich und heftig.

»Waaa …«

Das Zimmer drehte sich, die Tiere schwankten um ihn, diese glasäugigen Jagdtrophäen umzingelten ihn. Er fühlte sich eigenartig, konnte aber unmöglich betrunken sein.

Innerhalb von fünfzehn Minuten war Roy Blake bewusstlos.

42

»Hi, Andy, hier ist Bob.«

»Hi. Wie geht's?«

Andy war noch tropfnass von der Dusche und trocknete sich mit einer Hand die Brust ab, während er telefonierte.

»Wir machen Fortschritte bei den Morden«, sagte Dr. Harris zu ihm.

»Toll.«

Die Spur zu Evan Rose führte nach den Lügendetektorergebnissen nirgendwohin, daher waren sie einigen anderen Spuren gefolgt. Der ViCLAS-Spezialist hatte keine offensichtlichen Verbindungen zu anderen Akten gefunden, deswegen konnten sie nicht viel mehr tun als hoffen, dass der Täter einen Fehler machte und sich irgendwie zu erkennen gab.

»Wir haben die Autonummer eines der Wagen überprüft, die in der Gegend gesehen wurden, und wir haben einen Namen. Er hat mein Interesse geweckt, weil er an der UBC arbeitet.«

»Wirklich?«

»Ein Sicherheitsmann.«

»Ach ja.« Einige der Männer, die für den Sicherheitsdienst arbeiteten, waren bei der Polizei entlassen worden, daher behandelten sie Verdächtige dieses Berufs mit besonderer Aufmerksamkeit. Während manchmal auch ein schlechter Polizist durch die Einstellungstests rutschte, gab es sicher sehr viel mehr Cowboys, die es zu einem Sicherheitsdienst schafften, Typen, die einfach nur Macht haben wollten.

»Bob hatte ihn auf der Teilnehmerliste der Psychopathie-Konferenz.«

»Wow. Also das ist interessant.«

»Ich habe mich gefragt, ob du ihn vielleicht getroffen hast. Der Name ist Blake. Roy Blake. Leider kommt mir der Name nicht bekannt vor.«

Andy dachte über den Namen nach. Er hatte bei der Konferenz nicht viele Leute getroffen, da er zu sehr auf Makedde konzentriert war.

»Mir auch nicht. Ich habe bloß ein paar Professoren getroffen, das war's.«

»Waren wir nicht sehr gesellig?«

»Sehr witzig.«

»Ja, ich glaube, du warst ein bisschen abgelenkt«, sagte Bob.

»Ja, sehr witzig, haha. Sonst noch was?«

»Nein. Das war's. Ich habe mich nur gefragt, ob dir der Name was sagt.«

»Nein, nichts, Bob. Tut mir Leid.«

43

Ein schwarzer Ford-Pick-up fuhr das Meer entlang zum Sky Highway, die Reifen spritzten Dreck auf den Asphalt, den der Regen gerade erst sauber gewaschen hatte. Der Mann am Lenkrad war in Eile, aber nüchtern, er fuhr fast rücksichtslos, sein Blick war auf die Straße gerichtet.

Der Jäger hatte den Wagen seines Bruders geliehen. Er war schneller als der, den Roy für ihn bei der Hütte stehen ließ.

Er musste schnell in die Stadt kommen.

Er hatte eine Mission.

44

»Ich verstehe, dass es für dich eine unangenehme Situation ist«, sagte Makedde verständnisvoll. Sie nippte an einer Tasse Pfefferminztee. »Ich weiß es wirklich zu schätzen, dass du mir so viel erzählst, wie du kannst.« Sie schüttelte den Kopf.

Ann spitzte ihre Lippen und faltete die Hände. »Es tut mir Leid, dass ich nichts Genaueres über Daniels Zustand sagen kann. Ich muss mich an die Schweigepflicht gegenüber meinen Patienten halten, und wenn du nichts über ihn weißt, dann war's das.«

»Oh, ich erwarte nicht, dass du gegen deinen beruflichen Ehrenkodex verstößt«, sagte Mak.

»Die Brüder sind auf jeden Fall ein seltsames Paar«, sagte Ann kopfschüttelnd. »Sie sind Zw …«

Klopf.

Makedde und Dr. Morgan sahen im selben Moment auf. Das Geräusch hinter ihnen hatte sie aufgeschreckt.

»Hast du das gehört?«

Klopf, klopf.

Da war es wieder.

Das Geräusch kam von draußen, von der Tür. Es war klar, dass jemand auf der Veranda war.

Es klingelte, und Ann stand auf. »Oh«, sagte sie überrascht und blieb einen Augenblick stehen.

Makedde stand langsam auf und beobachtete die Psychiaterin, wie sie zur Tür ging. Es schien ewig zu dauern.

Ann machte eigentlich nur ihre Tür auf, aber Makeddes Magen zog sich bei dem Anblick zu einem festen Knoten zusammen.

Etwas stimmt nicht.

»Erwartest du jemanden?«, rief sie, aber Ann war schon an der Tür. Makedde wollte ihr etwas zurufen, wollte ihr sagen, sie solle aufpassen, sich von der Tür fern halten. Ann sah bereits durch den Spion, dann drehte sie sich verwundert um. »Ich sehe niemanden…«

Das nächste Geräusch war das laute Splittern von Glas. Der Lärm kam allerdings nicht von der Haustür, er war hinter Makeddes Rücken. Sie drehte sich um und sah zur Küchentür.

Da war jemand. Er hatte an der Tür geklingelt und war dann nach hinten geschlichen.

Makeddes Hände waren leer, kein Schutz, keine Waffe. *Hol die Pistole, dachte sie. Nein, die ist draußen im Auto… Hol die Tasche… Benutze das Pfefferspray…*

Mak nahm die kleine Tasche vom Fußboden neben der Couch und schaffte es, den Reißverschluss des größeren Fachs mit zitternden Händen aufzumachen… sie griff hinein.

Wo ist es?

Innerhalb von Sekunden hatte sie das Pfefferspray gefunden und drehte sich herum in Richtung der Küche. Instinktiv hatte sie den Deckel abgezogen und hielt die Dose mit ausgestreckten Armen vor sich, als ob sie den Lauf einer Pistole auf die Küchentür richtete. Sie hatte sich oft vorgestellt, das Spray zu benutzen, vor allem während des letzten Jahres, ohne zu wissen, unter welchen Bedingungen sie es brauchen würde.

O Gott.

Roy tauchte in der Tür auf.

Roy Blake!

Makedde atmete scharf ein. Ihr Herz schien in die Säure ihres Magens zu rutschen, und ihr Hals schien zu erfrieren und ihren Mund mit einem scharfen, metallischen Geschmack zu erfüllen.

In allem, was geschah, lag ein furchtbares Gefühl der Unausweichlichkeit, und sie wusste nicht, warum. Es war fast so, als hätte sie das hier erwartet.

Roy trug eine Skimaske, aber Makedde war sich sicher, dass er es war. Diese bekannten großen, braunen Augen sahen sie direkt an, direkt in sie hinein. Aber dieses Mal lächelte Roy sie nicht an, es gab keine Schokolade, die am Boden zerbrechen würde, keine Rosen, keine romantischen Gefühle. Er versuchte nicht, sie zu beeindrucken. Er versuchte nicht, sie von irgendetwas zu überzeugen. Er hatte offensichtlich etwas anderes vor.

Roy griff nach ihrer Hand, sobald er das Spray sah, das sie hielt, aber sie drückte zuerst noch auf den Knopf, so dass die starke Pfefferlösung direkt in sein Gesicht sprühte. Man hatte ihr gesagt, dass man bis auf viereinhalb Meter genau zielen konnte. Das Problem war natürlich die Skimaske. Da sein Gesicht fast ganz durch die Skimaske geschützt war, musste sie darauf hoffen, dass Roy im richtigen Augenblick einatmete oder dass seine Augen offen waren, wenn das Pfefferspray das Gesicht traf.

Beides passierte nicht.

In der nächsten Sekunde packte er sie, drehte ihren Arm auf den Rücken, ein klassischer Griff, den sie sogar selbst einmal gelernt hatte. Trotz Makeddes Bemühungen ließ sie die Spraydose in einem Reflex fallen. Sie hörte, wie sie mit einem winzigen Knall auf den Boden aufprallte, und verlor den Mut.

Roy stand hinter ihr, ihre eine Hand war frei, die andere

war schmerzhaft zwischen ihnen beiden eingeklemmt. Er hatte einen Arm um ihren Hals gelegt und seinen Ellbogen unter ihr Kinn gedrückt. Sein Griff war fest. Die Luft roch nach dem Spray, und Makeddes Augen begannen zu tränen. Ihre Nase würde auch bald laufen. Sie fragte sich, wie stark Roy getroffen worden war und ob das Spray überhaupt einen Effekt gehabt hatte.

Sie setzte ihren freien Arm so gut wie möglich ein und versuchte, hinter sich zu schlagen, sie kratzte und zerrte an ihm, aber sie wusste, dass ihre Bemühungen in dieser Position nichts helfen würden.

Ich brauche meinen anderen Arm, um ihn umwerfen zu können, dachte sie. *Ich brauche meinen anderen Arm!*

»Lass mich los …«, knurrte sie ihn an, und dann schoss Schmerz durch ihre rechte Schulter, als er den Arm noch weiter nach hinten riss. Sie schrie lauter als nötig, da sie die leise Hoffnung hatte, dass ein besorgter Nachbar die Polizei rufen könnte, und sogar eine noch kleinere Hoffnung, dass Roy seinen Griff ein winziges bisschen lockern würde, wenn er wüsste, dass er ihr sehr wehtat.

Aber er lockerte seinen Griff nicht im Mindesten.

Bitte, lass ihn nicht mein Schlüsselbein brechen … oder meine Rippe …

Es wäre leicht, ihre Knochen an derselben Stelle zu brechen, an der sie bereits einmal gebrochen worden waren. Die Verletzungen waren ein gutes Jahr alt. Makedde dachte an Ann an der Tür. Alles war so schnell passiert, in Sekunden, und sie fragte sich, wo die Psychiaterin jetzt war.

Roy drehte sich und Makedde um, so dass sie in das Zimmer sahen, und Makeddes Frage wurde beantwortet. Ann stürzte sich mit einem scharfen Schürhaken von ihrem Kamin auf Roy. Wie sie ihn so schnell in die Finger bekommen hatte, wusste Makedde nicht, aber sie war froh, es zu sehen.

Er lockerte seinen Griff ein kleines bisschen, und sie ergriff die Chance, ihren rechten Arm zu befreien. Sie schob ihre Hüfte vor und drehte sich etwas, doch sein Arm schloss sich um ihren Hals, sobald ihm klar wurde, was sie tat.

Makedde richtete sich auf und hob beide Arme, um ihren Angreifer zu packen. Mit einer Hand griff sie durch die Skimaske fest in Roys Haare. Falls ihre Hand abrutschte und sie nur die Maske hielt, wäre ihr Griff nutzlos. Mit der anderen Hand packte sie gleichzeitig seine Schulter, und genau, wie sie es so oft geübt hatte, zog sie ihn mit aller Kraft in einem großen Bogen nach vorne und unten. Mit einem lauten Schrei warf Mak Roy auf den Rücken. Er fiel zu ihren Füßen auf den Boden, und durch sein Gewicht wurde sie auf die Knie gezerrt.

Man hatte Makedde immer gesagt, dass bei diesem Wurf nicht die Größe, sondern der Hebel zählte, aber sie war trotzdem überrascht, dass er bei einem Mann von Roys Größe so effektiv war.

Ohne zu zögern, zielte Ann mit Schwung mit dem Schürhaken auf Roys Gesicht. Es war ein perfekter Schlag, aber er rollte noch rechtzeitig zur Seite, und der Haken streifte ihn nur seitlich am Kopf. Mak war zur Seite gesprungen, um Anns Hieb nicht im Weg zu sein. Sie stützte sich auf die Couch, der Sofatisch fiel um, und ihr Wasserglas zerbrach in nassen Scherben auf dem Holzboden.

Sie hörte den Lärm, als der Schürhaken aus Anns Griff flog und auf den Boden traf. Sie drehte sich um und sah, wie Roy Ann packte. Und dann hörte sie einen entsetzlichen, gedämpften Knall, ein Schalldämpfer und ein Pistolenlauf blitzten im Zimmer auf.

Eine Sekunde lang dachte Makedde, sie sei getroffen, aber als sie Ann zu Boden fallen sah, wurde ihr klar, was passiert war.

»Nein!«, schrie Makedde auf. »Nein!«

Mein Gott! Es ist meine Schuld! Ich habe ihn zurückgewiesen, und er konnte nicht damit umgehen! Er ist mir hierher gefolgt, und jetzt ist Ann tot!

Roy sah auf.

Sie sahen sich in die Augen.

Du bist krank. Ich habe dich nie gekannt …

Mak drehte sich um und lief los. Sie sprang über die Kissen auf der Couch und über die Lehne, aber er war hinter ihr und griff nach ihrem Rücken, als sie floh. Sie erreichte ohne Probleme die andere Seite und lief sofort weiter.

In ihrem Handschuhfach lag eine nicht registrierte Pistole, und sie wusste, dass sie geladen war. Sie brauchte sie, sofort. Sie musste nach draußen, um die Beifahrertür zu öffnen. *War sie abgeschlossen?* Ja, sie hatte sie abgeschlossen. *Könnte sie das Fenster einschlagen?*

Roy brüllte: »Was glaubst du, wo du hingehst …«, und Makedde lief immer noch, aber plötzlich wurde ihr Fuß festgehalten. Eine Hand wie ein Schraubstock packte ihr Fußgelenk. Sie fiel hart auf den Boden und konnte ihre Arme gerade noch anheben, um sich auf den Ellbogen abzufangen.

Sie schrie, so laut sie konnte, um Hilfe, und im nächsten Moment wurde sie von riesigen Händen auf ihrem Mund zum Schweigen gebracht. Er saß jetzt auf ihr, knebelte sie, während er auf ihren Schultern und Oberarmen kniete. Sie versuchte, ihn mit den Fersen in den Rücken zu treten, aber das hatte kaum ein Wirkung. Sie kämpfte gegen sein Gewicht, aber in ihrer Stellung auf dem Fußboden war es unmöglich zu gewinnen. Er war zu groß. Nachdem sie geknebelt war, wurden ihre Arme auf dem Rücken gefesselt, und sie wurde hochgezogen. Ihr Gesicht war rot, und sie trat wütend um sich.

Mein Gott, was wird er mir antun?

45

Andy sah die Nachrichten in seinem Hotelzimmer, als ihm ein Gedanke kam.

UBC… die Konferenz…

Er griff nach dem Telefon und rief in Bobs Zimmer an.

»Der von Ihnen gewünschte Gast antwortet nicht. Wenn Sie eine Nachricht hinterlassen möchten, tun Sie das bitte nach dem Piepston…«

Pieps.

»Bob, hier ist Andy. Mir ist gerade etwas eingefallen. Ich glaube, Makedde ist mit jemandem namens Roy zusammen. Ich habe seinen Namen…« *Auf einer Karte gelesen, die an Rosen für Mak hing, am Morgen, nachdem wir miteinander geschlafen haben…* »Na ja, egal, wo ich seinen Namen gelesen habe, aber falls er der Kerl ist, den ich meine, arbeitet er für den UBC-Sicherheitsdienst. Erinnerst du dich daran, dass sie am ersten Tag beim Mittagessen mit einem Typ in Uniform weggegangen ist? Zufall? Gott, ich hoffe es. Ruf mich an, sobald du diese Nachricht hörst…«

46

Makedde Vanderwall war in Ann Morgans Wohnzimmer an einen Stuhl gefesselt, sie blutete aus einem Riss über einer Augenbraue, um den sich ein blauer Fleck bildete. Sie war mit einem alten Lappen geknebelt, der nach Gas roch und von dem ihr übel wurde.

Hinter ihr lag Ann Morgan im Sterben oder war bereits tot.

Sie spürte die Psychiaterin an ihrem Rücken. Wenn sie noch atmete, dann zu schwach, als dass Makedde es feststellen konnte. Eine kleine Pfütze aus Blut breitete sich auf dem Boden unter ihren Füßen aus, und das allein genügte, dass Makedde begriff, dass sie diesen Kampf allein würde kämpfen müssen.

Das Haus war völlig in Unordnung, und Roy gab seiner effektiven Zerstörung den letzten Schliff. Jedes Bild war von der Wand gerissen und auf den Boden geknallt worden, jede Schublade war geöffnet und ihr Inhalt ausgekippt worden. Er hatte einige wertvoll aussehende Stücke in ein paar große Mülltüten geworfen. Der Spiegel über dem Kamin lag in scharfe Splitter zerbrochen auf dem Boden, wo die Frauen noch vor weniger als fünfzehn Minuten gesessen hatten.

Roy band Mak los und zog sie hoch. Sie war immer noch geknebelt, und ihre Handgelenke waren auf dem Rücken gefesselt. Sie kämpfte gegen die Erschöpfung und den dumpfen Unglauben an und schlug einmal, zweimal, dreimal zu, schaffte aber nur einen richtigen Schlag mit ihrem Knie gegen den Hüftbeuger ihres Angreifers; ihr wahres Ziel verfehlte sie um gut zehn Zentimeter. Zu ihrem Entsetzen musste sie feststellen, dass Roy sie problemlos kontrollieren konnte.

Makedde wurde aus Anns Haus herausgeschleppt und durch die Dunkelheit zu einem schwarzen Wagen gezerrt, die Spitzen ihrer Schuhe berührten kaum den Boden. Eine kräftige Hand presste sich die ganze Zeit auf ihren Mund und hielt den Knebel fest, damit sie nicht schrie. Sie versuchte es trotzdem, schaffte aber nur einen erstickten Schrei, den niemand hören würde. Auf der ruhigen Straße der Wohngegend war auch niemand zu sehen.

Sie überlegte sich, wie sie Zhora erreichen könnte. Wenn sie nur an das Handschuhfach käme, an die Waffe. Aber sie brauchte die Schlüssel, und die waren in ihrer Tasche im Haus. Könnte sie ihn hereinlegen? Ihm vorschlagen, lieber ihr Auto zu nehmen? Nein, darauf würde er nie hereinfallen. Nicht Roy. Er war vieles, das war klar, aber dumm war er sicher nicht. Wenn sie ihn auf ihr Auto aufmerksam machte, würde er es nur wegfahren und damit den offensichtlichen Beweis entfernen, dass Makedde im Haus gewesen war und es nicht freiwillig verlassen hatte. Vielleicht plante er bereits, genau das zu tun.

Wenn ich erst einmal in seinem Wagen und aus diesem Viertel weg bin, bin ich tot.

Makedde kämpfte verzweifelt und erfolglos darum, sich zu befreien, während sie in den Wagen gebracht wurde. Ihr war bewusst, dass er eine Waffe hatte, sie aber nicht benutzen könnte, solange seine Hände mit ihr beschäftigt waren. Aber es nutzte alles nichts, und bald befand sie sich im Auto und musste sich in den Fußraum vor dem Beifahrersitz knien. Ihr Gesicht wurde in den Sitz gedrückt wie bei einem Verurteilten unter der Guillotine.

Die Tür wurde zugeknallt.

Sie rutschte auf ihren Knien zur Tür, griff mit ihren auf den Rücken gefesselten Armen nach dem Griff und bemühte sich, ihn mit ihren Fingerspitzen zu berühren, aber es war zu spät, der Fahrer war jetzt auf der anderen Seite und beobachtete sie.

Scheiße.

»Wenn du irgendwas versuchst, erschieße ich dich«, sagte er. Er hatte die Pistole auf sie gerichtet.

Ich bin erledigt. Er könnte mich überall hinbringen … mich in einen Fluss werfen … mich im Wald erschießen.

Und dieses Mal wird mich kein Andy Flynn retten.

47

»Andy, hier ist Bob. Was hast du gesagt?«

»Bist du in deinem Zimmer?«, fragte Andy.

»Ja.«

»Ich bin sofort da.«

Als Andy eintrat, saß Bob auf dem Bett, sein offener Koffer und seine Kleider lagen um ihn herum. Er flog am nächsten Morgen nach Quantico zurück.

»Erinnerst du dich, als du Makedde bei der Konferenz getroffen hast?«, fragte Andy. »Bevor wir zum Mittagessen gingen? Sie ging mit einem Typ weg. Er war groß, jung …«

»Stimmt. Ich erinnere mich daran, dass du eifersüchtig wurdest.«

»Ich wurde nicht eifersüchtig.«

Bob sah ihn ungläubig an.

»Ich erinnere mich tatsächlich an ihn«, sagte er. »Er war vom Sicherheitsdienst. Du hast gesagt, dass er Roy heißt?«

»Na ja, es könnte sein. Makedde ist mit jemandem namens Roy ausgegangen.«

»Nachname?«

Er dachte an die Karte bei den Blumen. »Keine Ahnung.«

»Okay, was ist mit dem Foto bei seinen Akten? Derselbe Kerl?«

»Das muss ich nachprüfen. Ich habe ihn nicht sofort wiedererkannt. Es könnte aber derselbe Typ gewesen sein. Klingt neunundzwanzig Jahre passend?«

»Leider. Und du sagst, dass deine Freundin mit ihm ausgeht?«

»Sie ist nicht meine Freundin.«

»Offensichtlich nicht«, sagte Bob, ohne eine Miene zu verziehen. »Wenn er unser Mann ist, dann ist sie wohl ein effektiver Psychopathen-Leuchtturm.«

»Sie hat sich einmal einen Psychopathen-Magneten genannt.«

»Na ja, dann weiß sie es wenigstens. Wir sollten sie anrufen und hören, was sie uns über ihn sagen kann«, schlug Bob vor.

Aber Makedde antwortete nicht.

Andy stand im Hotelflur und bekam Panik. Das Telefon hatte mehrmals geklingelt, und jedes Mal schaltete sich der Anrufbeantworter ein. Er wollte keine Nachricht hinterlassen, aber er musste sie finden – sofort.

Er ging wieder zurück ins Zimmer. »Keine Antwort«, sagte er Bob. »Ich kenne aber noch jemanden.«

Andy wählte die Nummer von Makeddes Vater in Victoria. Er war dankbar, dass er die Nummer griffbereit hatte … bis sich auch dort ein Anrufbeantworter meldete.

»Verdammt«, sagte er laut. »Hallo, Mr. Vanderwall, hier ist Andy Flynn. Bitte rufen Sie mich so bald wie möglich zurück …«

48

Makedde sah ihren Entführer mit Hass und Verwirrung an.

Warum tust du das, Roy?

Makedde wusste nicht, dass es Roys Bruder Daniel war, der konzentriert auf die Straße starrte, während er mit hoher Geschwindigkeit aus der Stadt hinausfuhr. Als er sich umdrehte und bemerkte, dass sie ihn ansah, lächelte er und kicherte.

Wenn ich daran denke, dass mir dieses Lächeln gefallen hat …

Da sie geknebelt war, konnte sie nichts anderes tun, als aus dem Fenster zu sehen. Sie versuchte, einen Blick auf etwas Wiedererkennbares zu erhaschen – die Spitze eines bekannten Gebäudes, ein Wahrzeichen, ein Straßenschild, irgendetwas, das ihr eine Vorstellung davon geben könnte, wohin sie fuhren.

Nichts. Dunkler Himmel und ab und zu eine Baumspitze. Überhaupt nichts Nützliches.

Wenn sie nur den Türgriff erreichen und jetzt sofort hinausspringen könnte, aber sie fuhren viel zu schnell. Selbst wenn sie den Sturz aus dem Auto überleben würde, was unwahrscheinlich war, würde er sie wie ein lahmes Pferd erschießen, wenn sie verwundet am Straßenrand lag. Er hatte schließlich bereits Ann getötet. Was, wenn ein anderes Auto vorbeikäme? Ein Zeuge? Aber Makedde verwarf den Plan. Es war genauso wahrscheinlich, dass er einen Zeugen umbringen würde, der angehalten hatte, um ihr zu helfen, oder etwa nicht?

Ist er der Nahatlatch-Mörder? Hat er die UBC-Studentinnen umgebracht?

Einiges ergab jetzt einen Sinn. Roy gehörte zum Sicherheitsdienst der UBC… er hatte Kontakt zu Studenten, er hatte ihr Vertrauen.

Würde er sie ganz bis nach Nahatlatch bringen und sie dort erschießen und vergraben? Oder hatte er einen neuen Platz? Wie viel wusste er über die Ermittlungen?

Sie dachte noch einmal an den Türgriff. Könnte sie die Tür mit gefesselten Händen öffnen? War es einen Versuch wert? War es besser, beim Versuch zu sterben oder auf eine neue Chance zu warten?

49

Dr. Ann Morgan schätzte, dass sie ungefähr einen Meter zwanzig von ihrem Wohnzimmertelefon entfernt war. In Wirklichkeit musste sie noch zwei Meter kriechen. Die Psychiaterin wusste, dass sie viel Blut verloren hatte. Es floss aus der Schusswunde in ihrem Bauch und färbte ihre Kleider rot. Ihr wurde schwindlig. Vor Jahren hatte sie das Opfer einer Messerstecherei in Ost-Vancouver gerettet, als sie rein zufällig vorbeigekommen war. Jetzt waren Dr. Morgans Hände und Knie zum ersten Mal in ihrem Leben voll von ihrem eigenen Blut.

Seit sie angeschossen worden war, hatte Ann bereits zweimal das Bewusstsein verloren, und sie befürchtete, dass sie nie wieder aufwachen würde, verlöre sie es ein weiteres Mal.

911

911

911

Alles, was sie tun musste, war, dieses Telefon zu erreichen und zu wählen.

Sie musste bis zum Telefonkabel kriechen und den Apparat vom Tisch ziehen. Einfach. Er würde vor ihr zu Boden fallen, und sie könnte den Hörer abheben und wählen. Drei kleine Zahlen, *911*, das war alles, woran sie denken musste, und dann hätte sie eine Chance zu überleben, und sie hätte eine Chance, ihre Kinder wiederzusehen. Sie konnte Emily und Connor nicht auf diese Weise verlassen.

Nicht jetzt. Sie waren erst Teenager und brauchten eine Mutter. Ann Morgan wollte leben, um eine gute Mutter und Großmutter zu sein. Sie wollte leben, um zu sehen, wie sie zu glücklichen, ausgeglichenen Erwachsenen wurden, für die die Scheidung ihrer Eltern nur eine entfernte Erinnerung war ohne bleibende Schäden. Das wollte Ann sehen.

Sie dachte an Les Vanderwall und seine Tochter …

Makedde.

Daniel Blake hatte sie mitgenommen. Jemand musste alarmiert werden. Jemand musste sie finden, bevor es zu spät war.

Pack dieses Telefon.

Ann kämpfte sich über den Hartholzboden ihres Wohnzimmers. Der Esszimmerstuhl mit der harten Rückenlehne, an den sie immer noch gefesselt war, zerrte an ihr wie eine Kugel an einer Eisenkette. Sie hatte diesen Stuhl mit Tony auf einer Versteigerung gekauft, damals, als sie glaubte, ihre Ehre noch retten zu können. Sie war über den Kauf so glücklich gewesen, denn es war das perfekte antike, achtteilige Esszimmer, nach dem sie gesucht hatte. Und jetzt konnte sie sich nicht davon befreien.

Noch fünfzehn Zentimeter auf dem Boden, und Ann machte Fortschritte … sie war auf dem Weg … dieses Telefonkabel war jetzt näher …

50

Neun Uhr und Mak war an einen Stuhl gefesselt in einer einsamen Hütte über eine Stunde von Vancouver entfernt.

Ihr Entführer hatte die Seile entfernt und Handschellen um ihre Fuß- und Handgelenke gelegt. Sie war immer noch geknebelt. Sie wusste, dass der Einbruch nur gespielt war, um Anns Tod zu erklären. Aber warum? Wenn er nur hinter Makedde her war, warum hatte er nicht gewartet, bis sie Anns Haus verlassen hatte, um sie dann zu entführen?

Oder dachte Roy, dass Ann ihn durchschaut hatte?

»Willkommen in der Hütte des Jägers. Normalerweise mache ich das alles etwas anders, aber ich werde dich so gut wie möglich unterbringen. Es kommt schließlich alles ein bisschen unerwartet.« Nach seinem lächerlichen Geplapper grinste er wieder kalt.

Ja, er hat die anderen Mädchen umgebracht … Mein Gott … Roy ist der Nahatlatch-Mörder!

Sie versuchte nicht, zu sprechen oder ihm ein Zeichen zu machen, damit er den Knebel entfernte. Er spielte irgendein Spiel, und sie wollte nicht mitmachen. Er würde den Knebel entfernen, wenn es ihm passte. Bis dahin war es am besten, zu beobachten und nachzudenken. Sie musste ihren Kopf klar bekommen. Es gab so vieles, was sie über diesen Mann, mit dem sie zusammen gewesen war, nicht wusste.

51

Connor Morgan hatte Hunger. Als heranwachsender Siebzehnjähriger war er ein ebenso schlechter Koch wie sein Vater, aber mit einem doppelt so großen Appetit geschlagen.

Er wohnte in einem ausgebauten, unordentlichen Speicher über der Garage seines Vaters. Das klappte gut, weil er billig wohnen konnte und sein Dad ihn, wann er wollte und so laut er wollte, Schlagzeug spielen ließ. Solange sein Sohn sich erinnern konnte, hatte Tony Morgan Überstunden für die örtliche Polizei gemacht.

Die Speisekammer aber war ständig frustrierend leer. Pizza Hut war als zweite Nummer im Telefon gespeichert, (die erste war seine Nummer bei der Arbeit), und wenn Connor keine Pizza Supreme mit Käserand und allem aß, holte er sich etwas zum Mitnehmen. So war es eben. Das war das Opfer, das er gerne für sein Schlagzeug in Kauf nahm.

Connor war gerade auf dem Weg nach Hause von einer Dirty Pistol Jamsession mit seinen Kumpels Jake und Scott, als er plötzlich Hunger bekam. Er bremste seinen rostigen Toyota Corolla ab, als er sich dem Seven-Eleven-Supermarkt, der nur zehn Minuten von Jakes Haus entfernt war, näherte. Im Kopf erstellte er schnell eine Liste der Sachen, die er regelmäßig dort kaufte, ein Schinken-und-Senf-Sandwich, einen Marsriegel und, wenn Rigby an der Kasse war, ein *Penthouse*-Heft.

Aus irgendeinem Grund konnten ihn die besten Angebote von Seven Eleven im Augenblick nicht reizen. Connor fuhr vorbei. Er konnte wochenlang nur von Donuts, Pizza Hut und der üblichen Seven-Eleven-Auswahl leben, aber selbst für ihn gab es eine Grenze. Manchmal brauchte er eine richtige Mahlzeit, und bei seinem Budget gab es dafür nur einen Platz.

Er sah auf die Uhr. Es war erst kurz nach neun, nicht zu spät. Vielleicht hatte sie gerade einen Apfelkuchen im Ofen? Ein bisschen übrig gebliebenes Huhn Kiew oder Lasagne? Es war den Versuch wert. Es war schließlich nur fünf Minuten weiter entfernt als sein Dad. Vielleicht würde sie ihn nicht wegen der Schule oder der Band löchern.

Bei diesen Themen hatte seine Mutter sich gebessert.

52

Der Knebel war abgenommen worden, und Makedde wollte Antworten.

»Die anderen hast du also auch hierher gebracht. In die Jagdhütte, wie du sie genannt hast. Ja? Wie hast du sie dazu gebracht mitzukommen?«, fragte sie so mutig sie konnte. An den Metallstuhl gefesselt, versuchte sie, nicht ängstlich zu erscheinen. Das leichte, unkontrollierbare Zittern ihrer Lippen zeigte ihre Angst.

Der große Mann vor ihr nickte und verschränkte die Arme. »Ach, ja,… die anderen. Du weißt von den anderen. Es war die Psychiaterin, nicht wahr?«

Ja, ich hatte Recht. Die Zerstörung war bloß inszeniert, und dieses Monster war gerissen genug, um seine Vorgehensweise für diese Aufgabe zu ändern. Bis hin zu dem Seil, das er bei ihr benutzt hatte, nur für den Fall, dass den Pathologen dieses Detail während der Obduktion der Nahatlatch-Opfer aufgefallen war. Die Polizei würde den Mord an Ann vielleicht nicht mit dem an den anderen Frauen in Verbindung bringen. Es gab nicht genügend Gemeinsamkeiten.

Sie hatte seine Frage nicht beantwortet, also fuhr er einfach fort. »Es war wirklich leicht. Ein paar Drinks, und sie kommen freiwillig. Ihr Frauen seid alle gleich.«

»Du meinst ein paar Roofies, und dann kommen sie«, sagte sie.

Er blinzelte sie an.

Es war einfach, an Rohypnol zu kommen. Sie hatte die Berichte in den Nachrichten gesehen, in Verbindung mit Überfällen, bei denen Frauen an fremden Orten aufgewacht waren, ohne sich daran erinnern zu können, wie sie dorthin gekommen waren. Es war sehr einfach, denn in einem Getränk kann man Rohypnol weder riechen noch sehen oder schmecken. Es wirkte innerhalb von Minuten, und oft litten die Opfer später unter Gedächtnisverlust.

»Rohypnol ist keine große Herausforderung«, fauchte Makedde ihn an. »Das ist ein bisschen wie auf Häschen in einem Gehege zu schießen, oder etwa nicht?«

»Du bist ganz schön frech, Mädchen.«

»Ich bin mir sicher, du bist ein fairer Jäger« – *klar, genau wie Robert Hansen fair gewesen war* –, »deswegen würdest du doch bestimmt keiner Dame, die unter Drogen steht, in den Rücken schießen, oder doch?«

Seine Augen wurden schmaler. »Du hast Recht. Das wäre sehr unfair. Nein, ich mag es, wenn die Beute die gleiche Chance hat. Ich mag eine Herausforderung. Ich bin fair. Du wirst schon sehen.«

Was soll das heißen?

»Wie viele Frauen hast du hierher gebracht?«, fragte sie.

»Genug, um zu wissen, dass du nichts Besonderes bist. Jetzt bleib ruhig sitzen«, sagte er mit gespielter Höflichkeit. »Geh nicht fort.«

53

Connor Morgan parkte in der Einfahrt neben dem mitternachtsblauen BMW seiner Mutter und knallte die Tür zu. Ihr Auto war ein bisschen konservativ und auch nicht gerade das neueste Modell, aber es schlug seinen alten Karren um Längen, so viel war sicher. Sein Corolla war laut, hässlich und kotzorange, nicht ganz der kanariengelbe Alfa Romeo Spider auf dem Poster an seiner Speichertür.

Connor war entschlossen, seinen geliebten Spider zu kaufen, wenn Dirty Pistol für ihr erstes Album eine Platinplatte bekamen. Sein Dad hatte gelacht, als er ihm das erzählt hatte. Er hatte gesagt, dass er ihm dann auch noch den neuesten BMW kaufen könnte, wenn er gerade dabei war. Connor nahm an, dass er das Auto wahrscheinlich nur wollte, um es Mom zu zeigen.

Bisher waren aber noch keine tollen Neuwagen in Sicht. Seine Versicherung kostete mehr als sein orangefarbener Corolla. Er war sich sicher, dass er diese Geschichte erzählen würde, wenn er ein Megastar war, und die Leute dann darüber lachen würden. Dirty Pistol hatten das Potential, groß rauszukommen. Er glaubte daran. Er musste bloß Jake davon abbringen, die Texte zu schreiben. Sein bester Freund war ein guter Sänger, aber er schrieb beschissen.

Connor sprang die Vordertreppe hinauf, wobei er immer zwei Stufen auf einmal nahm. Er öffnete die Tür und dachte nur an seinen Hunger und diesen gelben Alfa Romeo Spider. Die Tür war oft unverschlossen, so auch dieses Mal.

»Mom … ich bin«, fing er an, als er eintrat. »Mom? Oh, mein Gott, Mom!«

Seine Mutter lag in einer klebrigen Lache aus Blut und Glasscherben auf dem Boden im Wohnzimmer, den Telefonhörer hielt sie in der rechten Hand, das Kabel war um ihren Unterarm gewickelt. Einen Augenblick lang dachte er, sie sei von einem Stuhl gefallen und hätte sich den Kopf gestoßen und dabei sei irgendwie ein Bild von der Wand gefallen, daher die Glasscherben. Aber das ergab keinen Sinn. Panisch sah er sich im Zimmer um. Es sah aus, als wäre eine Bombe eingeschlagen. Er bemerkte, dass der Stuhl, von dem er zunächst gedacht hatte, dass sie von ihm herabgefallen sein könnte, an ihren Rücken gebunden war. Was, zum Teufel? Er sah auf dem Boden Spuren, die darauf hindeuteten, dass etwas darüber gezogen worden war. Jemand war eingebrochen und hatte das Haus ausgeräumt! Jemand hatte seine Mutter gefesselt! War sie tot? Hatte jemand seine Mutter umgebracht?

»Mom! Oh mein Gott, Mom, bist du in Ordnung?«, rief er. Connors Stimme war schrill. Er sah nach, ob sie atmete, und war sich nicht sicher. Seine Hände zitterten zu sehr, um nach dem Puls zu tasten. Er wusste nicht, was er tun sollte. Mund-zu-Mund-Beatmung, was man bei Ersticken tun musste. Dann dachte er an den Notruf. In so einem Augenblick sollte man den Notruf wählen.

»Mom«, sagte er noch einmal. »Mom, kannst du mich hören? Was ist passiert?«

Dann hörte er eine Frauenstimme. Aber es war nicht seine Mutter, die antwortete.

Die Stimme kam aus dem Telefon.

Connor nahm seiner Mutter den Hörer aus der blutigen Hand. Als er ihn hochhob, blieb das Kabel an ihrem Arm hängen, und sie bewegte sich leicht auf dem Boden.

Sie lebt … Gott sei Dank …

Connor wusste, dass er aufpassen musste, um nicht zu hyperventilieren. Er musste ruhig bleiben. Er legte sich neben seine Mutter auf den Boden und nahm ihre Hand, mit der anderen Hand hielt er den Hörer ans Ohr. Die Hand seiner Mutter war kalt.

»Hallo?«, sagte er in den Hörer.

»Hier ist der Notruf. Mit wem spreche ich?«

»Connor Morgan. Mein Name ist Connor Morgan, und neben mir stirbt meine Mutter.« Er wusste nicht, was er sonst noch sagen sollte. Er wusste nicht, was er noch tun sollte, und dann fiel es ihm ein. »Meine Mutter verblutet«, sagte er und sah auf das Blut an seinen Händen. »Ich glaube, man hat auf sie eingestochen oder geschossen oder so etwas. Wir brauchen hier sofort einen Notarztwagen!« Er nannte der Telefonistin die Adresse, und sie versicherte ihm, dass vor ein paar Minuten ein Krankenwagen losgeschickt und bereits auf dem Weg war.

Die Haustür stand weit auf, und Connor drehte sich um, als die Sanitäter hereinliefen. Er hatte so etwas bisher nur im Fernsehen gesehen. Er saß mit weit offenem Mund da, während sie sich um seine Mutter kümmerten.

»Wir haben einen Puls! Wir haben einen Puls!«, sagte einer von ihnen.

Es war das Schönste, das Connor Morgan je gehört hatte.

54

Makedde Vanderwall machte ihre Augen fest zu und stellte sich vor, wie sie um den Elk Lake beim Haus ihres Vaters lief, so wie sie es noch vor ein paar Abenden getan hatte. Sie konnte den Wind in ihren Haaren spüren, sah den dunklen Wald und die glänzenden Spiegelungen nachts auf dem See, sie roch das Moos und die Bäume, spürte das Adrenalin in ihren Adern. Freiheit.

Als sie ihre Augen wieder öffnete, war sie immer noch in dem Zimmer mit den Jagdtrophäen gefangen.

Er hat mich wie eines dieser armen Tiere gefangen.

Sie versuchte, ruhig zu bleiben und sich einzureden, dass sie überleben würde. Es gab einen Ausweg. Es musste einen Ausweg geben. Sie musste ihn nur finden.

Er hatte gesagt, dass er das nicht erwartet hatte… er hatte nicht erwartet, sie in Anns Haus zu sehen. Vielleicht wollte er ihr das also gar nicht antun? Vielleicht war er nur hinter Ann her? Vielleicht könnte sie es ihm ausreden?

Verdammt. Warum musste ich mit ihm ausgehen? Warum musste ich ihn zurückweisen und diesen Hass hervorrufen?

Es war leichter, rational zu bleiben, wenn er nicht im Zimmer war, aber sie musste versuchen, ruhig zu bleiben, wenn er zurückkam. Das musste sie. Das bisschen Kontrolle, über das sie in dieser Lage noch verfügte, lag in ihrem eigenen Verstand und ihren Worten, und sie musste beides benutzen, wenn sie auf eine Flucht hoffte.

Körperlich ging es ihr gut. Der Riss über ihrer Augenbraue blutete nicht mehr. Die rechte Gesichtshälfte brannte von dem Schlag, den sie während des Kampfes in Anns Haus erhalten hatte, aber Mak nahm an, dass es nichts Ernstes war. Sie konnte immer noch laufen, sie konnte immer noch zuschlagen, sie konnte immer noch treten. Und all das plante sie zu tun.

Aber selbst wenn ich aus diesem Stuhl flüchten kann, wohin soll ich laufen? Wie schütze ich mich?

Sie sah sich im Zimmer nach einer Waffe um. Auf dem Tisch lag ein Stift, nutzlos. In der Küche gab es wahrscheinlich Messer, falls sie überhaupt so weit kam. Aber ihr Entführer hatte eine Pistole. Sie würde es nicht mit ihm aufnehmen können, wenn sie einfach nur kämpfte. Sie würde nach draußen fliehen müssen, wenn er sie gerade nicht sah, oder sie müsste ihn so weit manipulieren, dass er sie nach draußen brachte, wo sie weglaufen und sich in der Dunkelheit verstecken könnte.

Und was dann? Darauf warten, im Wald von einem Psychopathen gejagt zu werden? Darauf warten zu erfrieren?

Anns Worte fielen ihr wieder ein … sie verfolgten sie in dieser furchtbaren Lage:

Pass auf, was du dir wünschst.

55

Auf dem gesamten Weg bis ins Vancouver General Hospital hielt Connor im Krankenwagen die Hand seiner Mutter. Er betete, sie möge leben, und er schloss einen Pakt, dass er in dem Fall wieder zu ihr ziehen würde, selbst wenn sie ihn nicht nach neun Uhr Schlagzeug spielen ließ. Er wusste, dass sie ihn gerne bei sich hätte, besonders seit Emily zu ihrem Freund Alex gezogen war. Ja, wenn seine Mutter überlebte, dann würde er wieder zu ihr ziehen, und er würde sie beschützen, und er würde ihr sagen, dass er sie liebte und dass er ihr verziehen hatte, dass sie sich von Dad getrennt hatte. Und er würde es auch so meinen.

Connor versprach sogar, dass er sein Zimmer sauber halten und den Abwasch machen würde, so wie sie es ihm immer gesagt hatte.

Und ich werde das Arschloch finden, das das hier getan hat, und Dad und ich werden ihn zu Brei schlagen …

Als er im Krankenhaus ankam, fand er schnell ein Telefon und rief seinen Vater an. Aber Sergeant Tony Morgan war im Dienst, und Connor konnte bloß eine Nachricht auf seinem Pager hinterlassen. Er erklärte kurz die Situation und nannte die Telefonnummer des Krankenhauses. Als Nächstes wollte er Jake anrufen.

»Hi, hier ist Con …«

»Weißt du eigentlich, wie spät es ist?«

Es war Jakes Mum.

»Mrs. Webster, es tut mir wirklich Leid, so spät anzurufen, aber …«

»Und das sollte es dir, verdammt noch mal, auch. Ich habe dich nicht gebeten, für heute Abend Schluss zu machen, bloß damit du mich eine Stunde später aufweckst!«

Jake hatte erwähnt, dass sie wegen des Lärms ein bisschen gereizt war. Sie könnten vielleicht nicht mehr dort proben.

»Es tut mir Leid, Sie geweckt zu haben, aber meine Mom ist im Krankenhaus, und ich …«

»Ann ist im Krankenhaus?« Ihre Stimme veränderte sich abrupt. »Oh …«

»Sie wurde überfallen. Ich habe sie gefunden. Es ist ernst.«

Als er endlich mit seinem Freund sprach, brauchte er zehn Minuten, um ihn davon zu überzeugen, dass er es ernst meinte. Als Jake endlich begriffen hatte, dass er nicht irgendwas erzählte, fühlte er sich richtig schuldig und seine Mutter ebenfalls.

Nachdem er seinen Vater und Jake angerufen hatte, rief Connor als Nächsten Les Vanderwall an. Er wusste, dass seine Mutter es so wollte.

56

Roy Blake öffnete die Augen.

Er war in einem dunklen Zimmer, nur unter der Tür zum Flur fiel etwas Licht herein. Er war komplett angezogen und lag auf einem Bett unter einer warmen Decke. Er trug sogar Schuhe.

Was zum …?

Er war verwirrt, aber als sein Blick klarer wurde und seine Sinne zurückkehrten, wurde Roy klar, dass er sich im Schlafzimmer seines Bruders befand. Er fühlte sich furchtbar, groggy, als ob er den schlimmsten Kater der Welt hätte.

Roy stöhnte und kämpfte sich auf. In seinem Kopf drehte sich alles, und Farbimpressionen wie in einem Kaleidoskop tanzten vor seinen Augen. Als der Schwindelanfall nachließ, griff er neben sich und fummelte auf dem Nachttisch nach dem Schalter der winzigen Lampe. Er erkannte Dannys Kommode, den Haufen Schmutzwäsche in der Ecke, die Kinoplakate von *Rambo, Predator*, das original *Halloween*-Poster und eines mit Eselsohren von dem Film *Die durch die Hölle gehen*, das Roy ihm geschenkt hatte. An der Wand über dem Bett, direkt über seinem Kopf, hing die preisgekrönte Kaributrophäe seines Bruders.

Es war weit nach Mitternacht.

Mein Gott! Ich war stundenlang weggetreten.

Roy konnte sich nicht daran erinnern, so müde gewesen zu sein. Eigentlich konnte er sich nicht einmal daran erinnern, sich hingelegt zu haben. Warum sollte er komplett angezogen auf dem Bett seines Bruders schlafen anstatt in einem der Gästebetten der Hütte, in dem er bei seinen Besuchen sonst immer schlief?

Langsam ließ er seine langen Beine über das Bettende gleiten und berührte mit seinen Schuhen den Fußboden. Er drückte sich ab und versuchte aufzustehen, aber dadurch bekam er einen noch heftigeren Schwindelanfall. Er fiel wieder auf das weiche Bett zurück und blieb liegen.

Gott, ich fühle mich so besoffen. Was habe ich bloß angestellt?

Roy beschloss, still auf dem Bett liegen zu bleiben, bis er sich ein bisschen besser fühlte. Er rieb seine juckenden Augen, und als er sie wieder aufschlug, bemerkte er, dass sich etwas über ihm bewegte. An dem Geweih an der Wand baumelte etwas. Er griff danach und berührte das wackelnde Gold mit seiner Fingerspitze. Es rutschte ab und landete neben ihm auf dem Bett.

Roy starrte es mit offenem Mund an.

Ein herzförmiges Medaillon.

Es war ein Goldmedaillon genau wie das, das auf den Titelseiten der Zeitungen um den Hals des ermordeten Mädchens hing, des Mädchens, das ein paar Jäger beim Nahatlatch gefunden hatten.

Roy starrte das Medaillon entsetzt an.

»Er ist also ohne Betreuung in der Hütte?«, hatte Dr. Morgan misstrauisch gesagt.

Mein Gott, was hat mein Bruder getan?

57

Langsam wurde Ann sich ihrer Umgebung bewusst. Sie erkannte niemanden und nichts, aber sie merkte, dass sich jemand in einem mintgrünen Kittel über sie beugte. Ein Arzt. Er sah sie intensiv an. Ihre Blicke trafen sich, und er wandte sich ab.

Ein Krankenhaus. Ich bin im Krankenhaus.

Zunächst glaubte sie, in einen Autounfall verwickelt gewesen zu sein. Sie dachte an all die Warnungen, die sie gehört hatte, weil sie in ihrem BMW keinen Airbag hatte. Hatte sie einen Unfall gebaut? Nein. Nein. Etwas anderes war passiert, zu Hause.

Sie fühlte sich furchtbar, und noch schlimmer als der körperliche Schmerz, den sie spürte, war eine nagende Furcht, die sie nicht definieren konnte. Sie musste sich unbedingt an etwas erinnern. Jemand war in Gefahr. Wer?

»Doktor…«, begann sie, aber ihre Stimme gehorchte ihr nicht.

Er beugte sich wieder über sie. Jetzt waren weitere Gesichter neben ihm. »Versuchen Sie nicht zu sprechen«, sagte er.

Erinnerungen überschwemmten sie. Der Aktenschrank. Der Name Blake. Makedde.

Makedde.

Hatte man Makedde gefunden?

Sie erinnerte sich an den Kampf. Sie erinnerte sich an den

Klang von zerbrechendem Glas, den Schuss, den Schmerz. Das Blut.

»Makedde …«

»Sch. Nicht sprechen. Entspannen Sie sich einfach. Entspannen Sie sich. Sie werden wieder gesund«, sagte der Doktor.

»Aber …«

Ihr Körper wollte wegdriften, und sie musste unbedingt bei ihm bleiben, wachsam bleiben, nachdenken.

»Entspannen Sie sich einfach.«

Irgendwo im Hintergrund hörte sie eine Stimme. »Wir müssen sie beruhigen …«

»Makedde war …«, versuchte sie es noch einmal, aber sie hörten nicht zu.

Sie spürte die Nadel kaum.

58

Was hast du getan, mein Bruder? Was hast du getan?

Wenn Danny in Schwierigkeiten war, dann war es Roys Schuld. Er hätte sich um seinen Bruder kümmern müssen, so wie er es Mom versprochen hatte. Es war seine Idee gewesen, ihn hier draußen in der Hütte unterzubringen, wo er dachte, dass er niemandem wehtun könnte, und wo er weit von den neugierigen Blicken der Spezialisten und Seelenklempner entfernt war. Hier in der Hütte, wo er seiner Liebe zum Jagen nachgehen konnte.

Die Jungen waren erst sieben Jahre alt gewesen, als ihre Mutter die Koffer gepackt und sie und ihren Vater verlassen hatte. Ihr Dad hatte damals noch Arbeit. Sie war mit einem blauen Auge gegangen und nie wieder zurückgekommen.

»Kümmere du dich um Danny, Roy«, hatte ihre Mutter mit Tränen in den Augen gesagt. »Beschütze ihn. Er ist der Schwächere. Er braucht dich. Ich übertrage dir die Verantwortung, in Ordnung? Lass ihn nicht aus den Augen. Und lass deinen Vater ihn nicht anrühren…«

Roy sah wieder hoch zu dem Geweih, von dem das Medaillon herabgefallen war. Als sein Blick langsam klarer wurde, sah er dort noch mehr Dinge hängen. Schmuck, Schmuck von Frauen. Auf eine der Geweihspitzen waren drei Ringe aufgespießt, und von einer anderen hing eine Halskette.

Roy hörte etwas in der Hütte, ein Schlurfen, eine Bewegung, ein Klappern. Jemand war wach. Es musste Danny sein. Vielleicht könnte er das mit dem Schmuck erklären? Vielleicht könnte er erklären, warum Roy in seinem Schlafzimmer aufgewacht war. Vielleicht könnte Danny erklären, warum Roy sich so furchtbar fühlte.

»Danny?«, rief Roy und erschrak, als er merkte, wie langsam sein Verstand und sein Körper reagierten. Dann glaubte er zu hören, wie die Bewegung aufhörte. Er rief noch einmal etwas lauter: »Danny?«, und dieses Mal waren daraufhin Schritte im Flur zu hören.

Die Tür ging auf, und er sah seinen Bruder.

»Ah, du bist wach«, sagte er einfach.

»Danny …«

»Keine Sorge. Ich habe mich um alles gekümmert«, sagte Danny. Er war von Kopf bis Fuß in Schwarz gekleidet und hatte einen Overall mit Reißverschluss und eine Weste voller Taschen an. An den Füßen trug er geschnürte Armeestiefel. Roy fand, dass er wie ein Einbrecher aussah.

Der Schmuck …

»Ich bin sie losgeworden. Ich bin Ann losgeworden.«

Roy versuchte zu begreifen, was sein Bruder sagte.

»Wir bekommen keine Schwierigkeiten«, fuhr er fort. »Wir müssen nicht flüchten. Es ist alles geregelt.«

»Was? Was sagst du da?«

»Ich bin Ann losgeworden. Sie wird uns keine Schwierigkeiten machen.«

In Roys Kopf drehte sich erneut alles, und er presste eine Hand auf seine Stirn. Seine Handinnenfläche fühlte sich auf seiner Haut kalt und feucht an.

»Danny, was hast du getan? Was hast du getan!?«, brüllte er.

Daniels Blick fiel auf das Medaillon auf dem Bett, und seine Augen strahlten.

»Ich zeige es dir.«

59

»Wissen Sie, wo meine Tochter ist?«

Andy blinzelte und sah in seinem Hotelzimmer auf den digitalen Wecker. Es war zwölf Uhr fünfundzwanzig.

»Ich sagte, wissen Sie, wo meine Tochter ist?«

Andys Stimme versagte, als er zu sprechen versuchte. Er war aus dem Tiefschlaf geweckt worden. »Sind Sie das, Mr. Vanderwall?«

»Ja. Wissen Sie, wo Makedde ist?«

Andy wollte fragen, warum er um diese Uhrzeit anrief und wie er ihn gefunden hatte, aber die Fragen schienen unpassend. Die Stimme des ehemaligen Detective Inspectors klang besorgt, und sein Tonfall war nicht der eines freundschaftlichen Anrufs.

»Wir haben früher heute Abend versucht, Makedde zu erreichen, aber ohne Erfolg«, gab Andy zu.

Er sah davon ab, Makeddes Vater zu erzählen, dass sie sie nach einem möglichen Mordverdächtigen fragen wollten, mit dem sie ausgegangen war. Sie hatten schließlich für heute Schluss gemacht, im Glauben, bis morgen warten zu müssen, um sie zu fragen, was sie über einen Mann namens Roy Blake wusste.

»Ist sie nicht bei Ihnen?«, fragte Les in einem leicht anklagenden Tonfall.

»Nein, das ist sie nicht. Stimmt was nicht?«

»Meine Tochter wird vermisst. Sie ist nicht zu Hause. Sie ist nicht bei Ann.«

»Les, Moment mal, was sagen Sie? Wer ist Ann?«

»Ann Morgan ist eine liebe Freundin von uns, die heute Abend überfallen wurde. Sie ist jetzt im Krankenhaus, randvoll mit Medikamenten. Makeddes Geldbeutel lag in ihrem Wohnzimmer. Ihr Auto steht vor dem Haus. Sie ist weg.«

Oh Himmel, dachte Andy.

»Ich will wissen, wo sie ist. Ich werde in fünfunddreißig Minuten auf dem Hubschrauberlandeplatz nahe dem Trade Center landen, und ich will, dass Sie da sind. Es ist nicht weit vom Hotel entfernt. Jeder Taxifahrer kennt es.«

»Les, ich werde dort auf Sie warten, wenn Sie eintreffen«, versprach Andy und schlug die Bettdecke zurück, während er den Hörer auflegte.

60

»Wir müssen es richtig machen«, sagte Daniel Blake mit vor Aufregung glänzenden Augen. »Ich kann es dir nicht zeigen, wenn wir es nicht ganz genau machen.«

»Okay«, stimmte Roy zu, da er nicht wusste, was er sonst sagen sollte.

Obwohl Daniel Roys Spiegelbild war, seine andere Hälfte und die Person, die Roy am nächsten stand, hatte er im Augenblick etwas Fremdes an sich. Es war etwas Beunruhigendes in ihm, das Roy schon lange nicht mehr gesehen hatte. Es war etwas, von dem er gedacht oder gehofft hatte, dass es verschwunden wäre.

Roy und Daniel kannten einander sehr gut. Sie waren Zwillinge, stammten aus demselben Ei, und sie waren sich auf eine Art und Weise ähnlich, wie es andere Personen nie sein konnten. Ja, Roy war der »Ältere«, der zwei Minuten vor Daniel geboren worden war, und er hatte immer die Rolle des großen Bruders übernommen. Aber sie waren trotzdem eins, sie waren Brüder, sie hatten dasselbe Blut und waren untrennbar miteinander verbunden.

Jetzt wusste Roy nicht, was er tun sollte. Das hier war etwas anderes. Wenn Danny sich so eigenartig verhielt, schien er überhaupt nicht Roys Bruder zu sein.

»Mach den Reißverschluss zu«, sagte Danny.

Roy trug die gleiche komplett schwarze Jagdausrüstung. Er machte den Reißverschluss zu, genau wie sein Bruder es ihm gesagt hatte.

Sie waren schon früher tagsüber in solchen Jagdausrüstungen hinausgegangen, aber nie nachts. Roy hatte nicht einmal gewusst, dass sein Bruder so eine Ausrüstung besaß, aber er war bereit, Daniels Wünschen Folge zu leisten, um herauszufinden, was los war.

»Hier«, sagte Danny und gab ihm ein Jagdgewehr. Roy nahm es.

»Danny«, wagte er schließlich seinen Bruder zu fragen, »wie sollen wir nachts auf die Jagd gehen? Wie sollen wir etwas sehen?«

»Das ist in Ordnung. Ich habe alles, was wir brauchen. Ich werde es dir zeigen. Ich werde dir zeigen, wie ich es mache.«

Roy dachte an die Konsequenzen dessen, was sein Bruder möglicherweise getan hatte, die Konsequenzen dessen, was er seinen Bruder hatte tun lassen.

Müssen wir nach Süden gehen und wieder von vorn beginnen? Oder nach Norden? Wir könnten in Alaska Arbeit bekommen, und da oben würde niemand Fragen stellen. Was auch immer er getan hat, wir könnten es hinter uns lassen und von vorn beginnen …

Die Zwillinge gingen den Flur entlang, Roy als Zweiter. Er stand immer noch unter Schock und litt an den Folgen der kleinen Dosis Rohypnol, die sein Bruder ihm gegeben hatte. Bald hatte Danny sie zur Tür der Trophäenkammer geführt.

Als die Tür geöffnet wurde, sah Roy eine Frau, die mitten im Zimmer mit Handschellen an einen Metallstuhl gefesselt war.

Die Frau war Makedde Vanderwall.

61

Mak hörte Schritte.

Er ist wieder da.

Aber sie hätte schwören können, dass sie Schritte von zwei Leuten hörte. Ihr Herzschlag wurde schneller, während sie zusah, wie sich der Türknauf drehte, und als die Tür schließlich geöffnet wurde, wollte Makedde ihren Augen kaum trauen.

Zwei Roy Blakes.

Zwei.

Identisch.

Beide im gleichen schwarzen Outfit. Beide mit Gewehren bewaffnet.

Heilige Scheiße.

Okay, bleib ruhig. Du siehst Zwillinge, Makedde. Sie kämpfte darum, gleichmäßig zu atmen und das panische Klopfen ihres Herzens zu verlangsamen. Ann hat dir erzählt, dass Roy einen Bruder hat. Roys Bruder ist also ein Zwillingsbruder.

Aber welcher der beiden ist Roy?

Derjenige, gegen den sie bei Ann gekämpft hatte, der sie aufs Auge geboxt und sie hierher gefahren hatte – war das Roy gewesen?

Falls sie überhaupt die ganze Zeit mit nur einem zu tun gehabt hatte. Sie musste versuchen, die beiden auseinander zu halten. Sie musste versuchen, seine Sympathie wiederzugewinnen.

Bleib ruhig. Versuch einfach nur, ruhig zu bleiben.

Langsam überwand sie den Schock und merkte, dass einer der beiden aufgeregter zu sein schien. Ja, der Linke sah sie völlig verwirrt an. Warum?

Er packte den anderen am Ellbogen. »Komm mit«, hörte sie ihn rau sagen. Roy zog seinen Zwillingsbruder aus dem Zimmer.

62

»Was, zum Teufel, tut sie hier!?«, rief Roy aus.

»Das Mädchen? Sie war eine Zeugin«, sagte Daniel schlicht. »Ich musste sie mitnehmen, und sie ist doch auch hübsch, oder etwa nicht?« Er lächelte. »Es war richtiges Glück. Jetzt, Bruder, zeige ich dir, was ich mit den Mädchen mache. Es macht viel Spaß. Das wirst du sehen…«

Roy wurde übel.

»Mein Gott, Danny, das ist Makedde!«

Sein Bruder sah ihn ausdruckslos an. Der Name sagte ihm nichts, denn Roy hatte ihm nicht von Makedde erzählt. Roy hatte ihm eigentlich nie viel über die Mädchen erzählt, die er in den letzten paar Jahren getroffen hatte, aus Angst, dass er eifersüchtig oder unzufrieden würde. Schließlich wollte er, dass sein Bruder oben in der Hütte sicher und glücklich sein sollte, ohne darüber nachzudenken, was er in der großen Stadt alles verpasste, ohne das Gefühl, seinen Bruder an jemand anderen zu verlieren.

»Ich kenne sie. Ich kenne diese Frau«, versuchte Roy zu erklären und schüttelte ungläubig den Kopf. »Was hast du getan? Was hast du getan, warum hast du sie hierher gebracht?!«

Makedde war entführt worden. Sie hatte gesehen, was auch immer Daniel Doktor Morgan angetan hatte. Sie hatte alles gesehen, und er wusste, dass sein Bruder nun plante, sie umzubringen. Und wenn sie sie nicht umbrächten, würde Makedde sie beide für den Rest ihres Lebens hinter Gitter bringen. Er hätte schließlich Daniel und ihre Mutter auf die schlimmste Art und Weise enttäuscht.

Wenn sie Makedde jetzt nicht umbrachten, würden sie für immer eingesperrt, und, am allerschlimmsten, man würde sie trennen.

63

Andy hörte den Hubschrauber. Er stand auf der Brücke, die zu dem Hubschrauberlandeplatz auf einer Plattform führte, und stemmte sich gegen den kalten kanadischen Wind.

Wo ist sie?

Er hoffte bei Gott, dass sie alle überreagierten. Er hoffte bei Gott, dass es Makedde gut ging. Vielleicht war sie mit diesem Mann zusammen, diesem Roy Blake, und schlief friedlich, und er hatte sich nicht mehr zu Schulden kommen lassen, als am Nahatlatch herumzufahren und für den Sicherheitsdienst der Universität zu arbeiten. Andy versuchte, sich vorstellen, dass sie sicher in den Armen dieses Mannes lag, aber seine Eifersucht ließ es nicht zu.

Der Hubschrauber senkte sich über das Wasser und erzeugte kleine Wellen. Der Wind zerrte an Andys Haaren, und der Lärm der Rotoren war ohrenbetäubend. Andy stand da, die Hände in den Hosentaschen, die Zähne fest zusammengebissen, und fragte sich, wie er in diese Situation geraten war, in der er mitten in der Nacht einen Hubschrauber landen sah, in dem der Vater der Frau saß, die er liebte, eine Frau, die seine Liebe nicht erwiderte … eine Frau, die sehr wahrscheinlich schon wieder in Gefahr war.

64

Makedde richtete sich auf, als die Blake-Zwillinge eintraten.

Jetzt geht es los …

Sie kamen einer hinter dem anderen herein, und sie sah ihnen fest und hasserfüllt in die Augen. Sie blieben einen halben Meter vor ihrem Stuhl stehen, einer stand ein Stück hinter dem anderen. Ihr Blick schoss hin und her, sie suchte nach etwas Bekanntem und versuchte, herauszufinden, wer von diesen grauenhaften, identischen Männern Roy Blake war.

Mann, ich kann mich für einen von ihnen entscheiden, oder aber sie nehmen mir die Entscheidung ab.

Du kannst wohl nicht mit Zurückweisung umgehen, was?, dachte Makedde. *Du kannst überhaupt nicht damit umgehen, nicht die Kontrolle zu haben, du psychopathischer Bastard.*

Sie wählte denjenigen aus, von dem sie annahm, dass er Roy sein könnte, der weniger selbstbewusste der beiden, der etwas weiter hinten stand, und sah ihn hasserfüllt an. Du glaubst also, dass du einen Psychopathen erkennen kannst?, hatte er sie gefragt. Wusste er, dass er genau das war? War das eine Art von perversem Test?

Ihr beiden zusammen ergebt nicht einmal ein halbes menschliches Wesen, wollte sie sagen, aber die Gewehre hielten sie davon ab. Sie entschloss sich, es zu sagen, bevor sie starb, falls das hier darauf hinauslaufen sollte. Wenn es so weit wäre, würde sie alles sagen, was sie wollte, aber jetzt würde sie aufpassen. Sie würde beobachten, was sie taten, sie würde nach einer Chance suchen. Es war noch nicht vorbei.

Derjenige, den sie für Daniel hielt, trat hinter sie. Sie betrachtete den anderen. *Was habt ihr zwei vor? Was passiert bei dieser kleinen Charade als Nächstes?* Der andere schien zu beobachten, was auch immer sein Bruder hinter ihrem Rücken tat.

Sie hörte, wie eine Tür geöffnet wurde, und fragte sich, wohin diese Tür führte? Nach draußen? Nein, es gab keinen Luftzug. Ein Einbauschrank? Ein Schlafzimmer? Was tat er?

Beide Zwillinge verschwanden durch die Tür. Sie hörte ein metallisches Klicken, dann spürte sie einen harten Gewehrlauf zwischen ihren Schulterblättern. Einer der Zwillinge bückte sich vor ihr, und sie verspürte das Bedürfnis, ihm ins Gesicht zu treten. Er griff um ihre Fußgelenke. »Wenn du jetzt nett bist, dann müssen wir dich nicht töten…«

Quatsch.

Ihre Beine waren frei, aber sie bewegte sich nicht. Sie beobachtete die beiden aufmerksam. Bevor sie irgendetwas anderes tun konnten, mussten sie ihre Arme losmachen. Derselbe Zwilling, sei es nun Roy oder Daniel, trat hinter ihren Rücken, und sie spürte seine Hände an ihren Handgelenken. Er drehte ihre Hände, und dann wurden die Handschellen geöffnet, einen kurzen Moment wurden sie enger, dann waren ihre Hände frei.

»Steh auf.«

Das haben sie ihnen allen angetan, dachte sie mit grausiger Sicherheit. *Das ist der Augenblick, in dem sie sie umgebracht haben. Das ist der Augenblick, in dem sie mich umbringen.*

»Steh auf. Wenn du kooperierst, hast du eine Chance.«

Sie werden mich in den Wald führen und exekutieren. Im Wald macht man nichts schmutzig. Sie werden mich nicht hier drin umbringen wollen, nicht mit diesem Jagdgewehr. Ich könnte ihre wertvollen Teppiche und Trophäen dreckig machen.

Ein taubes Gefühl hatte alles andere ersetzt. Sie fragte sich, ob ihre Nerven durchgebrannt waren, ob sie unfähig geworden war, etwas zu fühlen. Sie beschloss, dass diese neue Abgeklärtheit im Angesicht des Schreckens etwas Stolzes und Schönes war, das sie immer schätzen würde, in diesem oder in dem nächsten Leben.

»Also, was ist euer Spiel? Warum die Kostüme? Du kennst mich, also sprich mit mir …«

Einer der beiden öffnete seinen Mund, aber der andere stoppte ihn. »Leg ihr Handschellen an.«

Dann packte er ihre Handgelenke und fesselte sie wieder.

Verdammt.

Scheiß auf dich. Scheiß auf dich und scheiß auf deinen Bruder und scheiß auf den Stiletto-Killer und auf all die Feiglinge wie euch, die Angst haben, sich wie echte Menschen zu verhalten.

»Geh.«

Sie zögerte. »Du machst einen großen Fehler. Man hat uns zusammen gesehen.« Sie sprach beide an. »Sprich mit mir. Erzähl mir, warum du das hier machst. Ich möchte es verstehen.«

Lass dich nicht nach draußen bringen. Sie werden dir in dem Augenblick in den Rücken schießen, in dem du ihr geliebtes Heim verlassen hast, genau wie den anderen. Denk an etwas anderes. Deine Beine sind frei. Lauf, lauf irgendwohin. Sie wollte sich umdrehen, um die Tür hinter sich zu sehen, um nachzusehen, wohin sie führte, und als sie sich umwandte, wurde ihr ein Gewehr hart in den Rücken gestoßen.

»Geh.«

Wenn es eine Art Lagerraum war und die beiden dort

noch mehr Gewehre aufbewahrten, wären diese nicht geladen, und sie könnte sie nicht sofort benutzen. Die Zwillinge würden sie ohne zu zögern töten wenn sie auf die Waffen zuginge. Das durfte sie – noch – nicht tun. Sie müsste sie zunächst ablenken.

Wenn sie dich nach draußen bringen, werden sie dich wie ein Tier abknallen.

»Beweg dich!« Sie wurde noch einmal mit dem Gewehr nach vorn gestoßen, dieses Mal fester.

Sie ging. Sie trug ihren Kopf hoch erhoben, und sie ging. Wegen dem, was Roy über sie herausgefunden hatte, dachte er vielleicht, dass Makedde ein perfektes Ziel abgeben würde. War es das? War es interessant, mit ihr zu vögeln? Nun, zumindest bekam er nicht, was er wollte. Nicht ganz. Sie hatte ihre Würde.

Der Boden unter ihren Füßen bewegte sich, während sie sich der Tür näherte. Sie wollte wissen, welcher Zwilling wer war. Sie war sich nicht sicher, warum es für sie so wichtig war, aber sie vermutete, dass zu glauben, sie wüsste es, ihr ein Gefühl der Kontrolle vermittelte. Offensichtlich war es ein Teil ihres Spiels, austauschbar, undefinierbar zu erscheinen. Warum sonst sollten sie die gleichen Anzüge tragen?

Der Türrahmen kam näher, und dann war sie hindurchgetreten, raus aus dem furchtbaren Zimmer mit all den starrenden Tieren. Sie wurde einen kurzen Flur entlanggeführt – *lass sie dich nicht nach draußen bringen* – und überlegte, wohin sie rennen könnte. Wie viel Zeit hätte sie? Keine. Welche Chance hatte sie, ihnen davonzulaufen? Keine.

Dein Augenblick wird kommen, Makedde. Dein Augenblick wird kommen.

Sie ging auf die Haustür zu, Roy öffnete sie – das war doch Roy, oder nicht? –, und sie konnte nach draußen sehen. Sie sah die unberührte Wildnis, und sie wollte loslaufen, weglaufen und frei sein. Sie würde lieber da draußen beim Fluchtversuch sterben. Alles wäre besser, als nach den Regeln dieser Zwillingspsychopathen zu sterben.

Sie wurde vorwärts gestoßen und war draußen. Einen Schritt, zwei. Die Luft war kalt. Der Himmel pechschwarz. Makedde wünschte sich warme Kleidung, sie wünschte sich vieles, was sie nicht hatte. Sie konnte es nicht sehen, aber sie spürte, dass einer von ihnen mehr als nur ein Gewehr bei sich trug. Er hatte noch etwas aus diesem Zimmer hinter Makedde geholt.

Makedde drehte sich um. Sie wagte es, sich umzudrehen, um nachzusehen, was es sein könnte.

Sie erstarrte.

Oh, nein …

Der Mann trug etwas im Gesicht. Irgendein Gerät mit großen, langen, krabbenartigen Stielaugen daran. Sie hatte so etwas schon einmal gesehen. Es war ein Gerät, das das Militär manchmal benutzte. Was war es?

Ein Nachtsichtgerät.

Er trug ein Nachtsichtgerät.

Sie wurde noch einmal gestoßen, und dieses Mal verlor sie das Gleichgewicht und fiel nach vorn. Sie versuchte, sich mit ihren Händen abzufangen, aber die waren auf ihrem Rücken gefesselt. Sie stolperte einen Schritt vor und fing sich wieder.

Sie sah noch einmal zu den Männern.

Der andere trug nun das gleiche Gerät. Die Augen waren verschwunden und durch diese Stielaugen ersetzt worden.

»Beweg dich«, befahlen sie ihr.

Zitternd kämpfte sie sich weiter. Sie merkte, dass sie zu hyperventilieren begann.

Bleib ruhig, bleib ruhig …

Sie dachte an die anderen toten Mädchen. Sie dachte an das, was sie durchgemacht, was sie erlitten hatten und wie sie zurückgelassen worden waren. Hatten die Zwillinge von ihnen bekommen, was sie wollten? Hatten sie gehorcht und waren trotzdem ermordet worden? Natürlich! Hatten sie Freiheit, Mitgefühl, Gnade erwartet?

In den Rücken geschossen.

Gejagt. Wie Tiere.

Die Prozession hielt an einer Stelle am Waldrand an. Makedde spürte, wie die Handschellen von ihren Handgelenken genommen wurden. Ihre Arme waren frei.

»Lauf«, hörte sie eine Stimme hinter sich. »Sofort.«

Sie hatten ihre Nachtsichtgeräte, ihre Gewehre. Dachten sie wirklich, dass das ein faires Spiel sei? Dass sie eine faire Chance hätte?

Sie drehte sich um und sprach die beiden Gestalten in der absoluten Dunkelheit an. »Ihr wisst sicher, dass man einen FBI-Profiler auf diesen Fall angesetzt hat? Er ist einer der Besten weltweit. Sieht ständig Typen wie euch«, stieß sie hervor. »Wisst ihr, was er als Erstes gesagt hat? Er hat gesagt, dass ihr feige seid. Er hat gesagt: ›Mit einem großen Jagdgewehr in den Rücken geschossen … ein Feigling.‹ Wie fühlt man sich als Feigling, ihr beide?«

Zack.

Einer der beiden schlug ihr mit dem Gewehrlauf ins Gesicht. Ihr wurden die Worte aus dem Mund geschlagen.

»Geh. Sofort.«

Sie drehte sich ein letztes Mal zu ihnen um, bevor sie ihrem Befehl gehorchte. Ihr Gesicht brannte. »Wie viele Minuten gibt ein fairer Jäger seiner Beute?«, fragte sie herausfordernd. »Wie viele für den Nachteil? Ihr seid zu zweit. Ich habe keine Schuhe an. Nicht diese … Geräte.«

»Du hast sechzig Sekunden. Ich schlage vor, du beeilst dich.«

Einer der Zwillinge feuerte einen Warnschuss ab, der irgendwo neben ihren Füßen in den Boden schlug. Ein Adrenalinstoß schoss durch ihren Körper, und sie lief, so schnell sie konnte, los.

Sie rannte direkt zwischen den Bäumen vor ihr durch. Sie würde fünfundsiebzig Schritte geradeaus laufen, dann scharf nach links abbiegen und dann noch mal und noch mal. Führe sie von der Hütte fort und versuche, im Kreis zurückzulaufen. *Du kannst es zurück zur Hütte schaffen, eine Waffe finden und dich verstecken. Aber verlauf dich nicht …*

Lauf.

Lauf.

Lauf!

Ihre Uhr leuchtete schwach in der Dunkelheit. Der Sekundenzeiger schien sich schnell zu bewegen. Sie glaubte an das, was sie gesagt hatten. Sie würden ihr ihre sechzig Sekunden geben. Nicht einen Augenblick weniger, nicht einen mehr. Sie würden ihr in dreißig Sekunden folgen … in neunundzwanzig … achtundzwanzig.

Renn …

Jetzt fünfundzwanzig Schritte geradeaus. Konnten sie sie immer noch durch die Bäume sehen? Sie musste außer Sichtweite sein, bevor sie abbog. Der Wald musste dicht genug sein, um ihre Bewegungen zu verdecken. Und sie würden auch lauschen. Jetzt vierzig Schritte …

Es waren vierzig Sekunden. Sie musste schneller laufen, schneller …

Bitte, lass mich nicht stolpern.

Sie rannte geradeaus, wich den Baumstämmen und Ästen aus, die sich vor ihr aufbauten. Jetzt fünfzig Schritte, und sie wusste, dass es nicht mehr lange dauern würde, bis sie ihr folgten. Bieg bald ab … bieg ab, und lauf ein paar Minuten, dann wieder fünfundsiebzig Schritte zurück zur Straße. Es musste funktionieren.

Ich kann es schaffen. Ich bin schnell genug. Ich kann in der Dunkelheit laufen. Ich kann es schaffen.

Sechzig Schritte … Sie wären bald hinter ihr her. Sie sah auf ihre Uhr, es war fast eine Minute vorbei. Jetzt kommen sie, und dann fiel sie, NEIN!, sie stolperte über eine große Fläche voller Moos und knorriger Wurzeln. Sie glitt aus und schlug gegen einen Baum, ihre sowieso schon wunden Handgelenke rutschten schmerzhaft über die raue Rinde.

Nein!

Sie sind jetzt hinter dir her. Steh auf! Lauf!

65

Roy beobachtete seinen Bruder, wie er seine Armbanduhr vors Gesicht hielt.

»In Ordnung. Bereit?«

Durch die grüne Linse des Nachtsichtgerätes sah Roy, wie sich die Lippen bewegten, sah das Lächeln, aber irgendwie war das nicht sein Bruder.

Roy packte ihn am Arm. »Nein.«

Daniel schüttelte seinen Arm ab. »Wir hängen jetzt beide drin. Vertrau mir, es wird dir gefallen.«

»Du verstehst nicht. Du kannst das nicht tun …«

»Hör auf, Zeit zu verschwenden. Sie hatte ihre sechzig Sekunden. Es ist Zeit.«

Roy hielt das Gewehr fest in einer Hand und hob die andere Hand, die Handfläche nach oben, genau so, wie er es bei vielen ihrer Streits getan hatte.

»Du bist zu weit gegangen, Danny. Lass sie laufen«, sagte er leise. Er versuchte, seinen Bruder zu besänftigen. »Ich werde dir Hilfe besorgen. Es wird alles in Ordnung kommen.«

66

Makedde betete, dass sie sich nicht verlaufen hatte, und rannte weiter.

Du kannst es schaffen. Gib nicht auf…

Fünfundsiebzig Schritte, jetzt musst du abbiegen. Sie bog scharf links ab und versuchte, wieder geradeaus zu laufen. Wenn sie sich verliefe, wenn sie sich in der Richtung irrte, würde sie tief im Wald landen, ohne Hoffnung auf Rettung. Auch wenn sie sich vor ihnen versteckte, würde sie wahrscheinlich erfrieren. Und sogar wenn sie die Nacht überleben würde, würde sie den Weg zurück nicht finden.

Dann hörte sie Schreie.

PENG!

Ein Schuss in der Ferne.

Dann noch einer.

Er hallte in der Dunkelheit wider, brach die Stille. Einer von ihnen hatte geschossen. Hatten sie sie gesehen? Sie waren nicht in ihrer Nähe. Oder doch? Vielleicht wollten sie sie auf diese Weise wissen lassen, dass die Jagd begonnen hatte.

Lauf einfach…

Sie rannte weiter und weiter, wurde nicht langsamer, drehte sich nicht um, und wenn es an der Zeit war, bog sie wieder ab in die Richtung, in der sie die Straße vermutete.

Und dann, wie durch ein Wunder, öffnete sich eine Lichtung, und sie konnte Schotter sehen … die Schotterstraße, die zur Hütte führte. Sie schöpfte Hoffnung, atmete schnell und lief die Straße entlang, in welche Richtung? Da … rechts … sie war nicht weit genug gelaufen.

Sie konnte die Hütte sehen.

Mein Gott, ja! Ich schaffe es …

67

Makedde lief die Stufen der Hütte hinauf und dann hinein. Als sie hier gefangen gewesen war, hätte sie niemals geglaubt, dass sie freiwillig zurückkehren würde. Aber es war die einzige Strategie, die funktionieren könnte.

Finde eine Waffe, irgendeine … und ein Telefon.

Sie ging zuerst in die Küche, in der Hoffnung, dort ein Messer zu finden. Wer wusste, wie lange es dauern würde, bis sie zurückkämen? Vielleicht hatten sie mit ihren Nachtsichtgeräten bereits beobachtet, dass sie diesen Weg genommen hatte. Sie sah ungeöffnete Bierflaschen auf der Küchentheke stehen, ein paar leere Flaschen, eine leere Tüte Kartoffelchips. Sie öffnete die erste Schublade, in der sie Besteck fand, Löffel, Gabeln, Messer. Nutzlos.

Sie sah in die andere Richtung.

Bingo.

Makedde riss ein Fleischermesser von einem Magnethalter an der gegenüberliegenden Wand.

Jetzt Schusswaffen … haben sie noch andere Waffen und Munition? Geh in das Zimmer mit den Jagdtrophäen, und finde diese Tür … finde heraus, was sie dort drinnen haben …

Knall.

Bewegung.

Die Vordertür schlug auf.

Sie sah sich hektisch um und hielt das Messer fest in der Hand.

Verdammt! Sie konnte sich nirgendwo verstecken.

Schritte näherten sich, jemand kam um die Ecke. Es war einer der Zwillinge. Nur einer von ihnen.

Als er sie sah, blieb er stehen. »O Gott, Makedde. Bist du in Ordnung?«

Was?

Er kam auf die Küchentür zu, eine Hand hielt er in einer beschwichtigenden Geste mit der Handinnenfläche nach oben, in der anderen hatte er das Gewehr, das mit dem Lauf zu Boden zeigte.

Er hatte Blut an den Händen.

»Bleib da stehen«, warnte sie ihn. Sie stand sicher und hielt das Messer fest gepackt. Ihr Herz pochte.

»Keine Sorge. Ich bin's … Roy. Ich habe nur so lange mitgespielt, bis ich dir helfen konnte.« Er schüttelte traurig den Kopf. »Oh, mein Gott …«, jammerte er. »Ich habe ihn getötet. Ich habe meinen eigenen Bruder getötet! Ich musste es tun. Ich hatte keine Wahl. Er wollte dich umbringen!«

Er kam einen Schritt näher.

»Bleib da stehen. Komm nicht näher. Was ist passiert? Wo ist dein Bruder?«

»Du verstehst das nicht. Ich habe Ann nicht umgebracht. Ich habe dich nicht hierher gebracht. Das war Daniel. Er ist durchgedreht.«

»Roy …«

Er machte einen Schritt auf sie zu, das Nachtsichtgerät hing um seinen Hals, das Gewehr hielt er immer noch in der Hand. »Gott sei Dank, du bist in Ordnung«, sagte er.

»Roy, leg die Waffe weg«, sagte Makedde.

Roy trat durch die Küchentür. »Es ist in Ordnung, Makedde, ich werde dir nicht wehtun.«

»Roy, leg die Waffe weg, *sofort*.«

Roy sah sie mit großen, mitfühlenden Augen an. »Okay … es tut mir Leid, ich lege sie weg. Es tut mir so

Leid.« Er kniete sich langsam hin, als ob er die Waffe ablegen wollte. Er ließ sie und das Fleischermesser in ihrer Hand nicht aus den Augen.

Und dann sah sie ihn.

Den Kratzer auf seiner rechten Hand.

Das ist der Mann, der Ann getötet hat, derjenige, mit dem ich gekämpft habe, den ich gekratzt habe.

Er musste sie beobachtet haben, denn er schaute auf seine Hand, begriff, dass der Kratzer ihn verraten hatte, und hob das Gewehr an…

Schnell!

Makedde warf sich mit dem ausgestreckten Messer auf ihn. Sie hechtete über die paar Meter, die sie trennten, und stieß hart mit ihm zusammen. Daniel fiel durch den Aufprall nach hinten, verlor das Gleichgewicht, und sie landeten auf dem Linoleumboden der Küche, Daniel lag unten, das Gewehr hatte er verloren. Makedde landete genau auf ihm, und ihr Gewicht trieb das Messer direkt durch seinen schwarzen Overall in seine Brust. Sie schrie, als sie das Messer hineinstieß, und er stöhnte laut auf. Sein Körper zuckte, während sie das Messer festhielt. Es steckte bis zum Griff in seiner Brust.

Er packte sie, riss mit Händen, die noch mit dem Blut seines Bruders beschmutzt waren, an ihrem Rücken, aber es war schon zu spät.

Sie rollte von ihm herunter und sprang auf die Füße. Sie zitterte unkontrolliert.

Oh, Himmel…

»Scheiße!«, schrie der Mann zu ihren Füßen vor Wut, und das Blut spritzte ihm aus dem Mund.

Und dann beobachtete Makedde entsetzt, wie er den Griff des Messers mit beiden Händen umfasste und es herauszuziehen begann.

Tu etwas!

Sie sah das Gewehr.

Sie ging zum Gewehr, und sein Blick folgte ihr. »Nein …«, stöhnte er und griff danach, aber er war zu langsam.

Sie hatte es.

Makedde legte die Winchester an ihre Schulter, zielte auf Daniels Kopf. Sie spannte den Hahn.

In dem kleinen Zimmer war der Knall ohrenbetäubend.

Epilog

Einen Monat später …

Es war Makedde Vanderwalls Lieblingstag, der Tag vor der Nacht, wenn Geister und Hexen sich freundlich unter einfache Sterbliche mischen. In dieser Halloween-Nacht wurde der Himmel von einem hellen, orangefarbenen Vollmond beleuchtet, der tief über Vancouver Island hing. Ein Vollmond an Halloween war eine gefährliche Kombination. Die örtliche Polizei befürchtete eine lange Nacht, und sie hatte Recht.

Um halb acht abends wachte Makedde von ihrem zweistündigen Schläfchen auf, das, solange sie denken konnte, jedes Jahr ein Teil der Traditionen dieses Tages war. Sie mochte es, den Sonnenuntergang zu verschlafen und im Dunkeln aufzuwachen, genau wie ihre Mutter es ihr als Kind beigebracht hatte.

Sie wachte allein in ihrem Kinderzimmer auf, immer noch in T-Shirt und Jeans, gähnte, streckte sich und machte einen Katzenbuckel. Sie sah sich im Zimmer um, erkannte die Umrisse des Bücherregals, auf dem immer noch die Bücher standen, die ihre Mutter ihr vorgelesen hatte: *Wo die wilden Kerle wohnen* von Maurice Sendak, *Die Kleinen von Morksrohlingen* von Edward Gorey und alles Mögliche von Dr. Seuss, von *Grüne Eier mit Speck* bis zu *Der Kater mit Hut*. Ihre Augen gewöhnten sich langsam an die Dunkelheit, und sie sah ihren Pulli auf dem Stuhl neben sich und auf dem Nachttisch die kleinen Diamantohrstecker ihrer Mutter, die sie immer trug.

Sie fühlte sich plötzlich einsam.

Du fehlst mir, Mom.

Als Kind war Mak selten allein gewesen, am allerwenigsten an diesem Tag.

Sie setzte sich auf und rieb sich die Augen.

Mak tat ihr Bestes, um in dem, was im September passiert war, das Positive zu sehen. Sie war eine Überlebende, und, was am wichtigsten war, sie hatte Daniel Blakes bizarres Terrorregime beendet. Aber sie konnte Daniels Gesicht nicht vergessen, den Ausdruck mörderischer Wut und Qual, als er mit dem Messer in der Brust auf dem Boden lag, und seinen letzten Schrei, als die Kugel in ihn eindrang und ihn schnell zu seinem Zwilling ins Reich des Todes schickte. Das brutale Ende eines gequälten und brutalen Lebens.

Makedde tat Roy Leid. Er war naiv gewesen und hatte einige sehr schlechte Entscheidungen getroffen, aber er schien ein gutes Herz gehabt zu haben. Um seinen Bruder zu beschützen, hatte er ihn von den Leuten fern gehalten, die ihm hätten helfen können. Er hatte nicht begriffen, wozu sein Bruder fähig war. Nicht einmal Ann hatte es vermutet, bevor es zu spät war.

Ann glaubte, dass Daniel von seinem Vater missbraucht worden war, mental und höchstwahrscheinlich auch sexuell. Aus welchem Grund auch immer hatte er sich entschieden, nur das eine Kind zu misshandeln. Ihre Mutter hatte es herausgefunden. Deswegen hatte sie sie verlassen. Niemand hatte es seither geschafft, sie ausfindig zu machen, und wahrscheinlich würde es niemandem je gelingen. Und ihr Vater, der preisgekrönte Jäger, ob er sie nun missbraucht hat oder nicht, er war heute ein seniler, alter Mann in einem Altenheim.

Es schien unwahrscheinlich, dass jemand irgendwann einmal die ganze Wahrheit erfahren würde.

Mak zog ihren Pulli über und legte die Ohrringe ihrer Mutter an und ging in ihren dicken Wintersocken vom Schlafzimmer ins Wohnzimmer. Aus dem großen Fenster konnte sie den gesamten Block in beide Richtungen überblicken. Das Fenster war mit den Halloween-Dekorationen geschmückt, die ihr Vater immer noch jedes Jahr anklebte. Sie waren mindestens fünfzehn Jahre alt und stellten eine lächelnde, grüne Hexe dar, die auf einem Besen über einen großen, orangeroten Mond ritt. Zur Weihnachtszeit hingen der Weihnachtsmann und sein Rentier an derselben Stelle und im April der Osterhase. Mak lächelte beim Anblick der alten Dekorationen und ging zur Wand, um den Stecker des Plastikkürbisses einzustecken. Er leuchtete hell im Fenster nahe der Haustür, sein Lächeln mit nur einem Zahn vervollständigte das Halloween-Ensemble. Schließlich schaltete sie das Licht auf der Vorderveranda an, ein Signal, dass dieses Haus Süßigkeiten verteilte.

Happy Halloween.

Als sie unten an der Treppe ankam, klingelte das Telefon. Sie drehte sich um und lief die Treppe hinauf, immer zwei Stufen auf einmal nehmend, und schlitterte über das Linoleum in der Küche.

»Hallo?«

»Aufgewacht, aufgewacht«, hörte sie die bekannte Stimme.

»Dad!« Sie freute sich.

»Wie geht es meinem Mädchen?«

»Mir geht es gut, Dad. Wie geht es dir? Wie geht es Ann?«

Ihr Vater hatte letzten Monat die meiste Zeit mit Ann Morgan verbracht, die sich gut erholte. Zwischen ihnen lief es offensichtlich gut, und Mak kam damit klar. Sie wollte, dass ihr Vater glücklich war, und sie mochte Ann sehr, aber trotzdem war es manchmal ein bisschen eigenartig. Schließlich war Ann Morgan die erste richtige Freundin ihres Vaters, seit er verwitwet war. Und als ob diese Tatsache noch ein bisschen unangenehmer gemacht werden müsste, kannte Ann Makeddes dunkelste Ängste und schlimmste Erlebnisse, und Mak war Zeugin gewesen, als Ann mit einem Schürhaken um ihr Leben gekämpft hatte. Nicht gerade ein normaler Beginn für eine Beziehung.

»Augenblick mal …«

»Hi, Makedde«, sagte eine Frauenstimme. »Happy Halloween.« Es war Ann.

»Oh«, rief Makedde überrascht aus, »dir auch ein Happy Halloween. Wie geht es dir?«

»Mir geht es sehr gut. Ich hoffe, dass wir uns nächstes Wochenende wieder treffen können. Ich werde bald eine bessere Gesellschaft abgeben und auch viel mobiler sein.«

»Mach langsam, in Ordnung? Versprich es mir.«

»Okay.«

Ihr Vater kam wieder ans Telefon. »Übrigens hat die Presse es noch nicht aufgegeben. Sie wissen nicht, wo du bist, deswegen kriege ich alles ab.«

»Dafür sind Väter da.«

»Ja. Sie bieten fünfstellige Summen nur für ein Foto von dir.«

»Hm. Das würde meinem Agenten gefallen«, sagte sie. »Wenn sie irgend so was hinter meinem Rücken machen, bringe ich sie um.«

»Und Professor Gosper war mal wieder da. Er will mit dir reden.«

Makedde seufzte genervt. »Ich weiß, ich weiß, damit er meine Geschichte schreiben kann. Wie aufmerksam von ihm. Sag ihm, er soll abhauen, Dad. Wenn ich will, dass meine Geschichte aufgeschrieben wird, dann werde ich das selbst tun.«

Pause. »O je. Ich habe ihm nicht gesagt, dass er *abhauen* soll.«

Oh nein. »Hast du nicht? Was hast du getan? Du hast ihm doch nicht versprochen, dass ich mit ihm sprechen werde, oder?«

Wie konnte er das bloß tun!

»Nein. Ich habe ihm gesagt, er soll sich *verpissen*.«

»Dad!«, schrie sie. »Das hast du gesagt? Was für ein Ausdruck.« Sie konnte sich nicht erinnern, wann sie ihren Vater das letzte Mal fluchen gehört hatte.

»Bist du allein?«, fragte er.

»Im Augenblick, ja.«

Sie wusste, was er meinte.

»Ruf ihn an.«

»Ja, Dad, na dann, einen schönen Abend«, platzte es aus ihr heraus, um das Thema zu wechseln.

»Dir auch.«

»Und danke für den Anruf«, sagte sie. »Ich hab dich lieb, Dad.«

»Ich dich auch.«

Lächelnd setzte sie sich auf das Sofa hinter der Hexe und ihrem Besen. Sie legte ihre Arme auf die Rückenlehne, stützte ihr Kinn ab und sah aus dem Fenster zu den kostümierten Kindern hinaus, die im Laternenschein herumliefen. Da war ein Außerirdischer, dort ein Dracula, eine Fee, ein Frankenstein, ein Dalmatiner.

Ich werde ihn anrufen, dachte sie.

Jetzt, da Dr. Harris wieder nach Quantico zurückgekehrt war, war Andy von Vancouver hierher gekommen, um sie zu besuchen. Sie waren beide der Meinung gewesen, dass es etwas zu intim gewesen wäre, wenn er im Vanderwall'schen Gästezimmer geschlafen hätte, deswegen hatte Andy sich ein Zimmer in einer nahen Bed-and-Breakfast-Pension gegönnt, die billigste Unterkunft überhaupt. In den letzten zwei Tagen hatte er ein zu kleines Bett im Dienstmädchenzimmer im Haus einer eher Furcht erregenden, alten Frau mit einigen seltsamen Ansichten und zu vielen Katzen gemietet.

Er plante, in ungefähr einer Woche nach Australien zurückzufliegen, aber sie nahm an, dass er es keinen weiteren Tag in dieser Pension aushalten würde. Sie würde ihn retten müssen. Allerdings nur, wenn er brav war.

Er hatte ein paar nicht sehr subtile Andeutungen darüber gemacht, gemeinsam zurückzukehren, aber sie war sich nicht so sicher. *Du bist noch nicht über den Schock hinweg, sagte sie sich. Stürze dich nicht in seine Arme in der Hoffnung, dass er dich vor den Erinnerungen an das, was passiert ist, schützen wird.* Aber sie wollte ihn sehen, und sie wollte in ihrer Lieblingsnacht nicht allein sein.

Vielleicht könnte sie ihn dazu überreden, sich zu schminken und in einem großen Cape die Tür zu öffnen oder etwas in der Art? Das wäre lustig.

Die Telefonnummer seiner Pension hing am schwarzen Brett neben dem Telefon. Sie wählte.

»Hallo?« Die Stimme einer älteren Dame.

»Hi, ich würde gerne Ihren Gast Andy Flynn sprechen.«

»Oh, einen Augenblick. Er ist hier und sieht fern«, sagte sie.

Mak kicherte.

»Hallo?«

»Hi, Andy. Hier ist Mak.«

»Oh, diese Stimme würde ich überall erkennen«, sagte er. Und sie sicherlich seine.

»Hättest du Lust vorbeizukommen?«, fragte sie und

fühlte sich ein bisschen wie ein unartiger Teenager, wenn die Eltern nicht da sind. »Wir könnten was zu essen bestellen und all die Vampir- und Werwolffilme im Fernsehen gucken. Was meinst du?«

»Du willst mich vom Charlie Brown Halloween Special mit dem großen Kürbis im Kürbisfeld und all dem losreißen? Es macht mir Spaß, weißt du das?«

Mak konnte ein Kichern nicht unterdrücken.

»Hol mich hier raus«, hörte sie ihn leise sagen. »Ich hatte gehofft, dass du anrufst.«

»Ich habe dir den Honoured Guest empfohlen oder etwa nicht? Aber nein…« Sie lachte. »Na ja, ich will dich ja nicht von Charlie Brown in Omas Haus wegreißen. Aber als Nächstes kommt *Sleepy Hollow*, wenn du dich also an jemandem festhalten willst, wenn du Angst bekommst…«

»Ich bin sofort da.«

Sie grinste übers ganze Gesicht und ging zurück ans Fenster.

Draußen hatte es zu regnen begonnen. Sie sah, dass einige Kinder von ihren Eltern unter die Vordächer gezogen wurden. Einige hatten die Regenschirme aufgespannt und liefen nach Hause, und andere schüttelten sich und warteten darauf, dass es zu regnen aufhörte. Hoffentlich würde es aufklaren. Es machte keinen großen Spaß, nass herumzulaufen. Es ruinierte diese Dracula-Umhänge, von der dicken Geisterschminke ganz zu schweigen.

Der Regen deprimierte sie, und sie dachte wieder an das, was Ann ihr gesagt hatte.

Pass auf, was du dir wünschst.

Makedde vermutete, dass sie schließlich bekommen hatte, was sie sich gewünscht hatte: eine Chance, sich zu beweisen, dass sie sich selbst retten konnte. Irgendwie fühlte sie sich wieder gut.

»Du bist gekommen, um mich zu retten«, hatte sie zu Andy gesagt, »aber dieses Mal musste ich nicht gerettet werden…«

Andy und ihr Vater hatten in ihrer Wohnung nach Anhaltspunkten gesucht, als sie die Nachricht erhielten, dass sie aus einer Hütte tief in den Squamish-Wäldern den Notruf angerufen hatte. Dieses Mal hatte sie keinen Retter gebraucht, obwohl sie annahm, dass sie es nicht zurück zur Hütte geschafft hätte, wenn die Brüder sich nicht gestritten hätten. Ihr Streit hatte ihr die Zeit gegeben, die den anderen Opfern nicht gewährt worden war.

Die Familien von Debbie Melmeth und Susan Walker hatten sie kontaktiert. Die Tatsache, dass der Mörder ihrer Töchter tot war, tröstete sie ein wenig, aber nichts würde ihre Kinder zurückbringen, und daran konnte niemand etwas ändern.

Welches große Wesen oder welche Kraft auch immer Makeddes Leben beeinflusste, es hatte ein unendlich viel größeres Bild im Sinn als sie, davon war sie heute mehr denn je überzeugt. Was auch immer ihre Ängste waren, sie würden wahr werden. Aber ihr wurde erst jetzt richtig klar, dass das bei weitem kein Fluch war; eigentlich waren diese Widrigkeiten ein großes Geschenk. Denn wenn deine größten Ängste einmal Wirklichkeit geworden sind, belasten sie dich nicht länger. Du hast überlebt, du bist stärker, und du bist frei.

Es klingelte an der Tür.

Makedde spähte vorsichtig durch den Spion und sah Andys wohl bekanntes Gesicht.

»Sagst du nicht malen oder zahlen?«, fragte sie und öffnete die Tür.

»Was?«

»Egal. Komm rein.«

Andy war nass vom Regen. Er trug Jeans, eine Lederjacke und in der Hand eine Flasche Wein.

Sie blieben diese Nacht auf und sahen sich die Halloween Specials im Fernsehen an, ab und zu öffneten sie abenteuerlustigen Kindern die Tür, die trotz des Wetters klingelten. Schließlich wurden es weniger, und sie kuschelten sich schweigend auf dem Sofa aneinander. Sie mussten nicht sprechen.

Gegen ein Uhr gab Makedde ihrer Müdigkeit nach. Sie küsste Andy und brachte ihn in das Gästezimmer, da sie ihn nicht in die furchtbare Pension zurückschicken wollte. Aber schon bald hatte sie Albträume. Sie lief, und da waren Monster, grauenhafte Monster, die sie verfolgten, Zwillingsvampire und -zombies. Sie hörte ihre Schritte hinter sich, als sie ihr folgten, zu schnell für sie. Sie war außer Atem, keuchte und rannte, und dann war plötzlich alles ruhig. Sie hatte eine Oase in der Dunkelheit erreicht, ein vorläufiger Schutzraum hinter einem großen, knorrigen Baum, wie die Bäume in dem Wald, in dem die Zwillinge sie gejagt hatten. Und dann war da ein Geräusch … ein Knacken von Zweigen … nein, ein Kratzen irgendwo … das Geräusch war real, und sie schlug erschrocken die Augen auf.

NEIN!

Da war ein Geräusch.

Ein echtes Geräusch.

Im wahren Leben.

Sie sprang aus dem Bett. Da war es wieder. Es kam vom Ende des Flurs.

Daniel … mit Roys Blut an den Händen …

Aber er ist tot … ich habe ihn getötet …

Andy war schon im Flur, er stand in seinen Boxershorts da, die Augen weit aufgerissen. Er hatte es auch gehört.

»Was ist das?«, flüsterte sie, als sie neben ihn trat, ihr Herz pochte, und sie versuchte, nicht zu zittern. Er sah sie flüchtig an. Sie trug eine Unterhose und ein T-Shirt, aber er sagte nichts. Er war auch halb nackt, was sollte er also sagen?

»Es kommt von den hinteren Schiebetüren«, sagte er leise. »Ich glaube, jemand versucht einzubrechen. Ich sehe mal nach.«

Makedde folgte, und als er sich zu ihr umdrehte und die Hand hob, als wolle er sagen: »Bleib hier«, erkannte er an ihrem Gesichtsausdruck, dass sie nirgendwo bleiben würde.

Sie schlichen gemeinsam den Flur entlang.

Am Ende des Flurs sahen sie in die Küche. Durch die Tür auf der anderen Seite konnten sie die Schiebetüren des Balkons sehen und die Dunkelheit dahinter.

Stille.

Sie gingen näher ran.

Sie waren nur noch anderthalb Meter von den Glastüren entfernt, als ein plötzliches »Buu!« die Stille durchbrach und ein schauriges grünes Gesicht aus der Dunkelheit auftauchte und die Lippen auf die Scheibe drückte. Große, weiße Lippen waren auf die Glasscheibe gepresst, die rosa Zunge bewegte sich. Geisterschminke, die breiige Flecken auf dem Glas hinterließ. Nach ein paar Sekunden rannte der Teenager unter dem Gelächter seiner versteckten Komplizen weg.

»Oh, verdammter Mist!«, rief Andy aus. »Kinder!«

Sie sanken erleichtert und erschrocken auf den Küchenboden, hielten einander fest und lachten.

»Du hattest mehr Angst als ich!«, rief Makedde, und vor lauter Lachen bekam sie die Worte kaum heraus.

Sie umarmten einander, als sie einschliefen. In dieser Nacht schlief Makedde ruhig.

Sie träumte nicht.

Danksagung

Zuerst möchte ich meiner fantastischen Literaturagentin Selwa Anthony für ihre Hilfe und Unterstützung danken und für ihr einmaliges Engagement, das so typisch für sie ist.

Die Nachforschungen für diesen Roman erforderten viel Hilfe und Kooperation, und ich möchte mich ganz herzlich bedanken bei Dr. Robert Hare PhD für seine Informationen über Psychopathie und für seinen Gastauftritt im Roman, bei Dr. Tony Phillips PhD für seine Beratung über Psychiatrie, Steven Van Aperen von Australian Polygraph Services International für seine Beratung über Lügendetektoren und das Erkennen von Lügen, Dr. Kathryn Guy für die medizinische Beratung, Penny Gulliver für die Selbstverteidigungstaktiken, Tom Ryan, dem »B.C. Typ«, für all seine Informationen, Thomas Claxton von der UBC Security für seine Hilfe und bei der FBI Academy, der Royal Canadian Mounted Police, der American Association of Police Polygraphists und beim Los Angeles Police Department für die Unterstützung.

Vielen Dank an Janusz, du bist in jeder Hinsicht fantastisch (und hast mich eine Verrückte sein lassen), an David und Glenys für Paradise Point, an Urszula für den Tango, an Sheila Hammond für die Stimme, an Marg McAlister für ihre Ermutigung, an Marty Walsh und alle bei Chadwicks für ihre stete Unterstützung, an HarperCollins für Geduld und Vertrauen, an Gloria und Mark und an die kleine Jacquelyn für die Freundschaft und das Babysitten von Bo und an alle meine großartigen Freunde, weil es sie gibt. Das betrifft auch dich, Bo.

Ein besonderer Dank gebührt meiner Schwester Jackie, dem tätowierten, bergsteigenden, Computer programmierenden Gegensatz zu Theresa Vanderwall, und meinem Vater, der – obwohl er überhaupt nichts mit der Polizei zu tun hat – die ewigen Vergleiche mit Les Vanderwall gutmütig hinnimmt. Grüße an Lou und die Familien Moss, T'Hooft, Carlson und Bosch.

Ohne euch alle wäre das hier nicht möglich gewesen. Danke.